18 Mai 2003

ViDAL
du voyageur

ViDAL
du voyageur

2, rue Béranger
75140 Paris cedex 03
www.vidal.fr

Rédactrice
Frédérique Gallois, médecin
Rédaction des conseils voyageurs
Pauline Groleau, pharmacien
Charles Malet, pharmacien

Consultants
Eric Pichard, professeur de Maladies Infectieuses et Tropicales
Jean-Michel Salord, médecin hospitalier, service de médecine interne
Jean-Marc Leder, pharmacien
Stéphane Korsia-Meffre, responsable éducation patients

Équipe scientifique
Pauline Groleau, pharmacien
Dominique Dupagne, médecin
Corinne Dublin, pharmacien
Ingrid Gaudry, pharmacien
Direction scientifique : Vincent Bouvier

Responsable de publication : Émilie Bonamy

Suivi éditorial : Sophie Thievent, Murielle Pudal
Maquette, mise en pages : Xavier Etienney, Olivier Beslay, Christiane Foulon
Fabrication : Annick Louis, Sophie Deroche, Laurence Germain
Direction de la Production : Laurent Tremblay

Informatique éditoriale : Agnès Fouquet

Illustrations : Sébastien Fournier / Net-lines.com
Cartes : Olivier Beslay
Couverture : Christine Dufaut
© **Photographies** Gettymages.
« Africaine » : Nicolas DeVore. « Buveuse d'eau » : Romilly Lockyer.
« Campeur » : Rob Lang.

Marketing et communication : Émilie Bonamy, Laure-Élise Zakine
Commercialisation : Rodolphe Perrotin
Publicité : France Nathan, Rodolphe Perrotin
Direction des Opérations et concept de l'ouvrage : Olivier Piazza

Préface

Le nombre des voyages touristiques, professionnels ou familiaux vers les destinations tropicales augmente chaque année. De nouvelles destinations s'ouvrent aux voyageurs, plus lointaines, plus exotiques mais aussi plus à risque pour la santé. Soumis à un environnement nouveau, à des agents pathogènes que son système immunitaire n'a jamais encore rencontré, le voyageur s'expose aux risques de leur transmission par les insectes, l'eau, les aliments, la flore, la faune ou la promiscuité humaine. Une information pertinente avant et pendant le voyage permet une gestion de ces risques, leur calcul, leur prévention et la prise en charge autonome de leurs conséquences. Ce guide du voyageur est un outil pour gérer ces risques. Comme les guides touristiques, il est à consulter avant le départ et à emporter dans son sac.

Avant le départ et selon la destination, ce guide permettra au voyageur d'évaluer les risques sanitaires encourus en fonction de son âge et de son sexe, de sa condition physique ou de ses maux quotidiens. Il trouvera les indications pour les limiter grâce aux vaccinations, aux préventions médicamenteuses, à la sélection de médicaments de première nécessité et à l'adaptation de ses comportements. Les fiches Destinations font le point sur la répartition actualisée des maladies tropicales dans le monde et les recommandations nationales et internationales de vaccination et de prévention, en particulier du paludisme. Bon nombre de ces mesures sont à prendre avec un médecin ou un pharmacien.

Durant le voyage, ce guide de santé permettra de reconnaître les premiers signes d'une maladie et d'en évaluer la bénignité ou la gravité potentielle. Souvent isolé par les distances, les barrières linguistiques ou culturelles, le voyageur disposera des indications d'auto-traitements comme des signes d'alerte justifiant une consultation médicale.

Si des problèmes de santé persistent ou surviennent après le retour, c'est avec l'aide du guide que le voyageur distinguera si les symptômes sont en rapport avec le voyage et justifient une consultation médicale.

La clarté de la présentation voulue par l'équipe éditoriale, un vocabulaire que les rédacteurs ont adapté à tous les niveaux de connaissance, un lexique et un index détaillés permettront à chaque voyageur de lire, de comprendre et surtout d'adapter ces conseils à sa situation personnelle. La précision et l'exhaustivité de la présentation des médicaments, qui ont fait la réputation du *Vidal de la famille*, se retrouvent dans ce guide des voyageurs accessible à tous.

La préparation est un des plaisirs du voyage. La connaissance des maladies exotiques permet de les éviter mais aussi de mieux comprendre le mode de vie et les difficultés des populations visitées. Puisse ce guide aider le lecteur à appréhender toutes les facettes de l'art de voyager.

Dr Eric Pichard
Professeur de Maladies Infectieuses et Tropicales

Sommaire général

Des **réponses aux préoccupations des voyageurs** : la **préparation** du voyage, la **prévention** des maladies infectieuses, les **risques** du séjour, les meilleures **réactions à avoir** (coup de chaleur, piqûres d'insectes, problèmes alimentaires...) et les **traitements** types.

    Reportez-vous au sommaire détaillé page 8 ou consultez, par mot-clef, l'index en fin d'ouvrage, qui renvoie immédiatement au sujet recherché.

Par grande région du monde, des fiches qui font **le point sur toutes les recommandations pour chaque destination** : précautions à prendre, vaccins, prévention du paludisme et risques médicaux dans la région.

    Consultez la carte des régions dans le sommaire détaillé page 10 ou l'index en fin d'ouvrage, au nom du pays recherché.

Pour chaque médicament cité dans l'ouvrage, une **fiche détaillée** reprend les **informations officielles** le concernant, tous les médicaments équivalents en France, en Belgique et en Suisse, des **conseils** de bon usage, les médicaments **équivalents à l'étranger** et le nom de la **substance principale** composant le produit, grâce à laquelle un équivalent pourra vous être conseillé dans n'importe quel pays du globe. Des **informations pratiques spécifiques au voyage** complètent chaque fiche. Voir le mode d'emploi des fiches p. 177.

    Consultez le sommaire détaillé page 12 ou l'index en fin d'ouvrage pour retrouver un nom de médicament.

Les termes médicaux en *italique* dans l'ouvrage sont définis dans ce lexique.

La traduction de mots utiles en voyage, liés à la santé.

Des adresses pour en savoir plus sur votre destination, sur la santé et sur la préparation du voyage.

Tous les **mots-clefs** de l'ouvrage et la page où les retrouver.

Sommaire

Risques du voyage et conseils de santé

Sommaire

Fiches Destinations

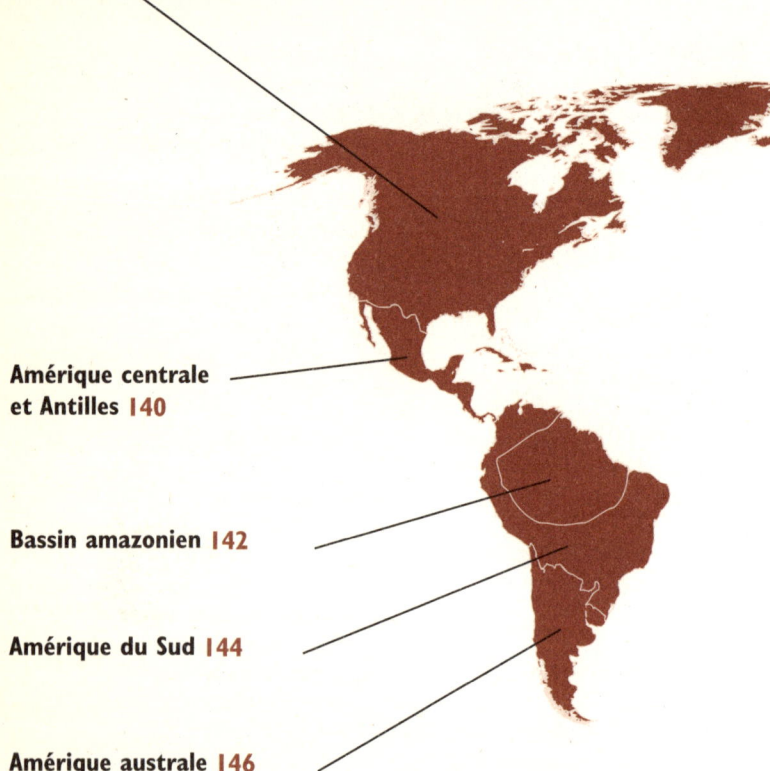

Sommaire

Médicaments du voyageur

Mode d'emploi des fiches Médicaments 177

Introduction

Vous projetez de vous rendre à l'étranger, en vacances ou en mission professionnelle, pour une brève incursion ou un séjour prolongé. Vous souhaitez vous ressourcer physiquement et moralement, découvrir la richesse d'autres cultures et rapporter des souvenirs impérissables. Vous avez consulté des guides de voyage, parcouru des magazines et peut-être même visité des sites internet. Bref, vous préparez votre voyage pour éviter de mauvaises surprises sur place.

Mais la réussite de votre séjour dépend aussi de votre forme physique. Peut-on apprécier d'autres modes de vie quand on est terrassé par une turista ? Comment être conquis par la beauté du paysage quand de simples ampoules aux pieds vous font souffrir le martyre ? Mieux vaut avoir quelques notions médicales pour résoudre les petits problèmes et, surtout, pour les prévenir. L'important est de bien hiérarchiser les risques et de savoir quand s'alarmer et consulter sur place.

Dans les pays tropicaux, c'est généralement le risque infectieux qui inquiète le plus. Il est vrai que la chaleur et l'humidité favorisent la pullulation des microbes et des insectes capables de les transmettre. Heureusement, vous n'êtes pas systématiquement exposé à toutes les maladies qui vous seront présentées : les vacanciers de passage et les travailleurs expatriés n'encourent pas les mêmes risques. Un routard et un adepte des clubs de vacances non plus. Chacun pourra s'informer ici des précautions à adopter selon sa destination et ses occupations sur place.

Si toutefois vous attrapez un microbe, pas de panique, les traitements d'aujourd'hui sont efficaces sur l'immense majorité des infections. Ce guide vous permettra de faire la part des choses entre un petit problème passager et des symptômes plus graves : vous saurez quelle attitude adopter selon la situation.

Ce guide est également l'occasion de rectifier certaines idées fausses. Loin devant les maladies infectieuses, les principaux dangers en voyage sont liés aux loisirs et aux transports : les traumatismes, notamment les accidents de la voie publique, sont à l'origine de la moitié environ des rapatriements sanitaires. Les règles habituelles de prudence sont donc essentielles : même si vous voulez profiter à fond de votre voyage, prenez le temps de les respecter. Une fois sur place, vous devrez repenser certains de vos gestes quotidiens.

N'oubliez pas que le bon sens est la meilleure des préventions.

Bon voyage !

Risques du voyage et conseils de santé

Prévoir et organiser

Vous devez connaître la situation socio-économique de votre pays d'accueil et le climat que vous y trouverez.

Le risque infectieux est en effet étroitement lié à la pauvreté, à la chaleur et à l'humidité. Il faut aussi vous assurer en cas de grosse tuile en voyage, soigner vos bobos avant le départ, et organiser vos vaccinations. Quelques rendez-vous à prendre, un ou deux formulaires à remplir... Allez, ce n'est pas la mer à boire ! Retroussez vos manches et décrochez votre téléphone pour organiser tout ça en deux temps, trois mouvements. Vous aurez ensuite l'esprit libre pour peaufiner votre itinéraire, faire les bagages, et vous initier à la langue locale.

Si vous allez en Afrique ou en Amérique tropicales, la vaccination contre la *fièvre jaune* est vivement recommandée. En outre, cette vaccination doit être effectuée au moins dix jours avant le départ (prévoyez votre rendez-vous à l'avance !) dans un centre spécialisé de vaccinations internationales. Lors de la consultation, un *traitement préventif* du *paludisme* vous sera prescrit si votre destination l'impose (voir fiches Destinations).

Quelle que soit la zone tropicale que vous visitez, consultez votre médecin pour savoir si une *chimioprophylaxie* (prévention) du paludisme est nécessaire. Il vous prescrira le médicament adéquat.

Si vous souffrez d'une maladie chronique, des précautions particulières sont peut-être à prévoir dès le départ : un tour d'horizon est nécessaire avec votre médecin traitant pour organiser le traitement lors du séjour. Dans certains pays en développement, on ne trouve pas toutes les molécules utilisées en Europe et les contrefaçons de médicaments sont fréquentes.

Même en bonne santé, les femmes enceintes et les seniors doivent prendre des précautions particulières, et les enfants nécessitent une attention spéciale. Certains voyageurs s'exposent à des risques particuliers en raison de leurs loisirs ou de leur travail.

Les formalités

Autant se débarrasser des corvées tout de suite et commencer par prévoir une assurance et une assistance sur place. N'attendez pas pour effectuer ces formalités et... ne plus y penser !

Assurance et assistance

En cas de problème, une **société d'assistance** pourra vous renseigner par téléphone et organiser si besoin un rapatriement sanitaire. Vos frais de santé à l'étranger peuvent vous être remboursés (partiellement) à votre retour par la Sécurité sociale, si vous avez pris soin de rapporter un dossier avec ordonnances, notes d'honoraires et de frais médicaux. La somme qui reste à votre charge peut être importante et vous devrez en faire l'avance, à moins de souscrire aussi un **contrat d'assurance**.

En payant vos billets de transport avec certaines cartes de crédit, vous bénéficiez automatiquement de contrats d'assurance et d'assistance. Relisez attentivement les libellés de ces contrats, en vérifiant que vous ne remplissez aucune clause d'exclusion (distance, durée, état de santé avant le voyage, situations politiques, etc.). Sinon, adressez-vous à une compagnie d'assistance médicale. Vérifiez bien le plafond de garantie qui doit être important si vous vous rendez dans un pays où les frais médicaux sont élevés (Amérique du Nord, Brésil, Japon...).

Si vous voyagez en Europe

Vous pouvez être dispensé de l'avance des frais médicaux engagés sur place : il suffit de demander avant votre départ le **formulaire E111** (cent onze) à votre caisse de Sécurité sociale et d'interroger votre mutuelle pour les dépenses complémentaires.

La préparation physique

Avant même de vous projeter là-bas, il convient de faire un point sur votre état de santé au moment du départ, pour régler les éventuels petits problèmes physiques. Il serait dommage qu'une carie dentaire vous interdise la plongée, ou qu'une sinusite vous torture dans l'avion.

Ce qu'il vaut mieux soigner avant de partir

Les **problèmes ORL** (rhume, otite, allergie respiratoire) peuvent vous gêner considérablement si vous prenez l'avion, voire vous l'interdire (risque d'*otite barotraumatique*). Les allergiques se muniront de leurs médicaments lors du voyage (aérosols pour les asthmatiques, *antihistaminiques* en cas de rhinite allergique, kit d'auto-injection d'*adrénaline* en cas d'allergie aux piqûres de guêpes ou d'allergies alimentaires graves...).

Certaines **maladies dermatologiques** risquent de s'aggraver pendant votre voyage. Les mycoses du pied (*pied d'athlète*) ou de l'aine se développeront sous l'effet de la macération dans les chaussures ou les maillots de bain mouillés ; l'*acné* sera améliorée au soleil avant de s'aggraver au retour de vacances ; le *pityriasis versicolor* vous laissera un bronzage peu esthétique parsemé de confettis blancs.

Une visite chez le dentiste permettra de vérifier qu'aucune **carie** n'est susceptible de vous gâcher le voyage : la douleur en avion est pénible et il vaut mieux éviter les soins sur place, pour des raisons sanitaires dans les pays en développement, et financières ailleurs.

En cas de vacances sportives

Un **entraînement physique** est préférable si vous ne faites pas beaucoup de sport habituellement.

Des **certificats médicaux** seront peut-être demandés pour pratiquer certaines activités comme la plongée.

Dans les jours précédant le départ

La **préparation de la peau** : gommage en cas d'acné, hydratation avec crèmes et boissons si vous prenez l'avion, exposition solaire progressive et prudente si votre peau est fragile (attention : les auto-bronzants ne protègent pas des *UV*).

Le **sommeil** : la prévention du décalage horaire peut être utile surtout si vous voyagez vers l'est. Essayez d'avancer votre heure de coucher, vous serez plus reposé à l'arrivée.

L'**alimentation** : le voyage favorise la *constipation* (au moins dans un premier temps !) en raison de la sécheresse de l'air dans l'avion et de l'immobilité. Pour prévenir ce ralentissement du *transit intestinal*, absorbez une nourriture riche en fibres (fruits, légumes verts) et buvez suffisamment. Un conseil si vous prenez l'avion : la veille, évitez les aliments qui produisent des gaz intestinaux (légumes secs, chou, boissons gazeuses).

Renoncez à la plongée sous-marine la veille d'un voyage en avion : vous risqueriez des problèmes proches des accidents de décompression.

Voyage et grossesse

En cas de doute : un test de grossesse

Si vous avez le moindre doute, une vérification s'impose car la grossesse change considérablement les données du voyage et de sa préparation : certaines vaccinations imposent des précautions, la prévention du *paludisme* peut changer en raison de contre-indications, des risques nouveaux apparaissent, le voyage lui-même peut être déconseillé.

Souvenez-vous que les moments de stress, positif ou négatif, majorent les risques d'**oubli de la contraception**. Alors, même si vous êtes toute à la préparation de votre voyage, gardez la tête froide et n'oubliez pas votre pilule.

Les femmes enceintes en voyage

Quelles précautions prendre ?

Si vous êtes enceinte et en pleine forme, vous pouvez voyager, mais **des précautions s'imposent** pour votre sécurité et celle de votre enfant à venir.

● Réfléchissez bien à l'opportunité du voyage que vous avez prévu : peut-être vaut-il mieux le différer ? La moins mauvaise période est le **2e trimestre**, une fois les nausées moins fréquentes et le risque de fausse-couche moins important. De nombreuses compagnies aériennes refusent de laisser embarquer des femmes enceintes au cours du dernier trimestre. Demandez à votre médecin un certificat précisant le terme de la grossesse.

● Choisissez bien **votre destination**. Les pays tropicaux sont déconseillés pendant la grossesse pour plusieurs raisons : gravité du paludisme de la femme enceinte, contre-indication aux traitements de bon nombre de maladies parasitaires, insuffisance des structures sanitaires locales, risque d'hépatite E contractée par l'eau et l'alimentation qui, bénigne en temps normal, est responsable de décès au cours du 3e trimestre de grossesse. Des vaccinations peuvent être déconseillées : celle contre la *fièvre jaune* par exemple, surtout lors du 1er trimestre.

Si vous vous rendez dans une zone impaludée malgré les risques, **la prévention du paludisme doit être adaptée à la grossesse** : le Lariam® (voir p. 229) est déconseillé. Sachez également que l'innocuité des *répulsifs* efficaces (c'est-à-dire suffisamment dosés) n'est pas établie chez la femme enceinte. Autrement dit, dans les pays où le paludisme a beaucoup de chances de résister aux traitements habituels, il devient compliqué de le prévenir efficacement pendant la grossesse. Or le paludisme de la femme enceinte est grave, surtout chez une voyageuse sans aucune défense acquise contre ce parasite.

● Vérifiez que les conditions de votre voyage soient compatibles avec la grossesse : longueur du voyage, modes de transport, altitude, éloignement, hygiène...

● Souscrivez **un contrat d'assurance-assistance**, en vérifiant bien que la grossesse ne soit pas une cause d'exclusion. Renseignez-vous avant de partir sur les structures qui pourraient vous accueillir sur place en cas de problème.

Quelles mesures prendre sur place ?

● En cas de **fièvre** élevée dans un pays où existe le paludisme, consultez un médecin sans attendre. Si ce n'est pas possible dans les 12 heures, il faut considérer cette fièvre comme un accès de paludisme et commencer vous-même un *traitement présomptif* avec des comprimés de quinine type Quinimax® (voir p. 259), à adapter en fonction du poids, seul *traitement curatif* utilisable chez la femme enceinte. Dès que possible, consultez un médecin.

● Protégez-vous contre **le soleil et la chaleur** : appliquez un écran total sur votre visage au moins, et portez un chapeau pour prévenir le *masque de grossesse*. Exposez-vous le moins possible et buvez suffisamment.

● Évitez les voyages longs, la station debout, le port de charges, les sports exposant au risque de chute ou de traumatisme.

● Prévenez soigneusement les risques particuliers de la grossesse : *phlébite* lors des trajets, infection urinaire s'il fait chaud, *constipation*.

Les besoins particuliers des enfants

Vous serez généralement bien accueilli si vous voyagez avec des enfants, et ce sera même l'occasion de nouer des relations. Si vous vous rendez dans un pays en développement, vous devrez bien sûr être vigilant quant à l'**hygiène générale**. Si les enfants sont autonomes, surveillez ce qu'ils mangent, car ils n'ont pas forcément intégré les règles préventives. Rappelez-leur systématiquement (en leur expliquant pourquoi) de se laver les mains, de ne pas toucher les animaux (risque de *rage*) et de ne pas accepter de nourriture sans votre autorisation.

Les médicaments destinés à prévenir **le paludisme** peuvent être contre-indiqués chez l'enfant et a fortiori chez le *nourrisson*. Ainsi, comme pour la femme enceinte, dans les pays où le paludisme a beaucoup de chances de résister aux traitements habituels, il devient compliqué de le prévenir efficacement chez l'enfant. De tels pays sont déconseillés avant l'âge où le paludisme peut être prévenu efficacement.

Mesurez aussi l'impact de certains souvenirs chez les enfants : si la misère peut vous choquer, ce peut être encore plus impressionnant pour eux.

Quelles vaccinations pour les enfants voyageurs ?

Les vaccinations universelles doivent bien sûr être à jour : BCG, diphtérie, tétanos, poliomyélite, coqueluche, hépatite B. La vaccination contre la rougeole, maladie responsable d'épidémies meurtrières dans certains pays, pourra être avancée à 9 mois, et suivie d'un rappel 6 mois plus tard, avec les oreillons et la rubéole.

Certains parents européens sont méfiants et refusent même les vaccins. Le risque d'exposer leurs enfants non vaccinés est sans doute limité dans nos pays où l'hygiène est bonne et où, surtout, la majorité des autres enfants est vaccinée : la protection de la population infantile réduit le risque de contamination à un très faible niveau. En revanche, dans les pays en voie de développement, ces maladies ne sont pas toujours maîtrisées et **un enfant non vacciné sera en réel danger**. Pour mémoire, rappelons l'histoire tragique de cet enfant non vacciné contre la diphtérie et emmené au Népal par ses parents : leur inconscience lui fut fatale.

Les vaccinations de l'enfant voyageur

Remettre à jour : BCG, diphtérie, tétanos, poliomyélite, hépatite B, ROR...

Avancer : rougeole dès 9 mois.

Envisager des vaccinations spécifiques si :
- hygiène moyenne : hépatite A, typhoïde,
- séjour prolongé en zones arides : méningocoque,
- séjour prolongé : rage,
- séjour prolongé en forêt d'Europe en été : encéphalite à tiques,
- séjour rural prolongé en Asie : encéphalite japonaise.

Quelles mesures prendre sur place ?

La prévention du paludisme par le Lariam® (voir p. 229) n'est pas recommandée pour les enfants de moins de 15 kg (environ 3 ans). Malarone® (voir p. 236) n'est utilisable que pour les enfants de plus de 40 kg. Seule la Nivaquine® (voir p. 243) possède une forme sirop. Les antipaludiques doivent être gardés hors de portée des enfants. L'innocuité des répulsifs n'est pas établie pour les enfants de moins de 2 ans. Les lits et les berceaux seront protégés par une moustiquaire imprégnée d'insecticide. À l'extérieur, utilisez des serpentins pour éloigner les moustiques. **En cas de fièvre dans une région impaludée, une consultation médicale est impérative.**

Si vous n'êtes pas sûr de disposer d'eau minérale encapsulée pour **préparer les biberons**, prévoyez le matériel pour désinfecter l'eau (voir le chapitre Se protéger des maladies infectieuses). Même si vous ne désinfectez plus les biberons et les tétines en Europe, faites-le dans les pays tropicaux, soit avec un stérilisateur si vous pouvez vous en procurer un sur place, soit avec des pastilles de désinfection à froid. Prévoyez alors un grand récipient pour mettre les biberons à tremper. Renseignez-vous sur l'existence des laits maternisés et des petits pots dans les pays que vous visiterez. Si vous pensez avoir du mal à les trouver, emportez-les.

La protection contre le soleil : un nourrisson ne doit pas être exposé au soleil pendant les 6 premiers mois. Ensuite, l'exposition sera progressive, avec toutes les précautions requises : chapeau, vêtements légers et aérés, écran total sur les parties découvertes. Le sable et l'eau réfléchissent le rayonnement solaire, ce qui explique que la protection d'un simple parasol ne suffise pas sur une plage. Évitez les heures de la mi-journée où l'ensoleillement est maximal. Reportez-vous au chapitre Soleil et chaleur, vous y trouverez des conseils qui vous concernent aussi.

La prévention du coup de chaleur et de la *déshydratation* concerne tous les enfants, mais les facteurs de risque ne sont pas forcément les mêmes à tous les âges. Les adolescents sont plutôt exposés à l'*hyperthermie* d'effort lors d'activités physiques au soleil ; les nourrissons peuvent être victimes de la chaleur même sans être au soleil (dans une voiture ou un bus, par exemple). La fièvre, les *diarrhées* et les vomissements font courir le risque de déshydratation qu'il faut pouvoir prévenir. Votre trousse médicale devra contenir des sachets pour préparer des solutions de réhydratation.

Enfin, si vous prévoyez des baignades, équipez les enfants de sandales en plastique sur les plages tropicales et, pour ceux qui ne savent pas nager, de brassards ou de maillots de bain à flotteurs. Les nattes en paille (on en trouve de fort belles dans de nombreux pays) sont préférables aux serviettes en éponge pour se protéger des parasites contenus dans le sable. Voir le chapitre Baignades et plongée.

Qu'emporter de spécial pour voyager avec des enfants ?

Il faut prévoir de quoi soigner les bobos et les petites maladies sur place, et des sachets pour préparer des solutions de réhydratation si vous voyagez avec un nourrisson.

Une trousse médicale pour enfant vous est proposée plus loin, ainsi qu'une trousse pour bagage à main pendant les trajets (voir le chapitre Transports et trajets).

Pour les enfants souffrant d'une maladie chronique, prévoir les médicaments nécessaires pour tout le séjour et, éventuellement, du matériel (aérosols et chambre d'inhalation pour un enfant asthmatique, par exemple). Emportez également les ordonnances et les notices des médicaments.

Les seniors sur la route

Avec l'amélioration des conditions de voyage, de nouveaux horizons s'ouvrent aussi aux seniors qui sont de plus en plus nombreux « sur la route ». Préparez votre voyage en veillant à faire des étapes courtes, à choisir la saison offrant le climat le plus agréable, à mesurer la difficulté des excursions prévues.

Une consultation médicale est préférable avant le départ. Si vous suivez un traitement, vous devez prévoir vos médicaments pour la durée du séjour, surtout dans les pays en développement où les contrefaçons sont possibles. Emportez aussi les ordonnances et les notices des médicaments, ainsi qu'un certificat de votre médecin, si possible rédigé en anglais, mentionnant votre traitement (nom des molécules, doses) et les raisons pour lesquelles il vous a été prescrit.

Si vous devez prendre une prévention contre le paludisme, signalez au médecin vos médicaments habituels pour éviter les interactions néfastes. Certaines molécules que vous prenez depuis des années ne font peut-être pas bon ménage avec le soleil et peuvent créer des accidents de *photosensibilisation* (voir le chapitre Soleil et chaleur). Vérifiez sur la notice de votre médicament qu'il ne présente pas ce risque.

Si vous avez des problèmes cardiaques ou respiratoires, ou si vous êtes fumeur, vous risquez de souffrir du *mal des montagnes* en arrivant en avion dans certaines villes haut perchées. Une prévention est possible.

Le voyage pourra être l'occasion de remettre à jour certaines **vaccinations** et d'en pratiquer de nouvelles : l'hépatite A, très fréquente dans les pays en développement, devient plus dangereuse avec l'âge ; la grippe s'attrape en toute saison en voyageant ; le tétanos menace les voyageurs (comme les amateurs de jardinage, d'ailleurs...).

Les trajets un peu longs, en position assise, augmentent le risque de *phlébite*. Une prévention est possible avec des bas de contention et des exercices musculaires au cours du trajet. Pour les personnes qui ont déjà présenté une phlébite, la meilleure prévention pour un long trajet est une injection d'héparine. Parlez-en à votre médecin.

Enfin, une fois sur place, **méfiez-vous du soleil et de la chaleur**. Souvenez-vous que la sensation de soif s'atténue avec l'âge et qu'il faut boire régulièrement, même si vous n'en éprouvez pas le besoin, pour prévenir la *déshydratation*.

Le diabète en voyage

Sauf en cas de *diabète* très grave et instable, le voyage n'est pas contre-indiqué, mais des précautions s'imposent. La mise à jour des vaccinations est bien sûr essentielle pour les diabétiques. Le mieux est de **consulter son médecin avant le départ** et de prévoir avec lui les adaptations du traitement. Il rédigera aussi un certificat, en anglais pour un voyage international, détaillant la maladie et son traitement (spécifiant qu'il nécessite des aiguilles et des seringues pour passer les douanes sans encombres) et donnera les coordonnées d'un correspondant sur place.

Il faut vérifier que le contrat d'assurance-assistance n'exclut pas les diabétiques, bien préparer sa pharmacie de voyage et **prévoir la perte d'un bagage** : emportez le traitement complet pour le séjour dans votre valise (médicaments, matériel d'injection et de contrôle de la *glycémie*) et la même chose dans votre bagage à main.

Il faut pouvoir faire face à un retard pendant le trajet, voire à l'absence d'un repas pour **prévenir les malaises hypoglycémiques**. Certaines compagnies aériennes proposent des plateaux repas pour diabétiques, à condition d'avoir été prévenues suffisamment tôt. Si vous êtes traité par *insuline*, réduisez la dose le jour du départ.

Pendant le trajet, faites des **contrôles de glycémie** plus fréquemment. Les *antidiabétiques* oraux seront pris comme d'habitude au moment des repas, en respectant l'intervalle entre les prises et en absorbant si besoin des *glucides* pour éviter les malaises *hypoglycémiques*. Pour les traitements par insuline, une adaptation des horaires est à prévoir avec le médecin si le décalage horaire est supérieur à 2 ou 3 heures. Sinon, il faudra « jongler » avec insuline rapide et sucres rapides en surveillant étroitement la glycémie. Si vous voyagez seul, prévenez le personnel de l'avion de votre diabète.

Les diabétiques devront prendre avec eux lors de leurs déplacements :

- les médicaments pour la durée du séjour ;
- de l'insuline rapide si vous êtes traité par insuline ;
- le nécessaire pour l'auto-contrôle de la glycémie ;
- des sucres rapides : biscuits, fruits ;
- des sucres lents : pain.

Une fois sur place, veillez à la **conservation de vos produits** à bonne température. Tenez compte des modifications de vos apports alimentaires en fonction de la cuisine locale : faites des contrôles plus fréquents. Respectez les règles d'hygiène comme tout un chacun et, encore plus que d'habitude, prenez soin de votre peau et de vos pieds : vous savez que c'est votre point faible (*pied d'athlète*).

Si vous souffrez de diarrhée, soyez très vigilant : arrêtez votre traitement par voie orale tant que vous ne vous alimentez pas ; si vous êtes traité par insuline, continuez les injections en prenant des sucres rapides.

Les malades du cœur

Là encore, **une visite chez votre médecin est indispensable** pour bien préparer votre voyage : parlez-lui de votre destination et vérifiez que les conditions climatiques ou l'altitude ne sont pas dangereuses pour vous. Il rédigera un certificat, en anglais si besoin, décrivant votre maladie et son traitement. Un contrat d'assurance-assistance est bien sûr indispensable (attention aux clauses d'exclusion). Emportez vos médicaments en double quantité, répartie dans deux bagages différents pour pallier la perte ou le vol : gardez avec vous une partie de votre traitement pendant les trajets.

Évitez les efforts inhabituels pendant le voyage : évitez au maximum le stress et la fatigue. N'hésitez pas à utiliser un chariot ou à vous faire aider par un porteur pour transporter vos bagages. Protégez-vous du soleil et de la chaleur. Ne négligez pas votre régime si vous en suivez un pour votre *hypertension* ou votre *cholestérol.*

Certains médicaments nécessitent une attention particulière :
- Si vous prenez des *diurétiques,* sachez qu'en cas de grosse chaleur, de fièvre ou de *diarrhée,* il faudra interrompre ou diminuer votre traitement pour éviter une *déshydratation.*
- Des médicaments utilisés en cardiologie exposent au risque de *photo-sensibilisation* : à vérifier dans le chapitre Soleil et chaleur.
- Certains *antiarythmiques* ou *antihypertenseurs* peuvent se révéler dangereux si vous présentez une diarrhée ou des vomissements : dans certains cas, une prévention de la *diarrhée du voyageur* peut être indiquée.

Si vous êtes *insuffisant coronarien,* votre *vasodilatateur* (dérivés de la trinitrine, par exemple) ne doit, comme d'habitude, pas vous quitter. Emportez dans vos bagages un électrocardiogramme récent.

La séropositivité à VIH

En l'absence de contraintes médicales particulières pour le traitement ou la surveillance, les voyages ne sont pas déconseillés aux immunodéprimés. **Certains pays exigent un test sérologique négatif** au moment où vous demandez le visa, surtout pour un séjour prolongé, malgré l'inutilité préventive d'une telle démarche...

Sur le plan purement médical, certaines spécificités concernant l'infection à *VIH* sont à connaître :

- La vaccination contre la *fièvre jaune* est contre-indiquée si l'immunodépression est importante (*vaccin* vivant atténué). Le risque peut être celui d'une infection provoquée par la vaccination mais, surtout, d'une inefficacité de ce vaccin chez l'immunodéprimé.
- Le *paludisme* est aussi grave chez les patients séropositifs que chez les autres sujets. La prévention par des médicaments n'interfère pas avec l'infection à VIH, mais parfois avec son traitement (indinavir).
- Certains *antibiotiques* souvent utilisés par les séropositifs sont *photosensibilisants* : cyclines, fluoroquinolones, sulfamides. Évitez alors l'exposition au soleil et appliquez un écran total sur les parties découvertes.

Et, bien sûr, respectez strictement les mesures d'hygiène universelles : précautions alimentaires, lutte contre les moustiques, etc.

Vérifier sa check-list

À prévoir au moins 1 mois avant le départ

- **Formalités :**
- assurance/assistance,
- formulaire E111 (Europe).

- **Consultations :**
- dentiste,
- médecin (maladie chronique, mise à jour des vaccinations...),
- médecine du voyage, si vaccination fièvre jaune, encéphalite japonaise ou méningite (voir fiches Destinations),
- test de grossesse.

10 jours avant le départ

- Commencer à constituer la trousse médicale.

- Protection contre les moustiques : imprégnation des vêtements et des moustiquaires avant de les mettre dans la valise.

- Si vous devez prendre du Lariam® (voir p. 229) pour vous protéger contre le paludisme, commencez 10 jours avant le voyage pour vérifier la bonne tolérance.

La veille du départ

- Prévention du paludisme : commencer les traitements préventifs par Nivaquine® (voir p. 243), Savarine® (voir p. 261), Paludrine® (voir p. 246), Malarone® (voir p. 236).

- Limitez les boissons gazeuses et les légumes secs si vous devez prendre l'avion (gaz).

- Préférez l'eau et les légumes verts pour prévenir la constipation.

Ne pas oublier le jour du départ

● **Hydratez** votre peau avant de prendre l'avion.

● Pour la prévention des phlébites liées aux longs trajets, les **bas de contention** doivent être mis dès le matin du départ.

● Les candidats au **mal des transports** n'oublieront pas leur traitement préventif.

● Vos **lunettes** de rechange ne doivent pas rester dans leur tiroir.

À mettre dans le bagage à main :

- contrat assurance/assistance,
- carte de groupe sanguin,
- carnet de vaccinations,
- certificat médical (maladie chronique...),
- ordonnances,
- trousse médicale « trajets »,
- nécessaire enfants (voir le chapitre Transports et trajets),
- chewing-gums, bonbons (contre les problèmes d'oreilles en avion).

Et ne partez pas sans...

- votre passeport,
- votre permis de conduire international,
- vos billets et réservations,
- votre précieux *Vidal du voyageur*...

De la même façon que vous prévoyez votre itinéraire et vos activités lors de votre séjour, vous devez anticiper les éventuels problèmes de santé en voyage. N'attendez pas le dernier moment pour vous inquiéter des formalités d'assurance et pour organiser votre préparation physique.

Emporter
une trousse médicale

Les médicaments seront transportés dans leur emballage. Évidemment, cela prend plus de place, mais limite les risques d'erreur. Les formes suppositoires sont à éviter en pays chauds.

L'importance de la trousse médicale dépend bien sûr des conditions de voyage et de vie sur place. Vous trouverez donc une trousse de base, à compléter si vous êtes randonneur, si vous partez dans le désert, ou si vous voyagez avec des enfants.

Pour vos déplacements, en particulier en avion, prévoyez une trousse « trajets » à glisser dans votre bagage à main.

N'oubliez pas vos médicaments habituels et les ordonnances.

Pour les adultes

Elle doit comporter vos traitements habituels ainsi que des médicaments et du matériel pour faire face aux petits bobos. Prévoyez également les produits que vous utilisez de temps en temps pour des problèmes récurrents : *migraine, asthme, mycoses, herpès*, douleurs articulaires...

On peut conseiller d'emporter au minimum dans ses bagages :

• Protection contre le *paludisme* : médicaments à usage préventif et *traitement présomptif.*

• Lutte contre les insectes : *répulsifs*, insecticides, etc.

● *Antalgiques* et *antipyrétiques* tels que Doliprane ® (voir p. 205) : le paracétamol résiste mieux à la chaleur que l'aspirine ou l'ibuprofène et présente moins de risques d'*effets indésirables.*

● Antidiarrhéique type Imodium ® (voir p. 224) ou Tiorfan ® (voir p. 273).

● *Antiémétique* contre le mal des transports, type Nausicalm ® (voir p. 241).

● Éventuellement un *tranquillisant* type Lexomil ® (voir p. 231).

● Contre le soleil : écran solaire et crème contre les brûlures type Biafine ® (voir p. 192), par exemple.

● Collyres en dosettes : *sérum physiologique*, collyre *antiseptique* type Biocidan ® (voir p. 193).

● Soin des plaies : désinfectant type Biseptine ® (voir p. 194), pommade ou gel antiseptique type Bétadine ® (voir p. 191), pommade cicatrisante type Pommade au Calendula ® (voir p. 254), pansements stériles, sutures adhésives type Stéri Strip ® (voir p. 268), compresses stériles, bande de contention.

● Matériel : thermomètre incassable, pince à épiler, petits ciseaux, matériel à usage unique (aiguilles et seringues), préservatifs, tampons périodiques, épingles de sûreté.

● Désinfection de l'eau de boisson.

● **Pour le trekking**, il vous faut de quoi soigner les ampoules ou les *entorses* et faire face au *mal des montagnes*. En plus de la trousse de base, il est donc conseillé d'emporter :
- des pansements spéciaux pour recouvrir les zones de frottement,
- une pommade *anti-inflammatoire* type Nifluril ® (voir p. 242),
- de l'alcool à 60° pour faire des compresses alcoolisées sur les entorses,
- Diamox ® (voir p. 204) pour le mal des montagnes.

● **Pour le désert**, des comprimés de sel sont nécessaires pour éviter la *déshydratation*. Documentez-vous pour constituer correctement votre kit de survie avec boussole, miroir, sifflet...

La trousse « trajets » de l'adulte

Médicaments contre le mal des transports.

De quoi soigner fièvre et *diarrhée* : Efferalgan ® (voir p. 208), Smecta ® (voir p. 264), par exemple.

Pour un voyage en avion :
- dosettes de sérum physiologique pour hydrater vos fosses nasales,
- crème hydratante pour la peau,
- masque,
- boules de mousse pour les oreilles.

Elle est à compléter avec vos médicaments habituels, et les anti-paludiques si votre destination l'impose.

Pour les enfants

Tous les médicaments conseillés pour l'adulte sont à emporter sous forme pédiatrique. Si vous voyagez en pays chaud, votre trousse doit s'enrichir de **sachets de réhydratation orale**. Si vous préparez encore des biberons, n'oubliez pas le **matériel pour la stérilisation**.

Votre bagage à main doit comporter de quoi soigner fièvre et diarrhée pendant le trajet, nourrir et changer votre enfant, l'occuper si le voyage est long (voir le chapitre Transports et trajets). Prenez un ou deux sacs en plastique s'il est sujet au mal des transports.

Se protéger des principales maladies infectieuses

Les maladies les plus fréquentes ou les plus graves qui guettent le voyageur peuvent être prévenues, selon les cas, par la vaccination, par une *chimioprophylaxie* pour le *paludisme*, par la lutte contre les insectes ou par la consommation d'une eau saine.

Quelles vaccinations ?

N'attendez pas le dernier moment pour vous poser la question des vaccinations, car les délais à respecter entre les injections ne sont pas toujours compressibles. Dans tous les cas, un voyage est l'occasion de **remettre à jour** vos *vaccins*. Vous pouvez rencontrer diphtérie, tétanos, poliomyélite, hépatite B, etc., en Europe également...

Selon votre destination et les conditions de votre séjour, vous pouvez avoir besoin de **vaccinations supplémentaires**, même si les pays d'accueil ne les exigent généralement pas. Les fiches Destinations vous permettront d'anticiper et de prévoir les consultations nécessaires. Certaines personnes peuvent présenter des risques particuliers liés à leurs loisirs ou à leur profession sur place.

Aujourd'hui, les vaccinations sont généralement bien tolérées. Les seules vraies contre-indications sont un précédent d'*allergie* au vaccin ou, pour les vaccins vivants atténués (rougeole, oreillons, rubéole, fièvre jaune) et le BCG, un *déficit immunitaire*.

Les vaccinations universelles

Ce sont celles qui sont effectuées en Europe chez les enfants : à la naissance (BCG), dès les premiers mois (diphtérie, poliomyélite, tétanos, coqueluche, hépatite B) ou au cours de la 2e année (rougeole, oreillons, rubéole).

Si la plupart de ces maladies concernent plutôt les enfants, des adultes peuvent en être atteints s'ils ne sont pas immunisés par le vaccin ou par la maladie elle-même, contractée pendant l'enfance. Les femmes, dispensées de service militaire, n'ont parfois reçu aucune vaccination. Il faut faire le point sur vos maladies d'enfance et sur vos vaccinations avant de consulter. Avez-vous eu la rougeole et la coqueluche, êtes-vous protégé contre la diphtérie, le tétanos et la poliomyélite, votre BCG avait-il « pris » ?

Aujourd'hui, des vaccins combinés existent et une seule injection peut vous protéger contre plusieurs maladies. Cela simplifie beaucoup les choses et permet de proposer un calendrier vaccinal sur mesure, à coordonner avec les vaccinations spécifiques au voyage.

Vaccinations pour le voyage

Le niveau d'hygiène du pays que vous visiterez est le premier critère :

• Il peut être opportun de vous vacciner contre l'*hépatite* A si vous n'êtes pas immunisé. C'est une maladie contre laquelle les Européens ne s'immunisent plus pendant l'enfance, car les conditions d'hygiène se sont beaucoup améliorées. Si vous avez plus de 50 ans ou que vous avez vécu dans un pays en voie de développement, vous êtes peut-être immunisé : une simple prise de sang vous le dira. Sinon, une seule injection 2 semaines avant le départ vous protègera pendant votre voyage. N'oubliez pas le rappel, 6 à 12 mois plus tard, qui vous protègera pendant 10 ans. Le vaccin s'adresse aux enfants dès l'âge de 1 an.

Il est vivement conseillé aux personnes âgées ou porteuses d'une hépatite B ou C de se faire vacciner contre l'hépatite A qui peut être grave pour elles.

• La vaccination contre l'**hépatite B** est recommandée en Europe aux enfants, aux professionnels de santé et aux personnes ayant des comportements à risque (toxicomanes, par exemple). Si vous séjournez longtemps ou souvent dans des pays où il est difficile d'avoir accès à une médecine de qualité, il vaut mieux vous faire vacciner : deux injections à 1 mois d'intervalle, un rappel 6 mois plus tard. Un vaccin couplé hépatite A/ hépatite B existe.

• La vaccination contre la *typhoïde* est recommandée aux personnes effectuant un séjour prolongé ou dans des conditions difficiles dans les pays où l'hygiène est précaire. Une seule injection 15 jours avant le départ protège pendant 3 ans. Les enfants peuvent être vaccinés à partir de 2 ans.

Qui doit envisager des vaccinations spéciales ?

• **Les voyageurs en partance pour :**
- un pays où l'hygiène est précaire : hépatite A et, si les conditions sur place sont mauvaises et le séjour prolongé : typhoïde ;
- un séjour prolongé, dans un pays où l'accès à des soins de qualité est aléatoire : hépatite B ;
- l'Afrique ou l'Amérique intertropicales : fièvre jaune (en centre spécialisé de vaccinations internationales) ;
- La Mecque : méningite à méningocoque (en centre spécialisé de vaccinations internationales) ;
- un séjour prolongé en zones rurales d'Asie pendant la saison humide : encéphalite japonaise (en centre spécialisé de vaccinations internationales).

• **Les jeunes voyageurs se rendant en zones arides** (Sahel notamment) pendant la saison sèche et qui vivront au contact de la population locale : méningite à méningocoque. Renseignez-vous auprès d'un centre de médecine du voyage pour savoir quel type de vaccin contre la méningite est nécessaire.

• **Les campeurs, marcheurs et routards** à destination de :
- l'Europe du Nord ou de l'Est au printemps ou en été : encéphalite à tiques ;
- Tous les pays en développement : rage.

• **Les vacanciers et les travailleurs en contact fréquent avec la terre ou l'eau douce** (assidus des sports nautiques, mineurs, égoutiers, travailleurs des travaux publics ou des abattoirs, etc.) : vaccination contre la leptospirose.

• **Les personnes en contact avec les animaux** vivants ou morts, sauvages ou domestiques : rage.

Selon votre destination ou la saison, vous pouvez avoir besoin de vaccins supplémentaires :

• *Fièvre jaune* (vaccin anti-amaril) : la vaccination est indispensable pour tout séjour dans une région intertropicale d'Afrique ou d'Amérique du Sud, même en l'absence d'obligation administrative, laquelle sert plus à protéger le pays d'accueil que les visiteurs. Elle est généralement exigée lorsqu'on vient d'un pays infecté pour pénétrer dans un pays indemne mais remplissant toutes les conditions pour que la fièvre jaune puisse se développer : climat, forêts, moustiques. La vaccination peut être pratiquée à partir de 1 an ou dès l'âge de 6 mois si nécessaire. Elle est déconseillée pendant la grossesse. Si le voyage en zone de fièvre jaune est absolument inévitable, la vaccination est indispensable même pendant la grossesse en raison de la gravité de la maladie ; il vaut mieux la faire au cours des 2e ou 3e trimestres. Signalez toute allergie à l'œuf qui nécessite des précautions particulières pour la vaccination.

L'injection unique doit être réalisée dans un centre agréé, au moins 10 jours avant le départ pour une première vaccination contre la fièvre jaune. En cas de revaccination, la protection est quasiment immédiate. La vaccination protège pendant 10 ans.

● *Méningite à méningocoque* : le vaccin est conseillé aux enfants et aux jeunes adultes se rendant pour un séjour prolongé dans une zone aride, poussiéreuse, notamment en Afrique subsaharienne pendant la saison sèche. Consultez un centre spécialisé pour savoir quel type de vaccin est nécessaire pour votre destination. Les contacts étroits avec la population favorisent la transmission du méningocoque et justifient la vaccination des enfants devant être scolarisés sur place ou retournant dans leur famille.

Les autorités d'Arabie Saoudite exigent que les pèlerins pour La Mecque soient vaccinés avec un vaccin spécial, couvrant plus de souches de méningocoques (« vaccin tétravalent »). Ce vaccin est disponible dans les centres agréés de vaccinations internationales (consultez les adresses en fin d'ouvrage). Il faut parfois prévoir plusieurs semaines de délai pour obtenir ce vaccin particulier.

La vaccination doit être effectuée au moins 10 jours avant le départ et restera efficace 3 ans. Elle peut être réalisée à partir de l'âge de 18 mois ou, en période épidémique, dès 3 mois.

● *Encéphalite japonaise* : elle est recommandée en cas de séjour prolongé en zone rurale d'Asie de l'Est ou du Sud. Le vaccin nécessite un délai de quelques semaines avant d'être disponible dans les centres de vaccinations internationales agréés. La vaccination doit débuter au minimum 1 mois avant le départ pour une protection dès l'arrivée : elle compte 3 injections, la dernière doit être effectuée au moins 10 jours avant le départ. Un rappel sera pratiqué 2 ans plus tard, si nécessaire. La vaccination est possible à demi-dose chez les enfants entre 1 et 3 ans.

● *Encéphalite à tiques* : la vaccination s'adresse aux amateurs de forêts s'ils se rendent en Europe du Nord, de l'Est ou centrale, de mai à octobre. Il faut vraiment s'y prendre à l'avance : prévoir les formalités administratives avant l'obtention du vaccin, 2 injections à 1 mois d'intervalle et la 3e, 9 mois plus tard. Un rappel sera effectué tous les 3 ans tant que le risque est important. La vaccination est possible chez l'enfant à partir de 3 ans en utilisant une demi-dose lors de la première injection et ce, jusqu'à 16 ans.

La vaccination contre l'encéphalite à tiques ne dispense en aucun cas de la lutte contre ces insectes, capables de transmettre d'autres maladies infectieuses non prévenues par un vaccin (voir le chapitre Insectes et animaux).

En fonction des activités sur place, une vaccination contre la *rage* ou la *leptospirose* peut être proposée aux personnes particulièrement exposées :

● La vaccination contre la **rage** peut être réalisée dès l'âge de la marche : 3 injections, un rappel 1 an plus tard. La protection dure 5 ans. Elle ne dispense pas d'un traitement curatif qui doit être mis en place le plus tôt possible en cas d'exposition à la rage (voir le chapitre Insectes et animaux), mais elle le simplifie.

● La vaccination contre la **leptospirose** s'adresse à certaines catégories professionnelles et aux férus de canoë, kayak et autres sports nautiques : 2 injections à 15 jours d'intervalle, un rappel 6 mois plus tard, puis tous les 2 ans. Elle ne protège pas contre tous les types de leptospirose.

Prévenir le paludisme

Il reste le risque le plus important pour des voyageurs se rendant dans la plupart des pays tropicaux, en saison humide ou lors des semaines suivantes. Dans certaines zones, le risque est majeur toute l'année avec des souches dangereuses, parfois résistantes aux médicaments. Les populations locales ont développé une immunité qui les protège, mais un Européen, et même un Africain parti depuis longtemps, ne sont pas immunisés et peuvent mourir de paludisme lors d'un voyage dans certaines régions.

La protection contre le paludisme a 3 règles d'or : une prévention médicamenteuse adaptée à la destination, une lutte sans merci contre les moustiques, un *traitement présomptif* du paludisme pour toute fièvre suspecte.

Quel traitement préventif ?

● Le *traitement préventif* par des médicaments n'est pas toujours nécessaire si le séjour dure moins d'une semaine ou si vous visitez seulement des villes. Consultez la fiche Destination qui vous concerne. Selon la nature des souches de paludisme présentes et leur niveau de résistance aux médicaments, les pays sont répartis en plusieurs groupes.

Groupe 1 : souches toujours sensibles à la Nivaquine® (voir p. 243) à commencer la veille du départ et à poursuivre 4 semaines après le retour.

Groupe 2 : existence de souches pour lesquelles la Nivaquine® seule ne suffit pas. Il faut prendre, chaque jour, soit Nivaquine® + Paludrine® (voir p. 246) ou Savarine® (voir p. 261), depuis la veille du départ et pendant 4 semaines après le retour ; soit, en cas de problèmes avec ces produits, Malarone® (voir p. 236), à débuter la veille du départ et à poursuivre 1 semaine au retour.

Groupe 3 : fréquence élevée de souches résistantes aux différents médicaments. Le produit recommandé est Lariam® (voir p. 229), 1 comprimé par semaine, qu'il faudra poursuivre 3 semaines après le retour. Il est conseillé de débuter le traitement 10 jours avant le départ pour vérifier sa bonne tolérance : certaines personnes peuvent ne pas supporter Lariam® et il ne faut pas courir le risque d'un arrêt prématuré du traitement pour cause d'intolérance. Il serait nécessaire, dans ce cas, de mettre en place une autre prévention avant le départ.

Certaines régions du groupe 3 hébergent des souches devenues résistantes au Lariam® (frontières de la Thaïlande avec le Cambodge, le Laos, le Myanmar) : on peut utiliser soit Malarone® (voir p. 236), soit un antibiotique de la classe de la doxycycline type Doxypalu® (voir p. 206) sous forme monohydrate, sauf chez la femme enceinte et l'enfant de moins de 8 ans. La doxycycline peut entraîner une *photosensibilisation* et des *mycoses*.

Certains antipaludiques sont contre-indiqués pendant la grossesse ; il est impératif de poursuivre une contraception efficace pendant 3 mois après la dernière prise de Lariam®, et pendant 1 semaine après la dernière prise de Doxypalu®.

● **La prise d'un traitement préventif du paludisme ne dispense pas de la protection contre les moustiques** pour deux raisons :
- Vous pouvez avoir la malchance de rencontrer une souche résistante et il suffit d'une seule piqûre pour être contaminé.
- Les moustiques peuvent transmettre d'autres maladies pour lesquelles aucun traitement préventif n'existe.

Les moustiques responsables de l'inoculation du paludisme sont les anophèles femelles qui piquent le soir et la nuit.

La lutte contre les insectes

Un véritable arsenal est à votre disposition pour échapper aux piqûres d'insectes, et vous pouvez combiner les différents moyens. C'est surtout le soir et la nuit que les moustiques sont nombreux, mais certains piquent aussi le jour, comme l'Aedes qui peut transmettre la *fièvre jaune* (mais vous serez vacciné...), et la *dengue* (aucune prévention en dehors de la lutte contre les moustiques). Les autres insectes peuvent vous importuner également jour et nuit. Les tiques, les punaises, les mouches, les puces, tout ce petit monde doit être traité avec fermeté. Pour vous en convaincre, lisez donc le chapitre Insectes et animaux. Il n'est pas question d'utiliser forcément tous les moyens à la fois, mais d'avoir en toute circonstance de quoi se défendre.

Les répulsifs

Ils éloignent la majorité des insectes et on les utilise directement sur la peau qui n'est pas protégée par un vêtement. Ils sont contre-indiqués chez la femme enceinte, et leur innocuité chez le petit enfant n'est pas formellement reconnue. Ces produits ne doivent pas être au contact des *muqueuses* ou des lèvres. Ils doivent être utilisés exclusivement sur peau saine. La durée de protection varie de 2 à 5 heures en fonction des produits et de la chaleur. Il faut donc renouveler les applications, surtout si vous transpirez, si vous vous baignez ou si vous vous douchez.

Les répulsifs ayant prouvé leur efficacité sont **le DEET (diéthylto-luamide)** dosé entre 35 et 50 %, **l'EHD (éthylhexanediol)** dosé entre 30 et 50 %, **le DMP (diméthylphtalate)** dosé à 40 % et **le 35/35** dosé à 20 %. Attention, pour une même marque, le dosage peut varier selon la présentation : crème, lotion... Pour les jeunes enfants, il est recommandé d'utiliser plutôt l'EHD à 30 %, en évitant les mains et le visage. Tous ces répulsifs peuvent aussi être pulvérisés sur les textiles, mais leur efficacité est alors de 2 heures seulement. Des produits plus persistants existent pour une telle utilisation.

Des gammes proposent des répulsifs adaptés à l'adulte ou à l'enfant, et des répulsifs (ou des insecticides utilisés comme répulsifs) pour imprégner les vêtements (Akipic®, Biostop®, Cinq sur Cinq®, Insect Ecran®, Moustidose®, Mousticologne®, par exemple). Des produits moins connus existent et sont aussi efficaces, à condition que le dosage du principe actif soit suffisant (à vérifier sur l'étiquette).

Les insecticides

Ils peuvent servir à l'imprégnation des vêtements, des toiles de tente, des moustiquaires et peuvent être diffusés dans l'air ambiant.

• **L'imprégnation des vêtements** n'est pas superflue, car certains insectes peuvent piquer à travers le tissu. Pour imprégner les textiles d'insecticide, il existe deux techniques : la **pulvérisation** sur la face externe des vêtements (protection d'environ 2 semaines), ou le **trempage** (la protection résiste à 6 ou 8 lavages). On utilise généralement la perméthrine.

• **Pour diffuser un insecticide** dans votre chambre, un aérosol ne vous sera pas d'une grande utilité : son effet foudroyant est transitoire. Il vaut mieux un moyen plus durable et la plaquette électrique est encore le plus efficace (quand c'est possible...). Si vous n'avez pas l'électricité, si les coupures sont fréquentes ou si vous avez oublié votre adaptateur de prises, les tortillons vous débarrasseront des moustiques toute la nuit. Mais votre chambre doit être suffisamment aérée si vous ne voulez pas être incommodé par la fumée. Ils vous seront très utiles aussi en plein air, en complément des répulsifs et des vêtements imprégnés. Inutile de stocker vos tortillons à l'avance : ils se cassent très facilement et on les trouve dans toutes les épiceries des pays en voie de développement (« mosquito coils », en anglais).

La moustiquaire

Elle sera plus efficace si elle est imprégnée d'insecticide ; certaines le sont déjà à l'achat. Évidemment, elle doit être en bon état, avec des mailles fines. Elle doit toucher le sol ou être bordée sous le matelas. C'est la meilleure protection contre les moustiques nocturnes, mais aussi contre les punaises et d'autres insectes qui peuvent perturber votre sommeil.

On trouve facilement des moustiquaires dans le monde entier, mais le problème est de pouvoir les fixer. Il vaut mieux vous munir de cordelettes ou de ficelle, toujours utiles en voyage. Dans les pays adeptes du hamac, vous trouverez des crochets dans presque toutes les chambres d'hôtel et le bricolage sera assez facile.

La climatisation

Elle éloigne les moustiques ou les neutralise, mais ne les tue pas.

La désinfection de l'eau de boisson

Même si vous avez l'eau courante, elle n'est pas forcément propre à la consommation : renseignez-vous. Dans certains pays, une eau purifiée est vendue en bonbonnes. Sinon, ne consommez que de l'eau encapsulée ou purifiez vous-même l'eau du robinet ; elle vous servira aussi pour vous laver les dents et faire des glaçons.

Si vous utilisez une eau avec des particules en suspension (puits, eau de surface), il faudra d'abord la clarifier : la façon la plus simple est de la filtrer à travers plusieurs épaisseurs de filtres à café ou un linge propre. Ensuite, vous pourrez la désinfecter comme l'eau du robinet.

Il existe 2 méthodes : ébullition ou désinfection chimique plus microfiltration.

L'ébullition

Faire bouillir l'eau pendant **5 minutes** suffit, et c'est la méthode la plus sûre. Si c'est impossible, il faudra alors associer microfiltration et désinfection chimique pour une protection maximale.

La microfiltration

Elle est efficace contre les *parasites* et les *bactéries*, mais pas contre certains *virus*. Les principales marques de filtres sont Sweet Water®, Katadyn®, MSR®... Toutes les tailles existent, depuis le filtre portable de quelques centaines de grammes, au filtre pour alimenter un véritable campement (plusieurs kilogrammes).

La désinfection chimique

Elle n'est pas active contre tous les virus et parasites. Elle ne protège pas, par exemple, des *amibes*. Trois principaux types de produits existent, à base de chlore, d'argent ou d'iode. Les plus recommandés sont les produits chlorés purs type Aquatabs® (voir p. 186) ou associés à des dérivés d'argent type Micropure Forte® (voir p. 238). Si vous souhaitez conserver votre eau purifiée pendant longtemps, utilisez les dérivés d'argent. Les produits iodés sont contre-indiqués pendant la grossesse et chez les personnes atteintes de maladies de la thyroïde. Respectez scrupuleusement les indications du fabricant, notamment le temps de contact entre l'eau et le désinfectant. Avec les dérivés chlorés, votre eau de boisson aura un petit goût auquel il faudra vous habituer (il existe cependant des produits qui suppriment ce goût désagréable).

Prévoyez une consommation d'eau d'au moins 2 litres par jour et par personne, en ajoutant 1 litre par dizaine de degrés supplémentaire : 3 litres à 30 °C, 4 litres à 40 °C.

Si la sudation est importante, ajouter encore 1 litre par jour.

> Il est aujourd'hui facile de prévenir efficacement la plupart des maladies tropicales mortelles ou graves grâce à des moyens spécifiques, comme la vaccination ou la chimioprophylaxie du paludisme. La lutte plus large contre la transmission des maladies (insectes, eau contaminée...) permet aussi de limiter considérablement les maladies moins graves, mais temporairement invalidantes (turista, amibes, hépatite A...)

Transports et trajets

Vos bagages sont bouclés et c'est le jour J du départ. Pourtant, c'est un jour de réel stress : peur d'oublier quelque chose, de rater l'avion ou le train, etc. Les plus anxieux se demanderont s'ils ont bien fermé le gaz et toutes les fenêtres ! Prenez votre temps et reconsultez votre check-list.

Au cours des trajets, de petits problèmes peuvent survenir. On peut, par exemple, prévenir le mal des transports, qui peut arriver dans n'importe quel véhicule. L'avion, en revanche, expose à des inconforts particuliers en raison de l'atmosphère pressurisée et très sèche. À l'arrivée, à cause de la rapidité du transport, vous pouvez souffrir du décalage horaire ou, si vous atterrissez dans une ville de montagne, du *mal de l'altitude*.

L'immobilisation prolongée, souvent les jambes pliées, contrarie la circulation sanguine et peut provoquer des *œdèmes*, voire une *phlébite*. Là encore, une prévention est possible.

Les accidents de la voie publique, eux, sont plus difficiles à prévenir, mais vous pouvez réduire de beaucoup les risques avec un peu de bon sens et de prudence.

Si vous voyagez avec des enfants, quel que soit le moyen de transport, quelques précautions simples leur éviteront ennui et inconfort. Tout le monde y trouvera son compte : l'enfant, ses parents et les autres voyageurs !

Mal des transports

Tous les types de véhicules exposent au mal des transports, et même les cosmonautes peuvent en souffrir. Il vaut mieux envisager un *traitement préventif* si vous y êtes sujet ou si vous voyagez avec des enfants : une fois installé, le mal des transports est plus difficile à soigner, même si de petits trucs existent.

C'est **en bateau** que le problème se pose le plus fréquemment, même parfois sur une eau calme ; mais si la mer est agitée, tout le monde peut présenter nausées, *vertiges*, pâleur et sueurs. Les éventuels vomissements auront le mérite de vous soulager, au moins temporairement... En cas de croisière, les choses rentrent dans l'ordre au bout de quelques jours. Toutefois, à l'arrivée, ne pensez pas que tout est fini : vous pourrez ressentir le « mal de terre » pendant un petit moment et c'est presque aussi désagréable !

En avion, le décollage, les turbulences et l'atterrissage sont propices au mal de l'air.

En voiture, les virages sont souvent le motif d'arrêts urgents au bord de la route. Certains types de voitures (et de conducteurs !) sont plus défavorables que d'autres.

Quelles précautions prendre ?

Un peu avant le départ, un médicament peut être pris par *voie* orale. Nausicalm ® (voir p. 241) a l'avantage d'une forme sirop pour les enfants de plus de 2 ans. Pour les adultes, signalons Scopoderm TTS ® (voir p. 263), qui est un patch à coller derrière l'oreille 6 à 12 heures avant le voyage, et dont la durée d'action est de 72 heures. Lisez bien les notices : ces médicaments ont des contre-indications et ils peuvent être à l'origine d'une somnolence. Des produits *homéopathiques* existent également, par exemple Cocculine ® (voir p. 200).

Pendant le voyage, ne tentez pas le diable même si vous avez pris une prévention : ne surchargez pas votre estomac.

En avion, essayez d'avoir un siège dans une partie plus stable, par exemple au niveau des ailes.

Dans une voiture, le meilleur moyen d'être malade est sans doute de lire. Il vaut mieux admirer le paysage et confier la carte à quelqu'un d'autre ou alors prendre le volant.

Que faire en cas de mal des transports ?

Les médicaments sont les mêmes qu'en prévention, sauf le patch dont le délai d'action n'est pas adapté.

Si vous êtes **en bateau**, ne restez surtout pas prostré dans votre cabine, sortez sur le pont, prenez l'air et fixez l'horizon. Mais si le temps est très mauvais, n'allez pas risquer de passer par dessus bord et ayez toujours un sac en plastique à portée de main.

En avion, allongez votre siège autant que possible et évitez de trop bouger. Essayez quand même de déambuler un peu pour activer la circulation sanguine de vos jambes. En cas de trous d'air et au moment du décollage ou de l'atterrissage, impossible de s'allonger : prenez votre mal de l'air en patience.

L'avion

L'avion reste le moyen de transport le plus sûr et le plus rapide, même si vous avez parfois l'impression de perdre un temps fou en formalités, mesures de sécurité et déplacements dans les aéroports.

Le passage sous les portiques électroniques avant l'embarquement est obligatoire et l'alarme peut être déclenchée par des objets métalliques : clés ou boucle de ceinture, par exemple. Veillez à vous en débarrasser temporairement le temps de vous soumettre aux formalités de sécurité. Les porteurs de pace-maker ou de certaines prothèses auditives pourront demander à passer à côté des détecteurs pour ne pas courir le moindre risque de détérioration de leur pile. En revanche, les prothèses articulaires et les stérilets n'exposent pas à ce type de problème.

Dans la cabine, l'air est sec et frais. Munissez-vous d'un lainage et n'hésitez pas à demander des couvertures au personnel de bord. La sécheresse de l'atmosphère peut occasionner de petits problèmes tels que dessèchement cutané et *constipation* : buvez beaucoup d'eau et de jus de fruits (l'alcool aggrave la *déshydratation*, les boissons gazeuses peuvent majorer les gaz intestinaux), emportez avec vous une crème hydratante dont vous renouvellerez les applications au cours du voyage. Vous préparerez ainsi votre peau pour le soleil à l'aller, et vous protégerez votre bronzage au retour. Vous pouvez aussi humidifier vos fosses nasales avec du *sérum physiologique.* Il est conseillé aux porteurs de *lentilles de contact* de reprendre leurs lunettes le temps du vol, pour prévenir l'agression de la *conjonctive* due à la sécheresse de l'air ambiant.

Les fumeurs devront se passer de cigarettes dans l'immense majorité des aéroports et des avions. Le recours à des patchs ou des chewing-gums de nicotine est à envisager : le voyage sera moins pénible et ce sera peut-être l'occasion de vérifier qu'on peut vivre sans tabac !

Quelles sont les contre-indications à un voyage en avion ?

Elles sont liées aux conditions atmosphériques qui règnent dans la cabine (appauvrissement en oxygène, notamment) et aux difficultés à prendre en charge certaines urgences médicales si elles surviennent lors du vol. Ainsi, pour l'*OMS*, un voyage en avion est contre-indiqué dans les principaux cas suivants :
- enfants de moins de 7 jours ;
- femmes enceintes à moins de 4 semaines du terme supposé (8 semaines pour les grossesses multiples) ;

- femmes ayant accouché moins de 7 jours auparavant ;
- certaines maladies du cœur (*angine de poitrine*, *hypertension artérielle* ou *insuffisance cardiaque* mal contrôlées par le traitement, *infarctus du myocarde* dans les 3 mois précédents) ;
- *accident vasculaire cérébral* récent ;
- problèmes respiratoires importants (*insuffisance respiratoire*, *pneumothorax*) ;
- certaines opérations chirurgicales récentes (à voir avec le chirurgien) ;
- *anémie* ou *drépanocytose* sévères ;
- troubles psychiatriques récents ;
- *sinusite* ou *rhinopharyngite* aiguës ;
- personnes ayant fait une plongée sous-marine dans les 12 heures précédentes ou ayant présenté un accident de décompression.

Peur en avion

Elle est fréquente, parfois même chez des personnes ayant l'habitude de voyager, et elle est souvent associée à d'autres phobies : claustrophobie, agoraphobie. Les moments les plus propices sont le décollage, l'atterrissage et les turbulences. Souvenez-vous que l'avion est le moyen de transport le plus sûr et relaxez-vous.

Si vraiment vous avez du mal à contrôler votre anxiété, prenez un *tranquillisant* type Lexomil® (voir p. 231). Une petite dose suffit (1/4 de comprimé) car il faut pouvoir rester vigilant en cas d'incident au cours du vol. La prise d'alcool est tout à fait déconseillée si vous utilisez un tranquillisant.

Si ce problème est un véritable handicap pour vous, sachez que certaines compagnies organisent des stages pour apprendre à contrôler votre peur en avion.

Problèmes d'oreilles

En raison des variations de pression dans la cabine, les gaz contenus dans les cavités fermées de l'organisme changent de volume. Au décollage, les gaz intestinaux se dilatent et peuvent donner des douleurs abdominales. À l'atterrissage, l'air contenu dans les oreilles est à l'origine de bourdonnements et de baisse de l'audition. Si les fosses nasales sont mal ventilées (rhume, *sinusite*), le tympan peut subir un vrai traumatisme : c'est l'*otite barotraumatique*.

Quelles précautions prendre ?

Toute infection *ORL* doit être soignée avant le départ. En cas d'obstruction nasale ou d'*otite*, utilisez Déturgylone® (voir p. 202) en pulvérisations dans chaque narine, une heure avant le départ et l'atterrissage.

Au cours du vol, des petits trucs peuvent permettre d'améliorer la circulation de l'air dans les cavités ORL : déglutitions (un chewing-gum ou un bonbon vous aideront) ou bâillements répétés. Si cela ne suffit pas, pratiquez la manœuvre de Valsalva : inspirez profondément, bloquez votre glotte et expirez lentement en vous pinçant le nez. L'air sera chassé par les oreilles et les débouchera.

Si vous voyagez avec un nourrisson, prévoyez un biberon pour le décollage et surtout l'atterrissage. Proposez régulièrement une tétine à l'enfant.

Quand suspecter une otite barotraumatique ?

À la montée, mais surtout à la descente, les signes suivants sont évocateurs d'une otite barotraumatique (aerotitis, en anglais) :
- douleur brutale dans l'oreille, parfois à l'origine d'une syncope ;
- baisse de l'audition ;
- perception de bruits anormaux : sifflements, bourdonnements, etc. ;
- sensation d'oreille pleine ;
- impression pénible de s'entendre parler fort.

La consultation d'un médecin est indispensable pour visualiser les lésions du tympan et décider du traitement. Dans les cas mineurs, la guérison sans séquelles est spontanée. Dans les autres cas, le médecin peut prescrire par *voie* locale ou générale des *vasoconstricteurs*, des *antibiotiques* ou des *corticoïdes*.

Mal de l'altitude

Si vous êtes brutalement transporté à une altitude élevée, vous pouvez ressentir le *mal de l'altitude*, surtout si vous êtes *insuffisant cardiaque* ou respiratoire, ou même si vous êtes simplement fumeur : maux de tête, *vertiges*, nausées. Votre organisme a besoin d'un peu de temps pour s'acclimater à cette atmosphère moins riche en oxygène.

Les signes apparaissent dans les heures suivant votre arrivée et peuvent persister quelques jours. Mise au repos et patience suffisent généralement. Sinon, vous pouvez prendre du Diamox ® (voir p. 204), après avoir bien lu les contre-indications.

Si vous avez déjà l'expérience du *mal de l'altitude* ou des montagnes, un *traitement préventif* est envisageable : parlez-en à votre médecin avant votre départ.

Décalage horaire (jet lag, en anglais)

Certains voyageurs supportent bien le décalage horaire. Mais, générale-ment, quelques jours d'adaptation sont nécessaires lorsque vous fran-chissez plus de 4 fuseaux horaires. Votre organisme doit mettre son horloge biologique à l'heure de votre pays d'arrivée, en se calant sur des signes extérieurs comme la lumière du jour et l'heure des repas. Les troubles du sommeil sont fréquents, pouvant retentir sur l'humeur (voir chapitre Troubles du comportement) et sur les performances physiques et mentales.

On estime en général qu'il faut une journée pour rattraper une heure de décalage horaire. Ce sera plus facile si vous voyagez vers l'ouest : la journée alors s'allonge, et une petite sieste dans l'avion vous aidera à garder les yeux ouverts le soir. Les voyages vers l'est sont souvent plus difficiles à supporter car vous serez en pleine forme à l'heure où tout le monde ira se coucher. Si votre séjour dure seulement quelques jours, il vaut mieux, si c'est possible, conserver vos horaires de départ.

Comment limiter les effets du décalage horaire ?

Si possible, surtout pour les voyages vers l'est, commencez à décaler vos horaires quelques jours avant le voyage. Couchez-vous plus tôt le soir, même si ce n'est pas toujours facile compte tenu du stress du départ !

Une fois dans l'avion, le mieux est d'adopter tout de suite l'heure d'arrivée : réglez votre montre et essayez de respecter les horaires de veille et de sommeil de votre destination. Pour vous y aider, masques occultant la lumière et boules de mousse dans les oreilles peuvent être nécessaires (attention, toutes les compagnies ne les fournissent pas).

Un somnifère léger peut être utile, une fois sur place, pour trouver le rythme. Notons que la mélatonine, non commercialisée en France, n'a pas prouvé son efficacité ni son innocuité.

Comment faire avec les médicaments à prendre à heures fixes ?

Ne changez en aucun cas votre planning brutalement. Si la durée de votre séjour en vaut la peine, décalez progressivement les prises d'une heure par jour, au rythme de votre adaptation.

• Si vous devez respecter des horaires précis pour votre **pilule contraceptive** (pilules progestatives), vous pouvez également décaler la prise d'une heure par jour. Mais le plus simple est peut-être de rapprocher deux prises, pour vous caler sur l'heure de votre pays d'arrivée : un léger *surdosage* sera sans conséquence. L'important est de choisir la solution qui vous semble présenter le moins de risques d'oublis en fonction de vos habitudes et de vos occupations sur place. Si votre séjour se prolonge, commencez votre nouvelle plaquette comme vous en avez l'habitude à la maison (par exemple, au lever), pour retrouver le réflexe de prise à une heure naturelle pour vous. Il faudra refaire le même exercice au retour !

• Si vous êtes **diabétique**, prévoyez avec votre médecin, avant le départ, l'adaptation horaire de vos comprimés et, a fortiori de vos injections d'*insuline*.

Problèmes de jambes

Que ce soit en avion, en voiture ou en train, vous risquez de voyager les jambes pliées pendant de longues heures. Quelques précautions s'imposent pour que votre circulation sanguine ne s'en ressente pas. En avion, en plus de l'immobilité, la pression et la sécheresse de l'atmosphère jouent également un rôle. Après un voyage un peu long, vos jambes peuvent être gonflées et lourdes. Le **risque de *phlébite*** n'est pas négligeable dans les heures ou les jours qui suivent, surtout si vous avez des prédispositions : accidents identiques préalables, prise de pilule contraceptive ou de traitement hormonal de *ménopause*, grossesse, jambe immobilisée par des douleurs d'une autre origine ou par un plâtre, traumatisme abdominal ou intervention chirurgicale récents...

Quelles précautions prendre ?

Il faut **marcher** quand cela est possible (train, avion), ou faire des pauses toutes les deux heures en voiture. En station assise, faites des mouvements de cheville circulaires et verticaux pour faire travailler les muscles des mollets. Certaines compagnies aériennes projètent une vidéo pour inciter les voyageurs à faire ce type d'exercices. Portez des vêtements amples pour ne pas entraver la circulation sanguine. Buvez suffisamment.

La prévention mécanique la plus efficace est le port de **bas de contention** mis en place avant le départ. Pour les personnes à haut risque de phlébite, une injection *sous-cutanée* d'héparine type Lovenox® (voir p. 232) avant le départ est aussi possible. À voir avec votre médecin.

Quand s'inquiéter ?

Les premiers signes d'une phlébite sont souvent discrets : légère douleur avec perte de la souplesse du mollet voire gonflement. Consultez au moindre doute plutôt que de passer à côté d'une phlébite qui peut devenir dangereuse si elle n'est pas soignée.

Accidents de la voie publique

La route est dangereuse partout, et les facteurs majeurs d'accidents sont les mêmes, à des degrés différents, selon les pays : la vitesse bien sûr, l'état des routes et des véhicules, le comportement des conducteurs.

Si vous louez une voiture, veillez à l'état de ses équipements : pneus, freins, ceintures de sécurité, éclairage, essuie-glaces... Si vous louez un **deux-roues**, n'oubliez pas de vous procurer un casque.

Dans les pays en voie de développement, évitez de rouler la nuit : les autres véhicules peuvent ne pas être signalés, des animaux peuvent traverser la route, les nids de poule et autres crevasses deviennent invisibles, ainsi que les piétons. Il faut aussi adopter les règles de conduite locale, parfois mal vues dans nos pays : par exemple ne pas hésiter à faire des appels de phares ou à utiliser le klaxon, le bruit n'étant pas une préoccupation majeure dans certains pays.

Si vous visitez un pays où la conduite est à gauche, mieux vaut vous abstenir de conduire vous-même. Faites attention aussi en tant que piéton !

Les enfants et les voyages prolongés

Voyager avec des enfants suppose une bonne préparation et un équipement d'autant plus important que les enfants sont jeunes. Vous serez généralement bien accueilli, notamment dans les pays en voie de développement, et tout sera fait pour vous simplifier les choses. Restez cependant réaliste sur les aptitudes de vos enfants à supporter les lenteurs voire l'ennui lors des déplacements. Organisez vos étapes de façon à limiter les temps de transport, à profiter de votre temps libre et à éviter le stress.

Préparez soigneusement votre bagage à main, en prévoyant retard et incidents.

Voyager avec un nourrisson

Si vous voyagez en avion avec un *nourrisson*, demandez un berceau dès votre réservation. Pour une location de voiture, assurez-vous qu'un siège auto sera à votre disposition et que la voiture sera bien équipée de ceintures de sécurité.

Qu'emporter pour un nourrisson lors d'un trajet ?

Les repas : à moins d'un allaitement maternel exclusif, il vous faudra prendre avec vous au moins lait, petits pots, biscuits et eau minérale. N'oubliez pas biberon et tétines ainsi qu'un goupillon pour les nettoyer. Si vous stérilisez encore les biberons, prévoyez de prendre le matériel avec vous : un récipient large pour laisser tremper le biberon et les comprimés pour stériliser.

Les changes : prévoyez suffisamment de couches, de culottes et un vêtement de rechange au moins, des lingettes de toilette et de l'eau minérale en brumisateur pour rincer les fesses de bébé.

Quelques médicaments si le trajet est long : Doliprane ® (voir p. 27) pour la fièvre, Smecta ® (voir p. 264) pour la *diarrhée*, ainsi qu'un petit biberon pour les administrer.

Un lainage.

Des peluches, des jouets.

Et avec un enfant plus grand

Prévoir des jeux, des livres, des crayons de couleur et du papier si vous voyagez en train ou en avion.

Emportez des boissons et des petits gâteaux s'il semble difficile de s'en procurer pendant le trajet.

Un lainage peut être utile ainsi que des bonbons et des chewing-gums si vous voyagez en avion (pour prévenir les problèmes d'oreille).

N'hésitez pas à donner un *traitement préventif* du mal des transports, surtout chez les enfants de 3 à 8 ans : Nausicalm® (voir p. 241) en sirop par exemple. Prévoyez quand même un ou deux sacs en plastique pour les incidents !

La plupart des désagréments du voyage peuvent être prévenus par une bonne préparation : respect des contre-indications de l'avion, prévention du mal des transports, voire de l'altitude.

Au cours d'un voyage prolongé, il importe de marcher régulièrement pour activer la circulation sanguine tout en se ménageant des périodes de repos pour réduire les effets du décalage horaire ou de la fatigue. Ainsi vous arriverez en meilleure forme, prêt à profiter rapidement de votre séjour.

Mais avant de plonger dans l'eau bleue des lagons ou de partir à l'assaut des cimes, prenez le temps de vous informer sur les précautions à prendre sur place. Même si vous n'avez pas l'intention de parcourir les forêts tropicales, même si vous voyagez dans des conditions confortables, certaines erreurs sont à éviter. Le chapitre suivant vous y aidera.

Soleil et chaleur

Même s'il est agréable de profiter du soleil – et on va souvent le chercher bien loin –, celui-ci peut nous réserver quelques mauvaises surprises si l'on n'y prête pas attention. Bénéfique même à faible dose sur l'humeur ou la solidité osseuse, le rayonnement solaire a aussi des effets destructeurs sur nos cellules. Des effets nocifs peuvent apparaître à court terme : *allergie*, coup de soleil ; et à long terme : vieillissement prématuré de la peau, risque de cancer cutané, qu'il importe de prévenir en particulier chez l'enfant.

La meilleure protection est vestimentaire et toute exposition au soleil nécessite des précautions à ne pas négliger. On peut attraper des coups de soleil même à l'ombre ou sous un ciel nuageux, le risque de cancer augmente avec le temps global d'exposition et, malheureusement, nous ne sommes pas tous égaux sous le soleil : ici, ce sont les peaux très pâles qui sont défavorisées.

La chaleur, même en l'absence d'exposition au soleil, accélère l'évaporation de l'eau du corps et peut conduire à une *déshydratation* chez les voyageurs les plus fragiles. Il importe de boire suffisamment même sans sensation de soif (au moins 2 litres par jour, en ajoutant 1 litre par dizaine de degrés supplémentaire : 3 litres à 30 °C, 4 litres à 40 °C).

Les *nourrissons* sont à surveiller de près en cas de fortes chaleurs, des boissons leur seront proposées régulièrement. Rappelons que si le mot nourrisson évoque pour la plupart d'entre nous un *nouveau-né*, il désigne, dans le contexte médical, un bébé de 1 à 30 mois.

Les seniors, qui éprouvent moins la sensation de soif, doivent penser à s'hydrater suffisamment.

Coups de soleil et brûlures

Même si vous êtes parti chercher le soleil, rappelez-vous que trop de soleil est dangereux pour la peau à court et long termes : accélération du vieillissement cutané, augmentation du risque de *mélanome* (redoutable cancer cutané). Le risque de mélanome est directement lié à l'exposition solaire au cours de la vie. Le rôle très néfaste des coups de soleil pendant l'enfance a été largement prouvé. Le mélanome représente un vrai problème de santé publique dans certains pays, par exemple en Australie : l'ensoleillement y est très important et la blondeur des Australiens est un facteur de risque majeur.

Notre « capital soleil », c'est-à-dire notre capacité de réparation des effets néfastes du rayonnement solaire, varie suivant la quantité de *mélanine* présente dans nos tissus. Il est déterminé dès la naissance et dépend de la couleur de la peau, des cheveux et des yeux. Les sujets à peau claire, et notamment les roux, sont les plus exposés à l'agressivité des *UV.* On définit les phototypes par rapport à l'exposition solaire et il en existe 3 groupes : les sujets qui ne bronzent pas et brûlent, ceux qui bronzent après avoir brûlé et ceux qui bronzent sans brûler.

L'exposition solaire directe est déconseillée à **la femme enceinte** qui doit se protéger encore plus attentivement en raison du risque de *masque de grossesse.* Un écran total sur le visage est conseillé systématiquement en Europe dès le printemps : c'est dire les précautions à prendre sous les tropiques !

Quel écran solaire choisir ?

Le coup de soleil est plutôt dû aux *UV* B, le vieillissement et le cancer de la peau aux UV A. Il est plus facile de se protéger contre les UV B et, paradoxalement, le risque est alors d'accélérer le vieillissement : en supprimant le signe d'alerte qu'est le coup de soleil, on est tenté de s'exposer plus longtemps aux dangers des UV A. Ainsi, l'écran solaire doit procurer une protection UV B/UV A équilibrée, selon un rapport variant de 1 à 2.

L'indice de protection (anti-UV B) doit être choisi en fonction du phototype et du type d'ensoleillement. L'indice maximal (supérieur à 40) est vivement conseillé, systématiquement pour les enfants et les peaux fragiles, aux sports d'hiver ou en pays tropical. En dessous de 25, la protection est illusoire.

Les plus efficaces sont les écrans minéraux, contenus dans toutes les préparations pour enfants. Contrairement aux autres filtres, ils sont quasiment dépourvus de risque allergisant et ne sont pas absorbés par la peau. Leur seul inconvénient est esthétique : ils laissent un film blanchâtre sur la peau.

La texture de l'écran solaire a également son importance : les laits sont plus faciles à étaler mais moins couvrants que les crèmes, qui résistent plus longtemps à l'eau et la sueur.

La meilleure protection solaire est vestimentaire. Les écrans ne sont qu'un complément et, même aux indices de haute protection, ils laissent passer encore suffisamment d'UV pour bronzer.

L'utilisation systématique d'une crème écran solaire est vivement recommandée à tous en pays tropicaux, mais attention à ne pas s'exposer davantage sous prétexte qu'on utilise un écran solaire ! N'oubliez pas qu'un coup de soleil peut survenir même sans exposition directe : le rayonnement solaire est réfléchi par l'eau, bien sûr, mais surtout par le sable et encore plus par la neige. Donc, un parasol, par exemple, n'est qu'une protection illusoire s'il est utilisé seul. Un ciel nuageux laisse aussi passer les rayons dangereux et un coup de soleil est possible. Lorsque vous ressentez la brûlure, c'est déjà trop tard, il faudra renoncer au soleil quelques jours.

Selon l'intensité de la brûlure, les signes sont les suivants :
- apparition, uniquement dans les zones exposées, de plaques rouge vif, maximales en 12 à 24 heures et durant 3 à 5 jours (coup de soleil banal) ;
- 2e degré : les plaques sont parsemées de bulles plus ou moins grosses qui peuvent se regrouper ;
- maux de tête, frissons, fièvre sont fréquents en cas de coup de soleil sévère.

Quelles précautions prendre ?

Avant votre départ, vous pouvez faire quelques courtes séances d'*UV*. Vous gagnerez du temps, mais ce n'est pas indispensable, même si vous partez dans une région à fort ensoleillement. Le hâle protège des coups de soleil, car la *mélanine* est alors plus concentrée dans la peau. En revanche, la coloration obtenue avec les produits autobronzants n'a aucune vertu protectrice contre les UV.

Dans tous les cas, il vous faudra respecter les règles de prudence élémentaire :

• Éviter l'exposition aux heures les plus chaudes (de 11 heures à 15 heures), en particulier pour les enfants.

• Ne jamais exposer un *nourrisson* au soleil. Plus tard, l'exposition est possible de façon très progressive, par périodes de quelques minutes, en prévenant systématiquement les coups de soleil (écran total, vêtements adaptés, chapeau)... Attention aux landaus à fond clair qui réfléchissent la lumière.

• Porter lunettes, chapeau à larges bords, tee-shirt clair, même pour se baigner : la réverbération sur l'eau multiplie les risques et la sensation de chaleur est atténuée.

• Utiliser une crème écran solaire indice maximal et renouveler l'application régulièrement, car les baignades et la sueur éliminent le produit. Ne pas oublier certaines zones très exposées : nez, pommettes, oreilles, dos des mains et des pieds (voir ci-dessus l'encadré Quel écran solaire choisir ?).

• La durée d'exposition doit être progressive.

• Bien choisir la plage, avec de l'ombre si possible ; prévoir de l'eau.

• Éviter tous les produits de beauté et le parfum lorsque vous vous mettez au soleil : il existe un risque de *photosensibilisation*. Des substances contenues dans certains cosmétiques réagissent mal au soleil et provoquent une brûlure comparable à celle d'un coup de soleil. Même risque avec certains médicaments et certains aliments : vérifiez que l'exposition au soleil ne soit pas déconseillée et pas de citron pressé sur la plage !

Produits et aliments pouvant entraîner une photosensibilisation

• Lisez attentivement la notice de vos médicaments, surtout si vous prenez :
- certains *antibiotiques* (quinolones, sulfamides, cyclines) ;
- certains *neuroleptiques* ou *antidépresseurs* ;
- certains *anti-inflammatoires* ;
- de l'amiodarone.

• Attention aux parfums et cosmétiques surtout s'ils contiennent de la bergamote.

Que faire en cas de coup de soleil ?

• **Se protéger** du soleil immédiatement et pour plusieurs jours.

• **Analyser les erreurs commises** pour ne plus se laisser surprendre !

• Si le coup de soleil vous paraît disproportionné par rapport à l'exposition, si des démangeaisons existent, **envisagez l'hypothèse d'une *photo-sensibilisation*** : réfléchissez aux médicaments que vous prenez et aux aliments absorbés auparavant. Si un parfum est en cause, l'aspect est souvent en coulée et une pigmentation parfois marquée peut récidiver à chaque exposition solaire.

• **Se réhydrater** en buvant abondamment.

• **Appliquer des pansements humides** et/ou une crème pour brûlures type Biafine® (voir p. 192), en n'hésitant pas à renouveler les applications jusqu'à cessation de la sensation de cuisson.

• Si le coup de soleil s'accompagne de fièvre, de malaise, de cloques importantes, il vaut mieux **consulter** ; en attendant, un peu de paracétamol vous soulagera.

Allergie solaire

Joliment nommée *lucite* estivale, cette réaction de la peau apparaît brutalement 18 à 24 heures après l'exposition au soleil et dure une bonne semaine : la peau est rouge, parsemée de tout petits boutons, et les démangeaisons peuvent être intenses. Les zones les plus touchées sont le décolleté, les bras et avant-bras ; le visage est épargné (mais c'est au contraire, parfois, la seule localisation, dans les formes survenant aux sports d'hiver).

La lucite récidive généralement chaque année lors des premières exposi-tions, pendant une dizaine d'années. Elle touche les sujets de 20 à 35 ans, surtout les femmes.

L'utilisation préventive d'écrans solaires indice maximal ou de bêtacarotène type Phénoro® (voir p. 250), en l'absence de grossesse ou d'allaitement, peut être efficace.

Si l'*allergie* est très invalidante et résistante à cette prévention, d'autres traitements sont envisageables. À voir avec un dermatologue plusieurs semaines avant le départ.

Si l'allergie apparaît, la seule solution est de se protéger du soleil quelques jours, puis de reprendre éventuellement l'exposition, mais toujours de façon très prudente. En cas de démangeaisons, un *antihistaminique* type Zyrtec® (voir p. 287) peut être efficace.

Bourbouille et dyshidrose

Ce sont toutes deux des manifestations de la peau **dues à la chaleur**, sans gravité. Il faut savoir les reconnaître pour les soigner soi-même.

• **La bourbouille** touche surtout les *nourrissons*, sous forme de petits boutons au niveau du tronc, du cou, de la ceinture : c'est la sueur qui n'arrive pas à s'éliminer, car les canaux des glandes sudoripares sont obstrués. Ces petits boutons occasionnent démangeaisons et brûlures ; ils peuvent s'infecter.

Elle est favorisée par une atmosphère chaude et humide ou une poussée fébrile.

Il ne faut pas confondre la bourbouille avec d'autres problèmes cutanés fréquents chez l'enfant : une *allergie* médicamenteuse (notamment aux *antibiotiques*) ou la *sixième maladie* (roséole).

Le traitement repose sur la lutte contre la chaleur (atmosphère aérée et fraîche) aussi longtemps que durent les lésions, des douches fréquentes et des *antiseptiques* locaux type Biseptine® (voir p. 194).

• **La dyshidrose** est localisée aux mains et aux pieds, souvent sur les bords des doigts. De petites vésicules dures apparaissent, elles peuvent former des bulles au niveau des paumes et des plantes des pieds, et s'accompagnent de démangeaisons parfois intenses. Le contenu des vésicules peut s'infecter. Les applications d'alcool iodé ou de désinfectant suffisent souvent.

Conjonctivite

Les yeux sont très sensibles à la luminosité et doivent être protégés avec des lunettes filtrant les *UV*. Veillez à choisir pour vous comme pour vos enfants des **lunettes de qualité** et méfiez-vous des contrefaçons : des lunettes foncées, apparemment d'une marque respectable, ne protègent pas forcément des UV.

• En l'absence de cette protection élémentaire, une *conjonctivite* peut survenir : yeux rouges, sensation de brûlure. Si des troubles de la vue sont associés, il peut s'agir d'une maladie plus grave et il vaut mieux consulter avant tout traitement : certains collyres utilisés pour traiter une simple conjonctivite peuvent se révéler désastreux lors d'un autre problème.

• Le risque de conjonctivite liée aux UV est majeur sur l'eau et, surtout, en montagne : la neige réfléchit 85 % des rayons solaires. **L'ophtalmie des neiges** s'accompagne de douleurs intenses et d'intolérance totale à la lumière. Compte tenu du risque d'atteinte définitive de la vision, il faut impérativement rester dans l'obscurité jusqu'à cessation des *symptômes*. Des *antalgiques* sont nécessaires. En montagne, des lunettes filtrantes avec caches latéraux s'imposent. Si vos yeux sont clairs, vous pouvez améliorer la protection avec un collyre protecteur type Uvéline® (voir p. 280), mais le port des lunettes est impératif.

• **Les conjonctivites infectieuses** à *virus* ou *bactéries* (risque de *trachome*) sont favorisées par la chaleur, le vent et la poussière. Elles atteignent souvent les deux yeux : rougeur, larmoiement, sensation de sable sous les paupières, parfois sécrétions purulentes. Le traitement repose sur le lavage des yeux au *sérum physiologique* et l'instillation de collyres *antibiotiques* type Tobrex® (voir p. 275). N'utilisez jamais de collyre contenant un *corticoïde* sans avis médical, vous risqueriez d'aggraver les choses. Ce type de conjonctivite est extrêmement contagieux. La prévention pour l'entourage passe par le lavage fréquent des mains.

• **Si vous portez des *lentilles de contact*,** vous savez que les risques de conjonctivites infectieuses sont plus importants. Le port de lentilles est déconseillé, par exemple, lors des baignades. Le plus simple est de rechausser vos lunettes pendant les vacances (en emportant une paire de rechange). Si toutefois vous êtes un inconditionnel des lentilles, il faudra bien sûr en prendre le plus grand soin : humidification par du sérum physiologique en dosettes pour une meilleure hygiène, respect strict des durées de port en fonction du type de lentilles. Au moindre signe d'irritation, il faudra les retirer et rincer les yeux au sérum physiologique. Si les signes persistent, il s'agit vraisemblablement d'une conjonctivite et un collyre antibiotique est nécessaire.

Herpès labial

Tout commence par de légères démangeaisons au bord de la lèvre, puis apparaissent de petites vésicules contagieuses remplies de liquide, parfois entourées d'un liseré rouge. Après quelques jours s'installe une croûte. C'est le fameux **bouton de fièvre**, dû à un *virus* du groupe *Herpès*, dont un autre représentant est plutôt porté sur le sexe (voir Herpès génital dans le chapitre Sexe).

L'herpès peut contaminer l'œil et poser à terme des problèmes de vision. Il est donc important de ne pas favoriser une telle atteinte : éviter de se toucher les yeux lorsqu'un bouquet d'herpès existe ailleurs.

Les habitués de l'herpès connaissent bien **les facteurs déclenchants** : fatigue, soleil, fièvre, règles, stress. Bref, des tas de bonnes raisons d'avoir un herpès en voyage.

Difficile de l'éviter ; une crème écran solaire peut néanmoins être utile en prévention. Il vaut mieux emporter de quoi le soigner sur place : une crème *antivirale* type Zovirax® (voir p. 286) ou Activir® (voir p. 182).

Pour les malchanceux qui font des poussées fréquentes, un *traitement préventif* par *voie* orale peut être envisagé. À voir avec un médecin.

Insolation

Une insolation peut frapper même un endurci. Avec ou sans coup de soleil, déjà bronzé ou non, chacun peut être touché lors d'une exposition trop prolongée ou trop intense. Néanmoins, ce sont les enfants et les personnes âgées qui risquent un véritable coup de chaleur avec de la fièvre et une *déshydratation* (voir plus loin).

Les *symptômes* apparaissent généralement en fin de journée : malaise général, sensation de froid intense, céphalées, parfois vomissements.

Installez-vous si possible dans une atmosphère fraîche et aérée. Buvez de l'eau en abondance si vous le pouvez, avec un peu de paracétamol type Doliprane® (voir p. 27).

Coup de chaleur

Pas besoin de faire le lézard sur une plage pour avoir un coup de chaleur. L'exposition au soleil n'est pas forcément en cause : une atmosphère confinée, des vêtements serrés ou trop hermétiques peuvent suffire. En effet, c'est par la sueur que le corps lutte contre la chaleur. Il faut donc

boire suffisamment pour permettre la production de sueur, et ne pas entraver son évaporation. Plus l'atmosphère est humide, moins la sueur pourra s'évaporer, et moins l'organisme supportera la chaleur.

Le risque est important pour les enfants et toutes les personnes âgées ou fragiles qui risquent une *déshydratation*. Les adolescents sont aussi exposés lors d'activités physiques intenses et prolongées. Il faut les faire boire et les rafraîchir régulièrement (eau sur la tête).

Le coup de chaleur se manifeste par une sensation de malaise, des maux de tête, de la fièvre, parfois des vomissements.

Quelles précautions prendre ?

Choisissez des vêtements amples, légers, de couleurs claires (pas de couleurs vives qui attirent certains insectes). Évitez les atmosphères mal ventilées, et attention à la température ambiante si vous voyagez en voiture.

Quelques conseils si vous voyagez avec un nourrisson :
- Installez-le dans un endroit aéré, mais jamais à même le sol en pays tropical.
- Lui proposer souvent de l'eau ou des jus de fruits, en se souvenant que le *nourrisson* exprime sa soif par une agitation et des cris.
- Un brumisateur d'eau vous rendra de grands services lors de vos déplacements pour le rafraîchir. On trouve également de petits ventilateurs de poche dans les bazars en France ; c'est la méthode la plus efficace pour prévenir le coup de chaleur ou faire chuter la fièvre chez l'enfant.

Que faire en cas de coup de chaleur ?

Rafraîchir progressivement : déshabiller, allonger dans une atmosphère fraîche (climatisation douce), poser des linges humides sur le corps nu (le bain froid est déconseillé car trop brutal), ventiler l'air, faire boire.

Déshydratation

Elle se manifeste lorsque les **pertes en eau sont supérieures aux apports** (boisson, alimentation). Le coup de chaleur, la fièvre, la *diarrhée* ou les vomissements peuvent donc être à l'origine d'une *déshydratation*. Les sujets les plus exposés sont les nourrissons et les personnes âgées.

- **Les personnes âgées** éprouvent moins la sensation de soif et risquent donc de ne pas boire suffisamment ; elles suivent parfois des traitements qui augmentent les pertes en eau (*diurétiques*) et leur état général n'est pas toujours adapté aux conditions de voyage. Toutes ces raisons expliquent leur vulnérabilité à la chaleur.

La déshydratation se manifeste par une diminution du volume des urines, une langue sèche, de la fièvre et parfois des troubles du comportement ou des troubles de la conscience.

● **Le nourrisson** est très sensible à la chaleur excessive, car son système de régulation de la température est encore immature. Pour adapter le traitement, il est important de quantifier la déshydratation de l'enfant : minime avec une perte de poids de moins de 5 %, sévère si la perte de poids dépasse 10 %.

● **Les signes chez l'enfant sont les suivants :**
- dépression de la fontanelle chez les plus petits, persistance du pli cutané après avoir pincé légèrement la peau du bras ou du thorax ;
- teint grisâtre, yeux cernés, peau et langue sèches ;
- fièvre ;
- parfois *convulsions* ou de la conscience.

Quelles précautions prendre ?

● Ne pas prendre à la légère une diarrhée ou des vomissements.

● Ne jamais exposer un nourrisson au soleil.

● Prévenir les coups de soleil.

● Se méfier des coups de chaleur.

● Augmenter la ration de sel en cas de forte chaleur ou de transpiration importante.

Que faire en cas de déshydratation ?

Seule la *déshydratation* légère (pas de troubles de la conscience, perte de poids chez l'enfant inférieure à 5 % du poids du corps) peut être traitée sans intervention médicale.

Pour traiter une déshydratation légère :

● **Rafraîchir progressivement** s'il s'agit d'un coup de chaleur.

● Donner à volonté, dès que possible, **de l'eau purifiée additionnée de sachets de réhydratation orale**. Ceux-ci contiennent des éléments essentiels pour permettre à l'organisme de retenir l'eau qu'on lui apporte. Vous pouvez les acheter avant de partir, par exemple Adiaril ® (voir p. 183), ou vous les procurer sur place dans les pharmacies locales : ils sont connus sous le nom de « oral rehydratation salt », ORS (fabriqués selon les recommandations de l'*OMS*).

● Sinon voici une « recette » :
- 1 litre d'eau stérilisée,
- 2 cuillerées à soupe de sucre ou de miel,
- 1/4 de cuillérée à café de sel,
- 1 banane,
- 1 orange (jus).

Un certain soda américain peut dépanner temporairement, mais ce n'est pas une panacée ! Il est moins performant que les sachets de réhydratation, car trop chargé en sucre.

En cas de diarrhée associée, l'eau de riz et la soupe de carottes peuvent être utiles mais sont insuffisants : traiter énergiquement avec des médicaments (voir le chapitre Diarrhée, fièvre et vomissements).

S'il n'y a pas de troubles du *transit*, le régime habituel peut être poursuivi.

En cas de persistance ou d'aggravation des signes, d'apparition de troubles de conscience, de *diarrhée* sanglante ou persistante, il est impératif de consulter un médecin ou un service d'urgence : une perfusion peut être nécessaire. La déshydratation est fréquente dans le tiers-monde et sa prise en charge bien connue. Néanmoins, c'est la **rapidité d'intervention** qui compte et il ne faut pas différer le traitement, même des formes légères. La situation peut se dégrader rapidement.

En conclusion, deux notions fondamentales sont à retenir.

Les principaux dangers liés au soleil et à la chaleur sont facilement prévenus par des mesures simples et de bon sens : protection par des vêtements adaptés, utilisation d'un écran solaire efficace sur les parties découvertes, boissons abondantes, alimentation suffisamment salée pour retenir l'eau, etc.

L'action bénéfique de la lumière sur la santé ne nécessite pas de bains de soleil prolongés, mais plutôt des expositions brèves et répétées. Un joli bronzage aussi !

Alors, rappelez-vous ce slogan d'une remarquable campagne de prévention : « Le soleil brille, l'imprudence brûle ».

Alimentation et eau

De nombreux désagréments rencontrés en voyage sont liés à l'alimentation. La découverte de cuisines exotiques expose à la rencontre de nouvelles sources d'*allergie*. Les modifications de l'alimentation favorisent les divers troubles du *transit intestinal*. Les règles d'hygiène sont à bien connaître pour limiter le risque infectieux lié à la contamination fréquente des aliments ou de l'eau par des parasites ou *microbes* intestinaux (*péril fécal*). Sans oublier que même un poisson tout frais et appétissant peut intoxiquer dans les régions où sévit la *ciguatera*.

Les précautions qui semblent évidentes ne sont pourtant pas toujours faciles à appliquer sur place. Raison de plus pour être vigilant, y compris dans les hôtels internationaux des pays tropicaux : la cuisine peut y être encore plus dangereuse que celle de la rue. On y utilise souvent des produits surgelés et les coupures d'électricité sont fréquentes sous les tropiques... Au moins, dans les restaurants locaux, vous savez que les produits sont à peu près frais, et vous pouvez souvent jeter un œil discret sur l'état de la cuisine et du cuisinier ! Veillez à ce que les bouteilles soient décapsulées devant vous et ne cédez pas à la tentation d'une glace sur la plage.

Diarrhée du voyageur (turista)

Sa fréquence augmente avec la différence du niveau d'hygiène entre le pays d'origine et le pays visité et elle touche en moyenne un voyageur sur deux ou sur trois. Elle est généralement due à des *bactéries chez l'adulte*.

Les *symptômes* apparaissent dans les premiers jours du voyage et durent moins de 5 jours : *diarrhée*, nausées, douleurs abdominales, fièvre peu élevée et transitoire. Parfois, la *turista* peut obliger à garder le lit 1 ou 2 jours. La diarrhée peut entraîner des *hémorroïdes*.

Quelles précautions prendre ?

Il n'y a pas encore de *vaccin* et une protection *antibiotique* n'est ni recommandée ni justifiée. Toutefois, si aucune indisposition, même passagère, n'est acceptable (sportifs de haut niveau, conférenciers...), ou si l'état de santé nécessite de prévenir impérativement toute perte de liquide (par exemple malades cardiaques prenant un *diurétique*), un *traitement préventif* peut être prescrit pour une durée brève. À voir avec un médecin.

Si un cas se déclare dans un groupe de voyageurs, il est indispensable de renforcer les mesures d'hygiène pour éviter l'extension de l'épidémie : lavage des mains surtout, mais aussi désinfection des surfaces potentiellement contaminées (poignées de porte, robinets des sanitaires, par exemple).

Les mesures préventives contre la turista protègent également des nombreuses autres maladies transmissibles par les aliments ou l'eau. Elles sont souvent difficiles à respecter scrupuleusement en voyage, car on ne prépare pas soi-même ses repas. Néanmoins, en évitant les aliments à haut risque, en consommant plutôt des plats chauds, le risque est tout à fait acceptable. Ne relâchez pas votre vigilance, même si vous fréquentez les grands hôtels. **Lavez-vous souvent les mains,** systématiquement avant les repas et après passage aux toilettes.

Les aliments cuits à plus de 65 °C et servis chauds sont sans risque. Suspectez tout aliment cru que vous n'avez pas pelé ou lavé vous-même à l'eau pure. Consommez les fruits ou les légumes pelés immédiatement après épluchage (gare aux mouches !).

Les aliments à éviter et les erreurs les plus courantes

- eau du robinet (y compris pour se laver les dents),
- glaçons qui sont généralement faits avec l'eau du robinet,
- viande froide, a fortiori crue (steak tartare),
- hamburger,
- poissons ou crustacés froids ou crus (huîtres),
- crudités,
- tomates non pelées,
- sandwiches avec viande froide ou crudités,
- sauces froides,
- fruits non pelés ou servis déjà pelés,
- crème dessert, glaces.

Si vous ne pouvez pas toujours trouver des boissons encapsulées, il faudra purifier vous-même votre eau de boisson (voir le chapitre Prévoir et organiser).

Que faire en cas de turista ?

Le régime alimentaire doit être adapté : suppression des aliments riches en fibres (fruits et légumes), boissons abondantes, et éventuellement sachets de réhydratation si les pertes sont importantes, notamment chez les sujets fragiles. Bref, les mesures habituelles en cas de diarrhée. Les pommes, le riz, les bananes et les gâteaux secs seront votre seule alimentation tant que les selles seront liquides. Si vous êtes un adulte en bonne santé, vous pouvez vous mettre à la diète pendant une journée, en veillant à vous hydrater correctement. Dans tous les cas, réintroduire progressivement viandes et féculents lorsque les selles deviennent molles.

Les diarrhées peuvent être écourtées par la prise d'un ralentisseur du *transit intestinal* type Imodium ® (voir p. 224). À utiliser le moins longtemps possible, car il augmente la durée de présence des *microbes* dans l'intestin, et à éviter absolument si les selles sont sanglantes ou glaireuses. On peut aussi utiliser un *antisécrétoire* intestinal type Tiorfan ® (voir p. 273), qui diminue la quantité des selles sans bloquer le transit.

Les douleurs peuvent être traitées avec un *antalgique* simple ou un *pansement digestif* type Smecta ® (voir p. 264) en sachets.

Les vomissements aggravent le risque de *déshydratation* et doivent être soignés : *antiémétique* type Primpéran ® (voir p. 255). Les boissons seront alors réparties par petites quantités en prises fréquentes, tous les 1/4 d'heure.

Le recours à un *antibiotique* type Ciflox ® (voir p. 197) pour les formes fébriles moyennes ou sévères est possible. La prescription doit être faite avant le départ et l'utilisation doit être brève (de 1 à 3 jours). L'exposition au soleil est alors contre-indiquée (risque de *photosensibilisation*).

Si les symptômes se prolongent malgré le traitement, si une atteinte importante de l'état général apparaît, avec notamment une déshydratation (à redouter chez les jeunes enfants ou les sujets fragiles), si la fièvre est élevée, il faut penser à une autre cause qu'une simple turista et consulter.

Amibes

Ce sont de petits *parasites* du côlon, transmis par l'eau et les aliments souillés. C'est une des nombreuses maladies liées au *péril fécal*. Les *amibes* sont très répandues sur l'ensemble de la planète, mais les formes tropicales sont les plus fréquentes et les plus sévères.

Quels sont les signes et quand s'inquiéter vraiment ?

Lorsque la maladie reste limitée à l'intestin, *diarrhée* et douleurs abdominales sont les signes principaux. Un aspect glaireux et sanglant des selles est très évocateur. Leur nombre varie de 5 à 10 par 24 heures. Les signes sont parfois discrets et la maladie peut être découverte longtemps après la contamination. L'état général est conservé et il n'y a pas de fièvre. Les douleurs s'installent progressivement, leur intensité est variable, du simple endolorissement à des crampes violentes du côlon avec envie impérieuse et infructueuse d'aller à la selle. Le diagnostic repose sur un examen des selles. Le traitement évitera l'extension des lésions intestinales et l'*amibiase* évoluera favorablement.

Des formes graves existent avec *déshydratation*. Elles nécessitent une prise en charge rapide et professionnelle (*perfusion*).

Formes graves d'amibiases

Il faut vite chercher une structure hospitalière si vous observez un ou plusieurs des signes suivants :
- une fièvre élevée ;
- un pouls rapide, difficile à saisir ;
- des signes abdominaux importants : douleurs intenses, ventre dur et distendu ;
- des signes de choc : faciès angoissé, yeux excavés, extrémités froides ;
- des hémorragies rectales de sang rouge ;
- et un signe qu'il faut rechercher : l'anus béant par paralysie du sphincter, avec écoulement de liquide fétide.

Les amibes peuvent se localiser dans le foie (*amibiase hépatique*) sous forme d'un abcès, soit d'emblée, soit après une phase intestinale. Des douleurs lancinantes apparaissent rapidement dans la région du foie (sous les côtes à droite), irradiant souvent en arrière ou en bretelle jusqu'à l'épaule droite, puis une fièvre élevée apparaît. Des signes respiratoires associés sont fréquents. L'amibiase hépatique est une forme grave qui nécessite une hospitalisation.

Comment limiter les risques ?

La prévention répond aux mêmes règles que celle de toute infection digestive : précautions alimentaires, lavage fréquent des mains (mêmes précautions que pour la turista, voir plus haut).

Comment soigner les formes bénignes d'amibiase intestinale ?

Comme pour toute diarrhée, commencez par supprimer les fibres (c'est-à-dire les fruits et les légumes) de votre alimentation, préférez le riz. Buvez de l'eau pure, additionnée de sachets de réhydratation si les pertes sont importantes, et des sodas.

Avant d'entreprendre un traitement contre les amibes, il faut un diagnostic précis avec recherche des parasites dans les selles. Le traitement est efficace, à base de Flagyl® (voir p. 215) éventuellement complété par Intétrix® (voir p. 227). À long terme, des troubles digestifs résiduels sont possibles, même après disparition des amibes.

Choléra

Le *choléra* est typiquement une maladie infectieuse transmise d'un individu à un autre et **liée aux conditions d'hygiène**. Le *vaccin* injectable n'est pas recommandé (et non commercialisé en France) en raison de son manque d'efficacité et des risques minimes pour les touristes de contracter le choléra. Des vaccins plus efficaces et administrés par *voie* orale commencent à être commercialisés dans certains pays.

Si une épidémie sévit dans la région où vous séjournez, les autorités locales peuvent vous proposer des *antibiotiques* en *traitement préventif* dont l'utilité et l'absence d'effets indésirables ne sont pas formellement établies. L'*OMS* ne recommande ce type de traitement que dans des circonstances bien définies (communauté fermée, fréquence importante de la maladie...). La seule réelle prévention est celle de toutes les *diarrhées* infectieuses.

Dans les formes typiques, le choléra se caractérise par **une diarrhée aqueuse** évoquant de l'eau de riz et durant un ou plusieurs jours. Il n'y a pas de fièvre. Le traitement essentiel est celui de la *déshydratation* : il faut compenser les pertes d'eau dues à la diarrhée. Les antibiotiques ne sont pas systématiquement recommandés.

Au moindre doute, n'hésitez pas à contacter votre assurance pour demander un rapatriement. Pas de panique : le choléra se soigne bien dès lors que l'on est dans une structure sanitaire adéquate.

Brûlures d'estomac, hémorroïdes

● La nourriture pimentée peut être à l'origine de **brûlures d'estomac** : elles apparaissent **rapidement après les repas** et sont soulagées par des *pansements digestifs* type Phosphalugel® (voir p. 251) ou Maalox Maux d'estomac® (voir p. 235), ou un *antisécrétoire* type Azantac® (voir p. 190) ou Pepcidac® (voir p. 247). Continuez le traitement quelques jours.

Si au contraire les brûlures surviennent **plusieurs heures après les repas** et sont calmées par l'alimentation, prenez les pansements gastriques après les repas, ainsi que le soir au coucher, et consultez si les brûlures persistent : il faut penser à un *ulcère* de l'estomac ou du *duodénum*.

● **Les *hémorroïdes*** sont des varices qui apparaissent à l'anus. Le piment, la *constipation* ou la *diarrhée* les favorisent. Elles sont parfois très douloureuses, notamment lors de la défécation et de la position assise. Elles peuvent saigner lors des selles. Vous pouvez les sentir sous la forme de petites boules fermes et sensibles.

Des crèmes antihémorroïdaires contenant un *anesthésique* local type Titanoréine ® (voir p. 274) sont très utiles ; un traitement *veinotonique* de quelques jours à forte dose sera associé. Luttez contre la constipation ou la diarrhée associées. Essayez de maintenir une hygiène locale rigoureuse après chaque selle.

Constipation

En voyage, la *constipation* est favorisée par l'insuffisance de boissons, les déplacements en avion où l'atmosphère est très sèche, les changements dans les habitudes alimentaires et, parfois, l'appréhension d'aller aux toilettes, lorsque l'hygiène laisse à désirer ou que l'intimité n'est pas assurée (les toilettes collectives existent !).

Pour prévenir la constipation, buvez beaucoup d'eau, marchez, mangez des fruits et des légumes (avec toutes les précautions déjà citées), en évitant les bananes et le riz.

En cas de problème, traitez-vous avec un peu de gelée de paraffine (il en existe en sachets) type Lansoÿl ® (voir p. 228), voire un mini-lavement rectal type Microlax ® (voir p. 237). Ne cédez pas à la tentation de faire couleur locale en absorbant des litres de jus de tamarin : c'est assez irritant pour l'intestin et en plus, pas très bon ! Traitez aussi les *hémorroïdes* éventuelles.

Allergie alimentaire

● Même si vous savez que vous êtes allergique à certains aliments, il sera souvent difficile de savoir si un plat en contient en raison des problèmes de langue. Des photos peuvent aider à communiquer. Vous devez aussi vous méfier des *allergènes* « masqués » : l'arachide ou les œufs... Ne vous fiez pas aux étiquettes des produits : un ingrédient peut prendre des dénominations diverses. Par exemple, l'œuf peut être cité comme émulsifiant, liant ou coagulant.

● La cuisine locale est l'occasion de rencontrer de nouveaux allergènes : épices ou aliments inconnus de votre système immunitaire qui peut réagir plus ou moins violemment :
- *urticaire* parfois étendue : rougeurs ressemblant à des piqûres d'ortie et démangeaisons ;
- œdème de *Quincke* : gonflement des lèvres, voire de la face ou du cou avec possibilité de difficultés respiratoires ;
- parfois vomissements, *diarrhée*, malaise général ;
- et même *choc* allergique, avec effondrement de la pression artérielle ; il faut savoir en reconnaître le moindre signe avant-coureur.

Quelles précautions prendre ?

Si vous êtes sujet aux *allergies* alimentaires en Europe, emportez avec vous un *antihistaminique* type Zyrtec® (voir p. 287) ; un *corticoïde* oral type Solupred® (voir p. 265) si vous faites des crises d'asthme et, si vous avez déjà eu un choc allergique ou un œdème de Quincke, de l'*adrénaline* auto-injectable type Anahelp® (voir p. 184).

Demandez à votre médecin un certificat, rédigé au moins en anglais, précisant vos allergies et spécifiant que les seringues transportées sont destinées au traitement d'une urgence médicale et non à la revente.

Que faire en cas de problème allergique ?

● Face à une **urticaire modérée**, la prise d'un antihistaminique type Zyrtec® (voir p. 287) pendant quelques jours sera suffisante.

● Si la situation évolue rapidement de façon défavorable, une injection *sous-cutanée* d'adrénaline s'impose (conservation généralement au réfrigérateur mais possible quelques semaines à température ambiante) pour prévenir ou traiter le choc. L'efficacité des corticoïdes n'est pas établie dans cette situation.

Symptômes allergiques graves

Les situations qui nécessitent de consulter immédiatement ou de pratiquer l'injection soi-même sont les suivantes :
- extension rapide de l'urticaire en larges plaques,
- gonflement des lèvres, du visage ou du cou,
- troubles de la conscience,
- malaise,
- démangeaisons généralisées,
- sueurs importantes,
- oppression thoracique.

Lors d'un **œdème de Quincke débutant ou mineur**, l'adrénaline en spray est souvent efficace (elle ne doit pas être utilisée en position couchée et est contre-indiquée chez les asthmatiques).

Dans certaines régions tropicales, l'**ingestion de poisson** peut déclencher les mêmes *symptômes* qu'une allergie alimentaire (*ciguatera*).

Hépatite A

Elle est due à un *virus*. C'est le type même de la « maladie des mains sales », dont la transmission augmente avec **le manque d'hygiène et la pauvreté**. En raison de l'amélioration des conditions de vie en Europe ces cinquante dernières années, les jeunes générations ne rencontrent plus le virus pendant l'enfance et une vaccination des jeunes voyageurs est recommandée (voir le chapitre Prévoir et organiser).

La contamination se fait par ingestion d'eau ou d'aliments souillés. L'*hépatite* A est généralement bénigne, passant souvent inaperçue chez les enfants, mais la fréquence des formes plus graves augmente avec l'âge.

Après une **incubation de 2 à 3 semaines**, les signes sont les suivants :
- pendant 1 à 3 semaines : fatigue, maux de tête, perte d'appétit, nausées, épisode d'allure grippale, *urticaire*, douleurs musculaires ou articulaires ;
- apparition progressive d'une jaunisse qui dure 2 à 6 semaines ;
- guérison spontanée dans la grande majorité des cas.

Il faut consulter un médecin qui confirmera le diagnostic par des examens de sang, et évaluera la gravité de l'hépatite.

Que la maladie soit bruyante ou non, **une fatigue** peut s'installer plusieurs semaines, voire plusieurs mois.

Outre la vaccination, **une prévention est possible** en respectant les règles d'hygiène universelles (comme pour la *diarrhée du voyageur*).

Si malgré tout la maladie apparaît, repos et suppression des boissons alcoolisées sont les seules mesures à prendre. L'alimentation est libre. Si des démangeaisons existent pendant la phase de jaunisse, des sachets de cholestyramine type Questran® (voir p. 258) peuvent soulager.

Ciguatera

C'est la plus fréquente des intoxications par les poissons de certaines régions tropicales ou intertropicales, y compris des zones développées comme les Caraïbes, Hawaï ou la Floride. Les eaux doivent être chaudes et abriter des massifs coralliens.

Les poissons des massifs coralliens sont contaminés les premiers par une algue microscopique qui sécrète **une toxine**. Puis sont touchés à leur tour les poissons carnivores et enfin l'homme qui mange ces poissons. La toxine se concentre dans la chair des poissons au fur et à mesure de la chaîne alimentaire. **Elle n'est pas détruite par la cuisson.**

Les *symptômes* de la *ciguatera* **débutent dans les heures qui suivent l'ingestion** du poisson contaminant (extrêmes : 10 minutes à 36 heures).
- **Signes digestifs :** nausées, vomissements, *diarrhée*.
- **Signes neurologiques :** sensations de fourmillements, douleurs musculaires et articulaires, *vertiges*, paralysies. Un signe caractéristique est l'inversion des sensations de chaud et froid.
- **Signes cardiovasculaires :** ralentissement du pouls, hypotension artérielle.

• **Manifestations générales :** démangeaisons dans la moitié des cas, sueurs, fatigue, hypersalivation ou, au contraire, bouche sèche, parfois *éruption cutanée* le lendemain.

Au sein d'un groupe de voyageurs, les cas multiples ne sont pas rares.

La ciguatera peut être grave en cas de paralysie des muscles respiratoires ou de défaillance cardiaque.

Des **récidives** peuvent être déclenchées par l'ingestion de tout poisson, même s'il ne contient pas la toxine.

Quelles précautions prendre ?

• Ne pas manger de gros poissons carnivores : la toxine peut y être très concentrée. Les espèces les plus atteintes sont le mérou, le barracuda, le mulet, le poisson perroquet, le requin.

• Ne jamais manger la tête, les viscères et le foie des poissons des zones à risque.

• Ne pas manger de poisson quand les autochtones n'en mangent pas.

• Montrer votre pêche à un pêcheur avant de la consommer. (Attention, le test sur un animal domestique n'est pas infaillible !)

Que faire en cas de ciguatera probable ?

Il n'y a pas d'antidote et le *traitement* est purement celui des symptômes. L'efficacité des *antihistaminiques* type Zyrtec® (voir p. 287) sur les démangeaisons est inconstante. Évitez les boissons alcoolisées.

N'hésitez pas à consulter en raison de l'existence de formes cardiaques ou respiratoires graves.

Rares sont les voyageurs qui échappent à tout problème digestif, mais il s'agit le plus souvent d'un inconfort de quelques jours. Il est vrai que le respect strict des précautions est difficile à maintenir tout au long du voyage. Les entorses (alimentaires) sont souvent une vraie tentation.

Néanmoins, ne faites aucun compromis concernant l'eau du robinet, le lavage ou l'épluchage des crudités et les plats froids. Lavez-vous les mains systématiquement avant les repas et après tout passage aux toilettes.

La tradition culinaire d'un pays tient généralement compte des risques infectieux et des besoins diététiques. Alors, profitez des saveurs nouvelles et laissez de côté les habitudes occidentales : bannissez sandwichs et salades, dégustez couscous, yassa ou fejoada !

Insectes et animaux

Sous toutes les latitudes, l'éventail des risques est très large en cas d'agression par un animal : envenimations, *allergies*, traumatismes, infections. Comme toujours, ce sont les pays chauds les plus exposés au risque infectieux, démultiplié par la pullulation des insectes et les conditions socio-économiques souvent défavorables.

Du *virus* de la *rage* à l'agent du *paludisme*, de nombreux micro-organismes nécessitent l'intervention d'un animal pour provoquer la maladie chez l'homme. Il s'agit le plus souvent des insectes piqueurs. Pour que la lutte soit équitable, il vaut mieux connaître un peu leurs habitudes : nous vous présenterons les insectes les plus importants avant d'aborder les principales maladies transmises par les moustiques, les autres insectes et certains mammifères.

Pour terminer, une séquence frissons, avec serpents, araignées et autres bestioles sympathiques. Pour les touristes, ce sont les stars des tropiques : on en entend beaucoup parler mais on ne les rencontre pas souvent. En revanche, les travailleurs agricoles ou forestiers sont très exposés (100 000 à 200 000 morts chaque année dans le monde par morsure de serpents, principalement en Asie).

Les vecteurs de maladies

Ce sont des insectes hématophages (se nourrissant de sang), qui peuvent inoculer un grand nombre de maladies. Certains moustiques peuvent même en inoculer plusieurs ! D'où l'importance majeure de la lutte contre les insectes, aussi bien au niveau individuel que collectif. Dans certains pays, les maisons sont inspectées régulièrement par les autorités de santé pour débusquer et traiter les gîtes de moustiques. Les autres insectes potentiellement *vecteurs* sont moins répandus, mais méritent d'être connus si vous vous rendez dans les régions infestées (voir fiches Destinations).

Les moustiques

Leur point commun est d'avoir besoin d'humidité. La température joue également un rôle majeur dans leur développement et leur capacité à transmettre des maladies : en dessous d'une certaine température, les moustiques ne survivent pas, ou ne sont plus à même d'assurer le cycle du *parasite* qu'ils hébergent. C'est pourquoi la transmission des maladies par les moustiques n'existe pas en altitude ou au-delà de certaines latitudes.

Certains moustiques piquent plutôt la nuit, d'autres le jour. Leur vol n'est pas toujours audible. Certaines piqûres sont douloureuses, d'autres passent inaperçues.

Quelques idées reçues méritent une mise au point claire : le risque ne doit pas être évalué à la quantité de moustiques vus ou entendus et une seule piqûre peut suffire. La présence de bétail ne dissuade pas forcément les moustiques de piquer l'homme ; la vigilance est de règle aussi bien le jour que la nuit.

• **L'anophèle** est le seul vecteur du ***paludisme***. Elle peut se développer dans la moindre flaque d'eau douce, y compris dans les villes. Elle transmet aussi des *virus* ou des ***filarioses***. Son corps mesure 5 à 10 mm de long. Son vol est silencieux, elle pique généralement au crépuscule et la nuit, à l'intérieur des maisons comme à l'extérieur. Faites attention si vous buvez l'apéritif en terrasse, et, même si vous n'entendez aucun vol de moustique, dormez sous une moustiquaire. Dans certaines zones, l'activité des anophèles – donc la transmission du paludisme – n'existe qu'en saison humide, ce qui peut influer sur la prévention. Si vous prenez des antipaludiques, ne négligez pas malgré tout la protection contre les anophèles. *Répulsifs*, serpentins et climatisation les éloignent.

• **Le Culex** transmet, selon les espèces et les régions, des *parasites* (**filarioses lymphatiques**) ou des *virus* (***encéphalite japonaise*** en Asie). Le Culex est un moustique urbain essentiellement, car il se complaît dans les eaux polluées par des matières organiques. Néanmoins, il peut proliférer en milieu rural si les travaux agricoles lui offrent des conditions favorables (rizières, par exemple). Dans certaines régions, il ne sévit que pendant la saison humide. Il pique plutôt la nuit.

• **L'Aedes** transmet la ***fièvre jaune*** et la ***dengue***. Comme le Culex, elle est plutôt urbaine, profitant du manque d'hygiène des quartiers défavorisés, mais aussi des systèmes de climatisation des quartiers résidentiels. Contrairement au Culex et à l'anophèle, elle pique plutôt de jour et ne s'éloigne pas beaucoup de ses gîtes qui peuvent être à l'extérieur ou à l'intérieur des habitations.

• **Le phlébotome** est un petit moustique de 1,5 à 3 mm de long, présent dans toutes les parties du monde, mais principalement dans les régions chaudes. C'est surtout à cause de lui que les mailles des moustiquaires doivent être fines. Il faut que votre vision soit vraiment parfaite pour apercevoir ses ailes poilues et ses grands yeux noirs ! Il est responsable de la transmission des *leishmanioses*. Sa piqûre est douloureuse. Son activité est surtout crépusculaire et nocturne, mais il peut aussi piquer le jour (forêts d'Amérique centrale). S'il est dérangé pendant son repas de sang, le phlébotome insiste : il revient à la charge et les piqûres peuvent être multiples. Il se déplace généralement à 20 ou 30 cm du sol, par petits vols successifs et n'aime pas le vent. Il est très sensible aux *répulsifs*.

La lutte individuelle contre les moustiques doit être dirigée contre toutes ces espèces, car elles coexistent souvent. Elle nécessite un arsenal adapté et une bonne moustiquaire (voir le chapitre Prévoir et organiser).

On ne peut pas clore ce chapitre sur les moustiques sans évoquer ceux qui sévissent sur les plages tropicales. Ils ne transmettent aucune maladie, mais peuvent vous gâcher quelques journées de plage. Ils se déplacent en essaims et adorent poursuivre les baigneurs qui sortent de l'eau. La seule solution est alors de se ruer sur sa serviette de bain. Vous pouvez, en prévention, utiliser un *répulsif*, mais sachez que son action se diluera avec la baignade. Le terme « **sandflies** » les désigne en anglais, mais recouvre aussi les phlébotomes qui, eux, sont *vecteurs*. Leur piqûre peut néanmoins provoquer réactions *allergiques* et démangeaisons. Elles peuvent s'infecter.

Les mouches et les taons

Malgré leur nombre, ces insectes sont finalement peu vecteurs de maladies pour les touristes. Bien sûr, toutes les mouches transportent quantité de *germes* et peuvent les déposer sur la nourriture notamment, mais seules deux espèces piquent pour inoculer soit l'*onchocercose* (Afrique, Amérique centrale), soit la *maladie du sommeil* (Afrique). Ces maladies concernent plutôt les résidents que les touristes.

• **La glossine ou mouche tsé-tsé** est le vecteur de la **maladie du sommeil** (ou trypanosomose africaine) et vit exclusivement en Afrique. Elle est plus grande que la mouche domestique, de couleur sombre et, au repos, ses ailes sont croisées comme une paire de ciseaux. Heureusement, elle est beaucoup plus répandue que la maladie qu'elle peut transmettre. Sa piqûre, le plus souvent aux heures les moins chaudes, est douloureuse. Elle est peu sensible aux *répulsifs* et peut piquer à travers les vêtements. Elle affectionne les forêts et les espaces couverts au bord des fleuves (galeries forestières). Ses habitudes varient selon les espèces et les régions : certaines visent des cibles en mouvement, d'autres, peut-être moins sportives, préfèrent les sujets immobiles (voir fiches Destinations Afrique). Toutes semblent attirées par les couleurs sombres.

• **La simulie** n'est pas typiquement tropicale, mais, en Afrique, elle transmet encore l'**onchocercose** (voir plus loin Filarioses), maladie parasitaire aussi appelée cécité des rivières. La simulie est de très petite taille (3 mm), de couleur sombre (« **blackfly** »), parfois rouge. Pour se développer, ses larves ont besoin d'eaux très aérées, à débit rapide, comme les cascades ou les rapides des rivières, mais les adultes peuvent s'éloigner beaucoup de leurs gîtes, le long des cours d'eau. Les simulies, très agressives, se déplacent en grands essaims et piquent le jour, plutôt par temps couvert ou à l'ombre, à l'extérieur des habitations et à une faible distance du sol. La piqûre n'est pas douloureuse tout de suite mais, rapidement, des démangeaisons apparaissent.

• **D'autres mouches africaines** peuvent contaminer l'homme sans les piquer : leurs larves se développent sous la peau en provoquant une sorte de furoncle (voir plus loin *Myiases sous-cutanées*).

• **Le chrysops** est un taon des pays tempérés et tropicaux, à l'exception de l'Australie. Il ne transmet la *loase* que dans une région limitée d'Afrique. Sa présence est maximale en début de saison humide. Les mouvements l'attirent, ainsi que la fumée de bois et les couleurs sombres. Il sort aux heures chaudes de la journée, préférant les endroits légèrement ombragés, entrant volontiers dans les vérandas et les bungalows. La morsure est profonde et douloureuse, plutôt aux chevilles, mais aussi à travers les vêtements. Elle continue à saigner après le départ de l'insecte. Comme son repas est long, il est souvent dérangé et mord plusieurs sujets, hommes ou animaux, au cours du même repas. Il peut donc transmettre d'autres infections que la loase. Sa salive peut provoquer des réactions *allergiques* intenses.

Les autres insectes

• **Les tiques** peuvent transmettre des *bactéries* ou des *virus* sous toutes les latitudes : **maladie de *Lyme***, fièvres récurrentes ou hémorragiques, *viroses cérébrales*, etc., souvent graves. C'est pourquoi il faut prendre des mesures de protection lorsque vous vous rendez en forêt, et ce, dans tous les pays : éviter les hautes herbes et les buissons, porter chaussures fermées, chapeau et vêtements recouvrant le maximum de surface corporelle, appliquer un *répulsif* sur les zones découvertes. Une récente étude suédoise a montré l'efficacité préventive de l'absorption d'ail pour repousser les tiques : un moyen simple et peu onéreux, dépourvu (ou presque !) d'effets indésirables. Au retour de la promenade, inspecter systématiquement la peau et le cuir chevelu. Toute tique doit être enlevée immédiatement : si elle reste en place moins de 24 heures, le risque infectieux est négligeable.

• **Pour retirer une tique**, passer une petite pince à épiler sous son ventre et tirer vers le haut, fermement mais pas brutalement, pour ne pas laisser la tête en place. Certains anesthésient auparavant l'insecte avec de l'éther ou le badigeonnent d'huile pour faciliter l'extraction. Désinfecter la morsure et noter la date : si une fièvre ou une éruption apparaissent dans les semaines suivantes, il faudra vous rappeler cette morsure de tique.

• **Les puces et surtout les poux** peuvent transmettre plusieurs maladies infectieuses dont le *typhus* dit « historique » qui a, heureusement, pratiquement disparu.

• **Certaines punaises** sud-américaines (réduves) sont les *vecteurs* de la **maladie de *Chagas*** dans les zones insalubres rurales ou urbaines. Elles vivent dans les fissures des murs, dans les toits de chaume, les poulaillers... Elles sortent la nuit de leurs repaires pour se nourrir sur un sujet endormi. Leur piqûre n'est pas douloureuse, mais irritante ; le grattage accélère la pénétration des parasites. Elles sont insensibles aux répulsifs.

Les maladies transmises par des moustiques

Les plus fréquentes seront abordées ici. Quelques maladies plus rares sont également présentées : c'est parce qu'elles peuvent être graves et que la seule prévention possible est la lutte contre les moustiques.

Le risque de transmission de toutes ces maladies peut varier selon la saison dans de nombreuses régions. Certaines nécessitent une présence prolongée dans les pays concernés ou des conditions de voyage précaires.

Alors, pas de panique, vous n'êtes pas forcément concerné, des mesures de prévention existent toujours et les traitements sont généralement efficaces.

Le paludisme (en anglais malaria)

Chaque année en France, environ 7 000 cas de *paludisme* sont diagnostiqués chez des voyageurs en provenance de pays tropicaux, dont plus de 90 % au retour d'Afrique. Deux millions et demi de personnes en meurent chaque année à travers le monde, dont environ la moitié en Afrique, surtout des enfants.

C'est une maladie *parasitaire* due au Plasmodium dont le seul *vecteur* est **l'anophèle femelle**.

Il existe quatre souches de Plasmodium :
• **Plasmodium falciparum** (Afrique surtout, Amérique et Asie en zones forestières) est à l'origine du paludisme grave. Dans les régions tropicales et intertropicales, il est transmis toute l'année avec des recrudescences saisonnières en période humide, liées à la pullulation des anophèles. Dans les zones tempérées chaudes (bassin méditerranéen, par exemple), sa transmission ne s'effectue qu'en été et en automne. C'est cette forme qui a développé des *résistances* importantes aux antipaludiques.

- **Plasmodium vivax** (Afrique de l'Est, Amérique, Asie), **ovale** (Afrique) et **malariae** (Afrique, Asie, Amérique du Sud) sont responsables d'un paludisme qui n'est en principe pas mortel mais qui peut donner des accès pendant plusieurs années, même s'il a été traité.

Des *traitements préventifs* existent et dépendent de la région visitée (voir le chapitre Se protéger des principales maladies infectieuses). Ils ne dispensent en aucun cas de la lutte contre les moustiques, notamment de l'utilisation d'une moustiquaire. Mais des échecs peuvent survenir : il est donc important de bien connaître les signes pouvant évoquer un paludisme et de savoir comment réagir.

Quels sont les signes du paludisme ?

L'incubation dure 8 à 10 jours pour Plasmodium falciparum, le double pour Plasmodium vivax. Puis apparaît brutalement une fièvre continue de 39 à 40 °C avec malaise général, maux de tête intenses, douleurs musculaires et *troubles digestifs*, alors que les parasites envahissent les *globules rouges*. Des accès de fièvre surviennent quand les globules éclatent si le paludisme n'est pas traité. Ils se succèdent à intervalles réguliers, toutes les 48 heures : phase de frissons, puis fièvre très élevée pendant 2 à 4 heures suivie de sueurs importantes. Entre les accès, la température ne revient jamais à la normale quand il s'agit de Plasmodium falciparum. En l'absence de traitement, et s'il n'y a pas d'évolution vers une forme grave, les accès s'atténuent en 2 à 3 semaines.

Quels sont les risques d'une crise de paludisme ?

À tout moment, un accès gravissime est possible, avec *coma* ou *convulsions* : l'accès pernicieux, toujours mortel sans traitement. C'est pourquoi **toute fièvre élevée survenant en zone impaludée doit être considérée a priori comme un accès de paludisme,** même si une prévention correcte a été suivie. **Il faut consulter un médecin** qui fera rechercher les parasites dans le sang. Si cela n'est pas possible dans les 12 heures, alors un *traitement présomptif* doit être débuté.

Sans possibilité d'avis médical dans les 12 heures, quel traitement entreprendre ?

Il varie selon la zone géographique et la *prophylaxie* utilisée. Il faut le prévoir avec votre médecin avant votre départ, car il est délivré sur ordonnance et doit être adapté à chaque cas.

Pour les femmes enceintes et les nourrissons, seule la quinine est indiquée pour traiter un accès de paludisme.
Dans les autres cas, le traitement est schématiquement le suivant :
- **Groupe 1** : Nivaquine ® (voir p. 243) à doses adaptées ou Fansidar ® (voir p. 211).

- **Groupe 2** : Fansidar ® ou Lariam ® (voir p. 229) ou Quinimax ® (voir p. 259), quelle que soit la prophylaxie utilisée, ou Malarone ®, sauf en cas de prophylaxie par Savarine ® (voir p. 261).
- **Groupe 3** : Quinimax ® si prophylaxie par Lariam ® ; Lariam ® ou Malarone ® dans les autres cas.

Lisez attentivement les fiches correspondant à ces médicaments avant leur utilisation. Des effets secondaires sont possibles, comme avec tout traitement, et il vaut mieux les connaître. Quelle que soit l'évolution des signes, il faudra **consulter dès que possible** pour confirmer ou infirmer le diagnostic.

La dengue

C'est une maladie *virale* transmise par certains moustiques (**Aedes**) qui piquent plus volontiers le jour. Elle sévit en dessous de 600 mètres d'altitude en Afrique, en Amérique centrale et du Sud y compris dans les Caraïbes, dans le Pacifique, le sud-est asiatique, le sous-continent indien. Sa fréquence est en augmentation exponentielle, en particulier en Amérique où une épidémie historique touche le Brésil depuis 2001.

La sévérité de la *dengue* est variable, depuis les formes inapparentes ou purement fébriles jusqu'aux formes *hémorragiques* gravissimes. L'apparition de saignements ou d'hématomes nécessite une hospitalisation d'urgence. Un même sujet peut l'attraper plusieurs fois, avec souvent des formes de plus en plus graves. L'incubation dure de 3 à 10 jours, puis une fièvre élevée apparaît brutalement avec frissons, douleurs articulaires et musculaires, maux de tête intenses, *troubles digestifs*, parfois *conjonctivite* et ganglions. Après 3 jours, une éruption peut survenir alors que la fièvre diminue. Après la guérison, fatigue et douleurs articulaires peuvent persister plusieurs semaines. La dengue est souvent qualifiée de grippe tropicale.

Le diagnostic de la dengue repose sur des examens de sang.

Le traitement est celui de la fièvre : boissons, paracétamol type Doliprane ® (voir p. 27) et atmosphère fraîche. L'aspirine est formellement déconseillée en raison du risque hémorragique. Si des saignements ou un *purpura*, même discrets, apparaissent, il faut consulter rapidement. La seule prévention est la lutte contre les piqûres d'Aedes.

Les filarioses lymphatiques

Elles sont répandues dans toutes les régions intertropicales (Afrique, Asie, Amérique, Océanie) et transmises par différents moustiques des zones rurales ou urbaines (**anophèles**, **Culex** ou **Aedes**). Les parasites s'installent dans les vaisseaux *lymphatiques* et provoquent des *œdèmes* en bloquant la circulation de la *lymphe*.

Les premiers signes apparaissent environ 3 mois après la contamination : traînées inflammatoires (rouges et gonflées) siégeant aux membres ou dans les parties génitales, avec parfois fièvre importante. Si la maladie n'est pas soignée, des lésions chroniques peuvent apparaître, notamment le très spectaculaire éléphantiasis, dont vous croiserez peut-être les victimes en voyageant.

Le diagnostic repose sur des examens de sang.

Le traitement des formes débutantes par des antiparasitaires est efficace, mais potentiellement dangereux ; il doit être conduit par un spécialiste. La prévention passe par la protection contre tous les moustiques.

Les leishmanioses

Ces parasitoses très répandues sont souvent communes aux animaux et à l'homme. Elles sont **transmises par les phlébotomes** dans les régions chaudes. Selon le *parasite* et la région géographique, il existe des formes cutanées (boutons à l'endroit des piqûres, puis cicatrices disgracieuses) et des formes viscérales (« kala azar ») entraînant amaigrissement et *anémie*.

Il serait très fastidieux d'en détailler ici la répartition géographique et les signes cliniques. Il faut seulement retenir que ces maladies se rencontrent aussi bien sur le pourtour méditerranéen que dans les régions tropicales les plus reculées. Leur incubation est généralement d'au moins plusieurs semaines. Les leishmanioses doivent être évoquées devant une fièvre ou des lésions cutanées après un séjour en pays chaud.

Leur prévention repose sur les répulsifs et le port de vêtements couvrants. Le diagnostic est fait après prélèvement au niveau des ulcérations, du sang ou de la moelle.

Leur traitement varie selon les cas, local pour les leishmanioses cutanées peu étendues ou en injections pour les autres formes. Il fait appel au Glucantime ® (voir p. 220).

Maladies transmises par les mouches et les taons

La maladie du sommeil ou trypanosomose africaine

C'est une parasitose africaine, très rare chez les voyageurs, mortelle en l'absence de traitement, **transmise par la piqûre des glossines ou mouches tsé-tsé**. Elle sévit en foyers disséminés dans les pays tropicaux de l'Afrique de l'Ouest et centrale ; en Afrique orientale, elle peut être présente jusqu'au Botswana.

Les voyageurs sont exposés lors des promenades en zones rurales ou lors des safaris. La maladie débute généralement 5 à 20 jours après la piqûre : apparition, sur une zone découverte, d'un furoncle sans tête qui cicatrise en 3 semaines. Puis des pics fébriles irréguliers surviennent, accompagnés de démangeaisons, de courbatures et de ganglions dans la région du cou. Ils sont indolores et mous, avec un centre dur évoquant la consistance de prunes mûres. Des modifications discrètes de l'humeur et du caractère peuvent être présentes dès ce stade, mais c'est surtout plus tard qu'apparaîtront les signes neurologiques classiques : troubles du sommeil avec inversion du rythme, c'est-à-dire somnolence le jour et agitation la nuit. Puis la situation s'aggrave inexorablement en l'absence de traitement, avec constitution d'une démence et d'une maigreur importante.

Dès le moindre soupçon, une consultation s'impose. L'hospitalisation est nécessaire pour mettre en place le traitement.

Les myiases sous-cutanées

En Afrique toujours, **certaines mouches non piqueuses** peuvent infester l'homme par leurs **larves** : elles les déposent sur le sol, le linge qui sèche, les draps. Les larves pénètrent à travers la peau saine en une minute environ, sans entraîner de douleur. Elles se développent sous la peau en formant une sorte de furoncle.

C'est sans danger, mais désagréable, une raison supplémentaire pour ne pas marcher pieds nus et préférer les chaussures fermées aux tongues. Le linge destiné à être au contact de la peau (finalement, presque tout le linge en Afrique) devra sécher suspendu et non posé sur le sol, et sera repassé avec un fer chaud.

Si, malgré ces précautions, une *myiase* apparaît, surmontez votre répulsion et procédez à l'extraction minutieuse de l'asticot : vous pouvez commencer par l'asphyxier avec de la vaseline, il sera ensuite plus facile à extraire, soit par pression manuelle soit avec une pince fine. Désinfecter soigneusement.

L'onchocercose ou cécité des rivières

Elle est **transmise par les simulies,** surtout en Afrique. Son éradication est en cours en Amérique centrale et du Sud et en Afrique de l'Ouest. Elle est redoutable par ses complications oculaires (liées à un nombre très important de *parasites*).

Ses répercussions économiques et sociales sont dramatiques dans certaines régions africaines : l'agressivité des simulies et les *symptômes* de l'*onchocercose* entraînent le dépeuplement des régions les plus fertiles.

Chez les voyageurs, le diagnostic est porté précocement, avant les complications oculaires : face à des démangeaisons ou des anomalies sanguines, des prélèvements de peau confirment la présence du parasite.

Le traitement est aujourd'hui simple grâce à l'ivermectine qui a permis de repeupler certaines terres, comme le bassin de la Volta, par exemple. Pour que la maladie apparaisse, il faut généralement une longue exposition aux piqûres de simulies.

La loase

C'est une *filariose* sous-cutanée spécifique du bloc forestier centrafricain, **transmise par le chrysops**. La maladie peut survenir des mois ou des années après la contamination : *œdèmes* fugaces, démangeaisons, migrations des vers sous la peau ou la *conjonctive* de l'œil. Des complications neurologiques ou cardiaques, heureusement rares, sont possibles. Les travailleurs forestiers sont particulièrement exposés et une *prophylaxie* médicamenteuse peut parfois leur être proposée car il est difficile, dans ces conditions de travail, d'éviter les morsures de chrysops.

Le traitement doit être très progressif et conduit par un spécialiste.

Maladies transmises par les autres insectes

La maladie de Lyme

Elle est due à une *bactérie* transmise par **les piqûres de tiques** et sévit surtout dans les forêts hébergeant des cervidés en Amérique du Nord, dans presque toute l'Europe et en Asie. Elle survient en été, période d'activité des tiques. On observe des lésions cutanées arrondies, dont le centre est souvent plus clair, avec fièvre, douleurs musculaires et maux de tête. Des complications neurologiques peuvent apparaître dans les semaines ou les mois suivant la morsure d'une tique. Des douleurs articulaires peuvent survenir longtemps après.

Le diagnostic est fait par des examens de sang.

Le traitement fait appel aux *antibiotiques* type Clamoxyl ® (voir p. 198). La prévention des piqûres de tiques est impérative dans les régions infestées.

La maladie de Chagas
ou trypanosomose américaine

Cette parasitose grave du continent américain touche les régions sous-développées et est favorisée par les habitations insalubres : en effet, elle est **transmise par certaines punaises** qui piquent les sujets endormis.

Après une incubation silencieuse de 8 à 15 jours, un furoncle se développe à l'endroit de la piqûre, toujours sur une partie découverte du corps et très souvent au visage. Ce furoncle cicatrise en 2 ou 3 semaines. Puis une fièvre élevée apparaît, souvent capricieuse, avec de violents maux de tête, voire une prostration. La gravité de la maladie est due aux signes cardiaques qui surviennent plus ou moins rapidement : troubles du rythme avec *palpitations*, *insuffisance cardiaque*.

La seule prévention est l'hygiène domestique et urbaine.

Maladies transmises
par les autres animaux

Certains mammifères peuvent transmettre des maladies infectieuses **par morsure ou par contact** : le chien, le chat, le rat. Il s'agit essentiellement de la **rage** et de la **leptospirose** qui seront abordées rapidement ici.

Des parasitoses sont possibles au **contact des excréments** de ces animaux dans tous les pays, soit par ingestion de kystes parasitaires, soit par pénétration à travers la peau (voir Larva migrans cutanée, dans le chapitre Baignades et plongées).

La rage

Son éradication est assez récente en France, grâce à la *vaccination* des renards par voie orale avec des appâts. Mais le risque est bien réel dans les pays en voie de développement. **De nombreux animaux sauvages** peuvent être atteints (chauve-souris, moufette, singe, chacal...) et propager la rage aux animaux domestiques et à l'homme. Une morsure n'est pas forcément indispensable, le simple contact de salive infectée peut suffire sur une plaie ou une écorchure.

La prévention repose sur l'absence de contacts avec les animaux des pays infestés et sur la vaccination qui peut être faite : soit seulement en cas de morsure (voir plus loin), soit systématiquement pour les personnes particulièrement exposées. Ainsi, l'*OMS* recommande la vaccination avant un séjour prolongé dans les pays concernés, pour les personnes devant travailler en milieu rural, au contact d'animaux vivants ou morts, et se trouvant à plus de 48 heures d'un centre médical de qualité. En cas de morsure, des injections de rappel seront pratiquées.

La leptospirose

Cette maladie animale existant sous toutes les latitudes est transmissible à l'homme soit par **morsure de rats**, soit, le plus souvent, par contact avec des eaux ou des terres souillées par leurs déjections. D'autres animaux peuvent être impliqués comme le chien ou le porc, à l'origine de formes moins graves.

La contamination peut avoir lieu lors de baignades en eaux stagnantes, de travaux agricoles ou d'assainissement. Certaines professions sont parti-culièrement exposées, dans tous les pays : égoutiers, mineurs, travailleurs des abattoirs.

Les *leptospiroses* sont des *septicémies* survenant brutalement après une incubation de quelques jours. Classiquement, on observe : fièvre, douleurs, jaunisse, troubles rénaux et/ou *hémorragiques*. Les formes incomplètes sont très fréquentes.

Le traitement repose sur les *antibiotiques*. La vaccination est proposée aux sujets les plus exposés par leurs activités professionnelles.

Piqûres et morsures d'insectes venimeux

Heureusement, tous les insectes ne transmettent pas des maladies infectieuses. Cependant, une simple piqûre peut être à l'origine de problèmes *allergiques* graves (abeille ou guêpe), voire d'une toxicité (scorpion). Il existe quelques trucs à connaître pour diminuer les risques ou prévenir les piqûres.

Abeilles et autres hyménoptères

Les **abeilles**, les **guêpes** et les **frelons** ont des appareils inoculateurs différents : la guêpe peut retirer son dard facilement après la piqûre car il est lisse, alors que celui de l'abeille est pourvu de crochets et reste en place après le départ de l'insecte. L'abeille n'y survivra d'ailleurs pas, contrairement à la guêpe qui peut piquer plusieurs fois.

Quelles précautions prendre pour éviter les piqûres ?

Les *répulsifs* ne sont pas efficaces et il vaut mieux connaître un peu les habitudes et la psychologie des abeilles et des guêpes : éviter de les attirer par des vêtements sombres ou du parfum, ne pas les déranger ni les agresser et, surtout, **ne pas les écraser** : les autres viendraient rapidement à leur secours. Vérifiez toujours l'absence d'essaim avant de vous installer pour un pique-nique ou une halte dans la campagne. Portez un chapeau, car elles adorent piquer le cuir chevelu. Si un essaim vous attaque, courez vous réfugier dans une maison ou une voiture et soignez vos piqûres sans attendre. Ne vous réfugiez pas dans l'eau, les abeilles peuvent rester à l'affût très longtemps...

Que faire en cas de piqûre ?

Selon le siège et le nombre des piqûres, plusieurs cas peuvent se présenter.

• Une piqûre simple chez un sujet non allergique, dans une zone autre que le cou ou la gorge, est douloureuse mais pas dangereuse. La réaction locale ressemble à une piqûre d'ortie (*œdème* avec démangeaisons importantes), pouvant durer plusieurs jours. Il faut d'abord s'éloigner du lieu de l'agression, car d'autres insectes peuvent arriver, alertés par le premier.

• Si le dard est encore en place, il doit être retiré d'urgence pour éviter l'aggravation de l'envenimation : ne pas utiliser de pinces, mais plutôt gratter avec la lame d'un couteau, une carte en plastique ou les ongles (propres de préférence).

• Il faut ensuite neutraliser le venin. Le mieux est d'utiliser une pompe aspirante type Aspivenin ® (voir p. 188). Certains venins sont inactivés par la chaleur et vous pouvez essayer d'approcher prudemment un sèche-cheveux ou le bout d'une cigarette. Veillez à ne pas aggraver les choses par une brûlure !

• Appliquez ensuite de la glace pour réduire l'œdème et parfaire la destruction du venin. Lavez soigneusement à l'eau savonneuse et évitez le grattage. Une pommade *corticoïde* type Celestoderm ® (voir p. 195) peut être appliquée quelques jours pour calmer les démangeaisons.

• Si la piqûre siège dans la gorge, l'œdème peut obstruer les *voies* respiratoires. C'est une urgence vitale et il faut foncer à l'hôpital le plus proche.

• En cas de piqûres multiples, la toxicité du venin peut déclencher des réactions générales. Enlevez d'urgence le plus grand nombre de dards possible s'il s'agit d'abeilles, et hospitalisez sans perdre de temps : une réanimation est à prévoir si les piqûres sont nombreuses, en particulier s'il s'agit de guêpes (bandes jaunes et noires).

Que faire chez un sujet allergique ?

C'est le risque principal, surtout lors d'une piqûre d'abeille. La réaction peut rester locale avec un œdème important (plus de 10 cm) : un *antihistaminique* type Zyrtec® (voir p. 287) ou un corticoïde, Solupred® (voir p. 265) par exemple, suffisent alors. Mais, si un malaise général ou un œdème de *Quincke* surviennent, il ne faut pas hésiter à injecter immédiatement de l'*adrénaline*, dont les effets bénéfiques doivent apparaître dans les 5 minutes.

Les sujets connus pour être allergiques aux piqûres d'hyménoptères doivent emporter avec eux un kit d'auto-injection : Anahelp® (voir p. 184). Ensuite, il vaut mieux hospitaliser pour surveillance.

Araignées

• Vous pensez sans doute immédiatement aux mygales tropicales, mais l'espèce la plus dangereuse vit sous nos climats : c'est la **veuve noire** ou **malmignatte**, petite araignée des pays méditerranéens et balkaniques. La femelle est potentiellement mortelle, notamment chez l'enfant, et pique uniquement en été. Elle mesure environ 1 cm et porte des taches rouges typiques sur le dos. Elle vit à l'extérieur, dans les tas de bois, les granges ou les étables, parfois dans les toilettes (on a même décrit des morsures aux organes génitaux !).

La douleur, intense, apparaît 1 à 2 heures après la morsure et peut s'accompagner de contractions musculaires, de nausées, de salivation, de sueurs importantes avec angoisse, hallucinations ou *convulsions*. À l'endroit de la morsure, les signes sont discrets.

Les *symptômes* régressent en quelques jours, même en l'absence de traitement. En cas d'envenimation importante, le seul traitement est l'antivenin spécifique. Les *tranquillisants* sont déconseillés, les *anti-inflammatoires* inefficaces. La douleur peut parfois être soulagée par l'application de glace.

• Les **mygales** sont de très grosses araignées tropicales, de 5 à 10 cm voire plus, gris foncé et velues. Leur morsure est douloureuse et peut s'accompagner d'un *œdème* important et d'une fièvre isolée. Le venin des variétés sud-américaines ne pose généralement pas plus de problème (sauf, bien sûr, chez l'enfant), mais celui des variétés australiennes ou asiatiques est souvent toxique pour le système nerveux.

De nombreuses espèces sont capables de projeter des poils très irritants à la face de leur proie. Des lésions oculaires assez graves ont même été décrites chez des collectionneurs. Le traitement peut nécessiter plusieurs mois. L'élevage de tels animaux est vivement déconseillé aux amateurs.

Scolopendres

Dans certains pays, les **mille-pattes** ont une taille impressionnante et peuvent porter un nom amusant (les Tahitiens les appellent les cent-pieds). Ils adorent sortir après la pluie, et peuvent alors vous mordre les orteils si vous marchez dans l'herbe. Ils vivent souvent dans les bungalows et peuvent se glisser dans vos bagages, entre vos serviettes de bain ou dans vos vêtements : vérifiez vos affaires de temps en temps.

Leur morsure est très douloureuse et inflammatoire mais sans menace vitale. Une fièvre importante est possible. Le *traitement* est symptomatique avec de l'aspirine ou du paracétamol.

Scorpions

Toutes les espèces sont porteuses de glandes à venin et d'un aiguillon sur le dernier anneau, mais seulement quelques-unes sont réellement dangereuses pour l'homme, surtout pour les enfants et les personnes fragiles. Dans les pays tempérés (pourtour méditerranéen, notamment Maghreb), ils ne sont actifs que l'été. Les scorpions se cachent le jour dans les fissures des murs, sous les pierres ou les recoins des habitations. Ils peuvent aussi se dissimuler dans les bagages ou les chaussures, et une inspection régulière est de mise dans les pays fortement infestés.

Les piqûres siègent le plus souvent aux mains ou aux pieds. La douleur, violente, est immédiate, puis apparaissent rougeur, gonflement, engourdissement. S'il s'agit d'une espèce dangereuse, des signes généraux surviennent rapidement, avec angoisse, agitation, troubles du rythme cardiaque, parfois perte de connaissance, voire *coma*, détresse respiratoire.

Des sérums existent généralement dans les pays concernés. Même en l'absence de signes généraux, une surveillance attentive est conseillée pendant les 12 heures qui suivent la piqûre. Les *tranquillisants* sont contre-indiqués et une désinfection soigneuse recommandée.

Comment éviter les piqûres d'insectes venimeux ?

Le bon sens est la meilleure prévention : ne pas poser les pieds ou les mains dans un endroit que l'on a pas inspecté auparavant, porter des chaussures fermées ou montantes, vérifier ses bagages régulièrement et ses chaussures avant de les enfiler, inspecter la literie avant de se coucher, ne pas essayer d'observer les insectes de trop près...

Morsures d'animaux terrestres

Sont évoqués ici les animaux que vous pouvez le plus couramment rencontrer en voyage.

Les animaux aquatiques figurent dans le chapitre Baignades et plongée.

Certains animaux venimeux tropicaux sont parfois importés dans nos pays par les amateurs de sensations fortes. Cette pratique est bien sûr à déconseiller car les venins sont souvent mal connus des médecins occidentaux. La mode des Nouveaux Animaux de Compagnie (NAC) est à l'origine d'accidents de plus en plus nombreux. Touchant surtout leurs propriétaires (envenimations dues aux araignées et serpents), ils représentent aussi un risque important pour la collectivité lorsqu'il s'agit de félins ou de crocodiles. Il faut également rappeler que les croisements contre-nature entre serpents qui normalement ne doivent pas se rencontrer est une pratique à très haut risque : les hybrides posséderont des venins complètement inconnus.

Chiens, chats, rats...

Ces animaux peuvent transmettre des maladies très graves en cas de morsure ou de léchage (*rage*, *leptospirose*), mais aussi des infections locales plus banales. Le risque de rage est bien réel dans les pays où les chiens errants sont nombreux, que ce soit sous les tropiques ou non. La meilleure prévention de toutes ces maladies est d'éviter tout contact avec des animaux. Les enfants notamment doivent être surveillés et informés des dangers.

Comment soigner une morsure ?

La plaie doit être lavée à grande eau avec du savon ou un *antiseptique*. Classiquement, on ne suture pas les morsures, pour éviter certaines infections. Il semble que cette attitude soit aujourd'hui contestée, car elle est inefficace et, de plus, à l'origine des cicatrices les plus disgracieuses. Des *antibiotiques* sont généralement prescrits. Une consultation médicale s'impose donc dans tous les cas pour le traitement des morsures et pour décider d'une éventuelle *vaccination* contre la rage et d'une antibiothérapie.

Quand faut-il vacciner contre la rage ?

Le risque de rage est très élevé dans tous les pays en voie de développement ; limité en Amérique du Nord et dans la majeure partie de l'Europe ; nul en France, en Espagne, au Portugal, dans les pays nordiques, le Royaume-Uni, les îles du Pacifique et le Japon.

Dans les pays infestés, la décision de vacciner après une morsure dépend de plusieurs éléments. Elle est prise par le centre antirabique le plus proche que vous devez consulter le plus vite possible.

Sangsues

Ce sont des sortes de vers vivant dans les eaux douces ou les forêts très humides, qui se fixent à la peau par des ventouses pour pomper le sang de leurs victimes. Il est possible d'en rapporter quelques-unes après une simple promenade en forêt tropicale.

C'est absolument dégoûtant, mais pas dangereux. Le problème principal est de s'en débarrasser sans dommage : ne tirez surtout pas dessus, car la plaie risquerait de saigner abondamment. Il faut les brûler avec une cigarette ou les recouvrir de sel. Le problème se corse si les sangsues sont fixées aux *muqueuses* : nez, gorge, vagin. Préparez une bouteille d'eau en plastique saturée en sel de cuisine et placez l'embout au niveau de l'orifice concerné ; en pressant la bouteille, envoyez un jet d'eau hypersalée pour arroser la sangsue. Dans la plupart des cas, elle meurt et se détache sans problème. Néanmoins, l'expérience doit être cuisante !

Serpents

Les morsures de serpent sont fréquentes dans les pays chauds, mais concernent surtout les travailleurs agricoles ou forestiers. Ces animaux sont très craintifs et ne mordent que s'ils se sentent menacés. Pour les éloigner, inutile de faire du bruit, ils sont sourds ; en revanche, les vibrations de vos pas, les mouvements des feuillages seront pour eux des signaux de danger.

Une morsure, même par un serpent venimeux, ne signifie pas forcément inoculation de venin. L'appareil venimeux est plus ou moins performant, le plus dangereux étant celui des **crotales** (serpents à sonnette) en Amérique et celui des **vipères** en Europe, Afrique et Asie. Certains serpents venimeux ne mordent pas, mais projettent leur venin à distance (naja cracheur), en choisissant une cible brillante. Le risque est l'atteinte des yeux.

Selon les espèces, les venins peuvent être toxiques pour le système nerveux (cobra, mamba), ou responsables d'*hémorragies* (crotale, vipère). Dans le premier cas, les signes généraux sont importants (paralysies, puis *coma*) alors que localement, les *symptômes* sont plutôt discrets. Pour les crotales et les vipères, c'est l'inverse, au moins dans un premier temps.

Ce qu'il importe de retenir, ce sont les premiers gestes à effectuer et surtout les erreurs à ne pas commettre.

Les mesures à prendre immédiatement

- **Allonger** la victime, la **calmer** et la **rassurer**.
- Mettre en place un **bandage modérément serré** (on doit pouvoir y passer un doigt), entre la morsure et la racine du membre mordu, pour limiter la diffusion du venin.
- **Immobiliser** le membre avec des attelles de fortune.
- Si possible, **appliquer de la glace** enveloppée dans un linge.

- Envoyer **chercher des secours**.
- Sinon, transporter la victime à l'**hôpital le plus proche**.
- En cas de projection de venin dans les yeux, laver immédiatement au *sérum physiologique* en attendant l'intervention médicale.

Ce qu'il ne faut pas faire en cas de morsure

- Continuer à marcher : cela favorise la diffusion du venin éventuel.
- Inciser ou cautériser la plaie.
- Sucer la morsure pour aspirer le venin : la moindre plaie de la bouche ou des lèvres pourrait vous être fatale.
- Se contenter d'aspirer le venin avec une pompe spéciale : elle est efficace uniquement sur les piqûres d'insectes.
- Poser un garrot : il risquerait d'aggraver les lésions locales.
- Pratiquer un choc électrique : même si certains l'ont préconisé, c'est inutile et dangereux.
- Injecter soi-même un antivenin : le risque d'accident allergique est très important et la décision doit être prise par un médecin après évaluation précise de la situation.

Les insectes et surtout les moustiques sont sans doute les animaux potentiellement les plus dangereux pour les voyageurs. Selon le pays, la saison et le type d'habitat fréquenté, les risques sont différents et la lutte contre les insectes doit être adaptée : moustiquaire indispensable la nuit dans les zones de paludisme, répulsifs et protection vestimentaire le jour quand sévit une épidémie de dengue, etc. Soyez vigilants car il n'y a pas d'autres moyens pour prévenir certaines maladies.

La peur ancestrale des serpents et autres bestioles est tout à fait légitime, mais elle ne doit pas devenir un handicap pour vos voyages. En tant que touriste, vous êtes plus exposé à une amibiase ou un paludisme. Si toutefois vous ne pouvez la surmonter, choisissez les îles où il n'y a pas de serpents : Guadeloupe, Tahiti, Nouvelle-Calédonie, Madagascar, etc. Mais alors, sachez que le danger animal peut aussi venir de la mer et lisez vite la suite...

Baignades et plongée

Le danger majeur des baignades, où que ce soit, demeure la noyade. En France, 2 000 personnes en meurent chaque année, et c'est l'imprudence qui est généralement en cause. Soit l'imprudence du baigneur lui-même, soit le manque de surveillance des adultes quand il s'agit de noyades d'enfants. Alors, même si vous nagez comme un poisson, le plaisir d'un bain ne doit pas vous faire oublier que l'eau n'est pas notre milieu naturel et que quelques précautions universelles sont nécessaires.

La faune sous-marine n'est pas toujours hospitalière et certains animaux sont venimeux. Les morsures de requin n'arrivent pas qu'au cinéma, les murènes détestent être dérangées et certains coquillages peuvent vous tuer.

Les plongeurs sous-marins expérimentés connaissent bien les dangers de la mer, et les conseils que vous trouverez ici s'adressent plutôt aux débutants. Il n'est pas question de donner des leçons de plongée, mais des conseils de prudence pour éviter les accidents les plus graves.

Enfin, sachez que les eaux douces doivent inspirer une certaine méfiance en raison de risques infectieux non négligeables, notamment dans les pays chauds.

Noyade et hydrocution

• Même dans les pays en voie de développement, les **plages dangereuses** sont généralement signalées. Si personne ne se baigne dans une eau qui semble paradisiaque : méfiance ! Renseignez-vous auprès des autochtones : le sable cache peut-être des poissons-pierres, l'eau est peut-être dangereuse avec tourbillons ou lames de fond, même près du bord. Ne vous baignez jamais si vous êtes seul sur la plage et ne vous éloignez pas trop. Vérifiez aussi qu'aucun égout ne se déverse à proximité, car la protection de l'environnement est encore une préoccupation réservée aux pays développés.

● Un malaise peut être à l'origine d'une noyade, même dans **quelques centimètres d'eau** seulement. Le plus fréquent est dû à l'hydrocution : la différence de température entre le corps et l'eau peut provoquer une *syncope*. Entrez donc lentement dans l'eau, surtout si vous avez chaud, en évitant la baignade après un repas copieux ou arrosé. Tout le monde le sait, et pourtant...

● Les **piscines** équipées de systèmes de protection sont encore rares. La surveillance des jeunes enfants aux abords des bassins ou sur les bateaux doit être une obsession pour les adultes : un instant d'inattention suffit pour qu'un bébé, inconscient du danger, tombe à l'eau. Les enfants devront systématiquement porter des brassards gonflables ou des maillots avec flotteurs. Cela ne dispense pas d'une surveillance étroite mais permettra de gagner un peu de temps en cas de chute involontaire. Les enfants plus grands, même s'ils savent nager, doivent également être surveillés : les jeux turbulents seront proscrits, aussi bien au bord de la piscine que dans l'eau.

Que faire en cas de noyade ?

Il n'y a pas de temps à perdre car **tout se joue dès les premières minutes**. Des mesures doivent être prises avant même d'appeler du secours.

En cas de noyade

● Vérifiez qu'aucun corps étranger n'obstrue les *voies* respiratoires du noyé (appareil dentaire, par exemple).

● Déshabillez-le et séchez-le sommairement, en prenant garde aux blessures éventuelles (lésions des vertèbres cervicales, par exemple, après une chute).

● Si le noyé respire toujours, installez-le en position latérale de sécurité : sur le côté, la tête bien dégagée, la jambe au sol allongée, l'autre repliée dessus pour maintenir l'équilibre de la position.

● Protégez-le du froid ou du vent.

● S'il ne respire plus, il faut débuter la respiration artificielle et éventuellement un massage cardiaque. Si vous n'êtes pas formé à ces gestes de secourisme, il vaut mieux chercher quelqu'un qui le soit, après avoir alerté les secours.

Même en cas de noyade apparemment peu grave (pas de perte de connaissance, pas de troubles respiratoires), une surveillance en milieu hospitalier est nécessaire.

Agressions par des animaux marins

Les plongeurs et les baigneurs sont exposés à des envenimations par toutes sortes d'animaux : poissons, méduses et même certains coquillages. Nous passerons en revue les plus fréquents ou les plus dangereux.

Mais d'abord, un mot sur les **requins**. Vous n'en verrez sans doute jamais. Pourtant, dans certaines régions (à l'île de la Réunion, par exemple), les accidents ne sont pas exceptionnels. Les requins s'attaquent parfois aux surfeurs ou aux planchistes, confondant leur planche avec une proie possible.

Toutes les espèces de requins ne sont pas agressives pour l'homme, mais si vous en voyez un, même de loin, n'hésitez pas : sortez de l'eau sans attendre ! Généralement, ils ne s'aventurent pas près des côtes ou dans les lagons, sauf le soir pour chasser. Renseignez-vous avant de prendre un bain de minuit...

Ils sont attirés par le sang ; aussi, si vous avez une blessure, inutile de les appâter : attendez qu'elle cicatrise pour vous baigner dans les eaux qu'ils fréquentent. Un conseil aux pêcheurs sous-marins : ne gardez pas vos prises à la ceinture, mettez-les dans une nasse au bout d'une corde de quelques mètres ; vous limiterez les risques d'attaques par un requin ou un barracuda.

Quels sont les principaux animaux venimeux ?

Les animaux aquatiques dont il faut se méfier le plus, vous ne les verrez pas : vous pourrez marcher dessus alors qu'ils sont enfouis dans le sable, ou les frôler en nageant. Tous les baigneurs sont donc concernés, même s'ils se contentent de barboter près du bord.

● Des **poissons venimeux** existent dans de nombreuses mers, à commencer par la Méditerranée, où les piqûres de **vives** et de **rascasses** sont fréquentes. Les vives sont agressives et peuvent piquer à travers des gants.

● Les **poissons-pierres** peuvent être nombreux sur certaines plages tropicales et leur piqûre est grave. Certains **coquillages** (cônes) ont également un dard venimeux.

● Diverses espèces de **raies** sont armées d'aiguillons, mesurant parfois plusieurs centimètres, qui peuvent occasionner, en plus de l'envenimation, des blessures abdominales ou thoraciques profondes.

● Les **murènes** n'attaquent que si on les dérange. Ce sont donc les plongeurs seulement qui sont exposés. Certains moniteurs proposent parfois aux amateurs de sensations fortes de les nourrir au fond de l'eau. Ne vous y aventurez pas. En plus d'une morsure grave, la murène peut vous noyer : elle se bloque dans sa tanière et vous retient prisonnier car elle ne lâche pas prise. Elle est coriace et peut encore mordre plusieurs heures après sa sortie de l'eau.

● Les **méduses** et les **physalies** n'injectent pas de venin, mais leur contact provoque une brûlure. On dit que plus les méduses sont de couleur vive, plus elles sont dangereuses. Les filaments des physalies peuvent mesurer plusieurs mètres.

● Les **anémones de mer** peuvent aussi être venimeuses, ainsi que certains **poulpes**, **coraux** et **oursins** tropicaux. Même les affreux **concombres de mer** qui parsèment les fonds sableux peuvent envoyer ou diffuser un venin irritant.

Comment reconnaître une envenimation par animal marin ?

La plupart des envenimations aquatiques peuvent être à l'origine d'une syncope due soit directement au venin, soit à la douleur intense. Cette perte de connaissance qui suit la piqûre peut provoquer une noyade.

Les brûlures dues aux méduses sont immédiates et ont un aspect linéaire, comme un coup de fouet, suivant le trajet des filaments ou des tentacules. Des cloques apparaissent souvent, puis des séquelles pigmentées qui peuvent durer plusieurs semaines. Certaines espèces tropicales peuvent causer des manifestations générales graves avec perte de connaissance.

Selon les poissons, les signes locaux peuvent rester localisés à l'endroit de la piqûre ou s'étendre à tout le membre (généralement la jambe) : *œdème*, rougeurs ou pâleur, parfois *nécrose* ou saignements. Les signes généraux sont plus ou moins marqués avec angoisse, sueurs, nausées voire vomissements, troubles cardiaques ou respiratoires.

Comment réduire les risques de piqûres par des animaux marins ?

Les **poissons venimeux** se cachent généralement dans le sable. Renseignez-vous sur les dangers éventuels avant de vous baigner, et n'hésitez pas à porter des chaussures en plastique pour aller dans l'eau (tant pis pour votre look !). Vous serez également protégé des piqûres d'**oursin**. En revanche, pour prévenir les brûlures des **méduses**, une seule solution : ouvrir l'œil.

Ne ramassez aucun **coquillage** dans l'eau (ni bien sûr de **coraux**, qui sont réellement menacés de disparition) ; ne manipulez aucun **poisson mort** sur les plages : certaines toxines peuvent être encore actives 24 heures après.

Comment soigner une brûlure de méduse ?

Les **méduses**, les **anémones**, les **coraux** provoquent des lésions de même nature : elles sont dues à des cellules urticantes qui restent sur la peau. Elles se soignent toutes de la même façon : après avoir lavé abondamment à l'eau de mer, retirer les cellules en « rasant » la peau avec une lame de couteau ou une carte en plastique, en **évitant de frotter**. Appliquer du vinaigre, puis une pommade *corticoïde* type Celestoderm® (voir p. 195).

Comment soigner une piqûre de poisson venimeux ?

Les venins de poissons sont généralement détruits par la chaleur. Commencez donc par immerger l'endroit de la piqûre dans de l'eau aussi chaude que possible, pendant au moins 1/2 heure ou appliquez des compresses d'eau chaude. Si la piqûre est localisée, vous pouvez approcher prudemment le bout d'une cigarette.

Il est fréquent que des débris de dard restent dans l'*épiderme*. Il faut les enlever minutieusement et désinfecter soigneusement, car ces piqûres suppurent souvent. Des *antibiotiques* – macrolides type Erythrocine® (voir p. 210) – sont conseillés pour éviter l'infection de ces plaies sales.

Plongée

La plongée sous-marine est un sport extrême à plusieurs titres : l'organisme doit pouvoir supporter les pressions importantes sous l'eau, et un certain sang-froid est nécessaire pour faire face aux incidents qui peuvent survenir. Ce sport doit être pratiqué avec des accompagnateurs compétents et du matériel fiable. Un certain entraînement physique est nécessaire, ainsi que le strict respect des consignes de sécurité.

La plongée sous-marine expose à deux grands types d'accidents : les **accidents de décompression** et les **contacts avec les animaux marins**, traités aux paragraphes précédents. Des incidents mécaniques liés aux variations de pression des gaz dans l'organisme peuvent survenir au cours de la descente (*otite barotraumatique* avec rupture du tympan, douleurs des *sinus*) ou de la remontée (douleurs dentaires en cas de caries, dilatation douloureuse des gaz intestinaux). Ces incidents, ainsi que les manœuvres préventives, vous seront expliqués par les moniteurs.

Si la plongée vous tente, mieux vaut en parler à votre médecin avant le départ en voyage. Il vérifiera l'absence de contre-indications et pourra vous délivrer un certificat d'aptitude pour effectuer votre « baptême » sous-marin.

La plongée est contre-indiquée dans les cas suivants :

- Toutes les affections qui peuvent être à l'origine d'un malaise (*épilepsie*, *diabète*, problèmes cardiaques, etc.) ;
- *asthme* ;
- grossesse ;
- enfant de moins de 12 ans ;
- *otites*, *sinusites* et douleurs dentaires en cours d'évolution.

D'une façon générale, il ne faut pas plonger si on n'en a pas envie ou si on est fatigué. Il faut éviter les efforts physiques après la plongée, ainsi que l'altitude : attendre 12 heures avant de prendre l'avion.

Accidents de décompression

Les accidents de décompression sont les plus graves : en plongée, l'azote se dissout dans l'organisme et reprend sa forme gazeuse lors de la remontée. Si la remontée est trop rapide, l'azote ne peut pas être éliminé par les poumons, et des bulles se forment dans le sang comme dans une bouteille de champagne. Selon leur taille et leur localisation, elles peuvent provoquer des dégâts plus ou moins importants. L'accident se produit plus facilement si le plongeur est fatigué.

La première des précautions est de s'assurer avant le départ que les sites de plongée que vous avez choisis sont à proximité d'un centre équipé de caissons hyperbares.

Quels sont les signes d'un accident de décompression ?

La moitié des accidents commencent dans les 30 minutes qui suivent la plongée, et la quasi-totalité dans les 6 heures :
- les « puces » (démangeaisons de la peau, localisées ou généralisées) et les « moutons » (petites boursouflures ou marbrures douloureuses) sont bénins mais peuvent annoncer des accidents sérieux ;
- les « bends » sont des douleurs articulaires, de plus en plus intenses, siégeant le plus souvent à l'épaule, mais aussi au coude, au genou ou à la hanche ;
- les accidents de l'*oreille interne* provoquent des *vertiges* et des nausées ;
- les accidents pulmonaires entraînent une gêne respiratoire, voire un *œdème* du poumon ;
- les accidents cardiaques peuvent donner un *infarctus*.

Comment limiter les risques ?

La prévention de tels accidents repose sur 2 règles impératives :
- la vitesse de remontée ne doit pas être supérieure à 30 centimètres par seconde (vitesse inférieure à celle des petites bulles qui accompagnent le plongeur) ;
- le respect des paliers de décompression.

Que faire en cas d'accident de décompression ?

Faire respirer de l'oxygène pur à l'accidenté pour l'aider à éliminer l'azote en excès. Il doit être dirigé rapidement vers un centre spécialisé. Il y sera replacé en atmosphère à haute pression et ramené par paliers progressifs à la pression atmosphérique, sous surveillance médicale. En aucun cas il ne faut le « recomprimer » par réimmersion. Un transport, même long, est préférable.

Otite barotraumatique

Quand le plongeur descend, la pression de l'eau appuie sur ses tympans et les déforme vers l'intérieur. Si la descente continue, la pression augmente encore et les tympans peuvent se rompre.

Pour prévenir l'*otite barotraumatique*, le plongeur doit équilibrer la pression de l'eau en insufflant de l'air dans ses oreilles (un canal, la *trompe d'Eustache*, relie les voies respiratoires à l'*oreille moyenne*, située derrière le tympan). C'est la manœuvre de Valsalva, déjà décrite dans le chapitre Transports et trajets, qui permet aussi d'éviter le même genre de problèmes en avion. Cette manœuvre doit être effectuée régulièrement au cours de la descente, surtout dans les 10 premiers mètres : pincer le nez et bloquer la glotte, faire une expiration forcée **progressive** pour déboucher les oreilles.

Il ne faut jamais obstruer le conduit auditif avec quoi que ce soit (coton, boules de mousse, etc.), car la pression s'exercera quand même sur le tympan, mais dans l'autre sens, par les *voies* respiratoires, et une rupture vers l'extérieur est possible.

Quels sont les premiers signes ?

C'est d'abord une gêne, puis une douleur vive. Si la descente continue, la rupture du tympan est ressentie comme un coup de poignard. Elle peut entraîner une *syncope*. L'eau qui fait irruption dans l'*oreille interne* peut léser les organes de l'audition et de l'équilibre : le plongeur peut être pris de *vertiges* au cours desquels il ne distingue plus le fond de la surface. Le risque de noyade est réel.

Que faire ?

Si une douleur de l'oreille survient malgré les manœuvres préventives, il faut remonter tout de suite de 1 ou 2 mètres et recommencer. Au bout de 3 tentatives, rejoignez la surface sans insister davantage si la douleur persiste. Si ces symptômes durent plusieurs jours, consultez un *ORL*.

Otite externe

Les baignades, surtout dans les pays chauds, peuvent occasionner la prolifération de *microbes* dans le conduit auditif, à l'origine d'une *otite externe* qu'il est parfois difficile de distinguer de la classique otite moyenne aiguë fréquente chez les enfants.

Une douleur parfois intense apparaît dans l'oreille, augmentée si on appuie sur l'articulation de la mâchoire ou si on tire sur le pavillon de l'oreille. Des démangeaisons du conduit auditif et une sensation d'oreille pleine peuvent accompagner la douleur. Un écoulement purulent est possible.

Comment l'éviter ?

Le nettoyage des oreilles avec des coton-tiges est vivement déconseillé : en éliminant le cérumen, on fragilise l'*épiderme* du conduit auditif. En revanche, des applications d'huile d'amande douce le protègent. Après chaque bain, les conduits auditifs doivent être bien vidés de l'eau résiduelle. Si besoin, mettre la tête à l'horizontale, oreille bouchée vers le bas, et mobiliser le pavillon de l'oreille. Si cela ne suffit pas, vous pouvez essayer de faire tout cela en sautant à cloche-pied. Attention, c'est un peu acrobatique !

Comment la soigner ?

Jusqu'à la guérison, il faut éviter toute nouvelle introduction d'eau dans l'oreille, donc les baignades.

Faire des bains d'oreille matin et soir pendant 1 semaine avec des gouttes auriculaires type Polydexa® (voir p. 253) qui contiennent un *antibiotique* et un *corticoïde* pour agir sur l'*inflammation* : instiller quelques gouttes dans le conduit auditif et s'allonger sur l'autre côté pour laisser les gouttes en place 10 minutes. Des *antalgiques* peuvent être utiles en début de traitement si la douleur est très importante.

Les choses s'amélioreront vite avec ce traitement. Si ce n'est pas le cas, ou si l'otite récidive plusieurs fois, consulter un médecin.

Baignades en eaux douces

Comme pour les baignades en mer, des précautions générales s'imposent : s'immerger lentement, surtout s'il fait très chaud, vérifier qu'aucun égout ne se déverse à proximité et se renseigner sur la faune aquatique locale (attention aux crocodiles et aux piranhas).

Quels sont les risques ?

C'est surtout le **risque infectieux** qui rend les eaux douces dangereuses. Sous toutes les latitudes, elles peuvent être contaminées par les déjections humaines ou animales, mais c'est bien sûr dans les pays tropicaux que les risques sont majeurs.

• Le risque de poliomyélite est nul si vous êtes vacciné. La *leptospirose* concerne plutôt les travailleurs de certaines professions que les vacanciers, aussi bien en Europe que sous les tropiques.

• En revanche, dans les pays chauds, de **nombreux *parasites*** vivent dans l'eau ou dans la boue et peuvent infester l'homme soit par ingestion (***amibes***) soit, surtout, par pénétration à travers la peau.

• En marchant pieds nus au bord de l'eau, vous vous exposez aux larves d'***ankylostomes*** et d'***anguillules***. Après des démangeaisons dues à leur pénétration dans la peau (pieds surtout, et fesses chez les enfants), elles peuvent donner quelques jours plus tard une toux liée à leur migration dans l'organisme. Puis surviennent des *troubles digestifs* classiques (douleurs d'estomac, *diarrhée*), plusieurs semaines après la contamination.

Dans les populations locales, ces maladies atteignent fréquemment les agriculteurs, les mineurs et toute personne en contact étroit avec la terre humide.

● **Comme sur les plages des bords de mer,** toujours se méfier des **parasites du chien** qui pénètrent sous la peau, forment une sorte de bouton rouge qui se déplace en laissant derrière lui un sillon (**Larva migrans cutanée**), et en provoquant d'intenses démangeaisons. La larve progresse surtout la nuit, de 1 à 5 cm par 24 heures. Sans traitement, les signes peuvent durer plusieurs mois. C'est très désagréable mais sans danger.

● Beaucoup plus sévère est la parasitose que l'on peut contracter **en se baignant :** la *bilharziose*, qui peut être, selon les zones géographiques, intestinale (Afrique et Amérique tropicales), urinaire (Afrique, Madagascar, vallée du Nil, certaines régions du Moyen-Orient) ou artérioveineuse (Extrême-Orient).

Dans tous les cas, le cycle est le même : pénétration cutanée des larves, développement des vers adultes dans l'organisme, émission abondante d'œufs qui provoquent des dégâts dans les tissus. Ces œufs ne peuvent être détectés chez les malades que 3 mois après la contamination. La longévité des vers adultes peut atteindre 30 ans.

Parfois, des démangeaisons surviennent après le bain contaminant et elles doivent éveiller la vigilance. Une phase de fièvre plus ou moins élevée est possible 2 ou 3 semaines après. Ensuite, la maladie évolue sournoisement jusqu'à l'apparition, parfois des années plus tard, des *symptômes* dus aux œufs des parasites : sang dans les urines (Afrique) mais parfois de façon très discrète, *diarrhée* douloureuse (Afrique, Amérique), *insuffisance hépatique* (Asie).

Le diagnostic repose sur l'examen des urines et des selles.

Aujourd'hui, la bilharziose se soigne très bien, mais mieux vaut limiter les risques. Si la baignade en eau douce vous tente toujours, lisez donc d'abord les conseils qui suivent.

Comment limiter les risques ?

La bilharziose

● Bien choisir son lieu de baignade : commencez par vous renseigner pour savoir si la bilharziose existe dans la région, au besoin auprès d'un médecin.

● Pour les plus inquiets : en examinant un échantillon d'eau avec une loupe à grossissement moyen, on peut reconnaître les larves qui mesurent 1/2 millimètre et possèdent une queue fourchue. Faites plutôt le prélèvement en milieu de journée.

● Au moindre doute, éviter toute baignade en eau douce (rivières, marigots, fontaines...). La bilharziose ne se transmet pas par l'eau des piscines.

Les autres parasitoses

● Ne pas immerger la tête pour limiter les risques d'absorption d'eau (**amibes**).

● Éviter le contact direct avec la terre ou le sable : ne pas marcher pieds nus, surtout au bord de l'eau (rappelons l'utilité des chaussures en plastique type « méduse » qui permettent la baignade) ; ne jamais s'asseoir à même le sol et préférer les nattes épaisses aux serviettes de bain généralement humides.

Que faire en cas de problèmes sur place ?

● **Troubles digestifs ou urinaires :** toute *diarrhée* sanglante ou persistante, et toute trace de sang dans les urines nécessitent une recherche parasitaire. Si votre séjour est de courte durée, c'est plutôt une simple *turista* ou des *amibes* que vous aurez à soigner. Si vous séjournez plus longtemps, sachez que les parasitoses liées aux baignades se soignent en quelques jours : Biltricide ® (médicament uniquement disponible à l'hôpital) pour la *bilharziose*, Fluvermal ® (voir p. 217) ou Combantrin ® (voir p. 200) pour l'*ankylostomiase*, Stromectol ® (voir p. 270) pour l'*anguillulose*. Attention, les antiparasitaires sont généralement contre-indiqués pendant la grossesse.

● **Larva migrans cutanée :** des traitements locaux peuvent être utilisés en cas de lésion unique (destruction de la larve par le froid, par exemple), mais les localisations multiples nécessitent des comprimés type Stromec-tol ® (voir p. 270).

Pour profiter pleinement des plaisirs de la baignade, il faut commencer par choisir correctement l'endroit.

Ne vous aventurez pas là où personne ne se baigne : il y a peut-être un risque important de noyade, de pollution ou d'animaux veni-meux.

Méfiez-vous toujours des eaux douces et chaudes : renseignez-vous avant sur le risque de *bilharziose*.

Protégez vos pieds en portant des chaussures en plastique : sur la plage elles vous épargneront de nombreuses parasitoses, dans l'eau elles vous préserveront des piqûres d'animaux enfouis dans le sable.

Et, si vous êtes plongeur, gardez la tête froide malgré l'enchantement sous-marin : respectez scrupuleusement les consignes de sécurité.

Froid et altitude

Ah ! les vacances à la montagne ! L'atmosphère y est saine, il y a peu de maladies infectieuses, pas de moustiques ni d'acariens.

Les seuls risques particuliers sont le froid, la raréfaction de l'oxygène et, pour les randonneurs, l'exercice physique intense.

Dans les pays en voie de développement, les conseils habituels concernant l'alimentation restent valables.

La gravité potentielle du *mal des montagnes* mérite bien que vous preniez votre temps pour une ascension à moindre risque. Si vous voulez atteindre les sommets trop vite, vous vous exposez à une redescente précipitée !

La pratique de la haute montagne n'est pas la seule situation où vous pourrez souffrir de l'altitude : l'arrivée brutale en avion à plus de 2 000 mètres peut également occasionner des troubles.

La qualité de votre équipement est primordiale en montagne pour lutter contre le froid et prévenir les petits bobos dus à une longue marche (voir le chapitre Sports et traumatismes). Méfiez-vous également de l'ophtalmie des neiges (voir le chapitre Soleil et chaleur) ; des lunettes de qualité permettront de diminuer l'agression des yeux par les *UV*.

Avec un équipement adéquat et un minimum de prudence, vous profiterez pleinement des joies de l'altitude.

Engelures

Ce sont des lésions cutanées banales dues au froid et à l'humidité, siégeant le plus souvent aux mains, aux pieds ou au visage : plaques violacées avec démangeaisons et douleurs lors du réchauffement. Des crevasses apparaissent souvent dans un second temps.

Les *engelures* sont favorisées par les **troubles de la circulation sanguine** (doigts blancs et glacés en hiver ou après immersion dans l'eau froide) et le port de gants ou de chaussures trop serrées. Elles doivent être distinguées des gelures qui surviennent lorsque la température extérieure est très basse (inférieure à − 20 °C).

La **prévention** des engelures repose sur un équipement adapté : gants fourrés, chaussettes en laine épaisse portées avec les coutures à l'extérieur pour éviter les frottements, chaussures suffisamment larges et souples (prévoir au moins une pointure supplémentaire), écharpe, bonnet couvrant les oreilles, etc.

Le **traitement** des crevasses nécessite une désinfection locale et l'application de pommades grasses telles que Fletagex® (voir p. 216) ou Avibon® (voir p. 189).

Hypothermie

Elle survient lorsque l'organisme perd plus de chaleur qu'il n'en produit : la température corporelle chute, et il faut redouter un arrêt cardiorespiratoire ou des troubles cardiaques si des mesures appropriées ne sont pas prises rapidement. Tout traumatisé peut souffrir d'hypothermie, quelle que soit la saison ; c'est pourquoi il faut toujours couvrir les victimes d'accidents.

Les séjours en haute montagne sont bien sûr une circonstance à risque et l'hypothermie peut survenir dans plusieurs cas. Une avalanche ou une chute sont généralement associées à des traumatismes qui majorent encore le risque vital et compliquent les choses, d'autant que l'hypothermie s'installe alors brutalement. Une chute dans l'eau glacée produit également une hypothermie très rapide.

Lors d'une immobilisation forcée liée à des conditions météorologiques difficiles ou à des problèmes techniques, l'hypothermie est plus progressive et souvent accompagnée de gelures et de *déshydratation*.

Quels sont les signes d'une hypothermie ?

Tout dépend de la température du corps :
- **À 34 °C,** il s'agit d'une hypothermie modérée : le sujet est fatigué, il a du mal à parler, ses mains et ses pieds sont engourdis, il frissonne beaucoup et sa peau est froide. C'est à ce stade que des mesures peuvent être prises sur place pour que l'hypothermie ne s'aggrave pas. Aux stades suivants, les tentatives de réchauffement peuvent être dangereuses et précipiter les accidents cardiaques.
- **À 32 °C,** la peau est cadavérique et, signe très important, le sujet ne frissonne plus. Il peut tenir des propos incohérents, parfois violents. Il peut même prétendre avoir trop chaud.
- **À 30 °C,** il est en état de stupeur, ses muscles sont raidis, sa peau est violacée.

- **À 28 °C,** le sujet est dans le *coma* mais réagit encore, ses mâchoires sont crispées, sa respiration irrégulière et son pouls très lent.
- **À 25 °C,** il ne réagit plus, la respiration s'est arrêtée, on ne sent plus son pouls et ses pupilles sont dilatées : il est en état de mort apparente. Il n'est pas rare que, même à ce stade, le sujet récupère sans séquelles si une équipe spécialisée a pu mettre rapidement une réanimation en place. En effet, même privé d'oxygène, le cerveau est préservé plus longtemps si la température du corps est très basse. En revanche, à 37 °C, le cerveau ne supporte l'absence d'oxygène que 3 minutes.

Comment éviter une hypothermie ?

Vous pouvez souffrir du froid lors d'un séjour en montagne, mais aussi, de façon moins importante, en milieu climatisé mal maîtrisé (avion, autocar, voire chambre d'hôtel), où il vaut mieux toujours avoir avec soi une couverture ou un lainage.

En montagne, l'équipement vestimentaire est bien sûr primordial, avec des textiles isolant du froid : soie, laine, fibres synthétiques type Goretex®. Plusieurs couches de vêtements sont nécessaires, ainsi qu'un bonnet, car le cuir chevelu, riche en vaisseaux sanguins, est une source majeure de perte calorique. Munissez-vous de couvertures ou de duvets de qualité, de boissons si possible chaudes et de nourriture riche et sucrée. Les boissons alcoolisées ne protègent pas contre le froid et ne permettent pas de se réchauffer, bien au contraire.

Que faire si des signes d'hypothermie apparaissent ?

Dès les premiers signes ou au moindre doute, il faut réagir. L'urgence est d'éviter l'aggravation de l'hypothermie. On ne peut intervenir sur place que dans les premiers stades de l'hypothermie. Après, il risque d'être trop tard pour effectuer des gestes de réchauffement en toute sécurité : il faut pouvoir faire face à un accident cardiaque avec du matériel de réanimation.

Si un traumatisme est associé, toute mobilisation du blessé doit, bien sûr, être extrêmement prudente. Si possible, notez l'heure de la découverte de l'hypothermie. Ne jamais faire boire d'alcool.

Dans tous les cas :

- **Protéger** le sujet du vent et de la pluie ;
- le **sécher** si besoin et changer ses vêtements s'ils sont humides ;
- le **couvrir** entièrement, si possible avec une couverture de survie, et protéger sa tête (la déperdition de chaleur est très importante à ce niveau).

• **Si le sujet frissonne,** vous pouvez le réchauffer avec diverses sources de chaleur :
- bouillottes ;
- chaleur humaine ;
- si possible bain pas trop chaud ;
- boissons chaudes et nourriture calorique sucrée.

Tous ces moyens suffisent généralement lors d'une hypothermie modérée.

• **Si l'état est plus grave,** c'est-à-dire **en l'absence de frissons,** allongez la personne dans un sac de couchage chaud isolé du sol. Manipulez la victime d'hypothermie avec précautions, de préférence en position horizontale. Si elle est inconsciente, installez-la en position latérale de sécurité : sur le côté, la tête bien dégagée, la jambe au sol allongée, l'autre repliée dessus pour maintenir l'équilibre de la position. Ne la frictionnez pas et ne l'approchez pas d'un feu : en réchauffant le corps en surface, le risque est d'aggraver l'hypothermie en profondeur et de favoriser des troubles du rythme cardiaque. Ne la déplacez pas jusqu'à l'arrivée des secours. Surveillez sa respiration et son pouls.

• **En cas d'arrêt cardiorespiratoire,** notez l'heure. Respiration artificielle et massage cardiaque peuvent être entrepris par des secouristes, même si le corps est rigide et les pupilles dilatées. En cas d'hypothermie sévère, le cerveau résiste plus longtemps au manque d'oxygène.

Mal des montagnes

L'atmosphère en altitude contient moins d'oxygène et un certain temps est nécessaire à l'organisme pour s'y habituer. Les habitants des régions montagneuses ont, par exemple, plus de *globules rouges* que les autres, de façon à capter la moindre molécule d'oxygène.

Mais lorsque vous escaladez une montagne ou que vous arrivez en avion dans une ville des Andes, le changement d'atmosphère est brutal. Des troubles sont donc possibles, notamment si vous êtes atteint d'une maladie cardiaque, circulatoire ou respiratoire, et même si vous êtes simplement fumeur.

Des contre-indications à la marche en altitude existent et il est préférable d'en parler avec votre médecin avant le voyage.

Quels sont les signes du mal des montagnes ?

Ils peuvent apparaître dès 2 000 mètres chez des sujets très sensibles à l'altitude, dans un délai de 4 à 8 heures, et durent environ 2 jours : maux de tête, *vertiges*, nausées, insomnie.

Ils peuvent annoncer des problèmes respiratoires ou neurologiques plus graves si l'ascension est poursuivie : toux sèche, difficultés à respirer, vomissements, troubles de la conscience, du comportement ou de l'équilibre. Ces signes sont une urgence médicale qui impose de redescendre immédiatement, car le risque est celui d'un *œdème* du poumon ou du cerveau.

Quelles précautions prendre ?

La règle de base est de **ne pas monter trop vite** en altitude, surtout en début de séjour. Faites souvent des haltes en marchant et, tous les 1 000 mètres, arrêtez-vous au moins une journée. Buvez abondamment (pas d'alcool du tout) et prenez des repas légers. Au-delà de 3 500 mètres, il vaut mieux ne pas dépasser 500 mètres de dénivelé par jour.

En cas d'arrivée en avion à une altitude élevée, vous pouvez prendre un *traitement préventif* après avoir pesé le pour et le contre avec votre médecin avant le départ.

Que faire en cas de mal des montagnes ?

● Dès l'apparition des **premiers signes**, même légers, il faut cesser immédiatement l'ascension, prendre du paracétamol ou de l'aspirine et se reposer. Si les *symptômes* persistent, alors il faut redescendre à une altitude plus supportable.

● En cas de **troubles plus sévères** (vomissements, toux, troubles du comportement...), n'attendez pas et redescendez immédiatement d'au moins 500 mètres. Un peu d'oxygène pourra vous soulager, mais il faut quand même redescendre.

● Commencez un **traitement de quelques jours** par Diamox® (voir p. 204), que vous prendrez au cours des repas, après avoir bien relu les contre-indications dans la fiche correspondante.

Rhume et maux de gorge

En voyageant, vous n'êtes pas à l'abri d'un bon rhume, car votre *muqueuse* respiratoire est soumise à rude épreuve : par la magie de l'avion ou de la climatisation, vous passez brutalement de la sécheresse à l'humidité, de la chaleur au froid et vice versa. Vous voilà prêt pour attraper le premier *virus* venu et vous avez toutes les chances d'en rencontrer lors de vos déplacements.

Quelles précautions prendre ?

Il existe quand même quelques trucs pour limiter les agressions des muqueuses respiratoires si vous séjournez en atmosphère très sèche, notamment en avion ou s'il y a beaucoup de vent.

● Humidifiez régulièrement vos narines avec des gouttes de *sérum physiologique* et buvez abondamment de l'eau et des boissons chaudes.

● N'abusez pas de la climatisation, notamment la nuit. Ayez toujours une couverture ou un lainage au cours de vos déplacements.

Cependant, rien ne peut prévenir la rencontre avec des virus susceptibles de vous occasionner un rhume ou des maux de gorge.

Que faire pour se soigner rapidement ?

• **Pour soigner un rhume :** quelques jours d'Actifed® (voir p. 181) ou de Fervex® (voir p. 214) suffisent. En cas de mouchage abondant, des lavages de nez au sérum physiologique 2 ou 3 fois par jour amélioreront rapidement les choses. Si votre nez est très bouché, des pulvérisations de Déturgylone® (voir p. 202) pendant 2 ou 3 jours vous aideront à mieux respirer, mais n'en abusez pas. Les *antibiotiques* ne sont qu'exceptionnel-lement utiles, même si les sécrétions sont purulentes.

• **Les maux de gorge** sont le plus souvent dus à des *virus* ; un peu de paracétamol et des pastilles type Lysopaïne® (voir p. 234) contre la douleur suffisent. Parfois, il s'agit d'un *microbe* (streptocoque) qui nécessite des antibiotiques type Clamoxyl® (voir p. 198) : les signes cliniques sont souvent plus marqués, prédominants d'un côté, avec présence de ganglions dans le cou et de points blancs au fond de la gorge. Mais seul un prélèvement peut affirmer avec certitude la présence d'un streptocoque. Dans le doute, on peut donner l'antibiotique, car des complications sont toujours possibles à moyen ou long terme (*rhumatisme articulaire aigu*, atteinte rénale). De telles angines ne surviennent en principe pas chez les enfants de moins de 3 ans.

Si les maux de gorge s'accompagnent de fièvre très élevée, de boutons ou d'un aspect granité de la peau, si la langue est blanche et bordée de rouge, il peut s'agir d'un début de scarlatine due au streptocoque et il faut consulter. Un examen médical, une prescription d'antibiotiques et un suivi sont nécessaires.

Prévenir le mal des montagnes est indispensable et simple : il suffit de prendre son temps pour l'ascension. Deuxième précaution essentielle : un équipement de qualité pour lutter contre le froid. Aujourd'hui, il est facile de se procurer des vêtements et des textiles adaptés.

La seule incertitude reste la météo ! Renseignez-vous avant le départ pour éviter d'être bloqué dans des conditions difficiles.

Alors, partez tranquille à l'assaut des sommets, respirez à pleins poumons et profitez du paysage !

Mais, s'il vous plaît, prévoyez de redescendre vos ordures. Le sommet de l'Himalaya est devenu une vraie poubelle...

Sports et traumatismes

Les vacances sont l'occasion rêvée pour faire du sport, et même les plus sédentaires peuvent être tentés de rattraper le temps perdu. Il est vrai que l'exercice physique est bénéfique autant pour le corps que pour l'esprit, et que les voyages peuvent vous offrir l'opportunité d'essayer de nouveaux sports.

Les randonnées et la plongée sous-marine permettent de découvrir des paysages époustouflants, et, si vous fréquentez un club de vacances (tout le monde n'a pas l'esprit routard...), vous pourrez profiter des équipements sportifs mis à votre disposition. Mais ne vous pressez pas pour pulvériser vos records personnels, quelques jours d'échauffement ne sont jamais du temps perdu.

Que vous soyez entraîné ou non, de petits bobos peuvent vous faire regretter votre enthousiasme des premiers jours. Il vaut mieux savoir comment réagir face à une *entorse* ou une simple ampoule. Si vous allez dans un pays chaud, ou même en Europe en plein été, méfiez-vous de l'exercice physique à outrance : sans précautions, vous risquez une *hyperthermie* d'effort.

Enfin, même si n'avez aucune prétention sportive, sachez que le port régulier de chaussures de sport peut vous occasionner un *pied d'athlète*.

Ampoules

Elles apparaissent aux zones de frottement, le plus souvent aux pieds (chaussures trop serrées), mais aussi aux mains (raquettes de tennis), voire sur les épaules (sac à dos trop lourd et mal adapté). Hormis le désagrément local, elles peuvent être la porte d'entrée d'une infection, voire du tétanos si vous n'êtes pas vacciné.

Quelles précautions prendre ?

La meilleure prévention est de limiter les frottements :
- chaussettes épaisses en coton portées avec les coutures à l'envers ;
- chaussures bien rodées et suffisamment larges (prévoir une pointure supplémentaire) ;
- bandages adhésifs pour protéger les zones de frottement pendant l'effort.

Pour les marcheurs, une hygiène rigoureuse des pieds s'impose : ongles courts, aération des pieds lors des pauses, toilette et séchage soigneux après chaque marche, soin des zones irritées par application de vaseline ou d'une pommade cicatrisante type Pommade au Calendula ® (voir p. 254).

Comment soigner les ampoules ?

Si la peau est intacte, elle est le meilleur rempart contre l'infection. Il faut juste vider la cloque en la perforant avec une aiguille stérile ou désinfectée à la flamme d'un briquet ou d'une bougie. C'est complètement indolore. Puis l'ampoule sera protégée par une compresse, si possible stérile.

Si la cloque est déchirée, il faut d'abord retirer le lambeau de peau morte après l'avoir découpé avec de petits ciseaux. Désinfecter soigneusement la plaie avec un *antiseptique* type Biseptine ® (voir p. 194) dont l'application n'est en principe pas douloureuse. Recouvrir largement avec un pansement colloïde type Compeed ® (voir p. 202) qui sera laissé en place quelques jours. Il formera un gel au contact de la plaie : c'est l'effet normal de ce type de pansement (ne pas confondre avec du pus). Ce gel protège les tissus et active la cicatrisation. Renouveler l'opération si besoin.

Pied d'athlète

Joli nom pour une *mycose* des orteils !

L'humidité, la chaleur et la transpiration des pieds favorisent le développement de champignons microscopiques, sous tous les climats. Ils se complaisent dans les chaussures de sport, d'où le nom de *pied d'athlète*. Entre nos orteils, ils s'installent, occasionnant squames, fissures et démangeaisons. Si on les laisse évoluer, ils peuvent déborder sur le dos du pied et envahir les ongles, qui sont très difficiles à soigner. Un autre foyer de mycose est parfois associé, touchant l'aine ou l'intérieur des cuisses, favorisé par le port de maillots de bain mouillés.

Quelles précautions prendre ?

- Après la douche ou la baignade, séchez-vous correctement les pieds, orteil par orteil.
- Si vous fréquentez les piscines, portez des chaussures spéciales (sandalettes en plastique) pour circuler dans les vestiaires.
- Si vous le pouvez, évitez les chaussures fermées pour limiter transpiration et macération. Choisissez-les avec des semelles amovibles, faciles à laver et prévoyez une paire de semelles de rechange.
- Évitez le port prolongé de chaussures en plastique.
- Portez des chaussettes en coton.
- Traitez vos chaussures régulièrement avec une poudre antimycosique type Pévaryl® (voir p. 249) si vous êtes sujet au pied d'athlète.

Comment soigner une mycose du pied ?

- **Des traitements locaux** efficaces existent, mais il faut être persévérant (1 ou 2 applications par jour pendant plusieurs semaines). Ne pas utiliser les pommades, trop grasses, préférer les crèmes ou les poudres type Pévaryl® (voir p. 249) : utiliser des antimycosiques purs, et non ceux associés à un *corticoïde*.
- **Des traitements par voie orale** sont utilisés dans les formes étendues ou rebelles. Plusieurs mois de traitement sont nécessaires. Peser le pour et le contre avec un médecin.

Entorses

Les articulations peuvent être mises à rude épreuve lors de l'exercice physique, et l'*entorse* est le traumatisme le plus fréquent. Il s'agit d'un étirement violent des ligaments articulaires, qui peut se traduire par leur simple élongation, mais aussi par leur déchirement ou par l'arrachement d'un fragment osseux.

La cheville est généralement l'articulation la plus touchée, mais le genou peut être le plus exposé dans certains sports (ski).

Que faire, si possible sur place, en cas d'entorse ?

- Arrêter l'exercice physique et éviter la marche s'il s'agit d'un membre inférieur.
- Appliquer de la glace à travers un linge.
- Surélever le membre atteint pour limiter la formation de l'*œdème*.
- Faire un bandage moyennement serré ou poser une attelle pour immobiliser l'articulation au moins le temps du transport.
- Quelques heures plus tard, de retour au domicile, défaire le bandage pour examiner l'articulation et appliquer soit une pommade *anti-inflammatoire* type Nifluril® (voir p. 242) à ne pas utiliser en cas d'exposition au

soleil en raison du risque de *photosensibilisation*, soit des compresses alcoolisées à renouveler aussi souvent que nécessaire. Continuer à surélever le membre atteint.

Quand consulter un médecin ?

Certains signes immédiats imposent un avis médical **le plus tôt possible** :
- sensation de craquement,
- malaise au moment de l'accident,
- appui impossible,
- formation immédiate d'un *œdème* important.

L'apparition d'un bleu dans les heures suivantes peut laisser craindre un arrachement osseux ou une rupture ligamentaire. Là encore, il ne faut pas hésiter à consulter, car il est préférable de faire une radio. Une immobilisation totale de l'articulation avec un plâtre ou une autre technique peut être nécessaire pour éviter des séquelles articulaires.

Certaines entorses nécessitent même une intervention chirurgicale qui n'est en principe pas urgente et pourra attendre votre retour.

Fractures de fatigue

Même sans traumatisme violent, même sans fragilisation particulière des os, des fractures sont possibles : elles se constituent progressivement par **répétition de traumatismes** minimes sur les mêmes os. La circonstance la plus fréquente est une longue marche (elles furent d'abord décrites chez les jeunes recrues militaires) et les *fractures de fatigue* touchent donc surtout les membres inférieurs. Les chocs répétés sur les talons ou la plante des pieds fragilisent les os, pourtant sains. Des douleurs apparaissent progressivement lors de la marche et uniquement lors de la marche. L'évolution jusqu'à une véritable fracture est évitable si les choses sont prises à temps.

Comment se manifestent-elles et quelles précautions prendre ?

Les métatarsiens (os situés entre les orteils et le cou-de-pied) et le tibia sont les os les plus touchés, mais le talon, le péroné et même le col du fémur peuvent l'être. Les fractures de fatigue (« stress fractures », en anglais) peuvent survenir à tout âge, chez les hommes comme chez les femmes.

Le diagnostic n'est pas facile à confirmer au début, car les fractures ne sont visibles sur les radiologies classiques qu'après 2 ou 3 semaines. Pour un diagnostic précoce, seuls des examens plus sophistiqués peuvent mettre en évidence les modifications de la trame osseuse (scanner, IRM). C'est pourquoi, si de telles douleurs apparaissent, il faut considérer que c'est une fracture de fatigue et les traiter comme telle.

La prévention repose essentiellement sur l'entraînement progressif à la marche. La qualité des semelles des chaussures a sans doute son importance aussi, comme la correction des déséquilibres des pieds ou des différences de longueur des jambes.

Que faire si apparaissent des douleurs évoquant une fracture de fatigue ?

Le seul traitement est de cesser tout appui sur la jambe, puis de reprendre la marche progressivement après 2 à 6 semaines selon l'évolution. Un plâtre est inutile. Des contrôles radiologiques devront confirmer la fracture et vérifier la qualité de la réparation osseuse.

Hyperthermie d'effort

Elle survient le plus souvent en cas d'exercice physique prolongé en plein soleil. C'est un coup de chaleur grave (voir le chapitre Soleil et chaleur) qui touche le plus souvent des jeunes ou des adolescents.

Il est facile de prévenir l'*hyperthermie* en se rafraîchissant régulièrement au cours de l'effort : eau sur la tête, pauses à l'ombre et boissons abondantes.

Réagir vite en cas de signes d'alerte

Les premiers signes sont ceux d'un coup de chaleur survenant au cours de l'effort : troubles du comportement pouvant aller de l'hébétude à l'agressivité, démarche titubante, fatigue et soif intenses, crampes, nausées voire vomissements.

Il faut réagir vite pour éviter une aggravation inéluctable et gravissime vers une fièvre très élevée avec *coma* et *déshydratation*.

Dès les premiers signes d'hyperthermie :

- Faire cesser immédiatement l'effort physique.
- Déshabiller et installer à l'ombre, dans un endroit bien ventilé.
- Rafraîchir (linges humides, vessies de glace aux racines des cuisses, éventail ou ventilateur...).
- Faire boire des boissons fraîches.

Ne pas donner de médicaments ni de bain pour faire baisser la fièvre.

Quand s'inquiéter vraiment ?

À ce stade, ces mesures simples suffisent généralement mais :
- si le sujet perd connaissance,
- s'il présente des *convulsions*,
- s'il ne transpire plus,
- si sa peau est sèche et brûlante,

l'intervention d'une équipe médicale ou un transport urgent vers un centre de secours sont nécessaires. L'évolution dépend étroitement du temps pendant lequel l'organisme est resté en *hyperthermie*.

Plaies

Toute plaie expose au risque de tétanos si vous n'êtes pas vacciné.

Vaccinez-vous contre le tétanos sans arrière-pensée, car personne n'est à l'abri d'une plaie et surtout pas les sportifs.

S'il s'agit d'une plaie par morsure, des précautions contre la *rage* s'imposent dans la plupart des pays (reportez-vous au chapitre Insectes et animaux).

Si la plaie est profonde ou due à un objet acéré, il vaut mieux consulter après les premiers soins pour vérifier qu'aucune structure profonde n'est atteinte et qu'aucun élément étranger n'est resté dans les tissus.

Que faire devant une plaie superficielle et peu étendue ?

• Commencer par **nettoyer la plaie** des éventuels débris (cailloux, terre...) sous l'eau du robinet, la **savonner** et bien rincer.

• Si des corps étrangers subsistent, les retirer avec une **pince fine** ou frotter doucement avec une **compresse**, puis **désinfecter**.

• Si la plaie continue à saigner, appliquer de l'**eau oxygénée** ou comprimer quelques minutes avec une compresse.

• Dès qu'elle ne saigne plus, appliquer une **pommade grasse** type Pommade au Calendula ® (voir p. 254) ou un gel antiseptique type Bétadine ® (voir p. 191). Protéger avec une compresse maintenue par du **sparadrap** ou une **bande** moyennement serrée.

• Renouveler les soins pendant quelques jours.

• S'il s'agit d'une coupure aux bords nets, vous pouvez mettre en place des **sutures adhésives** type Steri-Strip ® (voir p. 268), après désinfection soigneuse et lorsque la plaie ne saigne plus. Recouvrez de compresses et protégez par une bande. Les bandelettes adhésives seront laissées en place aussi longtemps que possible pour permettre une cicatrisation plus rapide, mais il faut surveiller la plaie régulièrement pour vérifier l'absence d'infection.

En milieu tropical, les plaies doivent toujours être protégées des mouches qui pourraient y déposer des œufs. Évitez les baignades qui retardent la cicatrisation et peuvent être source d'infection.

Concernant la pratique sportive, les risques sont les mêmes partout et les moyens de les prévenir, quand ils existent, sont simples : entraînement préalable et modération des efforts. Ainsi, vous éviterez les problèmes majeurs. Il vous faudra juste soigner éventuellement ampoules et autres petits bobos.

Votre trousse médicale doit toujours comporter pansements, désinfectant et pommades.

Hygiène défectueuse

La peau est sans doute l'organe le plus agressé en voyage : desséchée pendant les voyages en avion, rôtie par le soleil, macérant dans les chaussures ou les plis du corps, exposée aux insectes, elle continue néanmoins à nous protéger envers et contre tout. Elle mérite bien quelques attentions : douches si possible quotidiennes, séchage soigneux notamment dans les plis cutanés, crèmes hydratantes ou protectrices, *répulsifs* contre les insectes. Dans tous les pays, les soins de la peau sont une préoccupation importante et les spécialités locales ne sont pas rares. Préférez quand même vos produits habituels pour limiter les *allergies*.

Malgré une hygiène personnelle irréprochable, vous pouvez héberger quelques hôtes indésirables dans vos cheveux (les parents d'enfants scolarisés le savent bien !), dans vos vêtements ou sous votre peau. Pas de panique ni de honte, vous en serez vite débarrassé. Le traitement de ces parasites est parfois contraignant, mais mérite d'être suivi à la lettre pour une efficacité garantie.

Si vous dormez dans un endroit insalubre d'Amérique tropicale, méfiez-vous des punaises qui peuvent transmettre la maladie de *Chagas* (voir le chapitre Insectes et animaux).

Les poux

• Les **poux de tête** passent volontiers d'une chevelure à l'autre en cas de contacts étroits, et l'école est un lieu privilégié pour les échanges ! Ils provoquent de vives démangeaisons qui s'aggravent avec leur prolifération. Certains produits peuvent être utilisés pour essayer de limiter les risques : henné et huile capillaire empêcheraient les *poux* de se fixer aux cheveux. Une coupe très courte limite aussi le risque.

L'examen des cheveux doit être soigneux, et réalisé en s'aidant d'un peigne. Les poux sont difficiles à voir, et il faut surtout chercher leurs œufs (les lentes), petits sacs blanchâtres accrochés à la base des cheveux.

• Les **poux du pubis (morpions)**, attrapés lors de rapports sexuels même protégés, occasionnent les mêmes *symptômes*.

• Contrairement aux poux de tête, les **poux de corps** sévissent essentiellement en cas d'hygiène très précaire et de promiscuité importante. Ils peuvent transmettre des maladies infectieuses occasionnant fièvre et *éruptions cutanées*, mais ces maladies sont maintenant très rares, ne survenant quasiment plus que dans des camps de réfugiés ou de sinistrés. Leur traitement repose sur les mêmes produits que les poux de tête.

Comment s'en débarrasser ?

Tous les porteurs de poux d'un groupe doivent être traités en même temps. Il faut d'emblée utiliser les grands moyens : les shampoings anti-poux sont généralement insuffisants et risquent de favoriser la résistance des survivants aux produits anti-poux.

L'emploi d'une lotion type Pyréflor® (voir p. 257) ou Prioderm® (voir p. 256) est préférable. Lisez attentivement la notice, car selon les produits le temps d'application peut varier. L'utilisation de flacons pulvérisateurs est contre-indiquée chez les *asthmatiques* et les jeunes enfants. Passez ensuite les cheveux au peigne fin pour les débarrasser des œufs (lentes). Traitez aussi chapeaux et literie avec une poudre anti-poux ou lavez-les à l'eau très chaude.

En cas de poux du pubis, le rasage est conseillé avant l'application d'une poudre anti-poux.

La gale

Elle est provoquée par un petit *parasite* (sarcopte) qui s'installe sous la peau, et sa transmission se fait d'un sujet à l'autre. On observe des lésions caractéristiques ayant la forme de sillons surélevés, grisâtres, et de petites vésicules perlées, surtout entre les doigts. Il faut y penser quand des démangeaisons existent chez plusieurs membres d'une même famille, ou après contact avec des couvertures ou des draps d'autres personnes. Les démangeaisons surviennent surtout le soir ou la nuit, le plus souvent aux poignets, aux doigts, sur les flancs ou aux aisselles. Elles peuvent donner lieu à des lésions de grattage qui peuvent s'infecter, surtout entre les doigts.

Comment la soigner ?

Deux types de traitement existent, soit des **comprimés** de Stromectol® (voir p. 270) à prendre en une seule fois, soit des **soins locaux** : après un bain ou une douche, se badigeonner le corps de lotion type Ascabiol® (voir p. 187) en insistant sur les plis cutanés et les mains. Éviter le visage et le cuir chevelu. Laisser sécher sans rincer. Selon les produits, le temps d'application peut varier de 12 à 24 heures. S'il s'agit d'un petit enfant, lui bander les mains pour éviter tout risque d'ingestion du produit. Éliminer le produit par une douche, et changer draps et vêtements. Si possible, faire bouillir le linge ou le traiter avec un antiparasitaire type A-Par® (voir p. 186), par exemple.

Les teignes du cuir chevelu

Elles sont dues à des champignons microscopiques et sont fréquentes chez les enfants des pays tropicaux. Leur contagiosité est très importante. Il faut y penser en cas de croûtes sur le cuir chevelu et de perte localisée de cheveux. Une consultation médicale est nécessaire pour diagnostiquer le champignon responsable et adapter le traitement qui nécessite souvent la prise de comprimés pendant plusieurs semaines. L'éviction scolaire est nécessaire jusqu'à la guérison.

Les poux et autres parasites de la peau ne vous sauteront pas dessus à la moindre occasion : il faut quand même des contacts assez étroits avec une personne infestée. Néanmoins, si vous dormez à l'hôtel, vérifiez toujours la propreté de la literie avant de vous glisser dans les draps !

Une hygiène corporelle parfaite ne vous protègera pas de ces petits problèmes. En revanche, en vous lavant souvent les mains, vous réduirez énormément le risque d'infection digestive.

Sexe

En matière de sexe, vous risquez de mauvaises rencontres partout. Sans précautions, l'éventail des risques est large, du morpion au virus du *sida*, en passant par des maladies quasiment oubliées dans nos pays. Comme souvenirs de vacances, il y a mieux !

Abstinence ou fidélité réciproque sont par définition infaillibles, mais un moment d'égarement est toujours possible et, sans protection, cela peut être suicidaire. On ne répètera jamais assez que la seule prévention des maladies sexuellement transmissibles (*MST*, aujourd'hui également appelées infections sexuellement transmissibles : IST) reste les préservatifs, masculins ou féminins. Ils doivent être utilisés systématiquement en cas de relations sexuelles avec un nouveau partenaire. La qualité des préservatifs est essentielle, mais elle n'est pas garantie dans certains pays : il vaut mieux les ajouter à votre trousse médicale avant le départ. Leur efficacité dépend également de leur bonne utilisation, et il vous sera peut-être utile de relire le mode d'emploi si vous manquez d'entraînement. Cependant, même bien utilisé, un préservatif ne vous protègera pas des morpions (voir le chapitre Hygiène défectueuse).

Mycoses vaginales

Elles sont dues à la prolifération de champignons microscopiques dans le vagin. Elles se manifestent par des démangeaisons intenses et douloureuses rendant impossibles les relations sexuelles, et des pertes vaginales peu abondantes, blanches, à l'aspect de lait caillé.

Elles peuvent survenir après une relation sexuelle sans préservatif, ou suite à des modifications locales qui ont permis le développement des *parasites* : traitement *antibiotique* ayant détruit la *flore* normale du vagin, bouleversement hormonal de la grossesse, soins locaux trop fréquents ou savons trop acides, etc.

Le *diabète* est à rechercher en cas de *mycoses* vaginales récidivantes.

Quelles précautions prendre ?

● La **macération** favorise les mycoses, et les sous-vêtements en fibres synthétiques doivent être évités, de même que le port prolongé de maillots de bain mouillés ou de vêtements serrés.

● La **toilette intime** ne doit pas être trop agressive : elle doit rester externe (jamais d'irrigations vaginales), l'utilisation de savons spéciaux type Hydralin ® (voir p. 223) n'est pas indispensable, mais peut être recommandée en cas de macération.

● Si vous avez déjà eu une mycose **après un traitement antibiotique**, votre médecin peut vous conseiller d'utiliser un *traitement préventif* lors des futures prescriptions d'antibiotiques.

Comment les soigner ?

● Généralement, les signes sont évidents et un prélèvement est inutile pour affirmer le diagnostic. Vous pouvez vous traiter tout de suite, y compris pendant les règles (évitez alors le port de tampons périodiques) : par exemple, 1 seul ovule de Gyno-Pévaryl LP ® (voir p. 221) le soir au coucher, et toilette avec Hydralin ® (voir p. 223). Si la mycose est étendue à la vulve ou la région anale, appliquez un lait antimycosique type Fazol ® (voir p. 212). Ces produits peuvent entraîner une exacerbation temporaire des démangeaisons. Arrêtez le traitement si l'inconfort est trop important.

● Le traitement du partenaire est souhaitable.

● Si la mycose survient après des relations sexuelles occasionnelles et non protégées, elle est peut-être associée à une véritable *MST* : consultez un médecin dès que possible.

Maladies sexuellement transmissibles (MST)

Lors des relations sexuelles, des *virus*, des *bactéries* et des *parasites* peuvent être échangés.

Les *MST* les plus graves ou les plus difficiles à traiter sont **dues aux virus** : *VIH* responsable du *sida*, virus des *hépatites* B et C, *herpès*.

Les MST **dues aux bactéries** (*syphilis, gonococcie, chlamydiose*) sont facilement soignées avec des *antibiotiques*, mais encore faut-il les diagnostiquer.

Les **parasitoses** (*mycoses*, morpions, *gale*) sont beaucoup plus évidentes et inconfortables : vous aurez vite envie de vous en débarrasser.

Quelles précautions prendre ?

Certaines MST se transmettent uniquement par contact sexuel, mais la plupart peuvent aussi être transmises par d'autres voies : salive (hépatites), sang (hépatites, sida), larmes (chlamydiose), baiser profond ou « french kiss » (syphilis, *mononucléose infectieuse*), relations buccogénitales (herpès, syphilis, gonococcie), contacts avec des lésions cutanées (syphilis).

Le seul *vaccin* protégeant d'une MST est le vaccin contre l'hépatite B. N'hésitez pas à vous faire vacciner si vous devez séjourner longtemps dans un pays en voie de développement.

La **seule prévention** possible pour les autres MST est d'**utiliser systématiquement un préservatif** lors des rencontres occasionnelles et pendant les 3 premiers mois d'une relation qui s'installe (le temps qu'il faut pour vérifier l'absence de toute MST grave).

Hépatite B, VIH : pas seulement par voie sexuelle

- Tous les actes tels que tatouage, piercing, acupuncture et même, si possible, soins dentaires sont à éviter absolument sur place. D'où l'intérêt de consulter un dentiste avant le départ.

- Sauf nécessité absolue, il est préférable de refuser toute transfusion sanguine dans les pays en voie de développement.

- Les injections, si elles sont indispensables, doivent être réalisées avec du matériel stérile. Vous pouvez emporter avec vous aiguilles et seringues à usage unique, avec une attestation de votre médecin certifiant que ce matériel sera utilisé dans un but médical.

Les préservatifs masculins : comment les choisir et les utiliser ?

Achetez-les avant votre départ car leur qualité n'est pas assurée partout. Préférez-les lubrifiés et avec réservoir. Toute tentative de lubrification avec des produits non prévus à cet effet pourrait fragiliser le latex, ainsi que la superposition de 2 préservatifs.

Des modèles non lubrifiés et aromatisés peuvent être utilisés pour la fellation. Pour protéger le cunnilingus, utilisez un préservatif féminin ou, si vous êtes doué(e) pour le bricolage, confectionnez un rectangle de latex en découpant un préservatif masculin dans le sens de la longueur.

Préservatif masculin : mode d'emploi

Le préservatif doit être posé **lorsque l'érection est complète** :

- Le sortir de son emballage et le mettre en place tel quel, avec le **boudin à l'extérieur** de façon à pouvoir le dérouler facilement.
- **Pincer le réservoir** entre le pouce et l'index pour chasser l'air.
- **Maintenir** le préservatif en place **tout en le déroulant** de l'autre main. Attention à ne pas le déchirer avec les ongles ou une bague.
- **Après l'éjaculation**, le préservatif doit être **maintenu à la base** pour éviter toute fuite.
- Une fois vos esprits retrouvés mais **avant la fin de l'érection**, il sera retiré, fermé par un nœud et jeté. À la poubelle, bien sûr.

Vous pouvez vous exercer seul (avec et sans lumière) à le poser pour être plus à l'aise lors de la première utilisation.

Le préservatif féminin : comment ça marche ?

Depuis quelques années, les femmes ont aussi leur préservatif : une fine gaine de polyuréthane lubrifiée qui tapisse le vagin. Elle est fermée d'un côté et munie d'un anneau souple à chaque extrémité : l'un facilite la pose et le maintien du préservatif au fond du vagin, l'autre, plus large, reste à l'extérieur et permet la protection des organes sexuels externes. Ce préservatif mesure 17 cm de long et 8 cm de diamètre du côté le plus large. Il est résistant, il n'y a quasiment pas de risque d'allergie contrairement aux produits en latex, il peut être posé plusieurs heures avant les rapports. Il n'est pas nécessaire, contrairement à la capote, de le retirer immédiatement après l'éjaculation. Il présente donc des avantages incontestables. Cependant, ses utilisatrices soulignent que sa mise en place nécessite un entraînement et qu'il peut s'avérer bruyant lors des rapports.

La pose s'effectue un peu comme celle d'un tampon périodique : couchée, assise ou debout avec un pied posé sur une chaise. Chacune a sa méthode, l'important est d'être dans une position confortable. Veillez à ne pas le déchirer avec vos ongles ou vos bagues en le sortant de sa pochette. Tenez le préservatif par l'anneau interne en le pressant entre le pouce et l'index. Sans le relâcher, insérez l'anneau aussi profondément que possible dans le vagin, puis poussez-le avec l'index.

Pour le retirer, tournez l'anneau extérieur pour retenir le sperme et tirez doucement. Jetez-le à la poubelle.

Quand suspecter une hépatite B ou C ?

Elles passent très souvent inaperçues et sont découvertes lors d'un bilan sanguin systématique après le retour. Leur gravité réside surtout dans le fait qu'elles peuvent devenir chroniques, avec une atteinte du foie. Des formes suraiguës sont possibles, mais heureusement rares. La contagiosité du *virus* de l'*hépatite* B est très supérieure à celle du *VIH*. Même après plusieurs heures dans le milieu extérieur, il est toujours virulent.

Des *symptômes* existent parfois au début : fatigue, nausées, jaunisse. Le diagnostic doit être confirmé par des examens sanguins. Si l'hépatite devient chronique, elle peut encore passer inaperçue pendant longtemps ou occasionner d'autres signes plus ou moins graves : fatigue intense, douleurs musculaires ou articulaires, *cirrhose*... Leur dépistage se fait sur un simple examen du sang.

Des traitements existent pour éviter une évolution grave des hépatites chroniques.

En cas de découverte d'une hépatite B ou C, une recherche du *VIH* doit être effectuée.

Quand suspecter un herpès génital ?

Il fleurit en petits bouquets de vésicules dans la région génitale mais aussi anale ou sur les fesses. De légères douleurs ou brûlures sont possibles, mais **il passe souvent inaperçu.** Son inconvénient majeur est de récidiver pendant des années. Il est dû à un *virus* type Herpès très facilement transmissible et on estime à 15 % la fréquence de l'*herpès* génital dans la population adulte. Les virus à l'origine de l'herpès buccal peuvent occasionner un herpès génital.

En cas de poussée importante, souvent favorisée par la fatigue, le stress ou les règles, un traitement par un antiviral type Zélitrex® (voir p. 284) accélèrera la guérison, mais ne préviendra pas les rechutes éventuelles. Si les poussées sont fréquentes, votre médecin peut vous prescrire un *traitement préventif.*

Quand penser au virus du sida ?

Même une émotion intense ne doit pas vous le faire oublier ! Un seul rapport peut être contaminant et, dans certaines villes africaines ou asiatiques, le nombre de séropositifs est impressionnant : 10 voire 30 % des adultes jeunes, 90 % des prostituées.

Les cas de transmission buccogénitale sont rares mais possibles. Un rapport avec une personne séropositive ne signifie pas obligatoirement contamination. La contagiosité du virus *VIH* est moins importante que celle de l'*hépatite* B, par exemple. On sait que les autres *MST* la favorisent, ainsi que la période des règles et certaines pratiques sexuelles (sodomie, coït énergique) par des microlésions qui sont autant de portes d'entrée pour les virus.

Si le préservatif s'est déchiré, il est possible de bénéficier d'un traitement antiviral de protection qui réduit le risque de contamination. Le traitement doit être commencé dans les heures suivant le rapport (au maximum dans les 48 heures) et poursuivi pendant 4 semaines avec une surveillance sérologique de 6 mois. Un tel traitement n'est pas toujours facilement disponible.

Qu'est-ce que la gonococcie ou blennorragie ?

C'est la fameuse chaude-pisse au nom évocateur surtout **chez l'homme** : quelques jours après le rapport contaminant, des brûlures très pénibles surviennent lors des émissions d'urine, des sécrétions purulentes riches en gonocoques s'écoulent par l'urètre.

Chez la femme, les signes sont généralement atténués, passant même souvent inaperçus. Le diagnostic est confirmé immédiatement par l'examen des sécrétions au microscope, très facile à réaliser.

Elle est très fréquente dans les pays en voie de développement et dans les pays de l'Est. En Europe de l'Ouest, après un déclin lié à la promotion des préservatifs pour lutter contre le sida, on assiste à une recrudescence de la maladie, témoin d'un relâchement de la vigilance et de la pratique du « safe sex ».

Le traitement repose sur un *antibiotique* type Trobicine® (voir p. 276) en une seule injection intramusculaire ou sur un antibiotique (en une prise orale) de la famille des quinolones type Ciflox® (voir p. 197).

La syphilis est-elle un risque réel ?

Oui, elle est aussi très fréquente dans les pays en voie de développement et les pays d'Europe de l'Est, en recrudescence dans les pays développés. Elle est due à une *bactérie* : Treponema pallidum. Le diagnostic est confirmé par la recherche d'anticorps.

• Un **chancre** apparaît environ 3 semaines après la contamination, le plus souvent aux organes génitaux, parfois dans la bouche ou sur la lèvre : lésion arrondie, rosée, indurée. Il est accompagné de **petits ganglions durs**, multiples, roulant sous les doigts. Parfois le chancre est moins visible, sous la forme d'une éraflure ou d'une croûte, et peut passer facilement inaperçu s'il est dans un pli ou sur le col de l'utérus. Le chancre est contagieux par contact direct, en particulier avec une *muqueuse* ou une plaie, même minime. Dans ce cas, le chancre siègera à l'endroit de la contamination.

• Environ 40 jours après le chancre, la maladie peut évoluer vers la **phase secondaire** : des rougeurs arrondies apparaissent sur le thorax, souvent discrètes, sans démangeaisons ni squames. Elles durent quelques semaines et peuvent laisser des traces blanches. En fait, de nombreuses formes cliniques existent dans cette phase secondaire, avec des signes dermatologiques divers, associés ou non à une angine, une chute des cheveux par plaques autour des oreilles, voire à une atteinte de l'état général avec fatigue, céphalées, petite fièvre. Les lésions cutanées sont extrêmement contagieuses.

● En l'absence de traitement aux stades précoces, la *syphilis* tertiaire peut apparaître entre 3 et 40 ans plus tard. À cette phase, les malades ne sont plus contagieux. Le système nerveux et le cœur sont atteints ; une démence est fréquente, ainsi que des troubles neurologiques invalidants.

● Le traitement par un *antibiotique* type *pénicilline* en une seule injection est efficace dans la phase primaire (chancre). Le traitement doit être conduit par un médecin car des réactions importantes sont possibles les premiers jours. Il faut rechercher les sujets ayant pu être contaminés avant le diagnostic et les inciter à consulter.

Qu'est-ce qu'une chlamydiose ?

C'est une *MST* due à une *bactérie*. Elle peut passer inaperçue pendant des années et être la cause de salpingites chez la femme (infection des trompes), d'orchites chez l'homme (atteintes des testicules), d'*urétrites*, de douleurs articulaires et de *conjonctivites*. Elle est surtout la **principale cause de stérilité** aussi bien dans les pays développés que dans le tiers-monde.

Des moyens techniques assez sophistiqués sont nécessaires pour affirmer le diagnostic avec des tests sanguins. Le traitement est maintenant très simple avec Zithromax Monodose® (voir p. 285), en une seule prise de 1 gramme. Sinon, des *antibiotiques* de la famille des *tétracyclines* peuvent être utilisés pendant 7 à 10 jours, en préférant Mynocine® (voir p. 239) dans les pays chauds, car cette molécule pose moins de problèmes avec le soleil. La découverte d'une *chlamydiose* doit inciter à rechercher d'autres MST.

Qu'est-ce que le chancre mou ?

Maladie due à une bactérie, le chancre mou reste très fréquent dans les pays en voie de développement. L'incubation est courte (2 ou 3 jours) avant l'apparition du chancre, le plus souvent douloureux et ne s'accompagnant pas de ganglions. Pourtant, parfois, ses caractéristiques varient et il peut évoquer un chancre de la syphilis. En outre, les deux maladies peuvent être associées.

En conclusion, les relations sexuelles avec un nouveau partenaire doivent être protégées systématiquement avec des préservatifs. Les produits vendus en Europe et en Amérique du Nord ont subi des tests de fiabilité : ils préviennent efficacement contre les MST et les grossesses non désirées. Mais attention dans les pays en voie de développement, ils n'offrent généralement aucune garantie. Si la relation se poursuit, continuez cette prévention le temps de vérifier l'absence de MST grave (VIH, syphilis) par des tests sanguins.

Drogues

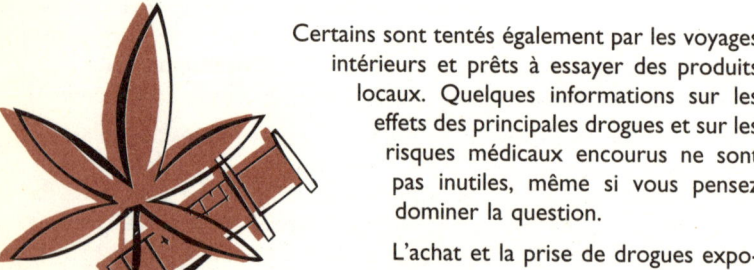

Certains sont tentés également par les voyages intérieurs et prêts à essayer des produits locaux. Quelques informations sur les effets des principales drogues et sur les risques médicaux encourus ne sont pas inutiles, même si vous pensez dominer la question.

L'achat et la prise de drogues exposent toujours à des ennuis judiciaires, complètement disproportionnés dans certains pays. De lourdes peines de prison sont souvent appliquées aux touristes pour la seule détention de drogues, même pour leur usage personnel.

Les effets psychiques peuvent être insupportables pour des personnalités fragiles, et le fait d'être à l'étranger majore les risques de « bad trip » en raison de la perte des repères culturels et linguistiques.

Les initiés devront se méfier des risques de surdosage, car, dans les pays producteurs, la teneur en produit actif est souvent très supérieure à celle des drogues vendues en Europe.

Il va de soi que la conduite automobile est incompatible avec la prise de drogues et que l'association à l'alcool majore les effets et les risques.

Cannabis

Le **chanvre indien** pousse très facilement dans les pays chauds et secs. Il est très répandu dans le monde et fumé sous différentes formes.

Le **haschisch** est la résine issue des fleurs. Très concentré, il est généralement consommé mélangé à du tabac.

L'**herbe**, ou **marijuana** en Amérique et **kif** en Afrique du Nord, contient les feuilles et les fleurs séchées ou réduites en poudre ; elle peut être fumée pure. On trouve maintenant des herbes très concentrées en produit actif car cultivées sous serre, par exemple en Hollande.

Les non-fumeurs consomment parfois le cannabis par voie orale, en infusions ou dans des gâteaux (« space cakes »).

Quels sont ses effets ?

Les effets commencent quelques minutes après le joint par une phase d'excitation euphorique, une sensation de bien-être physique et moral, une joie communicative. En cas d'absorption avec boissons ou nourriture, les effets sont plus longs à apparaître. Puis l'ivresse cannabique se caractérise par une désorientation, une confusion avec perturbation des notions de temps et d'espace, des fous rires. Les perceptions visuelles et auditives peuvent être altérées, la bouche est souvent sèche et les yeux rouges. Ensuite apparaissent dépression et sommeil. Les effets durent quelques heures.

Des troubles importants de la personnalité peuvent survenir chez certaines personnes, avec angoisse importante, délire, persécution ou prostration. Un *tranquillisant* type Lexomil® (voir p. 231) à faible dose peut aider à surmonter une phase d'angoisse. Si des idées délirantes persistent ou posent un problème de sécurité, mieux vaut consulter. Une nouvelle expérience est fortement déconseillée.

La **consommation chronique** entraîne des modifications du comportement avec la perte du self control et du sens de la réalité. Des manifestations physiques sont habituelles : *bronchite chronique* (avec majoration du risque de cancer du poumon), *conjonctivite* même pendant les périodes d'abstinence, *stérilité*, *impuissance*, baisse des défenses immunitaires.

Opiacés

Dérivés de l'opium, ces produits peuvent être naturels (*morphine*, *codéine*) ou synthétiques (*héroïne*). Ils sont tous à l'origine d'une tolérance et d'une *dépendance* en cas d'utilisation régulière, même de courte durée : les doses doivent être augmentées pour obtenir les mêmes effets. Un *syndrome de sevrage*, le manque, survient si la consommation est arrêtée. Ils sont injectés en *intraveineuse*, inhalés (sniff), voire fumés.

La sensation de bien-être est brutale et intense, allant de l'euphorie à une somnolence béate. Physiquement, les effets sont caractérisés par un resserrement des pupilles (*myosis*), une *constipation*, la diminution de la libido, parfois des démangeaisons. Les vomissements sont fréquents. Le danger vient des troubles respiratoires qui peuvent entraîner le décès en cas de *surdosage* (overdose).

Deux situations peuvent provoquer des erreurs de dosage :

- Après une période d'abstinence, les doses nécessaires sont moins importantes car le phénomène de tolérance a disparu.
- Dans les pays producteurs, les produits sont souvent beaucoup plus concentrés que ceux trouvés en Europe (coupés et recoupés par les différents intermédiaires).

Que faire en cas d'overdose ?

L'accident d'overdose est quasiment immédiat après une injection. Le sujet devient inconscient et sa respiration lente et irrégulière marque des pauses. Il faut le stimuler, essayer de le réveiller et lui ordonner de respirer. Si l'overdose n'est pas trop importante, il réagira et reprendra son souffle. Sinon, il faut pratiquer une respiration artificielle, avec massage cardiaque si vous ne sentez plus le pouls. Après l'amélioration de la situation, la surveillance doit être étroite plusieurs heures.

Qu'est-ce que le manque ?

Chez un sujet devenu *dépendant*, tout arrêt de la consommation est pénible à supporter : l'anxiété est importante, avec agressivité, insomnies, douleurs diffuses, *diarrhée*. La recherche du produit devient la seule préoccupation. Les troubles peuvent durer plusieurs semaines.

Amphétamines, ecstasy

Ce sont des drogues de synthèse se présentant sous forme de gélules ou de comprimés. L'effet recherché est la résistance à la fatigue, l'euphorie, l'augmentation de la confiance en soi. L'appétit est réduit, des nausées sont possibles, ainsi que des troubles du comportement et de la coordination. Une désinhibition sexuelle est recherchée par certains.

À doses élevées, des *convulsions* peuvent apparaître. Les raves parties associent différents dangers favorisant les accidents de *déshydratation* et d'*hyperthermie* d'effort : activité physique importante et prolongée, bruit, chaleur, absence de ventilation. Une fièvre très élevée met la vie en jeu.

Cocaïne, crack

L'arbuste de coca fournit des feuilles traditionnellement mâchées par les Andins pour supporter la fatigue. Avec 300 kg de feuilles sèches, on extrait 1 kg de cocaïne.

La **cocaïne** est généralement sniffée, parfois injectée en *intraveineuse* ou fumée.

L'effet recherché est celui d'une stimulation immédiate, de performances professionnelles ou autres. Le sentiment de puissance, de confiance en soi et la brièveté des effets conduisent à répéter les prises. Insomnie, agressivité et paranoïa sont habituelles avec des doses importantes de cocaïne ou sur des personnalités fragiles. Des *convulsions*, une défaillance cardiaque ou une hypothermie peuvent être fatales en cas de *surdosage*. Des saignements de nez voire une perforation de la cloison nasale sont possibles en cas d'inhalations répétées. Le manque se traduit par une profonde *dépression*.

Un autre traitement chimique de la cocaïne donne le **crack**, encore plus dangereux et source de *dépendance* parfois dès la première prise. Il est toujours fumé, parfois mélangé à de l'herbe, dans des cigarettes ou des pipes, voire des boîtes de sodas vides. La première sensation est un flash de quelques secondes, immédiat et intense. Puis un sentiment de puissance, une augmentation du désir sexuel et des hallucinations durent quelques minutes, avant de laisser la place à une forte dépression. La dépendance très rapide a des effets dévastateurs sur la personnalité.

LSD, mescaline, psilocybine

Ces **hallucinogènes** sont d'origine naturelle (champignons et cactus d'Amérique) ou synthétique, à partir d'un parasite du seigle (LSD). Tous sont consommés par ingestion.

Les champignons contenant la psilocybine peuvent être préparés en omelette dans certaines régions d'Amérique (ou d'Europe). Le peyotl est un cactus contenant de la mescaline et utilisé pour la fabrication d'alcools. Le LSD imprègne le plus souvent un buvard qui sera avalé.

La grande vogue du LSD au cours des années soixante et soixante-dix a conduit à des suicides et des décompensations psychiatriques graves. Le LSD a été quasiment abandonné en raison de ces ravages, mais aussi à cause d'effets très particuliers de flash-back : même plusieurs années après la dernière prise, une reviviscence spontanée des effets survient par flashes, sans prévenir, chez 15 % des ex-utilisateurs. Le LSD semble malheureusement redevenir en vogue dans les jeunes générations depuis les années quatre-vingt-dix.

Quels sont les effets de ces substances ?

Les effets de tous ces produits sont comparables, mais celui du LSD est plus intense et volontiers accompagné d'anxiété : méditation mystique, perceptions de temps et d'espace modifiées, distorsion des images, des couleurs et des sons, impression de lucidité extrême. Les hallucinations sont proches de celles de l'*ergotisme*, une intoxication fréquente au Moyen Age due à la contamination du seigle par un *parasite* (l'*ergot de seigle*). Les visions sont souvent monstrueuses, ressemblant aux personnages du peintre Jérôme Bosch (1450 ?-1516), qui avait probablement souffert de la maladie.

La durée des *symptômes* peut être de 24 heures, au cours desquelles les réactions violentes sont possibles, surtout avec le LSD : homicides, auto-agressivité (automutilations, défenestrations parfois dues aussi à la certitude de pouvoir voler). Des spasmes vasculaires cérébraux peuvent causer des dommages neurologiques irréversibles.

Quelques stimulants locaux

De nombreux peuples utilisent des plantes pour combattre les effets de la fatigue ou de la faim. C'est l'histoire classique des Amérindiens et de la **feuille de coca**.

Les plantes utilisées comme stimulant peuvent être des médicaments traditionnels, des aphrodisiaques ou des plantes sacrées. De nombreuses toxicomanies se développent ainsi, selon les plantes sauvages et leurs vertus.

En Afrique de l'Est, le **khat** vient d'un arbrisseau dont les feuilles sont mâchées ou consommées en infusion. Après une première phase euphorique et animée, le sujet sombre dans l'ennui, la lassitude et la désorientation pendant plusieurs heures. La langue est brune, ainsi que les crachats. Les consommateurs habituels ont des *troubles digestifs* et sont exposés au risque de cancer de l'œsophage.

Les **noix de cola** sont très répandues sur les marchés d'Afrique. Elles sont mâchées pour lutter contre la fatigue et leur effet dure quelques heures.

L'**iboga** est une plante sacrée de certaines ethnies africaines qui consomment sa racine en *décoction* ou en *macération* dans l'alcool. L'iboga est un stimulant hallucinogène. Les hallucinations s'accompagnent d'incoordination des mouvements, puis d'une léthargie pouvant durer plusieurs jours. La prise massive peut conduire à des troubles respiratoires mortels.

En conclusion, l'usage de drogues est à déconseiller, surtout à l'étranger où les risques de troubles psychiques et de surdosage sont plus importants. Renseignez-vous sur la législation des pays visités : elle est parfois rédhibitoire.

Les accidents sont de deux types : physiques, lors d'une overdose d'opiacés ou de stimulants (*amphétamines*, cocaïne et dérivés), et psychiatriques, pouvant survenir avec toutes les drogues, y compris après un joint d'herbe un peu forte.

Vous trouverez dans le chapitre suivant les principaux troubles du comportement pouvant survenir après usage de drogues : angoisse, délire... Ces manifestations peuvent aussi être spontanées, car les voyages sont, pour certains, une source de déstabilisation importante.

Troubles du comportement

Le voyage peut mener certains plus loin qu'ils ne le voudraient en déclenchant une véritable décompensation psychique à l'origine d'angoisse ou de délires souvent mystiques.

Le premier élément déstabilisateur est le décalage horaire, car notre organisme fonctionne selon des rythmes déterminés : certaines *hormones*, par exemple, sont plutôt fabriquées la nuit (hormone de croissance) et d'autres au petit matin (cortisol). L'étude de ces rythmes biologiques est la chronobiologie. Le changement brutal des repères temporels lors des voyages est à l'origine de troubles du sommeil qui retentissent sur l'humeur.

L'autre élément favorisant la décompensation en voyage est la perte des repères culturels, et notamment la langue étrangère. Les difficultés de compréhension peuvent conduire à une mauvaise interprétation et à une anxiété, voire à un sentiment de persécution.

Certains lieux chargés d'histoire ou de mysticisme sont plus propices : chaque année, des visiteurs de Notre-Dame de Paris prétendent être en communication avec Dieu ou se croient en danger de mort. Des auteurs ont aussi décrit le syndrome de Jérusalem : certains touristes sont frappés d'une crise délirante pendant laquelle ils peuvent être obsédés par l'idée de se purifier, se drapent dans leur literie et s'en vont déclamer devant le Mur des lamentations. L'épisode dure quelques jours et tout rentre dans l'ordre s'ils sont éloignés de Jérusalem.

Tous ces problèmes touchent plutôt des personnalités instables ou dépressives chez qui l'exaltation du voyage peut précipiter négativement les choses. La prise de drogues peut également provoquer tout type de décompensation psychique. Mais, dans des conditions particulières, nous pouvons tous présenter des difficultés d'adaptation.

Crise d'angoisse

Le début est brusque, avec un sentiment de peur ou de malaise profond accompagné de signes physiques souvent multiples : sensation de gorge serrée ou d'étouffement, douleurs thoraciques, *palpitations*, bouche sèche, maux de tête, sueurs, *vertiges*, voire évanouissement.

Le comportement est modifié : agitation fréquente, halètement, difficultés à trouver les mots pour exprimer le mal-être.

Parfois, des situations objectivement difficiles ou menaçantes expliquent l'angoisse. D'autres fois, ce sont des *phobies* ou des obsessions qui sont à l'origine des crises (claustrophobie, peur des animaux...). Enfin, l'angoisse peut s'accompagner d'idées délirantes ou de prostration qu'il faut toujours prendre au sérieux.

Que faire face à une crise d'angoisse ?

D'abord, essayer de calmer et de rassurer, puis de dialoguer et de comprendre. Si la personne tient des propos incohérents ou souffre d'hallucinations, si elle est prostrée, sans possibilité de communication, un avis médical s'impose.

Sinon, la prise d'un *tranquillisant* type Lexomil® (voir p. 231) améliore généralement très vite les choses. Son action est rapide et les comprimés peuvent être fractionnés pour adapter finement les doses. La prise de tranquillisant doit rester exceptionnelle en l'absence d'avis médical. On observe parfois des effets paradoxaux lors de la prise d'un anxiolytique avec aggravation de l'anxiété et de l'insomnie, voire idées délirantes. Le traitement doit être interrompu immédiatement et le sujet conduit chez un médecin.

Délire

Des idées délirantes, sans rapport avec la réalité, peuvent apparaître chez les personnes prédisposées et déstabilisées par le voyage, ou après prise de drogue. Ces idées sont exprimées sans le moindre doute. Elles sont souvent accompagnées d'angoisse, d'hallucinations (visuelles, sonores, olfactives...) et de bizarreries du comportement. Des passages à l'acte sont possibles, parfois dangereux pour le sujet lui-même ou pour son entourage.

Si un de vos compagnons de voyage présente de tels signes, il doit être vu par un médecin, si besoin avec un interprète. La prescription de *neuroleptiques* sera sans doute nécessaire et, éventuellement, un rapatriement sanitaire. Le choix du neuroleptique dépend étroitement des signes présentés et doit être fait par un médecin connaissant bien cette classe de médicaments.

Insomnie

L'excitation du voyage ou le décalage horaire sont souvent à l'origine d'une insomnie passagère. Tout rentrera dans l'ordre en quelques jours, mais un petit coup de pouce peut être utile pour retrouver plus vite sommeil et performances individuelles.

La prise d'un somnifère doit rester exceptionnelle et aussi brève que possible. Des produits comme Imovane® (voir p. 225) ou Stilnox® (voir p. 269) sont utilisables chez l'adulte, immédiatement avant le coucher. Chez l'enfant de plus de 3 ans, un sirop type Nopron® (voir p. 245) favorisera l'endormissement. À n'utiliser que si l'insomnie pose de réels problèmes.

Des tisanes calmantes sont aussi disponibles. Souvent, elles suffisent et permettent d'éviter le recours à un somnifère. Elles sont utilisables chez les enfants et les nourrissons.

Le décalage horaire et l'immersion brutale dans une culture différente sont les deux facteurs favorisant les troubles psychiques en voyage. Le risque est bien sûr augmenté par la prise de drogues.

Anxiété et insomnie seront facilement maîtrisées. En revanche, si des idées délirantes ou une prostration existent, ne prenez pas le risque d'un dangereux passage à l'acte : consultez rapidement et n'hésitez pas à demander un rapatriement. Les motifs psychiatriques sont la quatrième cause de rapatriement sanitaire, loin derrière les traumatismes et les accidents cardiaques ou neurologiques.

Diarrhée, fièvre ou vomissements

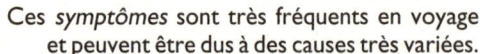

Ces *symptômes* sont très fréquents en voyage et peuvent être dus à des causes très variées. La fièvre n'est pas forcément le signe d'une infection, une *diarrhée* peut être plus grave qu'une simple *turista* et les vomissements sont parfois d'origine neurologique et non digestive. Il n'est pas question ici de faire une revue détaillée, mais de vous aider à vous orienter : quelles questions se poser devant ces symptômes et où trouver des informations complémentaires dans ce guide.

Diarrhée

Même s'il s'agit de la diarrhée du voyageur (*turista*), il faut **prévenir le risque de *déshydratation*** chez les personnes fragiles et les enfants. Régime alimentaire adapté et médicaments de confort suffiront généralement et tout rentrera dans l'ordre en quelques jours.

Pourtant, des maladies plus graves ou urgentes à traiter doivent être évoquées. Deux éléments essentiels permettent de juger de la gravité d'une *diarrhée* : la **température** (à mesurer avec un thermomètre) et l'**aspect des selles**.

Une fièvre est-elle associée ?

● Si la température est **supérieure à 38,5 °C** pendant plus de 24 heures, il peut s'agir d'une *typhoïde* ou d'une autre infection intestinale méritant une consultation médicale.

● Dans une **zone de paludisme**, toute fièvre, même accompagnée de diarrhée, doit évoquer une crise de paludisme.

Quel est l'aspect des selles ?

● Si des glaires, du pus ou du sang sont émis, en même temps que les selles ou entre les selles, il ne s'agit vraisemblablement pas d'une turista (sauf si des *hémorroïdes* accompagnent la diarrhée : elles peuvent saigner immédiatement après une selle).

● Les *amibes* provoquent souvent des glaires et ne s'accompagnent pas de fièvre.

● Si les selles ne contiennent pratiquement pas de matières fécales et sont surtout aqueuses, comme de l'eau de riz, pensez au *choléra*, surtout si la diarrhée dure depuis plus de 2 jours.

Comment la traiter ?

Les mesures générales en cas de diarrhée sont les suivantes :
● réhydratation,
● antidiarrhéique type Imodium ® (voir p. 224) ou Tiorfan ® (voir p. 273),
● antibiothérapie présomptive éventuelle,
● consultation en cas de pus, de glaires, de sang, de fièvre associée, ou en cas de persistance de la diarrhée.

(Voir « Diarrhée du voyageur » dans le chapitre Alimentation et eau.)

Fièvre

Les fièvres fugaces sont très fréquentes sous les tropiques. Il faut prêter attention à l'existence de **signes associés** et à la **durée de la fièvre**. Elle peut être due tout simplement à un **coup de chaleur** ou à un rhume qui débute. Elle est alors transitoire ou précède de peu des signes évocateurs. Là encore, méfiez-vous de la *déshydratation* chez les enfants et les personnes fragiles.

Quand faut-il penser au paludisme ?

Il faut évoquer systématiquement le paludisme :
● si vous êtes dans un pays où il sévit,
● si vous avez visité un pays concerné dans les semaines précédentes,
● que la fièvre soit isolée ou accompagnée d'autres signes,
● que vous preniez ou non un traitement prophylactique.

Quels autres signes doivent alerter ?

● La fièvre s'accompagne de saignements même minimes (voir *dengue*), d'éruption cutanée, de maux de tête rebelles, de vomissements en jets, de douleurs sous les côtes droites (*amibiase hépatique*).
● La fièvre est isolée (sans autres signes) et persistante.
● Une fièvre que rien ne permet d'expliquer.

Pourquoi et comment la traiter ?

Après s'être assuré qu'il ne s'agit pas d'un paludisme, les mesures à prendre sont les mêmes partout, et suffisent souvent : déshabiller, rafraîchir, hydrater. Si la fièvre est bien supportée, il faut la respecter, car c'est un moyen de défense contre les infections. Cependant, dans les pays chauds, l'inconfort apparaît vite. Utiliser plutôt du **paracétamol** type Efferalgan ® (voir p. 208) ou Doliprane ® (voir p. 205) et **jamais d'aspirine dans un pays où sévit la dengue**.

Chez les enfants, il faut toujours faire baisser la fièvre pour prévenir *convulsions* et déshydratation.

Vomissements

Au risque de se répéter, signalons que la *déshydratation* doit être prévenue activement. Les vomissements sont fréquents en cas de *diarrhée du voyageur.*

S'ils se produisent en jets, sans efforts, ils peuvent être le signe d'une souffrance cérébrale (accompagnés de fièvre dans le cas d'une *méningite*) ou d'une intoxication (prise d'*opiacés* avec, dans ce cas, des pupilles très serrées).

Ils peuvent être aussi, tout simplement, les premiers signes d'une grossesse.

Quels médicaments prendre pour les faire cesser ?

La durée du traitement doit être aussi courte que possible, notamment chez la femme enceinte. Un *antiémétique* type Vogalène ® (voir p. 282) peut s'administrer en comprimés ou en gouttes buvables. Il existe également des suppositoires, très pratiques en climat tempéré, mais pas vraiment sous les tropiques...

Les boissons seront prises par petites quantités, tous les 1/4 d'heure.

Diarrhée, fièvre et vomissements peuvent donc être liés à des maladies ou des états très divers, allant de la plus grande banalité à la plus extrême gravité.

L'important est de ne pas passer à côté d'un problème grave, qui heureusement demeure rare, même sous les tropiques.

Le deuxième piège est de ne pas reconnaître une situation qui n'a rien à voir avec le voyage.

Les précautions au retour

Même si votre voyage vous a conduit dans des contrées où les risques infectieux sont plus importants, vous n'êtes pas forcément porteur de microbes bizarres et dangereux. Ne vous précipitez pas chez votre médecin pour faire un bilan complet !

En revanche, certains événements survenus pendant le voyage ou au retour méritent une consultation, mais c'est finalement assez rare.

Signalez toujours vos séjours en pays tropicaux si vous consultez. C'est un élément important d'orientation pour les médecins, même des années plus tard.

Si vous avez suivi un traitement préventif du paludisme, n'oubliez pas de le poursuivre après la fin du voyage : pendant 3 semaines pour Lariam®, 4 semaines pour Nivaquine® ou Savarine®, 1 semaine pour Malarone®.

Après un séjour en pays tropical, les donneurs de sang devront s'abstenir de don pendant plusieurs mois, car de nombreuses maladies infectieuses pourraient être transmises aux receveurs : paludisme, VIH, hépatites B et C, syphilis, maladie de Chagas...

Enfin, si vous avez entrepris des vaccinations pour partir, pensez à faire les rappels, il serait trop bête de tout recommencer à votre prochain voyage...

Quels événements survenus pendant le voyage justifient une consultation au retour ?

• Si vous avez pris un **traitement antipaludique** pour une fièvre au cours de votre voyage (*traitement présomptif*), il faut consulter à votre retour, même si vous vous sentez plutôt en forme.

• Si vous avez présenté un problème de santé qui vous a inquiété sur place, comme par exemple une diarrhée sanglante ou glaireuse, une fièvre persistante dont l'origine est inconnue, une consultation à votre retour est légitime. Même chose si vous avez dû subir un petit geste chirurgical sur place : soins dentaires, points de suture... ou si vous êtes tombé dans des eaux suspectes de *bilharziose*. Un bilan sanguin permettra d'éliminer facilement toute contamination accidentelle.

• Si vous avez été exposé à une contamination sexuelle.

Quels problèmes au retour nécessitent une consultation ?

Certains peuvent être liés à un voyage en avion : problèmes d'oreille, de jambe douloureuse (risque de *phlébite*). Ils apparaissent immédiatement ou dans les jours suivant votre retour.

Si vous rentrez d'une région où les conditions d'hygiène ne sont pas optimales, si les conditions de votre voyage vous ont exposé à des piqûres d'insectes potentiellement *vecteurs* (moustiques, mais aussi tiques dans les pays tempérés), consultez votre médecin dans les cas suivants.

• **Fièvre** survenant dans les jours ou les semaines suivant votre retour : paludisme, typhoïde, dengue, amibiase hépatique peuvent être en cause, ainsi que des maladies cosmopolites comme une pneumonie ou une infection urinaire. Certaines parasitoses peuvent donner une fièvre plusieurs années après la contamination et il faut systématiquement signaler vos séjours en pays tropicaux.

• **Diarrhée inquiétante** (sang, pus, glaires, etc.) ou persistant **plus de 48 heures** : un examen des selles et/ou du sang sera nécessaire pour le diagnostic. Ne prenez rien d'autre qu'un traitement de confort en attendant la consultation : ni antibiotique, ni antiparasitaire qui pourraient fausser les résultats et égarer le diagnostic.

• **Problèmes dermatologiques nouveaux ou persistants :** mieux vaut consulter directement un spécialiste des maladies tropicales. N'appliquez aucune pommade sans avis médical : là encore, vous risqueriez d'égarer le diagnostic ou d'aggraver les choses.

• **Douleurs du foie :** il ne faudrait pas passer à côté d'une amibiase hépatique ou d'un calcul biliaire.

• **Amaigrissement :** il est fréquent de maigrir pendant un séjour sous les tropiques et vous retrouverez vite votre poids habituel. Si ce n'est pas le cas, il faut rechercher une parasitose digestive à l'origine de la perte de poids.

• **Teint jaune et/ou urines foncées :** rechercher une hépatite.

• **Fatigue :** elle est bien naturelle après un long voyage, mais si elle persiste, elle mérite des explorations.

• **Toute suspicion de maladie vénérienne.**

• **Toute aggravation d'une maladie** existant avant le voyage.

Si vous avez pris toutes les précautions requises avant et pendant le voyage, vous avez peu de risques de rapporter une maladie infectieuse grave.

Cependant, le paludisme doit rester une obsession en raison de l'augmentation des formes résistantes aux traitements : malgré une chimioprophylaxie correcte et la lutte contre les moustiques, des voyageurs ont pu présenter un paludisme au retour. C'est un manque de chance évident et cela ne doit pas vous conduire à abandonner les mesures préventives pour les prochains voyages.

Les maladies infectieuses et parasitaires sont maintenant faciles à soigner dans la grande majorité des cas, encore faut-il les diagnostiquer correctement et suffisamment tôt. Le mieux restera toujours d'essayer de les éviter !

Fiches Destinations

Mode d'emploi des fiches Destinations

Les fiches Destinations reprennent, pour chaque région du globe, les **recommandations** et **risques principaux** détaillés dans la première partie de ce guide.

Des interrogations spécifiques y sont également développées, sous forme de **Question/Réponse**.

Les données concernant la prévention du paludisme sont issues du *Bulletin épidémiologique hebdomadaire* (*BEH*, publié par l'Institut national de Veille sanitaire) n° 24 du 11 juin 2002. Le paludisme est une maladie en constante évolution (ou régression) et les données le concernant sont régulièrement mises à jour : une consultation médicale est toujours nécessaire. Vous trouverez page 323 les coordonnées des centres spécialisés de vaccinations internationales en France.

Le sommaire page 10 visualise les régions traitées et la page où les retrouver. Vous pouvez également consulter l'index en fin d'ouvrage au nom du pays recherché.

Les mots en *italique* sont définis dans le lexique pages 289 et suivantes.

Amérique du Nord

Canada
États-Unis et Hawaï
Saint-Pierre-et-Miquelon

Cette zone s'étend de l'Arctique aux régions sous-tropicales comme la Louisiane. Les conditions sanitaires sont proches de celles que nous connaissons en Europe de l'Ouest. Les risques liés aux insectes peuvent varier considérablement selon la latitude. Il n'y a pas de vaccinations spécialement recommandées pour les voyageurs.

vaccins conseillés

Remise à jour des vaccinations (**tétanos**, **polio**, **diphtérie**).
Si séjour prolongé en zone rurale ou forestière : **rage**, **maladie de Lyme** à faire sur place.

prévention du paludisme *

Aucune protection n'est requise.

autres risques

Les risques principaux sont liés aux **tiques** des forêts et des prairies aux États-Unis et au Canada.
Les rongeurs sauvages peuvent transmettre également des **maladies infectieuses**.
Le risque de **rage** est lié essentiellement aux animaux sauvages.
Les poissons d'Hawaï ou de Floride peuvent être porteurs de la **ciguatera**.

recommandations générales

Respectez les **règles générales d'hygiène alimentaire**, comme en Europe.
Luttez énergiquement contre les **piqûres de tiques** si vous allez à la campagne.
À la plage, méfiez-vous des **courants** et des **requins**.
En été, préparez-vous à affronter des nuées de **moustiques** et de **simulies** dans les régions humides.
En hiver, équipez-vous correctement contre le **froid** dans le nord de la région.

* Données du *BEH* n° 24, 11 juin 2002.

Les moustiques sont-ils dangereux dans cette région ?

❝En principe non, mais ils peuvent être très nombreux dans les régions humides en été. Dans le sud, des cas de *dengue* ont été décrits, mais pas d'épidémie vraie. Des essaims de simulies sont également rencontrés au Canada en été ; elles ne transmettent rien de grave dans cette région mais leur piqûre est désagréable. ❞

Quelles précautions particulières prendre dans les parcs naturels ?

❝Protégez-vous des tiques ; inspectez-vous chaque soir et faites-vous inspecter le dos et le cuir chevelu. Elles peuvent notamment transmettre la maladie de *Lyme* (plutôt dans l'est) ou la *fièvre des Rocheuses* (dans l'ouest). Surveillez aussi votre peau à la recherche de rougeurs arrondies qui peuvent s'agrandir en forme d'anneau : c'est un signe caractéristique de la maladie de Lyme. N'essayez pas d'approcher des rongeurs ou d'autres animaux sauvages : ils peuvent transmettre différents *microbes* et des épidémies animales de peste ou de *rage* sont signalées régulièrement. Les chauves-souris sont également *vecteurs* de rage, il faut vous en méfier dans les gîtes ; leur morsure peut facilement passer inaperçue. Si vous découvrez une colonie de chauves-souris, cherchez un autre endroit pour dormir. N'oubliez jamais que, contrairement à ce que l'on raconte aux enfants, les ours sont des bêtes féroces à éviter absolument. Enfermez vos provisions dans un coffre prévu à cet effet (et non dans la voiture) ou suspendez-les dans un arbre. ❞

Comment se faire vacciner contre la maladie de Lyme ?

❝Si vous devez résider longtemps en zone de forêts, notamment l'été, une vaccination contre la maladie de Lyme peut vous être utile. Elle ne dispense pas de la lutte contre les tiques qui peuvent transmettre d'autres *bactéries* et des *virus*. La vaccination est à faire sur place, en 3 injections intramusculaires à J 0, 1 mois et 12 mois. Elle protège contre les souches locales à 75 % après les 3 injections, et à 49 % seulement après les deux premières. Elle est bien tolérée et s'adresse aux sujets de plus de 15 ans. Un rappel est nécessaire 1 an après la vaccination. ❞

Quels animaux venimeux rencontre-t-on ?

❝Dans le sud des États-Unis, méfiez-vous des serpents à sonnette et des araignées (veuves noires). ❞

Amérique centrale et Antilles

Bahamas
Belize
Costa Rica
Cuba
Guatemala
Haïti
Honduras
Iles Caïman
Jamaïque
Mexique
Nicaragua
Panama
Petites Antilles
Porto Rico
République dominicaine
Salvador

Sur le continent, cette zone comprend des déserts au nord et des forêts tropicales au sud. Les îles peuvent être montagneuses et leur climat est tropical avec des pluies parfois torrentielles en été. La période des cyclones est août/septembre. Le paludisme est présent sur tous les pays du continent et à Haïti. Le risque infectieux principal est d'origine alimentaire.

vaccins conseillés

Remise à jour des vaccinations (**tétanos**, **polio**, **diphtérie**, **hépatite B**).
Fièvre jaune (au moins 10 jours avant le départ) pour aller au Panama.
Éventuellement **hépatite A**.
Si séjour prolongé ou aventureux : **rage**, **typhoïde** (fréquence des souches multirésistantes aux antibiotiques).

prévention du paludisme *

Les traitements recommandés sont :
- Belize, Costa Rica, Guatemala, Honduras, Mexique, ouest du Panama, Salvador : Nivaquine® (voir p. 243) pour les séjours de plus de 7 jours.
- République dominicaine, Haïti : Nivaquine® (voir p. 243) quelle que soit la durée du séjour.
- Est du Panama : Lariam®, p. 229 (ou Malarone, p. 236).
Protection contre les moustiques à ne pas négliger.

autres risques

Tous les risques des pays tropicaux : **amibes** et autres parasites digestifs, contractés par voies digestive ou cutanée.
Rares foyers de **bilharziose** dans les eaux douces en République dominicaine ; les foyers des Antilles françaises semblent éradiqués.
La **dengue** peut toucher toute la région.

* Données du *BEH* n° 24, 11 juin 2002.

La **maladie de Chagas** transmise par les punaises est en baisse ; des foyers subsistent au Panama et au Guatemala.

La **rage** sévit dans tous les pays du continent, en Haïti et à Cuba.

La **douve du foie** est répandue à Cuba.

La **ciguatera** est très fréquente dans les Caraïbes.

recommandations générales

Respectez les **règles préventives** sous les tropiques : hygiène alimentaire, contacts prudents avec l'eau douce, la terre, les animaux, etc.

Luttez énergiquement contre les **piqûres de moustiques** nocturnes et diurnes.

Ne marchez pas pieds nus, même sur les plages (risque important de **larva migrans cutanée**).

Les souches de paludisme sont-elles dangereuses dans cette région ?

❝La souche principale est P. vivax, P. falciparum est moins répandu et généralement sensible aux antipaludiques classiques, type Nivaquine ® (voir p. 243). Dans les îles, le *paludisme* est présent partout en Haïti et dans quelques foyers du sud-est de la République dominicaine. Quelques souches résistantes existent à l'est du Panama : la *prophylaxie* repose sur Lariam ® (voir p. 229), quelle que soit la durée du séjour. Pour un séjour de moins de 7 jours dans un pays où le risque est faible, la prévention des piqûres de moustiques suffit, à condition de pouvoir consulter en urgence en cas de fièvre dans les mois qui suivent le retour. ❞

Qu'est-ce que la douve du foie, fréquente à Cuba ?

❝C'est une maladie parasitaire qui n'est pas spécifique des tropiques. L'homme se contamine en mangeant des végétaux aquatiques (le cresson présente un risque particulier). Le *parasite* (Fasciola hepatica) s'installe dans les canaux biliaires et devient adulte en 3 mois. Il provoque fièvre, douleurs et parfois jaunisse. Le traitement est essentiellement médical. La prévention repose sur l'éviction totale du cresson et des autres végétaux d'eau douce. De toute façon, à Cuba comme dans les autres pays tropicaux, la consommation de crudités n'est pas recommandée. ❞

Quelles maladies parasitaires plus rares rencontre-t-on ?

❝L'*onchocercose*, transmise par les simulies, est en voie d'extinction, mais des foyers persistent au Mexique et au Guatemala. La *filariose* lymphatique, transmise par plusieurs sortes de moustiques, est présente au Costa Rica. Ces deux maladies menacent plus les résidents que les voyageurs. ❞

Quels sont les risques dans les Antilles françaises ?

❝Le risque alimentaire est bien sûr présent comme dans toutes les zones tropicales. La *dengue* est à l'origine d'épidémies, la *ciguatera* est fréquente. Paludisme, *bilharziose* et *rage* sont éradiqués. Des serpents vivent en Martinique, mais pas en Guadeloupe. Par contre, sur les plages guadeloupéennes, méfiez-vous des mancenilliers : ce sont des arbres sous lesquels il ne faut pas séjourner, surtout en cas de pluie, car ils laissent tomber des sucs très acides qui brûlent la peau. Leurs fruits aussi sont très toxiques. Les Indiens les auraient plantés pour se défendre des envahisseurs. Les hommes de Christophe Colomb s'y sont laissé prendre, paraît-il. Une mycose profonde pulmonaire, l'histoplasmose, peut être transmise par voie respiratoire lors de visites de caves ou de grottes habitées par des chauves-souris. Évitez ces lieux ou portez un masque-filtre. ❞

Bassin amazonien

Bolivie (nord)
Brésil (nord)
Colombie (est)
Équateur (est)
Guyana
Guyane française
Pérou (nord)
Surinam
Venezuela (est)

La forêt tropicale réunit toutes les conditions de voyage extrêmes. La dureté du climat complique le respect des règles d'hygiène. Ne pas s'aventurer à la légère, ne pas sous-estimer les risques notamment pour les enfants et les personnes fragiles. La faune et la flore, uniques au monde, valent bien toutes les précautions et quelques frissons.

vaccins conseillés

Remise à jour des vaccinations (**tétanos, polio, diphtérie, hépatite B**).
Fièvre jaune (au moins 10 jours avant le départ).
Éventuellement **hépatite A**.
Si séjour prolongé ou aventureux : **rage, typhoïde**.

prévention du paludisme *

Tout le bassin de l'Amazone est classé **groupe 3** (fréquence élevée de souches polyrésistantes).
Nécessité d'un traitement préventif même pour un séjour de moins de 7 jours : Lariam®, p. 229 (ou Malarone, p. 236).
Protection indispensable contre les moustiques !
Consultation impérative en cas de fièvre élevée dans les mois qui suivent un séjour même de quelques jours.

autres risques

Tous les risques des pays tropicaux : **amibes** et autres parasitoses digestives, contractées par voie digestive ou cutanée.
Risque de **bilharziose** dans les eaux douces, qui abritent aussi des crocodiles et toutes sortes d'animaux...
Insectes divers : araignées, punaises (**maladie de Chagas**).
Dengue et **filaires lymphatiques**, surtout en zones côtières urbaines.
Risque de **leishmaniose cutanée** nécessitant une protection par répulsifs et vêtements couvrants.
Conditions climatiques difficiles, **isolement** pouvant être important.

* Données du *BEH* n° 24, 11 juin 2002.

recommandations générales

Emporter une **trousse médicale** aussi complète que possible.

Prudence et strict respect des **règles préventives** sous les tropiques : hygiène alimentaire, contacts prudents avec l'eau douce, la terre, les animaux, etc.

Vérifier sa literie et ses chaussures avant de s'y aventurer.

Lutter énergiquement contre les **piqûres de moustiques** nocturnes et diurnes (moustiquaire indispensable).

Le risque de paludisme est-il réel sur tout le territoire de la Guyane française ?

« Le risque n'existe pas dans les régions côtières. Ailleurs, il est important, avec de nombreuses souches polyrésistantes, et la *chimioprophylaxie* recommandée est Lariam® (voir p. 229) en l'absence de contre-indications. Si votre séjour est prolongé (plus de 3 mois), consultez un médecin sur place pour peser le pour et le contre d'un traitement prolongé par Lariam®. »

La fièvre jaune sévit-elle partout en Amazonie ?

« La maladie elle-même non, et heureusement, mais le risque épidémique existe dans toute la région, en particulier dans les forêts. Les voyageurs y sont exposés même en cas de très court séjour. Compte tenu de la gravité de la maladie, la vaccination est hautement recommandée par l'*OMS* et les autorités sanitaires françaises, même si elle n'est pas toujours exigée par les pays de cette région. »

Le risque de dengue est-il le même partout ?

« Les épidémies surviennent plutôt dans les zones urbaines en raison de la concentration de population et des habitudes des moustiques qui transmettent le *virus*. Néanmoins, la transmission reste possible en zones plus rurales, même si elle provoque moins d'épidémies manifestes. Le risque varie également en fonction des individus : il semble que le risque d'avoir une forme grave augmente si on a déjà eu la *dengue*. La seule prévention est la lutte contre les moustiques (Aedes) qui piquent plutôt le jour. »

La bilharziose est-elle un risque dans toutes les eaux douces ?

« Non, la forme intestinale à Schistosoma mansoni est signalée par l'*OMS* essentiellement au Brésil, au Surinam et au Venezuela. Renseignez-vous sur place auprès d'un médecin. Mais la *bilharziose* n'est pas le seul risque lié aux eaux douces : la *leptospirose* est présente dans le monde entier et les cas contractés lors de sports nautiques ne sont pas rares. La vaccination est envisageable pour des sujets très exposés. »

Amérique du Sud
(hors Bassin amazonien)

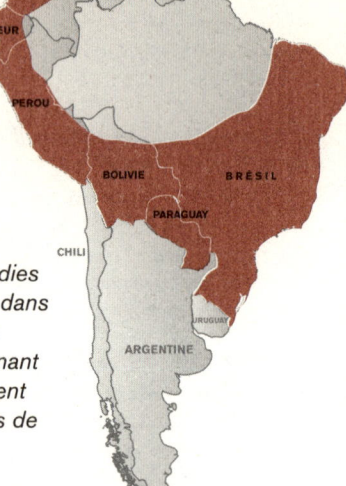

Bolivie
Brésil
Colombie
Équateur
Paraguay
Pérou
Venezuela

Les risques sont surtout liés aux transports (accidents de la voie publique), à l'alimentation et à l'hygiène générale. Les grandes maladies tropicales sévissent surtout dans les régions humides : fièvre jaune, paludisme, et maintenant dengue dont l'ampleur devient préoccupante dans les villes de ce continent.

vaccins conseillés

Remise à jour des vaccinations (**tétanos, polio, diphtérie, hépatite B**).
Fièvre jaune (au moins 10 jours avant le départ) pour entrer au Paraguay si vous venez d'un pays concerné.
Éventuellement **hépatite A**.
Si séjour prolongé ou aventureux : **rage, typhoïde**.

prévention du paludisme *

Même si vous ne séjournez que brièvement en **région amazonienne**, voir la fiche correspondante : Bassin amazonien.
Ailleurs, le niveau de résistance varie et il est assez mal connu. Néanmoins, les traitements recommandés sont :
- Colombie : Nivaquine® (voir p. 243) + Paludrine® (voir p. 246) ou Savarine® (voir p. 261) (ou Malarone®, p. 236).
- Équateur, Vénézuela : Nivaquine® (voir p. 243).
- Bolivie, Pérou, est du Paraguay : Nivaquine® (voir p. 243) en cas de séjour de plus de 7 jours.
- Ouest du Paraguay, Brésil : pas d'obligation, mais attention si vous séjournez dans les marais brésiliens ou l'État de Rio, le paludisme y fait sa réapparition.
Protection contre les moustiques à ne pas négliger.

autres risques

Tous les risques des pays tropicaux : **amibes** et autres parasites digestifs, contractés par voie digestive ou cutanée.
Très fort risque de **dengue**, surtout en zones côtières urbaines.
Risque de **bilharziose** dans les eaux douces dans la région est du continent.
Existence de foyers de maladies transmises par les insectes :
- **leishmanioses**,
- **filariose lymphatique**...
Maladie de Chagas lorsque les conditions d'hygiène sont précaires.

* Données du *BEH* n° 24, 11 juin 2002.

recommandations générales

Respectez les **règles préventives** sous les tropiques : hygiène alimentaire, contacts prudents avec l'eau douce, la terre, les animaux, etc.

Luttez énergiquement contre les **piqûres de moustiques** nocturnes et diurnes.

Soyez extrêmement prudents sur la **route**.

En ville, méfiez-vous des **agressions** : pas de signes manifestes de richesse.

Les souches de paludisme sont-elles dangereuses partout ?

❝Dans ces régions de Bolivie, du Pérou, au Paraguay, et vraisemblablement dans le Pantanal brésilien, la souche principale est P. vivax, beaucoup moins dangereuse que P. falciparum. Néanmoins, une protection est nécessaire, et cette forme est sensible aux antipaludiques classiques, type Nivaquine ® (voir p. 243), les mieux tolérés. Le *paludisme* à P. vivax s'accompagne souvent de troubles digestifs qui peuvent égarer le diagnostic. Dans le reste de la zone, P. falciparum est présent, parfois résistant à la Nivaquine ® (voir p. 243) seule (Colombie). ❞

Le risque de fièvre jaune est-il important partout et tous les pays exigent-ils la vaccination ?

❝Dans cette région, certains pays n'exigent la vaccination que si le voyageur vient d'un pays infecté (en Amérique : Bolivie, Colombie, Équateur, Pérou). Pourtant, elle est vivement recommandée par l'*OMS* (Organisation Mondiale de la Santé) dans toute la zone intertropicale en raison de sa présence possible dans les zones de forêts. La côte est du Brésil n'est pas concernée. ❞

Quelles maladies graves, mais rares, existent encore dans ces régions ?

❝Toutes sortes de *virus* et de *bactéries* transmis par les animaux sévissent encore, avec en premier lieu la *rage*, dont les *vecteurs* sont les chauves-souris (vampires) qui s'attaquent au bétail et aux animaux domestiques. Le *typhus* à poux existe toujours dans les zones montagneuses de Colombie et du Pérou. Des cas de *choléra* apparaissent de temps en temps. Des foyers de *peste* sont régulièrement signalés au Brésil, en Bolivie, au Pérou. ❞

Existe-t-il un risque de méningite à méningocoque ?

❝Oui, en saison sèche, dans les régions arides, notamment l'est du Brésil où des flambées épidémiques se développent de temps en temps. Le risque diminue avec l'âge, en particulier après 40 ans. Chez les enfants, la vaccination est recommandée en cas de séjour prolongé dans cette zone, surtout si les contacts avec la population locale seront fréquents (école, nourrice...). ❞

L'arrivée par avion à une altitude élevée peut être à l'origine du mal des montagnes. Quels sont les aéroports situés à haute altitude dans cette région d'Amérique du Sud ?

❝En Colombie : Bogota (2 600 m), en Bolivie : Sucre (2 700 m) et La Paz (3 658 m), au Pérou : Cuzco (3 650 m) et Quito (2 800 m) en Équateur. Mais si vous arrivez en avion de Mexico, aucun problème : 2 250 mètres d'altitude vous auront déjà bien préparé ! ❞

Amérique australe

Argentine
Chili
Iles Malouines
Uruguay

Les paysages et les climats sont très contrastés, des prairies plutôt humides du nord de la région aux steppes de Patagonie, du climat quasiment méditerranéen de la côte ouest au froid de la cordillère des Andes. Le paludisme n'est présent que dans le nord de l'Argentine. Comme dans toute l'Amérique du Sud, les maladies transmises par l'eau et l'alimentation sont fréquentes.

vaccins conseillés

Remise à jour des vaccinations (**tétanos**, **polio**, **diphtérie**, **hépatite B**).
Fièvre jaune : pas nécessaire.
Éventuellement **hépatite A**.
Si séjour prolongé ou aventureux : **rage**, **typhoïde**.

prévention du paludisme *

Seule l'**Argentine** présente un risque de paludisme à P. vivax ; la chimioprophylaxie par Nivaquine® (voir p. 243) est indiquée pour les séjours de plus de 7 jours. Protection contre les moustiques à ne pas négliger.

autres risques

Tous les risques infectieux par voie digestive : **hépatite A**, **salmonelloses**, parfois **typhoïde**, voire **choléra**.
La **rage** est présente partout, surtout en Argentine.
La **maladie de Chagas**, transmise par les punaises, existe dans tous les pays, sauf aux Malouines.
Des épidémies de **méningites à méningocoque** sont régulièrement signalées au Chili.

recommandations générales

Respectez les **règles préventives** : hygiène alimentaire, contacts prudents avec les animaux, l'eau douce et la terre dans les régions chaudes.
Luttez énergiquement contre les **piqûres de moustiques**.

* Données du *BEH* n° 24, 11 juin 2002.

Quelles précautions particulières prendre pour se rendre en Argentine ?

❝C'est le pays qui présente le risque sanitaire le plus élevé de la région. Le nord de l'Argentine est tropical avec un risque peu élevé de *paludisme*, et la présence des *parasites* habituels sous les tropiques : la *leishmaniose* cutanée qui concerne plutôt les résidents, la *dengue*, les *amibes*... Au sud, il n'y a pas de risque majeur ; des rongeurs peuvent transmettre des *virus* donnant des infections pulmonaires. ❞

Il y a beaucoup d'élevage dans cette région.
Des risques particuliers y sont-ils associés ?

❝Comme dans toutes les régions où coexistent chiens et moutons, l'*hydatidose* (échinococcose) est présente. Le parasite peut contaminer l'homme par voie digestive à partir d'eau ou d'aliments souillés par les chiens, eux-mêmes contaminés en mangeant des viscères de moutons infectés. La contamination humaine par de simples caresses à un chien est possible. Les parasites produisent le plus souvent un kyste dans le foie. La prévention repose sur une hygiène rigoureuse des mains. La *brucellose* est une maladie bactérienne également répandue dans les régions d'élevage. L'homme se contamine directement au contact du bétail (bovins ou ovins) ou à partir de produits laitiers contaminés. L'hygiène des mains et la prudence dans la consommation de lait et de fromages sont indispensables pour une bonne prévention. Le charbon est également répandu, mais il ne concerne que les travailleurs au contact de troupeaux. ❞

Existe-t-il un risque de méningite à méningocoque ?

❝Oui, au Chili, des flambées épidémiques se développent de temps en temps. Le risque diminue avec l'âge pour devenir négligeable après 40 ans. Chez les enfants, la vaccination est recommandée en cas de séjour prolongé dans cette zone, surtout si les contacts avec la population locale seront fréquents (école, nourrice...). ❞

Europe du Nord

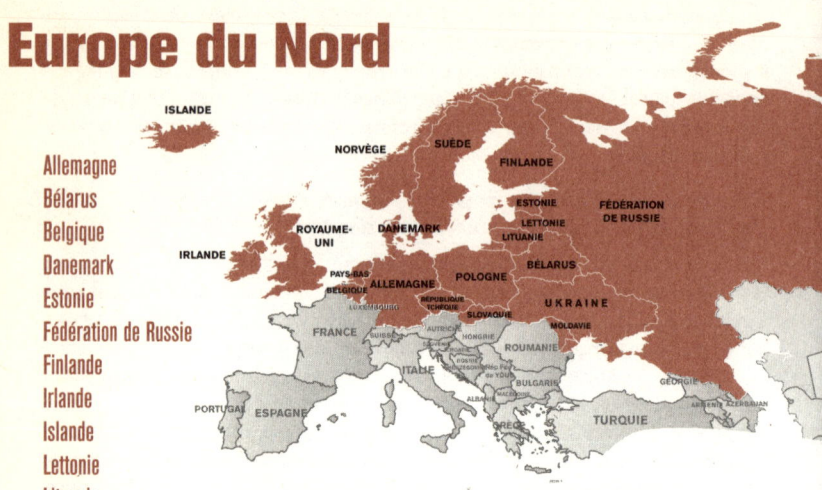

Allemagne
Bélarus
Belgique
Danemark
Estonie
Fédération de Russie
Finlande
Irlande
Islande
Lettonie
Lituanie
Moldavie
Norvège
Pays-Bas
Pologne
République tchèque
Royaume-Uni
Slovaquie
Suède
Ukraine

Cette très grande zone comprend des pays développés et des pays en voie de développement, comme ceux de l'ancien bloc soviétique où la situation sanitaire est préoccupante : certaines maladies sont réapparues de façon importante (diphtérie et tuberculose, par exemple). Les vaccinations classiques doivent impérativement être à jour.

vaccins conseillés

Remise à jour des vaccinations (**tétanos**, **polio**, **diphtérie**).
Éventuellement **hépatite A**, surtout dans les pays de l'Est.

prévention du paludisme *

Il n'y a pas de paludisme dans cette zone.

autres risques

Les risques liés à l'**alimentation** sont pour l'essentiel les mêmes que dans nos pays ; des risques plus spécifiques peuvent exister dans certaines régions : par exemple le **bothriocéphale** dans les pays baltiques.
Les **moustiques** et les **simulies** sont nombreux et agressifs dès le printemps, notamment dans les pays scandinaves ; une épidémie importante de tularémie transmise par les moustiques a été décrite en Suède et Finlande.
La **rage** est présente dans tous les pays sauf au Royaume-Uni et dans les pays scandinaves.
Les tiques peuvent transmettre **maladie de Lyme** et **encéphalite** dans la majorité des pays de cette région.

* Données du *BEH* n° 24, 11 juin 2002.

recommandations générales

Si vous voyagez en hiver, équipez-vous correctement contre le **froid**.

Si vous voyagez au printemps ou en été, prévoyez des **répulsifs** pour toutes vos activités de plein air.

En toutes saisons, respectez les **règles d'hygiène alimentaire**.

Quels sont les risques alimentaires particuliers rencontrés dans cette région ?

"Dans les pays baltiques, un *parasite* peut contaminer les poissons d'eau douce : le bothriocéphale. C'est une sorte de tænia (ver plat) qui s'installe dans l'intestin de l'homme ou des animaux domestiques. Il provoque des troubles digestifs et parfois une *anémie* importante. La prévention passe par une cuisson suffisante des poissons (supérieure à 50 °C) mais attention, car l'ingestion de poissons fumés ou de caviar peut aussi être contaminante. L'hépatite A est fréquente dans les pays de l'Est ; on peut également rencontrer la douve du foie en mangeant du cresson, la *trichinose* et des *tænias* en consommant de la viande insuffisamment cuite. "

Qu'est-ce que l'encéphalite à tiques ?

"Les tiques peuvent transmettre de nombreux agents infectieux dont ce *virus*, à une altitude supérieure à 1 000 mètres, surtout dans les pays suivants : pays baltes, Fédération russe et République tchèque. La maladie évolue habituellement en deux phases : d'abord un épisode de quelques jours de fièvre isolée, puis la fièvre réapparaît avec des maux de tête, des douleurs musculaires et des signes neurologiques (*vertiges*, vomissements, paralysies...). Il existe un *vaccin* pour les personnes très exposées : 2 injections intramusculaires à quelques semaines d'écart, un rappel 9 à 12 mois plus tard. Il confère une protection de 3 ans. La vaccination doit être prévue quelques semaines à l'avance car elle demande des formalités administratives particulières. Ce vaccin ne dispense pas des mesures contre les tiques : *répulsifs*, vêtements, chapeau et inspection systématique chaque soir, sans oublier le dos et le cuir chevelu. "

Qu'est-ce que la tularémie ?

"C'est une maladie bactérienne transmise habituellement par contacts avec les chats ou les rongeurs sauvages. Dans les pays nordiques, une épidémie importante fut attribuée aux moustiques en 2002 : elle survint pendant le printemps et l'été. L'incubation dure quelques jours et le début est brutal avec fièvre et malaise général. Des signes cutanés divers surviennent. Le traitement repose sur des *antibiotiques*. "

Europe du Sud

Albanie
Autriche
Bosnie
Bulgarie
Croatie
Espagne et Canaries
Grèce
Hongrie
Italie
Macédoine
Malte
Portugal, Açores, Madère
Roumanie
Slovénie
Yougoslavie

Cette région comprend des forêts, des prairies et des massifs montagneux au nord et le maquis méditerranéen au sud. Le niveau sanitaire est globalement satisfaisant : le risque alimentaire est le même que dans nos pays, les maladies transmises par les insectes varient selon la latitude. La chaleur peut être très pénible en été.

vaccins conseillés

Remise à jour des vaccinations (**tétanos**, **polio**, **diphtérie**).
Éventuellement **hépatite A**.

prévention du paludisme *

Pas de paludisme dans cette zone.

autres risques

Les risques liés à l'alimentation sont, pour l'essentiel, les mêmes que dans nos pays ; des risques plus spécifiques peuvent exister dans les pays du sud : **échinococcose**, **brucellose**.
Les moustiques peuvent transmettre la **leishmaniose cutanée** (dans les pays méditerranéens) et divers virus.
La **rage** est présente dans tous les pays sauf en Espagne et au Portugal.
Les tiques peuvent transmettre **maladie de Lyme** et **encéphalite** dans la majorité des pays de cette région.

* Données du *BEH* n° 24, 11 juin 2002.

recommandations générales

Protégez-vous des **moustiques** et des **tiques** du printemps à l'automne.
Respectez les règles habituelles d'**hygiène alimentaire**.
Méfiez-vous de la **chaleur** en été dans les pays méditerranéens.

Quels sont les risques alimentaires particuliers des pays méditerranéens ?

❝ Comme dans toutes les régions où coexistent chiens et moutons, l'*hydatidose* (échinococcose) est présente. Le *parasite* peut contaminer l'homme par voie digestive à partir d'eau ou d'aliments souillés par les chiens, eux-mêmes contaminés en mangeant des viscères de moutons infectés. La contamination humaine par de simples caresses à un chien est possible. Les parasites produisent le plus souvent un kyste dans le foie. La prévention repose sur une hygiène rigoureuse des mains. La *brucellose* est une maladie bactérienne également répandue dans les régions d'élevage. L'homme se contamine directement au contact du bétail (bovins ou ovins) ou à partir de produits laitiers contaminés. L'hygiène des mains et la prudence dans la consommation de lait et de fromages sont indispensables pour une bonne prévention. ❞

Les insectes des pays méditerranéens peuvent-ils transmettre des maladies ?

❝ Les moustiques (phlébotomes) peuvent transmettre des *virus* et la *leishmaniose* cutanée. Les tiques peuvent transmettre, en plus de la maladie de *Lyme* et de l'*encéphalite*, la fièvre boutonneuse méditerranéenne : fièvre importante avec une atteinte sévère de l'état général, éruption cutanée débutant habituellement aux membres et atteignant le tronc secondairement. Les formes bénignes sont très fréquentes. Le traitement repose sur les *antibiotiques*. ❞

Afrique du Nord

Algérie
Égypte
Lybie
Maroc
Mauritanie
Tunisie

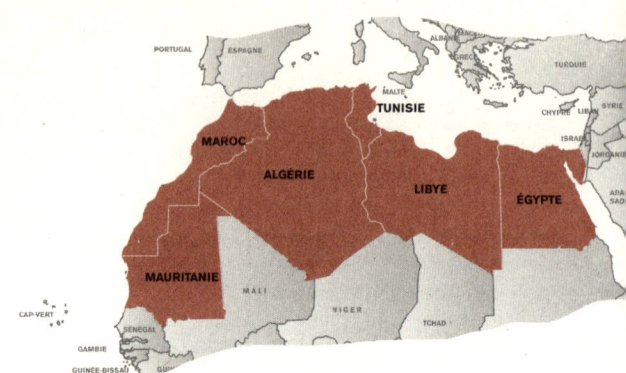

Les risques sanitaires de cette zone sont essentiellement liés à une hygiène alimentaire insuffisante. Bien sûr il faudra se méfier du soleil et de la chaleur, surtout dans les régions du sud : toute escapade dans le désert nécessite des précautions élémentaires. Si vous êtes adeptes des randonnées, attention à l'hyperthermie d'effort et n'oubliez pas que les nuits sont parfois glaciales dans le Sahara.

vaccins conseillés

Remise à jour des vaccinations (**tétanos**, **polio**, **diphtérie**, **hépatite B**).
Fièvre jaune : exigée seulement en provenance d'un pays infecté, et en Mauritanie, pour un séjour supérieur à 2 semaines.
Éventuellement **hépatite A** et **typhoïde**.
Si séjour prolongé : **rage** (en zone rurale), **méningocoque** surtout pour les enfants.

prévention du paludisme *

Le risque est **très faible dans l'ensemble de la zone**. La chimioprophylaxie n'est recommandée qu'en Mauritanie où P. falciparum est prédominant : Nivaquine® (voir p. 243) + Paludrine® (voir p. 246) ou Savarine® (voir p. 261) (ou Malarone®, p. 236).

autres risques

Tous les risques des pays tropicaux : **amibes** et autres parasites digestifs, contractés par voies digestive ou cutanée.
Risque de **bilharziose** dans les eaux douces.
Possibilité de **leishmaniose** surtout cutanée.
Risque de maladies liées à l'élevage : **brucellose**, **hydatidose**.
Rage transmise par les chiens errants, surtout en milieu rural.
Scorpions, serpents, araignées dans certaines zones.

* Données du *BEH* n° 24, 11 juin 2002.

recommandations générales

Respectez les **règles préventives** : hygiène alimentaire, contacts prudents avec les animaux, etc.

Évitez les **baignades** en eaux douces et le contact avec la boue.

Luttez énergiquement contre les **piqûres de moustiques** (fièvres virales, leishmanioses, paludisme parfois).

Soyez prudent avec le **soleil** et la **chaleur**.

Quelle est la situation du paludisme dans cette région ?

❝En Lybie et en Tunisie, il n'y a pas de *paludisme*. En Mauritanie, les régions du sud (à cause du fleuve Sénégal) exposent toute l'année au risque de paludisme à P. falciparum. Plus au nord (plateau d'Adrar), le risque existe de juin à octobre. Dans les autres pays (Algérie, Égypte, Maroc), il s'agit de P. vivax, et le risque de transmission est très faible. La prévention des piqûres de moustiques, nécessaire pour prévenir aussi d'autres maladies, suffit à la protection contre le paludisme, à condition de pouvoir consulter en urgence si une fièvre survient dans les mois suivant le voyage. En Égypte, l'oasis de El Faiyum a pu présenter un risque de transmission de juin à octobre, mais aucun cas n'a été rapporté depuis des années (*OMS*). ❞

Quels sont les risques liés à la présence de bétail ?

❝Comme dans toutes les régions où coexistent chiens et moutons, l'*hydatidose* (ecchinococcose) est présente. Le *parasite* peut contaminer l'homme par voie digestive à partir d'eau ou d'aliments souillés par les chiens, eux-mêmes contaminés en mangeant des viscères de moutons infectés. La contamination humaine par de simples caresses à un chien est possible. Les parasites produisent le plus souvent un kyste dans le foie. La prévention repose sur une hygiène rigoureuse des mains. La *brucellose* est une maladie bactérienne également répandue dans les régions d'élevage. L'homme se contamine directement au contact du bétail (bovins ou ovins) ou à partir de produits laitiers contaminés. L'hygiène des mains et la prudence dans la consommation de lait et de fromages sont indispensables pour une bonne prévention. ❞

Le climat très sec engendre-t-il des risques particuliers ?

❝Oui, le vent et le sable favorisent certaines maladies. Comme dans toutes les régions arides, des épidémies de *méningite* à méningocoque se développent de temps en temps. Le risque diminue avec l'âge pour devenir négligeable après 40 ans. Chez les enfants, la vaccination est recommandée en cas de séjour prolongé dans cette zone (de plus de 3 mois). D'autre part, les yeux sont très sensibles à ces conditions météorologiques et les infections ne sont pas rares, notamment le *trachome*. Il se soigne bien avec des gouttes oculaires *antibiotiques*, mais il vaut mieux se protéger les yeux et se laver souvent les mains pour l'éviter. Il est conseillé aux porteurs de lentilles de préférer leurs lunettes pour séjourner dans le désert. ❞

Afrique de l'Ouest

Bénin
Burkina Faso
Cap-Vert
Côte-d'Ivoire
Gambie
Ghana
Guinée
Guinée-Bissau
Liberia
Mali
Niger
Nigeria
Sénégal
Sierra Leone
Tchad
Togo

Le degré d'humidité augmente en allant vers le sud de la zone où les pluies sont abondantes de juillet à octobre dans les pays côtiers. Le risque alimentaire est important partout, ainsi que celui de paludisme (sauf au Cap-Vert). Dans le Sahel, il faut proscrire les baignades en eau douce en raison de la fréquence de la bilharziose.

vaccins conseillés

Remise à jour des vaccinations (**tétanos**, **polio**, **diphtérie**, **hépatite B**).
Fièvre jaune (au moins 10 jours avant le départ) pour tous les pays (sauf Cap-Vert en l'absence d'une escale sur le continent).
Éventuellement **hépatite A** et **typhoïde**.
Si séjour prolongé : **rage** (en zone rurale), **méningocoque** surtout pour les enfants.

prévention du paludisme *

Elle est indispensable **toute l'année partout** sauf au Cap-Vert, où le risque est très faible.
Une chimioprophylaxie est recommandée :
• Burkina Faso, Côte-d'Ivoire, Gambie, Guinée, Guinée-Bissau, Liberia, Mali, Niger, Sénégal, Sierra Leone, Tchad : Nivaquine ® (voir p. 243) + Paludrine ® (voir p. 246) ou Savarine ® (voir p. 261) (ou Malarone ®, p. 236).
• Bénin, Ghana, Nigeria, Togo : Lariam ®, p. 229 (ou Malarone, p. 236).
Protection contre les moustiques à ne pas négliger : moustiquaire imprégnée indispensable.

* Données du *BEH* n° 24, 11 juin 2002.

autres risques

Tous les risques des pays tropicaux : **amibes** et autres parasites digestifs, contractés par voies digestive ou cutanée.

Risque important de **bilharziose** dans les eaux douces, surtout au nord de la zone (Burkina Faso, Mali, Niger).

Cas de **dengue**, de **choléra**.

L'**onchocercose** et la **maladie du sommeil** ne menacent pas vraiment le voyageur dans cette zone.

La **rage** peut être transmise par les chiens errants.

recommandations générales

Respectez les **règles préventives** sous les tropiques : hygiène alimentaire, contacts prudents avec l'eau douce, la terre, les animaux, etc.

Luttez énergiquement pour prévenir les **piqûres de moustiques** nocturnes et diurnes.

Le risque de méningite à méningocoque est-il le même partout ?

❝Il est maximal à la saison sèche, c'est-à-dire les six premiers mois de l'année, dans les pays sub-sahariens (la « ceinture méningococcique » s'étend du Sénégal à l'Éthiopie). Le risque diminue avec l'âge pour devenir négligeable après 40 ans. Chez les jeunes, la vaccination est recommandée en cas de séjour prolongé dans cette zone, surtout en cas de contacts avec la population locale (vacances dans la famille, par exemple). Selon les pays, le vaccin recommandé peut varier : renseignez-vous au plus tôt auprès d'un centre de vaccinations internationales. ❞

Quels sont les risques plus spécifiques aux pays du Sahel ?

❝À part la *méningite*, une autre maladie est liée à la sécheresse : le *trachome*. C'est une infection de l'œil qui se soigne bien avec des gouttes oculaires *antibiotiques* mais il vaut mieux se protéger avec des lunettes et se laver souvent les mains pour l'éviter. Il est conseillé aux porteurs de lentilles de les abandonner pour séjourner dans les zones arides. Les *leishmanioses* transmises par des moustiques (phlébotomes) existent dans ces pays, mais elles menacent peu le visiteur de passage. Là prévention repose sur la lutte contre les insectes nocturnes, ce qu'il faut de toute façon faire contre le *paludisme*. La proximité du bétail expose également à des maladies infectieuses qui peuvent exister dans les pays tempérés aussi : la *brucellose* et l'*hydatidose*. L'hygiène des mains et la prudence dans la consommation de lait et de fromages sont indispensables pour une bonne prévention. Mais les risques majeurs pour le voyageur sont les mêmes dans tous les pays de cette zone : *péril fécal* et *paludisme*. ❞

Les îles du Cap-Vert semblent présenter un risque sanitaire moindre que les autres pays. De quoi faut-il se méfier là-bas ?

❝Il n'y a effectivement rien d'inquiétant au Cap-Vert. Le climat est sec, donc peu propice à la pullulation des moustiques. Il n'y a pas de *fièvre jaune* et très peu de paludisme. Il est signalé dans l'île de Sao Tiago mais la lutte contre les moustiques suffit à condition de pouvoir consulter en urgence si une fièvre survient dans les mois suivant le voyage. Si une *chimioprophylaxie* est utilisée, ce sera avec Nivaquine ®. Les îles sont suffisamment éloignées du continent pour ne pas abriter les maladies infectieuses rencontrées en Afrique et la *rage* est quasiment inexistante. Néanmoins, le climat sec explique les épidémies de *méningites* qui surviennent au Cap-Vert. La douve du foie y est également signalée (éviter les végétaux d'eau douce comme le cresson). ❞

Afrique de l'Est et îles de l'océan Indien

Comores
Djibouti
Érythrée
Éthiopie
Ile Maurice
Kenya
Madagascar
Malawi
Mayotte
Mozambique
Réunion
Seychelles
Somalie
Soudan
Tanzanie

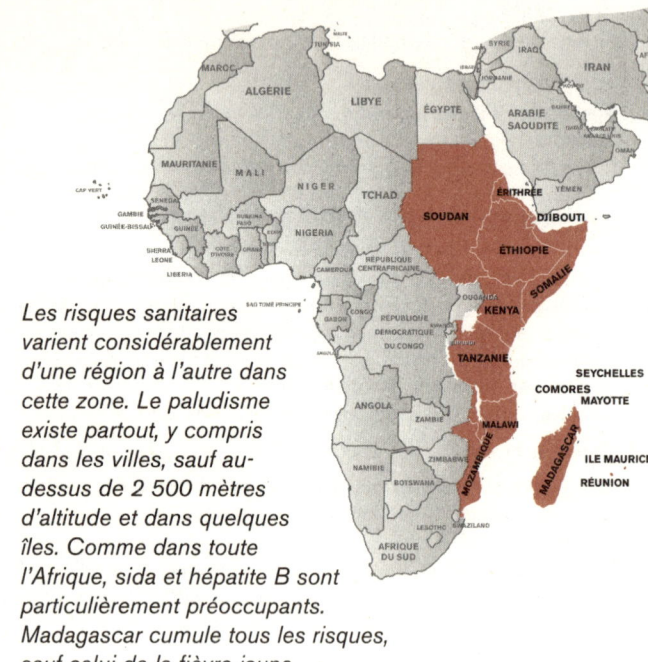

Les risques sanitaires varient considérablement d'une région à l'autre dans cette zone. Le paludisme existe partout, y compris dans les villes, sauf au-dessus de 2 500 mètres d'altitude et dans quelques îles. Comme dans toute l'Afrique, sida et hépatite B sont particulièrement préoccupants. Madagascar cumule tous les risques, sauf celui de la fièvre jaune.

vaccins conseillés

Remise à jour des vaccinations (**tétanos**, **polio**, **diphtérie**, **hépatite B**).
Fièvre jaune (au moins 10 jours avant le départ) : vaccination recommandée partout, sauf si vous arrivez directement à Djibouti, au Mozambique, à Madagascar et dans les autres îles. Si vous transitez par un pays infecté, la vaccination sera exigée partout.
Éventuellement **hépatite A** et **typhoïde**.
Si séjour prolongé ou aventureux : **rage**.

prévention du paludisme *

Il existe **partout, sauf à la Réunion et aux Seychelles**. À l'île Maurice, le risque est très faible.
Les traitements recommandés sont :
- Madagascar : Nivaquine ® (voir p. 243) + Paludrine ® (voir p. 246) ou Savarine ® (voir p. 261) (ou Malarone ®, p. 236).
- Tous les autres pays : Lariam ®, p. 229 (ou Malarone, p. 236).

* Données du *BEH* n° 24, 11 juin 2002.

Protection contre les moustiques à ne pas négliger.

Tous les risques des pays tropicaux : **amibes** et autres parasites digestifs, contractés par voie digestive ou cutanée.

Possibilité de **dengue**.

Risque de **bilharziose** urinaire ou intestinale dans les eaux douces.

Existence de foyers de nombreuses maladies transmises par les insectes :

- **leishmaniose** cutanée ou viscérale dans les zones arides du nord (Soudan, Éthiopie),
- quelques foyers d'**onchocercose**,
- **maladie du sommeil** (trypanosomiose) si séjour en zone rurale (surtout au sud du Soudan).

Rage partout, notamment à Madagascar (chiens errants) ; l'île de la Réunion, l'île Maurice et les Seychelles sont épargnées.

recommandations générales

Respectez les **règles préventives** sous les tropiques : hygiène alimentaire, contacts prudents avec l'eau douce, la terre, les animaux, etc.

Luttez énergiquement pour prévenir les **piqûres de moustiques** nocturnes et diurnes.

Portez des chaussures fermées plutôt que des tongs.

Où craindre les mouches tsé-tsé et comment se protéger ?

❝L'aire de distribution des mouches tsé-tsé ou glossines s'étend du 18e degré de latitude nord au 20e degré de latitude sud, depuis le niveau de la mer jusqu'à une altitude de 2 000 mètres. Il en existe 32 variétés, certaines avec des particularités inhabituelles. Même si leur piqûre est rarement infectante, il faut savoir s'en prémunir car elle est douloureuse. Dans cette région d'Afrique, les glossines sont adaptées aux climats secs et certaines peuvent s'éloigner beaucoup de leurs lieux d'éclosion. L'espèce dominante se nourrit à toutes les heures du jour et parfois même la nuit. Elle est très liée au gibier mais, si la saison est particulièrement chaude, elle peut se réfugier dans les habitations. Les glossines sont peu sensibles aux *répulsifs* et peuvent piquer à travers les vêtements ; elles sont attirées par les couleurs sombres. **❞**

Quelles maladies graves mais rares existent dans cette région ?

❝ Des fièvres transmises par les insectes ou les rongeurs sont signalées régulièrement. De petits foyers de *peste* subsistent à Madagascar, en Tanzanie, au Mozambique, au Kenya. Méfiez-vous des animaux et surtout des chiens errants dans les pays où sévit la *rage*. **❞**

Existe-t-il un risque de méningite à méningocoque ?

❝Oui, en saison sèche, dans toutes les régions arides. Le risque diminue avec l'âge pour devenir négligeable après 40 ans. Chez les enfants, la vaccination est recommandée en cas de séjour prolongé dans cette zone, surtout si les contacts avec la population locale seront fréquents (école, nourrice...). **❞**

L'arrivée par avion à une altitude élevée peut être à l'origine du mal des montagnes. Quels sont les aéroports situés à haute altitude dans cette région ?

❝L'aéroport de Nairobi est situé à 1 660 mètres : le risque est donc faible. En revanche, il est réel à Addis-Abeba, à 2 500 mètres d'altitude. **❞**

Quel est le risque de transmission du paludisme à l'île Maurice ?

❝Il est très faible et la protection contre les moustiques suffit à condition de pouvoir consulter en urgence si une fièvre survient dans les mois suivant le voyage. **❞**

Afrique équatoriale

Burundi
Cameroun
Congo
Gabon
Guinée équatoriale
Ouganda
République centrafricaine
République démocratique
  du Congo (ex-Zaïre)
Rwanda

Le paludisme est un problème majeur dans cette zone ainsi que toutes les infections digestives. Le bloc forestier congolais, très humide, expose à des risques sanitaires spécifiques (loase). Les épidémies de fièvres hémorragiques propagées par les rongeurs sont redoutées. Les foyers d'onchocercose ne sont pas rares et sont un risque en cas de séjour prolongé.

vaccins conseillés

Remise à jour des vaccinations (**tétanos, polio, diphtérie, hépatite B**).
Fièvre jaune (au moins 10 jours avant le départ) recommandée dans toute la zone.
Éventuellement **hépatite A** et **typhoïde**.
Si séjour prolongé ou aventureux : **rage**.

prévention du paludisme *

Elle est **indispensable partout toute l'année**. Pour toute cette zone, la chimiopro-phylaxie recommandée est le Lariam®, p. 229 (ou Malarone, p. 236).
Protection contre les moustiques à ne pas négliger : moustiquaire imprégnée indispensable.

autres risques

Le **choléra** concerne de nombreux pays de cette région.
La **dengue** est possible.
La **bilharziose** peut être présente dans les eaux douces.
Existence de foyers de nombreuses maladies transmises par les insectes :
- **maladie du sommeil** (trypanosomose) en zone rurale,
- **leishmanioses**,
- **filariose lymphatique** et **onchocercose**,
- **loase** si séjours en forêt.
La **rage** est très répandue.

* Données du *BEH* n° 24, 11 juin 2002.

recommandations générales

Respectez strictement les **règles préventives** sous les tropiques : hygiène alimentaire, contacts prudents avec l'eau douce, la terre, les animaux, etc.

Luttez énergiquement contre les **piqûres de moustiques** nocturnes et diurnes.

Méfiez-vous des **myiases sous-cutanées**.

Évitez de consommer des **crustacés d'eau douce**.

Où et comment se protéger des mouches tsé-tsé qui peuvent transmettre la maladie du sommeil ?

❝Le territoire des mouches tsé-tsé ou glossines s'étend du 18e degré de latitude nord au 20e degré de latitude sud, depuis le niveau de la mer jusqu'à une altitude de 2 000 mètres. Il en existe 32 variétés, certaines avec des particularités inhabituelles. Même si leur piqûre est rarement infectante, il faut savoir s'en prémunir car elle est douloureuse. Dans cette région de l'Afrique, les principales espèces de glossines affectionnent l'humidité des forêts, elles piquent aux heures les moins chaudes et s'éloignent peu de leurs gîtes d'éclosion. La distribution de la *maladie du sommeil* est heureusement plus restreinte que celle de son *vecteur*. Des foyers isolés peuvent exister dans tous les pays de cette région, surtout au nord-ouest de l'Ouganda et en République démocratique du Congo. L'espèce prédominante ici préfère piquer les animaux et ne s'aventure pas dans les habitations. ❞

Quels animaux faut-il redouter ?

❝Tous ! Moustiques, mouches, taons, tiques peuvent transmettre tous les *virus* et *parasites* imaginables dans cette région. Les mouches peuvent pondre dans vos draps (*myiases sous-cutanées*). Les chiens errants sont souvent *enragés* dans les zones rurales. Les rats et autres rongeurs sont les réservoirs de virus redoutables et de la peste. Bref, l'hygiène est fondamentale dans cette région et aucune précaution ne sera superflue. Attention également aux serpents et attendez-vous à voir des fourmis et des insectes de taille impressionnante. ❞

Pourquoi éviter les crustacés d'eau douce de cette région ?

❝Ils peuvent être porteurs de parasites dont la cible est le poumon : la maladie s'appelle la paragonimose (ou douve pulmonaire) et se manifeste plusieurs mois après la contamination. Les crustacés, consommés crus ou à peine cuits, sont souvent utilisés pour stimuler la fertilité ou les performances sexuelles : ne vous laissez pas convaincre ! ❞

Afrique australe

Afrique du Sud
Angola
Botswana
Lesotho
Malawi
Namibie
Swaziland
Zambie
Zimbabwe

Au nord de la région, on trouve des déserts et au sud, un climat tempéré. Les risques infectieux pour le voyageur sont donc plus importants dans le nord, avec le paludisme et quelques autres maladies tropicales. Comme dans toute l'Afrique, le sida est en pleine expansion. L'état sanitaire est très variable selon les endroits, les risques liés au péril fécal aussi.

vaccins conseillés

Remise à jour des vaccinations (**tétanos, polio, diphtérie, hépatite B**).
Fièvre jaune : la vaccination n'est requise que si vous venez d'un pays concerné.
Éventuellement **hépatite A** et **typhoïde**.
Si séjour prolongé ou aventureux : **rage**.

prévention du paludisme *

Le paludisme n'est présent que **dans les régions du nord**, généralement à P. falciparum.
La chimioprophylaxie recommandée varie selon les pays :
- Angola, Afrique du Sud (moitié nord), Botswana, Malawi, Swaziland, Zambie, Zimbabwe : Lariam®, p. 229 (ou Malarone, p. 236).
- Namibie : Nivaquine® (voir p. 243) + Paludrine® (voir p. 246) ou Savarine® (voir p. 261) (ou Malarone®, p. 236).
Protection contre les moustiques à ne pas négliger.

autres risques

Les risques liés à l'hygiène alimentaire peuvent être importants (**amibes, typhoïde, hépatite A**).
Risque de **bilharziose** dans les eaux douces.
Possibilité de **dengue**.
Des foyers de **maladie du sommeil** existent en Namibie et au Botswana.
La **rage** est possible partout.

* Données du *BEH* n° 24, 11 juin 2002.

recommandations générales

Respectez les **règles préventives** habituelles : hygiène alimentaire, contacts prudents avec l'eau douce, la terre, les animaux, etc.
Luttez énergiquement pour prévenir les **piqûres de moustiques** nocturnes et diurnes, ainsi que contre les **tiques** dans les zones rurales.

La transmission du paludisme existe-t-elle toute l'année ?

❝En Angola, au Malawi, au Swaziland et en Zambie oui. En Afrique du Sud, le paludisme est transmissible toute l'année en basse altitude depuis les provinces du nord jusqu'à la rivière Tugela ; le risque est maximal d'octobre à mai. Au Botswana, le risque existe de novembre à juin dans les régions du nord. En Namibie, les régions du nord sont à risque d'octobre à juin, ou toute l'année le long des fleuves qui marquent la frontière avec l'Angola. Au Zimbabwe, le risque existe en dessous de 1 200 mètres d'altitude de novembre à juin, toute l'année dans la vallée du Zambèze, et est quasiment nul dans les villes de Harare et Bulawayo. ❞

Existe-t-il un risque de méningite à méningocoque ?

❝Oui, au Malawi et dans le nord de la Namibie notamment, où des épidémies surviennent de temps en temps. Le risque diminue avec l'âge, en particulier après 40 ans. Chez les enfants, la vaccination est recommandée en cas de séjour prolongé dans cette zone, surtout si les contacts avec la population locale seront fréquents (école, nourrice...). ❞

Le risque de bilharziose est-il réel ?

❝Oui, en Namibie, en Afrique du Sud, au Swaziland et au Botswana notamment, la *bilharziose* urinaire ou intestinale n'est pas exceptionnelle. Les baignades en eaux douces sont vivement déconseillées. ❞

Que peuvent transmettre les tiques dans cette région ?

❝Ce n'est pas une zone de maladie de *Lyme* ou d'*encéphalite à tiques*, mais les tiques peuvent néanmoins transmettre des *microbes* dangereux. La prévention repose sur les *répulsifs* et l'inspection minutieuse chaque soir si vous séjournez dans des zones rurales. ❞

Proche-Orient, Moyen-Orient

Afghanistan
Arabie Saoudite
Arménie
Azerbaïdjan
Bahreïn
Chypre
Émirats arabes unis
Géorgie
Irak
Iran
Israël
Jordanie
Kazakhstan
Kirghizistan
Koweït
Liban
Oman
Ouzbékistan
Qatar

Syrie
Tadjikistan
Turkménistan
Turquie
Yémen

Cette zone comprend surtout des chaînes montagneuses et des régions arides. Au nord-ouest, des plaines plus fertiles existent. L'état sanitaire est très variable en fonction du développement, les maladies liées à l'élevage sont très présentes. Le paludisme persiste dans certaines régions.

vaccins conseillés

Remise à jour des vaccinations (**tétanos**, **polio**, **diphtérie**, **hépatite B**).
Fièvre jaune : la vaccination n'est pas nécessaire en venant d'Europe.
Éventuellement **hépatite A** et **typhoïde**.
Si séjour prolongé en zone rurale : **rage**.
Si pèlerinage à La Mecque : vaccination **anti-méningocoque** obligatoire (vaccin tétravalent).

prévention du paludisme *

Les traitements recommandés sont :
• Afghanistan, Arabie (ouest), Iran (sud-est), si séjour supérieur à 7 jours : Nivaquine ® (voir p. 243) + Paludrine ® (voir p. 246) ou Savarine ® (voir p. 261) (ou Malarone ®, p. 236).
• Yémen : Nivaquine ® (voir p. 243) + Paludrine ® (voir p. 246) ou Savarine ® (voir p. 261) (ou Malarone ®, p. 236).
• Iran (sauf sud-est), Irak, Tadjikistan, en cas de séjour de plus de 7 jours : Nivaquine ® (voir p. 243).
Dans les autres pays, il n'y a pas de paludisme ou le risque ne nécessite pas une chimioprophylaxie.
Protection contre les moustiques à ne pas négliger.

* Données du *BEH* n° 24, 11 juin 2002.

autres risques

Tous les risques liés à l'alimentation : cas de **choléra** (Iran surtout), **hépatite A**, **amibes** et autres parasites digestifs, contractés par voie digestive ou cutanée.
Risque de **bilharziose** dans les eaux douces d'Arabie Saoudite et du Yémen, voire d'Iran.
Existence de quelques foyers de maladies transmises par les insectes : **leishmanioses** surtout cutanée, **onchocercose** (Yémen).
Maladies liées à l'élevage : **brucellose, hydatidose**.

recommandations générales

Respectez les **règles préventives** habituelles : hygiène alimentaire, contacts prudents avec l'eau douce, la terre, les animaux, etc.
Luttez énergiquement contre les **piqûres de moustiques** diurnes voire nocturnes dans les régions où le paludisme persiste.

Le paludisme existe-t-il dans cette zone toute l'année ?

❝Dans certains pays, le risque existe toute l'année : Arabie Saoudite (ouest), Yémen. Au Yémen, le risque est maximal de septembre à février. Les villes suivantes sont épargnées : La Mecque, Médina, Sanaa. Ailleurs, le risque de *paludisme*, généralement à P. vivax, n'existe que du printemps à l'automne (Afghanistan, vallée de l'Ararat en Arménie, Azerbaïdjan, Géorgie, Iran, Irak, Syrie, Tadjikistan, Turkménistan, Turquie). ❞

Un voyage touristique en Turquie expose-t-il au risque de paludisme ?

❝La Turquie d'Europe et les principales régions touristiques sont indemnes de paludisme. Il n'est présent, de mai à octobre, que dans le sud-est du pays et la plaine de Cilicie (« Çukurova » en turc). Le risque de transmission est très faible et la protection contre les moustiques suffit à condition de pouvoir consulter en urgence si une fièvre survient dans les mois suivant le voyage. ❞

Quelles sont les maladies présentes dans les régions d'élevage ?

❝Comme dans toutes les régions où coexistent chiens et moutons, l'*hydatidose* (échinococcose) est présente. Le *parasite* peut contaminer l'homme par voie digestive à partir d'eau ou d'aliments souillés par les chiens, eux-mêmes contaminés en mangeant des viscères de moutons infectés. La contamination humaine par de simples caresses à un chien est possible. Les parasites produisent le plus souvent un kyste dans le foie. La prévention repose sur une hygiène rigoureuse des mains. La *brucellose* est une maladie bactérienne également répandue dans les régions d'élevage. L'homme se contamine directement au contact du bétail (bovins ou ovins) ou à partir de produits laitiers contaminés. L'hygiène des mains et la prudence dans la consommation de lait et de fromages sont indispensables pour une bonne prévention. ❞

Quels sont les risques sanitaires lors d'un pèlerinage à La Mecque ?

❝Ces villes sont indemnes de paludisme et la vaccination contre la *méningite* à méningocoque est obligatoire. Le risque majeur est celui de l'épuisement et d'un coup de chaleur quand la période du Hadj se situe pendant la saison chaude. ❞

Sous-continent indien

Bangladesh
Bhoutan
Inde
Maldives
Népal
Pakistan
Sri Lanka

Cette région est encadrée par une chaîne montagneuse au nord et un désert à l'ouest. Le risque majeur est alimentaire et les précautions doivent être maximales. Le paludisme est présent toute l'année dans les régions en dessous de 2 000 mètres d'altitude. La saison de la mousson (été) est si possible à éviter.

vaccins conseillés

Remise à jour des vaccinations (**tétanos, polio, diphtérie, hépatite B**).
Fièvre jaune : la vaccination n'est pas nécessaire en venant d'Europe.
Éventuellement **hépatite A** et **typhoïde**.
Si séjour prolongé : **rage, méningocoque, encéphalite japonaise** (zones rurales).

prévention du paludisme *

Le paludisme est présent **dans toute la zone, y compris les grandes villes,** sauf les Maldives et les régions de haute altitude.
La chimioprophylaxie recommandée est :
• Bangladesh (sud-est et forêts) : Lariam ®, p. 229 (ou Malarone, p. 236)
• Autres régions : Nivaquine ® (voir p. 243) + Paludrine ® (voir p. 246) ou Savarine ® (voir p. 261) (ou Malarone ®, p. 236)
Protection contre les moustiques à ne pas négliger.

autres risques

Tous les risques des pays tropicaux : **choléra, typhoïde, amibes** et autres parasites digestifs, contractés par voies digestive ou cutanée.
Existence de foyers disséminés de nombreuses maladies transmises par les moustiques :
- **dengue,**
- **leishmanioses,**
- **filariose lymphatique**...
Rage (chiens errants et animaux sauvages).

* Données du *BEH* n° 24, 11 juin 2002.

recommandations générales

Respectez scrupuleusement les **règles préventives** sous les tropiques : hygiène alimentaire, contacts prudents avec l'eau douce, la terre, les animaux, etc.
Luttez énergiquement contre les **piqûres de moustiques** nocturnes et diurnes.

Le risque de paludisme est-il important au Sri Lanka ?

❝C'est essentiellement un paludisme à P. vivax, mais P. falciparum, plus dangereux, existe aussi et peut être résistant à la Nivaquine® (voir p. 243). Certains districts sont indemnes de *paludisme* : Colombo et Kalutara à l'ouest, Nuwara Eliya au centre. Néanmoins, il serait dommage d'aller au Sri Lanka et de rester à Colombo ; alors, la *chimioprophylaxie* est préférable si vous séjournez plus d'une semaine. ❞

Quels sont les risques sanitaires aux Maldives ?

❝Il n'y a pas de paludisme et les autres maladies tropicales sont moins fréquentes que sur le continent. Aucun cas de *rage* n'a été observé depuis longtemps. Aux Maldives, le danger vient de la mer : animaux venimeux, *ciguatera*. Comme toutes les îles tropicales ou équatoriales, l'ensoleillement est maximal en raison de la latitude et de la réverbération : méfiez-vous beaucoup des coups de soleil. Si vous allez aux Maldives pendant la saison des pluies (quelle drôle d'idée !), vous vous exposez à l'*encéphalite japonaise* et surtout... à un ennui mortel. ❞

Existe-t-il un risque de méningite à méningocoque ?

❝Oui, en saison sèche, au Népal et en Inde où des flambées épidémiques se développent de temps en temps. Le risque diminue avec l'âge. Chez les enfants, la vaccination est recommandée en cas de séjour prolongé dans cette zone, surtout si les contacts avec la population locale seront fréquents (école, nourrice...). ❞

L'arrivée par avion à une altitude élevée peut être à l'origine du mal des montagnes. Quels sont les aéroports situés à haute altitude dans cette région d'Asie ?

❝L'aéroport de Leh au Ladakh est situé à 3 200 mètres d'altitude. Le risque est moindre à Srinagar dans le Cachemire (1 800 m). ❞

Asie du Sud-Est

Brunei
Cambodge
Indonésie
Laos
Malaisie
Myanmar (ex-Birmanie)
Philippines
Singapour
Thaïlande
Viêt Nam

Cette zone présente une alternance de chaînes montagneuses forestières, de plaines fertiles et de rizières dans certaines régions. La température est assez constante et les précipitations importantes augmentent encore au sud de la zone, avec le rythme complexe des moussons. Les maladies transmises par les moustiques ou par l'alimentation sont le risque majeur.

vaccins conseillés

Remise à jour des vaccinations (**tétanos**, **polio**, **diphtérie**, **hépatite B**).
Fièvre jaune : la vaccination n'est pas nécessaire en venant d'Europe.
Éventuellement **hépatite A** et **typhoïde**.
Si séjour prolongé en zone rurale : **rage**, **encéphalite japonaise** éventuellement.

prévention du paludisme *

Il est présent **toute l'année dans les zones rurales**, sauf au Brunei et à Singapour.
Dans certaines régions, P. falciparum est résistant à Lariam®.
Les traitements recommandés sont :
- Indonésie (sauf Bali et Irian Jaya), Malaisie (sauf Sabah et Sarawak), Philippines, Thaïlande (dans le sud-ouest en cas de séjour de plus de 7 jours) : Nivaquine® (voir p. 243) + Paludrine® (voir p. 246) ou Savarine® (voir p. 261) (ou Malarone®, p. 236)
- Indonésie (Irian Jaya), Cambodge (sauf régions frontalières avec la Thaïlande), Laos (sauf régions frontalières avec la Thaïlande), Malaisie (Sabah et Sarawak), Myanmar (sauf régions frontalières avec la Thaïlande), Viêt Nam (sauf bande côtière et deltas) : Lariam®, p. 229 (ou Malarone, p. 236)
- Zones frontalières entre Thaïlande et Cambodge, Laos ou Myanmar : Doxypalu® (voir p. 206) (ou Malarone®, p. 236).

Protection contre les moustiques à ne pas négliger.

* Données du *BEH* n° 24, 11 juin 2002.

autres risques

Toutes les maladies contractées par voie digestive (attention aussi aux végétaux, poissons et crustacés d'eau douce).

Risque de **bilharziose** dans les eaux douces.

Possibilité de maladies transmises par les moustiques :
- **dengue,**
- **encéphalite japonaise,**
- **filariose lymphatique**...

La **rage** existe dans toute la zone.

recommandations générales

Respectez les **règles préventives** sous les tropiques : hygiène alimentaire, contacts prudents avec l'eau douce, la terre, les animaux, etc.

Luttez énergiquement contre les **piqûres de moustiques** nocturnes et diurnes.

Méfiez-vous des **serpents** et des **sangsues.**

Quelles sont les régions de Thaïlande concernées par le paludisme ?

❝Il n'y a pas de risque de transmission dans les villes et dans les principaux lieux touristiques : Bangkok, Chiangmai, Pattaya, Phuket, Samui. Ailleurs, le risque existe toute l'année en particulier dans les régions de forêt situées près des frontières du Cambodge, du Myanmar et du Laos, où les souches de P. falciparum peuvent être résistantes au Lariam®. Dans le centre du pays, une *chimioprophylaxie* n'est pas nécessaire ; dans le sud-ouest, elle est indiquée pour les séjours de plus de 7 jours, mais la Nivaquine seule de suffit plus. ❞

Le risque de paludisme est-il le même partout en Indonésie ?

❝Le risque de transmission existe toute l'année dans tout le pays, sauf dans la ville de Djakarta, les autres grandes villes et les lieux touristiques de Bali et Java. ❞

Quelle est la situation du paludisme au Viêt Nam ?

❝Le risque de transmission de P. falciparum existe toute l'année dans tout le pays, sauf dans les villes, le delta du Mékong et la plaine côtière au nord de Nha Trang. Les zones où le risque de paludisme est le plus fort sont les provinces de l'extrême sud (Ca Mau et Bac Liêu) ainsi que les régions montagneuses (en dessous de 1 500 m) au sud du 18e parallèle. ❞

Pourquoi se méfier des végétaux, crustacés et poissons d'eau douce ?

❝Ils peuvent être porteurs de *parasites* (douves) pouvant migrer dans le poumon, le foie ou l'intestin. Les différentes espèces de douves sont présentes dans toute cette zone. Les poissons (carpe, par exemple) et crustacés d'eau douce (crabes, écrevisses) peuvent être locaux ou importés dans les différentes îles. Au Laos, des crustacés sont souvent servis à l'apéritif, ailleurs, ils font partie de l'alimentation familiale et sont consommés peu cuits ou crus avec un assaisonnement. Les végétaux concernés sont le lotus, les châtaignes et hyacinthes d'eau, le cresson. ❞

Extrême-Orient

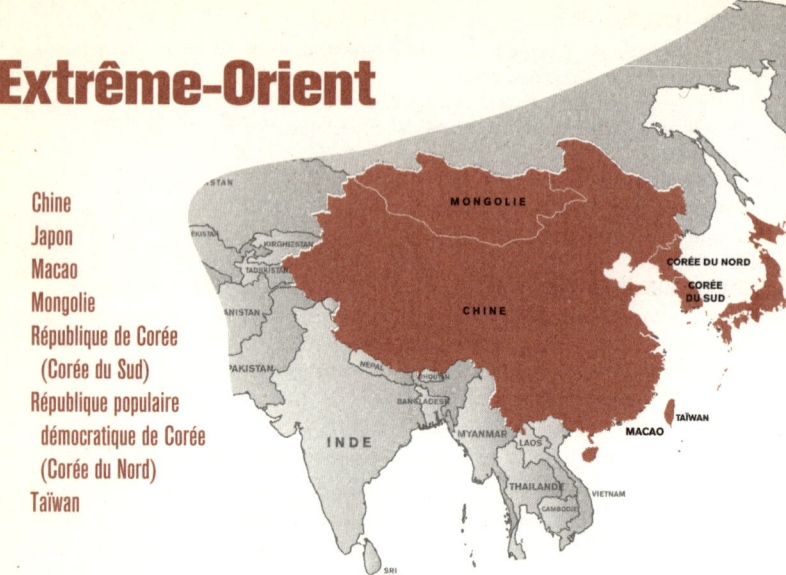

Chine
Japon
Macao
Mongolie
République de Corée
  (Corée du Sud)
République populaire
  démocratique de Corée
  (Corée du Nord)
Taïwan

*Le climat varie considérablement dans cette zone
en raison des différences de latitudes et d'altitudes.
Le paludisme et quelques maladies tropicales existent
dans les régions du sud de la Chine. Le risque sanitaire
est surtout lié au manque d'hygiène alimentaire.*

vaccins conseillés

Remise à jour des vaccinations (**tétanos, polio, diphtérie, hépatite B**).
Fièvre jaune : la vaccination n'est pas nécessaire en venant d'Europe.
Éventuellement **hépatite A**.
Si séjour prolongé en zone rurale : **rage, encéphalite japonaise** éventuellement.

prévention du paludisme *

Le paludisme à P. falciparum est présent dans le **sud de la Chine**, dans les **régions frontalières avec l'Asie du Sud-Est**. Pour la province du **Yunnan** et l'île de **Hainan**, la chimioprophylaxie recommandée est Lariam®, p. 229 (ou Malarone, p. 236).
Dans le **nord-est de la Chine**, il s'agit de P. vivax et une chimioprophylaxie par Nivaquine® (voir p. 243) n'est recommandée que pour les séjours de plus d'une semaine.
Protection contre les moustiques à ne pas négliger.

autres risques

Toutes les maladies contractées par voie **alimentaire** (attention aux végétaux, poissons et crustacés d'eau douce consommés crus ou à peine cuits, aux laitages crus).
Risque de **bilharziose** dans les eaux douces du sud de la Chine.

* Données du *BEH* n° 24, 11 juin 2002.

Possibilité de maladies transmises par les moustiques dans le sud de la Chine :
- **dengue**,
- **leishmanioses**,
- **filariose lymphatique**...

Encéphalite japonaise dans l'est de la zone : est de la Chine, Corée, Japon.
La **rage** existe partout, sauf au Japon et sans doute à Taïwan.

recommandations générales

Respectez les **règles préventives** habituelles : hygiène alimentaire, contacts prudents avec l'eau douce, la terre, les animaux, etc.
Luttez énergiquement contre les **piqûres de moustiques**.

Quelle est la situation du paludisme dans cette région ?

❝En Corée, le paludisme à P. vivax existe dans le centre de la péninsule mais aucune *prophylaxie* n'est indispensable. La lutte contre les moustiques suffit.En Chine, il n'y a aucun risque au-dessus de 1 500 mètres d'altitude et dans les villes, même des régions du sud. Les provinces qui présentent le plus de risque sont le Yunnan et l'île de Hainan où la transmission de P. falciparum est observée toute l'année. Une prophylaxie par Lariam ® (voir p. 229) s'impose donc quelle que soit la durée du séjour. Ailleurs, le risque de transmission concerne P. vivax et la *chimioprophylaxie* n'est pas indispensable pour les courts séjours. Les provinces concernées toute l'année sont celles situées au sud du 25ᵉ parallèle (Guangxi, Fujian, Hunan), ailleurs le risque existe de mai à décembre (essentiellement Guizhou, Jiangxi, Jiangsu, Shandong, Sichuan, Henan, Xizang uniquement dans la vallée du fleuve Zangbo).❞

Qu'est-ce que l'encéphalite japonaise ?

❝C'est une maladie virale transmise par les moustiques du genre Culex dans les zones rurales de presque toute l'Asie, pendant la mousson et les semaines qui suivent. La maladie est souvent inapparente mais elle peut aussi être mortelle. Les voyageurs sont peu exposés, à moins de séjourner assez longtemps en zone rurale pendant la période d'activité des moustiques. Une vaccination est possible pour les séjours prolongés (supérieurs à un mois) mais elle expose à des effets secondaires. Des formalités administratives sont nécessaires et elle doit être prévue plusieurs mois à l'avance.❞

Pourquoi se méfier des végétaux, crustacés et poissons d'eau douce ?

❝Ils peuvent être porteurs de *parasites* (douves) pouvant migrer dans le poumon, le foie ou l'intestin. Les différentes espèces de douves sont présentes dans toute cette zone, y compris au Japon.❞

L'arrivée par avion à une altitude élevée peut être à l'origine du mal des montagnes. Y a-t-il des aéroports situés à haute altitude dans cette région ?

❝Au Tibet, l'aéroport de Lhassa est situé à 3 600 mètres d'altitude.❞

Australie, Nouvelle-Zélande

La longueur du voyage (entre 22 et 24 heures) expose à différents problèmes. La Nouvelle-Zélande a un climat tempéré, avec des forêts subtropicales dans l'île du nord, des feuillus et des steppes dans celle du sud. Les risques sont comparables à ceux de l'Europe de l'Ouest. L'Australie présente une grande diversité de végétation, des forêts au désert. Les dangers sont plutôt iés aux baignades et à l'intensité de l'ensoleillement.

AUSTRALIE

NOUVELLE-ZÉLANDE

vaccins conseillés

Remise à jour des vaccinations (**tétanos**, **polio**, **diphtérie**).
Fièvre jaune exigée en Australie uniquement pour les voyageurs venant d'un pays infecté.

prévention du paludisme *

Il n'y a pas de paludisme dans cette région.

autres risques

La longueur du voyage en avion expose au risque de **phlébite**.
Les **baignades** en Australie peuvent être dangereuses (noyades, requins).
La **leptospirose** peut être présente dans les eaux douces.
Des **épidémies virales** dues aux moustiques sont possibles (dengue notamment).

recommandations générales

Méfiez-vous du **soleil** et de la **chaleur** en Australie.
Protégez-vous des **moustiques**.
Choisissez bien vos lieux de **baignade** ; attention aux coraux et aux méduses.

* Données du *BEH* n° 24, 11 juin 2002.

La rage existe-t-elle dans cette région ?

❝En principe non. Cependant, on a découvert que des chauves-souris d'Australie portaient un *virus* proche de celui de la *rage*. Il faut donc s'en méfier. ❞

Y a-t-il des animaux dangereux en Australie ?

❝Oui, surtout dans la mer : les requins ne sont pas rares, certaines eaux salées du nord hébergent des crocodiles agressifs. Coraux et méduses peuvent provoquer des irritations. Sur terre, de nombreux serpents venimeux existent, ainsi que des araignées toxiques dans l'est du pays. ❞

Mélanésie, Micronésie, Polynésie

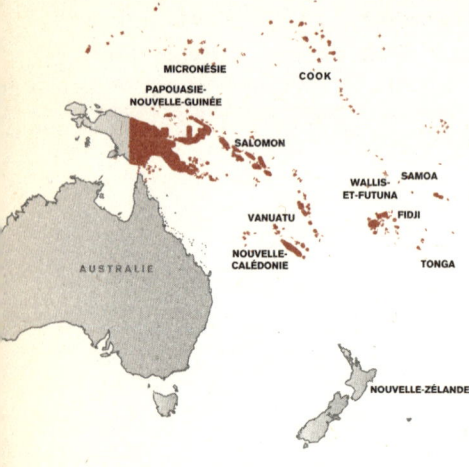

Cook
Fidji
Micronésie
Nouvelle-Calédonie
Papouasie-Nouvelle-Guinée
Pâques
Polynésie française

Salomon
Samoa
Tonga
Vanuatu
Wallis-et-Futuna

Les îles de l'ouest sont généralement assez grandes, montagneuses, avec des forêts tropicales. À l'est, les îles sont plus petites, volcaniques ou coralliennes (atolls). Le risque infectieux principal est alimentaire mais il faut beaucoup se méfier du soleil. La durée du voyage peut également poser des problèmes.

vaccins conseillés

Remise à jour des vaccinations (**tétanos**, **polio**, **diphtérie**).
Fièvre jaune : vaccination exigée uniquement pour les voyageurs en provenance d'un pays infecté.
Éventuellement **hépatites A et B**.

prévention du paludisme *

Le paludisme est présent **toute l'année en Papouasie-Nouvelle-Guinée** en dessous de 1 800 mètres d'altitude, à **Vanuatu** et aux **îles Salomon**. Il peut s'agir de P. falciparum ou de P. vivax, avec des résistances à la Nivaquine® possibles pour les deux souches.
Les traitements recommandés sont :
- Salomon, Vanuatu : Nivaquine® (voir p. 243) + Paludrine® (voir p. 246) ou Savarine® (voir p. 261) (ou Malarone®, p. 236).
- Papouasie-Nouvelle-Guinée : Lariam®, p. 229 (ou Malarone, p. 236).
Protection contre les moustiques à ne pas négliger.

* Données du *BEH* n° 24, 11 juin 2002.

autres risques

Tous les risques des pays tropicaux : **amibes** et autres parasites digestifs, contractés par voie digestive ou cutanée.
Dengue possible.
Risque de **ciguatera** dans les îles coralliennes.
Existence de foyers de **filariose lymphatique** transmise par les moustiques.
Attention aux **animaux marins** venimeux ou agressifs.

recommandations générales

Faites les exercices de prévention des **phlébites** dans l'avion.
Soyez extrêmement prudent avec le **soleil** et la **mer**.
Respectez les **règles préventives** sous les tropiques : hygiène alimentaire, contacts prudents avec la terre.
Luttez contre les **piqûres de moustiques**.

Quels sont les risques sanitaires en Polynésie française ?

❝ Pas de risque infectieux majeur, sauf en cas d'épidémie de *dengue*. La *filariose* lymphatique existe, mais elle concerne plutôt les résidents. La *ciguatera*, en augmentation dans toutes les zones tropicales, est présente dans les îles du Pacifique. En bord de mer, les poissons-pierres et les coquillages venimeux sont fréquents sur certaines plages. Des requins plus ou moins dangereux chassent dans certains lagons. Sur terre, des scolopendres peuvent piquer ; ce n'est pas mortel mais très douloureux. ❞

Quels sont les risques sanitaires en Nouvelle-Calédonie ?

❝ Ils sont globalement les mêmes qu'en Polynésie : *ciguatera*, *dengue*, animaux marins. La *leptospirose* doit faire éviter les baignades en eaux douces. Les moustiques sont nombreux dans les mangroves, mais la *filariose* lymphatique est très rare. Une liane à fleurs appelée lantana est très urticante. ❞

La rage existe-t-elle dans ces îles ?

❝ Non, mais attention quand même aux animaux sauvages et domestiques qui peuvent transmettre d'autres *microbes* par morsure, griffure ou léchage. ❞

Médicaments
du voyageur

Mode d'emploi
des fiches Médicaments

Cette partie regroupe les fiches des 92 médicaments et produits de parapharmacie cités dans les chapitres précédents. Pour les médicaments, les fiches ont été rédigées, dans un langage compréhensible par tous, à partir des documents officiels émanant du ministère de la Santé : les AMM (Autorisations de mise sur le marché). Pour les produits de parapharmacie, les rédacteurs ont utilisé les informations fournies par le laboratoire, aucun document officiel n'étant publié en la matière.

La mise à jour des informations a été arrêtée au 1er janvier 2003 pour cette édition.

Certains termes médicaux, en *italique* dans le texte, sont expliqués dans le lexique.

Pour chaque traitement des maux et maladies présentés dans cet ouvrage, de très nombreux médicaments sont disponibles en France. Il ne saurait être question de les énumérer tous dans le cadre d'un guide de voyage. Nous avons donc choisi de citer des médicaments types, en ne retenant que les médicaments les plus connus. Cette liste, donnée à titre d'exemple, ne remplace en rien une prescription médicale. Seuls un médecin ou un pharmacien sont à même de vous conseiller les spécialités pharmaceutiques qui vous conviennent, en tenant compte de votre état de santé et de vos antécédents. Une liste d'équivalents (même composition ou même indication) en France et à l'étranger vous est proposée dans la rubrique Médicaments équivalents.

Toutes les fiches sont construites sur le même plan, détaillé ci-dessous. En l'absence d'informations pertinentes, des rubriques peuvent ne pas figurer dans certaines fiches.

Nom du médicament

Principales substances entrant dans la composition du médicament (en *italique*, sous le nom).

Classe pharmacothérapeutique

Propriété du médicament.

Nom du laboratoire

Dans quels cas l'utiliser

La premier paragraphe de la rubrique décrit les principales **propriétés** du médicaments ou des substances qui le composent.

Le deuxième paragraphe précise pour quelle **indication** le médicament est utilisé (fièvre, diarrhée, etc.).

Présentation

Cette rubrique énumère les différentes **formes du médicament** (comprimé, gélule, solution, buvable ou injectable...).

Composition

Cette rubrique précise **le nom et la quantité de substances actives** contenu dans chaque forme du médicament. La plupart des substances actives sont également appelées DCI ou Dénomination commune internationale : elles permettent de retrouver un médicament contenant les mêmes substances dans tous les pays.

Comment l'utiliser

Cette rubrique donne la **posologie** : la quantité et le nombre de prises, ainsi que le mode de prises du médicament. Certaines formes orales doivent être prises à un moment précis de la journée, en fonction des heures de repas. Lorsque aucune information n'est précisée, c'est généralement que le médicament peut être pris indifféremment avant, pendant ou après l'absorption de nourriture.

Quand ne pas le prendre

Cette rubrique signale les **contre-indications** : les circonstances dans lesquelles le médicament ne doit pas être utilisé. Il s'agit parfois de maladies qui peuvent gêner l'élimination du médicament, ou qui peuvent s'aggraver sous l'effet du médicament.

Attention

Cette rubrique regroupe les **précautions et mises en garde** nécessaires à la bonne utilisation du médicament, en particulier les informations sur l'état de santé du patient qui doivent être signalées au médecin ou au pharmacien.

Sont également mentionnés :
- le risque lié au médicament pour les conducteurs ou les utilisateurs de machine (altération de la vigilance...) ;
- la présence d'une substance susceptible de rendre positifs les tests antidopage pratiqués lors des compétitions sportives.

Avec d'autres médicaments

La prise conjointe de médicaments différents peut donner lieu à des interactions néfastes ou une baisse d'efficacité de certaines substances : les **interactions médicamenteuses**.

Les associations médicamenteuses constituant une contre-indication sont également signalées dans la rubrique Quand ne pas le prendre.

Grossesse et allaitement

Mises en garde ou précautions à respecter pour la femme enceinte ou pour celle qui allaite son enfant.

Conseils

Cette rubrique contient des conseils qui concernent le **bon usage du médicament**, ou qui permettent d'atténuer les symptômes de la maladie traitée.

Sont également mentionnés les conseils de régime ou d'hygiène de vie adaptés à la maladie ou au traitement.

Les conditions particulières de délivrance sont décrites si nécessaire.

Si tous les médicaments sont susceptibles d'être altérés par une chaleur excessive, certains d'entre eux requièrent des conditions de conservation particulières qui sont indiquées dans cette rubrique.

Effets indésirables possibles

De nombreux médicaments sont susceptibles de provoquer des effets indésirables plus ou moins gênants. Ceux-ci sont généralement peu fréquents et discrets, et disparaissent le plus souvent à l'arrêt du traitement.

L'énumération des effets indésirables, parfois impressionnante, ne doit pas inquiéter inutilement : il ne s'agit que d'une éventualité et la majorité des médicaments courants sont bien supportés. Dans tous les cas, n'hésitez pas à en parler à un médecin ou à un pharmacien.

Lorsqu'il existe un risque grave ou important, un message spécifique figure généralement dans la rubrique Attention.

Médicaments équivalents

Cette rubrique a été créée pour vous permettre d'avoir un échantillon de noms de médicaments le plus représentatif possible pour les mêmes indications. La liste des **noms de médicaments équivalents** est la plus complète possible pour la France, la Suisse et la Belgique. Pour les autres pays, elle est variable : le (ou les) nom(s) du médicament équivalent dans la majorité des pays, ou une liste détaillée par pays, en fonction des informations disponibles. Cette liste ne se limite pas toujours aux seuls médicaments contenant les mêmes substances : des médicaments de compositions différentes peuvent avoir **la même indication** ; la recherche des équivalents a donc parfois été étendue aux produits appartenant à une même classe thérapeutique. Un commentaire vous apporte dans chaque cas les explications nécessaires.

Les habitudes thérapeutiques changent en fonction des pays. Une substance peut ne pas avoir fait l'objet d'études dans certains pays et ne pas être commercialisée. La majorité des substances est connue dans tous les pays, sous le nom de sa Dénomination commune internationale (DCI) : carte de visite qui permet à tout médecin ou pharmacien de trouver, n'importe où dans le monde, un médicament équivalent. Nous vous indiquons cette DCI chaque fois que possible. Quel que soit le pays, certains médicaments ne peuvent être vendus que sur présentation d'une ordonnance.

Vous devez toujours vérifier la posologie et le mode d'emploi auprès du pharmacien ou du médecin local.

N'hésitez pas à faire appel à un pharmacien avant votre départ. Il connaît les médicaments et sera en mesure de vous apporter tous les conseils appropriés en fonction de votre cas.

En voyage

Les rédacteurs ont développé, pour chaque médicament présenté dans ce guide, une rubrique d'informations pratiques spécifiques au voyageur.

Vous y trouverez des règles d'hygiène, de prévention, de conditions d'utilisation, et des régimes complémentaires au traitement.

ACTIFED RHUME
triprolidine, pseudoéphédrine, paracétamol

Décongestionnant ORL  PFIZER Santé Grand Public

Dans quel cas l'utiliser
Ce médicament associe :
- un *antihistaminique* ayant un effet *sédatif* et *atropinique* (triprolidine),
- un *vasoconstricteur* décongestionnant (pseudoéphédrine),
- un *antipyrétique* et *antalgique* (paracétamol).

Il est utilisé dans le *traitement symptomatique* des rhumes avec congestion nasale (sensation de nez bouché), maux de tête ou fièvre.

Présentation
Comprimé.

Composition
2,5 mg de triprolidine chlorhydrate, 60 mg pseudoéphédrine chlorhydrate et 500 mg de paracétamol par comprimé.

Comment l'utiliser
Les comprimés doivent être avalés sans être croqués avec un verre d'eau.
Posologie usuelle :
- Adulte : 1 comprimé par prise, à renouveler au bout de 6 heures si nécessaire, sans dépasser 3 comprimés.

En cas d'*insuffisance rénale* grave, il est nécessaire d'espacer les prises d'au moins 8 heures.

Quand ne pas le prendre
Ce médicament ne doit pas être utilisé dans les cas suivants :
- risque de *glaucome* à angle fermé,
- risque de blocage des urines (*adénome de la prostate*...),
- *insuffisance hépatique* ou *coronarienne*,
- *hypertension artérielle* grave,
- *antécédent* de *convulsions*,
- en association avec un *antidépresseur* de type *IMAO* non sélectif ou pendant au moins 15 jours après la prise de celui-ci.

Attention : Ce médicament peut provoquer un *glaucome* aigu chez les personnes prédisposées : œil rouge, dur et douloureux, avec vision floue. Une consultation d'extrême urgence auprès d'un ophtalmologiste est nécessaire.
Les décongestionnants contenant un *vasoconstricteur* peuvent être responsables de complications rares : *convul-*

sions, hallucinations, agitation anormale. Ce risque est augmenté chez l'enfant fébrile et en cas de *posologie* excessive. Respectez la posologie préconisée.

Les *vasoconstricteurs* peuvent également augmenter la fréquence cardiaque (*tachycardie*) et provoquer des *palpitations* et des nausées. Si ces effets indésirables deviennent trop marqués, le traitement doit être interrompu.

Des précautions particulières s'imposent en cas d'*hyperthyroïdie*, de maladie cardiaque, de *diabète*, de troubles nerveux, chez l'*insuffisant hépatique* ou *rénal* et chez la personne âgée, notamment en cas de constipation chronique, d'*adénome de la prostate*, de tendance aux *vertiges* ou aux baisses de tension. Demandez conseil à votre pharmacien ou à votre médecin.

De nombreux médicaments contiennent du paracétamol : vous devez en tenir compte en cas de prise conjointe, car le *surdosage* en paracétamol peut être toxique pour le foie.

Évitez les boissons alcoolisées : augmentation du risque de somnolence.

Ce médicament peut induire une somnolence, parfois intense chez certaines personnes. Cette somnolence peut être majorée par la prise d'*alcool* ou d'autres médicaments *sédatifs*. La conduite et l'utilisation de machines dangereuses sont déconseillées, surtout dans les heures qui suivent la prise du médicament.

Sportif : ce médicament contient une substance susceptible de rendre positifs certains *tests antidopage*.

Avec d'autres médicaments
Ce médicament ne doit pas être associé aux *antidépresseurs* de type *IMAO* non sélectifs (MARSILID...) : risque de crise hypertensive.
Informez par ailleurs votre pharmacien ou votre médecin si vous prenez des médicaments *sédatifs* ou *atropiniques*.

Grossesse et allaitement
L'effet de ce médicament pendant la grossesse ou l'allaitement est mal connu. Par prudence, son usage est déconseillé chez la femme enceinte ou chez celle qui allaite.

Conseils : Ce médicament n'a pas d'effet anti-infectieux. Si les troubles persistent plus de de 5 jours, consulter votre médecin.

Effets indésirables possibles

Somnolence ou insomnie : l'*antihistaminique* est *sédatif* alors que le *vasoconstricteur* peut présenter un effet excitant. Suivant les personnes, l'un ou l'autre de ces effets peut prédominer.

Sécheresse de la bouche, constipation, troubles de l'*accommodation*, rétention des urines.

Hypotension orthostatique, *vertiges*, tremblements, agitation, confusion des idées notamment chez la personne âgée. *Palpitations*, anxiété, maux de tête, sueurs, nausées, vomissements.

Réaction allergique, anomalie de la *numération formule sanguine*.

Médicaments équivalents
- **En France :** Actifed jour et nuit, Humex Rhume, Rinutan
- **En Belgique :** Bi-Cold, Cirrus, Clarinase, Nasapert, Nocold, Rhinathiol antirhinitis, Rhinopront, Vobricil
- **En Suisse :** Otrinol, Rhinopront
- **Dans la plupart des pays :** Actifed, Sudafed

Il existe de nombreuses préparations associant un *antihistaminique*, un *vasoconstricteur* décongestionnant et un *antipyrétique*, mais il n'existe pas forcément un médicament ayant la même formule que Actifed Rhume dans le pays où vous séjournez.

En voyage
Même en pays tropical vous pouvez attraper un rhume, notamment en raison des changements rapides de climat et des séjours en hôtels climatisés. Pour limiter les risques, veillez à vous hydrater pour éviter l'agression des *muqueuses* respiratoires dans les atmosphères sèches (avion...) : boissons chaudes et eau en quantité abondante, humidification du nez avec du *sérum physiologique* (gouttes ou spray nasal).

ACTIVIR
aciclovir

Antiherpétique local

GlaxoSmithKline Santé Grand Public

Dans quel cas l'utiliser

Ce médicament est un *antiviral* puissant. Il bloque la multiplication du *virus* herpétique au sein des cellules infectées.

Il est utilisé dans le traitement de l'*herpès* labial (également appelé « bouton de fièvre »).

Présentation

Crème.

Composition

100 mg d'aciclovir par tube de 2 g.

Comment l'utiliser
Le traitement doit être commencé dès les premiers *symptômes* annonçant une poussée d'*herpès* labial.

Posologie usuelle :
5 applications par jour. La durée du traitement varie de 5 à 10 jours.

Quand ne pas le prendre

Cette crème ne doit pas être utilisée dans les cas suivants :
- enfant de moins de 6 ans,
- herpès sur l'œil ou à l'intérieur de la bouche ou du vagin.

Attention : Ce médicament disponible sans ordonnance est destiné à être utilisé sur les conseils de votre pharmacien ; signalez-lui tout antécédent de *réaction allergique* à un médicament contenant de l'aciclovir ou du valaciclovir. Ne l'utilisez pas pour des lésions herpétiques situées ailleurs que sur les lèvres.

Ce médicament traite les poussées d'*herpès* mais n'élimine pas le *virus* de l'organisme. Il n'empêche donc pas la survenue d'autres crises.

Les ultraviolets favorisent les poussées d'herpès labial. Évitez l'exposition au soleil fort ou aux UV, ou appliquez un écran total en quantité suffisante et renouvelée.

Grossesse et allaitement
Cette crème peut être utilisée pendant la grossesse ou l'allaitement.

Conseils : L'herpès est une maladie contagieuse. Lavez-vous soigneusement les mains après l'application de la crème ou en cas de contact avec les lésions ; notamment, évitez absolument de toucher vos yeux avec des doigts contaminés. Le maximum de la contagiosité correspond à l'apparition des vésicules.
La crème ne doit pas être conservée au réfrigérateur.

Effets indésirables possibles
Picotements, sensation de brûlure locale, rougeur, sécheresse de la peau, *eczéma*.

Médicaments équivalents
- **En France :** Kendix, Zovirax crème
- **En Belgique :** Aciclomed, Aciclovir EG, Herpolips, Viratop, Zovirax
- **En Suisse :** Acyclovir, Helvevir, Virucalm, Zovirax
- Dans la plupart des pays : Zovirax

- **Ailleurs**
  - **Argentine :** Acerpes, Lixar, Poviral, Xiclovir
  - **Australie :** Acihexal, Zolaten
  - **Grèce :** Verpir
  - **Indonésie :** Clinovir, Danovir, Herpiclof, Kenrovir
  - **Italie :** Aciclor
  - **Malaisie :** Avorax, Cyclovax, Declovir, Hepirax, Medovir
  - **Mexique :** Trazil
  - **Pérou :** Cloviril
  - **Sri Lanka :** Herperax, Virogon, Zevin
  - **Thaïlande :** Clinovir, Clovin, Colsor, Cyclorax, Entir, Herperon

Demandez au pharmacien une crème contenant de l'aciclovir.

En voyage
Le soleil d'été et les voyages (du fait de la fatigue ou du stress qu'ils peuvent engendrer) sont propices au développement de l'*herpès* labial. Si vous êtes sujet aux poussées d'herpès, pensez à emporter votre traitement afin de vous soigner rapidement sur place.
En cas d'exposition solaire, la meilleure précaution est l'application régulière d'un écran total sur les zones habituellement touchées par le bouton de fièvre. Un herpès labial peut être responsable d'un herpès génital : évitez tout contact buccogénital pendant une poussée. L'utilisation d'un préservatif reste la seule prévention.

ADIARIL

Réhydratation en cas de diarrhée   Gallia

Dans quel cas l'utiliser
Cette poudre contient du sucre et des sels minéraux. Elle permet de préparer une solution de réhydratation pour les nourrissons et les enfants en bas âge qui apporte eau et sels minéraux nécessaires à compenser les pertes consécutives aux diarrhées et gastro-entérites aiguës infantiles.
Ce produit n'est pas un médicament, mais il est généralement prescrit par un médecin.

Présentation
Poudre orale.

Composition
Glucose, saccharose, gluconate de potassium, citrate de sodium, chlorure de sodium.

Comment l'utiliser
Un sachet est reconstitué avec 200 ml d'eau minérale. En pratique, verser le contenu du sachet dans un biberon et compléter avec l'eau jusqu'à la graduation 200 ml.

Posologie usuelle :
Proposer la solution à l'enfant à volonté dès l'apparition de la diarrhée ou des signes de déshydratation. En cas de

vomissements, la solution peut être donnée à la cuillère toutes les 2 minutes.

L'alimentation avec une solution de réhydratation ne doit pas se prolonger plus de 24 heures (sauf avis médical contraire).

Attention : Ce produit n'est pas un lait mais une solution de réhydratation. Il n'a pas pour but d'alimenter mais de réhydrater un nourrisson qui a perdu beaucoup d'eau à cause d'une diarrhée et/ou de vomissements : sans avis médical, il ne doit pas être utilisé seul plus de 24 heures. Ensuite, un lait de réalimentation est souvent proposé en remplacement du lait infantile habituel pendant quelques jours.

L'utilisation d'une solution de réhydratation ne remplace pas un traitement médicamenteux antidiarrhéique.

Conseils : La solution reconstituée se conserve 48 heures.

Médicaments équivalents

- **En France :** Alhydrate, Fanolyte, GES 45, Hydrogoz, Lytren, Picolite, Viatol

Demandez au pharmacien un « oral rehydratation salt », fabriqué selon les recommandations de l'*OMS*.

En voyage
Pour prévenir les *diarrhées* infantiles au cours des voyages :
- n'utilisez que de l'eau minérale ou de l'eau désinfectée ou bouillie pour la fabrication des biberons,
- renforcez les mesures d'hygiène, lavage des mains notamment.

ANAHELP
adrénaline

sur ordonnance

Traitement du choc anaphylactique

Stallergènes

Dans quel cas l'utiliser
Ce médicament est un puissant stimulant du système cardiovasculaire ; il contient de l'*adrénaline*. Cette *hormone*, normalement sécrétée par la glande *surrénale*, contracte les vaisseaux sanguins et accélère le cœur.

Il est exclusivement destiné à prévenir ou à traiter le *choc anaphylactique* chez les personnes prédisposées.

Présentation
Solution injectable *SC-IM*.

Composition
1 mg d'épinéphrine (ou adrénaline) par seringue.

Comment l'utiliser
Ce médicament doit être injecté exclusivement par *voie sous-cutanée* ou *intramusculaire*, de préférence dans la partie antérieure et externe de la cuisse. Faites-vous expliquer précisément la technique d'injection par votre médecin lors de la prescription. Dans la mesure du possible, désinfectez la peau au préalable avec une solution alcoolisée, de l'éther ou un autre *antiseptique*.

Posologie usuelle :
- Adulte et enfant de plus de 12 ans : 0,25 mg d'*adrénaline*, obtenue en poussant le piston jusqu'à la première butée, ou 0,50 mg en cassant la première ailette du piston. Il est possible, chez l'adulte, de renouveler l'injection après un quart d'heure.
- Enfant de 6 à 12 ans : ¼ de seringue, soit 0,25 mg d'adrénaline.

Quand ne pas le prendre
Ce médicament est destiné à prévenir un malaise grave, potentiellement mortel ; les contre-indications qui suivent doivent rendre prudent dans son utilisation, sans pour autant interdire son emploi si le malaise paraît sérieux et si aucun médecin ne peut intervenir rapidement :
- *angine de poitrine*,
- certains *troubles du rythme cardiaque*,
- *cardiomyopathie* obstructive.

Attention : Ce médicament n'est en aucun cas destiné au traitement des *allergies* bénignes, aussi pénibles et spectaculaires soient-elles. Son effet préventif ou curatif ne s'exerce que sur le *choc anaphylactique* : malaise avec chute brutale de la tension artérielle et perte de connaissance qui suit l'exposition à une substance allergisante (piqûre de guêpe, par exemple). Chez la personne ayant déjà présenté un tel malaise, l'injection pourra être pratiquée dès l'apparition des signes avant-coureurs : démangeaison généralisée, difficultés respiratoires...

Le premier geste à faire face à une personne présentant un *choc anaphylactique* est de l'allonger sur le dos et de lui surélever les jambes jusqu'à l'arrivée des secours.

Dans la mesure du possible et en cas de doute sur la nature du malaise, prenez un avis médical avant de pratiquer l'injection.

Des précautions sont nécessaires chez les personnes souffrant de *diabète*, d'*hyperthyroïdie* ou d'*athérosclérose*.

Ce médicament ne doit jamais être injecté par *voie* intraveineuse.

Avec d'autres médicaments

Ce médicament peut interagir avec certains *antidépresseurs* et les médicaments contenant de la guanéthidine.

Informez par ailleurs votre médecin si vous prenez un *IMAO*.

Conseils : Ce médicament doit être conservé au frais : + 2 °C à + 8 °C (compartiment à beurre du réfrigérateur) jusqu'à la *date de péremption*. A température ambiante et à l'abri de la lumière du jour, il reste efficace pendant plusieurs semaines, mais doit être jeté à la fin des vacances ou de l'activité à risque.

Changez la trousse après une utilisation même partielle du produit, ou si vous constatez que le contenu de la seringue, initialement incolore, tourne au brun-rose.

Lisez attentivement la notice lors de l'achat du médicament et assurez-vous d'avoir bien compris son maniement en mimant les étapes du mode d'emploi.

Effets indésirables possibles

Les plus fréquents sont transitoires et traduisent l'action de l'*adrénaline* : *palpitations*, pâleur, tremblements.

Peuvent également survenir : étourdissement, faiblesse, maux de tête, fièvre, *hypertension artérielle*.

Médicaments équivalents

- **En France :** Anakit
- **En Belgique :** Adrenaline Stella, EpiPen
- **En Suisse :** Adrenalin Sintetica, EpiPen

- **Ailleurs**
  - **Australie :** EpiPen
  - **Espagne :** Adreject, Adrenalina Braun
  - **États-Unis :** AnaKit, Epi EZ, EpiPen
  - **Hollande :** EpiPen
  - **Hongrie :** Tonogen
  - **Italie :** Adrenal
  - **Maroc :** EpiPen
  - **Philippines :** Adrenin, Ubistesin
  - **Singapour :** Adrenaline Astra

Demandez au pharmacien une solution injectable d'**adrénaline** (épinéphrine).

En voyage
Pensez à emporter un certificat médical, rédigé en anglais ou idéalement dans la langue du pays, précisant vos *allergies* et spécifiant que les seringues transportées sont destinées au traitement d'une urgence médicale et non à la revente. Gardez toujours ce certificat sur vous lors de vos déplacements.

En cas d'allergie à des aliments, vous pouvez vous aider de photos pour vous faire comprendre.

A-PAR
esdépalléthrine, butoxyde de pipéronyle

Antiparasitaire externe   Pharmygiène-SCAT

Dans quel cas l'utiliser
Cette solution est un désinfectant antiparasitaire. Elle contient des substances actives sur certains parasites de l'homme (pou, sarcopte de gale, puce, punaise).
Elle permet de désinfecter la literie et les vêtements qui ne sont pas lavables à 60° et qui sont des sources fréquentes de réinfestation.
Ce produit n'est pas un médicament.

Présentation
Solution.

Composition
0,315 % d'esdépalléthrine et 2,52 % de butoxyde de pipéronyle.

Comment l'utiliser
Pulvériser la solution à 30 cm de la surface à traiter, notamment matelas, oreiller, couette, couverture, intérieur des vêtements (en insistant sur les coutures), intérieur des chaussons, gants, chapeaux, casque de moto.

Attention : Cette solution contient des substances pouvant être irritantes pour les voies respiratoires :
- ne pas utiliser l'aérosol en présence d'une personne asthmatique,
- aérer la pièce où est effectuée la pulvérisation.

Conseils : La literie traitée ne doit pas être utilisée dans les 12 heures qui suivent la pulvérisation : penser à faire le traitement le matin.

Médicaments équivalents
Demandez au pharmacien un désinfectant antiparasitaire.

En voyage
La *gale* est transmise lors d'un contact étroit avec une personne infectée, mais également avec la literie (drap, couverture) ; emportez votre propre « sac à viande » en cas de voyage aventureux et pour lequel l'hygiène ne peut être contrôlée.

AQUATABS

Désinfection de l'eau de boisson   Laboratoires Sovedis

Dans quel cas l'utiliser
Ces comprimés contiennent un désinfectant chimique, actif sur les bactéries et certains virus.
Ils sont destinés aux voyageurs pour la désinfection de l'eau pour la boisson, le brossage des dents, le lavage des fruits et des légumes, lorsque l'eau est de qualité inconnue ou douteuse.
Ce produit n'est pas un médicament, mais il peut être prescrit par un médecin.

Présentation
Comprimé effervescent.

Composition
Sel de sodium de 1,3-dichloro-s-triazine 2,4,6-trione : 3,5 mg par comprimé 1 litre et 33 mg par comprimé 10 litres.

Comment l'utiliser
AQUATABS 1 litre : ajouter 1 comprimé à 1 litre d'eau claire.
AQUATABS 10 litres : ajouter 1 comprimé à 10 litres d'eau claire.
Laisser agir 30 minutes avant de consommer l'eau.

Attention : Les comprimés ne doivent pas être avalés.

Ne les laissez pas à la portée des enfants.

Si l'eau contient des sédiments, sa décantation ou sa filtration (avec un filtre à café, par exemple) est nécessaire pour une désinfection chimique correcte. Respectez la dose et le temps de contact préconisés.

Conseils : 1 boîte d'AQUATABS 1 litre permet de traiter 60 litres d'eau.
1 boîte d'AQUATABS 10 litres permet de traiter 400 litres d'eau.

Médicaments équivalents
Il existe plusieurs marques de désinfectants de l'eau. Ils sont commercialisés en pharmacie, mais également dans certains magasins de sport spécialisés. Demandez un produit à base de dérivé chloré.

En voyage
Pour une protection maximale, la désinfection chimique doit être précédée d'une microfiltration. Ainsi, l'eau sera débarrassée des *parasites*, des *virus* et des *bactéries*. Si vous souhaitez conserver votre eau purifiée, des produits chlorés associés à l'argent sont plus adaptés. Prévoyez au moins 2 litres d'eau par jour et par personne, en ajoutant 1 litre par dizaine de degrés supplémentaire.

ASCABIOL
benzoate de benzyle, sulfiram

Antiparasitaire externe   Zambon France

Dans quel cas l'utiliser
Cette lotion contient une substance active sur certains parasites de la peau.
Elle est principalement utilisée contre les parasites de la *gale* (sarcoptes) et les aoûtats.

Présentation
Lotion.

Composition
12,5 g de benzoate de benzyle et 2,5 g de sulfiram par flacon de 125 ml.

Comment l'utiliser
– Traitement de la gale :
Avant le traitement, prendre un bain et se sécher soigneusement. A l'aide d'un pinceau, appliquer la lotion sur tout le corps, sauf sur le visage et le cuir chevelu, en insistant sur les mains et dans les plis de la peau.
Laisser agir pendant 24 heures (12 heures seulement pour l'enfant de moins de 2 ans et pour la femme enceinte), puis se laver pour éliminer le produit.
Les draps doivent être changés deux fois : juste avant l'application du produit et juste après le rinçage.
Les démangeaisons peuvent persister 10 à 15 jours : elles ne doivent pas conduire au renouvellement du traitement.

– Traitement des aoûtats :
Appliquer la lotion sur les lésions à l'aide d'un morceau de coton.

Attention : Ce médicament peut être irritant : rincez abondamment en cas de contact avec les *muqueuses*.
Évitez d'utiliser cette lotion sur une peau lésée, notamment chez l'enfant.
Il est recommandé de mettre des gants aux jeunes enfants pour éviter une ingestion éventuelle du produit.

Grossesse et allaitement
Grossesse :
Ce médicament peut être utilisé chez la femme enceinte, mais la durée d'application ne doit pas dépasser 12 heures.

Allaitement :
N'appliquez pas le produit sur les seins en cas d'allaitement.

Conseils : Si la gale est infectée, consultez votre médecin avant tout traitement.
Une irritation persistante ou un *eczéma* peuvent apparaître après le traitement et justifier des soins spécifiques. Cela ne signifie pas que le traitement a échoué.
Pour éviter une réinfestation, il est nécessaire que l'entourage (famille, partenaire sexuel) suive le même traitement.

Les vêtements récemment portés, les chaussons et les chapeaux doivent être désinfectés. Le linge de corps et les draps doivent être lavés à 60 °C. La literie (couverture, couette, oreillers) doit aussi être désinfectée.

Il existe également un moyen simple de se débarrasser du parasite : laissez les vêtements contaminés dans un endroit frais pendant une quinzaine de jours.

Effets indésirables possibles

Irritation locale fréquente, *eczéma*.

En cas d'ingestion accidentelle : risque de *convulsions*. Appelez le centre antipoison.

Médicaments équivalents

• Dans la plupart des pays : Ascabiol

• **Ailleurs**
  - **Allemagne** : Antiscablosum
  - **Brésil** : Miticocan, Acarsan, Sarnigal
  - **Canada** : Scabanca

- **Espagne** : Yacutin
- **Israël** : Scabiex
- **Italie** : Antiscabia
- **Mexique** : Escacin, Ansar
- **Portugal** : Acaribial

> **En voyage**
> La durée d'incubation de la *gale* est de quelques semaines. Généralement, les *symptômes* (démangeaisons, surtout au coucher, des mains, de l'abdomen, des organes génitaux...) apparaissent au retour de voyage.
> La gale est transmise lors d'un contact étroit avec une personne infectée, mais également avec la literie (drap, couverture) ; emportez votre propre « sac à viande » en cas de voyage aventureux et pour lequel l'hygiène ne peut être contrôlée.

ASPIVENIN

Accessoire   Société Aspir-Aspivenin

Dans quel cas l'utiliser

C'est une mini-pompe qui assure une puissante succion au niveau cutané. Elle permet ainsi d'aspirer en cas de piqûre ou de morsure une part des substances venimeuses non encore diffusées. Employée immédiatement après piqûre ou morsure, elle contribue à réduire les risques inhérents aux envenimations dues aux hyménoptères, plantes urticantes, poissons, scorpions, araignées, serpents, etc.

Présentation

Mini-pompe à vide manuelle munie d'un jeu de 4 ventouses de tailles différentes.

> **Comment l'utiliser**
> Les modalités de manipulation sont les suivantes :
> - tirer le piston hors du corps de la mini-pompe ;
> - appliquer la mini-pompe munie de la ventouse adaptée sur la morsure ou sur la piqûre ;
> - enfoncer alors le piston d'une seule main. En fin de course, une puissante succion permet d'aspirer une part du venin.

> **Attention :** L'utilisation de cette pompe ne dispense pas de prendre le plus rapidement possible un avis médical : c'est même indispensable dans les cas sérieux (piqûres multiples, piqûre à la gorge...) ou les cas de manifestations allergiques.

> **Conseils :** Les ventouses sont réutilisables après nettoyage.

> **En voyage**
> En prévention des piqûres d'abeille ou de guêpe, éviter les vêtements de couleurs sombres (qui les attirent), les parfums, et prévoir un chapeau pour les randonnées. En cas de piqûre, s'assurer de l'absence de dard ; sinon le retirer avant de procéder à l'aspiration du venin.

AVIBON pommade
vitamine A

Protecteur cutané

Théraplix

Dans quel cas l'utiliser
Cette pommade contient de la *vitamine* A. Elle est nutritive et calmante.
Elle est utilisée dans le *traitement d'appoint* des irritations de la peau.

Présentation
Pommade.

Composition
300 000 UI de rétinol (vitamine A) par tube de 30 g.

Comment l'utiliser
Appliquer la pommade et masser légèrement.

Posologie usuelle :
2 ou 3 applications par jour.

Quand ne pas le prendre
Ce médicament ne doit pas être utilisé dans les cas suivants :
- *allergie* à la lanoline,
- en application sur des lésions suintantes ou infectées.

Attention : Évitez d'utiliser cette pommade, notamment chez l'enfant, de manière prolongée et sur des surfaces étendues ou profondément lésées sans l'avis de votre pharmacien ou de votre médecin.

Avec d'autres médicaments
Évitez d'utiliser cette pommade avec ou après certains *antiseptiques* oxydants : risque d'annulation de son effet.

Grossesse et allaitement
Grossesse :
Compte tenu de sa teneur en *vitamine* A, n'utilisez pas cette pommade sans avis médical pendant la grossesse.

Allaitement :
En raison du risque d'ingestion par le nouveau-né, ce médicament ne doit pas être appliqué sur le mamelon chez la femme qui allaite.

Conseils : Bien nettoyer la peau et désinfecter si nécessaire, puis sécher avant d'appliquer la pommade.

Effets indésirables possibles
Eczéma (présence de lanoline).

Médicaments équivalents
- **En France :** A 313 pommade
- **En Belgique :** Néo-Cutigenol, Vita-Merfen, Vitamuruine
- **En Suisse :** Vita-Merfen

Il existe de très nombreuses préparations pour lutter contre l'irritation de la peau et la protéger des agressions extérieures (vent, froid...). Elles contiennent des substances variées (talc, acide borique, huiles de poissons, baume du Pérou...). Un équivalent ayant la même formule n'existe pas forcément dans le pays que vous visitez.

En voyage
La qualité de votre équipement est fondamentale pour éviter les problèmes cutanés liés au froid (engelures...).

AZANTAC
ranitidine

sur ordonnance

Antiulcéreux

GlaxoSmithKline

Dans quel cas l'utiliser
C'est un antiulcéreux qui appartient à la famille des *antihistaminiques* de type H2 : ceux-ci agissent en bloquant l'action de l'*histamine*, qui stimule la sécrétion acide de l'estomac.
Dosé à 75 mg, il est utilisé dans le traitement des *symptômes* du *reflux gastro-œsophagien*, lorsque les règles hygiéno-diététiques sont insuffisantes.

Présentation
Comprimé et comprimé efferverscent.

Composition
75 mg de ranitidine par comprimé.

Comment l'utiliser
Ce médicament peut être pris indifféremment au cours ou en dehors des repas.
Les comprimés doivent être avalés avec un peu d'eau.
Les comprimés effervescents doivent être dissous dans un verre d'eau.

Posologie usuelle :
Traitement des symptômes du *reflux gastro-œsophagien* (lorsque les règles hygiénodiététiques sont insuffisantes) : 1 comprimé au moment des brûlures ou des régurgitations, sans dépasser 3 prises par jour et une durée de 2 semaines.

Quand ne pas le prendre
Les comprimés effervescents ne doivent pas être utilisés en cas de *phénylcétonurie* (présence d'aspartam).

Attention : Des précautions sont nécessaires en cas d'*insuffisance rénale* ou *hépatique*, ou d'*antécédent* de *porphyrie*.
Les comprimés effervescents contiennent du *sel* (164 mg de sodium par cp) en quantité notable.

Avec d'autres médicaments
Si vous prenez des *pansements digestifs*, respectez un délai d'au moins 2 heures entre leur prise et la prise de ce médicament.

Grossesse et allaitement
Grossesse :
Les données scientifiques actuellement disponibles n'ont pas mis en évidence de problème particulier lors de l'utilisation de ce médicament pendant la grossesse à la dose préconisée. Néanmoins, ne l'utilisez pas sans avis médical.
Allaitement :
Ce médicament passe dans le lait maternel : il est déconseillé pendant l'allaitement.

Conseils : Si vous êtes fumeur, la poursuite du tabagisme est un frein important au traitement : la nicotine augmente l'acidité gastrique et réduit l'efficacité du muscle qui ferme la jonction entre l'œsophage et l'estomac.
La prise de ce médicament ne dispense pas des mesures diététiques que peut vous conseiller votre médecin.
L'aspirine et les *anti-inflammatoires* peuvent être agressifs pour l'estomac : n'en prenez pas sans l'avis de votre médecin.

Effets indésirables possibles
Rarement :
- *troubles digestifs* ;
- ralentissement cardiaque ;
- anomalies de la *numération formule sanguine* ;
- maux de tête, *vertiges*, fatigue ou excitation ;
- mouvements involontaires, état dépressif, confusion des idées particulièrement chez la personne âgée et l'*insuffisant rénal* ;
- douleurs musculaires, tension des seins, troubles de l'érection ;
- *réaction allergique*, éruption cutanée, chute des cheveux ;
- augmentation des *transaminases*, *hépatite*.

Médicaments équivalents
Il existe actuellement 4 molécules de la famille des *antihistaminiques* de type H2 utilisés pour traiter les brûlures d'estomac : cimétidine, famotidine, nizatidine et ranitidine.

- **En France :** Nizaxid (nizatidine), Pepcidac, Pepdine (famotidine), Raniplex (ranitidine), Stomédine, Tagamet (cimétidine)
- **En Belgique :** Cimephar, Cimetimed, Doccimeti Nuardin, Docranti, Panaxid, Pepcidine, Tagamet, Zantac
- **En Suisse :** Calamaxid, Malimed, Pepcid, Pepcidine, Ranimed, Ranisifar, Tagamet, Ulcidine, Zantic
- Dans la plupart des pays, les spécialités les plus connues sont : Axid, Pepcid, Tagamet, Zantac

Demandez au pharmacien un produit contenant l'une des 4 molécules citées ci-dessus. Faites-vous bien préciser la *posologie*.

> **En voyage**
> Pour prévenir les brûlures d'estomac, évitez les plats épicés des cuisines locales et les repas trop copieux ou trop riches, et supprimez les boissons alcoolisées.

BÉTADINE gel et pansement médicamenteux
polyvidone iodée

Antiseptique local VIATRIS

Dans quel cas l'utiliser
Ce médicament est un *antiseptique* local qui contient de l'iode.
Il est utilisé pour l'*antisepsie* des plaies et des brûlures superficielles peu étendues, et dans le *traitement d'appoint* des infections de la peau et des *muqueuses*.

Présentation
Gel et pansement médicamenteux.

Composition
10 g de polyvidone iodée pour 100 g de gel, 300 mg de polyvidone iodée par pansement.

> **Comment l'utiliser**
> Après application du gel, recouvrir éventuellement d'un pansement.
> Le pansement médicamenteux doit être recouvert d'une compresse de gaze et maintenu par un bandage. En cas de plaie souillée, un nettoyage préalable suivi d'un rinçage soigneux est indispensable.

Quand ne pas le prendre
Ce médicament ne doit pas être utilisé dans les cas suivants :
- *antécédent* d'*allergie* ou d'*intolérance* à l'iode,
- *nouveau-né*,
- **grossesse** (à partir du 4ᵉ mois, en cas d'utilisation prolongée),
- **allaitement**, en cas de traitement prolongé.

Attention : Évitez l'usage prolongé de ce médicament, notamment chez l'enfant, sur les *muqueuses* et sur des surfaces étendues ou profondément lésées, sans l'avis de votre médecin : risque de passage d'iode dans le sang, susceptible d'entraîner une perturbation du fonctionnement de la *thyroïde*. Par mesure de prudence, chez le *nourrisson*, procédez à des applications brèves et peu étendues suivies d'un lavage à l'eau bouillie. Par ailleurs, ce médicament est contre-indiqué chez le *nouveau-né*.

Avec d'autres médicaments
L'association à d'autres *antiseptiques* est déconseillée : risque d'annulation de leurs effets ou de formation de substances caustiques (notamment avec les antiseptiques mercuriels).

Grossesse et allaitement
Ce médicament contient de l'iode, susceptible de passer dans le sang de la femme enceinte ou dans le lait de celle qui allaite et de perturber le fonctionnement de la glande *thyroïde* de son enfant. Ce risque, théorique, n'est à prendre en compte qu'en cas d'utilisation prolongée.
Dans le doute, n'utilisez pas ce médicament plus de quelques jours sans avis médical et ne l'appliquez pas sur le mamelon si vous allaitez.

Conseils : Le simple lavage à l'eau et au savon permet d'éliminer la majorité des *germes* : il doit être suivi d'un rinçage soigneux car le savon peut inactiver certains *antiseptiques*.
Tous les antiseptiques peuvent être contaminés par des germes : ne les conservez pas inutilement.
La coloration brune de la peau due au médicament s'élimine à l'eau ; de même, les taches sur les vêtements disparaissent après lavage.

Effets indésirables possibles
Irritation cutanée, *eczéma* de contact.
En cas d'emploi prolongé : perturbation du fonctionnement de la glande *thyroïde*.

Médicaments équivalents
• **En France :** Cicatryl, Flammazine, Sicazine sont également des préparations *antiseptiques* sous forme de pommade ou de crème

• **En Belgique :** Braunol, Inadine, Iodex, Iso-Betadine
• **En Suisse :** Batramycine, Betadine, Demosept, Hametum, Kelosoft
• **Dans la plupart des pays :** Betadine

En voyage
La trousse du voyageur doit contenir un *antiseptique* cutané, ainsi que des compresses de petite taille et des sutures adhésives.
Consultez un médecin quand :
– votre vaccination antitétanique date de plus de 10 ans,
– la blessure est très profonde ou importante,
– la plaie est due à une morsure d'animal.
En pays tropical, vous devez couvrir la plaie pour la protéger contre les saletés et empêcher l'infestation par des *parasites*. Évitez les baignades jusqu'à cicatrisation complète.

BIAFINE
trolamine

Protecteur cutané   Médix

Dans quel cas l'utiliser
C'est une émulsion protectrice et calmante.
Elle est utilisée dans le traitement des brûlures, des plaies superficielles non infectées et des rougeurs après radiothérapie.

Présentation
Émulsion pour application cutanée.

Composition
0,67 g de trolamine pour 100 g.

Comment l'utiliser
Brûlures du 1er degré : appliquer une couche épaisse sur la zone à traiter, 2 à 4 fois par jour.
Brûlures du 2e degré : appliquer une couche épaisse ; attendre que l'émulsion soit absorbée par la peau et renouveler les applications tant qu'il ne reste pas un excédent d'émulsion. La dernière application peut être recouverte d'une compresse humide.
Rougeurs après radiothérapie : 2 ou 3 applications par jour.

Quand ne pas le prendre
Ce médicament ne doit pas être utilisé sur des plaies qui saignent ou sur des lésions infectées.

Attention : Évitez d'utiliser cette émulsion, notamment chez l'enfant, de manière prolongée et sur des surfaces étendues ou profondément lésées sans l'avis de votre pharmacien ou de votre médecin.

Grossesse et allaitement
Ce médicament ne contient que des substances présumées sans danger pendant la grossesse ou l'allaitement. Néanmoins, ne l'utilisez pas de façon prolongée sans l'avis de votre pharmacien ou de votre médecin.

Effets indésirables possibles
Picotements passagers.
Rarement : *réaction allergique* cutanée.

Médicaments équivalents

- **En Belgique :** Biafine
- **En Suisse :** Biafine

Biafine est également commercialisée en Afrique francophone, Australie, Argentine, Hollande, Israël, Portugal, Tunisie...

Il faut savoir qu'à l'étranger, les médicaments contenant de la trolamine ne sont pas forcément utilisés dans le traitement des brûlures. Mais il existe de très nombreuses préparations pour calmer les coups de soleil, qui contiennent des substances variées (calendula, baume du Pérou, etc.).

En voyage

Le soleil peut entraîner des brûlures souvent douloureuses et parfois graves. Veillez à bien respecter les mesures de protection (vêtements couvrants de couleur claire, chapeaux, écrans solaires à fort indice, exposition progressive...).

Il faut éviter parfums et produits de beauté dans la journée : ils peuvent ne pas faire bon ménage avec le soleil et risquent d'entraîner des brûlures. Il en est de même avec certains médicaments dits *photosensibilisants*.

En cas de coup de soleil, le peau ne doit plus être exposée au soleil jusqu'à disparition complète de la douleur et de la rougeur.

BIOCIDAN collyre
céthexonium

Collyre antiseptique

Menarini France

Dans quel cas l'utiliser

Ce collyre contient un *antiseptique* de la famille des *ammoniums quaternaires*.

Il est utilisé comme *traitement d'appoint* antiseptique dans les affections de l'œil.

Présentation

Collyre.

Composition

2,5 mg de bromure de céthexonium pour 10 ml.

Comment l'utiliser

Tirer la paupière inférieure vers le bas tout en regardant le haut et déposer une goutte de collyre entre la paupière et le globe oculaire (*cul-de-sac conjonctival*).

Posologie usuelle :

1 goutte, 3 ou 4 fois par jour.
La durée du traitement est généralement de 7 jours.

Quand ne pas le prendre

Ce médicament ne doit pas être utilisé en cas d'*allergie* aux *ammoniums quaternaires*.

Attention : Une rougeur ou une douleur oculaires ne correspondent pas toujours à une *conjonctivite*. Des soins urgents peuvent être nécessaires, notamment en cas de vision floue.

Ce traitement peut être insuffisant pour guérir à lui seul une infection de l'œil : ne l'utilisez pas plus de quelques jours sans avis médical.

Avec d'autres médicaments

Ce collyre peut interagir avec d'autres collyres. Respectez un intervalle minimal de 15 minutes entre deux instillations.

Grossesse et allaitement

L'effet de ce médicament pendant la grossesse ou l'allaitement est mal connu. L'évaluation du risque éventuel lié à son utilisation est individuelle : demandez conseil à votre pharmacien ou à votre médecin.

Conseils : Les *lentilles de contact* ne doivent pas être portées en cas d'infection oculaire ni réutilisées avant l'arrêt complet du traitement.

Une détérioration ou un entretien inadéquat des *lentilles de contact* sont souvent à l'origine d'une irritation oculaire : consultez d'urgence votre ophtalmologiste afin qu'il les examine. Si cette consultation n'est pas possible rapidement, retirez vos lentilles.

Ce collyre ne doit pas être instillé pendant le port de lentilles de contact hydrophiles : il risque de s'y fixer.

L'application correcte du produit peut nécessiter une aide, notamment chez l'enfant ou la personne handicapée ou âgée.

Ne conservez pas le flacon de 10 ml plus de 15 jours après une première utilisation.

Les unidoses doivent être jetées immédiatement après utilisation.

Effets indésirables possibles
Irritation ou *réaction allergique*.

Médicaments équivalents
- **En France :** Bactyl, Benzododécinium Chibret, Cétylyre, Novoptine

Les collyres antibactériens comprennent des *antiseptiques* pouvant appartenir à différentes familles (*ammoniums quater-naires*, sels d'argent, d'iode, dérivés mercuriels, hexamidine...). Demandez conseil à un pharmacien ou à un médecin, notamment en cas d'*allergie* à une de ces familles d'antiseptiques.

En voyage
Les origines des *conjonctivites* sont nombreuses : *virus, bactérie, allergie*... La prévention en voyage repose sur le port de lunettes qui protègent du soleil, du vent, des poussières.
Sur l'eau ou sur la neige, la réverbération demande des protections supplémentaires : ajout de caches latéraux sur les lunettes, port d'un chapeau ou d'une casquette.
Si un seul œil est atteint ou si la vision est troublée, n'hésitez pas à consulter un ophtalmologiste. Il peut s'agir d'une plaie oculaire ou d'un corps étranger.

BISEPTINE
chlorhexidine, benzalkonium chlorure, alcool benzylique

Antiseptique local   Roche Nicholas

Dans quel cas l'utiliser
Ce médicament est un *antiseptique* local.
Il est utilisé pour l'*antisepsie* de la peau (avant une opération), des plaies superficielles et des lésions cutanées, infectées ou exposées à un risque d'infection.

Présentation
Solution pour application locale.

Composition
250 mg de gluconate de chlorhexidine, 25 mg de chlorure de benzalkonium et 4 ml d'alcool benzylique pour 100 ml de solution.

Comment l'utiliser
Cette solution est appliquée pure et ne doit pas être rincée.

Posologie usuelle :
2 applications par jour.

Quand ne pas le prendre
Ce médicament ne doit pas être utilisé dans les cas suivants :
- en application sur les *muqueuses*, notamment génitales ;
- dans les yeux ou dans le conduit auditif (risque de toxicité en cas de perforation du tympan) ;

- pour la désinfection du matériel médico-chirurgical (voir Attention).

Attention : Évitez l'usage prolongé de ce médicament, notamment chez l'enfant, sur des surfaces étendues ou profondément lésées, sans l'avis de votre médecin : risque de passage du médicament dans le sang.
Cet *antiseptique* ne convient pas pour la désinfection des ciseaux, rasoirs et autres objets potentiellement contaminants.

Avec d'autres médicaments
L'association à d'autres *antiseptiques* ou aux savons est déconseillée car leurs effets risquent de s'annuler.

Grossesse et allaitement
L'utilisation ponctuelle de ce médicament pendant la grossesse ou l'allaitement ne semble pas poser de problème particulier.
Cet *antiseptique* ne doit pas être appliqué sur le mamelon sans avis médical. Un rinçage soigneux avant la tétée est indispensable.

Conseils : Le simple lavage à l'eau et au savon permet d'éliminer la majorité des *germes* : il doit être suivi d'un rinçage soigneux car le savon peut inactiver certains *antiseptiques*.
Tous les antiseptiques peuvent être contaminés par des germes : une fois ouvert, le flacon ne doit pas être conservé inutilement.

Effets indésirables possibles
Eczéma de contact.
Exceptionnellement : *réaction allergique.*

Médicaments équivalents
• En France : Dermaspray antiseptique, Dermobacter, Mercryl... ou toute autre solution *antiseptique* qui ne pique pas et est incolore.

 En voyage
La trousse du voyageur doit contenir un antisepti-que cutané, ainsi que des compresses de petite taille et des sutures adhésives.
Vous devez consulter un médecin quand :
- votre vaccination antitétanique date de plus de 10 ans,
- la blessure est très profonde ou importante,
- la plaie est due à une morsure d'ani-mal.
En pays tropical, vous devez couvrir la plaie pour la protéger contre les saletés et empêcher l'infestation par des *para-sites.* Évitez les baignades jusqu'à cica-trisation complète.

CÉLESTODERM
bétaméthasone

sur ordonnance

Dermocorticoïde

Schering-Plough

Dans quel cas l'utiliser
C'est un *dermocorticoïde* d'activité forte. Comme les autres dérivés de la *cortisone* à usage local, il freine le renouvellement et la multiplication des cellules de la peau et limite le suintement.
Il est utilisé pour traiter les *eczémas* de contact ou *atopiques,* les *lichénifications,* les *dermites séborrhéiques* (sauf celles du visage), le *psoriasis,* le *prurigo,* la *dyshi-drose,* et pour soulager les démangeai-sons dues aux piqûres d'insectes ou à la présence de parasites sous la peau.
Il est également utilisé dans le traitement de certaines maladies rares : *granulome annulaire, lupus érythémateux* discoïde, *mycosis fongoïde.*

Présentation
Crème.

Composition
100 mg de bétaméthasone pour 100 g.

Comment l'utiliser
Étaler la crème sur les lésions et la faire pénétrer par un léger massage. Pour traiter de grandes surfaces de peau : appliquer en touches espacées, puis étaler jusqu'à complète absorption.

Posologie usuelle :
1 ou 2 applications par jour.
Le médecin prescrit fréquemment un arrêt progressif du traitement : espace-ment des applications ou diminution de la quantité appliquée.

Quand ne pas le prendre
Ce médicament ne doit pas être utilisé dans les cas suivants :
- infection et parasitose non traitées de la peau (ce médicament n'a pas d'effet anti-infectieux),
- lésion ulcérée,
- *acné* et *rosacée,*
- en application sur les paupières (risque d'augmentation de la *tension intraocu-laire*).

Attention : Sauf indication contraire de votre médecin, n'appliquez jamais de *dermocorticoïdes* d'activité forte ou très forte :
- sur le visage : risque majoré d'effets indésirables locaux, notamment de *dermite périorale* (rougeur autour de la bouche) ;
- chez le *nourrisson.*

Comme les autres dermocorticoïdes, ce médicament a souvent une action efficace et rapide sur les lésions de la peau ; il peut être tentant de le réutiliser, mais l'automédication expose à des risques importants : aggravation de certaines lésions, installation d'une *dépendance* (amélioration de moins en moins visible des lésions et recrudescence des *symptômes* à chaque arrêt de traitement) et altération durable de la peau. Suivez attentivement la prescription de votre médecin et n'hésitez pas à lui demander des explications.

Grossesse et allaitement

Grossesse :
Aucun effet néfaste pour l'enfant à naître n'a été établi avec ce médicament. Il peut être prescrit pendant la grossesse.

Allaitement :
En raison du risque d'ingestion par le nouveau-né, ce médicament ne doit pas être appliqué sur le mamelon chez la femme qui allaite.

Conseils : Ne conseillez pas, ne donnez pas ce médicament à un proche. Pensez à vous laver les mains après l'application. En cas d'utilisation sur une grande surface de peau, le port d'un gant en plastique est recommandé.

Effets indésirables possibles

Sont à craindre en cas d'usage prolongé : *atrophie* cutanée, *télangiectasies* (dilatation des petits vaisseaux), vergetures, *purpura* (microhémorragies de la peau), fragilisation de la peau.

Appliqué sur le visage, ce médicament peut provoquer une *dermite périorale* ou provoquer ou aggraver une *rosacée.*

Sont possibles également : retard de cicatrisation, *acné*, développement anormal des poils, dépigmentation localisée de la peau.

L'utilisation des *dermocorticoïdes* sous un pansement étanche ou dans les plis peut favoriser la prolifération des bactéries ou une allergie cutanée. Consulter votre médecin en cas de rougeur ou de douleur apparue après le début du traitement.

Médicaments équivalents

- **En France :** Betneval, Diprosone, Efficort, Epitopic, Flivoxate, Locatop, Locoïd, Nérisone, Penticort, Synalar, Topsyne APG
- **En Belgique :** Diprolène, Diprosone, Betnelan V, Topik
- **En Suisse :** Celestoderm-V, Diprosone
- **Dans la plupart des pays :** Celestoderm, Celestoderm-V, Diprosone

Les *dermocorticoïdes* sont classés en 4 catégories en fonction de leur activité : très forte, forte, faible et modérée ; ce classement dépend de la molécule, mais aussi de la concentration et de la nature du médicament (pommade, crème ou lotion). Vous devez être particulièrement vigilant si vous recherchez un médicament équivalent à l'étranger.

 En voyage
Les *dermocorticoïdes* permettent de soulager efficacement les *réactions allergiques* cutanées ou les démangeaisons dues aux piqûres d'insectes, d'animaux ou de végétaux... Votre médecin peut vous l'avoir prescrit pour parer à ces problèmes au cours de votre voyage. Son utilisation doit rester limitée à ses indications, sans dépasser 3 jours de traitement sans avis médical sur place.

CIFLOX
ciprofloxacine

sur ordonnance

Antibiotique : quinolone

Bayer Pharma

Dans quel cas l'utiliser
C'est un *antibiotique* qui appartient à la famille des quinolones.
Il est utilisé dans le traitement de diverses maladies infectieuses, notamment des infections génitales à *gonocoque* chez l'homme, des infections urinaires ou intestinales et de certaines infections *ORL*.

Présentation
Comprimé et suspension buvable.

Composition
250 mg ou 500 mg de ciprofloxacine par comprimé ; 500 mg de ciprofloxacine par cuillère-mesure de suspension buvable.

Comment l'utiliser
Ce médicament est pris de préférence au cours des repas.
Posologie usuelle :
• Adulte : 250 mg à 750 mg, matin et soir.
Infection génitale à *gonocoque* : 250 mg, en une seule prise.

Quand ne pas le prendre
Ce médicament ne doit pas être utilisé dans les cas suivants :
- *allergie* aux *antibiotiques* de la famille des quinolones,
- enfant jusqu'à la fin de la croissance,
- *antécédent* de *tendinite* lors de l'utilisation d'une quinolone,
- **allaitement**.

Attention : Des précautions sont nécessaires en cas d'*insuffisance rénale*, de *myasthénie* ou d'*antécédent* de *convulsions*.
Ce médicament est photosensibilisant : une exposition aux rayons *ultraviolets* (soleil, lampe à bronzer) peut provoquer des réactions cutanées. N'omettez pas de signaler à votre médecin vos projets de vacances au soleil pendant la durée du traitement.
Ce médicament peut provoquer des lésions des tendons : toute douleur évoquant une *tendinite* doit vous conduire à consulter rapidement votre médecin.

Conducteur : ce médicament peut provoquer des troubles nerveux susceptibles d'altérer la vigilance.

Avec d'autres médicaments
Il est préférable de respecter un délai de 4 heures entre la prise de ce médicament et celle des pansements digestifs (contenant des sels d'aluminium, de magnésium ou de calcium) et un délai de 2 heures avec les médicaments contenant du fer ou du sucralfate.
Informez par ailleurs votre médecin si vous prenez un *anticoagulant* oral ou un médicament contenant de la théophylline ou de la caféine.

Grossesse et allaitement
Grossesse :
L'effet de ce médicament pendant la grossesse est mal connu : seul votre médecin peut évaluer le risque éventuel de son utilisation dans votre cas.
Allaitement :
Ce médicament passe dans le lait maternel : l'allaitement est contre-indiqué.

Conseils : Le médecin prescrit parfois un prélèvement pour identifier le *germe* responsable de l'infection et tester sa sensibilité aux *antibiotiques*. Le résultat de cet examen peut être faussé en cas d'automédication préalable : ne prenez pas d'antibiotiques sans avis médical. En cas d'infection génitale, votre partenaire peut être contaminé sans présenter de *symptôme*. En l'absence de traitement conjoint, une recontamination est possible.
Évitez d'absorber des quantités importantes de café ou de thé : ce médicament peut en augmenter ou en prolonger les effets.
La suspension buvable reconstituée se conserve 15 jours à température ambiante.

Effets indésirables possibles
Nausées, vomissements, *diarrhée*, douleurs abdominales, ballonnements, manque d'appétit.
Photosensibilisation (voir Attention).
Réaction allergique.

Douleurs musculaires ou articulaires, *tendinite* (voir Attention).

Maux de tête, étourdissements, insomnie, troubles de la vision, confusion des idées, *convulsions*.

Médicaments équivalents

- En France : Ciflox est la seule quinolone ayant officiellement une indication dans le traitement des infections intestinales.
- En Belgique : Ciproxine

- En Suisse : Ciproxin
- Dans la plupart des pays : Cipro, Ciproxin ou Ciprobay.

Demandez au pharmacien un médicament contenant de la **ciprofloxacine**.

En voyage
Dans les pays en voie de développement, les médicaments sont parfois contrefaits et peuvent être dangereux. Si votre trousse médicale comprend un traitement *antibiotique* de réserve, il est toujours préférable de débuter ce traitement après avoir eu un avis médical.

CLAMOXYL oral
amoxicilline

sur ordonnance

Antibiotique : pénicilline

GlaxoSmithKline

Dans quel cas l'utiliser

C'est un *antibiotique* qui appartient à la famille des *pénicillines* à spectre élargi, c'est-à-dire actives sur un plus grand nombre de *germes* que la pénicilline simple.

Il est utilisé dans le traitement de diverses maladies infectieuses, notamment celles des poumons, des bronches, du nez, de la gorge ou des oreilles, du sang, de l'appareil digestif ou urinaire, des *voies* génitales, des gencives et des dents.

Il est également utilisé dans le cadre de l'éradication d'*Helicobacter pylori* (responsable d'*ulcères* gastroduodénaux récidivants), dans la *maladie de Lyme* et dans la prévention de l'*endocardite bactérienne*.

Présentation

Comprimé dispersible, gélule, suspension buvable.

Composition

125 mg à 1 g d'amoxicilline par prise en fonction des formes.

Comment l'utiliser
La suspension buvable est préparée en dissolvant la poudre avec de l'eau en quantité suffisante pour que la solution obtenue atteigne le trait gravé sur le flacon.

Les gélules et les comprimés à 1 g pris tels quels ne sont pas adaptés à l'enfant de moins de 6 ans. En effet, ils risquent d'obstruer les voies respiratoires si l'enfant déglutit mal et que la gélule ou le comprimé passe dans la trachée (fausse route).

Les gélules doivent être avalées, sans être ouvertes, avec de l'eau.

Les comprimés peuvent être soit avalés directement avec un verre d'eau, soit dissous dans un demi-verre d'eau avant d'être absorbés.

Le contenu des sachets doit être dissous dans l'eau.

Les repas ne modifient pas l'absorption du médicament, qui peut donc être pris à n'importe quel moment de la journée.

Posologie usuelle :

Elle varie en fonction des indications.

A titre indicatif et pour des infections courantes :

- Adulte : 1 à 2 g par jour, répartis en 2 ou 3 prises.
- Enfant de plus de 30 mois : 25 à 50 mg par kg et par jour, répartis en 2 ou 3 prises. Soit, par exemple, pour un enfant de 20 kg : 1 cuillère-mesure de suspension buvable à 500 mg, matin et soir.
- Nourrisson : 50 à 100 mg par kg et par jour, répartis en 3 prises.

Dans certaines infections, la *posologie* peut être doublée.

Dans l'éradication d'*Helicobacter pylori* chez l'adulte : 1 g, matin et soir, en association avec un autre *antibiotique* et un antiulcéreux.

Quand ne pas le prendre

Ce médicament ne doit pas être utilisé dans les cas suivants :

– *allergie* aux *pénicillines*,

- *mononucléose infectieuse*,
- *phénylcétonurie* (poudre pour suspension buvable et comprimé *dispersible* : présence d'aspartam).

Votre médecin est seul juge pour prescrire ce médicament en cas d'allergie aux *céphalosporines*.

> **Attention :** Des précautions sont nécessaires en cas d'*insuffisance rénale*. Des *antécédents* d'*allergie* à la *pénicilline* contre-indiquent l'usage de ce médicament. La survenue de toute *réaction allergique* (boutons, *œdème*, malaise) impose l'arrêt du traitement : consultez votre médecin.
>
> De nombreux *antibiotiques* peuvent provoquer des selles liquides ou une *diarrhée*, généralement bénigne. En revanche, une diarrhée importante survenant pendant ou dans les jours qui suivent le traitement antibiotique doit être signalée à votre médecin.
>
> Une diminution de la fièvre ou une disparition des *symptômes* ne sont pas synonymes de guérison : la durée du traitement doit absolument être respectée pour éviter les rechutes ou l'apparition d'une *résistance* du *germe* à l'*antibiotique*.
>
> Les flacons de suspension buvable contiennent du *sucre* (saccharose) en quantité notable.

Avec d'autres médicaments

Ce médicament peut interagir avec les médicaments contenant du méthotrexate. Informez par ailleurs votre médecin si vous prenez un médicament contenant de l'allopurinol.

Grossesse et allaitement

Grossesse :

Aucun effet néfaste pour l'enfant à naître n'a été établi avec ce médicament. Il peut être prescrit pendant la grossesse.

Allaitement :

Ce médicament passe dans le lait maternel ; la poursuite de l'allaitement est possible, mais tout *symptôme* survenant chez le nourrisson doit être signalé au médecin : *muguet*, éruption de boutons... pouvant traduire une *intolérance* ou une *allergie*.

> **Conseils :** Le médecin prescrit parfois un prélèvement pour identifier le *germe* responsable de l'infection et tester sa sensibilité aux *antibiotiques*. Le résultat de cet examen peut être faussé en cas d'automédication préalable : ne prenez pas et ne donnez pas d'antibiotiques sans avis médical.

L'éventuelle impression de fatigue n'est pas due à l'*antibiotique*, mais à l'infection elle-même.

L'odeur particulière des urines est normale et traduit l'élimination de l'antibiotique.

La suspension buvable reconstituée se conserve une semaine à température ambiante ; il est préférable de l'agiter avant chaque prise.

Effets indésirables possibles

Nausées, vomissements, *diarrhée*, *candidose*.

Rarement :

- *réactions allergiques* : éruption cutanée, œdème de *Quincke*, *choc* allergique (exceptionnel)... ;
- *insuffisance rénale*, anomalie de la *numération formule sanguine*, augmentation des *transaminases*.

Médicaments équivalents

- **En France :** Agram, Amodex, Amophar, Amoxicilline Arrow, Amoxicilline Bayer, Amoxicilline Biogaran, EG, Amoxicilline GNR, Amoxicilline Hexal, Amoxicilline Merck, Amoxicilline Qualimed, Amoxicilline Ratiopharm, Amoxicilline RPG, Amoxicilline SB, Bactox, Bristamox, Flemoxine, Gramidil, Hiconcil
- **En Belgique :** Amoxi, Amoxiphar, Amoxypen, Bactimed, Clamoxyl, Docamoxici, Flemoxin, Hiconcil, Moxaline, Moxitop, Novabritine
- **En Suisse :** Amoxibasan, Amoxi-Cophar, Amoxi-Mépha, Amoximex, Antibiotic, Azilline, Clamoxyl, Flemoxin, Helvamox, Penimox, Spectroxyl, Supramox

Attention, dans certains pays comme l'Australie, le médicament commercialisé sous le nom de Clamoxyl n'a pas la même composition que le médicament du même nom en France : il contient de l'amoxicilline et de l'acide clavulanique. Demandez au pharmacien un produit contenant de l'amoxicilline.

>
> **En voyage**
> Dans les pays en voie de développement, les médicaments sont parfois contrefaits et peuvent être dangereux. Si votre trousse médicale comprend un traitement *antibiotique* de réserve, il est toujours préférable de débuter ce traitement après avoir eu un avis médical.

COCCULINE
homéopathie

Homéopathie   Boiron

Dans quel cas l'utiliser
Ce médicament est un *complexe* (association) de remèdes homéopathiques.
Il est utilisé dans le *traitement symptomatique* des nausées dues au mal des transports.

Présentation
Comprimé ou globule.

Composition
Cocculus 4 CH, Tabacum 4 CH, Nux vomica 4 CH, Petroleum 4 CH, aa.

Comment l'utiliser
Les comprimés peuvent être absorbés avec un peu d'eau.
Les doses de globules doivent être placées sous la langue.

Posologie usuelle :
- *Traitement préventif* : 2 comprimés 3 fois par jour, ou 1 dose de globules la veille et le jour du départ.
- *Traitement curatif* : 2 comprimés toutes les heures, ou 1 dose de globules en cas de mal des transports.

Grossesse et allaitement
Aux *dilutions homéopathiques*, les substances contenues dans ce médicament ne sont pas connues pour être toxiques pendant la grossesse ou l'allaitement.

Conseils : Abstenez-vous de manger dans le quart d'heure qui précède ou suit la prise.

Médicaments équivalents
• **En France :** Boripharm n° 15, Cocculus complexe 73, Dolitravel, Homéogène 21

Il est très difficile d'obtenir des informations précises sur les traitements homéopatiques à l'étranger. Dans certains pays, l'homéopathie peut être pratiquée mais non reconnue officiellement. Nous ne pouvons pas fournir d'équivalents de ce produit à l'étranger.

En voyage
Il existe une série de mesures simples et souvent efficaces pour prévenir le mal des transports :
- bien dormir la veille de votre voyage ;
- manger légèrement mais régulièrement pendant le trajet, en privilégiant les aliments solides ;
- ne pas consommer de café, ni de boissons alcoolisées ou gazeuses ;
- éviter les odeurs de cuisine ou de tabac ;
- s'abstenir de lire ;
- privilégier certaines places : passager avant en voiture, au niveau des ailes en avion, sur le pont au centre en bateau.

COMBANTRIN
pyrantel

Antihelminthique   Téofarma

Dans quel cas l'utiliser
Ce médicament est un vermifuge, actif sur certains vers parasites de l'intestin. Il paralyse les vers à l'intérieur du tube digestif, permettant ainsi leur élimination.
Il est utilisé pour éliminer les oxyures, les ascaris ou les *ankylostomes*.

Présentation
Comprimé ou suspension buvable.

Composition
125 mg de pyrantel par comprimé ou par ½ cuillère-mesure.

Comment l'utiliser
Ce médicament peut être pris à n'importe quel moment de la journée.
Les comprimés ne sont pas adaptés à l'enfant de moins de 6 ans. En effet, ils

risquent d'obstruer les voies respiratoires si l'enfant déglutit mal et que le comprimé passe dans la trachée (fausse route).
La suspension buvable est particulièrement adaptée aux enfants.

Posologie usuelle :

En cas d'oxyures ou d'ascaris : une seule prise, à renouveler au bout de 15 à 20 jours pour éviter une réinfestation par les œufs qui ne sont pas détruits par le médicament.

- Adulte de plus de 75 kg : 8 comprimés ou 4 cuillères-mesure (5 ml) de solution buvable, en une seule prise.
- Adulte de moins de 75 kg : 6 comprimés ou 3 cuillères-mesure (5 ml) de solution buvable, en une seule prise.
- Enfant de plus de 12 kg : 10 à 12 mg/kg en une seule prise (2,5 ml) ; soit environ 1 comprimé ou ½ cuillère-mesure par 10 kg de poids, en une seule prise.

En cas d'*ankylostomiase* : la posologie est fonction de la gravité de l'infestation. En cas d'infestation grave, 20 mg par kg et par jour pendant 2 ou 3 jours.

- Adulte de plus de 75 kg : 16 comprimés ou 8 cuillères-mesure de solution buvable.
- Adulte de moins de 75 kg : 12 comprimés ou 6 cuillères-mesure de solution buvable.
- Enfant : 2 comprimés ou 1 cuillère-mesure de solution buvable par 10 kg de poids.

Dans les cas moins graves, une prise de 10 mg par kg est suffisante.

Attention : Des précautions sont nécessaires en cas d'*insuffisance hépatique*.

Grossesse et allaitement

L'effet de ce médicament pendant la grossesse ou l'allaitement est mal connu. L'évaluation du risque éventuel lié à son utilisation est individuelle : demandez conseil à votre pharmacien ou à votre médecin.

Conseils : Les oxyures se transmettant par les mains, pour éviter la réinfestation, il est recommandé :

- de se laver les mains et de se brosser les ongles plusieurs fois par jour,
- de couper très court les ongles des enfants,
- de traiter tous les membres de la famille en même temps car il est fréquent que l'infestation ne donne aucun *symptôme*.

Pour éviter l'infestation par les ascaris, laver les fruits et les légumes.

Effets indésirables possibles

Rarement : *troubles digestifs*, notamment douleurs abdominales, nausées ou diarrhée.
Exceptionnellement : maux de tête, *vertiges*, somnolence ou insomnie.

Médicaments équivalents

- **En France :** Helmintox
- **En Suisse :** Cobantril
- **Dans la plupart des pays :** Combantrin
- **Ailleurs**
  - **Allemagne :** Helmex
  - **Australie :** Anthel, Early Bird
  - **Bangladesh :** Delentin, Melphin
  - **Brésil :** Ascarical
  - **États-Unis :** Antiminth
  - **Indonésie :** Conpyran, Konvermex, Medicomtrin, Pirapam
  - **Malaisie :** Ridworm
  - **Russie :** Nemocid, Pyrantel
  - **Sri Lanka :** Pyrantin
  - **Thaïlande :** Bantel, Pyrapam

Demandez au pharmacien un produit contenant du pyrantel.

En voyage
Les *ankylostomiases* sont contractées par le contact avec du sable ou de la terre contaminés par les larves d'*ankylostome*. En zone tropicale, il est recommandé de :
- ne pas marcher pieds nus au bord de l'eau,
- ne pas s'asseoir à même le sol,
- se sécher soigneusement après le bain.

COMPEED ampoules

Pansement pour ampoule   Polivé SNC

Dans quel cas l'utiliser
C'est un pansement hydrocolloïde. Il forme un gel au contact de la plaie. Ce gel protège les tissus et active le processus naturel de cicatrisation (effet « seconde peau »). Il peut également être utilisé pour prévenir la formation d'ampoule sur des zones de frottement.
Ce produit n'est pas un médicament, mais il peut être prescrit par un médecin.

Présentation
Pansement pour ampoule.

Comment l'utiliser
Avant l'application, la peau doit être parfaitement propre et sèche.
Pour une meilleure tenue du pansement, le chauffer avec la paume de la main avant et après la mise en place pendant une minute. Renforcer éventuellement les bords du pansement avec du sparadrap ordinaire pour assurer une meilleure étanchéité.
Laisser le pansement en place jusqu'à la cicatrisation complète.

Attention : Ce pansement empêche la peau de sécher : il ne faut donc pas s'attendre à la formation d'une croûte.

Un avis médical est nécessaire en cas d'*artérite* ou de *diabète* (cicatrisation plus lente).

Conseils : Ne jamais découper un pansement.
Éviter tout contact des doigts avec la partie adhésive.

Médicaments équivalents
• **En France :** Pédi-Relax ampoules, Urgo ampoules...

En voyage
Pour éviter les frottements qui entraînent la formation d'ampoules :
- porter des chaussettes épaisses, en coton, couture à l'extérieur,
- éviter les chaussures neuves et étroites,
- maintenir une hygiène des pieds rigoureuse,
- appliquer des soins sur les zones irritées avant la formation des ampoules (pommades).

DÉTURGYLONE   sur ordonnance
prednisolone, oxymétazoline

Décongestionnant ORL   Sanofi-Synthélabo

Dans quel cas l'utiliser
Cette solution nasale contient un *corticoïde* et un *vasoconstricteur* décongestionnant.
Elle est utilisée dans le *traitement symptomatique* des congestions et des inflammations nasales (nez bouché) au cours des *rhinites* aiguës.

Présentation
Solution pour pulvérisation nasale.

Composition
178 mg de phosphate de prednisolone et 25 mg de chlorhydrate d'oxymétazoline pour 100 ml de solution.

Comment l'utiliser
La solution nasale doit être pulvérisée au cours d'une brève inspiration, en tenant le flacon verticalement.
Posologie usuelle :
• Adulte et enfant de plus de 12 ans : 1 pulvérisation dans chaque narine, 3 fois par jour.

Quand ne pas le prendre
Ce médicament ne doit pas être utilisé dans les cas suivants :
- risque de *glaucome* à angle fermé,
- risque de blocage des urines (*adénome de la prostate*),

- infection nasale non contrôlée par un traitement adapté,
- enfant de moins de 12 ans.

> **Attention :** Des précautions sont nécessaires en cas d'*hypertension artérielle*, d'affection cardiaque, d'*hyperthyroïdie*.
>
> L'utilisation prolongée ou répétée des *vasoconstricteurs* expose à un risque de *rhinite* grave, parfois irréversible. La brièveté de l'effet décongestionnant ne doit pas vous conduire à dépasser la *posologie* prescrite par votre médecin.
>
> Sportif : ce médicament contient une substance susceptible de rendre positifs certains *tests antidopage*.

Avec d'autres médicaments

Ce médicament peut interagir avec les *antidépresseurs* de type *IMAO* non sélectifs (MARSILID...) et avec les médicaments contenant de la bromocriptine : risque de crise hypertensive.

Grossesse et allaitement

Grossesse :

L'effet de ce médicament pendant la grossesse est mal connu : seul votre médecin peut évaluer le risque éventuel de son utilisation dans votre cas.

Allaitement :

Les données disponibles ne permettent pas de savoir si ce médicament passe dans le lait maternel : il est déconseillé pendant l'allaitement.

> **Conseils :** Ce médicament peut provoquer des effets secondaires graves chez l'enfant : ne le laissez pas à sa portée.
>
> Ne conservez pas la solution plus de 8 jours après une première utilisation.

Effets indésirables possibles

Irritation ou sécheresse nasale.

Plus rarement, en cas de passage dans le sang : maux de tête, insomnie, accélération du cœur.

Médicaments équivalents

Déturgylone est le seul médicament associant oxymétazoline et prednisolone. Les solutions nasales proches ne comportent généralement que le *vasoconstricteur* seul (oxymétazoline).

- **En France :** Aturgyl, Dérinox
- **En Belgique :** Nesivine, Vicks Sinex
- **En Suisse :** Nesivine, Vicks Sinex

- **Ailleurs**
  - **Allemagne :** Nasivin
  - **Argentine :** Lidil, Dristan
  - **Australie :** Drixine, Dimetapp
  - **Italie :** Actifed nasal, Coricidin
  - **Philippines :** Drixine, Nasivin
  - **Singapour, Malaisie, Indonésie :** Afrin, Iliadin
  - **Sri Lanka :** Afrin, Nasivion
  - **Thaïlande :** Iliadin, Oxymet

Demandez au pharmacien une solution nasale contenant de l'oxymétazoline ou de la naphazoline ou de la xymétazoline.

> **En voyage**
>
> Même en pays tropical vous pouvez attraper un rhume, notamment en raison des changements rapides de climat et des séjours en hôtels climatisés. Pour limiter les risques, veillez à vous hydrater pour éviter l'agression des *muqueuses* respiratoires dans les atmosphères sèches (avion...) : boissons chaudes et eau en quantité abondante, humidification du nez avec du *sérum physiologique* (gouttes ou spray nasal).

DIAMOX
acétazolamide

sur ordonnance

Inhibiteur de l'anhydrase carbonique

Théraplix

Dans quel cas l'utiliser
Ce médicament contient un inhibiteur d'une *enzyme* particulière : l'anhydrase carbonique. Le blocage de cette enzyme a pour effet :
- d'augmenter l'élimination d'eau et de bicarbonate par les reins (effet *diurétique*) ;
- de faire baisser la pression des liquides contenus dans le cerveau ou dans l'œil (baisse de la *tension intraoculaire*).

Il est utilisé dans le traitement :
- du *glaucome* aigu ;
- du *mal des montagnes*.

Présentation
Comprimé sécable.

Composition
250 mg d'acétazolamide par comprimé.

Comment l'utiliser
Ce médicament doit être pris avec un verre d'eau, de préférence au cours des repas.

Posologie usuelle :
- Adulte : 1 à 4 comprimés par jour.
- Enfant de plus de 6 ans : 5 à 10 mg par kg et par jour ; soit, pour un enfant de 25 kg : ½ comprimé, 1 ou 2 fois par jour.

Quand ne pas le prendre
Ce médicament ne doit pas être utilisé dans les cas suivants :
- *insuffisance hépatique*, *rénale* ou *surrénale* grave ;
- *allergie* aux *sulfamides* (auxquels ce médicament est apparenté) ;
- *antécédent* de *colique néphrétique*.

Attention : Des précautions sont nécessaires chez les personnes âgées, les diabétiques et les personnes présentant un excès d'acide dans le sang. En cas d'utilisation prolongée, des analyses de sang régulières peuvent être nécessaires.
Sportif : ce médicament contient une substance susceptible de rendre positifs certains *tests antidopage*.

Avec d'autres médicaments
Informez votre médecin ou votre pharmacien si vous prenez un médicament contenant de la carbamazépine, de l'hydroquinidine ou de la quinidine.

Grossesse et allaitement
L'effet de ce médicament pendant la grossesse ou l'allaitement est mal connu. Par prudence, son usage est déconseillé chez la femme enceinte ou chez celle qui allaite.

Conseils : La meilleure prévention du mal des montagnes reste le plan d'ascension progressif pour les altitudes supérieures à 3 000 m. Les paliers observés permettent à l'organisme de s'adapter au manque d'oxygène. Si une crise survient (nausées, maux de tête, léthargie), la descente rapide reste le meilleur traitement.

Effets indésirables possibles
Fourmillement des membres disparaissant généralement après quelques jours, urines plus abondantes.
Plus rarement :
- fatigue ;
- *réaction allergique* ;
- *hypokaliémie, hyperglycémie* ;
- excès d'*acide urique* dans le sang, crise de *goutte* ;
- *lithiase* rénale ;
- myopie transitoire ;
- *troubles digestifs*.

Médicaments équivalents
- **En Belgique :** Diamox
- **En Suisse :** Diamox
- Dans la plupart des pays : Diamox

En voyage
Pour tout séjour prévu en altitude (au-dessus de 2 500 m), assurez-vous avant le départ que vous ne présentez pas de contre-indication auprès de votre médecin. Le *mal des montagnes* ne concerne pas uniquement les amateurs de trecks en haute montagne (Népal, Andes...). La sensibilité à l'altitude est individuelle. Elle peut se manifester dès 2 000 mètres.
Une bonne forme physique n'empêche pas de souffrir du mal des montagnes.

DOLIPRANE
paracétamol

Antalgique et antipyrétique

Théraplix

Dans quel cas l'utiliser
Ce médicament est un *antalgique* et un *antipyrétique* qui contient du paracétamol.

Il est utilisé pour faire baisser la fièvre et dans le traitement des affections douloureuses.

Présentation
Poudre pour solution buvable en sachet, suppositoire, suspension buvable, gélule, comprimé, comprimé effervescent.

Composition
Les sachets sont dosés à 100 mg, 150 mg, 200 mg, 300 mg ou 500 mg de paracétamol, les suppositoires sont à 100 mg, 150 mg, 200 mg, 300 mg ou 1 g de paracétamol, les gélules et les comprimés sont à 500 mg de paracétamol et les comprimés effervescents à 500 mg ou 1 g de paracétamol, la suspension buvable pédiatrique est à 15 mg de paracétamol par dose-kg.

Comment l'utiliser
Ce médicament peut être pris indifféremment pendant ou entre les repas.

La suspension buvable peut être absorbée pure ou diluée dans de l'eau, du lait ou du jus de fruit.

Les comprimés et les gélules ne sont pas adaptés à l'enfant de moins de 6 ans. En effet, ils risquent d'obstruer les voies respiratoires si l'enfant déglutit mal et que le comprimé ou la gélule passe dans la trachée (fausse route). Ils doivent être avalés avec un peu d'eau.

Le contenu des sachets et les comprimés effervescents doivent être dilués dans de l'eau.

Compte tenu du risque d'écoulement anal, il est déconseillé d'utiliser plus de 4 suppositoires par jour.

Respecter un intervalle de 4 à 6 heures entre 2 prises.

Posologie usuelle :
- **Adulte** : 500 mg à 1 g, 1 à 3 fois par jour.
- **Enfant** : 60 mg par kg et par jour, soit 15 mg par kg toutes les 6 heures ou 10 mg par kg toutes les 4 heures. Il est nécessaire de suivre les recommandations de votre pharmacien ou de votre médecin ou de suivre les posologies suivantes données à titre indicatif :
  - enfant de 3 à 5 kg : ½ suppositoire à 100 mg, 1 à 4 fois par jour ;
  - enfant de 6 à 8 kg : 100 mg, 1 à 4 fois par jour ;
  - enfant de 8 à 12 kg : 150 mg, 1 à 4 fois par jour ;
  - enfant de 12 à 16 kg : 200 mg, 1 à 4 fois par jour ;
  - enfant de 16 à 24 kg : 300 mg, 1 à 4 fois par jour ;
  - enfant de 25 à 30 kg : 300 mg, 1 à 6 fois par jour ;
  - enfant de 30 à 40 kg : 500 mg, 1 à 4 fois par jour ;
  - enfant de plus de 40 kg : 500 mg, 1 à 6 fois par jour.
- **Insuffisant rénal** : respecter un intervalle de 8 heures entre 2 prises. Ne pas dépasser 3 g par 24 heures.

Dans les douleurs sévères de l'adulte et notamment dans l'*arthrose*, la *posologie* maximale peut être portée à 1 g de paracétamol, 4 fois par jour.

La dose quotidienne maximale de paracétamol chez l'enfant est de 80 mg par kg, en 4 prises minimum, sans dépasser 3 g par jour.

Quand ne pas le prendre
Ce médicament ne doit pas être utilisé dans les cas suivants :
- maladie grave du foie,
- *inflammation* ou saignement du rectum (suppositoires),
- intolérance au *gluten* (comprimés non effervescents),
- enfant de moins de 15 ans (suppositoires à 1 g).

Attention : De nombreux médicaments contiennent du paracétamol : vous devez en tenir compte en cas de prise conjointe car le surdosage en paracétamol peut être toxique pour le foie.

La poudre en sachet contient du *sucre* (saccharose) en quantité notable.

Les comprimés effervescents et la poudre en sachet contiennent du *sel* (*sodium*) en quantité notable.

Grossesse et allaitement

Grossesse :
Les études scientifiques actuellement disponibles n'ont pas mis en évidence de problème particulier lors de l'utilisation du paracétamol chez la femme enceinte.

Allaitement :
Aux doses usuelles, l'usage de ce médicament est possible pendant l'allaitement.

Conseils : Dans le traitement de la fièvre chez l'enfant, lorsque le paracétamol est utilisé à la dose de 60 mg par kg et par jour, l'adjonction d'aspirine ou son usage en alternance avec le paracétamol est inutile, car l'aspirine ne permet pas d'obtenir une baisse supplémentaire de la fièvre.

Des sueurs abondantes accompagnent généralement la baisse de température lors du traitement des fièvres élevées. Ce phénomène est normal.

Les comprimés effervescents doivent être conservés à l'abri de l'humidité et de la chaleur.

Effets indésirables possibles

Irritation anale (suppositoire).
Exceptionnellement : *réaction allergique* cutanée.

Médicaments équivalents

- En France : Claradol, Dafalgan, Dolitabs, Dolko, Dolotec, Efferalgan, Efferalganodis, Expandol, Fébrectol, Géluprane, Panadol, Paracétamol Arrow,

Paracétamol Bayer, Paracétamol Biogaran, Paracétamol EG, Paracétamol G Gam, Paracétamol GNR, Paracétamol Merck, Paracétamol Qualimed, Paracétamol Ratiopharm, Paracétamol RPG, Paracétamol SB, Paralyoc, Sédarène
- En Belgique : Afebryl junior mono, Croix blanche mono, curpol, Dafalgan, Docpara, Dolprone, Efferalgan, Lemgrip, Lonarid mono, Panadol, Paraphar, Perdolan mono, Pe-Tam, Sanicopyrine, Tempra
- En Suisse : Acetalgin, Becetamol, Ben U Ron, Dafalgan, Dolprone, Efferalgan, Influbene, Ortensan, Panadol, Treuphadol, Tylenol, Zolben
- Dans la plupart des pays : Panadol ou Tylenol

Demandez au pharmacien du paracétamol.

En voyage
Les fièvres sont fréquentes en pays tropical et leurs causes sont variées. En cas de fièvre importante lors d'un séjour en zone impaludée, il faut considérer qu'il peut s'agir d'une crise de *paludisme* qui nécessite un traitement approprié : vous devez consulter en urgence un médecin.
Si vous voyagez avec des enfants, pensez à prendre des dosages adaptés. Évitez les suppositoires dans les pays chauds.
Outre le traitement médicamenteux, les mesures à prendre sont toujours les mêmes : dévêtir, rafraîchir et boire (sinon, il y a risque de *déshydratation*).

DOXYPALU
doxycycline

sur ordonnance

Antipaludique

Biorga

Dans quel cas l'utiliser

Ce médicament est un *antibiotique* qui appartient à la famille des *cyclines*.
Il est utilisé dans le *traitement préventif* du *paludisme*, lorsque la méfloquine (LARIAM) ne peut être employée.

Présentation

Comprimé.

Composition

50 mg ou 100 mg de doxycycline par comprimé.

Comment l'utiliser
Pour éviter les *troubles digestifs*, ce médicament sera pris au milieu d'un repas et au moins 1 heure avant le coucher.

Les comprimés doivent être avalés avec un grand verre d'eau. Ils ne doivent pas être absorbés en position allongée.

Posologie usuelle :
Le traitement commence la veille du départ ; il est poursuivi pendant tout le séjour et 4 semaines après le retour.
- Adulte : 100 mg par jour en une seule prise.
- Enfant de plus de 8 ans :
- pour un poids inférieur à 40 kg : 50 mg par jour ;
- pour un poids supérieur à 40 kg : 100 mg par jour en une seule prise.

Quand ne pas le prendre
Ce médicament ne doit pas être utilisé dans les cas suivants :
- *allergie* aux *cyclines*,
- enfant de moins de 8 ans (risque de coloration définitive des dents),
- en association avec les *rétinoïdes* par *voie* orale,
- **grossesse** (à partir du 4e mois).

Attention : Ce médicament est photosensibilisant : une exposition aux rayons *ultraviolets* peut provoquer des réactions cutanées. Le *paludisme* sévissant particulièrement dans les pays tropicaux et à fort taux d'ensoleillement, une vigilance particulière s'impose pour se protéger des UV (crème solaire à très haute protection, vêtements couvrants...).
Les médicaments contenant de la doxycycline exposent à un risque de lésion en cas de contact prolongé avec la *muqueuse* (revêtement interne) de l'œsophage. Ils doivent donc être pris avec une quantité d'eau suffisante (un verre entier) pour descendre jusqu'à l'estomac. Pour la même raison, il est déconseillé de prendre ce médicament en position allongée ou juste avant le coucher.

Avec d'autres médicaments
Ce médicament ne doit pas être associé à ceux qui contiennent des *rétinoïdes* à prendre par *voie* orale (ROACCUTANE, SORIATANE...) : risque d'*hypertension intracrânienne* bénigne.
Informez par ailleurs votre médecin si vous prenez un *anticoagulant* oral, un *anticonvulsivant inducteur enzymatique*, un pansement digestif ou un médicament contenant du fer.

Grossesse et allaitement
Grossesse :
Ce médicament peut provoquer des anomalies dentaires chez l'enfant à naître : son usage est contre-indiqué pendant les 2 derniers trimestres de la grossesse.

Allaitement :
Du fait du risque de coloration des dents chez le nourrisson, un choix peut être nécessaire entre l'allaitement et la prise du médicament. Consultez votre médecin.

Conseils : La prise de ce médicament ne dispense pas des mesures visant à prévenir les piqûres de moustiques : port de vêtements longs après le coucher du soleil, insecticides, moustiquaire...
Le risque maximal de crise de *paludisme* se situe dans les 4 semaines qui suivent le retour d'un pays tropical : toute fièvre, même banale, pendant cette période, doit vous amener à consulter votre médecin.

Effets indésirables possibles
Nausées, *diarrhée*, douleurs de l'estomac, manque d'appétit, *inflammation* de la bouche.
Candidose.
Réaction allergique.
Réaction de *photosensibilisation* : rougeurs cutanées dues à une exposition aux rayons *ultraviolets*.
Anomalie de la *numération formule sanguine*.

Médicaments équivalents
- En France : Doxupalu est le seul médicament contenant de la doxycycline ayant une autorisation de mise sur le marché (AMM) dans la prévention du paludisme. Les autres médicaments contenant de la doxycycline en France ont d'autres indications officielles. Votre médecin peut toutefois vous les prescrire à la place de Doxypalu.
Demandez au pharmacien de la **doxycycline**.

En voyage
Il est particulièrement important de respecter toutes les mesures préventives médicamenteuses et non médicamenteuses contre le *paludisme* (il n'existe pas de vaccination).

Votre traitement antipaludique ne peut être défini que par un médecin qui tient compte de vos antécédents et de vos conditions de voyage. L'automédication en prévention du paludisme est fortement déconseillée.

Comme il n'y a pas de paludisme sans piqûres de moustique, il est essentiel de tout faire pour les éviter :
- appliquer un *répulsif* sur les parties découvertes du corps, y compris le visage ;
- porter des pantalons et des vêtements à manches longues, surtout le soir (il est fortement recommandé de les imprégner d'insecticide) ;
- dormir dans des pièces protégées par des moustiquaires ou mieux, dormir sous une moustiquaire aux mailles serrées, éventuellement imprégnée d'insecticide (la moustiquaire doit être bordée sous le matelas ou doit toucher le sol) ;

- utiliser des insectifuges dans les chambres (penser au kit d'adaptation des prises de courant pour les diffuseurs) et des tortillons fumigènes dans les pièces aérées ou à l'extérieur ;
- ne jamais sortir la nuit sans protection anti-moustiques.

Ces mesures ont de plus l'avantage de vous protéger de piqûres d'autres insectes.

L'utilisation de moyens de prévention n'exclut pas totalement le risque de paludisme. Toute fièvre importante au cours d'un séjour en zone impaludée ou au retour peut traduire un accès palustre et nécessite une consultation médicale d'urgence pour rechercher le *parasite* dans le sang.

EFFERALGAN
paracétamol

Antalgique et antipyrétique   UPSA

Dans quel cas l'utiliser
Ce médicament est un *antalgique* et un *antipyrétique* qui contient du paracétamol.

Il est utilisé pour faire baisser la fièvre et dans le traitement des affections douloureuses.

Présentation
Poudre effervescente pour solution buvable en sachet, suppositoire, solution buvable, comprimé, comprimé effervescent.

Composition
Les sachets sont dosés à 80 mg, 150 mg ou 250 mg de paracétamol, les suppositoires sont à 80 mg, 150 mg ou 300 mg de paracétamol, les comprimés sont à 500 mg de paracétamol et les comprimés effervescents à 500 mg ou 1 g de paracétamol, la solution buvable pédiatrique est à 15 mg de paracétamol par dose-kg.

Comment l'utiliser
Ce médicament peut être pris indifféremment pendant ou entre les repas.

La solution buvable peut être absorbée pure ou diluée dans de l'eau, du lait ou du jus de fruit.

Le flacon de solution buvable est accompagné d'un doseur portant les graduations 4, 8, 12, 16 kg ; celui-ci permet d'administrer à chaque prise la dose correspondant au poids de l'enfant. Pour remplir le doseur, le tenir légèrement incliné afin que les traits gravés soient à l'horizontale.

Le contenu des sachets peut être dissous dans de l'eau, du lait ou du jus de fruits.

Les comprimés ne sont pas adaptés à l'enfant de moins de 6 ans. En effet, ils risquent d'obstruer les voies respiratoires si l'enfant déglutit mal et que le comprimé passe dans la trachée (fausse route).

Les comprimés effervescents doivent être dissous dans un verre d'eau.

Compte tenu du risque d'écoulement anal, il est déconseillé d'utiliser plus de 4 suppositoires par jour.

Respecter un intervalle de 4 à 6 heures entre 2 prises.

Posologie usuelle :

- Adulte : 500 mg à 1 g, 1 à 3 fois par jour.
- Enfant : 60 mg par kg et par jour, soit 15 mg par kg toutes les 6 heures, ou 10 mg par kg toutes les 4 heures. Il est nécessaire de suivre les recommandations de votre pharmacien ou de votre médecin ou de suivre les posologies suivantes données à titre indicatif :
- enfant de 5 kg : 1 sachet à 80 mg ou 1 suppositoire à 80 mg, 4 fois par jour ;
- enfant de 10 kg : 1 sachet à 150 mg ou 2 sachets à 80 mg ou 1 suppositoire à 150 mg, 4 fois par jour ;
- enfant de 12 kg : 1 doseur rempli jusqu'à la graduation 12 kg, 4 fois par jour ;
- enfant de 20 kg : 1 sachet à 250 mg ou 2 sachets à 150 mg ou 1 suppositoire à 300 mg, 4 fois par jour ;
- enfant de 30 kg et plus : 2 sachets à 250 mg ou 1 comprimé à 500 mg, 4 fois par jour.
- Insuffisant rénal : respecter un intervalle de 8 heures entre 2 prises. Ne pas dépasser 3 g par 24 heures.

Dans les douleurs sévères de l'adulte et notamment dans l'*arthrose*, la *posologie* maximale peut être portée à 1 g de paracétamol, 4 fois par jour.

La dose quotidienne maximale de paracétamol chez l'enfant est de 80 mg par kg, en 4 prises minimum, sans dépasser 3 g par jour.

Quand ne pas le prendre

Ce médicament ne doit pas être utilisé dans les cas suivants :
- maladie grave du foie,
- *inflammation* ou saignement du rectum (pour les suppositoires),
- *phénylcétonurie* (sachet à 150 mg et 250 mg : présence d'aspartam).

> **Attention :** De nombreux médicaments contiennent du paracétamol : vous devez en tenir compte en cas de prise conjointe car le *surdosage* en paracétamol peut être toxique pour le foie.
> Les comprimés effervescents et les comprimés à 1 g contiennent du *sel* (*sodium*) en quantité notable.
> La solution pédiatrique contient du *sucre* (saccharose) en quantité notable.

Grossesse et allaitement

Grossesse :

Les études scientifiques actuellement disponibles n'ont pas mis en évidence de problème particulier lors de l'utilisation du paracétamol chez la femme enceinte.

Allaitement :

Aux doses usuelles, l'usage de ce médicament est possible pendant l'allaitement.

> **Conseils :** Dans le traitement de la fièvre chez l'enfant, lorsque le paracétamol est utilisé à la dose de 60 mg par kg et par jour, l'adjonction d'aspirine ou son usage en alternance avec le paracétamol est inutile, car l'aspirine ne permet pas d'obtenir une baisse supplémentaire de la fièvre.
> Des sueurs abondantes accompagnent généralement la baisse de température lors du traitement des fièvres élevées. Ce phénomène est normal.
> Les comprimés effervescents doivent être conservés à l'abri de l'humidité et de la chaleur.

Effets indésirables possibles

Irritation anale (suppositoires).

Exceptionnellement : *réaction allergique* cutanée.

Sachets :

Comme tous les médicaments et confiseries contenant des sucres non absorbables (sorbitol, maltitol...), possibilité de *diarrhée* en cas d'apport important.

Médicaments équivalents

- **En France :** Claradol, Dafalgan, Doliprane, Dolitabs, Dolko, Dolotec, Efferalganodis, Expandol, Fébrectol, Géluprane, Panadol, Paracétamol Arrow, Paracétamol Bayer, Paracétamol Biogaran, Paracétamol EG, Paracétamol G Gam, Paracétamol GNR, Paracétamol Merck, Paracétamol Qualimed, Paracétamol Ratiopharm, Paracétamol RPG, Paracétamol SB, Paralyoc, Sédarène
- **En Belgique :** Afebryl junior mono, Croix blanche mono, curpol, Dafalgan, Docpara, Dolprone, Efferalgan, Lemgrip, Lonarid mono, Panadol, Paraphar, Perdolan mono, Pe-Tam, Sanicopyrine, Tempra

- **En Suisse :** Acetalgin, Becetamol, Ben U Ron, Dafalgan, Dolprone, Efferalgan, Influbene, Ortensan, Panadol, Treuphadol, Tylenol, Zolben
- **Dans la plupart des pays :** Panadol ou Tylenol

Demandez au pharmacien du **paracétamol**.

En voyage

Les fièvres sont fréquentes en pays tropical et leurs causes sont variées. En cas de fièvre importante lors d'un séjour en zone impaludée, il faut considérer qu'il peut s'agir d'une crise de *paludisme* qui nécessite un traitement approprié : vous devez consulter en urgence un médecin.

Si vous voyagez avec des enfants, pensez à prendre des dosages adaptés. Évitez les suppositoires dans les pays chauds.

Outre le traitement médicamenteux, les mesures à prendre sont toujours les mêmes : dévêtir, rafraîchir et boire (sinon, il y a risque de *déshydratation*).

ÉRYTHROCINE
érythromycine

sur ordonnance

Antibiotique : macrolide

Abbott-France

Dans quel cas l'utiliser
C'est un *antibiotique* qui appartient à la famille des *macrolides*.
Il est utilisé dans le traitement de diverses maladies infectieuses, notamment celles des poumons, des bronches, de la peau, du nez, de la gorge, de la bouche et des dents, de l'appareil génital.

Présentation
Granulés pour sirop et solution buvable, comprimé.

Composition
250 mg, 500 mg ou 1 000 mg d'érythromycine par unité de prise selon les cas.

Comment l'utiliser
Ce médicament est pris de préférence juste avant les repas.
Le sirop est reconstitué par addition d'eau jusqu'au trait.
Les granulés à 1 000 mg (sachet) sont réservés à l'adulte.
Les formes à 500 mg sont adaptées à l'adulte et à l'enfant de plus de 25 kg.
Le sirop à 250 mg/5 ml est adapté à l'enfant de 10 à 25 kg.
Posologie usuelle :
- Adulte : 1 g (2 comprimés à 500 mg ou 1 sachet à 1 000 mg par exemple), 2 ou 3 fois par jour.
Dans le traitement de l'acné : 1 g par jour pendant au moins 3 mois.

- Enfant et nourrisson : 30 à 50 mg par kg et par jour, soit, à titre indicatif :
- enfant de 10 à 15 kg (soit environ 1 à 4 ans) : 250 mg, matin et soir ;
- enfant de 15 à 25 kg (soit environ 4 à 8 ans) : 250 mg, 3 fois par jour ;
- enfant de 25 à 35 kg (soit environ 8 à 12 ans) : 500 mg, 2 fois par jour ;
- enfant de 35 à 50 kg (soit environ 12 à 15 ans) : 500 mg, 3 fois par jour.

Quand ne pas le prendre
Ce médicament ne doit pas être utilisé dans les cas suivants :
- *allergie* aux *macrolides*,
- en association avec des médicaments contenant du cisapride, du pimozide, du bépridil, de la mizolastine, de l'ergotamine ou de la dihydroergotamine.

Attention : Des précautions sont nécessaires en cas d'*insuffisance hépatique*.
Une diminution de la fièvre ou une disparition des *symptômes* ne sont pas synonymes de guérison : la durée du traitement doit absolument être respectée pour éviter les rechutes ou l'apparition d'une *résistance* du germe à l'*antibiotique*.
Les granulés contiennent du *sucre* (saccharose) en quantité notable.

Avec d'autres médicaments

Ce médicament ne doit pas être associé aux médicaments contenant :
- de l'ergotamine ou de la dihydroergotamine : risque d'*ergotisme* ;
- du cisapride, du pimozide, du bépridil ou de la mizolastine : risque de *torsades de pointes*.

Il peut interagir avec les médicaments qui contiennent l'une des substances suivantes : bromocriptine, cabergoline, buspirone, carbamazépine, ciclosporine, ébastine, théophylline, aminophylline, toltérodine ou triazolam.

Informez par ailleurs votre médecin si vous prenez un *hypolipidémiant* de la famille des statines, un *anticoagulant* oral ou un médicament contenant de la digoxine, du lisuride ou du sildénafil.

Grossesse et allaitement

Grossesse :
Ce médicament peut être utilisé chez la femme enceinte.

Allaitement :
Ce médicament passe dans le lait maternel. Ne l'utilisez pas pendant l'allaitement sans prendre l'avis de votre médecin.

Conseils : Le médecin prescrit parfois un prélèvement pour identifier le *germe* responsable de l'infection et tester sa sensibilité aux *antibiotiques*. Le résultat de cet examen peut être faussé en cas d'automédication préalable : ne prenez pas et ne donnez pas d'antibiotiques sans avis médical.

L'éventuelle impression de fatigue n'est pas due à l'antibiotique, mais à l'infection elle-même.
Le sirop reconstitué se conserve une semaine au réfrigérateur.

Effets indésirables possibles

Nausées, vomissements, *diarrhée*, douleurs d'estomac.
Réaction allergique cutanée.
Augmentation des *transaminases*, *hépatite* (exceptionnelle).

Médicaments équivalents
- **En France :** Abotticine, Ery, Erycocci, Erythrogram
- **En Belgique :** Erythro, Erythrocine, Erythroforte, Macromycine
- **En Suisse :** Erythrocine
- Dans la plupart des pays : Erythrocin
Demandez au pharmacien un produit contenant de l'**érythromycine**.

En voyage
Dans les pays en voie de développement, les médicaments sont parfois contrefaits et peuvent être dangereux. Si votre trousse médicale comprend un traitement *antibiotique* de réserve, il est toujours préférable de débuter ce traitement après avoir eu un avis médical.

FANSIDAR
sur ordonnance
sulfadoxine, pyriméthamine

Antipaludique Roche

Dans quel cas l'utiliser

Ce médicament contient deux antiparasitaires. Il est destiné à lutter contre le *paludisme*, maladie parasitaire transmise par les moustiques.
Il est réservé au *traitement curatif* des crises de paludisme résistant aux autres antipaludiques.

Présentation

Comprimé quadrisécable et solution injectable.

Composition

500 mg de sulfadoxine et 25 mg de pyriméthamine par comprimé ou par ampoule injectable de 2,5 ml.

Comment l'utiliser
Les comprimés doivent être avalés avec un verre d'eau. Pour les enfants de moins de 6 ans, les comprimés doivent être écrasés avant d'être donnés.

La solution doit être injectée par *voie intramusculaire*.
La prise, ou l'injection, est unique.

Posologie usuelle :
- Adulte : 2 à 3 comprimés ou ampoules, en une seule fois.
- Enfant : en moyenne, ½ comprimé ou ½ ampoule pour 10 kg ; soit, pour un enfant de 22 kg : 1 comprimé ou 1 ampoule, en une seule fois.

Quand ne pas le prendre
Ce médicament ne doit pas être utilisé dans les cas suivants :
- *allergie* ou *intolérance* aux *sulfamides*,
- *antécédent* d'*hépatite* liée à la prise du médicament,
- *insuffisance rénale* ou *hépatique* grave.

Attention : N'utilisez pas ce médicament dans le *traitement préventif* du *paludisme*.
La solution ne doit pas être injectée par *voie intraveineuse*.

Avec d'autres médicaments
Informez votre médecin si vous prenez des médicaments contenant de la didanosine, de la zidovudine ou du triméthoprime.

Grossesse et allaitement
Grossesse :
L'effet de ce médicament sur l'enfant à naître est mal connu : son usage est déconseillé chez la femme enceinte.

Allaitement :
Ce médicament passe dans le lait maternel : son usage est déconseillé pendant l'allaitement.

Effets indésirables possibles
Troubles digestifs.
Réaction allergique cutanée.
Anomalie de la *numération formule sanguine*.
Exceptionnellement : *hépatite*.

Médicaments équivalents
- **En Belgique :** Fansidar
- **En Suisse :** Fansidar
- Dans la plupart des pays : Fansidar
- **Ailleurs**
  - **Afrique francophone :** Paluxine
  - **Bangladesh :** Malex, Saloprim, Sulfamin
  - **Indonésie :** Suldox
  - **Malaisie, Singapour :** Madomine
  - **Philippines :** Methamar
  - **Thaïlande :** Vivaxine

En voyage
L'utilisation de moyens de prévention n'exclut jamais complètement le risque de *paludisme*. Toute fièvre importante au cours d'un séjour en zone impaludée ou au retour peut traduire un accès palustre et nécessite une consultation médicale d'urgence pour rechercher le *parasite* dans le sang.
Si la consultation n'est pas possible dans les 12 heures, un *traitement présomptif* doit être entrepris.
La possession en réserve de ce traitement doit être envisagée avec votre médecin ; il évalue sa nécessité en fonction de vos conditions de voyage.

FAZOL
isoconazole

Antifongique   Aventis

Dans quel cas l'utiliser
Ce médicament d'action locale contient un *antifongique* de la famille des *imidazolés*.
Il est utilisé dans le traitement de certaines maladies de la peau et des *muqueuses*, dues à des champignons microscopiques (*mycoses*) : *candidose*, *pityriasis versicolor*, *dermatophyties*...

Présentation
Crème, poudre ou émulsion.

Composition
2 g d'isoconazole nitrate pour 100 g.

Comment l'utiliser
Dans tous les cas, le médicament doit être appliqué après lavage et séchage soigneux de la zone à traiter.
Crème ou émulsion fluide : appliquer directement sur les lésions à traiter et

masser pour faire pénétrer. Dans les plis de la peau, la crème doit être appliquée en petite quantité pour limiter le risque de macération.

Poudre : saupoudrer les régions lésées en répartissant la poudre de façon homogène.

Posologie usuelle :
2 applications par jour.
La forme utilisée (crème, poudre, émulsion) et la durée du traitement varient selon les cas.

Quand ne pas le prendre

Ce médicament ne doit pas être utilisé en cas d'*allergie* aux *antifongiques* de la famille des *imidazolés*.

Attention : Évitez d'utiliser ce médicament, notamment chez l'enfant, de manière prolongée et sur des surfaces étendues ou profondément lésées, sans l'avis de votre pharmacien ou de votre médecin.
Rincez abondamment en cas de contact accidentel avec les yeux.

Grossesse et allaitement

L'effet de ce médicament pendant la grossesse ou l'allaitement est mal connu. L'évaluation du risque éventuel lié à son utilisation est individuelle : demandez conseil à votre pharmacien ou à votre médecin.

Conseils : En cas de *candidose*, évitez d'utiliser des savons acides : ils favorisent la multiplication des champignons.
En cas de lésion importante des ongles des orteils, un meulage préalable par un pédicure facilite l'action du médicament.
Une transpiration excessive contribue au développement des lésions dues à des champignons. Le port de chaussettes en fibre naturelle (coton, laine) est recommandé. La même paire de chaussures ne doit pas être portée deux jours de suite.

Effets indésirables possibles

Rarement : irritation cutanée, *réaction allergique*.

Médicaments équivalents

- **En France :** Amycor, Daktarin, Dermazol, Econazole Bayer, Econazole EG, Econazole G Gam, Econazole GNR, Econazole Ratiopharm, Econazole RPG, Fongamil, Fongéryl, Fonx, Ketoderm, Lomexin, Monazol, Mycoapaisyl, Myk, Pevaryl, Trosyd

- **En Belgique :** Canestène, Daktarin, Fongarex, Mycospor, Nizoral, Pévaryl, Travogen

- **En Suisse :** Canestène, Corisol, Daktarin, Eurosan, Fungotox, Gromazol, Mycodermil, Nizoral, Pévaryl, Sebolith, Terzolin, Travogen, Trosyd

- **Dans la plupart des pays :** Travogen

Les substances *antifongiques* de la famille des *imidazolés* utilisées dans le traitement local des *mycoses* sont notamment : bifonazole, éconazole, fenticonazole, isoconazole, kétoconazole, miconazole, omoconazole, oxiconazole, sertaconazole, sulconazole, tioconazole.

Demandez au pharmacien un médicament contenant l'une de ces substances.

En voyage
Les climats chauds et humides sont propices au développement des champignons. Quelques mesures permettent de prévenir le développement des *mycoses* : bien se sécher avant de mettre ses sous-vêtements et ses chaussettes, privilégier les matières naturelles (coton, soie, laine...) qui absorbent mieux la transpiration, ne pas garder son maillot de bain humide après la baignade, éviter le port de vêtements ou de chaussures trop serrés.

FERVEX
phéniramine, paracétamol, vitamine C

Décongestionnant ORL   Upsa Conseil

Dans quel cas l'utiliser
Ce médicament associe un *antihistaminique* ayant un effet *sédatif* et *atropinique*, du paracétamol, *antipyrétique* et *antalgique*, et de la *vitamine* C.
Il est utilisé dans le *traitement symptomatique* des *rhinopharyngites*, *rhinites* allergiques et états grippaux.

Présentation
Granulés Adulte avec ou sans sucre, granulés Enfant.

Composition
25 mg de maléate de phéniramine, 500 mg de paracétamol et 200 mg de vitamine C par sachet Adulte. 10 mg de maléate de phéniramine, 280 mg de paracétamol et 100 mg de vitamine C par sachet Enfant.

Comment l'utiliser
Les granulés doivent être avalés après dissolution dans un demi-verre d'eau, chaude ou froide. Un intervalle de 4 heures doit être respecté entre les prises.

Posologie usuelle :
• Adulte et enfant de plus de 15 ans : 1 sachet Adulte, 2 ou 3 fois par jour.
• Enfant de 12 à 15 ans : 1 sachet Enfant, 4 fois par jour.
• Enfant de 10 à 12 ans : 1 sachet Enfant, 3 fois par jour.
• Enfant de 6 à 10 ans : 1 sachet Enfant, 2 fois par jour.
En cas d'*insuffisance rénale*, respecter un intervalle de 8 heures entre les prises.

Quand ne pas le prendre
Ce médicament ne doit pas être utilisé dans les cas suivants :
- *insuffisance hépatique*,
- risque de *glaucome* à angle fermé,
- risque de blocage des urines (*adénome de la prostate*...),
- *phénylcétonurie* (sachet sans sucre et sachet Enfant : présence d'aspartam),
- enfant de moins de 15 ans (sachet Adulte),
- enfant de moins de 6 ans (sachet Enfant).

Attention : Ce médicament peut provoquer un *glaucome* aigu chez les personnes prédisposées : œil rouge, dur et douloureux, avec vision floue. Une consultation d'extrême urgence auprès d'un ophtalmologiste est nécessaire.
Du fait de la présence d'un *antihistaminique* ayant des propriétés sédatives et atropiniques, des précautions sont nécessaires chez l'*insuffisant hépatique* ou *rénal* et chez la personne âgée, notamment en cas de constipation chronique, d'*adénome de la prostate*, de tendance aux *vertiges* ou aux baisses de tension.
De nombreux médicaments contiennent du paracétamol : vous devez en tenir compte en cas de prise conjointe, car le *surdosage* en paracétamol peut être toxique pour le foie.
Évitez les boissons alcoolisées : augmentation du risque de somnolence.
Ce médicament peut induire une somnolence, parfois intense chez certaines personnes. Cette somnolence peut être majorée par la prise d'*alcool* ou d'autres médicaments *sédatifs*. La conduite et l'utilisation de machines dangereuses sont déconseillées, surtout dans les heures qui suivent la prise du médicament.

Avec d'autres médicaments
Informez votre médecin ou votre pharmacien si vous prenez un autre médicament ayant des effets *atropiniques* ou *sédatifs*.

Grossesse et allaitement
L'effet de ce médicament pendant la grossesse ou l'allaitement est mal connu. Par prudence, son usage est déconseillé chez la femme enceinte ou chez celle qui allaite.

Conseils : Ce médicament n'a pas d'effet anti-infectieux. Si les troubles persistent plus de 5 jours, consulter votre médecin.

Effets indésirables possibles
Somnolence ou plus rarement agitation. Sécheresse de la bouche, troubles de l'*accommodation*, rétention urinaire, confusion des idées notamment chez la personne âgée.
Rarement : *réaction allergique* cutanée.

Médicaments équivalents

- **En France :** Ergix rhume, Rhinofébral, Rumicine
- **En Belgique :** Rhinofébril, Sinutab
- **En Suisse :** Rhinofébral

- **Ailleurs**
  - **Argentine :** DI-Neumobron
  - **Malaisie :** Chlornamol
  - **Philippines :** Zambotal forte
  - **Thaïlande :** Acetacol, Acetapyrin-C, Decolgen, Decono, Dobil, Neozep, Nuta

Demandez au pharmacien un médicament associant un *antihistaminique* antiallergique et un *antipyrétique* (**paracétamol** ou **aspirine**).

En voyage
Même en pays tropical vous pouvez attraper un rhume, notamment en raison des changements rapides de climat et des séjours en hôtels climatisés. Pour limiter les risques, veillez à vous hydrater pour éviter l'agression des *muqueuses* respiratoires dans les atmosphères sèches (avion...) : boissons chaudes et eau en quantité abondante et humidification du nez avec du sérum physiologique (gouttes ou spray nasal).

FLAGYL oral
métronidazole

sur ordonnance

Antibiotique et antiparasitaire

Aventis

Dans quel cas l'utiliser
C'est un *antibiotique* et un antiparasitaire qui appartient à la famille des *imidazolés*. Il est utilisé dans le traitement de certaines maladies infectieuses ou parasitaires de l'intestin et de l'appareil génital.

Présentation
Comprimé ou suspension buvable.

Composition
250 ou 500 mg de métronidazole par comprimé, 125 mg de métronidazole et 3 g de saccharose par cuillère-mesure.

Comment l'utiliser
Ce médicament peut être pris au cours ou en dehors des repas.
Posologie usuelle :
- **Adulte :** 500 mg à 1,5 g par jour, répartis en 2 ou 3 prises, selon la maladie.
- **Enfant :** la *posologie* varie en fonction de l'âge et du poids.

Quand ne pas le prendre
Ce médicament ne doit pas être utilisé en cas d'*allergie* aux *imidazolés*.

Attention : En cas d'*urticaire* ou de troubles nerveux, prévenez votre médecin avant de poursuivre le traitement.

Des précautions sont nécessaires chez les personnes ayant des *antécédents* d'anomalie de la *numération formule sanguine*.
Évitez l'absorption de boissons alcoolisées ou de médicaments contenant de l'*alcool* pendant le traitement : risque d'*effet antabuse*.
La suspension buvable contient du *sucre* (saccharose) en quantité notable.

Avec d'autres médicaments
Ce médicament peut interagir avec les médicaments contenant du disulfirame (ESPÉRAL, TTD B3 B4...).
Informez par ailleurs votre médecin ou votre pharmacien si vous prenez un *anticoagulant* oral.

Grossesse et allaitement
Grossesse :
Ce médicament peut être utilisé pendant la grossesse. Un avis médical est bien sûr indispensable.
Allaitement :
Ce médicament passe dans le lait maternel : l'allaitement est déconseillé.

Conseils : Le médecin peut prescrire un prélèvement pour identifier le *germe* ou le parasite responsable de l'infection et tester sa sensibilité aux *antibiotiques*. Le résultat de cet examen peut être faussé en cas d'automédication préalable : ne prenez pas d'antibiotiques sans avis médical.

En cas d'infection génitale, votre partenaire peut être contaminé alors qu'il ne présente aucun *symptôme*. S'il n'est pas traité conjointement, une recontamination est possible.

La coloration brun-rouge des urines est normale.

Effets indésirables possibles
Nausées, vomissements, *diarrhée*. Goût métallique dans la bouche, manque d'appétit.
Exceptionnellement :
- *urticaire*, *inflammation* de la bouche ;
- maux de tête, *vertiges*, confusion des idées, *convulsions* ;
- *pancréatite* réversible à l'arrêt du traitement.

Médicaments équivalents
- **En France :** Fasigyne (tinidazole)
- **En Belgique :** Flagyl
- **En Suisse :** Arilin, Elyzol, Flagyl, Metronidazole Alpharma
- **Dans la plupart des pays :** Flagyl

Demandez au pharmacien un antiparasitaire contenant du **métronidazole**.

En voyage
Ce médicament est un des traitements des infections dues aux *amibes* dont la transmission est liée au *péril fécal*. La prévention repose sur les recommandations générales d'hygiène alimentaire : ne boire que de l'eau en bouteille capsulée, filtrée ou bouillie, éviter les crudités, peler les fruits, consommer des viandes et des poissons bien cuits et servis chauds... Il faut également se laver les mains très régulièrement et éviter toute absorption d'eau au cours de la toilette (lavage des dents) ou des bains.
Tout traitement antiamibien ne peut être débuté qu'après consultation médicale et recherche des amibes dans les selles.

FLÉTAGEX
huile de foie de morue, vitamine A

Protecteur cutané   Dermophil Indien

Dans quel cas l'utiliser
Cette pommade contient de l'huile de foie de morue enrichie en *vitamine* A. Elle est protectrice et cicatrisante.
Elle est utilisée dans le traitement de certaines maladies de la peau : rougeur des fesses du *nourrisson*, crevasse, gerçure, engelure.

Présentation
Pommade.

Composition
2 g d'huile de foie de morue, soit 40 000 UI de rétinol (vitamine A) pour 100 g de pommade.

Comment l'utiliser
Masser légèrement pour faire pénétrer la pommade.
Posologie usuelle :
1 ou plusieurs applications par jour.

Quand ne pas le prendre
Ce médicament ne doit pas être utilisé en cas de lésion suintante.

Attention : Évitez d'utiliser cette pommade, notamment chez l'enfant, de manière prolongée sur des surfaces étendues ou profondément lésées, sans l'avis de votre pharmacien ou de votre médecin.

Avec d'autres médicaments
Évitez d'associer cette pommade à un *antiseptique* : risque d'annulation de son effet.

Grossesse et allaitement
Ce médicament ne contient que des substances présumées sans danger pendant la grossesse ou l'allaitement. Néanmoins, ne l'utilisez pas de façon prolongée sans l'avis de votre pharmacien ou de votre médecin.

> **Conseils :** Il est important de nettoyer et de rincer la peau avec de l'eau avant d'appliquer le médicament.

Effets indésirables possibles
Eczéma dû au médicament (présence de lanoline).

Médicaments équivalents
- **En France :** A 313 pommade
- **En Belgique :** Néo-Cutigenol, Vita-Merfen, Vitamuruine
- **En Suisse :** Vita-Merfen

Il existe de très nombreuses préparations pour lutter contre l'irritation de la peau et la protéger des agressions extérieures (vent, froid...). Elles contiennent des substances variées (talc, acide borique, huiles de poissons, baume du Pérou...). Un équivalent ayant la même formule n'existe pas forcément dans le pays que vous visitez.

> **En voyage**
> La qualité de votre équipement est fondamentale pour éviter les problèmes cutanés liés au froid (engelures...).

FLUVERMAL
flubendazole

Antihelminthique   Janssen-Cilag

Dans quel cas l'utiliser
Ce médicament est un vermifuge, actif sur un grand nombre de vers parasites de l'intestin.
Il est utilisé pour éliminer les oxyures, les ascaris, les trichocéphales ou les *ankylostomes*.

Présentation
Comprimé et suspension buvable.

Composition
100 mg de flubendazole par comprimé ou par cuillère à café de suspension buvable.

> **Comment l'utiliser**
> Les comprimés peuvent être pris avec un peu d'eau ou croqués pendant les repas.
>
> **Posologie usuelle**
> - Adulte et enfant :
> - en cas d'oxyures : 1 comprimé ou 1 cuillère à café, en 1 seule prise, à renouveler 15 jours après pour éviter une réinfestation par les œufs qui ne sont pas détruits par le médicament ;
> - pour les autres parasites : 1 comprimé ou 1 cuillère à café, matin et soir, pendant 3 jours.

Quand ne pas le prendre
Ce médicament ne doit pas être utilisé en cas de **grossesse**.

Grossesse et allaitement
Grossesse :
Du fait de malformations observées lors de l'utilisation dans une espèce animale, ce médicament est contre-indiqué chez la femme enceinte ou susceptible de l'être.

Allaitement :
Les données actuellement disponibles ne permettent pas de savoir si ce médicament passe dans le lait maternel.

> **Conseils :** Les oxyures se transmettant par les mains, pour éviter la réinfestation, il est recommandé :
> - de se laver les mains et de se brosser les ongles plusieurs fois par jour,
> - de couper très court les ongles des enfants,
> - de traiter tous les membres de la famille en même temps car il est fréquent que l'infestation ne donne aucun *symptôme*.
> Pour éviter l'infestation par les ascaris, laver les fruits et les légumes.

Effets indésirables possibles
Rarement : *troubles digestifs*, notamment douleurs abdominales, nausées ou diarrhée.

Médicaments équivalents

- **En France :** Zentel (albendazole)
- **En Belgique :** Docmebenda (mébendazole), Vermox (mébendazole)
- **En Suisse :** Vermox (mébendazole), Zentel (albendazole)
- Dans la plupart des pays : Vermox, Zentel

Les médicaments contenant du flubendazole ne sont pas commercialisés dans tous les pays. En cas de traitement sur place, le médecin peut vous prescrire également un médicament contenant de l'albendazole ou du mébendazole. Faites-vous bien préciser la *posologie*.

En voyage
Les *ankylostomiases* sont contractées par le contact avec du sable ou de la terre contaminés par les larves d'*ankylostome*. En zone tropicale, il est recommandé de :
- ne pas marcher pieds nus au bord de l'eau,
- ne pas s'asseoir à même le sol,
- se sécher soigneusement après le bain.

GENHEVAC B PASTEUR
vaccin contre l'hépatite B

Vaccin : hépatite B   Pasteur Vaccins

Dans quel cas l'utiliser
C'est un *vaccin recombinant* qui contient un *antigène* du *virus* de l'*hépatite* B (antigène HBs). Il ne contient aucun *germe* vivant.
Il est utilisé dans la prévention de l'hépatite B. L'immunité est acquise à partir de la troisième injection.

Présentation
Suspension injectable *IM*.

Composition
20 µg d'antigène HBs par seringue.

Comment l'utiliser
Bien agiter la seringue avant l'emploi, la réchauffer à température ambiante si nécessaire. L'injection doit être réalisée par *voie intramusculaire* (dans le muscle deltoïde chez l'adulte et chez l'enfant, dans la cuisse chez le nourrisson).
Dans certains cas (hémophilie, faible taux de *plaquettes* sanguines), l'injection peut être réalisée par voie *sous-cutanée*.

Posologie usuelle :
La vaccination peut être faite selon 2 modalités :
- 2 injections à 1 mois d'intervalle, suivies d'une troisième 6 mois après la première,
- 3 injections à 1 mois d'intervalle, suivies d'une quatrième dose 1 an après la première.

Cette deuxième modalité de vaccination apporte plus rapidement l'immunité que la première ; en effet, celle-ci n'est acquise qu'après la troisième injection.
Injections de **rappel** : le Conseil supérieur d'hygiène publique de France a émis le 12 mai 2000 les recommandations suivantes :
- au-delà des injections initiales, les rappels de vaccin contre l'hépatite B sont réservés aux personnes à risque ;
- certains professionnels de santé sont soumis à une obligation vaccinale :
- si la personne a été vaccinée avant l'âge de 25 ans : aucun rappel n'est nécessaire ;
- si la personne a été vaccinée après l'âge de 25 ans : un dosage des anticorps contre l'hépatite B (*anticorps* anti-HBs) est réalisé. Si le taux est supérieur à 10 mUI/ml, l'immunité est considérée comme définitive. Si le taux est inférieur à 10 mUI/ml, une injection de rappel du vaccin est pratiquée, suivie d'un nouveau contrôle sanguin 2 mois après. Si ce contrôle montre un taux sanguin supérieur à 10 mUI/ml, l'immunité est définitive. Dans le cas contraire, le médecin du travail évaluera l'intérêt de renouveler les injections sans dépasser un total de 6 (premières injections incluses).

– ce protocole peut également s'appliquer aux personnes à risque du fait d'autres professions exposant à des blessures, d'un séjour en zone endémique ou dans certaines collectivités (psychiatrique notamment).

Quand ne pas le prendre

Ce *vaccin* ne doit pas être utilisé en cas d'*allergie* connue à l'un des constituants du vaccin, ou de *réaction allergique* apparue lors d'une injection précédente du même vaccin.

> **Attention :** En cas de fièvre élevée, de maladie aiguë, il est préférable de différer la vaccination.
>
> Avant la troisième injection, le taux d'*anticorps* peut être insuffisant et des mesures de prévention (préservatifs notamment) doivent être utilisées en cas de contact avec des sujets porteurs du *virus* de l'*hépatite* B.
>
> Cette vaccination ne protège pas contre les hépatites à virus A, C ou E ni contre d'autres virus susceptibles de provoquer des hépatites.
>
> Chez les personnes en dialyse ou souffrant d'un *déficit immunitaire*, des injections de rappel supplémentaires peuvent être nécessaires.
>
> Comme pour tous les *vaccins*, des cas exceptionnels de *réactions allergiques* graves ont été constatés ; ce risque justifie la nécessité de réaliser la vaccination en milieu médical où un traitement d'urgence pourra être entrepris sans délai.

Avec d'autres médicaments

Ce *vaccin* peut être injecté le même jour que d'autres vaccins, mais il ne doit pas être mélangé avec un autre produit injectable dans une même seringue.

Grossesse et allaitement

Cette vaccination ne présente qu'exceptionnellement un caractère d'urgence. Elle peut être pratiquée pendant la grossesse, mais il est préférable de réaliser la première injection ou les rappels après l'accouchement.

> **Conseils :** Il est préférable de respecter les délais indiqués pour les injections successives ; néanmoins, un retard ne prête généralement pas à conséquence. Votre médecin déterminera le nombre d'injections nécessaires pour le maintien ou la restauration d'une bonne immunité.

Les réactions fébriles dues aux *vaccins* peuvent être combattues en prenant de l'aspirine ou du paracétamol.

Pour garder son efficacité, ce médicament doit être conservé entre + 2 °C et + 8 °C (partie haute du réfrigérateur). Toutefois, une rupture de la chaîne du froid pendant une durée limitée (quelques heures à température ambiante inférieure à 25 °C) ne devrait pas prêter à conséquence. En pratique, en cas de nécessité, un délai de quelques heures peut séparer l'achat du vaccin en pharmacie de son stockage au réfrigérateur ou de la vaccination.

Ce vaccin ne doit pas être congelé.

Effets indésirables possibles

Réaction douloureuse, rougeur, *nodule* au point d'injection.

Rarement : fièvre modérée pendant 1 ou 2 jours, maux de tête, *vertiges*, fatigue, malaise, fourmillement des extrémités, douleurs musculaires ou articulaires, *troubles digestifs*, démangeaisons, *éruption cutanée*.

Exceptionnellement : *réaction allergique*.

Des troubles neurologiques (dont la *sclérose en plaques*) ont été très exceptionnellement observés après la vaccination contre l'hépatite B. La responsabilité du vaccin dans la survenue de ces troubles n'est pas établie à ce jour ; par précaution, la vaccination ne sera envisagée chez les personnes souffrant de sclérose en plaques que lorsque le risque d'hépatite B est important. En effet, la stimulation du système immunitaire représentée par ce vaccin pourrait interférer avec cette *maladie auto-immune*.

Médicaments équivalents

- **En France :** Engerix, HB-Vax-DNA
- **En Belgique :** Engerix B, HB-Vax
- **En Suisse :** Engerix B, HB-Vax

Normalement la vaccination doit être pratiquée avant le départ. Une liste d'équivalents à l'étranger n'est donc pas pertinente.

> **En voyage**
> Cette vaccination est recommandée en cas de séjour prolongé dans un pays où l'accès à des soins de qualité est aléatoire.

GLUCANTIME
antimoniate de méglumine

Antiparasitaire : leishmaniose   Aventis

Dans quel cas l'utiliser
Ce médicament antiparasitaire contient un dérivé de l'antimoine, actif sur des *parasites* appelés leishmanies.
Il est utilisé dans le traitement de la *leishmaniose* (parasitose tropicale).

Présentation
Solution injectable.

Composition
1,5 g d'antimoniate de méglumine par ampoule.

> ### Comment l'utiliser
> La solution peut être injectée par *voie intramusculaire* ou directement dans les lésions cutanées.
> ### Posologie usuelle :
> - Par voie intramusculaire : 37 à 75 mg par kg de poids corporel et par jour, jusqu'à guérison ou disparition des parasites.
> - Traitement local : 1 à 3 ml de solution injectée dans la lésion. L'injection est renouvelée 1 ou 2 fois, si nécessaire à intervalles de 1 ou 2 jours.

Quand ne pas le prendre
Ce médicament ne doit pas être utilisé en cas d'*insuffisance hépatique*, *rénale* ou *cardiaque*.

> **Attention :** L'apparition d'effets indésirables, dus à la toxicité de l'antimoine, doit être signalée au médecin, qui suspendra le traitement ou adaptera la *posologie*.
> Des analyses de sang et d'urine, ainsi que le contrôle de l'électrocardiogramme, sont nécessaires pendant le traitement.
> Ce produit contient des *sulfites* qui peuvent provoquer des *réactions allergiques* chez les personnes prédisposées.

Grossesse et allaitement
L'effet de ce médicament pendant la grossesse ou l'allaitement est mal connu : seul votre médecin peut évaluer le risque éventuel de son utilisation dans votre cas.

Effets indésirables possibles
Maux de tête, malaise, essoufflement, *éruption cutanée*, *œdème* du visage, douleur abdominale.
Insuffisance hépatique ou *rénale*, troubles cardiaques.

Médicaments équivalents
- **En France :** Il n'existe pas d'autre sel d'antimoine actuellement commercialisé, mais les médicaments contenant de l'**amphotéricine B** (Ambisome, Fungizone) et de la **pentamidine** (Pentacarinat) sont également indiqués dans le traitement des *leismanioses*.

- **Ailleurs**
  - **Argentine :** Dotarem
  - **Italie, Espagne :** Glucatim
  - **Pays anglophones :** Pentostam

Selon les pays, il existe 2 sels d'antimoine différents pour le traitement des leishmanioses.

> **En voyage**
> Les *leishmanioses* sont transmises par un petit moustique. Il n'existe pas de *traitement préventif* médicamenteux.
> La seule prévention possible est la lutte contre les moustiques :
> - appliquer un répulsif sur les parties découvertes du corps, y compris le visage ;
> - porter des pantalons et des vêtements à manches longues, surtout le soir (il est fortement recommandé de les imprégner d'insecticide) ;
> - dormir dans des pièces protégées par des moustiquaires ou, mieux, dormir sous une moustiquaire aux mailles serrées, éventuellement imprégnée d'insecticide (la moustiquaire doit toucher le sol ou être bordée sous le matelas) ;
> - utiliser des insectifuges dans les chambres (penser au kit d'adaptation des prises de courant pour les diffuseurs) et des tortillons fumigènes dans les pièces aérées ou à l'extérieur ;
> - ne jamais sortir la nuit sans protection anti-moustiques.

GYNO-PEVARYL
éconazole

Antifongique   Janssen-Cilag

Dans quel cas l'utiliser
Cet ovule gynécologique contient un *anti-fongique* de la famille des *imidazolés*.
Il est utilisé dans le traitement local des *mycoses* du vagin et de la vulve, notamment des *candidoses*.

Présentation
Ovule.

Composition
150 mg d'éconazole nitrate par ovule.

Comment l'utiliser
L'ovule doit être introduit profondément dans le vagin, de préférence le soir au coucher.

Posologie usuelle :
GYNO-PEVARYL 150 mg : 1 ovule par jour, pendant 3 jours.
Ce traitement peut être prolongé pendant 3 autres jours ou être renouvelé 10 jours après.
GYNO-PEVARYL LP 150 mg : prise unique de 1 ovule ; dans certains cas, ce traitement peut être renouvelé le lendemain matin. Cet ovule a une composition spécifique qui lui permet de rester actif plusieurs jours après sa mise en place (libération prolongée du principe actif).

Quand ne pas le prendre
Ce médicament ne doit pas être utilisé en cas d'*allergie* aux *imidazolés*.

Attention : Si l'infection ne disparaît pas après quelques jours, consultez votre médecin.

Avec d'autres médicaments
Ce médicament peut inactiver les ovules, crèmes et gels spermicides utilisés comme contraceptifs.

Grossesse et allaitement
Ce médicament ne contient que des substances présumées sans danger pendant la grossesse ou l'allaitement.

Conseils : Introduisez l'ovule en position couchée puis restez allongée pendant 5 à 10 minutes. En fondant dans le vagin, l'ovule peut être à l'origine d'un écoulement gênant : il est conseillé de porter une protection.
Pendant les règles, n'interrompez pas le traitement et évitez de porter des tampons.

En cas de *mycoses* gynécologiques (*candidoses*) récidivantes, il est utile de respecter les conseils habituels permettant de prévenir le développement anormal des candida albicans et autres champignons microscopiques :
- limiter la prise d'*antibiotiques* aux affections nécessitant absolument leur usage. En effet, les champignons sont détruits par certaines *bactéries*, elles-mêmes tuées par les antibiotiques ;
- lutter contre l'humidité, propice au développement des champignons : bien se sécher avant de mettre ses sous-vêtements, privilégier les culottes en coton qui absorbent mieux la transpiration, ne pas garder son maillot de bain après avoir nagé en piscine, éviter le port de vêtements trop serrés ;
- changer souvent les protections internes ou externes pendant les règles ;
- éviter d'utiliser des savons acides : ils favorisent la multiplication des champignons.
Votre partenaire peut être contaminé alors qu'il ne présente aucun *symptôme*. Une consultation médicale est nécessaire pour discuter de l'intérêt d'un traitement.

Effets indésirables possibles
Aggravation des brûlures et démangeaisons en début de traitement : ces symptômes traduisent la destruction des champignons microscopiques qui libèrent une substance irritante. Ces manifestations ne se reproduisent généralement pas lors des applications ultérieures. Dans le cas contraire, il peut s'agir d'une intolérance ou d'une *allergie* au médicament : contactez votre médecin.

Médicaments équivalents
- **En France :** Fongarex, Fazol G, Gyno-Daktarin, Gynomyk, Gyno-Pévaryl, Gyno-Trosyd, Lomexin, Monazol, Terlomexin
- **En Belgique :** Albistat, Fongarex, Gyno-Daktarin, Gynomyk, Gyno-Pevaryl

- **En Suisse :** Fungotox, Gyno-Castène, Gyno-Pevaryl, Gyno-Travogen, Gyno-Trosyd, Monistat, Nizoral, Oceral
- **Dans la plupart des pays :** Gyno-pevaryl

Les *antifongiques* de la familles des *imidazolés* utilisés dans le traitement local des *mycoses* vaginales sont notamment : butoconazole, éconazole, fenticonazole, isoconazole, miconazole, omoconazole, sertaconazole, tioconazole.

Demandez au pharmacien un médicament contenant l'une de ces substances.

En voyage
Les climats chauds et humides, mais également la prise d'*antibiotiques* (doxycycline) dans la prévention du *paludisme* favorisent la survenue de *mycoses* vaginales ; pensez alors à emporter un antimycosique en cas de mycoses récidivantes.

Si une mycose vaginale survient après un rapport sexuel non protégé, elle peut être associée à une *MST*. Il est important de consulter un médecin au retour.

HAVRIX
vaccin contre l'hépatite A

Vaccin : hépatite A GlaxoSmithKline

Dans quel cas l'utiliser
C'est un *vaccin* composé de fragments de virus inactivé de l'*hépatite* A. Il ne contient aucun *germe* vivant.

Il est utilisé dans la prévention de l'hépatite A. Après l'injection, l'immunité est obtenue après un délai de 15 jours (pour 90 % des personnes) à 30 jours (pour 100 % des personnes) ; elle dure au moins 1 an. Une injection de rappel, 6 à 12 mois après la première, confère une immunité durable de l'ordre de 10 ans.

Présentation
Suspension injectable *IM*.

Composition
720 unités Elisa ou 1 440 unités Elisa de virus inactivés de l'hépatite A respectivement par dose Enfant ou Adulte.

Comment l'utiliser
Bien agiter la seringue avant l'emploi, la réchauffer à température ambiante si nécessaire. L'injection doit être réalisée par *voie* intramusculaire dans le muscle deltoïde ou, chez l'enfant de moins de 2 ans, dans la partie antérolatérale de la cuisse.

Dans certains cas (hémophilie, faible taux de *plaquettes* sanguines) l'injection peut être réalisée par voie sous-cutanée.

Posologie usuelle :
- Adulte : 1 injection du vaccin Adulte, suivie d'une autre 6 mois à 1 an après.
- Enfant de plus de 1 an : 1 injection du vaccin Enfant et Nourrisson, suivie d'un rappel 6 mois à 1 an après.

Quand ne pas le prendre
Ce médicament ne doit pas être utilisé en cas d'*allergie* connue à l'un des constituants du vaccin, ou de *réaction allergique* apparue lors d'une injection précédente du même vaccin.

Attention : De la néomycine est utilisée pour fabriquer ce vaccin. Cette substance persiste en infime quantité dans la solution injectable. Des précautions sont nécessaires chez les personnes qui y sont allergiques.

En cas de fièvre élevée, de maladie aiguë, il est préférable de différer la vaccination.

Cette vaccination ne protège pas contre les *hépatites* à *virus* B, C ou E ni contre d'autres virus susceptibles de provoquer des hépatites.

Comme pour tous les *vaccins*, des cas exceptionnels de *réactions allergiques* graves ont été constatés ; ce risque justifie la nécessité de réaliser la vaccination en milieu médical où un traitement d'urgence pourra être entrepris sans délai.

Avec d'autres médicaments
Ce vaccin peut être injecté le même jour que d'autres vaccins, mais il ne doit pas être mélangé avec un autre produit injectable dans une même seringue.

Grossesse et allaitement
Cette vaccination ne présente qu'exceptionnellement un caractère d'urgence. Elle peut être pratiquée pendant la grossesse, mais il est préférable de réaliser la première injection ou les rappels après l'accouchement.

Conseils : Les réactions fébriles dues aux *vaccins* peuvent être combattues en prenant de l'aspirine ou du paracétamol.

Pour garder son efficacité, ce médicament doit être conservé entre + 2 °C et + 8 °C (partie haute du réfrigérateur). Toutefois, une rupture de la chaîne du froid pendant une durée limitée (quelques heures à température ambiante inférieure à 25 °C) ne devrait pas prêter à conséquence. En pratique, en cas de nécessité, un délai de quelques heures peut séparer l'achat du vaccin en pharmacie de son stockage au réfrigérateur ou de la vaccination.

Ce vaccin ne doit pas être congelé.

Effets indésirables possibles
Réaction douloureuse, *nodule* au point d'injection.
Fièvre modérée pendant 1 ou 2 jours, maux de tête, nausées, *vertiges*.

Médicaments équivalents
• **En France :** Avaxim, Vaqta
• **En Belgique :** Havrix, Vaqta
• **En Suisse :** Havrix, Vaqta

Normalement la vaccination doit être pratiquée avant le départ. Une liste d'équivalents à l'étranger n'est donc pas pertinente.

En voyage
Cette vaccination est recommandée aux personnes non immunisées avant des voyages prolongés ou répétés dans des régions où la maladie est fréquente.

HYDRALIN

Soin gynécologique   Roche Nicholas

Dans quel cas l'utiliser
Ce médicament *antiseptique* contient des substances alcalines.
Il est utilisé pour la toilette intime.

Présentation
Poudre pour solution locale ou savon.

Composition
7,56 g de carbonate monosodique, 882 mg de borate de sodium, 432 mg de perborate de sodium, 126 mg de carbonate disodique par sachet, 500 mg de borate de sodium pour 100 g de savon.

Comment l'utiliser
Ce médicament s'emploie en lavage externe.
Utiliser la poudre dissoute dans de l'eau (1 à 2 sachets pour 2 litres d'eau chaude ou tiède), ou le savon. Rincer abondamment.

Quand ne pas le prendre
Le savon ne doit pas être utilisé en cas d'*allergie* à la lanoline.

Avec d'autres médicaments
Les produits d'hygiène intime ne doivent pas être utilisés dans les 2 heures qui suivent un rapport sexuel protégé par un spermicide local (risque d'inactivation de l'effet contraceptif).

Grossesse et allaitement
Cet *antiseptique* peut être utilisé par la femme enceinte ou qui allaite.

Effets indésirables possibles
Réaction allergique.

Médicaments équivalents
• **En France :** Cyteal savon, Gyalme, Plurexid sont également des produits utilisés pour la toilette gynécologique externe.

Demandez au pharmacien un savon alcalin.

En voyage
Des mesures simples peuvent aider à prévenir les *mycoses* vaginales :
- ne pas utiliser de savon acide pour la toilette,
- porter des sous-vêtements en matières naturelles (coton, soie...),
- ne pas garder son maillot de bain humide et bien se sécher.

IMODIUM
lopéramide

sur ordonnance

Antidiarrhéique

Janssen-Cilag

Dans quel cas l'utiliser
C'est un antidiarrhéique qui agit en ralentissant le *transit intestinal* et en réduisant les sécrétions intestinales.
Il est utilisé dans le *traitement symptomatique* des diarrhées, en complément des mesures diététiques.

Présentation
Gélule et solution buvable.

Composition
1,86 mg de lopéramide par gélule, 0,2 mg de lopéramide par ml.

Comment l'utiliser
Les gélules sont réservées à l'adulte et à l'enfant de plus de 8 ans ; elles doivent être avalées avec un verre d'eau.
La suspension buvable est destinée à l'enfant ; elle peut être donnée soit dans le biberon, soit à la cuillère.
Posologie usuelle :
• Adulte :
- diarrhée aiguë : commencer par 2 gélules, puis 1 gélule supplémentaire après chaque selle liquide, sans dépasser 8 gélules par jour ;
- diarrhée chronique : 1 à 3 gélules par jour.
• Enfant de 8 à 15 ans :
- diarrhée aiguë : commencer par 1 gélule, puis 1 gélule supplémentaire après chaque selle liquide, sans dépasser 6 gélules par jour ;
- diarrhée chronique : 1 ou 2 gélules par jour.
• Enfant de 2 à 8 ans (suspension buvable seulement) :
- diarrhée aiguë : la posologie est calculée en fonction du poids : 1 graduation par kg et par prise (par exemple pour un enfant de 12 kg, remplir la mesurette jusqu'à la graduation 12). Cette dose peut être répétée après chaque selle molle, sans dépasser 5 prises par jour ;
- diarrhée chronique : La dose est adaptée en fonction des résultats obtenus.

Quand ne pas le prendre
Ce médicament ne doit pas être utilisé dans les cas suivants :
- crise aiguë de *rectocolite hémorragique*,

- enfant de moins de 8 ans (gélules),
- *nourrisson* de moins de 2 ans (solution buvable).

Attention : Des précautions sont nécessaires en cas d'*insuffisance hépatique*.
Ce médicament n'est pas adapté au traitement des diarrhées dues à certains *antibiotiques*.
Une diarrhée qui s'accompagne de torpeur, de soif, de fièvre, ou de sang dans les selles nécessite rapidement un avis médical. De même, chez le *nourrisson*, une diarrhée qui s'accompagne d'une perte de poids de plus de 5 % (signe de déshydratation) peut nécessiter des soins urgents.
Le traitement doit être arrêté dès que les selles recommencent à être formées. L'usage trop prolongé du médicament expose à un risque de constipation important.
Si vous devez conduire, ou utiliser une machine dangereuse, assurez-vous préalablement que ce médicament n'altère pas votre vigilance.

Grossesse et allaitement
Grossesse :
Les études actuellement disponibles n'ont pas mis en évidence de problème particulier lors de l'utilisation ponctuelle de ce médicament chez la femme enceinte. Néanmoins, il est déconseillé pendant la grossesse sans avis médical.
Allaitement :
Ce médicament passe faiblement dans le lait maternel ; son utilisation ponctuelle est possible pendant l'allaitement.

Conseils : Une diarrhée peut provoquer une déshydratation, notamment chez l'enfant ou la personne âgée. Cette perte d'eau par l'organisme doit être compensée par des boissons abondantes (bouillon salé, boissons sucrées) car elle peut être à l'origine d'une fatigue, de malaise ou de confusion des idées.
Le régime à suivre en cas de *diarrhée* repose sur une alimentation légère, à base de :
- carotte, pomme de terre, en soupe ou en purée ;

– pâtes, riz ou tapioca bien cuits, eau de cuisson du riz ;
– compote de pomme ou de coing, gelée de coing ou de myrtille ;
– biscuits salés ou sucrés.

Doivent être évités : les jus de fruits et les fruits crus, les légumes riches en fibres, les sources de protéines animales et les boissons glacées.

Laver soigneusement la mesurette à l'eau tiède après chaque utilisation.

Effets indésirables possibles

Constipation, ballonnement, douleur abdominale, nausées, vomissements, bouche sèche, fatigue, somnolence, *vertige*, *réaction allergique*.

Exceptionnellement : constipation grave, surtout en cas de *posologie* excessive.

Médicaments équivalents

• En France : Altocel, Antidiar, Arestal, Celkalm, Diaretyl, Dyspagon, Ercestop, Imossel, Indiaral, Lopéramide Arrow, Lopéramide Bayer, Lopéramide Biogaran, Lopéramide EG, Lopéramide G Gam, Lopéramide Gifrer, Lopéramide GNR, Lopéramide Merck, Lopéramide Qualimed, Lopéramide Ratiopharm, Lopéramide RPG, Nabutil, Nimaz, Peracel

• En Belgique : Ercestop, Imodium, Lomiphar, Loperamide BC, Loperamide EG, Loperamid Merck, Loperamid Ratiopharm

• En Suisse : Binaldan, Imodium, Loperamid Mepha, Loperamid Streuli, Lopimed

• Dans la plupart des pays : Imodium
Demandez au pharmacien un produit contenant du lopéramide.

En voyage

La *turista* est fréquente et oblige une personne sur cinq à s'aliter au cours de ses vacances.

Quelques mesures d'hygiène simples permettent de limiter les risques de diarrhée en zone tropicale :
– se laver régulièrement les mains, systématiquement avant les repas et la manipulation d'aliments, et après tout passage aux toilettes ;
– ne boire que de l'eau en bouteille capsulée (ouverte devant soi) ou désinfectée ou bouillie (5 minutes à gros bouillons) ;
– éviter les glaces, les glaçons, les crudités que vous n'avez pas préparées vous-mêmes, les coquillages, les poissons et viandes crues ;
– peler les fruits ;
– consommer viandes et poissons d'eau douce bien cuits et servis chauds.

En cas de diarrhée déclarée dans un groupe de voyageurs, il faut renforcer les mesures d'hygiène : lavage des mains, désinfection des surfaces de contact qui peuvent être contaminées (poignées de porte, robinetterie...).

Diarrhée et chaleur peuvent rapidement entraîner des pertes d'eau importantes : l'absorption de boissons abondantes (sodas, etc), voire de solutés de réhydratation, est la première mesure à prendre.

Ne pas hésiter à consulter un médecin sur place en cas de diarrhée grave ou persistant plus de 3 jours.

IMOVANE
zopiclone

sur ordonnance

Somnifère Aventis

Dans quel cas l'utiliser

C'est un somnifère dont les propriétés sont proches de celles des *benzodiazépines*.

Il est utilisé dans le traitement de l'insomnie.

Présentation

Comprimé sécable.

Composition

7,5 mg de zopiclone par comprimé.

Comment l'utiliser

Les comprimés doivent être avalés avec un verre d'eau.

Posologie usuelle :
- Adulte : 1 comprimé au coucher.
- Personne de plus de 65 ans, insuffisant hépatique, rénal ou respiratoire : ½ comprimé au coucher.

Quand ne pas le prendre

Ce médicament ne doit pas être utilisé dans les cas suivants :
- *insuffisance respiratoire* ou *hépatique* graves,
- *syndrome d'apnée du sommeil*.

Attention : Des précautions sont nécessaires en cas de *myasthénie* et chez la personne âgée.

Une prise prolongée, surtout à doses importantes, de somnifère, peut provoquer une *dépendance*. Ce risque de dépendance est accru chez les personnes ayant déjà présenté une dépendance à d'autres médicaments, substances ou à l'alcool.

L'arrêt brutal de ce médicament expose à un *syndrome de sevrage* : réapparition de l'insomnie, anxiété, maux de tête, douleurs musculaires. Il faut donc s'entourer de conseils médicaux pour diminuer progressivement les doses et espacer les prises, sur une période d'autant plus longue que le traitement a été prolongé.

Certaines insomnies peuvent traduire une *dépression* masquée et justifier un traitement spécifique.

Un trouble du sommeil persistant ne doit pas vous conduire à augmenter les doses, mais à consulter votre médecin.

Ce médicament expose à un risque de chute chez la personne âgée ayant l'habitude de se lever la nuit.

Un réveil nocturne après la prise du médicament peut entraîner des troubles de la mémoire, parfois angoissants.

Évitez les boissons alcoolisées : augmentation du risque de somnolence.

Ce médicament est un somnifère. Conduire ou utiliser une machine dangereuse dans les heures qui suivent sa prise est bien sûr contre-indiqué.

La durée de l'effet sédatif, ainsi que son intensité, est très variable d'une personne à l'autre. Il vous appartient de vérifier lors des premières prises, que la persistance éventuelle d'une somnolence lors de votre réveil est compatible avec ces activités.

Avec d'autres médicaments

Informez votre médecin ou votre pharmacien si vous prenez d'autres *sédatifs*.

Grossesse et allaitement

Grossesse :
Ce médicament ne doit pas être utilisé sans avis médical pendant la grossesse, notamment au cours des 3 premiers mois. Les fortes doses au cours des 3 derniers mois sont déconseillées. Si le traitement est poursuivi jusqu'à l'accouchement, une surveillance médicale du *nouveau-né* est nécessaire.

Allaitement :
Ce médicament passe dans le lait maternel : l'allaitement est déconseillé.

Conseils : Ce médicament vous a été prescrit dans une situation précise. Ne le conseillez pas à une autre personne.

Les somnifères ne sont pas la seule réponse aux troubles du sommeil. Une meilleure hygiène de vie, une consommation modérée d'excitants (y compris les boissons alcoolisées) permettent aussi de lutter efficacement contre les insomnies.

Effets indésirables possibles

Le plus fréquemment : amertume de la bouche ou goût métallique.

Trous de mémoire, somnolence pendant la journée, fatigue, *vertiges*, maux de tête, sensation de faiblesse musculaire, baisse de la libido, *éruption cutanée*, *troubles digestifs*.

Exceptionnellement :
- réactions paradoxales avec augmentation de l'anxiété, agitation, agressivité, confusion des idées, hallucinations ;
- *amnésie antérograde*.

Ces troubles nécessitent l'arrêt du traitement.

Médicaments équivalents

- **En France :** Zopiclone Arrow, Zopiclone Bayer, Zopiclone Biogaran, Zopiclone EG, Zopiclone G Gam, Zopiclone GNR, Zopiclone Irex, Zopiclone Merck, Zopiclone Qualimed, Zopiclone Ratiopharm, Zopiclone RPG
- **En Belgique :** Imovane, Zopiclone EG, Zopiclone Merck
- **En Suisse :** Imovane
- **Dans la plupart des pays**, ce médicament est commercialisé par le même laboratoire sous le même nom : Imovane.

• **Ailleurs**
 - Angleterre, États-Unis, Irlande :
   Zimovane

Le groupe des *benzodiazépines* et sub-stances apparentées comporte plus de 20 molécules. Elles se différencient par leurs durées d'action. Seuls les médica-ments contenant de la zopiclone ont été recherchés, mais une autre molécule peut également convenir. La sensibilité indivi-duelle aux effets des benzodiazépines est très variable. Seul un médecin peut déci-der du choix d'un somnifère.

En voyage
Décalage horaire, environne-ment nouveau... l'insomnie est fréquente les premiers jours. Avec les activités des vacances, tout rentre généralement vite dans l'ordre. Toutefois, si l'insomnie se pro-longe et menace de devenir chronique (entretenue par la peur de ne pas dor-mir), elle peut justifier la prescription d'un somnifère. Son usage doit cepen-dant rester exceptionnel et de courte durée en l'absence d'avis médical.

INTÉTRIX
tiliquinol, tilbroquinol

sur ordonnance

Antiamibien

Beaufour Ipsen Pharma

Dans quel cas l'utiliser
C'est un antiparasitaire qui appartient à la famille des quinoléines.
Il est utilisé pour traiter certaines formes d'infection dues aux *amibes*.

Présentation
Gélule.

Composition
50 mg de tiliquinol, 50 mg de tiliquinol-laurylsulfate, 200 mg de tilbroquinol par gélule.

Comment l'utiliser
Le médicament est pris de préférence au début du repas.
Posologie usuelle :
• Adulte : 2 gélules, matin et soir pen-dant 10 jours.

Attention : Ce médicament a long-temps été utilisé pour traiter les *diar-rhées* aiguës bénignes, mais la décou-verte d'un risque d'*hépatite* ou de lésion nerveuse dus à ce médicament a conduit l'Agence du médicament à en réserver l'usage au seul traitement des amibiases : il suppose donc d'avoir établi un diagnostic précis avec recher-che des parasites (amibes) dans les selles.
En cas d'apparition d'une jaunisse, le traitement doit être arrêté : consultez votre médecin.

Grossesse et allaitement
L'effet de ce médicament pendant la gros-sesse ou l'allaitement est mal connu : seul votre médecin peut évaluer le risque éven-tuel de son utilisation dans votre cas.

Effets indésirables possibles
Élévation des *transaminases*.
Réaction allergique.
Exceptionnellement : *hépatite*, troubles neurologiques et, notamment, atteinte du nerf optique lors d'un traitement prolongé.

Médicaments équivalents
• **En Belgique :** Intetrix

Ce médicament n'existe pas à l'étranger (à l'exception de l'Espagne).

En voyage
Les *amibiases* font parties des maladies liées au *péril fécal*. Pour les prévenir, il faut donc suivre les recommandations générales d'hygiène alimentaire : ne boire que de l'eau en bouteille capsu-lée, filtrée ou bouillie, éviter les crudités, peler les fruits, consommer des viandes et des poissons bien cuits et servis chauds... Il faut également se laver les mains très régulièrement et éviter toute absorption d'eau au cours de la toilette (lavage des dents) ou des bains.
Tout traitement antiamibien ne peut être débuté qu'après consultation médicale et recherche des *amibes* dans les selles.

LANSOŸL
paraffine liquide

Laxatif lubrifiant   PFIZER Santé Grand Public

Dans quel cas l'utiliser
Ce médicament est un *laxatif lubrifiant*. Il agit en ramollissant les selles et en facilitant leur progression dans l'intestin.
Il est utilisé dans le *traitement symptomatique* de la constipation.

Présentation
Gel oral.

Composition
3,91 g de paraffine liquide par cuillère à café, ou 11,73 g par cuillère à soupe ou par unidose.

Comment l'utiliser
Ce médicament peut être pris soit le matin à jeun, soit à distance des repas. L'effet laxatif se manifeste dans un délai de 6 à 8 heures.

Posologie usuelle :
- Adulte : 1 à 3 cuillères à soupe ou 1 à 3 unidoses par jour.
- Enfant de 2 à 15 ans : 1 à 3 cuillères à café par jour. Chez l'enfant de plus de 12 ans, il est également possible d'utiliser les unidoses à la posologie de 1 ou 2 unidoses par jour.
- Nourrisson de moins de 2 ans : ½ cuillère à café, 1 ou 2 fois par jour.

La durée du traitement ne doit pas dépasser 15 jours.

Attention : Ce médicament peut réduire l'absorption de certaines *vitamines* (A, D, E, K) en cas d'utilisation prolongée.
Les *laxatifs lubrifiants* contiennent des huiles qui, en cas de passage accidentel dans les bronches (troubles de la déglutition, vomissements, *reflux gastro-œsophagien*...), exposent à des complications pulmonaires sérieuses. Ce médicament doit donc être pris au moins 2 heures avant le coucher ; il doit être utilisé avec prudence chez la personne âgée ayant des difficultés à avaler et chez le *nourrisson*.
L'usage des laxatifs doit rester exceptionnel chez l'enfant.
Ce médicament contient du *sucre* (saccharose) en quantité notable.

Grossesse et allaitement
Ce médicament ne contient aucune substance connue pour être toxique pendant la grossesse ou l'allaitement ; néanmoins, il peut réduire l'absorption de certaines *vitamines* : son usage doit être ponctuel.

Conseils : Le traitement de la constipation chronique repose essentiellement sur des boissons abondantes, une alimentation riche en fibres et une activité physique régulière.

Effets indésirables possibles
Suintement anal.

Médicaments équivalents
- **En France :** Acal, Huile de paraffine Cooper, Huile de paraffine Gifrer, Huile de paraffine Gilbert, Laxamalt, Lubentyl, Melaxose, Nujol, Parlax, Restrical, Transitol, Transulose
- **En Belgique :** Lansoyl Paraffine, Laxamalt
- **En Suisse :** Paragol N
- **Ailleurs**
  - **Argentine :** Lansoyl Jalea, Lexavite, Lubritina, Modaton
  - **Australie :** Agarol, Parachoc
  - **Hong Kong :** Agarol
  - **Malaisie :** Laxaron

Demandez au pharmacien un produit contenant de l'**huile de paraffine**.

En voyage
Une *constipation* passagère est fréquente en voyage. Boire 2 litres de liquide (eau minérale, jus de fruits, thé, soupe...) par jour et privilégier une alimentation riche en légumes verts et en fruits (en évitant bananes et riz) sont autant de moyens pour lutter contre la constipation. Mais attention à respecter les règles d'hygiène alimentaire pour ne pas transformer la constipation en *diarrhée* aiguë !
Préférez les récipients-unidoses plus faciles à transporter en voyage.

LARIAM
méfloquine

sur ordonnance

Antipaludique Roche

Dans quel cas l'utiliser
C'est un médicament destiné à lutter contre le *paludisme*, maladie parasitaire transmise par les moustiques.
Il est réservé au *traitement curatif* et au *traitement préventif* du paludisme résistant aux autres antipaludiques.

Présentation
Comprimé quadrisécable.

Composition
250 mg de méfloquine chlorhydrate par comprimé.

Comment l'utiliser
Les comprimés sont pris avec un grand verre d'eau, de préférence au cours d'un repas.
En raison du goût amer et légèrement piquant du produit, les comprimés ne doivent pas être croqués. Néanmoins, pour les personnes ayant des difficultés à déglutir, les comprimés peuvent être écrasés et dissous dans de l'eau ou dans une boisson susceptible d'en masquer le goût.

Posologie usuelle :
Traitement préventif : ce médicament doit être pris 1 fois par semaine à jour fixe. La première prise a lieu 10 jours avant le départ. La dernière prise aura lieu 4 semaines après le retour.
• Adulte et enfant de plus de 45 kg : 1 comprimé à 250 mg par prise hebdomadaire.
• Enfant de 31 à 45 kg : ¾ de comprimé à 250 mg par prise hebdomadaire.
• Enfant de 20 à 30 kg : ½ comprimé à 250 mg par prise hebdomadaire.
• Enfant de 15 à 19 kg : ¼ de comprimé à 250 mg par prise hebdomadaire.
Traitement curatif : 25 mg par kg, à répartir en 2 ou 3 prises espacées de 6 à 12 heures, soit :
• Adulte de plus de 60 kg : 3 comprimés à 250 mg, puis 2 comprimés 8 à 12 heures plus tard, puis 1 comprimé 8 à 12 heures plus tard.
• Adulte de 46 à 60 kg : 5 comprimés à 250 mg, répartis en 2 prises.
• Enfant de 30 à 45 kg : 3 à 4 comprimés à 250 mg, répartis en 2 prises.
• Enfant de 21 à 30 kg : 2 à 3 comprimés à 250 mg, répartis en 2 prises.
• Enfant de 5 à 20 kg : 1 comprimé à 250 mg par 10 kg de poids, répartis en 2 prises.

Chaque fois que possible, une analyse de sang destinée à mettre en évidence le parasite doit être réalisée.

Quand ne pas le prendre
Ce médicament ne doit pas être utilisé dans les cas suivants :
- *antécédent* d'*allergie* à la méfloquine, à la quinine ou à la quinidine ;
- *insuffisance hépatique* grave ;
- antécédent de *fièvre bilieuse hémoglobinurique* ;
- en association avec les médicaments contenant de l'acide valproïque ou du valpromide ;
- antécédent de *convulsions* ou de *dépression* ;
- **grossesse**.
Ces deux dernières contre-indications peuvent ne pas s'appliquer pour le traitement d'urgence du paludisme.

Attention : Des précautions sont nécessaires en cas d'*insuffisance rénale*. L'usage de ce médicament dans la prévention du *paludisme* est réservé à certaines régions du monde. La liste de ces pays est revue chaque année par l'OMS (Organisation mondiale de la santé). Même si vous avez déjà pris ce médicament pour un précédent voyage dans la même région ou dans une autre partie du monde, il est nécessaire de consulter votre médecin pour connaître la prévention la mieux adaptée à votre voyage.
En cas de séjour de plus de 3 mois, il peut être nécessaire d'utiliser d'autres méthodes de prévention du paludisme : demandez conseil à votre médecin.
Une contraception efficace est obligatoire pendant la durée du traitement et doit être poursuivie pendant 3 mois après la dernière prise de ce médicament.
Par mesure de prudence, il est préférable de faire pratiquer les vaccinations par un virus vivant au moins 3 jours avant la première prise de ce médicament.
Par ailleurs, ce médicament peut parfois altérer le jugement, le comportement ou la coordination des mouvements : les activités potentiellement dangereuses (sports d'altitude, maniement d'outil dangereux...) doivent être envisagées avec prudence et la survenue de troubles neuropsychiques impose l'arrêt définitif du traitement.

Conducteur : ce médicament peut être responsable de *vertiges*.

Avec d'autres médicaments

Ce médicament ne doit pas être associé à l'acide valproïque ou au valpromide (DÉPAKINE, VALPROATE DE SODIUM IREX, DÉPAMIDE...) : risque de crise d'*épilepsie*. Ce médicament peut interagir avec la quinine (par *voie intraveineuse*). Informez par ailleurs votre médecin si vous prenez un *bêtabloquant*.

Grossesse et allaitement

Grossesse :

Traitement préventif : ce médicament est contre-indiqué pendant la grossesse et son usage impose une contraception efficace pendant le traitement et 3 mois après.

Traitement curatif : seul votre médecin peut apprécier la nécessité du traitement et son risque.

Allaitement :

Ce médicament passe dans le lait maternel : l'allaitement est déconseillé.

> **Conseils :** La prise de ce médicament ne dispense pas des mesures visant à lutter contre les piqûres de moustiques : port de vêtements longs après le coucher du soleil, insecticides, moustiquaire...
>
> Le risque maximal de crise de *paludisme* se situe dans les 4 semaines qui suivent le retour d'un pays tropical : toute fièvre, même banale, pendant cette période, doit vous amener à consulter un médecin.
>
> Une rechute peut toujours survenir, même après un traitement bien suivi.
>
> Les comprimés doivent être conservés à l'abri de la lumière et de l'humidité.

Effets indésirables possibles

Le plus fréquemment : nausées, vomissements, *vertiges*, maux de tête, insomnie, selles molles ou *diarrhée*, douleurs abdominales.

Plus rarement : *convulsions*, troubles de la vue et de l'audition, *palpitations*, *éruption cutanée*, faiblesse musculaire, douleur des muscles ou des articulations, fatigue, perte d'appétit, augmentation des *transaminases*, anomalie de la *numération formule sanguine*.

Lors d'un *traitement préventif* : troubles de l'*humeur* et du comportement (anxiété, agitation, confusion, hallucination, idées suicidaires), qui doivent faire arrêter le traitement. Certains de ces troubles peuvent, du fait de la durée d'action du médicament, persister 1 à 3 semaines après la dernière prise.

Médicaments équivalents

- **En Belgique :** Lariam
- **En Suisse :** Lariam, Mephaquine
- **Dans la plupart des pays :** Lariam ou Mephaquin

> **En voyage**
>
> Il est particulièrement important de respecter toutes les mesures préventives médicamenteuses et non médicamenteuses contre le *paludisme* (il n'existe pas de vaccination).
>
> Votre traitement antipaludique ne peut être défini que par un médecin qui tient compte de vos antécédents et de vos conditions de voyage. L'automédication en prévention du paludisme est fortement déconseillée.
>
> Comme il n'y a pas de paludisme sans piqûres de moustique, il est essentiel de tout faire pour les éviter :
>
> - appliquer un répulsif sur les parties découvertes du corps, y compris le visage ;
> - porter des pantalons et des vêtements à manches longues, surtout le soir (il est fortement recommandé de les imprégner d'insecticide) ;
> - dormir dans des pièces protégées par des moustiquaires ou, mieux, dormir sous une moustiquaire aux mailles serrées, éventuellement imprégnée d'insecticide (la moustiquaire doit toucher le sol ou être bordée sous le matelas) ;
> - utiliser des insectifuges dans les chambres (penser au kit d'adaptation des prises de courant pour les diffuseurs) et des tortillons fumigènes dans les pièces aérées ou à l'extérieur ;
> - ne jamais sortir la nuit sans protection anti-moustiques.
>
> Ces mesures ont de plus l'avantage de vous protéger des piqûres d'autres insectes.
>
> L'utilisation de moyens de prévention n'exclut pas totalement le risque de paludisme. Toute fièvre importante au cours d'un séjour en zone impaludée ou au retour peut traduire un accès palustre et nécessite une consultation médicale d'urgence pour rechercher le *parasite* dans le sang.
>
> Si la consultation n'est pas possible dans les 12 heures, un *traitement présomptif* doit être entrepris. La possession en réserve de ce traitement doit être envisagée avec votre médecin ; il évalue sa nécessité en fonction de vos conditions de voyage.

LEXOMIL
bromazépam

sur ordonnance

Anxiolytique   Roche

Dans quel cas l'utiliser
C'est un *tranquillisant* de la famille des *benzodiazépines*.
Il est utilisé dans le traitement de l'anxiété lorsque celle-ci s'accompagne de troubles gênants.

Présentation
Comprimé-baguette quadrisécable.

Composition
6 mg de bromazépam par comprimé.

Comment l'utiliser
Ce médicament peut être pris pendant ou en dehors des repas.
Les comprimés sont divisibles en 4 et permettent de répartir la dose quotidienne en plusieurs prises. Les fractions restantes non utilisées peuvent être conservées dans le couvercle de la boîte.

Posologie usuelle :
• Adulte : 6 mg par jour, habituellement répartis en ¼ de comprimé le matin, ¼ de comprimé le midi et ½ comprimé le soir. La *posologie* peut être portée à 18 mg par jour dans certains cas graves.

Quand ne pas le prendre
Ce médicament ne doit pas être utilisé dans les cas suivants :
- *insuffisance respiratoire* ou *hépatique* grave,
- *syndrome d'apnée du sommeil*.

Attention : Des précautions sont nécessaires chez la personne âgée, l'*insuffisant hépatique* ou *rénal* et chez la personne souffrant de *myasthénie*.
Utilisé seul, ce médicament n'est pas adapté au traitement des *états dépressifs*.
Une prise prolongée, surtout à doses importantes, de *tranquillisants* de la famille des *benzodiazépines* peut provoquer une *dépendance*. Ce risque de dépendance est accru chez les personnes ayant déjà présenté une dépendance à d'autres médicaments, substances ou à l'alcool.
L'arrêt brutal de ce médicament expose à un *syndrome de sevrage* : réapparition de l'anxiété, agitation, irritabilité,

---

insomnie, maux de tête, douleurs musculaires, tremblements, hallucinations. Il faut donc s'entourer de conseils médicaux pour diminuer progressivement les doses et espacer les prises, sur une période d'autant plus longue que le traitement a été prolongé.
Ce médicament peut induire une somnolence, parfois intense chez certaines personnes. Cette somnolence peut être majorée par la prise d'*alcool* ou d'autres médicaments *sédatifs*. La conduite et l'utilisation de machines dangereuses sont déconseillées, surtout dans les heures qui suivent la prise du médicament.

Avec d'autres médicaments
Informez votre médecin ou votre pharmacien si vous prenez d'autres *sédatifs*.

Grossesse et allaitement
Grossesse :
Ce médicament ne doit pas être utilisé sans avis médical pendant la grossesse, notamment au cours des 3 premiers mois. Les fortes doses au cours des 3 derniers mois sont déconseillées. Si le traitement est poursuivi jusqu'à l'accouchement, une surveillance médicale du *nouveau-né* est nécessaire.

Allaitement :
Ce médicament passe dans le lait maternel : l'allaitement est déconseillé.

Conseils : Ce médicament vous a été prescrit dans une situation précise : ne le conseillez pas à une autre personne. L'effet de ce médicament peut persister plus de 24 heures après sa prise.
Les *tranquillisants* ne sont pas la seule réponse à l'anxiété : une meilleure hygiène de vie, une consommation modérée d'excitants (y compris les boissons alcoolisées) permettent aussi de lutter efficacement contre l'excès de stress.

Effets indésirables possibles
Trous de mémoire, sensation d'ivresse, fatigue, somnolence en particulier chez la personne âgée, ralentissement des idées, sensation de fatigue musculaire, baisse de la libido, *éruption cutanée*.

Exceptionnellement :
- réactions paradoxales avec augmentation de l'anxiété, agitation, agressivité, confusion des idées, hallucinations ;
- *amnésie antérograde*.
Ces troubles nécessitent l'arrêt du traitement.

Médicaments équivalents
- **En France :** Anxyrex, Bromazépam Bayer, Bromazépam Biogaran, Bromazépam EG, Bromazépam G Gam, Bromazépam GNR, Bromazépam Merck, Bromazépam MSD, Bromazépam Ratiopharm, Bromazépam RPG, Quiétiline
- **En Belgique :** Anxiocalm, Bromatop, Bromazemed, Bromazepam, Bromazephar, Bromidem, Docbromaze, Lexotan
- **En Suisse :** Lexotanil
- **Dans la plupart des pays :** Lexotan
- **Ailleurs**
  - **Autriche, Allemagne, Hollande :** Lexotanil
  - **Israël :** Lenitin
  - **Japon :** Seniran
  - **Maroc, Tunisie :** Lexomil

Le groupe des *benzodiazépines* comporte plus de 20 molécules. Elles se différencient par leurs durées d'action. Seuls les médicaments contenant du bromazépam ont été recherchés, mais une autre molécule peut également convenir. La sensibilité individuelle aux effets des benzodiazépines est très variable. Seul un médecin peut décider du choix du tranquillisant.

En voyage
Les trajets, l'éloignement, les changements de conditions de vie sont autant de facteurs pouvant être à l'origine d'anxiété lors d'un voyage.
Si vous avez du mal à gérer cette anxiété, la prise d'un tranquillisant peut s'avérer utile. Demandez conseil à votre médecin avant votre départ.
Si les troubles sont plus importants qu'une simple anxiété (crise d'angoisse, délire), n'hésitez pas à faire appel à un médecin ou à votre assistance rapatriement.

LOVENOX
énoxaparine sodique   sur ordonnance

Anticoagulant injectable   Aventis

Dans quel cas l'utiliser
Ce médicament est un *anticoagulant* de la famille des héparines de bas poids moléculaire. Il empêche la formation des caillots dans les vaisseaux sanguins.
Il est utilisé :
- à faible dose, dans le *traitement préventif* des *accidents thromboemboliques* ;
- à forte dose, dans le traitement des *thromboses* veineuses (*phlébite*...).

Présentation
Solution injectable.

Composition
20 mg, ou 40 mg, ou 60 mg, ou 80 mg, ou 100 mg d'énoxaparine sodique par seringue.

Comment l'utiliser
La solution injectable est administrée par *voie* sous-cutanée dans un pli de la peau pincé entre deux doigts. L'injection se fait habituellement dans la paroi abdominale.

Posologie usuelle :
Elle est strictement individuelle. Elle varie selon la maladie à traiter et le poids de la personne. En cas d'immobilisation, le traitement durera au moins jusqu'à la reprise normale de la marche.
- *Traitement préventif* : 1 injection par jour.
- *Traitement curatif* : 2 injections par jour.

Quand ne pas le prendre
Ce médicament ne doit pas être utilisé dans les cas suivants :
- hémophilie et maladies apparentées,
- risque de saignement d'un organe (*ulcère* de l'estomac ou du *duodénum*),

– baisse des *plaquettes* sanguines lors d'une précédente utilisation de ce médicament ou d'un autre médicament de la famille des héparines.

> **Attention :** Des analyses de sang sont nécessaires en début et en cours de traitement, pour contrôler notamment le taux de *plaquettes* dans le sang.
>
> Des précautions sont nécessaires en cas d'*accident vasculaire cérébral*, d'*insuffisance hépatique* ou *rénale*, d'*hypertension artérielle* grave non traitée, ou d'*ulcère* de l'estomac ou du *duodénum*, même ancien.
>
> L'aspirine augmente le risque hémorragique lié à l'usage de ce médicament. De nombreux produits qui en contiennent sont vendus sans ordonnance. Ne prenez aucun médicament sans l'avis de votre médecin ou de votre pharmacien. Prévenez votre dentiste de la prise de ce médicament. Ce médicament expose au risque d'*hémorragies* internes.
>
> Les sports violents ou activités dangereuses sont déconseillés au cours du traitement.

Avec d'autres médicaments

Ce médicament peut interagir avec les médicaments contenant de l'aspirine, des *anti-inflammatoires* non stéroïdiens et de la ticlopidine : augmentation du risque d'*hémorragie*.

Par ailleurs, informez votre médecin si vous prenez un *corticoïde*.

Grossesse et allaitement

Grossesse :

L'effet de ce médicament sur la femme enceinte et l'enfant à naître est mal connu : votre médecin est seul juge pour apprécier la nécessité de ce traitement et son risque pendant la grossesse.

Allaitement :

La possibilité d'un effet du médicament chez le *nourrisson* est très improbable ; néanmoins, par mesure de prudence, le traitement est déconseillé sans avis médical chez la femme qui allaite.

> **Conseils :** Lorsque ce médicament est remplacé par les *anticoagulants* oraux, ces deux traitements peuvent être pris simultanément pendant quelques jours.
>
> Il est normal de voir apparaître des hématomes (bleus) au point d'injection. Ils disparaîtront spontanément.

Effets indésirables possibles

Hémorragies de gravité variable.

Baisse des *plaquettes* sanguines justifiant des analyses de sang avant et pendant le traitement.

Rarement : *réaction allergique*, douleur durable au point d'injection pouvant traduire une lésion de la peau ; consultez votre médecin.

Médicaments équivalents

- **En France** : Clivarine, Fragmine, Fraxiparine, Fraxodi, Innohep sont également des héparines de bas poids moléculaires.
- **En Belgique** : Clexane
- **En Suisse** : Lovenox, Clexane
- **Dans la plupart des pays** : Lovenox, Clexane
- **Ailleurs**
  - **Danemark, Finlande, Norvège, Suède** : Klexane
  - **Grèce, Israël** : Clexan

Les concentrations des *anticoagulants* de la famille des héparines de bas poids moléculaires sont exprimées dans des unités différentes (mg ou UI Anti-Xa) en fonction des médicaments. Il peut donc exister un risque d'erreur. Demandez une *posologie* précise au médecin.

> **En voyage**
> Rester assis pendant quelques heures lors d'un voyage représenterait un risque de *thrombose* veineuse (*phlébite*...). L'injection d'*anticoagulant* en prévention de cet *accident thromboembolique* est réservée aux personnes à risque et seul votre médecin peut en prendre la décision.
>
> Si vous avez de longs trajets assis, quelques gestes simples sont recommandés pour éviter la stase veineuse :
> – se lever toutes les heures pour marcher quelques minutes ;
> – pratiquer des exercices de contractions musculaires des jambes (flexion, extension, rotation des pieds) ;
> – porter des vêtements amples et boire de l'eau.
>
> Vous pouvez également avoir recours à la contention élastique ; demandez conseil à votre médecin ou à votre pharmacien.

LYSOPAÏNE ORL
bacitracine, suc de papayer, lysozyme

Préparation orobuccale antibactérienne   Boehringer Ingelheim

Dans quel cas l'utiliser
Ce médicament d'usage local contient un *antibiotique* et des *enzymes*.
Il est utilisé dans le *traitement d'appoint* des affections de la bouche et de la gorge.

Présentation
Comprimé à sucer.

Composition
200 *UI* de bacitracine, 2 mg de papayer, 5 mg de lysozyme chlorhydrate par comprimé à sucer.

Comment l'utiliser
Laisser fondre lentement les comprimés sous la langue.
Les prises doivent être espacées d'au moins 1 heure.

Posologie usuelle :
• Adulte et enfant de plus de 6 ans : 6 comprimés, répartis dans la journée.

Quand ne pas le prendre
Ce médicament ne doit pas être utilisé dans les cas suivants :
- *intolérance* au fructose (présence de sorbitol),
- enfant de moins de 6 ans.

Attention : L'usage prolongé de ce médicament n'est pas souhaitable ; il peut modifier l'équilibre microbien naturel de la gorge.
En l'absence d'amélioration au bout de 5 jours, en cas d'apparition de fièvre, consultez votre médecin.

Avec d'autres médicaments
Il est généralement inutile d'associer des *antiseptiques* différents. Ceux-ci peuvent être contenus dans de nombreux produits disponibles en automédication : pastille, *collutoire* et solution nasale ; demandez conseil à votre pharmacien.

Grossesse et allaitement
Ce médicament ne contient que des substances présumées sans danger pendant la grossesse ou l'allaitement. Néanmoins, ne l'utilisez pas de façon prolongée sans l'avis de votre pharmacien ou de votre médecin.

Conseils : Les traitements locaux (*gargarisme*, *collutoire*, pastille) n'agissent que superficiellement ; en cas d'infection profonde, comme une angine, un traitement *antibiotique* est nécessaire pour éviter des complications ultérieures, cardiaques ou rénales.

Effets indésirables possibles
Rarement : *réaction allergique*.
Comme tous les médicaments et confiseries contenant des sucres non absorbables (sorbitol, maltitol...), possibilité de *diarrhée* en cas d'apport important.

Médicaments équivalents
• **En France :** Glossithiase, Hexalyse, Humex mal de gorge, Lyso 6, Lysocalm, Pulmoll, Solutricine, Strepsil, Valda, Vicks pastille sont également des préparations antibactériennes orobuccales utilisées pour calmer les irritations de la gorge. Leur compositions sont variables.

• **Dans la plupart des pays :** Strepsil
Il existe de très nombreuses pastilles à sucer pour les affections buccopharyngées. Demandez une préparation contenant un *antiseptique* ou un *antibiotique* à usage local. La présence d'un *anesthésique* local permet de soulager rapidement la douleur. Attention toutefois, les anesthésiques locaux sont susceptibles de provoquer des *réactions allergiques*.

 En voyage
Il existe de nombreuses pastilles à sucer qui permettent de soulager les maux de gorge peu intenses et sans fièvre. Pensez à en emporter dans votre trousse de voyage. Les maux de gorge ne sont pas rares même en pays tropical (air conditionné...).

MAALOX MAUX D'ESTOMAC
hydroxydes d'aluminium et de magnésium

Antiacide d'action locale   Théraplix

Dans quel cas l'utiliser
Ce médicament contient des *antiacides* d'action locale. Ils agissent en neutralisant les acides sécrétés par l'estomac.

Il est utilisé dans le traitement des aigreurs, brûlures d'estomac et remontées acides.

Présentation
Comprimé à croquer, suspension buvable.

Composition
400 mg d'hydroxyde d'aluminium et 400 mg d'hydroxyde de magnésium par comprimé ; 460 mg d'hydroxyde d'aluminium et 400 mg d'hydroxyde de magnésium par sachet ; 525 mg d'hydroxyde d'aluminium et 600 mg d'hydroxyde de magnésium par cuillère à soupe de suspension buvable.

Comment l'utiliser
Ce médicament doit être pris environ 1 heure et demie après les repas ou au moment des douleurs.

Le sachet de suspension buvable doit être malaxé avant ouverture.

La suspension buvable est avalée telle quelle, sans être diluée.

Posologie usuelle :
• Adulte :
- 1 ou 2 comprimés à croquer par prise, sans dépasser 6 prises par jour ;
- 1 ou 2 sachets de suspension buvable, 1 à 6 fois par jour ;
- 1 cuillère à soupe, 1 à 6 fois par jour.

Quand ne pas le prendre
Ce médicament ne doit pas être utilisé en cas d'*insuffisance rénale* grave.

Attention : Il est préférable de consulter un médecin dans les situations suivantes :
- troubles de la digestion apparaissant pour la première fois, ou si les troubles ont changé récemment ;
- troubles associés à une perte de poids ;
- difficulté à avaler ou gêne abdominale persistante.

N'utilisez pas ce médicament de façon prolongée sans l'avis de votre médecin : des examens peuvent être nécessaires si les *symptômes* persistent.

Compte tenu de la teneur en aluminium de ce médicament, des précautions sont nécessaires chez les *insuffisants rénaux* traités par *dialyse*.

Les personnes souffrant de douleurs d'estomac doivent éviter d'utiliser des médicaments contenant de l'aspirine ou des *AINS* qui augmentent l'acidité de l'estomac. Le paracétamol est en revanche sans danger pour traiter les douleurs ou la fièvre.

Les sachets de suspension buvable contiennent du *sucre* (saccharose) en quantité notable.

Avec d'autres médicaments
Ce médicament peut diminuer l'absorption de nombreux médicaments. Un délai d'au moins 2 heures (voire 4 heures avec les *antibiotiques* de la famille des quinolones) doit être respecté entre la prise de ce médicament et celle des autres traitements. Demandez conseil à votre médecin ou à votre pharmacien.

Grossesse et allaitement
Les substances contenues dans ce médicament sont peu absorbées. Néanmoins, ne l'utilisez pas de façon prolongée pendant la grossesse ou l'allaitement sans l'avis de votre médecin ou de votre pharmacien.

Conseils : Agitez vigoureusement le flacon de suspension buvable avant l'emploi.
Une alimentation équilibrée, une mastication lente, la suppression des aliments difficiles à digérer et des boissons alcoolisées permettent souvent d'atténuer les *symptômes* dus à une *inflammation* de l'estomac, du *duodénum* ou de l'œsophage.

Si vous êtes fumeur, la poursuite du tabagisme est un frein important au traitement : la nicotine augmente l'acidité gastrique et réduit l'efficacité du muscle qui ferme la jonction entre l'œsophage et l'estomac.

Effets indésirables possibles
Constipation ou *diarrhée* : les sels d'aluminium favorisent la constipation alors que le magnésium peut avoir un effet laxatif. Suivant les personnes, l'un ou l'autre de ces effets peut prédominer.

Médicaments équivalents

Maalox Maux d'estomac est également commercialisé en Belgique et en Suisse.

De très nombreuses autres préparations *antiacides* sont utilisées pour soulager les douleurs d'estomac. Elles contiennent généralement des sels (carbonates, hydroxydes, silicates) de magnésium, de calcium ou d'aluminium. Une liste exhaustive serait particulièrement longue.

Rien qu'en France, sont commercialisés : Dextoma, Digestif Marga, Gastropax, Gelusil, Hepatoum brûlures d'estomac, Isudrine, Mab, Moxydar, Phosphalugel, Prefagyl, Rennie, Riopan, Rocgel, Ulfon, Xolaam.

Sachez que certains de ces médicaments existent à l'étranger sous le même nom commercial.

En voyage
Pour prévenir les brûlures d'estomac, évitez les plats épicés des cuisines locales, les boissons alcoolisées et les repas trop copieux.

La présentation sous forme de comprimés à croquer est la plus pratique en voyage.

MALARONE
atovaquone, proguanil   sur ordonnance

Antipaludique   GlaxoSmithKline

Dans quel cas l'utiliser

Ce médicament est un antipaludique de synthèse associant deux substances actives.

Il est utilisé dans le *traitement préventif* et le *traitement curatif* du *paludisme* chez l'adulte et l'enfant de plus de 40 kg.

Présentation
Comprimé.

Composition
250 mg d'atovaquone et 100 mg de proguanil chlorhydrate.

Comment l'utiliser

Pour assurer une bonne absorption des substances, les comprimés doivent être pris avec un repas ou une boisson lactée.

Posologie usuelle :

Traitement préventif du *paludisme* :
- Adulte et enfant de plus de 40 kg : 1 comprimé par jour depuis la veille ou le jour du départ jusqu'à 7 jours après avoir quitté la zone à risque.

Traitement curatif :
- Adulte et enfant de plus de 12 ans : 4 comprimés par jour, en une seule prise à heure fixe, pendant 3 jours.

La posologie est la même chez la personne âgée et en cas d'*insuffisance hépatique* ou d'*insuffisance rénale* modérée.

Quand ne pas le prendre

Ce médicament ne doit pas être utilisé en *traitement préventif* en cas d'*insuffisance rénale* grave.

Attention : Ce médicament n'est pas destiné à traiter les formes graves de paludisme (accès pernicieux palustre) qui nécessitent une hospitalisation et un traitement intraveineux.

Avec d'autres médicaments

Ce médicament peut interagir avec ceux qui contiennent de la rifampicine, de la rifabutine, du métoclopramide, des tétracyclines ou de l'indinavir.

Grossesse et allaitement

Grossesse :

Le risque pendant la grossesse est lié au *paludisme* et non au médicament, qui peut être pris par la femme enceinte aux doses préconisées si nécessaire.

Allaitement :

Ce médicament passe dans le lait maternel ; ne l'utilisez pas ou ne le réutilisez pas sans avis médical.

Conseils : Le traitement ne dispense pas des mesures destinées à empêcher les piqûres de moustiques : port de vêtements longs après le coucher du soleil, insecticides, moustiquaire...

Le risque maximal de crise de *paludisme* se situe dans les 4 semaines qui suivent le retour d'un pays tropical : toute fièvre, même banale, pendant cette période, doit vous amener à consulter votre médecin.

Une rechute peut toujours survenir, même après un traitement bien suivi.

Effets indésirables possibles

Fréquemment : *troubles digestifs*, manque d'appétit, toux, maux de tête.

Rarement : augmentation réversible des *transaminases*, anomalie de la *numération formule sanguine*, *apthes*, anomalies de la coloration de la peau, perte de cheveux, *réaction allergique*, démangeaisons, fièvre, *hyponatrémie*, augmentation des enzymes pancréatiques dans le sang.

Médicaments équivalents

- En Belgique : Malarone
- En Suisse : Malarone
- Dans la plupart des pays : Malarone

En voyage
Il est particulièrement important de respecter toutes les mesures préventives médicamenteuses et non médicamenteuses contre le *paludisme* (il n'existe pas de vaccination).
Votre traitement antipaludique ne peut être défini que par un médecin qui tient compte de vos antécédents et de vos conditions de voyage. L'automédica-

tion en prévention du paludisme est fortement déconseillée.

Comme il n'y a pas de paludisme sans piqûres de moustique, il est essentiel de tout faire pour les éviter :
- appliquer un *répulsif* sur les parties découvertes du corps, y compris le visage ;
- porter des pantalons et des vêtements à manches longues, surtout le soir (il est fortement recommandé de les imprégner d'insecticide) ;
- dormir dans des pièces protégées par des moustiquaires ou, mieux, dormir sous une moustiquaire aux mailles serrées, éventuellement imprégnée d'insecticide (la moustiquaire doit être bordée sous le matelas ou doit toucher le sol) ;
- utiliser des insectifuges dans les chambres (penser au kit d'adaptation des prises de courant pour les diffuseurs) et des tortillons fumigènes dans les pièces aérées ou à l'extérieur ;
- ne jamais sortir la nuit sans protection anti-moustiques.

Ces mesures ont de plus l'avantage de vous protéger de piqûres d'autres insectes.

L'utilisation de moyens de prévention n'exclut pas totalement le risque de paludisme. Toute fièvre importante au cours d'un séjour en zone impaludée ou au retour peut traduire un accès palustre et nécessite une consultation médicale d'urgence pour rechercher le *parasite* dans le sang.

MICROLAX

Laxatif par voie rectale   Pharmacia SAS

Dans quel cas l'utiliser

C'est un laxatif administré par *voie* rectale. Il ramollit les selles et déclenche une contraction du rectum qui permet leur évacuation.

Il est utilisé dans le *traitement symptomatique* de la *constipation* et pour préparer le rectum avant certains examens.

Présentation

Gel rectal.

Composition

64,5 mg de laurylsulfoacétate de sodium, 450 mg de citrate de sodium et 4,465 g de sorbitol par tube Adulte ; 38,7 mg de

laurylsulfoacétate de sodium, 270 mg de citrate de sodium et 2,679 g de sorbitol par tube Bébé.

Comment l'utiliser

Introduire la canule dans le rectum et vider le contenu du tube par pression. Retirer la canule sans relâcher la pression sur le tube.

L'effet laxatif se manifeste après un délai de 5 à 20 minutes.

Posologie usuelle :
1 tube par jour.

Attention : Comme tous les laxatifs, ce médicament ne doit pas être utilisé de façon prolongée sans avis médical. Des précautions sont nécessaires chez la personne atteinte d'*hémorroïdes*, de *fissure anale* ou de *rectocolite hémorragique*.
Chez le *nourrisson*, son usage doit rester exceptionnel : il risque d'empêcher le réflexe d'expulsion des selles.

Grossesse et allaitement
Ce médicament peut être utilisé de façon ponctuelle pour traiter la constipation de la femme enceinte ou qui allaite.

Conseils : Le traitement de la constipation chronique repose essentiellement sur des boissons abondantes, une alimentation riche en fibres et une activité physique régulière.

Effets indésirables possibles
Un usage prolongé peut occasionner des sensations de brûlure anale et exceptionnellement des *inflammations* du rectum.

Médicaments équivalents
- **En France :** Bébegel, Eductyl, Norgalax, Rectopanbiline
- **En Belgique :** Laxavit, Microlax, Norgalax
- **En Suisse :** Bulboïd, Microklist, Microlax, Norgalax, Practomil
- **Dans la plupart des pays :** Microlax

Les suppositoires à la glycérine, également classés parmi les laxatifs à usage rectal, sont à éviter en cas de séjour dans un pays chaud.

En voyage
Une *constipation* passagère est fréquente en voyage. Boire 2 litres de liquide (eau minérale, jus de fruits, thé, soupe...) par jour et privilégier une alimentation riche en légumes verts et en fruits (en évitant bananes et riz) sont autant de moyens pour lutter contre la constipation. Mais attention à respecter les règles d'hygiène alimentaire pour ne pas transformer la constipation en *diarrhée* aiguë !

MICROPUR FORTE

Désinfection : eau de boisson   Pharma voyage

Dans quel cas l'utiliser
Ce liquide et ces comprimés contiennent un désinfectant chimique, actif sur les bactéries et virus et certains parasites (giarda) et des ions Argent ayant une action conservatrice.
Ils sont destinés aux voyageurs pour la désinfection et la conservation de l'eau pour la boisson, le brossage des dents, le lavage des fruits et des légumes, lorsque l'eau est de qualité inconnue ou douteuse.
Ce produit n'est pas un médicament, mais il peut être prescrit par un médecin.

Présentation
Liquide et comprimé.

Composition
Hypochlorite de sodium et ion argent.

Comment l'utiliser
Laisser agir au moins 30 minutes avant de consommer l'eau.
Liquide : ajouter 1 goutte dans un verre d'eau ou 3 gouttes dans 1 litre d'eau.
Comprimé : dissoudre 1 comprimé dans 1 litre d'eau.

Attention : Si l'eau contient des sédiments, sa décantation ou sa filtration est nécessaire pour une désinfection chimique correcte. Respectez la dose et le temps de contact préconisés.

Conseils : 1 flacon ou 1 boîte de comprimés permettent de traiter 100 litres d'eau.

Médicaments équivalents

Il existe plusieurs marques de désinfectants de l'eau. Ils sont commercialisés en pharmacie, mais également dans certains magasins de sport spécialisés. Demandez un produit à base de dérivé chloré associé à des ions argent.

En voyage

Pour une protection maximale, la désinfection chimique doit être précédée d'une microfiltration. Ainsi, l'eau sera débarrassée des *parasites*, des *virus* et des *bactéries*. Prévoyez au moins 2 litres d'eau par jour et par personne, en ajoutant 1 litre par dizaine de degrés supplémentaire. La présence d'argent dans le désinfectant permet de conserver l'eau plus longtemps.

MYNOCINE
minocycline

sur ordonnance

Antibiotique : cycline   Wyeth Lederlé

Dans quel cas l'utiliser

C'est un *antibiotique* qui appartient à la famille des *cyclines*.
Il est utilisé dans le traitement de diverses maladies infectieuses, notamment respiratoires et génitales. Il est également utilisé dans le traitement de l'*acné*.

Présentation

Gélule contenant des microgranules.

Composition

50 ou 100 mg de minocycline par gélule.

Comment l'utiliser

Pour éviter les *troubles digestifs*, ce médicament sera pris au milieu d'un repas et au moins 1 heure avant le coucher.
Les gélules doivent être avalées avec un grand verre d'eau. Elles ne doivent pas être absorbées en position allongée.

Posologie usuelle :
• Adulte : 100 mg, 1 ou 2 fois par jour. Dans le traitement prolongé de l'*acné* : 100 mg par jour puis la *posologie* peut être réduite à 50 mg par jour, après 10 à 15 jours de traitement.
• Enfant de plus de 8 ans : 4 mg par kg et par jour, répartis en 2 prises ; soit pour un enfant de 25 kg : 1 gélule à 50 mg, matin et soir.

Quand ne pas le prendre

Ce médicament ne doit pas être utilisé dans les cas suivants :
- *allergie* aux *cyclines*,
- enfant de moins de 8 ans (risque de coloration définitive des dents),
- en association avec les *rétinoïdes* par *voie* orale,
- **grossesse** (à partir du 4e mois).

Attention : Ce médicament peut être photosensibilisant : une exposition aux rayons *ultraviolets* peut provoquer des réactions cutanées. Évitez toute exposition au soleil et n'omettez pas de signaler à votre médecin vos projets de vacances pendant la durée du traitement.
Des précautions sont nécessaires en cas d'*insuffisance hépatique*.
Conducteur : ce médicament peut être responsable de *vertiges*.

Avec d'autres médicaments

Ce médicament ne doit pas être associé à ceux qui contiennent des *rétinoïdes* à prendre par *voie* orale (ROACCUTANE, SORIATANE...) : risque d'*hypertension intracrânienne* bénigne.
Informez par ailleurs votre médecin si vous prenez un *anticoagulant* oral, un *pansement digestif* ou un médicament contenant du fer.

Grossesse et allaitement

Grossesse :

Ce médicament peut provoquer des anomalies dentaires chez l'enfant à naître : son usage est contre-indiqué pendant les 2 derniers trimestres de la grossesse.

Allaitement :

Du fait du risque de coloration des dents chez le nourrisson, un choix peut être nécessaire entre l'allaitement et la prise du médicament. Consultez votre médecin.

> **Conseils :** Le médecin prescrit parfois un prélèvement pour identifier le *germe* responsable de l'infection et tester sa sensibilité aux *antibiotiques*. Le résultat de cet examen peut être faussé en cas d'automédication préalable : ne prenez pas et ne donnez pas d'antibiotiques sans avis médical.
>
> Une diminution de la fièvre ou une disparition des *symptômes* ne sont pas synonymes de guérison : la durée du traitement doit absolument être respectée pour éviter les rechutes.
>
> Si vous digérez le lait, la prise de ce médicament avec un verre de lait peut diminuer les *troubles digestifs* éventuels.

Effets indésirables possibles

Rarement : nausées, vomissements, *diarrhée*, manque d'appétit.

Réaction allergique : signalez à votre médecin la survenue éventuelle d'une *éruption cutanée* ou d'une fièvre (prolongée ou survenant sans raison).

Vertiges avec ralentissement des idées.

Exceptionnellement : réaction de *photosensibilisation* ; coloration brune ou bleutée de la peau, réversible à l'arrêt du traitement ; inflammation pulmonaire avec essoufflement ; *insuffisance rénale* aiguë ; *hépatite*.

Médicaments équivalents

- **En France :** Logryx, Minolis, Mestacine, Minocycline Bayer, Minocycline Biogaran, Minocycline EG, Minocycline GNR, Minocycline Irex, Minocycline Merck, Zacnan
- **En Belgique :** Klinotab, Mino-50, Minocin, Minocycline BC, Minotab
- **En Suisse :** Aknoral, Minac, Minocin
- **Dans la plupart des pays :** Minocin

Demandez au pharmacien un médicament contenant de la **minocycline**.

En voyage

Les maladies sexuellement transmissibles (*MST*) ont des durées d'incubation variables (de quelques jours à quelques semaines). En cas d'apparition de *symptômes* (douleur en urinant, *inflammation* ou lésions des organes génitaux...) au cours de votre voyage, il est nécessaire de consulter un médecin ou votre assistance de rapatriement avant de prendre ce traitement *antibiotique*. Si vous vous êtes traité sur place, vous devez consulter à votre retour un dermatologue ou un vénérologue pour vous assurer de la guérison.

La seule prévention contre les MST est le préservatif. Il doit être utilisé systématiquement pour tout rapport sexuel avec un nouveau partenaire (pénétrations ou contacts buccogénitaux). Les préservatifs ne sont pas toujours faciles à trouver à l'étranger et leur qualité n'est pas garantie partout : mieux vaux les emporter avec vous.

NAUSICALM
diménhydrinate

Antiémétique Brothier

Dans quel cas l'utiliser
Ce médicament appartient à la famille des *antihistaminiques* de type H1.
Il est utilisé pour prévenir et traiter le mal des transports et dans le traitement de la crise de *vertige* aigu.

Présentation
Gélule ou sirop.

Composition
50 mg de diménhydrinate par gélule ; 15,7 mg de diménhydrinate et 3,6 g de saccharose par cuillère à café de sirop soit 47,2 mg de diménhydrinate et 10,8 g de saccharose par cuillère à soupe.

Comment l'utiliser
Pour prévenir le mal des transports, ce médicament doit être pris une demi-heure avant le départ. La prise peut éventuellement être renouvelée au cours du voyage.
Les gélules sont réservées à l'adulte.

Posologie usuelle :
- Adulte : 1 ou 2 gélules ou 1 à 2 cuillères à soupe de sirop, à renouveler si nécessaire 6 à 8 heures après. Ne pas dépasser 8 gélules ou 8 cuillères à soupe de sirop par 24 heures.
- Enfant de 6 à 15 ans : 1 à 2 cuillères à café de sirop, à renouveler 6 à 8 heures après. Ne pas dépasser 10 cuillères à café de sirop par 24 heures.
- Enfant de 2 à 6 ans : ½ à 1 cuillère à café de sirop, à renouveler 6 à 8 heures après. Ne pas dépasser 5 cuillères à café par 24 heures.

Quand ne pas le prendre
Ce médicament ne doit pas être utilisé dans les cas suivants :
- risque de *glaucome* à angle fermé,
- risque de rétention des urines (*adénome de la prostate* essentiellement),
- enfant de moins de 2 ans.

Attention : Du fait de la présence d'un *antihistaminique* ayant des propriétés sédatives et atropiniques, des précautions sont nécessaires chez l'*insuffisant* *hépatique* ou *rénal* et chez la personne âgée, notamment en cas de constipation chronique, d'*adénome de la prostate*, de tendance aux *vertiges* ou aux baisses de tension.
Le sirop contient du *sucre* (saccharose) en quantité notable.
Évitez les boissons alcoolisées : augmentation du risque de somnolence.
Ce médicament peut induire une somnolence, parfois intense chez certaines personnes. Cette somnolence peut être majorée par la prise d'*alcool* ou d'autres médicaments *sédatifs*. La conduite et l'utilisation de machines dangereuses sont déconseillées, surtout dans les heures qui suivent la prise du médicament.

Avec d'autres médicaments
Informez votre médecin ou votre pharmacien si vous prenez un autre médicament ayant des effets *atropiniques* ou *sédatifs*.

Grossesse et allaitement
Grossesse :
L'utilisation ponctuelle de ce médicament pendant la grossesse est possible, à condition de respecter la *posologie* recommandée. Néanmoins, son utilisation dans les jours qui ont précédé l'accouchement doit être signalée au médecin ; en effet, une surveillance particulière du *nouveau-né* peut être nécessaire.

Allaitement :
Ce médicament passe dans le lait maternel ; ne l'utilisez pas ou ne le réutilisez pas sans avis médical.

Effets indésirables possibles
Somnolence.
Effets *atropiniques* : sécheresse de la bouche, troubles de l'*accommodation*, blocage des urines, constipation, *palpitations*.
Hypotension orthostatique, *vertiges*, tremblements, agitation.
Réaction allergique.
Anomalie de la *numération formule sanguine*.

Médicaments équivalents
- **En France :** Cloranautine, Dramamine, Mercalm, Nautamine
- **En Belgique :** Paranausine, Vagomine
- **En Suisse :** Dramamine, Antemin, Trawell Kaugummi
- Dans la plupart des pays : Dramamine
- **Ailleurs**
  - **Allemagne :** Vomex A, Superpep, RubieMen
  - **Espagne :** Biodramina, Cinfamar, Novodramin, TravelWell
  - **États-Unis :** Dramarin, Dramyl, Calm-X
  - **Italie :** Lomarin , Motozina, Travelgum, Valontan
  - **Malaisie :** Hydrinate, Médrinate
  - **Philippines :** Emes
  - **Portugal :** Enjomin, Viabom, Vomidrine
  - **Russie :** Dramina
  - **Singapour :** Novomin
  - **Taïwan :** Trimin
  - **Thaïlande :** Denim, Dimeno, Gravol, Navamine, Vominar

Demandez au pharmacien un produit contenant du **dimenhydrinate**.

En voyage
Il existe une série de mesures simples et souvent efficaces pour prévenir le mal des transports :
- bien dormir la veille de votre voyage ;
- manger légèrement mais régulièrement pendant le trajet, en privilégiant les aliments solides ;
- ne pas consommer de café, ni de boissons alcoolisées ou gazeuses ;
- éviter les odeurs de cuisine ou celles du tabac ;
- s'abstenir de lire ;
- privilégier certaines places : passager avant en voiture, au niveau des ailes en avion, sur le pont au centre en bateau.

NIFLURIL pommade
acide niflumique

Anti-inflammatoire d'action locale

UPSA

Dans quel cas l'utiliser
Cette pommade contient un *anti-inflammatoire* non stéroïdien (*AINS*). Elle lutte localement contre l'*inflammation* et la douleur.
Elle est utilisée dans le traitement d'appoint des entorses et dans les suites de sclérose des veines.

Présentation
Pommade.

Composition
3 g d'acide niflumique pour 100 g.

Comment l'utiliser
La pommade doit être appliquée en massage doux et prolongé.
Posologie usuelle :
3 applications par jour.

Quand ne pas le prendre
Ce médicament ne doit pas être utilisé dans les cas suivants :
- *allergie* à l'aspirine ou aux *AINS* ;
- en application sur un *eczéma*, les *muqueuses*, les plaies ou la peau lésée ;
- **grossesse** (à partir du 6ᵉ mois).

Grossesse et allaitement
Grossesse :
Les *AINS* pris par voie orale peuvent être toxiques pour le fœtus ; leur utilisation est contre-indiquée pendant les 4 derniers mois de la grossesse. Les AINS destinés à une application locale peuvent traverser la peau, passer dans le sang et exposer le fœtus au même risque, lorsqu'ils sont appliqués sur une large surface de peau ou sous un pansement occlusif. N'utilisez pas ce médicament pendant la grossesse sans avis médical.
Allaitement :
Les données disponibles ne permettent pas de savoir si ce médicament passe dans le lait maternel : ne l'utilisez pas pendant l'allaitement sans avis médical.

Conseils : Pensez à vous laver les mains après l'application. En cas de contact accidentel avec les yeux, rincez abondamment.

Effets indésirables possibles
Sensation de brûlure, dessèchement de la peau.
Imposant l'arrêt immédiat du traitement :
réaction allergique cutanée (éruption de boutons, démangeaisons...).

Médicaments équivalents

- **En France :** Flunir, Niflugel
- **En Belgique :** Niflugel, Niflufil gel
- **En Suisse :** Niflufil gel

- **Ailleurs**
  - **Allemagne, Autriche, Espagne :** Actol
  - **Hong Kong, Maroc, Portugal, Tunisie :** Niflufil

Demandez au pharmacien une préparation contenant un anti-inflammatoire non sté-roïdien (*AINS*). En cas de séjour au soleil, veillez à ne pas utiliser de pommade au kétoprofène (risque de *photosensibilisation*).

>
> **En voyage**
> Veillez à ne pas faire d'effort physique inhabituel sans entraînement et à porter des chaussures adaptées à vos activités.
> Un avis médical est nécessaire lorsque l'*entorse* occasionne de vives douleurs ou lorsque la mobilité du membre se trouve gênée.

NIVAQUINE
chloroquine

sur ordonnance

Antipaludique Aventis

Dans quel cas l'utiliser
Ce médicament est un antipaludique de synthèse.
Il est principalement utilisé dans le *traitement préventif* et le *traitement curatif* du *paludisme*.
Les comprimés à 100 mg sont également utilisés dans la prévention des *lucites* et dans le traitement du *lupus érythémateux* disséminé et de la *polyarthrite rhumatoïde* ; le mécanisme d'action de ce médicament dans ces deux dernières affections, qui n'ont bien sûr rien à voir avec le paludisme, n'est pas parfaitement élucidé.

Présentation
Comprimé, sirop et solution injectable.

Composition
100 mg ou 300 mg de chloroquine par comprimé, 25 mg de chloroquine par cuil-lère-mesure de sirop, 50 mg de chloroquine par ml de solution injectable.

> **Comment l'utiliser**
> Les comprimés doivent être avalés de préférence à la même heure, après le petit déjeuner ou le déjeuner pour éviter la survenue de troubles du sommeil.
> **Posologie usuelle :**
> Dans le *traitement préventif* du *paludisme*, 2 modes de traitement sont utilisés :
> - le premier est plus contraignant, mais il limite le risque d'oubli. Il commence le jour du départ, se poursuit pendant la durée de l'exposition au risque et se termine 4 semaines après le retour.
> - Adulte : 1 comprimé à 100 mg par prise, tous les jours.
> - Enfant de 1 à 15 ans : 1 à 4 cuillères-mesure par prise, selon l'âge. A prendre en 1 seule fois, tous les jours (après un repas).
> - Enfant de moins de 1 an : 1 cuillère-mesure tous les 2 jours (après un repas).
> - le second est moins contraignant, mais le risque d'oubli est plus grand : il commence une semaine avant le départ, se poursuit pendant la durée de l'exposition au risque et se termine 4 semaines après le retour.
> - Adulte et enfant de plus de 12 ans : 1 comprimé à 300 mg, 2 fois par semaine (le lundi et le jeudi par exemple).
>
> Le *traitement curatif* du paludisme dure de 3 à 5 jours et peut être administré soit sous forme orale, soit sous forme injectable *IM*. Le traitement d'une crise de paludisme nécessite toujours au moins 3 jours de repos strict.
> Par *voie* orale chez l'adulte de plus de 60 kg :
> - 1er jour : 600 mg en une prise, 300 mg 6 heures plus tard ;
> - 2e et 3e jours : 300 mg par jour.
>
> Chez l'enfant, la dose est calculée précisément par le médecin, en fonction du poids.
> Le traitement préventif de la *lucite* commence 7 jours avant l'exposition au soleil et se poursuit pendant 15 jours.
> - Adulte et enfant de plus de 6 ans : 2 ou 3 comprimés à 100 mg par jour.

Quand ne pas le prendre

Ce médicament ne doit pas être utilisé dans les cas suivants :
- enfant de moins de 12 ans (comprimé à 300 mg),
- maladie de la *rétine*.

Cette dernière contre-indication peut ne pas s'appliquer pour le traitement d'urgence du paludisme.

> **Attention :** Des précautions sont nécessaires en cas d'*épilepsie*, de *porphyrie*, d'*insuffisance rénale* ou *hépatique*.
>
> L'activité de ce médicament utilisé seul est insuffisante dans de nombreux pays (résistance du parasite à la chloroquine) : demandez conseil à votre médecin ou à votre pharmacien.
>
> En cas de séjour de plus de 3 mois, il peut être nécessaire d'utiliser d'autres méthodes de prévention du paludisme : demandez conseil à votre médecin. Dans le cas d'un traitement prolongé par un médicament contenant de la chloroquine, un bilan ophtalmologique initial et une surveillance peuvent être nécessaires pour détecter une atteinte éventuelle de la vision.
>
> La forme injectable est à éviter chez l'enfant de moins de 5 ans. De plus, elle contient des *sulfites* qui peuvent provoquer une *réaction allergique* chez les personnes prédisposées.
>
> Le sirop contient du *sucre* (saccharose) en quantité notable.
>
> Conducteur : ce médicament peut être responsable de troubles visuels.

Avec d'autres médicaments

Il est préférable de respecter un délai de 2 heures entre la prise de ce médicament et celle de pansements digestifs (contenant des sels d'aluminium, de calcium ou de magnésium).

Grossesse et allaitement

Grossesse :
Le risque pendant la grossesse est lié au *paludisme* et non pas au médicament, qui peut être pris en toute sécurité par la femme enceinte aux doses préconisées.

Allaitement :
Ce médicament passe dans le lait maternel ; ne l'utilisez pas ou ne le réutilisez pas sans avis médical.

> **Conseils :** Le sirop destiné à l'enfant est amer et souvent mal accepté. En cas de vomissement survenant juste après la prise, celle-ci doit être renouvelée à la même dose. Compte tenu de la difficulté d'obtenir une protection efficace, il est déconseillé de voyager avec un *nourrisson* dans une zone à risque de *paludisme*.
>
> Le traitement ne dispense pas des mesures destinées à empêcher les piqûres de moustiques : port de vêtements longs après le coucher du soleil, insecticides, moustiquaire...
>
> Le risque maximal de crise de *paludisme* se situe dans les 4 semaines qui suivent le retour d'un pays tropical : toute fièvre, même banale, pendant cette période, doit vous amener à consulter votre médecin.
>
> Une rechute peut toujours survenir, même après un traitement bien suivi.

Effets indésirables possibles

Fréquemment : *troubles digestifs*, maux de tête, étourdissement, trouble de l'*accommodation*, *réaction allergique*.

Aggravation d'un *psoriasis* existant.

Rarement : coloration ardoisée, en particulier des ongles et des muqueuses, agitation, anxiété, troubles du sommeil.

Exceptionnellement : bourdonnement d'oreilles, *convulsions*, anomalie de la *numération formule sanguine*.

A dose élevée, lors d'un traitement prolongé : troubles passagers de la vue, régressant à l'arrêt du traitement (exceptionnellement irréversibles) ; rarement, atteinte des nerfs et des muscles.

Médicaments équivalents

- **En Belgique :** Nivaquine
- **En Suisse :** Nivaquine, Chlorochin
- **Dans la plupart des pays :** Nivaquine
- **Ailleurs**
  - **Allemagne :** Resochin, Weimerquin
  - **Australie :** Chlorquin
  - **Brésil :** Palux, Chlopirim
  - **Espagne :** Cloroquina, Resochin
  - **Indonésie, Philippines :** Alaren, Malarex
  - **Singapour :** Avloclor
  - **Thaïlande :** Diroquine, Genocin, P-Roquine

Demandez au pharmacien un produit contenant de la **chloroquine**.

En voyage
Il est particulièrement important de respecter toutes les mesures préventives médicamenteuses et non médicamenteuses contre le *paludisme* (il n'existe pas de vaccination).

Votre traitement antipaludique ne peut être défini que par un médecin qui tient compte de vos antécédents et de vos conditions de voyage. L'automédication en prévention du paludisme est fortement déconseillée.

Comme il n'y a pas de paludisme sans piqûres de moustique, il est essentiel de tout faire pour les éviter :
– appliquer un *répulsif* sur les parties découvertes du corps, y compris le visage ;
– porter des pantalons et des vêtements à manches longues, surtout le soir (il est fortement recommandé de les imprégner d'insecticide) ;
– dormir dans des pièces protégées par des moustiquaires ou, mieux, dormir sous une moustiquaire aux mailles serrées, éventuellement imprégnée d'insecticide (la moustiquaire doit être bordée sous le matelas ou doit toucher le sol) ;
– utiliser des insectifuges dans les chambres (penser au kit d'adaptation des prises de courant pour les diffuseurs) et des tortillons fumigènes dans les pièces aérées ou à l'extérieur ;
– ne jamais sortir la nuit sans protection anti-moustiques.

Ces mesures ont de plus l'avantage de vous protéger de piqûres d'autres insectes.

L'utilisation de moyens de prévention n'exclut pas totalement le risque de paludisme. Toute fièvre importante au cours d'un séjour en zone impaludée ou au retour peut traduire un accès palustre et nécessite une consultation médicale d'urgence pour rechercher le *parasite* dans le sang.

NOPRON
niaprazine

sur ordonnance

Somnifère   Genopharm

Dans quel cas l'utiliser
Ce médicament est un somnifère qui contient un *antihistaminique sédatif*.
Il est utilisé dans le traitement occasionnel des troubles du sommeil chez l'enfant.

Présentation
Sirop.

Composition
15 mg de niaprazine et 4 g de saccharose pour 5 ml (1 cuillère-mesure).

Comment l'utiliser
Lors de la première prise, une demi-dose sera administrée afin de tester la sensibilité de l'enfant au médicament.

Posologie usuelle :
• Enfant de plus de 3 ans : 1 mg par kg et par jour, en une seule prise le soir au coucher ; soit pour un enfant de :
- 15 kg à 22,5 kg : 5 ml de sirop (1 cuillère-mesure de 5 ml) par jour,
- 22,5 kg à 30 kg : 7,5 ml de sirop (1 cuillère-mesure de 5 ml et 1 cuillère-mesure de 2,5 ml) par jour,
- 30 kg à 37,5 kg : 10 ml de sirop (2 cuillères-mesure de 5 ml) par jour.
La durée du traitement est limitée à 5 jours au total.

Quand ne pas le prendre
Ce médicament ne doit pas être utilisé chez l'enfant de moins de 3 ans.

Attention : Certaines insomnies peuvent traduire une *dépression* masquée et justifier un traitement spécifique.
Ce médicament peut être responsable d'une somnolence persistant pendant la journée.
Ce sirop contient du *sucre* (saccharose) en quantité notable.

Avec d'autres médicaments
Informez votre médecin ou votre pharmacien en cas de prise d'un autre médicament ayant des effets *atropiniques* ou *sédatifs*.

Conseils : Les *sédatifs* ne sont pas la seule réponse aux troubles du sommeil de l'enfant. L'avis d'un psychologue peut être nécessaire.
Respectez la durée du traitement et les doses prescrites par votre médecin.
Ce sirop doit être conservé à l'abri de la lumière.

Effets indésirables possibles
Somnolence pendant la journée.
Excitation paradoxale.
Effets *atropiniques* : sécheresse de la bouche, constipation, troubles de la vision.
Malaises, pâleur, troubles respiratoires, *convulsions*.

Médicaments équivalents
• **En France :** Théralène
• **En Belgique :** Théralène
• **En Suisse :** Bedorma, Benocten, Sanalepsi

• **Ailleurs**
  - **Australie :** Vallergan
  - **Thaïwan :** Alimezine

Demandez au pharmacien un produit contenant un *antihistaminique* utilisé pour ses effets *sédatifs*, comme l'une des substances suivantes : **niaprazine, alimémazine, diphenhydramine**... Assurez-vous que le dosage est bien adapté à l'enfant.

En voyage
Comme l'adulte, l'enfant en voyage subit le décalage horaire et le changement d'environnement, qui peuvent provoquer une insomnie passagère.
Les activités physiques remettent généralement vite les choses en ordre et un peu de patience suffit.
L'administration d'un *sédatif* à l'enfant ne doit être envisagée que si l'insomnie pose de réels problèmes.

PALUDRINE
proguanil

sur ordonnance

Antipaludique

AstraZeneca

Dans quel cas l'utiliser
Ce médicament est un antipaludique de synthèse.
Il est utilisé dans le *traitement préventif* du *paludisme*, généralement en association avec la chloroquine (NIVAQUINE).

Présentation
Comprimé sécable.

Composition
100 mg de chlorhydrate de proguanil par comprimé.

Comment l'utiliser
Les comprimés sont pris avec un verre d'eau, de préférence après un repas et à la même heure chaque jour.

Posologie usuelle :
Le traitement commence 24 heures avant le départ et est poursuivi pendant tout le séjour et 4 semaines après le retour.
• Adulte et enfant de plus de 12 ans : 2 comprimés (200 mg) par jour.
• Enfant de 9 à 12 ans : 1 et ½ comprimé (150 mg) par jour.

• Enfant de 5 à 9 ans : 1 comprimé (100 mg) par jour.
• Enfant de 1 à 5 ans : ½ comprimé (50 mg) par jour.
• Enfant de moins de 1 an : ¼ de comprimé (25 mg) par jour.

Attention : Des précautions sont nécessaires en cas d'*insuffisance rénale*.
L'usage de ce médicament dans la prévention du *paludisme* est réservé à certaines régions du monde. La liste de ces pays est revue chaque année par l'OMS. (Organisation mondiale de la santé). Même si vous avez déjà pris ce médicament pour un précédent voyage dans la même région ou une autre partie du monde, il est nécessaire de consulter votre médecin pour connaître la prévention la mieux adaptée à votre voyage.
En cas de séjour de plus de 3 mois, il peut être nécessaire d'utiliser d'autres méthodes de prévention du paludisme : demandez conseil à votre médecin.

Grossesse et allaitement

Grossesse :
Les études actuellement disponibles n'ont pas mis en évidence de problème particulier lors de l'utilisation chez la femme enceinte.

Allaitement :
Ce médicament passe dans le lait maternel, mais en quantité insuffisante pour protéger le *nourrisson*.

> **Conseils :** La prise de ce médicament ne dispense pas des mesures visant à prévenir les piqûres de moustiques : port de vêtements longs après le coucher du soleil, insecticides, moustiquaire...
>
> Le risque maximal de crise de *paludisme* se situe dans les 4 semaines qui suivent le retour d'un pays tropical : toute fièvre, même banale, pendant cette période, doit vous amener à consulter votre médecin.

Effets indésirables possibles
Troubles digestifs.
Réactions cutanées, *aphte*, *inflammation* des gencives.

Médicaments équivalents
- **En Belgique :** Paludrine
- **En Suisse :** Paludrine
- **Dans la plupart des pays :** Paludrine

En voyage
Il est particulièrement important de respecter toutes les mesures préventives médicamenteuses et non médicamenteuses contre le *paludisme* (il n'existe pas de vaccination).

Votre traitement antipaludique ne peut être défini que par un médecin qui tient compte de vos antécédents et de vos conditions de voyage. L'automédication en prévention du paludisme est fortement déconseillée.

Comme il n'y a pas de paludisme sans piqûres de moustique, il est essentiel de tout faire pour les éviter :
- appliquer un *répulsif* sur les parties découvertes du corps, y compris le visage ;
- porter des pantalons et des vêtements à manches longues, surtout le soir (il est fortement recommandé de les imprégner d'insecticide) ;
- dormir dans des pièces protégées par des moustiquaires ou mieux, dormir sous une moustiquaire aux mailles serrées, éventuellement imprégnée d'insecticide (la moustiquaire doit être bordée sous le matelas ou doit toucher le sol) ;
- utiliser des insectifuges dans les chambres (penser au kit d'adaptation des prises de courant pour les diffuseurs) et des tortillons fumigènes dans les pièces aérées ou à l'extérieur ;
- ne jamais sortir la nuit sans protection anti-moustiques.

Ces mesures ont de plus l'avantage de vous protéger de piqûres d'autres insectes.

L'utilisation de moyens de prévention n'exclut pas totalement le risque de paludisme. Toute fièvre importante au cours d'un séjour en zone impaludée ou au retour peut traduire un accès palustre et nécessite une consultation médicale d'urgence pour rechercher le *parasite* dans le sang.

PEPCIDAC
famotidine

Médicament du reflux gastro-œsophagien   Martin - Johnson & Johnson - MSD

Dans quel cas l'utiliser
Ce médicament appartient à la famille des *antihistaminiques* de type H2 : ceux-ci agissent en bloquant l'action de l'*histamine*, qui stimule la sécrétion acide de l'estomac. Il diminue l'acidité du contenu de l'estomac, source d'aigreurs et de brûlures.

Il est utilisé dans le traitement des aigreurs ou brûlures d'estomac, des remontées acides.

Présentation
Comprimé.

Composition
10 mg de famotidine par comprimé.

Comment l'utiliser

Les comprimés doivent être avalés en fonction des douleurs soit avant les repas, soit au moment des crises, soit au coucher.

Posologie usuelle :
• Adulte : 1 ou 2 comprimés par jour. L'efficacité du traitement peut mettre quelques jours à se manifester.

Quand ne pas le prendre

Ce médicament ne doit pas être utilisé chez l'enfant de moins de 15 ans.

Attention : Le traitement ne doit pas excéder 2 semaines sans avis médical. En cas de persistance des *symptômes* ou de récidive à l'arrêt du traitement, des examens peuvent être nécessaires. Il est préférable de consulter un médecin dans les situations suivantes :
– troubles de la digestion apparaissant pour la première fois, ou si les troubles ont changé récemment ;
– troubles associés à une perte de poids ;
– difficulté à avaler ou gêne abdominale persistante.

Les personnes souffrant de *reflux gastro-œsophagien* doivent éviter d'utiliser des médicaments contenant de l'aspirine ou des *AINS* qui augmentent l'acidité de l'estomac. Le paracétamol est en revanche sans danger pour traiter les douleurs ou la fièvre.

Grossesse et allaitement

Grossesse :
Aucun effet néfaste pour l'enfant à naître n'a été établi avec ce médicament. Néanmoins, par précaution, son usage pendant la grossesse est réservé aux situations pour lesquelles il n'existe pas d'alternative thérapeutique.

Allaitement :
Ce médicament passe dans le lait maternel : il est déconseillé pendant l'allaitement.

Conseils : Le traitement médicamenteux du *reflux gastro-œsophagien* ne se conçoit que lorsque les mesures simples suivantes n'ont pas permis de faire disparaître les *symptômes* :
– ne pas s'allonger dans les deux heures qui suivent un repas ;
– ne pas se pencher en avant (plier les genoux pour ramasser les objets) ;
– ne pas porter de vêtements qui compriment l'abdomen (gaine...) ;
– surélever la tête du lit de 5 à 10 cm en plaçant des cales sous les pieds ou un oreiller épais sous le matelas ;
– éviter les boissons gazeuses, préférer les aliments faciles à digérer.

Ces conseils visent à empêcher le contenu acide de l'estomac de refluer dans l'œsophage pendant la digestion.

Si vous êtes fumeur, la poursuite du tabagisme est un frein important au traitement : la nicotine augmente l'acidité gastrique et réduit l'efficacité du muscle qui ferme la jonction entre l'œsophage et l'estomac.

Effets indésirables possibles

Rarement : maux de tête, *vertiges*, constipation ou diarrhée.

Exceptionnellement : sécheresse de la bouche, nausées et vomissements, gêne ou ballonnement abdominal, perte de l'appétit, fatigue, douleurs articulaires, troubles hépatiques, *réaction allergique*.

Médicaments équivalents

• **En France :** il existe actuellement 4 molécules de la famille des *antihistaminiques* H2 utilisées pour traiter les brûlures d'estomac : la **cimétidine** (Azantac, Raniplex), la **famotidine** (Pepdine), la **nizatidine** (Nizaxid) et la **ranitidine** (Stomédine, Tagamet)

• **En Belgique :** Cimephar, Cimetimed, Doccimeti, Docraniti, Nuardin, Panaxid, Pepcidine, Tagamet, Topcimet, Zantac

• **En Suisse :** Calamaxid, Malimed, Pepcid, Pepcidine, Ranimed, Ranisifar, Tagamet, Ulcidine, Zantic

• **Dans la plupart des pays**, les spécialités les plus connues sont : Axid, Pepcid, Tagamet, Zantac

Demandez au pharmacien un produit contenant l'une des 4 substances citées ci-dessus. Faites-vous bien préciser la *posologie*.

En voyage
Pour prévenir les brûlures d'estomac, évitez les plats épicés des cuisines locales et les repas trop copieux ou trop riches, et supprimez les boissons alcoolisées.

PEVARYL
éconazole

Antifongique Janssen-Cilag

Dans quel cas l'utiliser
Ce médicament d'action locale contient un *antifongique* de la famille des *imidazolés*.
Il est utilisé dans le traitement de certaines maladies de la peau, des ongles et des *muqueuses*, dues à des champignons microscopiques (*mycoses*) : *candidose, pityriasis versicolor, dermatophyties*...

Présentation
Crème, poudre, solution ou émulsion fluide pour application locale.

Composition
1 g d'éconazole nitrate pour 100 g.

Comment l'utiliser
La forme utilisée (crème, émulsion, solution, poudre) et la durée du traitement varient selon les cas. Suivre la prescription de votre médecin ou les conseils de votre pharmacien.
Dans tous les cas, le médicament doit être appliqué après lavage et séchage soigneux de la zone à traiter.
Crème : appliquer directement sur les lésions et masser pour faire pénétrer. Dans les plis de la peau, la crème doit être appliquée en petite quantité pour limiter le risque de macération.
Solution : après avoir agité le flacon, pulvériser sur les lésions en respectant une distance d'au moins 10 cm, puis masser pour faire pénétrer.
Émulsion : mettre quelques gouttes dans le creux de la main, appliquer sur les lésions et masser pour faire pénétrer.
Poudre : elle peut être utilisée dans les chaussures, source fréquente de recontamination en cas de *mycose* des pieds.

Posologie usuelle :
2 applications par jour.

Quand ne pas le prendre
Ce médicament ne doit pas être utilisé en cas d'*allergie* aux *antifongiques* de la famille des *imidazolés*.

Attention : La solution en flacon pressurisé contient de l'alcool qui peut être irritant sur les muqueuses ou une peau lésée.
Évitez d'utiliser ce médicament de manière prolongée et sur des surfaces étendues ou profondément lésées, notamment chez l'enfant, sans l'avis de votre pharmacien ou de votre médecin.
Rincez abondamment en cas de contact accidentel avec les yeux.

Grossesse et allaitement
L'effet de ce médicament pendant la grossesse ou l'allaitement est mal connu. L'évaluation du risque éventuel lié à son utilisation est individuelle : demandez conseil à votre pharmacien ou à votre médecin.

Conseils : En cas de *candidose*, évitez d'utiliser des savons acides : ils favorisent la multiplication des champignons.
En cas de lésion importante des ongles des orteils, un meulage préalable par un pédicure facilite l'action du médicament.
Une transpiration excessive contribue au développement des lésions dues à des champignons. Le port de chaussettes en fibre naturelle (coton, laine) est recommandé. La même paire de chaussures ne doit pas être portée deux jours de suite.

Effets indésirables possibles
Irritation cutanée.

Médicaments équivalents
• **En France :** Amycor, Daktarin, Dermazol, Econazole Bayer, Econazole EG, Econazole G Gam, Econazole GNR, Econazole Ratiopharm, Econazole RPG, Fazol, Fongamil, Fongéryl, Fonx, Ketoderm, Lomexin, Monazol, Mycoapaisyl, Myk, Trosyd
• **En Belgique :** Canestène, Daktarin, Fongarex, Mycospor, Nizoral, Pévaryl, Travogen
• **En Suisse :** Canestène, Corisol, Daktarin, Eurosan, Fungotox, Gromazol, Mycodermil, Nizoral, Pévaryl, Sebolith, Terzolin, Travogen, Trosyd
• **Dans la plupart des pays :** Pevaryl
Les substances *antifongiques* de la famille des *imidazolés* utilisées dans le traitement

local des *mycoses* sont notamment : bifonazole, éconazole, fenticonazole, iso-conazole, kétoconazole, miconazole, omoconazole, oxiconazole, sertaconazole, sulconazole, tioconazole.
Demandez au pharmacien un médicament contenant l'une de ces substances.

En voyage
Une bonne hygiène cutanée prévient l'apparition de *mycoses* :
– bien se sécher après la douche ou le bain, notamment dans les parties moins accessibles (plis, orteils...) ;
– ne pas marcher pieds nus dans les espaces publics (piscines...) ;
– ne pas porter de chaussures ou chaussettes humides ;
– porter des chaussures confortables.
La forme poudre est bien adaptée aux mycoses des pieds.

PHÉNORO
bêta-carotène, canthaxantine

Antiphotosensibilisant   Roche

Dans quel cas l'utiliser
Ce médicament contient des substances, proches de la *vitamine* A, qui se concentrent dans la couche cornée de la peau et lui donnent une coloration brun orangé.
Il est utilisé pour lutter contre les phénomènes de *photosensibilisation*.

Présentation
Gélule.

Composition
10 mg de bêta-carotène et 15 mg de canthaxantine par gélule.

Comment l'utiliser
Pour faciliter son absorption, ce médicament doit être pris au cours d'un repas comportant des corps gras. Les gélules doivent être avalées sans être ouvertes ni croquées.
Le traitement commence 15 jours avant toute exposition au soleil et se poursuit pendant toute la période d'exposition.
Posologie usuelle :
Pendant les 15 jours qui précèdent les bains de soleil : 1 gélule par 10 kg et par jour, soit 6 gélules par jour pour une personne de 60 kg.
Pendant la période d'exposition : 4 gélules par jour en moyenne.

Quand ne pas le prendre
Ce médicament ne doit pas être utilisé dans les cas suivants :

– maladie de la *rétine* ou *glaucome*,
– **grossesse**,
– **allaitement**.

Attention : Ce médicament n'empêche pas les coups de soleil : ne vous exposez pas aux rayons solaires sans les précautions habituelles (protection par des crèmes adaptées à votre peau, exposition progressive).
Une surveillance médicale de la vue est nécessaire en cas d'utilisation pendant plus de 2 mois par an.

Avec d'autres médicaments
Éviter l'association avec les antipaludiques de synthèse (NIVAQUINE...).

Grossesse et allaitement
Ce médicament est contre-indiqué pendant la grossesse ou l'allaitement.

Conseils : Ce médicament colore les larmes en orange : évitez de porter des lentilles de contact pendant la durée du traitement.
La coloration des selles en orange est normale.

Effets indésirables possibles
Dépôt orangé sur la *rétine* en cas d'utilisation prolongée.
Troubles digestifs.

Médicaments équivalents

- **En France :** les médicaments contenant de l'acide para-aminobenzoïque (Pabasun et Paraminan) sont également des antiphotosensibilisants.
- **En Suisse :** Phénoro

Ce médicament est une association de bêta-carotène et de canthaxanthine. Des médicaments contenant de la canthaxanthine sont difficiles à trouver à l'étranger. En revanche, vous pouvez demander au pharmacien un caroténoïde (bêta-carotène) en vous faisant bien préciser les modalités d'emploi.

En voyage
Il faut éviter parfum et produits de beauté dans la journée : ils peuvent ne pas faire bon ménage avec le soleil et risquent d'entraîner des brûlures. Il en est de même avec les médicaments dits *photosensibilisants*.
En cas de coup de soleil, le peau ne doit plus être exposée au soleil jusqu'à disparition complète de la douleur et de la rougeur.

PHOSPHALUGEL
phosphate d'aluminium

Antiacide d'action locale
Yamanouchi Pharma

Dans quel cas l'utiliser
Ce médicament contient un *antiacide* d'action locale. Il agit en neutralisant les acides sécrétés par l'estomac.
Il est utilisé dans le traitement des aigreurs, brûlures d'estomac et remontées acides.

Présentation
Suspension buvable (sachet ou flacon) et comprimé à croquer.

Composition
2,47 g d'aluminium phosphate par sachet ou par cuillère à soupe, 540 mg d'aluminium phosphate par comprimé.

Comment l'utiliser
Les comprimés doivent être sucés puis croqués, au moment des douleurs.

Posologie usuelle :
1 ou 2 sachets ou cuillères à soupe ou comprimés, 2 ou 3 fois par jour.

Quand ne pas le prendre
Ce médicament ne doit pas être utilisé en cas d'*insuffisance rénale* grave.

Attention : Il est préférable de consulter un médecin dans les situations suivantes :
- troubles de la digestion apparaissant pour la première fois, ou si les troubles ont changé récemment ;
- troubles associés à une perte de poids ;
- difficulté à avaler ou gêne abdominale persistante.

N'utilisez pas ce médicament de façon prolongée sans l'avis de votre médecin : des examens peuvent être nécessaires si les *symptômes* persistent.

Compte tenu de la teneur en aluminium de ce médicament, des précautions sont nécessaires chez les *insuffisants rénaux* traités par *dialyse*.

Les personnes souffrant de douleurs d'estomac doivent éviter d'utiliser des médicaments contenant de l'aspirine ou des *AINS* qui augmentent l'acidité de l'estomac. Le paracétamol est en revanche sans danger pour traiter les douleurs ou la fièvre.

Avec d'autres médicaments
Ce médicament peut diminuer l'absorption de nombreux médicaments. Un délai d'au moins 2 heures (voire 4 heures avec les *antibiotiques* de la famille des quinolones) doit être respecté entre la prise de ce médicament et celle des autres traitements. Demandez conseil à votre médecin ou à votre pharmacien.

Grossesse et allaitement
Les substances contenues dans ce médicament sont peu absorbées. Néanmoins, ne l'utilisez pas de façon prolongée pendant la grossesse ou l'allaitement sans l'avis de votre médecin ou de votre pharmacien.

Conseils : Une alimentation équilibrée, une mastication lente, la suppression des aliments difficiles à digérer et des boissons alcoolisées permettent souvent d'atténuer les *symptômes* dus à une *inflammation* de l'estomac, du *duodénum* ou de l'œsophage.

Si vous êtes fumeur, la poursuite du tabagisme est un frein important au traitement : la nicotine augmente l'acidité gastrique et réduit l'efficacité du muscle qui ferme la jonction entre l'œsophage et l'estomac.

Effets indésirables possibles

Constipation, notamment chez les personnes âgées.

Médicaments équivalents

Phosphalugel est également commercialisé en Belgique et en Suisse.

De très nombreuses autres préparations *antiacides* sont utilisées pour soulager les douleurs d'estomac. Elles contiennent généralement des sels (carbonates, hydroxydes, silicates) de magnésium, de calcium ou d'aluminium. Une liste exhaustive serait particulièrement longue.

Rien qu'en France, sont commercialisés : Dextoma, Digestif Marga, Gastropax, Gelusil, Hepatoum brûlures d'estomac, Isudrine, Maalox Maux d'estomac, Mab, Moxydar, Prefagyl, Rennie, Riopan, Rocgel, Ulfon, Xolaam.

Sachez que certains de ces médicaments existent à l'étranger sous le même nom commercial.

En voyage
Pour prévenir les brûlures d'estomac, évitez les plats épicés des cuisines locales, les boissons alcoolisées et les repas trop copieux.

La présentation sous forme de comprimés à croquer est la plus pratique en voyage.

PNEUMO 23
vaccin contre les infections à pneumocoques

Vaccin : pneumococcies   Pasteur Vaccins

Dans quel cas l'utiliser

C'est un *vaccin* composé de fragments de pneumocoques. Il ne contient aucun *germe* vivant.

Il est utilisé dans la prévention des infections à pneumocoques, notamment respiratoires chez des personnes fragiles. L'immunité apparaît 15 jours après l'injection et dure environ 5 ans.

Présentation

Solution injectable.

Composition

25 μg de polyosides purifiés de Streptococcus pneumoniae par dose.

Comment l'utiliser

Bien agiter la seringue avant l'emploi, la réchauffer à température ambiante si nécessaire. L'injection doit être réalisée par *voie sous-cutanée* ou *intramusculaire*.

Posologie usuelle :

1 injection unique assure une protection de 3 à 5 ans.

La vaccination peut être renouvelée régulièrement à l'issue de ce délai chez les personnes à haut risque.

Quand ne pas le prendre

Ce vaccin ne doit pas être utilisé en cas d'injection du même *vaccin* datant de moins de 3 ans.

Attention : En cas de fièvre élevée, de maladie aiguë, il est préférable de différer la vaccination.

Grossesse et allaitement

Grossesse :

Il est préférable d'effectuer cette vaccination en dehors de la grossesse.

Conseils : Les réactions fébriles dues aux *vaccins* peuvent être combattues en prenant de l'aspirine ou du paracétamol.

Pour garder son efficacité, ce médicament doit être conservé entre + 2 °C et + 8 °C (partie haute du réfrigérateur). Toutefois, une rupture de la chaîne du froid pendant une durée limitée (quelques heures à température ambiante inférieure à 25 °C) ne devrait pas prêter à conséquence. En pratique, en cas de nécessité, un délai de quelques heures peut séparer l'achat du vaccin en pharmacie de son stockage au réfrigérateur ou de la vaccination.

Ce vaccin ne doit pas être congelé.

Effets indésirables possibles

Réactions douloureuses ou allergiques, *nodule* au point d'injection.

Fièvre modérée pendant 24 heures.

Exceptionnellement : douleurs articulaires, *réaction allergique*.

Médicaments équivalents

Normalement la vaccination doit être pratiquée avant le départ. Une liste d'équivalents à l'étranger n'est donc pas pertinente.

> **En voyage**
> Cette vaccination est envisagée chez les voyageurs ayant certains antécédents (*bronchite chronique*, *insuffisance cardiaque*...).

POLYDEXA

néomycine, polymyxine B, dexaméthasone

sur ordonnance

Traitement local des otites

Bouchara-Recordati

Dans quel cas l'utiliser

Cette solution auriculaire contient deux *antibiotiques*, dont un de la famille des *aminosides*, et un *anti-inflammatoire* de la famille des *corticoïdes*.

Elle est utilisée dans le traitement des *otites* externes.

Présentation

Solution auriculaire.

Composition

1 g de néomycine sulfate, 1 M UI de polymyxine B sulfate et 100 mg de dexaméthasone métasulfobenzoate pour 100 ml.

> **Comment l'utiliser**
> Réchauffer le flacon entre les mains avant l'emploi pour limiter la sensation désagréable liée à l'introduction d'un liquide froid dans l'oreille.
> Pencher la tête sur le côté et introduire la solution dans l'oreille. Garder la tête dans cette position pendant 10 minutes (bain d'oreille).
> **Posologie usuelle :**
> • Adulte : 1 à 5 gouttes dans l'oreille à traiter, 2 fois par jour.
> • Enfant : 1 ou 2 gouttes dans l'oreille à traiter, 2 fois par jour.
> La durée du traitement ne dépasse généralement pas 10 jours.

Quand ne pas le prendre

Ce médicament ne doit pas être utilisé dans les cas suivants :
- *allergie* aux *antibiotiques* de la famille des *aminosides* (néomycine...),
- perforation du tympan.

> **Attention :** Ce médicament peut être dangereux en cas de tympan perforé : ne le réutilisez pas sans un contrôle médical de l'intégrité du tympan.

Grossesse et allaitement

Les substances contenues dans ce médicament ne passent pas dans le sang dans les conditions d'utilisation (le médecin vérifie avant la prescription que le tympan ne présente pas de perforation). Il peut être utilisé pendant la grossesse ou l'allaitement.

> **Conseils :** Si les troubles persistent malgré un traitement bien suivi, si une fièvre apparaît, consultez votre médecin.
> Ne conservez pas inutilement ce médicament après une première utilisation.

Effets indésirables possibles

Mycoses locales.

Réaction allergique cutanée.

Troubles de l'audition ou de l'équilibre en cas de perforation du tympan (voir Attention).

Médicaments équivalents
- **En France :** Antibiosynalar, Colicort, Corticétine, Framyxone, Panotile
- **En Belgique :** Locacortène-Vioforme, Otosporin, Panotile, Polydexa, Synalar Bi-Otic, Viscocort
- **En Suisse :** Ciproxin HC, Corticétine, Neo-Hydro, Otosporin, Panotile, Polydexa, Sofradex

La plupart des préparations auriculaires associant un *antibiotique* et un *anti-inflammatoire* sont utilisées dans le traitement des *otites* externes. Les compositions de ces préparations diffèrent selon les pays. Le choix peut dépendre d'un éventuel risque d'*allergie*.

En voyage
Les baignades exposent à des risques infectieux qui peuvent, entre autres, toucher les oreilles. Une douleur auriculaire n'est pas toujours le signe d'une otite infectieuse. Il est indispensable de s'assurer auprès d'un médecin qu'il ne s'agit pas d'une douleur due à un traumatisme du tympan (*otite barotraumatique* après une plongée, par exemple) : ce médicament est absolument contre-indiqué dans ce cas.
Attendre la guérison complète avant de reprendre les bains.

POMMADE AU CALENDULA

Protecteur cutané   Boiron

Dans quel cas l'utiliser
Cette pommade est adoucissante et apaise les démangeaisons.
Elle est utilisée dans le traitement des brûlures et des plaies superficielles, des crevasses, des gerçures et des piqûres d'insectes.

Présentation
Pommade.

Composition
20 g de calendula (plante fraîche) pour 100 g de pommade.

Comment l'utiliser
Nettoyer la région à traiter avant l'application.

Posologie usuelle :
2 ou 3 applications par jour.

Grossesse et allaitement
Ce médicament ne contient que des substances présumées sans danger pendant la grossesse ou l'allaitement. Néanmoins, ne l'utilisez pas de façon prolongée sans l'avis de votre pharmacien ou de votre médecin.

Médicaments équivalents
Il existe de très nombreuses préparations pour lutter contre l'irritation de la peau et la protéger des agressions extérieures (vent, froid...). Elles contiennent des substances variées (talc, acide borique, huiles de poissons, baume du Pérou, extraits de plantes...). Un équivalent ayant la même formule n'existe pas forcément dans le pays que vous visitez.

En voyage
La qualité de votre équipement est fondamentale pour éviter les problèmes cutanés liés au froid (engelures...).

PRIMPÉRAN
métoclopramide

sur ordonnance

Antiémétique

Sanofi-Synthélabo

Dans quel cas l'utiliser
Ce médicament est un *antiémétique* et un régulateur de la motricité du tube digestif. Il régularise la contraction des muscles de l'œsophage, de l'estomac et de l'intestin. Il est utilisé dans le traitement des nausées et des vomissements.

Présentation
Comprimé et solutions buvables.

Composition
10 mg de chlorhydrate de métoclopramide par comprimé ; 5 mg par cuillère à café de solution buvable à 0,1 % ; 0,1 mg par goutte de solution buvable Enfant et Nourrisson.

Comment l'utiliser
Les comprimés et la solution buvable doivent être pris avant les repas.
Les prises doivent être espacées d'au moins 6 heures.

Posologie usuelle :
• Adulte : ½ à 1 comprimé, ou 1 à 2 cuillères à café de solution buvable, 3 fois par jour.
• Enfant et nourrisson : utiliser la solution buvable en gouttes. La posologie est de 1 goutte (0,1 mg) par kg, 3 à 4 fois par jour. Soit pour un enfant de 15 kg : 15 gouttes, 3 à 4 fois par jour.

Quand ne pas le prendre
Ce médicament ne doit pas être utilisé dans les cas suivants :
- *hémorragie*, obstruction ou perforation du tube digestif,
- *antécédent* de *dyskinésie* (mouvements involontaires ou inadaptés) due aux *neuroleptiques*,
- *phéochromocytome*,
- en association avec les médicaments *dopaminergiques*.

Attention : Des précautions sont nécessaires en cas d'*épilepsie* ou d'*insuffisance rénale* ou *hépatique*.
Les gouttes buvables contiennent des *sulfites*. Signalez à votre médecin tout antécédent d'*allergie* à cette substance.
Évitez les boissons alcoolisées : augmentation du risque de somnolence.
Compte-tenu de ses effets indésirables potentiels, ce médicament peut, chez certaines personnes, ne pas être compatible avec la conduite automobile ou le maniement de machines dangereuses. Assurez-vous à l'occasion des

---

premières prises que vous supportez bien ce médicament avant de reprendre la pratique d'une activité à risque.

Avec d'autres médicaments
Ce médicament ne doit pas être associé aux médicaments *dopaminergiques* : risque d'annulation réciproque de leurs effets.
Informez par ailleurs votre médecin si vous prenez un *antihypertenseur* ou un *sédatif*.

Grossesse et allaitement
Grossesse :
Les études scientifiques actuellement disponibles n'ont pas mis en évidence de problème particulier lors de l'utilisation chez la femme enceinte.
Allaitement :
Ce médicament peut être pris ponctuellement pendant l'allaitement sauf en cas de naissance prématurée : l'effet sédatif du médicament serait alors potentiellement préjudiciable chez le nouveau-né.

Conseils : En cas de vomissements après la prise des comprimés ou de la solution buvable (susceptibles d'entraîner un rejet du médicament), respecter l'intervalle habituel de temps entre 2 prises avant de reprendre le médicament.
Lors de vomissements répétés, les pertes en eau et en sels minéraux sont importantes. Elles doivent être compensées par des aliments liquides (bouillons salés, sodas...) pris en petites quantités et régulièrement.
Les nausées de la femme enceinte peuvent être combattues par la prise du petit déjeuner au lit.

Effets indésirables possibles
Somnolence, lassitude, *vertiges* et, plus rarement, maux de tête, insomnie, *diarrhée* et gaz intestinaux, hypotension, sueurs.
Arrêt des règles, écoulement de lait.
Mouvements involontaires ou inadaptés, tics, pouvant survenir lors de la première prise (notamment en cas de *surdosage*) ou, plus tardivement, lors d'un traitement prolongé.
Exceptionnellement : *réaction allergique*.

Médicaments équivalents

- **En France :** Anausin, Métoclopramide GNR, Métoclopramide Merck, Prokinyl LP
- **En Belgique :** Dibertil, Docmetoclo, Métoclopramide EG, Movistal, Primpéran
- **En Suisse :** Gastrosil, Paspertin, Primpéran
- **Dans la plupart des pays :** Primpéran
- **Ailleurs**
  - Australie, États-Unis, Irlande, Nouvelle-Zélande : Maxolon
  - Brésil, Italie, Mexique, Philippines, Thaïlande : Plasil
  - États-Unis : Reglan

Demandez au pharmacien un produit contenant du **métoclopramide**.

 En voyage
Des vomissements sont fréquemment associés à la *diarrhée du voyageur*. Ils entraînent une perte de liquide et de sels minéraux et par conséquent augmentent le risque de *déshydratation*. Ils doivent donc être traités activement. Il faut également veiller à un apport suffisant en boissons sucrées ou salées, à prendre en petites quantités tous les quarts d'heure.

PRIODERM
malathion

Antiparasitaire externe

Viatris Pharma

Dans quel cas l'utiliser
Ce médicament contient une substance active sur les poux.
Il est utilisé pour détruire les poux et leurs œufs (lentes).

Présentation
Lotion et solution pour application locale.

Composition
500 mg de malathion pour 100 ml.

Comment l'utiliser
Appliquer la lotion ou pulvériser la solution (7 à 14 pulvérisations successives selon l'abondance de la chevelure) à la racine des cheveux secs. Frictionner de façon à imprégner totalement la chevelure. Sécher les cheveux naturellement, en évitant l'emploi d'un sèche-cheveux. Laisser agir pendant 8 à 12 heures. Laver les cheveux avec le shampooing habituel, puis les démêler au peigne fin.
Chez l'enfant de moins de 2 ans, la durée de contact est d'autant plus courte que l'enfant est plus jeune.
Chez l'enfant de moins de 6 mois, ne pas laisser agir le produit plus de 4 à 6 heures ; la solution ne doit pas être pulvérisée, mais appliquée à l'aide d'une compresse imbibée.

Posologie usuelle :
1 seule application.
Suivre les indications de votre médecin ou de votre pharmacien : une application trop brève favorise les récidives alors que la répétition des applications peut être à l'origine d'irritation ou de *réaction allergique*.

Quand ne pas le prendre
La solution en flacon pressurisé ne doit pas être utilisée dans les cas suivants :
- *asthme,*
- enfant ayant des *antécédents* de *bronchiolite.*

Attention : Évitez l'emploi de ce médicament chez l'enfant de moins de 2 ans sans avis médical.
Des précautions sont nécessaires lors de l'utilisation d'un antipoux en flacon pressurisé :
- ne l'utilisez pas pour traiter les sourcils ;
- pulvérisez le produit près de la racine des cheveux de façon à éviter toute projection dans les yeux, les narines ou la bouche ; éventuellement, le visage peut être protégé par un mouchoir ;
- évitez de traiter l'enfant dans la pièce où il va dormir ; dans le cas contraire, aérez soigneusement celle-ci.

Rincez abondamment en cas de contact accidentel avec les yeux ou les *muqueuses*.

Grossesse et allaitement

L'effet de ce médicament pendant la grossesse ou l'allaitement est mal connu. L'évaluation du risque éventuel lié à son utilisation est individuelle : demandez conseil à votre pharmacien ou à votre médecin.

> **Conseils :** Pour éviter une réinfestation, il est nécessaire que l'entourage suive le même traitement.
>
> Les chapeaux, bonnets, écharpes doivent être désinfectés.
>
> Les lentes fixées à plus de 2 cm du cuir chevelu sont généralement mortes, et leur présence ne signifie pas que le traitement a échoué. Leur élimination peut être facilitée en démêlant les cheveux avec un peigne trempé dans de l'eau vinaigrée.

Effets indésirables possibles

Irritation, rougeur en cas de contact avec les *muqueuses*.

Médicaments équivalents

- **En Belgique :** Prioderm
- **En Suisse :** Lusap, Prioderm

Il existe de nombreux produits contre les *poux* (de tête ou du pubis). Selon la région du corps, un shampooing, un gel ou une poudre peut être mieux adapté. Demandez conseil au pharmacien. Dans tous les cas, il est important de se conformer au mode d'emploi du produit (temps d'application notamment).

> **En voyage**
> La présence de *poux* se traduit par d'importantes démangeaisons susceptibles d'entraîner des lésions de grattage ; il faut veiller à ce qu'elles ne se surinfectent pas.

PYREFLOR

Antiparasitaire externe   Clément

Dans quel cas l'utiliser

Ce médicament contient des substances actives sur les poux. La lotion contient un *anti-inflammatoire* qui limite les phénomènes d'irritation.

Il est utilisé pour détruire les poux et leurs œufs (lentes).

Présentation

Lotion ou shampooing.

Composition

0,3 g de perméthrine 25/75, 1 g de butoxyde de pipéronyle pour 100 ml de lotion ou de shampooing. La lotion contient également 0,2 g d'énoxolone.

> **Comment l'utiliser**
> - Solution : appliquer la solution à la base des cheveux, de façon à imprégner totalement la chevelure. Laisser agir 10 minutes. Laver les cheveux avec le shampooing habituel, puis les démêler au peigne fin.
> - Shampooing : frictionner les cheveux mouillés avec le shampooing pendant plusieurs minutes. Laisser agir 5 minutes, rincer abondamment à l'eau tiède. Appliquer le shampooing une seconde fois, rincer, puis démêler les cheveux au peigne fin.
>
> **Posologie usuelle :**
> - Solution : 1 application, à renouveler le lendemain.
> - Shampooing : 1 double lavage, à renouveler le lendemain.

> **Attention :** Évitez l'emploi de la lotion chez l'enfant de moins de 30 mois.
>
> Rincez abondamment en cas de contact accidentel avec les yeux ou les *muqueuses*.

> **Conseils :** Pour éviter une réinfestation, il est nécessaire que l'entourage suive le même traitement.
>
> Les chapeaux, bonnets, écharpes doivent être désinfectés.

Les lentes fixées à plus de 2 cm du cuir chevelu sont généralement mortes, et leur présence ne signifie pas que le traitement a échoué. Leur élimination peut être facilitée en démêlant les cheveux avec un peigne trempé dans de l'eau vinaigrée.

Effets indésirables possibles
Irritation, rougeur en cas de contact avec les *muqueuses*.

Médicaments équivalents
- **En France :** Altopou, Charlieu Antipoux, Hegor Antipoux, Itax, Item Antipoux, Nix, Para spécial poux, Parasidose, Spray-Pax
- **En Belgique :** Nix, Shampoux
- **En Suisse :** Loxazol

• **Ailleurs**
- **Argentine :** Dermoper, Hairclin, Kinderval, Perpapyl, Repemas
- **Australie, Hong Kong :** Quellada
- **Indonésie :** Scabimite
- **Philippines :** Pyrifoam
- **États-Unis :** Elimite

Demandez au pharmacien un produit contenant de la **perméthrine** ou une autre substance de la même famille (pyréthrine).

En voyage
La présence de *poux* se traduit par d'importantes démangeaisons susceptibles d'entraîner des lésions de grattage ; il faut veiller à ce qu'elles ne se surinfectent pas.

QUESTRAN
colestyramine

sur ordonnance

Hypolipémiant

Bristol-Myers Squibb

Dans quel cas l'utiliser
C'est un *hypolipidémiant* qui appartient à la famille des *résines*. Il permet d'abaisser le taux de *cholestérol* circulant dans le sang en augmentant son élimination par l'intestin.
Il est principalement utilisé dans le traitement des excès de cholestérol persistant malgré un régime adapté et assidu, mais également dans le traitement des démangeaisons associées à certaines jaunisses.

Présentation
Poudre orale.

Composition
4 g de colestyramine par sachet.

Comment l'utiliser
Ce médicament est pris de préférence avant les repas.
La poudre doit être versée dans un verre d'eau. Après avoir laissé reposer 1 à 2 minutes, remuer pour obtenir une suspension uniforme. Ce médicament ne doit en aucun cas être pris à l'état pur (sous forme sèche). Il peut également être mélangé à du jus de fruits ou du lait. Il peut être préparé chaque soir pour le lendemain et conservé au réfrigérateur.

Posologie usuelle :
• Adulte : la *posologie* est adaptée par le médecin en fonction des résultats de la prise de sang. Elle est habituellement fixée à 3 sachets par jour.
Le régime reste indispensable pendant toute la durée du traitement.

Quand ne pas le prendre
Ce médicament ne doit pas être utilisé dans les cas suivants :
- *insuffisance hépatique* grave ou obstruction des *voies biliaires* ;
- *phénylcétonurie* (présence d'aspartam).
Dans tous les autres cas, le médecin est seul juge pour prescrire ce médicament, notamment en cas de constipation chronique.

Attention : Chez la personne âgée, le traitement doit être commencé de préférence à faible dose pour limiter la survenue des effets indésirables.

Avec d'autres médicaments
Ce médicament peut diminuer l'absorption d'autres médicaments, en particulier ceux qui contiennent des acides biliaires (acide chénodésoxycholique, acide urso-désoxycholique), des *anticoagulants*

oraux, des *digitaliques* ou des *hormones thyroïdiennes*. Un délai de 2 heures doit être respecté entre la prise de ce médicament et celle des autres traitements. Demandez conseil à votre médecin ou à votre pharmacien.

Grossesse et allaitement

Grossesse :
En dehors de circonstances exceptionnelles, ce médicament n'a pas lieu d'être utilisé pendant la grossesse.

Allaitement :
Ce médicament peut, à forte dose, diminuer l'absorption de certaines vitamines. Il ne doit donc être utilisé pendant l'allaitement qu'en cas d'absolue nécessité.

> **Conseils :** Un régime pauvre en *cholestérol* et en graisses animales n'est pas simple à suivre : les erreurs sont fréquentes. Demandez conseil à votre médecin, à votre pharmacien ou à un professionnel de la diététique.

Effets indésirables possibles
Constipation très fréquente, parfois grave, en particulier chez la personne âgée.
Autres *troubles digestifs* assez fréquents : douleurs abdominales, éructations, ballonnements, diarrhée, nausées, vomissements, selles grasses.

Médicaments équivalents
- **En Belgique :** Questran
- **En Suisse :** Quantalan

Dans la plupart des pays : Questran
Demandez au pharmacien un produit contenant de la **colestyramine**.

> **En voyage**
> Ces sachets sont généralement utilisés au retour de voyage, puisqu'ils sont destinés à soulager les démangeaisons parfois associées à la phase de jaunisse de l'hépatite A.

QUINIMAX comprimé
sur ordonnance

Antipaludique   Sanofi-Synthélabo

Dans quel cas l'utiliser
Ce médicament est un antipaludique qui contient de la quinine.
Il est utilisé dans le *traitement curatif* des crises de *paludisme* en cas de résistance à d'autres antipaludiques.

Présentation
Comprimé sécable.

Composition
125 mg ou 500 mg d'alcaloïdes (correspondant à l'association de quinine, quinidine, cinchonine, cinchonidine) par comprimé.

> **Comment l'utiliser**
> 24 mg d'alcaloïdes totaux par kg et par jour répartis en 3 prises espacées de 8 heures. Par exemple, pour un adulte de 60 kg : 1 comprimé à 500 mg 3 fois par jour.
> La durée du traitement est de 5 à 7 jours.

Quand ne pas le prendre
Ce médicament ne doit pas être utilisé dans les cas suivants :
- en association avec un médicament contenant de l'astémizole,
- *troubles du rythme cardiaque*,
- *antécédents* de *fièvre bilieuse hémoglobinurique*.

> **Attention :** Ce médicament peut provoquer une baisse du taux de sucre dans le sang (*hypoglycémie*).

Avec d'autres médicaments
Ce médicament ne doit pas être associé à l'astémizole (HISMANAL) : risque de *torsades de pointes*.

Grossesse et allaitement

Grossesse :
Chez la femme enceinte, ce médicament est réservé aux cas où son usage est indispensable ; néanmoins, une grossesse survenant sous traitement ne doit pas susciter d'inquiétude particulière.

Allaitement :
Le passage de ce médicament dans le lait maternel est très faible : l'allaitement est possible.

> **Conseils :** Le risque maximal de crise de *paludisme* se situe dans les 4 semaines qui suivent le retour d'un

pays tropical : toute fièvre, même banale, pendant cette période, doit vous amener à consulter un médecin.
Une rechute peut toujours survenir, même après un traitement bien suivi.

Effets indésirables possibles
Hypoglycémie.
Bourdonnements d'oreille, baisse de l'audition, troubles de la vision, *vertiges*, nausées, maux de tête.
Réaction allergique cutanée.
Convulsions à forte dose.

Médicaments équivalents
• **En France :** Quinine Lafran

Quinimax est également commercialisé en Afrique francophone.
Demandez au pharmacien un antipaludique contenant de la **quinine**.

En voyage
L'utilisation de moyens (médicamenteux ou non médicamenteux) de prévention n'exclut pas totalement le risque de *paludisme*. Toute fièvre importante au cours d'un séjour en zone impaludée ou au retour peut traduire un accès palustre et nécessite une consultation médicale d'urgence pour rechercher le *parasite* dans le sang.

REVAXIS
vaccins associés

Vaccins associés   Aventis Pasteur MSD

Dans quel cas l'utiliser
C'est une association de *vaccins* composée de toxines inactivées, ou *anatoxines*, (diphtérie et tétanos) et de *germes* tués (polio). Elle ne contient aucun germe vivant. Ce vaccin contient une dose d'anatoxine diphtérique très réduite ; le risque de *réactions allergiques*, possibles chez l'adulte, est donc faible.
Ce vaccin est utilisé chez l'adulte pour les rappels (tous les 10 ans) de la vaccination contre la diphtérie, le tétanos et la poliomyélite.

Présentation
Suspension injectable.

Composition
1 dose d'anatoxine diphtérique, 1 dose d'anatoxine tétanique et 1 dose de vaccins poliomyélitiques inactivés par seringue.

Comment l'utiliser
Bien agiter la seringue avant l'emploi, la réchauffer à température ambiante si nécessaire. L'injection doit être réalisée par *voie sous-cutanée* ou *intramusculaire*.

Posologie usuelle :
• Adulte : 1 rappel tous les 10 ans. En cas de vaccination datant de plus de 10 ans : 2 injections à 1 mois d'intervalle.

Quand ne pas le prendre
Ce médicament ne doit pas être utilisé en cas d'*allergie* connue à l'un des constituants du vaccin, ou de *réaction allergique* apparue lors d'une injection précédente d'un vaccin.

Attention : Pour limiter le risque de *réaction allergique*, il est recommandé, chez l'adulte, de respecter un intervalle d'au moins 5 ans entre deux injections de vaccins contenant des *anatoxines* diphtériques ou tétaniques.
En cas de fièvre élevée, de maladie aiguë, il est préférable de différer la vaccination.
Comme pour tous les *vaccins*, des cas exceptionnels de *réactions allergiques* graves ont été constatés ; ce risque justifie la nécessité de réaliser la vaccination en milieu médical où un traitement d'urgence pourra être entrepris sans délai.

De la néomycine, de la streptomycine et de la polymyxine B sont utilisées pour fabriquer ce vaccin. Ces substances persistent en infime quantité dans la solution injectable. Des précautions sont nécessaires chez les personnes qui y sont allergiques.

Grossesse et allaitement

Grossesse :
Seul le risque de tétanos lié à une plaie impose de pratiquer une vaccination antitétanique pendant la grossesse. Dans ce cas, il est préférable d'employer un vaccin antitétanique non associé (TÉTAVAX, VACCIN TÉTANIQUE PASTEUR).

Allaitement :
Ce rappel peut-être pratiqué pendant l'allaitement.

> **Conseils :** Les réactions fébriles dues aux *vaccins* peuvent être combattues en prenant de l'aspirine ou du paracétamol.
>
> Pour garder son efficacité, ce médicament doit être conservé entre + 2 °C et + 8 °C (partie haute du réfrigérateur). Toutefois, une rupture de la chaîne du froid pendant une durée limitée (quel-

ques heures à température ambiante inférieure à 25 °C) ne devrait pas prêter à conséquence. En pratique, en cas de nécessité, un délai de quelques heures peut séparer l'achat du vaccin en pharmacie de son stockage au réfrigérateur ou de la vaccination.
Ce vaccin ne doit pas être congelé.

Effets indésirables possibles

Réactions locales au point d'injection disparaissant après 1 ou 2 jours : douleur, rougeur, *œdème*, *induration*.
Fièvre, malaise, *réaction allergique*, douleur des muscles et des articulations, maux de tête.

Médicaments équivalents

Normalement la vaccination doit être pratiquée avant le départ. Une liste d'équivalents à l'étranger n'est donc pas pertinente.

> **En voyage**
> Il s'agit d'une vaccination universelle. Un voyage peut être l'occasion de vérifier que vos vaccinations contre le tétanos, la diphtérie et la poliomyélite sont à jour (vaccination datant de moins de 10 ans).

SAVARINE

proguanil, chloroquine

sur ordonnance

Antipaludique

AstraZeneca

Dans quel cas l'utiliser
Ce médicament contient deux antipaludiques de synthèse.
Il est utilisé dans le *traitement préventif* du *paludisme*.

Présentation
Comprimé.

Composition
200 mg de chlorhydrate de proguanil et 100 mg de chloroquine par comprimé.

> **Comment l'utiliser**
> Les comprimés doivent être avalés de préférence après le petit déjeuner ou le déjeuner pour éviter la survenue de troubles du sommeil, et à la même heure chaque jour.
>
> **Posologie usuelle :**
> Le traitement commence la veille du départ ; il est poursuivi pendant tout le séjour et 4 semaines après le retour.
> • Adulte de plus de 50 kg : 1 comprimé par jour.

Quand ne pas le prendre
Ce médicament ne doit pas être utilisé dans les cas suivants :
- *insuffisance rénale*,
- maladie de la *rétine*,
- enfant de moins de 15 ans et personne de moins de 50 kg.

> **Attention :** Des précautions sont nécessaires en cas d'*épilepsie*, de déficit en *G6PD*, de *porphyrie* et d'*insuffisance hépatique*.
>
> L'usage de ce médicament dans la prévention du *paludisme* est réservé à certaines régions du monde. La liste de ces pays est revue chaque année par l'OMS. (Organisation mondiale de la santé). Même si vous avez déjà pris ce médicament pour un précédent voyage dans la même région ou une autre partie du monde, il est nécessaire de consulter votre médecin pour connaître la prévention la mieux adaptée à votre voyage.

En cas de séjour de plus de 3 mois, il peut être nécessaire d'utiliser d'autres méthodes de prévention du paludisme : demandez conseil à votre médecin. Dans le cas d'un traitement prolongé par un médicament contenant de la chloroquine, un bilan ophtalmologique initial et une surveillance peuvent être nécessaires pour détecter une atteinte éventuelle de la vision.

Conducteur : ce médicament peut être responsable de troubles visuels.

Avec d'autres médicaments

Il est préférable de respecter un délai de 2 heures entre la prise de ce médicament et celle de pansements digestifs (contenant des sels d'aluminium, de calcium ou de magnésium).

Grossesse et allaitement

Grossesse :
Le risque pendant la grossesse est lié au *paludisme* et non pas au médicament, qui peut être pris en toute sécurité par la femme enceinte aux doses préconisées.

Allaitement :
Ce médicament passe dans le lait maternel, mais en quantité insuffisante pour protéger le *nourrisson*.

Conseils : La prise de ce médicament ne dispense pas des mesures visant à prévenir les piqûres de moustiques : port de vêtements longs après le coucher du soleil, insecticides, moustiquaire...

Le risque maximal de crise de *paludisme* se situe dans les 4 semaines qui suivent le retour d'un pays tropical : toute fièvre, même banale, pendant cette période, doit vous amener à consulter votre médecin.

Effets indésirables possibles

Fréquemment : *troubles digestifs*, maux de tête, étourdissement, trouble de l'*accommodation*, *réaction allergique*.
Aggravation d'un *psoriasis* existant.
Rarement :
- démangeaisons, coloration ardoisée, en particulier des ongles et des muqueuses, *aphtes*, *inflammation* des gencives,
- agitation, anxiété, troubles du sommeil.
Exceptionnellement : bourdonnement d'oreilles, *convulsions*, anomalie de la *numération formule sanguine*.
A dose élevée, lors d'un traitement prolongé : troubles de la vue variables (exceptionnellement irréversibles), rarement atteinte des nerfs et des muscles.

Médicaments équivalents

Ce médicament est une association de deux médicaments, Nivaquine et Paludrine, qui sont commercialisés dans de très nombreux pays. Ce sont ces médicaments ou leurs équivalents que vous trouverez en Belgique, en Suisse et à l'étranger.

 En voyage

Il est particulièrement important de respecter toutes les mesures préventives médicamenteuses et non médicamenteuses contre le *paludisme* (il n'existe pas de vaccination).

Votre traitement antipaludique ne peut être défini que par un médecin qui tient compte de vos antécédents et de vos conditions de voyage. L'automédication en prévention du paludisme est fortement déconseillée.

Comme il n'y a pas de paludisme sans piqûres de moustique, il est essentiel de tout faire pour les éviter :
- appliquer un *répulsif* sur les parties découvertes du corps, y compris le visage ;
- porter des pantalons et des vêtements à manches longues, surtout le soir (il est fortement recommandé de les imprégner d'insecticide) ;
- dormir dans des pièces protégées par des moustiquaires ou mieux, dormir sous une moustiquaire aux mailles serrées, éventuellement imprégnée d'insecticide (la moustiquaire doit être bordée sous le matelas ou doit toucher le sol) ;
- utiliser des insectifuges dans les chambres (penser au kit d'adaptation des prises de courant pour les diffuseurs) et des tortillons fumigènes dans les pièces aérées ou à l'extérieur ;
- ne jamais sortir la nuit sans protection anti-moustiques.

Ces mesures ont de plus l'avantage de vous protéger de piqûres d'autres insectes.

L'utilisation de moyens de prévention n'exclut pas totalement le risque de paludisme. Toute fièvre importante au cours d'un séjour en zone impaludée ou au retour peut traduire un accès palustre et nécessite une consultation médicale d'urgence pour rechercher le *parasite* dans le sang.

SCOPODERM
scopolamine

sur ordonnance

. **Antiémétique**

Novartis Santé Familiale

Dans quel cas l'utiliser
Ce médicament appartient à la famille des *atropiniques*.
Il est principalement utilisé pour prévenir le mal des transports.

Présentation
Dispositif transdermique.

Composition
1,5 mg de scopolamine par dispositif.

> ### Comment l'utiliser
> La veille du départ (6 à 12 heures avant), appliquer la pastille autocollante derrière l'oreille sur la peau dépourvue de cheveux. Elle doit rester en place pendant toute la durée du voyage. En cas de long voyage, elle peut être gardée pendant 72 heures et éventuellement renouvelée et placée à un autre endroit. Les effets persistent jusqu'à 12 heures après le traitement.

Quand ne pas le prendre
Ce médicament ne doit pas être utilisé dans les cas suivants :
- risque de *glaucome* à angle fermé,
- risque de blocage des urines (*adénome de la prostate*...),
- enfant de moins de 15 ans.

> **Attention :** Ne laissez pas ce médicament à la portée des enfants.
> Comme tous les *atropiniques*, ce médicament peut provoquer un *glaucome* aigu chez les personnes prédisposées : œil rouge, dur et douloureux, avec vision floue. Une consultation d'extrême urgence auprès d'un ophtalmologiste est nécessaire.
> Des précautions sont nécessaires chez les personnes âgées, ou en cas d'*insuffisance rénale* ou *hépatique*.
> Ce médicament peut induire une somnolence parfois intense chez certaines personnes. Cette somnolence peut être majorée par la prise d'*alcool* ou d'autres médicaments *sédatifs*. La conduite ou l'utilisation de machines dangereuses sont déconseillées.

Avec d'autres médicaments
Informez votre médecin ou votre pharmacien si vous prenez un autre médicament ayant des effets *atropiniques* ou *sédatifs*.

Grossesse et allaitement
L'effet de ce médicament pendant la grossesse ou l'allaitement est mal connu : seul votre médecin peut évaluer le risque éventuel de son utilisation dans votre cas.

> **Conseils :** Pensez à vous laver les mains après la mise en place de la pastille afin d'éviter tout contact avec les yeux.
> En cas de décollement accidentel, appliquez une nouvelle pastille à un autre endroit.

Effets indésirables possibles
Sécheresse de la bouche, troubles visuels, dessèchement des sécrétions bronchiques, constipation, rétention des urines.
Rarement : somnolence ou au contraire agitation, confusion des idées, plus particulièrement chez la personne âgée.
À l'arrêt d'un traitement de quelques jours, et exceptionnellement : *vertiges*, nausées, vomissements, maux de tête et troubles de l'équilibre.

Médicaments équivalents
- **En Suisse :** Scopoderm TTS
- **Dans la plupart des pays :** Scopoderm TTS
- **Ailleurs**
  - **Canada :** Transderm V
  - **États-Unis :** Transderm Scop

> **En voyage**
> Il existe une série de mesures simples et souvent efficaces pour prévenir le mal des transports :
> - bien dormir la veille de votre voyage ;
> - manger légèrement mais régulièrement pendant le trajet, en privilégiant les aliments solides ;
> - ne pas consommer de café, ni de boissons alcoolisées ou gazeuses ;
> - éviter les odeurs de cuisine ou celles du tabac ;
> - s'abstenir de lire ;
> - privilégier certaines places : passager avant en voiture, au niveau des ailes en avion, sur le pont au centre en bateau.

SMECTA
diosmectite

Pansement digestif

Beaufour Ipsen Pharma

Dans quel cas l'utiliser

Ce médicament est un *pansement digestif*. Il est utilisé dans le *traitement symptomatique* de certaines diarrhées et des douleurs de l'œsophage, de l'estomac, du *duodénum* ou du côlon.

Présentation

Poudre pour suspension buvable et rectale.

Composition

3 g de diosmectite par sachet.

Comment l'utiliser

Ce médicament est pris de préférence après les repas pour les douleurs de l'œsophage, entre les repas pour les autres indications. Il peut être mélangé à de l'eau ou à un aliment semi-liquide. Pour les bébés, le contenu du sachet peut être dilué dans un biberon de 50 ml.

Posologie usuelle :

• Adulte : 1 sachet, 3 fois par jour.
• Enfant de 2 à 15 ans : 1 sachet, 2 ou 3 fois par jour.
• Enfant de 1 à 2 ans : 1 ou 2 sachets par jour.
• Enfant de moins de 1 an : 1 sachet par jour.

Il peut également être utilisé dans certains cas (douleurs coliques) en lavement, à raison de 1 à 3 sachets dilués dans 50 à 100 ml d'eau tiède.

Attention : N'utilisez pas ce médicament de façon prolongée sans l'avis de votre médecin : des examens peuvent être nécessaires si les *symptômes* persistent.

Avec d'autres médicaments

Ce médicament peut diminuer l'absorption de nombreux médicaments. Un délai d'au moins 2 heures (voire 4 heures avec les *antibiotiques* de la famille des quinolones) doit être respecté entre la prise de ce médicament et celle des autres traitements. Demandez conseil à votre médecin ou à votre pharmacien.

Grossesse et allaitement

Les substances contenues dans ce médicament sont peu absorbées. Néanmoins, ne l'utilisez pas de façon prolongée pendant la grossesse ou l'allaitement sans l'avis de votre médecin ou de votre pharmacien.

Conseils : Une alimentation équilibrée, une mastication lente, la suppression des aliments difficiles à digérer et des boissons alcoolisées permettent souvent d'atténuer les *symptômes* dus à une *inflammation* de l'estomac, du *duodénum* ou de l'œsophage.
Si vous êtes fumeur, la poursuite du tabagisme nuit à l'efficacité du traitement.
Une diarrhée peut provoquer une déshydratation, notamment chez l'enfant ou la personne âgée. Cette perte d'eau par l'organisme doit être compensée par des boissons abondantes (bouillon salé, boissons sucrées) car elle peut être à l'origine d'une fatigue, de malaise ou de confusion des idées.

Effets indésirables possibles

Rarement : constipation.

Médicaments équivalents

• **En Belgique :** Barexal
• **Dans la plupart des pays :** Smecta

En voyage
Les *pansements digestifs* sont souvent utiles en cas de douleurs d'estomac lors des gastro-entérites.
Ce médicament n'a pas d'action anti-infectieuse ; il agit sur les manifestations de la *diarrhée* mais n'en supprime pas les causes.

SOLUPRED
prednisolone

sur ordonnance

Dérivé de la cortisone

Aventis

Dans quel cas l'utiliser

C'est un *anti-inflammatoire* stéroïdien qui appartient à la famille des *corticoïdes* de synthèse (dérivés chimiques de la cortisone naturelle). Les propriétés de la *cortisone* sont nombreuses, mais ce produit est surtout utilisé pour son effet anti-inflammatoire puissant. Il présente, à efficacité égale, moins d'effets indésirables que la cortisone naturelle. Ces propriétés sont utiles dans le traitement de nombreuses affections comportant une composante inflammatoire ou allergique, mais aussi de certains cancers où ce médicament permet de lutter contre la prolifération cellulaire. Il diminue les réactions immunitaires et est donc utilisé pour prévenir le rejet des greffes d'organes.

Il est utilisé dans le traitement de certaines maladies graves (cancer, *sclérose en plaques*, *rhumatisme articulaire aigu* par exemple), mais également de maladies plus bénignes (*allergie*, crise d'*asthme*, *sinusite* aiguë, *otite*). Dans ces derniers cas, le traitement est souvent court.

Présentation

Comprimé effervescent, comprimé *orodispersible*, solution buvable.

Composition

5 ou 20 mg de prednisolone par comprimé ; 1 mg de prednisolone par ml de solution buvable.

Comment l'utiliser

Ce médicament doit être absorbé au cours d'un repas, de préférence en une fois, le matin.

Lors des traitements prolongés, et dès que le contrôle de la maladie le permet, une prise alternée un jour sur deux est préférable, notamment chez l'enfant.

Les comprimés effervescents doivent être dissous dans un verre d'eau.

Les comprimés *orodispersibles* peuvent être sucés sans être croqués ou dissous dans un peu d'eau (notamment pour les jeunes enfants ou les personnes ayant du mal à déglutir).

Posologie usuelle :

Fréquemment, la *posologie* initiale est élevée (*traitement d'attaque*) ; elle est ensuite diminuée jusqu'à la posologie minimale efficace (*traitement d'entretien*).

Tout traitement prolongé à forte dose doit être arrêté progressivement : suivre les indications du médecin.

Quand ne pas le prendre

Ce médicament ne doit pas être utilisé dans les cas suivants :
- infection ou *mycose* non contrôlée par un traitement adapté,
- maladie virale en évolution (*hépatite*, *herpès* ou *zona*),
- *psychose* non contrôlée par un traitement,
- *phénylcétonurie* (comprimé orodispersible : présence d'aspartam).

Attention : Ce médicament ne doit jamais être employé ou réemployé en dehors d'une prescription médicale.

Si vous avez un *diabète*, vous risquez de le déséquilibrer si vous modifiez la quantité ou le rythme de la prise de *cortisone* sans avis médical.

Les personnes ayant des *antécédents* de *tuberculose*, d'*ulcère* de l'estomac ou du duodénum, les personnes souffrant d'*insuffisance rénale* ou *hépatique*, de *colite* ulcéreuse, d'*hypertension artérielle*, d'*ostéoporose*, de *myasthénie* grave doivent faire l'objet d'une prise en charge médicale particulière.

La prise prolongée d'un *corticoïde* diminue les défenses immunitaires : la vaccination avec un *vaccin* contenant des *germes* vivants atténués ne peut être pratiquée qu'avec l'accord de votre médecin. Vous devez également éviter le contact avec des personnes atteintes de varicelle ou de rougeole.

L'arrêt du traitement doit être progressif pour permettre aux glandes *surrénales* de reprendre la synthèse de cortisone naturelle. Un arrêt brutal expose par ailleurs à une rechute de la maladie traitée. Cette précaution n'est utile que lorsque la durée du traitement dépasse une semaine.

Sportif : ce médicament contient une substance susceptible de rendre positifs certains *tests antidopage*.

Avec d'autres médicaments

Ce médicament peut interagir avec les médicaments qui donnent des *torsades de pointes*.

Informez par ailleurs votre médecin si vous prenez :
- un médicament susceptible de faire baisser la *kaliémie* (amphotéricine B, certains *diurétiques, laxatifs stimulants*) ;
- un *antihypertenseur* ;
- un *antidiabétique* ;
- un *digitalique* ;
- un *anticoagulant* ;
- de l'aspirine ou un *AINS* ;
- un médicament contenant de la carbamazépine, du phénobarbital, de la phénytoïne, de la primidone, de la rifampicine, de la ciclosporine, de l'interféron alfa ou de l'isoniazide.

En cas de vaccination, l'utilisation d'un *vaccin* vivant est déconseillée.

Grossesse et allaitement

Grossesse :

Dans l'espèce humaine, les études scientifiques actuellement disponibles n'ont pas mis en évidence de risque de malformation lors de l'utilisation de ce médicament pendant la grossesse. Seul votre médecin peut apprécier la nécessité du traitement et son risque pendant la grossesse.

Lorsqu'une maladie grave impose un traitement prolongé chez la mère, une surveillance médicale du *nouveau-né* est nécessaire.

Allaitement :

En cas de traitement prolongé, il peut être nécessaire d'interrompre l'allaitement : prenez l'avis de votre médecin.

Conseils : Un traitement prolongé de plus de quelques jours peut nécessiter :
- la diminution de la consommation de *sel*,
- la prise de *potassium* (prescrit par le médecin),
- un régime riche en protéines et en calcium, pauvre en *glucides*.

Effets indésirables possibles

Ils sont à craindre surtout lors d'un traitement prolongé et à forte dose :
- rétention d'eau et de sel, *hypertension artérielle* ;
- baisse du taux de *potassium*, à prévenir par un apport systématique ;
- modifications physiques fréquentes : gonflement du visage et du buste, apparition de poils, taches cutanées violacées, *acné* ;
- surexcitation, euphorie, troubles du sommeil, *état dépressif* (à l'arrêt du traitement) ;
- faiblesse puis fonte musculaires, lentement réversibles ;
- *ostéoporose* (décalcification des os), parfois définitive ;
- troubles hormonaux et métaboliques : *diabète* (réversible), arrêt de la croissance chez l'enfant, troubles des règles ;
- troubles digestifs : *gastrite, ulcère* ;
- certaines formes de *cataracte* et de *glaucome*.

Médicaments équivalents

- **En France :** Betnesol, Célestamine, Célestène, Cortancyl, Décadron, Dectancyl, Medrol, Prednisolone Bayer
- **En Belgique :** Betnesol, Celestone, Deltacortril, Medrol, Oradexon, Polaronil, Prednicort, Prednicortelone
- **En Suisse :** Betnesol, Calcort, Celestone, Decadron, Dexacortin, Ledercort, Medrol, Millicortène, Spiricort

Il existe plusieurs substances de la famille des *corticoïdes* de synthèse utilisées pour traiter les *allergies*. Elles se différencient par leur durée d'action et leur *posologie*. Demandez au pharmacien un médicament contenant l'une des substances suivantes : bétaméthasone, dexaméthasone, méthylprednisolone, prednisolone ou prednisone. Faites-vous toujours préciser la posologie.

En voyage

En cas d'allergie à des aliments, vous pouvez vous aider de photos pour vous faire comprendre. Certains signes doivent faire penser à un *choc* allergique : extension très rapide de l'*urticaire* en larges plaques, gonflement des lèvres, du visage ou du cou, troubles de la conscience, malaise, démangeaisons généralisées, sueurs importantes, oppression thoracique. Dans ce cas, une injection *sous-cutanée* d'*adrénaline* s'impose.

Pensez à emporter un certificat médical, rédigé en anglais ou idéalement dans la langue du pays, précisant vos allergies. Gardez toujours ce certificat sur vous lors de vos déplacements.

STAMARIL
vaccin atténué contre la fièvre jaune

Vaccin : fièvre jaune   Pasteur Vaccins

Dans quel cas l'utiliser
C'est un *vaccin* qui contient un *virus* atténué de la fièvre jaune : vivant, mais affaibli, ce virus ne peut provoquer la maladie.
Il est utilisé dans la prévention de la fièvre jaune. L'immunité est obtenue 7 à 10 jours après l'injection et persiste au moins 10 ans.

Présentation
Suspension injectable *SC* ou *IM*.

Composition
1 dose de virus atténué de la fièvre jaune par seringue.

Comment l'utiliser
Injecter le contenu de la seringue préremplie dans l'ampoule de poudre. Agiter pour dissoudre complètement la poudre, puis réaspirer la solution reconstituée dans la seringue.
Ce vaccin doit être injecté par *voie* sous-cutanée ou *intramusculaire*, immédiatement après reconstitution.

Posologie usuelle :
• Adulte et enfant de plus de 6 mois : 1 injection tous les 10 ans. Les rappels sont pratiqués seulement en cas de nécessité (séjour en zone endémique).

Quand ne pas le prendre
Ce *vaccin* ne doit pas être utilisé dans les cas suivants :
- *traitement immunodépresseur* en cours ;
- *déficit immunitaire* congénital ou consécutif à une maladie (sida...) ou à un *traitement immunodépresseur* ;
- *cancer* en évolution ;
- *allergie* vraie aux protéines de l'œuf ;
- *nourrisson* de moins de 6 mois.

Attention : Compte tenu du délai nécessaire pour obtenir l'immunité contre la fièvre jaune, ce vaccin doit être injecté au moins 10 jours avant le départ en zone d'endémie amarile (région où la fièvre jaune est présente).
Les effets indésirables possibles de ce vaccin se déclarent entre le 4e et le 7e jour qui suivent la vaccination ; ces troubles peuvent être atténués par la prise de paracétamol.
La fièvre jaune est une maladie virale (groupe des arboviroses). Elle n'a rien à voir avec le *paludisme* et ce vaccin ne

---

dispense pas de la prise régulière des médicaments destinés à prévenir cette maladie.

Avec d'autres médicaments
Un *traitement immunodépresseur* en cours contre-indique cette vaccination.
Ce vaccin peut être injecté le même jour que d'autres vaccins, mais il ne doit pas être mélangé à un autre produit injectable dans la même seringue.

Grossesse et allaitement
Comme tout *vaccin* vivant, le vaccin contre la fièvre jaune n'est pas recommandé pendant la grossesse. Toutefois, le risque lié à la fièvre jaune est infiniment supérieur à celui (théorique) que fait courir la vaccination. Si un séjour dans une région où la fièvre jaune est présente ne peut être évité, la vaccination est obligatoire.
Si la vaccination a lieu pendant une grossesse méconnue, il n'est pas nécessaire d'envisager une interruption de grossesse.

Conseils : Cette vaccination ne peut être réalisée que dans des centres agréés : renseignez-vous auprès de votre médecin, de votre pharmacien ou de votre agence de voyage ; le *vaccin* ne peut pas être acheté en pharmacie.
Pour garder la trace de cette vaccination, outre le carnet (qui est fréquemment égaré), il est utile de conserver une copie du certificat de vaccination dans son passeport.
Les réactions fébriles dues aux vaccins peuvent être combattues en prenant de l'aspirine ou du paracétamol.
Pour garder son efficacité, ce médicament doit être conservé entre + 2 °C et + 8 °C (partie haute du réfrigérateur). Toutefois, une rupture de la chaîne du froid pendant une durée limitée (quelques heures à température ambiante inférieure à 25 °C) ne devrait pas prêter à conséquence. En pratique, en cas de nécessité, un délai de quelques heures peut séparer l'achat du vaccin en pharmacie de son stockage au réfrigérateur ou de la vaccination.
Ce vaccin ne doit pas être congelé.

Effets indésirables possibles

Entre le 4e et le 7e jour qui suivent la vaccination : maux de tête, fièvre, courbatures.

Médicaments équivalents

• **En Belgique :** Stamaril
• **En Suisse :** Stamaril

Normalement la vaccination doit être pratiquée avant le départ. Une liste d'équivalents à l'étranger n'est donc pas pertinente.

En voyage
Ce *vaccin* n'est indiqué qu'en cas de voyage dans les régions d'Afrique et d'Amérique intertropicales où la maladie sévit.

STERI-STRIP 3M

Suture cutanée   3M Santé

Dans quel cas l'utiliser

Ce sont des sutures cutanées adhésives de premier secours pour plaie accidentelle. Elles peuvent être utilisées seules ou conjointement avec des fils ou des agrafes.

Comment l'utiliser

La plaie doit être propre, débarrassée de tout corps étranger et ne plus saigner.

Les sutures se posent comme des fils, perpendiculairement aux bords de la plaie.

Poser la moitié d'une suture sur une berge de la plaie.

Refermer avec soin la plaie : rapprocher les berges de la plaie en les mettant bien en face.

Poser la deuxième moitié de la suture sur l'autre berge sans l'étirer.

Terminer la fermeture de la plaie avec d'autres bandelettes espacées de 2 à 3 mm.

Laisser les sutures en place le temps de la cicatrisation (5 à 10 jours).

Lorsque la plaie est cicatrisée, retirer les sutures en détachant alternativement chaque extrémité puis ôter doucement la totalité de la bandelette.

Attention : Les bandelettes sont stériles jusqu'à ouverture de la pochette.

En voyage
La trousse du voyageur doit contenir un *antiseptique* cutané, ainsi que des compresses de petite taille, des sutures adhésives et des petits ciseaux.

Vous devez consulter un médecin quand :

– votre vaccination antitétanique date de plus de 10 ans,

– la blessure est très profonde ou importante,

– la plaie est due à une morsure d'animal.

En pays tropical, la plaie doit être couverte pour la protéger contre les saletés et empêcher l'infestation par des *parasites* ; les baignades doivent être évitées jusqu'à cicatrisation complète.

STILNOX
zolpidem

sur ordonnance

Somnifère

Sanofi-Synthélabo

Dans quel cas l'utiliser
C'est un somnifère dont les propriétés sont proches de celles des *benzodiazépines*.
Il est utilisé dans le traitement de l'insomnie.

Présentation
Comprimé sécable.

Composition
10 mg de zolpidem tartrate par comprimé.

Comment l'utiliser
Les comprimés doivent être avalés avec un verre d'eau.

Posologie usuelle :
- Adulte : 1 comprimé immédiatement avant le coucher.
- Personne de plus de 65 ans, insuffisant hépatique ou respiratoire : ½ comprimé au coucher.

Quand ne pas le prendre
Ce médicament ne doit pas être utilisé dans les cas suivants :
- *insuffisance respiratoire* ou *hépatique* graves,
- *syndrome d'apnée du sommeil*.

Attention : Des précautions sont nécessaires en cas de *myasthénie*.
Une prise prolongée, surtout à doses importantes, de somnifère, peut provoquer une *dépendance*. Ce risque de dépendance est accru chez les personnes ayant déjà présenté une dépendance à d'autres médicaments, substances ou à l'alcool.
L'arrêt brutal de ce médicament expose à un syndrome de sevrage : réapparition de l'insomnie, anxiété, maux de tête, douleurs musculaires. Il faut donc s'entourer de conseils médicaux pour diminuer progressivement les doses et espacer les prises, sur une période d'autant plus longue que le traitement a été prolongé.
Certaines insomnies peuvent traduire une *dépression* masquée et justifier un traitement spécifique.
Un trouble du sommeil persistant ne doit pas vous conduire à augmenter les doses, mais à consulter votre médecin.
Ce médicament expose à un risque de chute chez la personne âgée ayant l'habitude de se lever la nuit.

Un réveil nocturne après la prise du médicament peut entraîner des troubles de mémoire, parfois angoissants.
Évitez les boissons alcoolisées : augmentation du risque de somnolence.
Ce médicament est un somnifère. Conduire ou utiliser une machine dangereuse dans les heures qui suivent sa prise est bien sûr contre-indiqué.
La durée de l'effet sédatif, ainsi que son intensité, est très variable d'une personne à l'autre. Il vous appartient de vérifier lors des premières prises, que la persistance éventuelle d'une somnolence lors de votre réveil est compatible avec ces activités.

Avec d'autres médicaments
Informez votre médecin ou votre pharmacien si vous prenez d'autres *sédatifs*.

Grossesse et allaitement
Grossesse :
Ce médicament ne doit pas être utilisé sans avis médical pendant la grossesse, notamment au cours des 3 premiers mois. Les fortes doses au cours des 3 derniers mois sont déconseillées. Si le traitement est poursuivi jusqu'à l'accouchement, une surveillance médicale du *nouveau-né* est nécessaire.
Allaitement :
Ce médicament passe dans le lait maternel : l'allaitement est déconseillé.

Conseils : Ce médicament vous a été prescrit dans une situation précise. Ne le conseillez pas à une autre personne.
Les somnifères ne sont pas la seule réponse aux troubles du sommeil. Une meilleure hygiène de vie, une consommation modérée d'excitants (y compris les boissons alcoolisées) permettent aussi de lutter efficacement contre les insomnies.

Effets indésirables possibles
Somnolence pendant la journée, trous de mémoire, *vertiges*, fatigue, sensation de faiblesse musculaire.
Plus rarement : *éruption cutanée*, baisse de la libido.

Exceptionnellement :
– réactions paradoxales avec augmentation de l'anxiété, agitation, agressivité, confusion des idées, hallucinations ;
– *amnésie antérograde*.
Ces troubles nécessitent l'arrêt du traitement.

Médicaments équivalents
- **En Belgique :** Stilnoct
- **En Suisse :** Stilnox
- **Dans la plupart des pays :** Stilnox ou Stilnoct

Le groupe des *benzodiazépines* comporte plus de 20 molécules. Elles se différencient par leurs durées d'action. Seuls les médi-

caments contenant du zolpidem ont été recherchés, mais une autre molécule peut également convenir. La sensibilité individuelle aux effets des benzodiazépines est très variable. Seul un médecin peut décider du choix d'un somnifère.

En voyage
Décalage horaire, environnement nouveau... l'insomnie est fréquente les premiers jours. Avec les activités des vacances, tout rentre généralement vite dans l'ordre. Toutefois, si l'insomnie se prolonge et menace de devenir chronique (entretenue par la peur de ne pas dormir), elle peut justifier la prescription d'un somnifère. Son usage doit cependant rester exceptionnel et de courte durée en l'absence d'avis médical.

STROMECTOL
ivermectine

Antiparasitaire   MSD-Chibret

Dans quel cas l'utiliser
Ce médicament contient un antiparasitaire actif contre certains vers tropicaux et contre la *gale*.
Il est utilisé dans le traitement de l'anguillulose gastro-intestinale, de la filariose lymphatique, et de la *gale*.

Présentation
Comprimé.

Composition
3 mg d'ivermectine par comprimé.

Comment l'utiliser
Les comprimés doivent être avalés avec un verre d'eau, à n'importe quel moment de la journée, mais à distance des repas (2 heures avant ou après).
Chez l'enfant de moins de 6 ans, les comprimés doivent être écrasés.

Posologie usuelle :
- Adulte et enfant de plus de 15 kg : 1 comprimé pour 15 kg de poids, soit par exemple 4 comprimés en une prise unique pour un adulte de 58 kg, 2 comprimés pour un enfant de 34 kg (arrondir à la dose la plus proche). La prise unique peut être renouvelée 6 mois après pour certains vers tropicaux.

Dans certaines formes graves de la *gale*, exceptionnelles en France (gale croûteuse), il peut être nécessaire de renouveler le traitement par une deuxième prise après avis médical.

Attention : N'utilisez pas ce médicament dans le *traitement préventif* des affections citées. Il est destiné à traiter l'infection installée.
Des précautions sont nécessaires chez les personnes immunodéprimées, et dans le traitement de certains vers tropicaux. Ces précautions sont prises en compte par le médecin qui prescrit ce médicament.
Dans le traitement de la *gale*, la persistance des démangeaisons dans les 2 à 4 semaines qui suivent le traitement est normale et ne signifie pas que le traitement a échoué. En effet, le traitement tue les parasites mais ceux-ci ne seront éliminés qu'avec le renouvellement complet de l'épiderme. En cas de démangeaisons intenses, une consultation médicale est utile pour vérifier que le traitement a bien été actif et pour prescrire éventuellement un traitement contre les démangeaisons.

Grossesse et allaitement

Grossesse :
L'effet de ce médicament pendant la grossesse est mal connu. Par mesure de prudence, il ne doit être utilisé pendant la grossesse que si aucune alternative n'est possible.

Allaitement :
Ce médicament passe faiblement dans le lait maternel. Il ne doit pas être utilisé chez la mère qui allaite dans les 8 jours qui suivent l'accouchement. Son usage ne se justifie que si aucune alternative n'est possible.

> **Conseils :** Si la *gale* est infectée, consultez votre médecin avant tout traitement.
> Pour éviter une réinfestation, il est nécessaire que l'entourage (famille, partenaire sexuel) suive le même traitement.
> Les vêtements récemment portés, les chaussons et les chapeaux doivent être désinfectés. Le linge de corps et les draps doivent être lavés à 60 °C. La literie (couverture, couette, oreillers) doit aussi être désinfectée.
> Il existe également un moyen simple de se débarrasser du parasite de la gale : laisser les vêtements contaminés dans un endroit frais pendant une quinzaine de jours.

Effets indésirables possibles
Le médicament ne semble pas responsable par lui même d'effets indésirables. En revanche, la destruction rapide et massive de parasites peut provoquer des accidents par inflammation locale, potentiellement grave, notamment au niveau du cerveau ou des poumons.
Dans le traitement de la gale, les seuls effets indésirables observés ont été une augmentation des démangeaisons (voir Attention).

Médicaments équivalents
• **En France :** Mectizan (mais n'a pas d'indication pour la *gale*).

Demandez au pharmacien un médicament contenant de l'**ivermectine**. Il faut savoir que cette substance n'a pas forcément une indication officielle dans la gale dans tous les pays (ce sont les traitements locaux de la gale qui sont généralement proposés en première intention).

> **En voyage**
> La durée d'incubation de la *gale* est de quelques semaines. Généralement, les *symptômes* (démangeaisons, surtout au coucher, des mains, de l'addomen, des organes génitaux...) apparaissent au retour de voyage.
> La gale est transmise lors d'un contact étroit avec une personne infectée, mais également avec la literie (drap, couverture) ; emportez votre propre « sac à viande » en cas de voyage aventureux et pour lequel l'hygiène ne peut être contrôlée.

TICOVAC
vaccin de l'encéphalite à tiques

Vaccin : méningo-encéphalite   Baxter

Dans quel cas l'utiliser
Ce *vaccin* contient des *virus* atténués : ceux-ci sont vivants, mais affaiblis, et ne peuvent pas provoquer la maladie.
Il est utilisé dans la prévention de la méningo-encéphalite transmise par les tiques.

Présentation
Suspension injectable.

Composition
1 dose de virus vivants atténués de l'encéphalite à tiques (souche Neudoerfl) par seringue.

> **Comment l'utiliser**
> Bien agiter la seringue avant l'emploi, la réchauffer à température ambiante si nécessaire. L'injection doit être réalisée par *voie intramusculaire*. Ce *vaccin* peut

aussi bien servir à la première vaccination qu'aux rappels ultérieurs ; il n'est
réalisé que dans des centres spécialisés.

Posologie usuelle :
La première vaccination consiste en
2 injections espacées de 21 à 90 jours,
suivies d'un rappel 9 à 12 mois après
la deuxième injection. Un rappel doit
ensuite être pratiqué tous les 3 ans, sauf
si un dosage sanguin des *anticorps*
montre un taux protecteur. Lorsqu'il
est nécessaire d'obtenir une protection
rapide, l'écart entre les deux premières
injections peut être ramené à 14 jours.
Chez l'enfant de 3 à 16 ans, une demi-
dose (0,25 ml) est suffisante lors de la
première injection.
Chez les personnes âgées de plus de
60 ans ou souffrant d'un *déficit immunitaire*, la vaccination peut être moins
efficace et des injections supplémentaires sont parfois nécessaires, après
contrôle des taux sanguins d'anticorps.

Quand ne pas le prendre
Ce vaccin ne doit pas être utilisé en cas
de fièvre élevée ou d'*allergie* connue aux
protéines de l'œuf.

Attention : Une fièvre élevée peut survenir dans les 48 heures qui suivent
l'injection. L'apparition de cette fièvre doit
être surveillée chez les personnes fragiles
et les très jeunes enfants : la prise de
paracétamol et les mesures d'abaisse-
ment de la température (bain, vêtements
légers...) sont alors nécessaires.
De la néomycine et de la gentamicine
sont utilisées pour fabriquer ce vaccin.
Ces substances persistent en infime
quantité dans la solution injectable. Des
précautions sont nécessaires chez les
personnes qui y sont allergiques.
La protection contre la maladie n'est
assurée qu'après la deuxième injection.
Comme pour toute stimulation du système immunitaire, le risque éventuel
d'aggraver une *maladie auto-immune*
doit être mis en balance avec celui lié à
la maladie que prévient la vaccination.
Cette vaccination ne protège pas de la
maladie de Lyme, également transmise
par les tiques.

Grossesse et allaitement
L'effet de ce médicament pendant la grossesse ou l'allaitement est mal connu : seul
votre médecin peut évaluer le risque éventuel de son utilisation dans votre cas.

Conseils : Pour garder son efficacité,
ce vaccin doit être conservé entre + 2 °C
et + 8 °C (partie haute du réfrigérateur).
Ce vaccin ne doit pas être congelé.

Effets indésirables possibles
Réaction douloureuse, rougeur, gonflement au point d'injection. Apparition de
ganglions à proximité de l'injection.
Rares réactions fébriles, douleurs musculaires ou articulaires, fatigue, nausées,
vomissements, *éruption cutanée*, *vertiges*,
vue brouillée. Ces réactions disparaissent
généralement en 24 heures.
Très rarement, les réactions douloureuses
sont localisées autour du cou et peuvent
ressembler à une *méningite* ; elles disparaissent sans séquelles.

Médicaments équivalents
Normalement la vaccination doit être pratiquée avant le départ. Une liste d'équivalents à l'étranger n'est donc pas pertinente.

En voyage
Ce vaccin est à envisager
chez les personnes allant ran-
donner dans les forêts
d'Europe de l'Est ou du Nord entre les
mois de mai et octobre.

TIORFAN
racécadotril

sur ordonnance

Antidiarrhéique

Bioprojet Pharma

Dans quel cas l'utiliser
Ce médicament est un antidiarrhéique qui agit en réduisant les sécrétions intestinales.

Il est utilisé dans le *traitement symptomatique* des diarrhées aiguës, en complément des mesures diététiques.

Présentation
Gélule et poudre orale.

Composition
100 mg de racécadotril par gélule, 30 mg de racécadotril par sachet Enfant, 10 mg de racécadotril par sachet Nourrisson.

Comment l'utiliser
Si une diète n'est pas conseillée, ce médicament est pris de préférence avant les repas.

La poudre peut être avalée telle quelle, mélangée à l'alimentation ou diluée dans un verre d'eau ou dans un biberon.

Posologie usuelle :
- Adulte : 1 gélule d'emblée quel que soit le moment, puis 1 gélule au début des 3 principaux repas.
- Enfant et nourrisson : commencer par 1 prise d'emblée, puis 3 prises à répartir dans la journée (soit 4 prises au total le 1er jour). Les jours suivants : 1 prise, 3 fois par jour.

Soit, en pratique :
- Enfant de plus de 9 ans (plus de 27 kg environ) : 2 sachets Enfant par prise.
- Enfant de 30 mois à 9 ans (de 13 à 27 kg environ) : 1 sachet Enfant par prise.
- Nourrisson de 9 à 30 mois (de 9 à 13 kg environ) : 2 sachets Nourrisson par prise.
- Nourrisson de 1 à 9 mois (moins de 9 kg) : 1 sachet Nourrisson par prise.

Ce médicament est poursuivi jusqu'à ce que les selles soient de nouveau formées, sans dépasser toutefois 7 jours de traitement.

Quand ne pas le prendre
Ce médicament ne doit pas être utilisé dans les cas suivants :
- enfant de moins de 15 ans (gélule),
- **grossesse**,
- **allaitement**.

Attention : Des précautions sont nécessaires en cas d'*insuffisance hépatique* et *rénale*.

Ce médicament n'est pas adapté au traitement des diarrhées dues à certains *antibiotiques*.

Une diarrhée qui s'accompagne de torpeur, de soif, de fièvre, ou de sang dans les selles nécessite rapidement un avis médical. De même, chez le *nourrisson*, une diarrhée qui s'accompagne d'une perte de poids de plus de 5 % (signe de déshydratation) peut nécessiter des soins urgents.

Les sachets contiennent du *sucre* (saccharose) en quantité notable.

Si vous devez conduire, ou utiliser une machine dangereuse, assurez-vous préalablement que ce médicament n'altère pas votre vigilance.

Grossesse et allaitement
L'effet de ce médicament pendant la grossesse ou l'allaitement est mal connu. Par mesure de prudence, son usage est contre-indiqué chez la femme enceinte ou chez celle qui allaite.

Conseils : Une diarrhée peut provoquer une déshydratation, notamment chez le jeune enfant ou la personne âgée. Cette perte d'eau par l'organisme doit être compensée par des boissons abondantes (bouillon salé, boissons sucrées) car elle peut être à l'origine d'une fatigue, de malaise ou de confusion des idées.

Chez le *nourrisson*, deux situations se présentent :
- l'enfant est allaité : l'allaitement sera poursuivi pendant toute la période diarrhéique ;
- l'enfant n'est pas allaité : des solutions de réhydratation particulièrement adaptées sont disponibles en pharmacie. Elles doivent être employées pendant les 3 à 4 premières heures qui suivent le début de la diarrhée et être proposées au nourrisson très régulièrement pendant cette période. Après cette phase initiale, l'alimentation habituelle, et notamment le lait, sera reprise même si la diarrhée persiste. L'exclusion du lait, avec ou sans lactose, ne fait plus partie des recommandations offi-

cielles. Au cas improbable où il vous serait impossible d'obtenir une solution de réhydratation du commerce, vous pouvez préparer une solution avec 1 litre d'eau additionné de 4 cuillères à café arasées de sucre et ½ cuillère à café de sel de table.

Les solutions de réhydratation ne doivent pas être utilisées plus d'une demi-journée car elles sont trop pauvres en nutriments.

Effets indésirables possibles
Exceptionnellement : somnolence.

Médicaments équivalents

- **Ailleurs**
  - **Espagne :** Tiorfan
  - **Afrique francophone, Thaïlande, Philippines :** Hidrasec

En voyage
La *turista* est fréquente et amène un voyageur sur cinq à s'aliter au cours de ses vacances.
Quelques mesures d'hygiène permettent de limiter les risques de diarrhée en zone tropicale :

– se laver régulièrement les mains, systématiquement avant les repas et la manipulation d'aliments, après passage aux toilettes ;
– ne boire que de l'eau en bouteille capsulée (ouverte devant soi) ou désinfectée ou bouillie (5 minutes à gros bouillons) ;
– éviter les glaces, les glaçons, les crudités (que vous n'avez pas préparées vous-même) ;
– peler les fruits ;
– ne pas manger de coquillages, de poissons ou viandes crus ;
– consommer des viandes et des poissons d'eau douce bien cuits et servis chauds.
En cas de diarrhée déclarée dans un groupe de voyageurs, il faut renforcer les mesures d'hygiène : lavage des mains, désinfection des surfaces de contact qui peuvent être contaminées (poignées de porte, robinetterie...).
Diarrhée et chaleur peuvent rapidement entraîner des pertes d'eau importantes : l'absorption de boissons abondantes (sodas), voire de solutés de réhydratation, est la première mesure à prendre. Ne pas hésiter à consulter un médecin sur place en cas de diarrhée grave ou persistant plus de 3 jours.

TITANORÉÏNE
carraghénates, oxyde de zinc, dioxyde de titane

Antihémorroïdaire à usage local   Martin - Johnson & Johnson - MSD

Dans quel cas l'utiliser
Ce médicament contient des substances protectrices et cicatrisantes.
Il est utilisé dans le *traitement symptomatique* des douleurs et des démangeaisons de l'anus, en particulier dues aux *hémorroïdes*.

Présentation
Suppositoire ou crème rectale.

Composition
300 mg de carraghénates, 400 mg d'oxyde de zinc et 200 mg de dioxyde de titane par suppositoire ou 2,5 g de carraghénates, 2 g d'oxyde de zinc et 2 g de dioxyde de titane pour 100 g.

Comment l'utiliser
1 application de crème ou 1 suppositoire, matin et soir.
La crème peut également être appliquée après chaque émission de selles.

Attention : Des douleurs, un saignement anal qui persistent malgré le traitement peuvent être dus à une maladie autre que de simples *hémorroïdes* : consultez votre médecin. De même, tout saignement anal survenant chez une personne de plus de 50 ans doit être signalé au médecin.

Grossesse et allaitement
L'effet de ce médicament pendant la grossesse ou l'allaitement est mal connu. L'évaluation du risque éventuel lié à son utilisation est individuelle : demandez conseil à votre pharmacien ou à votre médecin.

Conseils : La constipation, la consommation de mets épicés et de vins riches en tanins favorisent les *hémorroïdes*.
Les suppositoires doivent être conservés à l'abri de la chaleur.

Médicaments équivalents
Les médicaments à usage local utilisés dans le traitement des *hémorroïdes* sont répartis en 2 groupes, selon qu'ils contiennent un *anti-inflammatoire* (*corticoïde*) ou non. Titanoréine ne contient pas de corticoïde ; les médicaments cités ci-dessous appartiennent au même groupe, mais n'ont pas tous la même formulation.

- **En France :** Anoréine, Anusol, Avenoc, HEC pommade, Hemorrogel, Hirucrème, Kareline, Préparation H, Proctolog, Rectobyl, Titanoréine
- **En Belgique :** Anusol, Cose-anal, Neo-alcos-anal, Preparation-H sperti
- **En Suisse :** Alopon, Doxuproct, Faktu, Heamolan, Procto-Glyvenol, Proctospre, Titanoreïne

Il ne nous est pas possible de donner des équivalents étrangers, en raison de la diversité des compositions pour ces produits.

En voyage
Les *hémorroïdes* sont une affection fréquente et parfois douloureuse. Leur apparition est une question de prédisposition individuelle.
Néanmoins, pour les prévenir, il est recommandé de :
- combattre les troubles du *transit* (*constipation* ou *diarrhée*) souvent observés lors des voyages ;
- éviter les cuisines locales trop épicées ;
- se garder de longs trajets assis sans escale qui empêchent le retour veineux.
Il faut une hygiène locale régulière mais raisonnable (eau tiède sans savon) pour ne pas augmenter l'irritation.

TOBREX
tobramycine
sur ordonnance

Antibiotique à usage ophtalmique　　　Alcon

Dans quel cas l'utiliser
Ce médicament à usage local contient un *antibiotique* de la famille des *aminosides*. Il est utilisé sous forme de collyre ou de pommade pour traiter les infections de l'œil.

Présentation
Collyre et pommade ophtalmique.

Composition
300 000 *UI* de tobramycine pour 100 ml ou 100 g.

Comment l'utiliser
Tirer la paupière inférieure vers le bas tout en regardant vers le haut. Déposer les gouttes de collyre ou la pommade entre la paupière et le globe oculaire (*cul-de-sac conjonctival*).
Dans le traitement des infections des paupières, déposer la pommade sur le bord de la paupière, au contact des cils.

Posologie usuelle :
Collyre : 1 goutte, 3 à 8 fois par jour.
Pommade ophtalmique : appliquer l'équivalent d'un grain de riz, 2 ou 3 fois par jour.

Quand ne pas le prendre
Ce médicament ne doit pas être utilisé en cas d'*allergie* aux *antibiotiques* de la famille des *aminosides* (néomycine notamment).

Attention : Une rougeur ou une douleur de l'œil ne correspondent pas toujours à une infection. Des soins urgents peuvent être nécessaires, notamment en cas de vision floue. N'utilisez pas ce médicament sans avis médical.
Le collyre ou la pommade peuvent être contaminés par l'œil infecté : évitez de mettre en contact l'extrémité du flacon ou du tube avec l'œil ; ne conservez pas ces médicaments plus de 15 jours après une première utilisation.

Grossesse et allaitement
L'effet de ce médicament pendant la grossesse ou l'allaitement est mal connu : seul votre médecin peut évaluer le risque éventuel de son utilisation dans votre cas.

Conseils : La vision est légèrement troublée par l'application de la pommade. Ce trouble disparaît en quelques minutes.

Une application correcte du produit peut nécessiter une aide, notamment chez l'enfant ou la personne handicapée ou âgée.

Les lentilles de contact ne doivent pas être portées en cas d'infection oculaire ni réutilisées avant guérison complète.

Effets indésirables possibles
Irritation ou réaction allergique locale.

Médicaments équivalents
- En Belgique : Tobrex
- En Suisse : Tobrex
- Dans la plupart des pays : Tobrex

Il existe de nombreuses préparations *antibiotiques* à usage ophatalmique. Le choix dépend généralement du *germe* responsable de l'infection et du risque éventuel d'*allergie*.

En voyage
Les origines des *conjonctivites* sont nombreuses : *virus, bactérie, allergie...* La prévention en voyage repose sur la port de lunettes qui protègent du soleil, du vent, des poussières.

Si un seul œil est atteint, ne pas hésiter à consulter un ophtalmologiste. Il peut s'agir d'une plaie oculaire ou d'un corps étranger.

Les conjonctivites infectieuses sont très contagieuses. Pensez à vous laver les mains en cas de contact avec les yeux. Un même flacon ne doit en aucun cas être utilisé par des personnes différentes, même si vous avez du mal à vous procurer des collyres.

TROBICINE
spectinomycine

sur ordonnance

Antibiotique : aminoside

Pharmacia SAS

Dans quel cas l'utiliser
Ce médicament est un *antibiotique* proche de la famille des *aminosides*.

Il est utilisé dans le traitement des infections génitales à *gonocoques*, communément appelées chaudes-pisses.

Présentation
Préparation injectable intra-musculaire.

Composition
2 g de spectinomycine par flacon.

Comment l'utiliser
La solution reconstituée doit être injectée uniquement par *voie* intramusculaire profonde avec une aiguille de fort diamètre.

Posologie usuelle :
- Adulte : 1 ou 2 ampoules. Ne pas injecter 2 ampoules dans la même fesse. Il s'agit d'un *traitement minute*.

Attention : Cet *antibiotique* n'est pas efficace sur toutes les infections génitales : il est inactif sur la syphilis notamment. Un examen de laboratoire préa-lable à l'injection permet habituellement de vérifier qu'il s'agit bien d'une infection à *gonocoques*.

Grossesse et allaitement
L'effet de ce médicament pendant la grossesse ou l'allaitement est mal connu. Par prudence, son usage est déconseillé chez la femme enceinte ou chez celle qui allaite.

Conseils : N'oubliez pas de prévenir vos partenaires sexuels. Ils doivent consulter rapidement un médecin.

Effets indésirables possibles
Vive douleur au point d'injection.
Vertiges, nausées, frissons.
Rares *réactions allergiques*.

Médicaments équivalents
- En France : d'autres *antibiotiques* ont également une indication dans le traitement des infections génitales à *gonocoques*. Ils appartiennent à des familles

d'antibiotiques variées (quinolones, *cyclines*, phénicolés, *céphalosporines*...) : c'est à un médecin de choisir le médicament qui vous convient le mieux.

- **En Belgique :** Trobicin
- **En Suisse :** Trobicin
- **Dans la plupart des pays :** Trobicin

En voyage
Les maladies sexuellement transmissibles (*MST*) ont des durées d'incubation variables (de quelques jours à quelques semaines). En cas d'apparition de *symptômes* (douleur en urinant, *inflam-*

mation ou lésions des organes génitaux...) au cours de votre voyage, il est nécessaire de consulter un médecin ou votre assistance de rapatriement avant d'utiliser ce traitement *antibiotique*. Si vous vous êtes traité sur place, vous devez consulter à votre retour un dermatologue ou un vénérologue pour vous assurer de la guérison.

La seule prévention contre les MST est le préservatif. Il doit être utilisé systématiquement pour tout rapport sexuel avec un nouveau partenaire (pénétrations ou contacts buccogénitaux). Les préservatifs ne sont pas toujours faciles à trouver à l'étranger et leur qualité n'est pas garantie partout : mieux vaut les emporter avec vous.

TWINRIX
vaccin contre l'hépatite A et l'hépatite B

sur ordonnance

Vaccin : hépatites A et B associées

GlaxoSmithKline

Dans quel cas l'utiliser
C'est un *vaccin* composé de fragments de *virus* inactivé de l'*hépatite* A et de protéines du virus de l'hépatite B (antigène HBs) obtenues par *biotechnologie*. Il ne contient aucun *germe* vivant.

Il est utilisé dans la prévention conjointe de l'hépatite A et de l'hépatite B.

Présentation
Suspension injectable *IM* Adulte et Enfant.

Composition
720 U Elisa de virus de l'hépatite A inactivés purifiés et 20 µg d'antigènes HBs par seringue Adulte ; 360 U Elisa de virus de l'hépatite A inactivés purifiés et 10 µg d'antigènes HBs par seringue Enfant.

Comment l'utiliser
Bien agiter la seringue avant l'emploi, la réchauffer à température ambiante si nécessaire. L'injection doit être réalisée par *voie intramusculaire* (dans le muscle deltoïde chez l'adulte et chez l'enfant, dans la cuisse chez le nourrisson).
Dans certains cas (hémophilie, faible taux de *plaquettes* sanguines) l'injection peut être réalisée par voie *sous-cutanée*.

Posologie usuelle :
2 injections à 1 mois d'intervalle suivies d'une troisième 6 mois après la première.

Exceptionnellement, lorsque l'immunité doit être acquise rapidement (voyage en zone endémique), un schéma vaccinal accéléré est possible : 2e injection 7 jours après la première, 3e injection 14 jours après la 2e. Un rappel 1 an après permet d'entretenir l'immunité.

Injections de **rappel** pour l'hépatite B : le Conseil supérieur d'hygiène publique de France a émis le 12 mai 2000 les recommandations suivantes :
- au-delà des injections initiales, les rappels de vaccin contre l'hépatite B sont réservés aux personnes à risque ;
- certains professionnels de santé sont soumis à une obligation vaccinale :
- si la personne a été vaccinée avant l'âge de 25 ans : aucun rappel n'est nécessaire ;
- si la personne a été vaccinée après l'âge de 25 ans : un dosage des anticorps contre l'hépatite B (*anticorps* anti-HBs) est réalisé. Si le taux est supérieur à 10 mUI/ml, l'immunité est considérée comme définitive. Si le taux est inférieur à 10 mUI/ml, une injection de rappel du vaccin est pratiquée, suivie d'un nouveau contrôle sanguin 2 mois après. Si ce contrôle montre un taux sanguin supérieur à 10 mUI/ml, l'immunité est définitive. Dans le cas contraire, le médecin du travail évaluera l'intérêt de renouveler les injections sans dépasser un total de 6 (premières injections incluses).

– ce protocole peut également s'appliquer aux personnes à risque du fait d'autres professions exposant à des blessures, d'un séjour en zone endémique ou dans certaines collectivités (psychiatrique notamment).

Quand ne pas le prendre

Ce *vaccin* ne doit pas être utilisé en cas d'*allergie* connue à l'un des constituants du vaccin, ou de *réaction allergique* apparue lors d'une injection précédente du même vaccin ou d'un vaccin contre l'hépatite A ou B seul.

Attention : Du thiomersal est utilisé pour fabriquer ce vaccin. Cette substance persiste en infime quantité dans la solution injectable. Des précautions sont nécessaires chez les personnes qui y sont allergiques.

En cas de fièvre élevée, de maladie aiguë, il est préférable de différer la vaccination.

Avant la troisième injection, le taux d'*anticorps* peut être insuffisant et des mesures de prévention doivent être utilisées en cas de contact avec des sujets porteurs du *virus* de l'*hépatite* A ou B (préservatifs notamment).

Cette vaccination ne protège pas contre les hépatites à virus C ou E ni contre d'autres virus susceptibles de provoquer des hépatites.

Chez les personnes en dialyse ou souffrant d'un *déficit immunitaire*, des injections de rappel supplémentaires peuvent être nécessaires.

Comme pour tous les *vaccins*, des cas exceptionnels de *réactions allergiques* graves ont été constatés ; ce risque justifie la nécessité de réaliser la vaccination en milieu médical où un traitement d'urgence pourra être entrepris sans délai.

Avec d'autres médicaments

Ce *vaccin* peut être injecté le même jour que d'autres vaccins, mais il ne doit pas être mélangé avec un autre produit injectable dans une même seringue.

Grossesse et allaitement

Cette vaccination ne présente qu'exceptionnellement un caractère d'urgence. Elle peut être pratiquée pendant la grossesse, mais il est préférable de réaliser la première injection ou les rappels après l'accouchement.

Conseils : Il est préférable de respecter les délais indiqués pour les injections successives ; néanmoins, un retard ne prête généralement pas à conséquence. Votre médecin déterminera le nombre d'injections nécessaires pour le maintien ou la restauration d'une bonne immunité.

Les réactions fébriles dues aux *vaccins* peuvent être combattues en prenant de l'aspirine ou du paracétamol.

Pour garder son efficacité, ce médicament doit être conservé entre + 2 °C et + 8 °C (partie haute du réfrigérateur). Toutefois, une rupture de la chaîne du froid pendant une durée limitée (quelques heures à température ambiante inférieure à 25 °C) ne devrait pas prêter à conséquence. En pratique, en cas de nécessité, un délai de quelques heures peut séparer l'achat du vaccin en pharmacie de son stockage au réfrigérateur ou de la vaccination.

Ce vaccin ne doit pas être congelé.

Effets indésirables possibles

Réaction douloureuse, *nodule* au point d'injection.

Rarement : fièvre modérée pendant 1 ou 2 jours, maux de tête, *vertiges*, fatigue, malaise, douleurs musculaires ou articulaires, *troubles digestifs*, démangeaisons, *éruption cutanée*.

Exceptionnellement : *réaction allergique*.

Des troubles neurologiques (dont la *sclérose en plaques*...) ont été très exceptionnellement observés après la vaccination contre l'hépatite B. La responsabilité du vaccin dans la survenue de ces troubles n'a pas été établie à ce jour ; par précaution, la vaccination ne sera envisagée chez les personnes souffrant de sclérose en plaques que lorsque le risque d'hépatite B est important. En effet, la stimulation du système immunitaire représentée par ce vaccin pourrait interférer avec cette *maladie auto-immune*.

Médicaments équivalents

Normalement la vaccination doit être pratiquée avant le départ. Une liste d'équivalents à l'étranger n'est donc pas pertinente.

En voyage
Cette vaccination est recommandée en cas de séjour prolongé dans un pays où l'accès à des soins de qualité est aléatoire.

TYPHIM Vi
vaccin contre la fièvre typhoïde

Vaccin : fièvre typhoïde  Pasteur Vaccins

Dans quel cas l'utiliser
C'est un *vaccin* composé de fragments de salmonelles typhoïdiques. Il ne contient aucun *germe* vivant.

Il est utilisé dans la prévention de la fièvre typhoïde. L'immunité apparaît 15 jours à 3 semaines après l'injection et persiste au moins 3 ans.

Présentation
Solution injectable *SC* ou *IM*.

Composition
25 µg de polyosides Vi de Salmonella typhi par dose.

Comment l'utiliser

Bien agiter la seringue avant l'emploi, la réchauffer à température ambiante si nécessaire. L'injection doit être réalisée par *voie* sous-cutanée ou intramusculaire.

Posologie usuelle :

• Adulte et enfant de plus de 2 ans : 1 injection unique assure une protection d'au moins 3 ans.

Attention : En cas de fièvre élevée, de maladie aiguë, il est préférable de différer la vaccination.

Grossesse et allaitement
Grossesse :

L'effet de ce vaccin sur l'enfant à naître est mal connu : seul votre médecin peut évaluer le risque éventuel de son utilisation dans votre cas.

Conseils : Les réactions fébriles dues aux *vaccins* peuvent être combattues en prenant de l'aspirine ou du paracétamol.

Pour garder son efficacité, ce médicament doit être conservé entre + 2 °C et + 8 °C (partie haute du réfrigérateur). Toutefois, une rupture de la chaîne du froid pendant une durée limitée (quelques heures à température ambiante inférieure à 25 °C) ne devrait pas prêter à conséquence. En pratique, en cas de nécessité, un délai de quelques heures peut séparer l'achat du vaccin en pharmacie de son stockage au réfrigérateur ou de la vaccination.

Ce vaccin ne doit pas être congelé.

Effets indésirables possibles
Réactions douloureuses, *nodule* au point d'injection.

Rarement : fièvre pendant 1 ou 2 jours, maux de tête, douleurs des muscles et des articulations, nausées.

Exceptionnellement : *réaction allergique*.

Médicaments équivalents
• **En France :** Typherix

• **En Belgique :** Typherix, Typhim, Vivotif (*vaccin* oral préparé à partir d'une souche vivante)

• **En Suisse :** Typherix, Typhim

Normalement la vaccination doit être pratiquée avant le départ. Une liste d'équivalents à l'étranger n'est donc pas pertinente.

 En voyage
Cette vaccination est recommandée aux voyageurs se rendant dans un pays où l'hygiène collective est déficiente.

UVÉLINE
méthylsulfate de N-méthyl-8-hydroxyquinoléinium

Médicament d'ophtalmologie   Martin - Johnson & Johnson - MSD

Dans quel cas l'utiliser
Ce collyre protège l'œil contre les rayons *ultraviolets* et calme l'irritation oculaire.
Il est utilisé dans le *traitement d'appoint* des irritations oculaires dues aux rayons ultraviolets.

Présentation
Collyre.

Composition
50 mg de méthylsulfate de N-méthyl-8-hydroxyquinoléinium par flacon de 10 ml.

Comment l'utiliser
Tirer la paupière inférieure vers le bas tout en regardant vers le haut et déposer une goutte de collyre entre la paupière et le globe oculaire (*cul-de-sac conjonctival*).

Posologie usuelle :
1 goutte, 2 à 8 fois par jour, voire toutes les heures en cas d'exposition aux rayons ultraviolets.

Attention : Toute irritation peut être une infection : consultez votre ophtalmologiste si les troubles persistent.
Ce collyre ne doit pas être instillé sur des *lentilles de contact* souples hydrophiles. Il risque de s'y fixer et de les colorer de façon irréversible.

Grossesse et allaitement
L'effet de ce médicament pendant la grossesse ou l'allaitement est mal connu. L'éva-luation du risque éventuel lié à son utilisation est individuelle : demandez conseil à votre pharmacien ou à votre médecin.

Conseils : L'application correcte du produit peut nécessiter une aide, notamment chez une personne handicapée ou âgée.
Ne conservez pas ce collyre plus de 15 jours après une première utilisation.

Médicaments équivalents
• **En Belgique :** Uvestat

• **Ailleurs**
  - **Allemagne :** Chibro-Uvelin
  - **Espagne :** Chibro-Uvelina

En voyage
Les origines des *conjonctivites* sont nombreuses : *virus, bactérie, allergie...* La prévention en voyage repose sur la port de lunettes qui protègent du soleil, du vent, des poussières. Sur l'eau ou sur la neige, la réverbération demande des protections supplémentaires : ajout de caches latéraux sur les lunettes, port d'un chapeau ou d'une casquette.
Si un seul œil est atteint ou si la vision est troublée, ne pas hésiter à consulter un ophtalmologiste. Il peut s'agir d'une plaie oculaire ou d'un corps étranger.

VACCIN MÉNINGOCOCCIQUE A + C
vaccin contre la méningite à méningocoque A ou C

Vaccin : méningites   Pasteur Vaccins

Dans quel cas l'utiliser
C'est un *vaccin* composé de fragments de méningocoque de type A et C. Il ne contient aucun *germe* vivant.
Il est utilisé dans la prévention des *méningites* à méningocoque A ou C, lors d'une épidémie due à ces germes, ou avant un voyage dans un pays à risques. L'immunité apparaît 10 jours après l'injection et dure environ 4 ans.

Présentation
Préparation injectable.

Composition
50 µg de polyosides purifiés de Neisseria meningitidis du groupe A et 50 µg de polyosides purifiés de Neisseria meningitidis du groupe C par dose.

Comment l'utiliser

Bien agiter la seringue avant l'emploi, la réchauffer à température ambiante si nécessaire. L'injection doit être réalisée par *voie* sous-cutanée ou intramusculaire.

Posologie usuelle :

• Adulte et enfant : 1 injection unique assure une protection d'environ 4 ans.

Attention : Ce *vaccin* ne protège pas contre les deux *germes* les plus fréquemment responsables de méningite en France : méningocoque B et Haemophilus influenzae type b.

Grossesse et allaitement

Cette vaccination peut être pratiquée pendant la grossesse ou l'allaitement.

Conseils : Pour des raisons de confort, la vaccination doit être différée en cas de fièvre élevée.

Les réactions fébriles dues aux *vaccins* peuvent être combattues en prenant de l'aspirine ou du paracétamol.

Pour garder son efficacité, ce médicament doit être conservé entre + 2 °C et + 8 °C (partie haute du réfrigérateur). Toutefois, une rupture de la chaîne du froid pendant une durée limitée (quelques heures à température ambiante inférieure à 25 °C) ne devrait pas prêter à conséquence. En pratique, en cas de nécessité, un délai de quelques heures peut séparer l'achat du vaccin en pharmacie de son stockage au réfrigérateur ou de la vaccination.

Ce vaccin ne doit pas être congelé.

Effets indésirables possibles

Réactions douloureuses, *nodule* au point d'injection.

Fièvre modérée pendant 1 ou 2 jours.

Médicaments équivalents

Normalement la vaccination doit être pratiquée avant le départ. Une liste d'équivalents à l'étranger n'est donc pas pertinente.

En voyage

Ce vaccin est à envisager en cas de séjour prolongé en zone aride. Pour certains pays, la vaccination méningococcique se fait avec un autre vaccin, comportant plus de souches de méningocoques et qui n'est disponible que dans les centres agréés de vaccinations internationales.

VACCIN RABIQUE PASTEUR
vaccin contre la rage

Vaccin : rage   Pasteur Vaccins

Dans quel cas l'utiliser

C'est un *vaccin* qui contient des *virus* de la rage tués. Il ne contient aucun germe vivant.

Il est utilisé dans la prévention de la rage chez les professionnels exposés et en cas de voyage ou d'activité exposant à un risque de contamination, mais également dans son traitement, du fait de la longue période d'incubation de cette maladie. Cette vaccination n'est pratiquée que dans les centres agréés de lutte contre la rage et n'est pas disponible en pharmacie.

Présentation

Préparation injectable.

Composition

1 dose de virus rabiques inactivés par flacon.

Comment l'utiliser

L'injection du *vaccin* est pratiquée par *voie intramusculaire*, dans l'épaule chez l'adulte et dans la cuisse chez l'enfant. Il ne doit pas être injecté dans la fesse.

Posologie usuelle :

• Vaccination préventive : 3 injections à J0, J7 puis J28 ; rappels à 1 an puis tous les 5 ans.

• Vaccination curative :

- Sujets non vaccinés ou n'ayant pas leurs rappels à jour : 5 injections à J0, J3, J7, J14, J28.

- Sujets vaccinés et à jour de leurs rappels : 2 injections à J0 et J3.

En cas de contamination grave, l'administration conjointe d'*immunoglobulines* spécifiques est nécessaire ; elles ne doivent pas être injectées à l'aide de la même seringue ni au même endroit.

Quand ne pas le prendre

La rage est une maladie constamment mortelle dont le seul traitement curatif repose sur une vaccination précoce après la contamination, le vaccin n'a alors aucune contre-indication en cas de contamination prouvée ou suspectée.

Lorsque le vaccin est utilisé à titre préventif, il est préférable de différer la vaccination en cas de fièvre ou de maladie aiguë.

Attention : La vaccination préventive ne protège pas totalement contre la rage, elle permet uniquement de diminuer le nombre d'injections nécessaires en cas de contamination suspectée ou avérée.

En cas de risque permanent (contact professionnel avec des animaux potentiellement enragés), une surveillance régulière du taux d'*anticorps* est nécessaire après la vaccination.

L'animal suspect doit être l'objet d'une mise sous surveillance vétérinaire. Il doit donc être capturé (sans prise de risques inutile) ou tué (son cerveau sera analysé pour détecter le virus rabique). Cette capture a pour but d'interrompre le lourd programme vaccinal en cas d'animal non enragé et, bien sûr, d'empêcher un animal enragé de contaminer d'autres victimes.

Signaler au médecin du centre anti-rabique une éventuelle allergie à la néomycine, antibiotique qui peut être présent à l'état de traces dans le vaccin.

Avec d'autres médicaments

L'utilisation de *cortisone* ou d'autre traitement *immunodépresseur* doit être évitée dans les suites immédiates de la vaccination.

Grossesse et allaitement

Ce *vaccin* n'est pas connu pour être dangereux pendant la grossesse. Néanmoins, la décision de vacciner préventivement sera prise en fonction du risque attendu de contamination.

La vaccination curative doit être pratiquée chez la femme enceinte dans tous les cas.

Conseils : La maladie peut se transmettre par morsure, mais également par mordillage, griffure, ou léchage sur une peau lésée. C'est le centre anti-rabique qui prendra une décision en fonction des éléments qu'il recueillera : nature du contact, animal suspect ou non.

Effets indésirables possibles

Réactions locales bénignes : douleur, rougeur, gonflement, démangeaison ou œdème et *induration* au point d'injection. Réactions générales : fièvre modérée, frissons, malaise, fatigue, maux de tête, vertiges, douleurs des mucles ou des articulations, nausées, douleurs abdominales. Exceptionnellement : malaise allergique, *urticaire* ou *éruption cutanée*.

Médicaments équivalents

Dans tous les pays tropicaux touchés par la rage, il existe des centres antirabiques qui fournissent le vaccin.

 En voyage
L'utilisation à titre préventif de ce vaccin doit être évaluée avec votre médecin en fonction de vos conditions de voyage.

VOGALÈNE
métopimazine   sur ordonnance

Antiémétique   Schwarz Pharma

Dans quel cas l'utiliser

Ce médicament est un *antiémétique* qui appartient à la famille des phénothiazines. Il régularise la contraction des muscles de l'œsophage et de l'estomac.

Il est utilisé pour traiter les nausées et les vomissements.

Présentation

Lyophilisat oral (Lyoc), gélule, gouttes buvables, solution buvable, suppositoire.

Composition

7,5 mg de métopimazine par lyophilisat, 15 mg de métopimazine par gélule, 1 mg de métopimazine pour 10 gouttes buvables, 5 mg de métopimazine par cuillère à café de solution buvable ou par suppositoire.

Comment l'utiliser

Le Lyoc peut être dissous dans un demi-verre d'eau ou déposé directement sous la langue : sa dissolution est quasi immédiate. Ne pas croquer.

Les gélules ne doivent pas être ouvertes. Les gouttes buvables sont particulièrement adaptées au *nourrisson*.

Posologie usuelle :
• Adulte :
- 1 *lyophylisat*, 2 à 4 fois par jour ;
- 1 gélule, 1 ou 2 fois par jour ;
- 1 ou 2 cuillères à café de solution buvable, 3 fois par jour ;
- 1 suppositoire, 3 à 6 fois par jour.
• Enfant de 6 à 12 ans :
- 1 lyophilisat, 1 ou 2 fois par jour ;
- solution buvable : 1 cuillère à café, 1 à 3 fois par jour ;
- gouttes buvables : 75 à 150 gouttes à répartir dans la journée.
• Enfant de moins de 6 ans :
- solution buvable : 1 cuillère à café par 5 kg à répartir dans la journée ; soit, par exemple, pour un enfant de 12 kg : un peu moins d'une cuillère à café, 3 fois par jour ;
- gouttes buvables : 10 gouttes par kg et par jour ; soit pour un enfant de 9 kg : 30 gouttes, 3 fois par jour.

Quand ne pas le prendre

Ce médicament ne doit pas être utilisé dans les cas suivants :
- *glaucome* à angle fermé,
- risque de rétention urinaire lié à un *adénome de la prostate*.

Attention : Des précautions sont nécessaires en cas d'*insuffisance rénale* ou *hépatique*, et chez la personne âgée.
Les Lyocs contiennent de l'aspartam : évitez de les utiliser en cas de *phénylcétonurie*.
Évitez les boissons alcoolisées : augmentation du risque de somnolence.
Ce médicament peut induire une somnolence, parfois intense chez certaines personnes. Cette somnolence peut être majorée par la prise d'*alcool* ou d'autres médicaments *sédatifs*. La conduite et l'utilisation de machines dangereuses sont déconseillées, surtout dans les heures qui suivent la prise du médicament.

Avec d'autres médicaments

Ce médicament ne doit pas être associé aux médicaments contenant de la lévodopa (MODOPAR, SINEMET...) : risque d'annulation de leurs effets.

Il peut interagir avec les médicaments contenant du sultopride.

Informez par ailleurs votre médecin ou votre pharmacien si vous prenez un *antihypertenseur*, un *sédatif* ou un *atropinique*.

Grossesse et allaitement

Grossesse :
Les données scientifiques actuellement disponibles n'ont pas mis en évidence de problème particulier lors de l'utilisation de ce médicament pendant la grossesse à la dose préconisée. Néanmoins, ne l'utilisez pas sans avis médical.

Allaitement :
Les données actuellement disponibles ne permettent pas de savoir si ce médicament passe dans le lait maternel. Ne l'utilisez pas pendant l'allaitement sans l'avis de votre médecin.

Conseils : Lors de vomissements répétés, les pertes en eau et en sels minéraux sont importantes. Elles doivent être compensées par des aliments liquides (bouillons salés, sodas...) pris en petites quantités et régulièrement.
Les nausées de la femme enceinte peuvent être combattues par la prise du petit déjeuner au lit.
La solution buvable doit être conservée à l'abri de la lumière.

Effets indésirables possibles

Rarement : somnolence, baisse de la tension artérielle, sécheresse de la bouche, troubles visuels, blocage des urines, constipation, *réaction allergique* cutanée.
Exceptionnellement : spasme de la face, mouvements involontaires ou inadaptés, tremblements, raideur anormale, *impuissance*, frigidité, arrêt des règles, augmentation du volume des seins (chez l'homme comme chez la femme).

Médicaments équivalents

• Dans la plupart des pays : Vogalène
Demandez au pharmacien un produit contenant du **métopimazide**.

En voyage
Des vomissements sont fréquemment associés à la *diarrhée du voyageur*. Ils entraînent une perte de liquide et de sels minéraux et par conséquent augmentent le risque de *déshydratation*. Ils doivent donc être traités activement. Il faut également veiller à un apport suffisant en boissons sucrées ou salées, à prendre en petites quantités tous les quarts d'heure.

ZELITREX
valaciclovir

sur ordonnance

Antiviral

GlaxoSmithKline

Dans quel cas l'utiliser
Ce médicament est un *antiviral* puissant, actif sur les virus du groupe de l'*herpès*. Il empêche la reproduction des virus dans les cellules infectées, mais ne peut détruire les virus cachés dans les ganglions nerveux, responsables de l'apparition d'un *zona* plusieurs années après une varicelle (c'est le même virus qui provoque les deux affections).
Il est utilisé dans :
- le *traitement préventif* des douleurs du zona chez les personnes de plus de 50 ans,
- le traitement de l'*herpès* des organes génitaux,
- dans la prévention des infections à cytomégalovirus (CMV) après certaines greffes d'organes.

Présentation
Comprimé.

Composition
500 mg de valaciclovir par comprimé.

Comment l'utiliser
Ce médicament peut être pris pendant ou entre les repas. Pour être efficace, le traitement doit être commencé au plus tard dans les 3 jours qui suivent l'apparition des premières lésions cutanées.
Posologie usuelle :
• Adulte :
- traitement préventif des douleurs du *zona* : 2 comprimés, 3 fois par jour pendant 7 jours,
- traitement de l'*herpès* génital : 1 comprimé, 2 fois par jour, pendant 10 jours en cas de première manifestation de l'infection, ou 2 comprimés, en 1 ou 2 prises, pendant 5 jours, lors des récidives.

Attention : Des précautions sont nécessaires en cas d'insuffisance rénale. Ce médicament traite les poussées d'*herpès*, mais n'élimine pas le virus de l'organisme. Il n'empêche donc pas la survenue d'autres crises.

Grossesse et allaitement
L'effet de ce médicament pendant la grossesse ou l'allaitement est mal connu : seul votre médecin peut évaluer le risque éventuel de son utilisation dans votre cas.

Conseils : En complément de ce traitement, des *antalgiques* peuvent permettre d'atténuer la douleur du *zona*. Une

désinfection et une protection quotidiennes des lésions sont indispensables. Une personne atteinte de *zona* est contagieuse : elle peut transmettre la varicelle ; mais il n'existe pas de risque de contracter un zona au contact d'une personne souffrant de cette affection. Le zona fait toujours suite à une varicelle de l'enfance ; celle-ci peut parfois être passée inaperçue (forme très atténuée).
Pendant la période d'éruption du zona, il convient d'éviter les contacts avec les adultes non immunisés contre la varicelle ou ceux souffrant d'une déficience du système immunitaire (sida, *traitement immunodépresseur*).
Lorsque ce médicament vous a été prescrit pour que vous puissiez traiter vous-même une poussée d'*herpès*, n'hésitez pas à commencer le traitement dès les premiers signes : il n'en sera que plus efficace.

Effets indésirables possibles
Troubles digestifs (nausées, vomissements, diarrhée, douleur abdominale), maux de tête.
Rarement : confusion des idées, somnolence, notamment chez la personne âgée.
Éruption cutanée et *réaction allergique*.
Exceptionnellement : augmentation des *transaminases*, *insuffisance rénale*.

Médicaments équivalents
• **En France :** Aciclovir Bayer, Aciclovir Biogaran, Aciclovir G Gam, Aciclovir GNR, Aciclovir Merck, Aciclovir RPG, Vira-MP, Zovirax
• **En Belgique :** Docaciclo, Viratop, Zelitrex, Zovirax
• **En Suisse :** Acerpes, Acyclovir Mepha, Famvir, Valtrex, Zovirax
• **Dans la plupart des pays :** Valtrex, Zelitrex, Zovirax
Demandez au pharmacien un produit contenant l'aciclovir ou du valaciclovir.

 En voyage
La seule prévention contre l'*herpès* génital est le préservatif. Il doit être utilisé systématiquement pour tout rapport sexuel avec un nouveau partenaire. Les préservatifs ne sont pas toujours faciles à trouver à l'étranger et leur qualité n'est pas garantie partout : mieux vaut les emporter avec vous.

ZITHROMAX MONODOSE
azithromycine

sur ordonnance

Antibiotique : macrolide

Pfizer

Dans quel cas l'utiliser
Cet *antibiotique* appartient à la famille des *macrolides*.
Il est utilisé dans le traitement des *urétrites* et des cervicites (inflammation du col de l'utérus généralement due à une infection).

Présentation
Comprimé.

Composition
250 mg d'azithromycine par comprimé.

Comment l'utiliser
Ce médicament peut être pris indifféremment au cours ou dehors des repas.

Posologie usuelle :
• Adulte : 4 comprimés en 1 prise.

Quand ne pas le prendre
Ce médicament ne doit pas être utilisé dans les cas suivants :
– *allergie* aux *macrolides*,
– en association avec des médicaments contenant du cisapride, de l'ergotamine ou de la dihydroergotamine.

Attention : Des précautions sont nécessaires en cas d'*insuffisance rénale* ou *hépatique* grave.

Avec d'autres médicaments
Ce médicament ne doit pas être associé aux médicaments contenant :
– de l'ergotamine ou de la dihydroergotamine : risque d'*ergotisme* ;
– du cisapride (PRÉPULSID...) : risque de *torsades de pointes*.
Il peut interagir avec les médicaments qui contiennent de la bromocriptine ou de la cabergoline.

Grossesse et allaitement
L'effet de ce médicament pendant la grossesse ou l'allaitement est mal connu : seul votre médecin peut évaluer le risque éventuel de son utilisation dans votre cas.

Conseils : Le médecin prescrit parfois un prélèvement pour identifier le *germe* responsable de l'infection et tester sa sensibilité aux *antibiotiques*. Le résultat

---

de cet examen peut être faussé en cas d'automédication préalable : ne prenez pas d'antibiotiques sans avis médical. En cas d'infection génitale, votre partenaire peut être contaminé alors qu'il ne présente aucun symptôme. S'il n'est pas traité conjointement, une recontamination est possible.

Effets indésirables possibles
Réaction allergique cutanée.
Nausées, vomissements, *diarrhée*, douleurs abdominales, *candidoses*.
Vertiges, nervosité, *convulsions* (rares).
Augmentation des *transaminases*, *hépatite* (exceptionnelle).
Troubles auditifs.

Médicaments équivalents
• **En Belgique :** Zithromax
• **En Suisse :** Zithromax
• **Dans la plupart des pays :** Zithromax, Sumamed
Demandez au pharmacien un médicament contenant de l'**azithromycine**.

En voyage
Les maladies sexuellement transmissibles (*MST*) ont des durées d'incubation variables (de quelques jours à quelques semaines). En cas d'apparition de *symptômes* (douleur en urinant, *inflammation* ou lésions des organes génitaux...) au cours de votre voyage, il est nécessaire de consulter un médecin ou votre assistance de rapatriement avant de prendre ce traitement *antibiotique*. Si vous vous êtes traité sur place, vous devez consulter à votre retour un dermatologue ou un vénérologue pour vous assurer de la guérison.
La seule prévention contre les MST est le préservatif. Il doit être utilisé systématiquement pour tout rapport sexuel avec un nouveau partenaire (pénétrations ou contacts buccogénitaux). Les préservatifs ne sont pas toujours faciles à trouver à l'étranger et leur qualité n'est pas garantie partout : mieux vaux les emporter avec vous.

ZOVIRAX crème tube de 2 g
aciclovir

Antiherpétique local   GlaxoSmithKline

Dans quel cas l'utiliser
Ce médicament est un *antiviral* puissant. Il bloque la multiplication du *virus* herpétique au sein des cellules infectées.
Il est utilisé dans le traitement de l'*herpès* labial (également appelé bouton de fièvre) ou génital.

Présentation
Crème.

Composition
100 mg d'aciclovir par tube de 2 g.

Comment l'utiliser
Le traitement doit être commencé dès les premiers *symptômes* annonçant une poussée d'*herpès*.

Posologie usuelle :
5 applications par jour. La durée du traitement varie de 5 à 10 jours.

Quand ne pas le prendre
Cette crème ne doit pas être utilisée pour traiter un *herpès* sur l'œil ou à l'intérieur de la bouche ou du vagin.

Attention : Ce médicament disponible sans ordonnance est destiné à être utilisé sur les conseils de votre pharmacien ; signalez-lui tout *antécédent* de *réaction allergique* à un médicament contenant de l'aciclovir ou du valaciclovir.
Ce médicament traite les poussées d'*herpès* mais n'élimine pas le *virus* de l'organisme. Il n'empêche donc pas la survenue d'autres crises.
Les ultraviolets favorisent les poussées d'herpès labial. Évitez l'exposition au soleil fort ou aux UV, ou appliquez un écran total en quantité suffisante et renouvelée.

Grossesse et allaitement
Cette crème peut être utilisée pendant la grossesse ou l'allaitement. Néanmoins l'existence d'un *herpès* du mamelon contre-indique l'allaitement.

Conseils : L'herpès est une maladie contagieuse. Lavez-vous soigneusement les mains après l'application de la crème ou en cas de contact avec les lésions ; notamment, évitez absolument de toucher vos yeux avec des doigts contaminés. Le maximum de la contagiosité correspond à l'apparition des vésicules.

Abstenez-vous de rapports sexuels jusqu'à la cicatrisation des lésions.
La crème ne doit pas être conservée au réfrigérateur.

Effets indésirables possibles
Picotements, sensation de brûlure locale, rougeur, sécheresse de la peau.

Médicaments équivalents
- **En France :** Activir, Kendix
- **En Belgique :** Aciclomed, Aciclovir EG, Herpolips, Viratop, Zovirax
- **En Suisse :** Acyclovir, Helvevir, Virucalm, Zovirax
- Dans la plupart des pays : Zovirax
- **Ailleurs**
  - **Argentine :** Acerpes, Lixar, Poviral, Xiclovir
  - **Australie :** Acihexal, Zolaten
  - **Grèce :** Verpir
  - **Indonésie :** Clinovir, Danovir, Herpiclof, Kenrovir
  - **Italie :** Aciclor
  - **Malaisie :** Avorax, Cyclovax, Declovir, Hepirax, Medovir
  - **Mexique :** Trazil
  - **Pérou :** Cloviril
  - **Sri Lanka :** Herperax, Virogon, Zevin
  - **Thaïlande :** Clinovir, Clovin, Colsor, Cyclorax, Entir, Herperon...

Demandez au pharmacien une crème contenant de l'aciclovir.

 En voyage
Le soleil d'été et les voyages (du fait de la fatigue ou du stress qu'ils peuvent engendrer) sont propices au développement de l'*herpès* labial. Si vous êtes sujet aux poussées d'herpès, pensez à emporter votre traitement afin de vous soigner rapidement sur place.
En cas d'exposition solaire, la meilleure précaution est l'application régulière d'un écran total sur les zones habituellement touchées par le bouton de fièvre.
Un herpès labial peut être responsable d'un herpès génital : évitez tout contact buccogénital pendant une poussée. L'utilisation du préservatif reste la seule prévention.

ZYRTEC
cétirizine

sur ordonnance

Antiallergique

UCB Pharma

Dans quel cas l'utiliser
Ce médicament est un *antihistaminique* antiallergique ; il n'a pas d'effets *sédatifs* ni *atropiniques*.
Il est utilisé dans le traitement des manifestations allergiques diverses : *rhinite* ou *conjonctivite* allergiques, *urticaire*.

Présentation
Comprimé sécable et solution buvable.

Composition
10 mg de cétirizine dichlorhydrate par comprimé ou par ml.

> **Comment l'utiliser**
> Les comprimés doivent être avalés avec un verre d'eau.
> **Posologie usuelle :**
> • Adulte et enfant de plus de 12 ans : 1 comprimé ou 20 gouttes par jour, en 1 prise.
> • Enfant de 6 à 12 ans : 1 comprimé ou 20 gouttes par jour, en 1 ou 2 prises.
> • Enfant de 2 à 6 ans : 10 gouttes par jour, en 1 ou 2 prises.

Quand ne pas le prendre
Ce médicament ne doit pas être utilisé dans les cas suivants :
- *insuffisance rénale*,
- enfant de moins de 6 ans (comprimé),
- enfant de moins de 2 ans (solution buvable).

Grossesse et allaitement
Grossesse :
L'effet de ce médicament pendant la grossesse est mal connu : seul votre médecin peut évaluer le risque éventuel de son utilisation dans votre cas.
Allaitement :
Ce médicament passe faiblement dans le lait maternel. Il est cependant préférable de ne pas l'utiliser sans avis médical pendant l'allaitement.

> **Conseils :** Ce médicament agit sur les manifestations de l'*allergie* mais n'en supprime pas la cause. Si les *symptômes* persistent ou s'aggravent, n'hésitez pas à consulter votre médecin.

Effets indésirables possibles
Troubles digestifs, sécheresse de la bouche, *vertiges*.
Somnolence chez l'enfant.
Exceptionnellement : *réaction allergique* cutanée, *œdème* de Quincke.

Médicaments équivalents
- **En France :** Virlix
- **En Belgique :** Zyrtec
- **En Suisse :** Zyrtec

- **Dans la plupart des pays :** Zyrtec, Virlix

- **Ailleurs**
  - **Argentine :** Cetriler, Salvalerg, Stopaler
  - **Bangladesh :** Cetril, Cetrizet, Cezin, Citin, Noler, Trizin, Zinal
  - **Indonésie :** Betarhin, Ryzen
  - **Sri Lanka :** Alerid, Cetrizet, Ekon, Rhizin
  - **Taïwan :** Cetin
  - **Thaïlande :** Cetihis, Cetrine, Cetrizet, Cyzine, Sutac, Zensil, Zyrex

Demandez au pharmacien un produit contenant de la **cétirizine**.

>
> **En voyage**
> Pour limiter les risques de piqûres d'insectes, préférer des vêtements aux couleurs claires.
> En cas d'*allergie* à des aliments, vous pouvez vous aider de photos pour vous faire comprendre.
> Certains signes doivent faire penser à un *choc* allergique : extension très rapide de l'*urticaire* en larges plaques, gonflement des lèvres, du visage ou du cou, troubles de la conscience, malaise, démangeaisons généralisées, sueurs importantes, oppression thoracique. Dans ce cas, une injection *sous-cutanée* d'*adrénaline* s'impose.

Lexique

Les mots en *italique* dans l'ouvrage sont définis dans ce lexique.

Accident thromboembolique : Accident qui résulte de l'obstruction (embolie) d'un vaisseau sanguin par un caillot (thrombus).

Le vaisseau peut être une artère : il s'agit alors d'une embolie artérielle, qui provoque une ischémie (privation de sang oxygéné) dans la région que cette artère irriguait. Une ischémie grave aboutit à la mort des tissus ischémiés : l'infarctus. Heureusement, dans de nombreux cas, une artère voisine permet d'éviter l'infarctus en apportant du sang oxygéné dans la région victime de l'ischémie.

Le cœur est irrigué par les artères coronaires qui ont la propriété d'être peu reliées entre elles, ce qui explique la gravité d'un accident thromboembolique coronarien : un partie du muscle cardiaque, le myocarde, est détruite (infarctus du myocarde).

L'obstruction d'une veine est moins grave, car les veines assurent le retour du sa ng chargé de gaz carbonique vers le cœur. L'obstruction d'une veine est généralement appelée thrombophlébite. La gravité d'une thrombophlébite, communément appelée phlébite, tient à la possibilité pour un caillot de se détacher de la veine et d'être emporté par le sang veineux jusqu'au cœur. Après avoir traversé l'oreillette droite et le ventricule droit, ce caillot va pénétrer dans une artère pulmonaire et venir obstruer une de ses divisions, provoquant une embolie pulmonaire et un infarctus pulmonaire.

Accident vasculaire cérébral : Lésion du cerveau due à une hémorragie ou, au contraire, à l'obstruction brutale d'une artère. En fonction de la taille de la lésion, les conséquences sont plus ou moins graves : malaise passager, paralysie, coma.

Accommodation : « Mise au point » de l'œil, permettant la vision nette de près. La presbytie est le trouble de l'accommodation le plus courant ; certains médicaments tels que l'atropine peuvent provoquer des troubles de l'accommodation réversibles.

Acide urique : Déchet du métabolisme, normalement éliminé par les reins. Son accumulation peut provoquer une crise de goutte. L'acide urique peut également former des calculs dans les voies urinaires.

Acné : Affection de la peau liée à une rétention de sébum formant des comédons (points noirs et microkystes). Ceux-ci sont le siège d'une prolifération de bactéries et se transforment en pustules.

Adénome de la prostate : Augmentation du volume de la prostate, glande située sous la vessie de l'homme. Cette augmentation de volume est bénigne, n'a aucun rapport avec un cancer, mais peut gêner le passage des urines dans l'urètre qui traverse la glande.

Les symptômes qui font évoquer la présence d'un adénome de la prostate sont :
- une difficulté à uriner (lenteur, faiblesse du jet) ;
- le besoin de se lever plusieurs fois la nuit pour uriner ;
- des envies d'uriner impérieuses et difficiles à contrôler.

Certains médicaments, les atropiniques notamment, peuvent avoir pour effet indésirable d'aggraver la gêne et peuvent conduire à un blocage total de l'évacuation de la vessie. Ils sont donc contre-indiqués ou doivent être utilisés prudemment chez les hommes présentant les symptômes décrits ci-dessus.

Adrénaline : Hormone sécrétée par les glandes surrénales ; elle a des propriétés multiples : accélération du cœur, augmentation de la force des battements, contraction des vaisseaux (à l'exception des artères coronaires qu'elle dilate), relâchement des fibres musculaires des bronches et de l'intestin, dilatation de la pupille...
Synonyme : épinéphrine.

AINS : Abréviation d'anti-inflammatoire non stéroïdien. Famille de médicaments anti-inflammatoires non dérivés de la cortisone (stéroïde), dont le plus connu est l'aspirine.

Alcool : Nom général désignant une famille de substances qui ont la propriété de pouvoir être mélangées à l'eau et aux corps gras. L'alcool le plus courant est l'alcool éthylique (éthanol), mais il existe de nombreux autres alcools : méthanol, butanol... Le degré d'une solution alcoolique correspond au volume d'alcool pur présent dans 100 ml de solution, en sachant que 1 verre ballon de vin ou 1 demi de bière (25 cl) contiennent environ 8 g d'alcool.

Lorsque l'alcool est utilisé comme antiseptique, un dénaturant d'odeur désagréable lui est souvent ajouté pour éviter qu'il soit bu. Contrairement à une croyance répandue, l'alcool à 70° (ou même à 60°) est un meilleur antiseptique que l'alcool à 90°.

Allergène : Substance étrangère à l'organisme, pouvant déclencher une allergie : pollen, poils de chat...

Allergie : Réaction cutanée (démangeaisons, boutons, gonflement) ou malaise général apparaissant après contact avec une substance quelconque, utilisation d'un médicament ou ingestion d'un aliment. Les principales formes d'allergie sont l'eczéma, l'urticaire, l'œdème de Quincke et le choc allergique (choc anaphylactique). L'allergie alimentaire peut également se traduire par des troubles digestifs.

Amibe : Parasite touchant habituellement l'intestin, transmis par l'eau et les aliments souillés. Les troubles digestifs provoqués par les amibes (amibiase) sont plus importants lorsque le germe provient d'un pays chaud.

Amibiase : Infection due aux amibes.

Amibiase hépatique : Forme grave de l'infection par les amibes provoquant une sorte d'abcès du foie.

Aminoside : Famille d'antibiotiques particulièrement actifs sur les staphylocoques. Les aminosides injectables, surtout en cas de surdosage, peuvent être toxiques pour le rein ou pour l'oreille interne.

Ammonium quaternaire : Famille d'antiseptiques présents dans de nombreux médicaments d'usage local. Généralement bien supportés, ils peuvent cependant donner lieu à de rares allergies.

Amphétamine : Substance excitante qui accroît artificiellement les capacités physiques et psychiques. Son emploi prolongé entraîne des effets indésirables parfois graves, une accoutumance et une dépendance.

Anatoxine : Forme neutralisée de certaines toxines sécrétées par des bactéries pathogènes (diphtérie, tétanos). Les anatoxines, inoffensives, sont utilisées dans les vaccins, car elles permettent à l'organisme de s'immuniser contre la véritable toxine, responsable de la maladie.

Anémie : Baisse du taux d'hémoglobine dans le sang, qui se traduit le plus souvent par une baisse du nombre des globules rouges. Le fer est indispensable à la synthèse de l'hémoglobine. Une carence en fer lors d'une grossesse, d'un régime végétarien, d'hémorragies abondantes ou répétées (règles) est une cause fréquente d'anémie. D'autres causes, plus rares, sont liées à des carences en vitamines du groupe B.

Anesthésique :
- Qui entraîne une anesthésie.
- Médicament possédant cette propriété. Outre les anesthésiques généraux qui permettent d'endormir les malades avant une opération, il existe des anesthésiques locaux, qui peuvent être injectés au contact d'un nerf pour insensibiliser une région du corps. Les anesthésiques locaux sont également appelés anesthésiques de contact, lorsqu'ils sont appliqués sur une muqueuse ou sur la peau, pour lutter localement contre la douleur.

Angine de poitrine : Douleur oppressante due à une obstruction partielle des artères coronaires qui irriguent le muscle cardiaque. Elle peut se manifester dans la poitrine, le bras gauche ou la mâchoire.
Synonyme : angor.

Anguillule : Parasite digestif. L'homme est contaminé par les larves contenues dans la boue, qui pénètrent à travers la peau.

Ankylostome : Parasite digestif proche de l'anguillule, dont les larves pénètrent à travers la peau.

Ankylostomiase : Infection due aux ankylostomes. Elle est responsable d'une anémie.
Synonyme : ankylostomose.

Antalgique :
- Qui lutte contre la douleur.
- Médicament qui possède cette propriété. Les antalgiques agissent soit directement sur les centres de la douleur situés dans le cerveau, soit en bloquant la transmission de la douleur au cerveau.

Antécédent : Affection guérie ou toujours en évolution. L'antécédent peut être personnel ou familial. Les antécédents constituent l'histoire de la santé d'une personne.

Antiacide :
- Qui lutte contre l'acidité.
- Médicament qui neutralise l'acidité des sécrétions gastriques ou qui bloque les glandes responsables de la sécrétion d'acide.

Antiarythmique :
- Qui lutte contre les troubles du rythme cardiaque.
- Médicament indiqué dans les troubles du rythme cardiaque. La famille des antiarythmiques est divisée en classes I, II, III, IV en fonction du mode d'action de ces médicaments.

Antibiotique : Substance capable de tuer certaines bactéries. Le spectre d'un antibiotique est l'ensemble des bactéries sur lesquelles ce produit est habituellement actif. Contrairement aux bactéries, les virus sont toujours insensibles aux antibiotiques. Les premiers antibiotiques furent extraits de cultures de champignons : penicillium (pénicilline), streptomyces (streptomycine). Ils sont actuellement fabriqués par synthèse chimique. Les antibiotiques sont divisés en familles : pénicillines, céphalosporines, macrolides, tétracyclines (cyclines), sulfamides, aminosides, lincosanides, phénicolés, polymyxines, quinolones, imidazolés...

Un usage inapproprié des antibiotiques peut favoriser l'apparition de résistances : n'utilisez un antibiotique que sur prescription médicale, respectez sa posologie et sa durée, ne donnez pas et ne conseillez pas un antibiotique que l'on vous a prescrit à une autre personne.

Anticoagulant : Médicament qui empêche le sang de coaguler et donc la formation de caillots dans les vaisseaux sanguins.

Les anticoagulants sont donc utilisés pour traiter ou prévenir les phlébites, les embolies pulmonaires, certains infarctus. Ils permettent aussi d'empêcher la formation de caillots dans le cœur lors de troubles du rythme comme la fibrillation auriculaire ou en cas de valve cardiaque artificielle.

Il existe deux grand types d'anticoagulants :
- les anticoagulants oraux, qui bloquent l'action de la vitamine K (antivitamine K - AVK) et dont l'efficacité est contrôlée par un dosage sanguin : l'INR (anciennement TP) ;
- les anticoagulants injectables, dérivés de l'héparine, dont l'efficacité peut être contrôlée par le dosage sanguin de l'activité antiXa, le Temps de Howell (TH) ou le Temps de Cephalin Kaolin (TCK) suivant les produits utilisés. Un dosage régulier des plaquettes sanguines est nécessaire pendant toute la durée d'utilisation d'un dérivé de l'héparine, pour détecter une baisse importante et brutale de leur nombre pouvant traduire un effet indésirable rare mais grave : la thrombose provoquée paradoxalement par l'héparine elle-même.

Anticorps : Protéine sécrétée par certains globules blancs, destinée à neutraliser spécifiquement une substance étrangère ou un agent infectieux. Certains anticorps d'origine animale (sérum) ou humaine (gammaglobuline) sont utilisés en injection pour lutter contre des agents toxiques ou infectieux.

Antidépresseur :
- Qui lutte contre la dépression.
- Médicament qui possède cette propriété. Certains antidépresseurs sont également utilisés pour combattre les troubles obsessionnels compulsifs, les douleurs rebelles, l'énurésie...

En fonction de leur mode d'action et de leurs effets indésirables, les antidépresseurs sont divisés en différentes familles : les imipraminiques, les inhibiteurs de la recapture de la sérotonine, les IMAO (sélectifs ou non sélectifs). Enfin, d'autres antidépresseurs n'appartiennent à aucune de ces familles, car ils possèdent des propriétés originales.

Le mode d'action des antidépresseurs comporte deux aspects principaux : le soulagement de la souffrance morale et la lutte contre l'inhibition qui enlève toute volonté d'action au déprimé. Il arrive qu'un décalage survienne entre ces deux effets : la souffrance morale peut persister alors que la capacité d'action réapparaît. Pendant cette courte période, le risque suicidaire présent chez certains déprimés peut être accru. Le médecin en tient compte dans sa prescription (association éventuelle à un tranquillisant) et celle-ci doit être impérativement respectée.

Antidiabétique : Médicament destiné à lutter contre le diabète. Il en existe deux catégories : les antidiabétiques oraux (sulfamides hypoglycémiants et biguanides, essentiellement) et l'insuline, qui ne s'utilise qu'en injection.

Antiémétique : Médicament qui lutte contre les vomissements.

Antifongique : Médicament qui détruit les champignons microscopiques. Ceux-ci peuvent être présents sur la peau ou les muqueuses (tube digestif ou organes génitaux). Le champignon le plus courant est le Candida albicans.

Antigène : Substance étrangère à l'organisme, identifiée comme telle par le système immunitaire qui produit des anticorps dirigés spécifiquement contre elle. Les antigènes sont généralement des protéines contenues dans des cellules ou des corps étrangers (globules rouges transfusés, organes greffés, bactéries, virus...), ou présentes dans l'environnement (pollens, déjections d'acariens, poils de chat...).
La réaction antigène-anticorps est la base de l'immunité ; elle assure notre protection contre les infections et l'efficacité des vaccins. Mais cette réaction peut également être nocive lorsqu'elle est disproportionnée ou inappropriée : réaction allergique.

Antihistaminique : Médicament qui s'oppose aux différents effets de l'histamine. Deux types principaux existent : les antihistaminiques de type H1 (antiallergiques) et les antihistaminiques de type H2 (antiulcéreux gastriques). Certains antihistaminiques de type H1 sont sédatifs, d'autres n'altèrent pas la vigilance.

Antihypertenseur : Médicament qui lutte contre l'excès de tension artérielle. Les principaux sont les bêtabloquants, les diurétiques, les inhibiteurs calciques, les inhibiteurs de l'enzyme de conversion, les inhibiteurs de l'angiotensine II et les vasodilatateurs.

Anti-inflammatoire :
- Qui lutte contre l'inflammation.
- Médicament possédant cette propriété, qui peut être soit dérivé de la cortisone (anti-inflammatoire stéroïdien), soit non dérivé de la cortisone (anti-inflammatoire non stéroïdien, AINS).

Antipyrétique : Médicament utilisé pour abaisser la température du corps lors des accès de fièvre.

Antisécrétoire : Médicament qui diminue les sécrétions digestives. Les antisécrétoires gastriques type anti-H2 sont utilisés pour les ulcères et les gastrites, et les antisécrétoires intestinaux pour certaines formes de diarrhée.

Antisepsie : Action consistant à détruire les bactéries, les champignons microscopiques ou les virus présents notamment sur la peau, les muqueuses et les plaies.
L'action d'un antiseptique n'est pas toujours immédiate : un délai de quelques minutes est parfois nécessaire avant que les germes soient inactivés. Par ailleurs, l'antisepsie n'est pas durable et des applications renouvelées sont recommandées afin d'éviter la reprise de la prolifération.

Antiseptique :
- Qui détruit localement les bactéries, réduisant leur nombre et empêchant leur prolifération.
- Substance possédant cette propriété. Certains antiseptiques sont également actifs sur les champignons microscopiques et les virus.

Antiviral : Substance capable de lutter contre les virus.

Aphte : Lésion très douloureuse de la bouche, ayant l'aspect d'une tache jaunâtre ou grise, légèrement creusante. La guérison est généralement spontanée après quelques jours.
Le stress, la fatigue et certains aliments (noix, noisettes, gruyère, agrumes...) peuvent provoquer une poussée d'aphtes. Dans de très rares cas, les aphtes peuvent être dus à une maladie ou à un traitement médicamenteux.

Artérite : Maladie des artères, due le plus souvent à l'athérosclérose, qui provoque un épaississement de leurs parois, gênant ainsi la circulation du sang.

Asthme : Maladie caractérisée par une difficulté à respirer, se traduisant souvent par des sifflements. L'asthme, permanent ou survenant par crise, est dû à un spasme et à une inflammation des bronches.

Athérosclérose : Vieillissement et rétrécissement des artères, dus à des dépôts de cholestérol et de calcium.

Atopie : Prédisposition congénitale, et souvent familiale, à diverses manifestations allergiques : asthme, rhinite et conjonctivite allergiques, eczéma. Le terme « terrain atopique » est souvent employé à propos d'une personne souffrant d'allergie.

Atrophie : Diminution du volume d'un organe ou d'un membre, due au vieillissement, à une maladie ou à un défaut d'irrigation sanguine.

Atropinique :
- Qui provoque les mêmes effets que l'atropine, substance contenue dans la belladone.
- Médicament dont les effets sont proches de ceux de l'atropine. Les atropiniques luttent contre les spasmes et la diarrhée. Les effets indésirables des atropiniques sont les suivants : épaississement des sécrétions bronchiques, sécheresse de la bouche et des muqueuses, constipation, risque de blocage des urines et de crise de glaucome aigu par fermeture de l'angle chez les personnes prédisposées, troubles de l'accomodation, sensibilité anormale à la lumière par dilatation de la pupille. La prise de plusieurs médicaments atropiniques augmente le risque d'effets indésirables. En cas de surdosage ou d'ingestion accidentelle, peuvent apparaître également les signes suivants : peau rouge et chaude, fièvre, accélération de la respiration, baisse ou, au contraire, élévation de la tension artérielle, agitation, hallucinations, mauvaise coordination des mouvements. Prévenez d'urgence votre médecin ou, à défaut, appelez le 15 ou un service médical d'urgence. Outre l'atropine et ses dérivés, d'autres médicaments présentent des effets atropiniques : les antidépresseurs imipraminiques, certains antihistaminiques, antispasmodiques, antiparkinsoniens et neuroleptiques.

Bactérie : Organisme microscopique qui peut provoquer des infections. Contrairement aux virus, les bactéries sont généralement sensibles aux antibiotiques.

Benzodiazépine : Famille de médicaments aux effets tranquillisants, sédatifs et anticonvulsivants. Ils favorisent la relaxation musculaire et l'endormissement. Pris à forte dose ou pendant une durée trop longue, ils entraînent une dépendance. Leur arrêt brutal expose à un syndrome de sevrage.

Bêtabloquant : Famille de médicaments utilisés essentiellement en cardiologie. Ils bloquent l'action de l'adrénaline (et d'autres hormones apparentées) sur le cœur, les vaisseaux et les bronches.

Bilharziose : Parasite intestinal ou urinaire que l'homme contracte au contact de l'eau douce dans les pays chauds : les larves pénètrent à travers la peau avant de migrer dans l'organisme.

Biotechnologie : Science des techniques appliquées au domaine biologique, grâce à laquelle des protéines (hormones) ou des vaccins sont fabriqués par des cultures de bactéries ou de levures, puis purifiés. Elle est amenée à remplacer les anciennes techniques d'extraction qui faisaient appel à des produits d'origine animale ou humaine.

Bronchiolite : Forme de bronchite, potentiellement grave, qui touche surtout les nourrissons. Elle est due à un virus qui provoque une inflammation des petites bronches (bronchioles).

Bronchite chronique : Maladie des bronches se traduisant par une toux, des difficultés respiratoires et des mucosités de plus en plus difficiles à évacuer. Ces troubles, le plus souvent dus au tabac, deviennent définitifs après une certaine période d'évolution.

Brucellose : Maladie infectieuse transmise par le lait de vache, de chèvre, de brebis. Les transmissions directes sont également possibles. Elle se traduit par une fièvre élevée et des douleurs.
Synonyme : mélitococcie.

Candidose : Multiplication anormale d'un champignon microscopique, Candida albicans le plus souvent. Il s'agit d'une complication fréquente et bénigne des traitements antibiotiques. Les principaux symptômes sont des troubles digestifs, une coloration marron ou noire de la langue, des taches blanches sur le palais (muguet), des démangeaisons ou des brûlures de la vulve ou du gland.

Cardiomyopathie : Maladie du muscle cardiaque. Dans la cardiomyopathie obstructive, l'épaississement du muscle cardiaque gêne l'écoulement du sang.

Cataracte : Opacification progressive du cristallin. Elle peut être due au vieillissement, à une maladie ou à l'usage prolongé de certains médicaments comme les corticoïdes.

Céphalosporine : Famille d'antibiotiques apparentés à la pénicilline. Les personnes allergiques à la pénicilline peuvent l'être également aux céphalosporines.

Chagas (maladie de) : Maladie parasitaire, également appelée trypanosomose américaine, transmise par des punaises, en Amérique centrale et en Amérique du Sud.

Chimioprophylaxie : Utilisation de substances chimiques (sous forme médicamenteuse) dans le but de prévenir une maladie. Ce terme est souvent employé dans le cas du paludisme, associé à la lutte contre les moustiques.

Chlamydiose : Maladie sexuellement transmissible due à une bactérie.

Choc : Malaise brutal et grave avec chute de la pression artérielle. Les principales causes de choc sont les allergies (choc allergique ou anaphylactique), les troubles cardiovasculaires graves (choc cardiovasculaire) et les septicémies (choc septique).

Choc anaphylactique : Choc d'origine allergique se manifestant par une baisse brutale de la tension artérielle, due à une dilatation extrême des vaisseaux sanguins. Il survient après un contact avec une substance allergisante (aliment, piqûre d'insecte, injection ou absorption de médicament). Contrairement à ce qui est observé lors des chocs de cause non allergique, les membres de la personne inanimée sont colorés et chauds, et non pâles et froids.

Choléra : Maladie bactérienne transmise par l'eau et l'alimentation. Elle est peut être grave en raison du risque majeur de déshydratation.

Cholestérol : Principale graisse circulant dans le sang. Elle est utilisée dans l'organisme comme matière première, notamment pour l'enveloppe des cellules et pour la synthèse des hormones stéroïdes. En excès, le cholestérol est éliminé dans la bile, mais il peut également s'accumuler dans les artères et former des plaques d'athérome.

Ciguatera : Intoxication par certains poissons des mers coralliennes.

Cirrhose : Destruction progressive du foie consécutive à l'alcoolisme, mais également à certaines hépatites virales ou à des maladies rares.

Codéine : Substance extraite du pavot (opium), utilisée pour ses propriétés sédatives sur le système nerveux central, notamment :
- sur les centres nerveux de la toux (action antitussive),
- sur les centres nerveux de la douleur (action antalgique).
Cette action sédative globale est malheureusement à l'origine d'une somnolence gênante, quand la codéine est prise à forte dose.
Par ailleurs, la parenté chimique avec la morphine expose à un risque de dépendance en cas de traitement prolongé à forte posologie. La codéine reste néanmoins l'antitussif le plus efficace et un antalgique puissant, notamment en association avec le paracétamol.

Colique néphrétique : Douleur aiguë du ventre ou du dos provoquée par un calcul qui obstrue les voies urinaires. Il s'agit généralement de calculs d'acide urique ou de sels de calcium.

Colite : Inflammation d'une partie ou de la totalité du côlon. Elle peut être causée par une infection bactérienne ou parasitaire, une maladie inflammatoire (maladie de Crohn) ou un dérèglement de l'intestin (colite spasmodique).

Coma : Trouble de la conscience, allant de la simple torpeur (coma léger) à la perte de connaissance complète (coma profond).

Complexe : Nom donné à une association de plusieurs remèdes homéopathiques. En général, les dilutions employées sont basses : de 3 DH (décimale hahnemannienne) à 6 CH (centésimale hahnemannienne).

Conjonctive : Muqueuse transparente qui recouvre la paroi interne des paupières et la partie antérieure de l'œil.

Conjonctivite : Inflammation de la conjonctive, due à un corps étranger, à une allergie, à une infection ou à un produit irritant.

Constipation : Ralentissement du transit intestinal se traduisant par la raréfaction des selles.

Convulsions : Contractions involontaires limitées à quelques muscles ou généralisées à tout le corps. Elles sont dues à une souffrance ou à une stimulation excessive du cerveau : fièvre, intoxication, manque d'oxygène, lésion du cerveau. Les convulsions peuvent être dues à une crise d'épilepsie ou à une fièvre élevée chez le jeune enfant.

Corticoïde : Substance proche de la cortisone. Les corticoïdes naturels, nécessaires au fonctionnement de l'organisme, sont fabriqués par les glandes surrénales. Les corticoïdes de synthèse, dérivés chimiques de la cortisone, sont utilisés comme anti-inflammatoires puissants.

Cortisone : Hormone sécrétée par les glandes surrénales. Elle participe à la régulation des sucres, des graisses et des protéines de l'organisme. Ses puissantes propriétés anti-inflammatoires sont utilisées en thérapeutique. La cortisone naturelle porte le nom de cortisol (dosable par des analyses de sang). L'hydrocortisone est la forme médicamenteuse la plus proche de la cortisone naturelle, elle est surtout utilisée dans le traitement substitutif des maladies dues à un déficit en cortisone. D'autres dérivés chimiques plus puissants sont employés lorsque l'on recherche un effet anti-inflammatoire : prednisone, prednisolone, bétaméthasone, dexaméthasone...

Cul-de-sac conjonctival : Espace formé par la traction vers le bas de la paupière inférieure, qui se décolle de l'œil et forme une cavité. C'est dans celle-ci que doivent être déposées les gouttes de collyre et les pommades ophtalmiques. Le médicament se répartit naturellement sur la totalité de l'œil. Il sera éliminé, comme les larmes, par le canal lacrymal, qui évacue les sécrétions oculaires vers le nez.

Cycline : Famille d'antibiotiques utilisés notamment dans le traitement de l'acné et de certaines infections génitales.

Date de péremption : La stabilité des substances contenues dans un médicament n'est garantie par un laboratoire que pendant une période limitée après la fabrication. Une date de péremption figure sur l'emballage ; au-delà de cette date, le médicament périmé risque de perdre son efficacité et son usage est déconseillé. Dans certains cas, la dégradation des substances actives peut aboutir à la formation de composés toxiques (c'est le cas notamment pour les tétracyclines) et le médicament ne doit en aucun cas être utilisé. Il faut prendre l'habitude de rapporter à votre pharmacien les médicaments dont vous n'avez plus l'usage.

Décoction : Mode de préparation de certaines tisanes ; ce procédé permet d'extraire les substances contenues dans les plantes, en les mélangeant avec de l'eau. Ce mélange est ensuite porté à ébullition de façon prolongée. Cette technique est différente de l'infusion ou de la macération.

Déficit immunitaire : Incapacité des systèmes de défense de l'organisme à accomplir leurs fonctions ; elle est due à la baisse des globules blancs ou des anticorps (immunoglobulines). Les causes les plus fréquentes de déficit immunitaire sont les anomalies généti-

ques, les traitements des cancers (chimiothérapie ou radiothérapie) et le sida.

Dengue : Maladie virale tropicale transmise par le moustique aedes.

Dépendance : Besoin psychique ou physique entraîné par la prise de certaines substances naturelles ou médicamenteuses. La personne dépendante est souvent conduite à augmenter les doses pour reproduire l'effet recherché. Cet état peut s'accompagner, à l'arrêt des prises, de symptômes variés, regroupés sous le terme de syndrome de sevrage.

Dépression : Maladie nerveuse associant le plus souvent une inhibition, un sentiment de fatigue, d'inutilité, de culpabilité, de dégoût de soi. Le malade déprimé est généralement incapable de surmonter seul son trouble.

Dermatophytie : Infection de la peau ou des ongles par un champignon microscopique (dermatophyte).

Dermite périorale : Affection de la peau se traduisant par un anneau rouge, accompagné éventuellement de pustules, qui apparaît autour de la bouche. C'est une complication fréquente de l'application intempestive et prolongée de dermocorticoïdes sur le visage.

Dermite séborrhéique : Maladie de la peau se traduisant par une rougeur et une desquamation touchant les régions pileuses et les ailes du nez.

Dermocorticoïde : Préparation de corticoïdes pour usage local, destinée à soigner certaines maladies de la peau.

Déshydratation : Déficit de l'organisme en eau, dû à des pertes anormales de liquides (diarrhée, vomissements, transpiration abondante).

Diabète : Terme général désignant les maladies se traduisant par l'émission d'urines abondantes et par une soif intense. Employé seul, le mot diabète concerne généralement le diabète sucré, qui correspond à une perturbation de la régulation des sucres de l'organisme par l'insuline. Il se traduit par l'augmentation du sucre (glucose) dans le sang et par sa présence éventuelle dans les urines. Il existe deux sortes de diabète sucré : le diabète insulinodépendant, qui nécessite un traitement par l'insuline en injection, et le diabète non insulinodépendant, qui peut être traité par les hypoglycémiants oraux.

Dialyse : Procédé d'épuration du sang en cas d'insuffisance rénale grave, assurée essentiellement par l'emploi du rein artificiel.

Diarrhée : Le sens médical strict de diarrhée est « émission de selles trop fréquentes et trop abondantes ». En fait, le sens commun assimile la diarrhée à la notion de selles liquides et fréquentes. Normalement, les selles sont pâteuses, mais l'émission de selles liquides ou à peine formées, sans douleur ou trouble particulier associé, n'est pas pathologique. On peut parler de diarrhée lorsque les émissions de selles liquides se répètent dans la journée, et que les besoins sont impérieux ou douloureux.
Beaucoup de médicaments peuvent accélérer le transit intestinal et rendre les selles plus liquides, sans que cet effet indésirable soit réellement préoccupant.
Les antibiotiques peuvent altérer la flore digestive, indispensable à la digestion, et provoquer des diarrhées plus ou moins gênantes mais bénignes. L'effet apparaît immédiatement ou après quelques jours de traitement. Une forme de diarrhée grave et exceptionnelle, la colite pseudomembraneuse, peut être observée après un traitement antibiotique ; cette affection se traduit par l'émission de glaires et de fausses membranes (ressemblant à des lambeaux de peau) associées à des douleurs abdominales ; une constipation peut remplacer la diarrhée initiale.

La colite pseudomembraneuse peut survenir plusieurs jours après l'arrêt du traitement antibiotique et nécessite un avis médical urgent.

Diarrhée du voyageur : Aussi appelée turista, cette diarrhée, généralement bénigne, est due à des bactéries et peut être contractée lors d'un déplacement dans un pays où l'hygiène est moins bonne que dans le pays où l'on réside.

Digitalique : Famille de médicaments apparentés à la digitaline, substance issue de la digitale (plante commune). Les digitaliques, utilisés en cardiologie, ralentissent le cœur et renforcent ses contractions.

Dispersible : Qualifie un comprimé qui se désagrège dans l'eau et permet d'obtenir une solution buvable. Contrairement au comprimé effervescent, il ne dégage aucun gaz.

Dispositif transdermique : Système, parfois appelé timbre ou Patch, permettant l'absorption d'un médicament au travers de la peau : il assure la diffusion de la substance active vers les vaisseaux sanguins du derme. La substance circule ensuite dans le sang et peut agir comme si elle avait été avalée ou injectée. Ce dispositif permet d'éviter l'effet de premier passage hépatique.

Diurétique :
- Qui augmente le volume des urines.
- Médicament permettant une élimination accrue d'eau par les reins. Le plus souvent, cette perte d'eau fait suite à la perte de sels provoquée par le médicament (salidiurétique).
Les diurétiques sont surtout utilisés dans le traitement de l'hypertension artérielle, alors que leur mécanisme d'action dans cette maladie est mal connu. Ils sont également prescrits dans l'insuffisance cardiaque aiguë ou chronique, les œdèmes et d'autres affections plus rares.
Ces médicaments provoquent une perte de sodium et de potassium (sauf

pour certains d'entre-eux appelés « épargneurs de potassium »). Leur prise prolongée nécessite donc un contrôle régulier du potassium sanguin, pour éviter les troubles cardiaques qui pourrait résulter d'une hypokaliémie (manque de potassium dans le sang). Le manque de sodium est une autre conséquence possible, mais plus rare aux posologies habituelles, de l'usage prolongé des diurétiques ; il se détecte également par une prise de sang.

Dopaminergique : Médicament qui reproduit les effets de la dopamine. Les principaux médicaments dopaminergiques sont utilisés dans la maladie de Parkinson ou dans les troubles de l'érection. Ils ne doivent pas être associés aux neuroleptiques, qui risquent d'annuler leur effet.

Drépanocytose : En anglais : sickle-cell desease. Maladie héréditaire de l'hémoglobine, touchant surtout les Noirs. Les globules rouges, déformés en faucilles (« sickles »), sont rigides et obstruent les petits vaisseaux sanguins. Elle provoque notamment des crises douloureuses, des accès de fièvre et une anémie. Les voyages en avion sont contre-indiqués dans les formes graves.

Duodénum : Partie de l'intestin dans laquelle pénètrent les aliments issus de l'estomac.

Dyshidrose : Maladie apparentée à l'eczéma, touchant essentiellement la paume des mains et la plante des pieds.

Dyskinésie : Trouble de la coordination des mouvements.

Eczéma : Maladie de la peau se manifestant par des boutons et de vives démangeaisons. L'eczéma peut être dû au contact avec une substance allergisante (eczéma de contact) ou être lié à une prédisposition génétique (eczéma atopique).

Effet antabuse : Ensemble de symptômes désagréables provoqués par certains médicaments lorsqu'ils sont associés à la prise de boissons alcoolisées : bouffées de chaleur, rougeur du visage, maux de tête, nausées, vomissements.

Effets indésirables : La tendance actuelle dans les textes officiels est de rapporter la totalité des symptômes gênants observés, même exceptionnellement, chez les personnes ayant utilisé le médicament lors des études scientifiques.
Certains de ces troubles sont réellement dus au médicament et constituent ses effets indésirables ; lorsqu'il existe un risque grave ou important, un message spécifique figure généralement dans la rubrique Attention.
D'autres troubles peuvent avoir été constatés sans que le médicament ne possède de responsabilité réelle dans leur survenue.
Dans un souci d'exhaustivité, nous avons choisi de reproduire l'intégralité des troubles énumérés dans les textes officiels, bien que nous ayons conscience du risque de créer une inquiétude injustifiée. L'information précise du public reste néanmoins notre principale priorité. Il faut donc avoir conscience, en lisant la rubrique Effets indésirables possibles des nouveaux médicaments, que de nombreux troubles cités ne sont pas imputables à la molécule utilisée.

Encéphalite à tiques : Maladie virale transmise par la morsure de tiques en Europe, au printemps et en été.

Encéphalite japonaise : Maladie virale présente en Asie, transmise par un moustique du genre culex, qui, bien que préférant les animaux, peut aussi s'attaquer à l'homme. La gravité de la maladie justifie une vaccination en cas de voyage dans certaines régions en saison humide. En milieu rural, les épidémies sont favorisées par les travaux d'irrigation et les élevages de porc (risque réduit dans les pays à prédominance musulmane).

Endocardite bactérienne : Infection des structures internes du cœur, notamment des valves, pouvant aboutir à une insuffisance cardiaque grave.
L'endocardite est favorisée par la coexistence d'une anomalie valvulaire et du passage de bactéries dans le sang (passage qui peut survenir lors de soins dentaires, notamment). Les personnes souffrant d'une anomalie valvulaire, même minime, doivent suivre un bref traitement antibiotique avant et après une intervention dentaire.

Engelure : Lésion de la peau due au froid et à l'humidité, siégeant le plus souvent aux doigts.

Entorse : Lésion des ligaments d'une articulation due à un traumatisme.

Enzyme : Substance capable d'activer une réaction chimique spécifique.

Épiderme : Couche externe de la peau (au-dessus du derme). Elle assure le renouvellement de la couche cornée, constituée de cellules mortes riches en kératine.

Épilepsie : Maladie chronique survenant par crise, liée à une anomalie de l'activité électrique d'un groupe de cellules cérébrales. Ses manifestations, d'intensité variable, vont de la chute brutale de l'attention (absences, ou petit mal) à la perte de conscience accompagnée de mouvements musculaires anormaux (convulsions, ou grand mal). L'épilepsie partielle, comme son nom l'indique, ne concerne pas la totalité du corps : les mouvements saccadés ne touchent qu'un ou plusieurs groupes musculaires.

Ergot de seigle : Champignon parasite du seigle, dont la consommation accidentelle provoque une maladie appelée ergotisme. Les substances dérivées de celles contenues dans ce cham-

pignon sont utilisées pour leurs propriétés vasoconstrictrices (contraction des vaisseaux), vasodilatatrices (dilatation des vaisseaux) ou utérotoniques (contraction de l'utérus).

Ergotisme : Ensemble des manifestations neurologiques et vasculaires liées à une intoxication par des dérivés de l'ergot de seigle : convulsions, douleur, pâleur et refroidissement inhabituels des extrémités des membres.

Éruption cutanée : Apparition de boutons ou de plaques sur la peau. Ces lésions peuvent être dues à un aliment, à un médicament, et traduire une allergie ou un effet toxique. De nombreux virus peuvent également provoquer des éruptions de boutons : ceux de la rubéole, de la roséole et de la rougeole sont les plus connus.

État dépressif : État de souffrance morale associant une inhibition, une fatigue, un sentiment d'inutilité, d'autodépréciation. En l'absence de traitement, l'état dépressif risque d'évoluer vers une dépression grave avec sensation d'incurabilité, de culpabilité et un dégoût de soi.

Fièvre bilieuse hémoglobinurique : Crise de paludisme particulièrement grave se manifestant par une fièvre élevée, des vomissements, une jaunisse, une insuffisance rénale et le blocage des urines.

Fièvre des Rocheuses : Maladie infectieuse transmise par une tique et observée principalement dans les montagnes Rocheuses et en Inde. Le taitement repose sur des antibiotiques.

Fièvre jaune : Maladie virale tropicale (Afrique, Amérique), mortelle, transmise par un moustique piquant le jour (Aedes). Une vaccination permet de s'en protéger.

Filarioses : Maladies parasitaires des pays tropicaux généralement transmises par des insectes : filariose lymphatique, loase, onchocercose.

Fissure anale : Petite crevasse du pourtour de l'anus, souvent peu ou pas visible, provoquant des douleurs vives pendant et après la selle.

Flore vaginale : Ensemble des bactéries normalement présentes dans le vagin (flore de Döderlein). Elles ne provoquent aucun trouble et font obstacle aux champignons microscopiques ou aux autres germes qui pourraient être à l'origine d'une infection.

Fracture de fatigue : Fracture d'un os trop longtemps soumis à des chocs répétitifs, comme lors d'une marche prolongée par exemple.

G-6-PD (déficit en) : Abréviation de glucose-6-phosphate-déshydrogénase, enzyme normalement présente dans le globule rouge. Son absence congénitale (déficit) est responsable d'une maladie nommée favisme ; elle contre-indique l'emploi de certains médicaments.

Gale : Maladie parasitaire de la peau, très contagieuse.

Gastrite : Inflammation de l'estomac favorisée par le stress, le tabac, l'alcool et certains médicaments tels que l'aspirine ou les anti-inflammatoires.

Germe : Terme général qui désigne tous les organismes microscopiques susceptibles de provoquer une infection : bactéries, virus, parasites, champignons.

Glaucome : Maladie caractérisée par l'augmentation de la pression des liquides contenus dans l'œil (tension intraoculaire). Ce terme général recouvre deux affections totalement différentes :
- Le glaucome à angle ouvert ou glaucome chronique est le plus fréquent ; il est généralement asymptomatique, dépisté par la mesure de la tension intraoculaire chez l'ophtalmologiste. Il ne provoque pas de crise aiguë, et le traitement repose essentiellement sur des collyres bêtabloquants. Les personnes atteintes d'un glaucome à angle ouvert ne doivent pas utiliser de dérivés de la cortisone sans avis ophtalmologique préalable.
- Le glaucome à angle fermé ou glaucome aigu est plus rare. Entre les crises, la tension intraoculaire est normale. Mais l'usage intempestif de médicaments atropiniques (notamment en collyre) provoque une crise aiguë d'hypertension intraoculaire qui peut léser définitivement la rétine en quelques heures. C'est une urgence ophtalmologique qui se reconnaît à un œil brutalement rouge, horriblement douloureux, dur comme une bille de verre, et dont la vision devient floue. Cette crise se différencie des infections oculaires banales par l'altération nette de la vision et la dureté du globe oculaire, spécifiques du glaucome aigu.

L'angle dont il est question dans ces deux affections est l'angle iridocornéen. C'est en effet entre l'iris et la cornée que se situe le système d'évacuation des liquides de l'œil. Un angle peu ouvert (fermé) expose à une obstruction totale du système d'évacuation. Cette obstruction peut survenir lorsque l'iris est ouvert au maximum (mydriase) sous l'effet d'un médicament atropinique : l'iris vient alors s'accoler à la cornée.

L'angle irido-cornéen peut être mesuré par un ophtalmologiste.

Les contre-indications des médicaments atropiniques ne concernent que les personnes ayant déjà fait des crises de glaucome à angle fermé, ou chez qui un ophtalmologiste a détecté ce risque. Celles qui souffrent d'un glaucome chronique à angle ouvert ne sont pas concernées par ces contre-indications.

Globule rouge : Cellule présente dans le sang (5 millions par mm^3), qui contient l'hémoglobine.

Glucides : Famille de substances énergétiques contenant notamment les sucres. On distingue les glucides simples, ou rapides, des glucides complexes, ou lents, en fonction de la durée de leur digestion. Ils sont parfois appelés hydrates de carbone.

Gluten : Constituant de certaines céréales (blé, avoine, orge, seigle) et de la farine, qui peut donner lieu chez de très rares personnes prédisposées à une intolérance digestive grave.
Le maïs et le riz ne contiennent pas de gluten.

Glycémie : Quantité de sucre présente dans un litre de sang. Elle varie habituellement entre 0,6 et 1,1 g/l (3,3 mmol/l à 6 mmol/l) chez la personne à jeun. Le diagnostic de diabète doit être envisagé lorsque la glycémie dépasse 1,2 g/l (6,6 mmol/l).

Gonococcie : Maladie sexuellement transmissible, également appelée blennoragie, due au gonocoque.

Gonocoque : Bactérie responsable de la blennorragie, transmise par voie sexuelle.

Goutte : Maladie se manifestant par une rougeur et une douleur vive touchant une articulation (celle du gros orteil le plus souvent), due à une accumulation de cristaux d'acide urique.

Granulome annulaire : Variété d'eczéma se traduisant par des boutons roses groupés en anneau.

Helicobacter pylori : Bactérie fréquemment présente dans les ulcères de l'estomac ou du duodénum. Elle empêche la guérison et favorise les récidives à l'arrêt du traitement antiulcéreux. Son éradication permet des guérisons définitives. Le traitement associant un antiulcéreux à des antibiotiques constitue un progrès important pour les malades souffrant d'ulcère chronique de l'estomac ou du duodénum.

Hémorragie : Perte de sang à partir d'une artère ou d'une veine. Une hémorragie peut être externe mais également interne, et passer inaperçue.

Hémorroïde : Dilatation anormale d'une veine de l'anus ou du rectum se développant soit à l'extérieur, soit à l'intérieur. Elle peut être à l'origine d'un saignement.

Hépatite : Inflammation du foie. Elle peut être due à un médicament, à un virus, à l'alcool ou à une autre cause.
Les hépatites virales guérissent généralement sans problème. Contrairement aux hépatites A et E presque toujours bénignes, les hépatites B et C peuvent devenir chroniques : le virus persiste dans l'organisme du malade qui reste contagieux mais ne souffre pas obligatoirement de troubles hépatiques. L'hépatite chronique est dite active lorsque le virus continue à détruire les cellules du foie, destruction traduite par l'augmentation des transaminases dans le sang.
Le foie, qui est le siège de la transformation ou de la dégradation de nombreux médicaments, peut être lésé par certaines substances médicamenteuses. Ces hépatites débutent généralement par une augmentation des transaminases, détectables dans le sang.

Héroïne : Drogue dérivée de la morphine (famille des opiacés) utilisée par les toxicomanes en injection ou en inhalation nasale. Elle est mortelle en cas de surdosage (overdose) et provoque une dépendance intense dès les premières prises.

Herpès :
- Maladie virale due essentiellement aux virus Herpes simplex 1 et 2. Elle se manifeste, lors des poussées, par une éruption douloureuse de fines vésicules. Entre les poussées, le virus persiste indéfiniment dans les ganglions nerveux. Le virus de type 1 donne plutôt des lésions situées autour de la bouche, alors que le virus de type 2 touche de préférence les organes génitaux.
- Famille de virus (Herpèsvirus) qui comprend notamment l'Herpes simplex virus (HSV 1 et 2), le virus varicelle-zona (VZV), le Cytoméga-

lovirus (CMV) et le virus d'Epstein-Barr (EBV) de la mononucléose infectieuse.

Histamine : Substance chimique naturellement fabriquée par l'organisme et douée de nombreuses propriétés : relâchement des petites artères, contraction des muscles de l'intestin et des bronches, sécrétion du suc gastrique, accélération du cœur et relâchement des contractions de l'utérus. L'histamine est au cœur de l'inflammation, notamment dans les allergies.

Homéopathie : Mode de traitement fondé sur deux principes : l'usage de substances douées d'effets semblables aux symptômes de la maladie qu'elles sont destinées à combattre, et la dilution infinitésimale de ces substances.

Hormone : Substance transportée par le sang, destinée à réguler l'activité de certaines glandes ou de certains organes.

Hormone thyroïdienne : Famille d'hormones accélératrices du métabolisme, sécrétées par la glande thyroïde. Elles sont dosables dans le sang et sont appelées T3 et T4.

Humeur : Dans son sens médical, l'humeur est plutôt synonyme de moral. Un trouble de l'humeur peut revêtir la forme d'une dépression ou d'une excitation euphorique, par exemple.

Hydatidose : Maladie parasitaire due à un ver de la famille des tænia. Elle se contracte au contact de l'eau souillée ou de chiens errants. Elle se traduit par le présence de kystes pouvant se localiser dans tous les organes, le plus souvent dans le foie.

Hyperglycémie : Élévation anormale de la glycémie (taux de sucre dans le sang).

Hypertension artérielle : Excès de pression (tension) du sang dans les artères. Cette pression est assurée par la pompe cardiaque et est exprimée par deux « chiffres ». Elle est maximale lors de la contraction du cœur, ou systole (premier chiffre), et minimale lors du repos cardiaque, ou diastole (deuxième chiffre). Une hypertension artérielle se caractérise par une pression maximale (systolique) supérieure ou égale à 16, ou une pression minimale (diastolique) supérieure ou égale à 9,5. Un traitement est instauré lorsque ces chiffres sont dépassés ou pour des tensions plus faibles chez certaines personnes présentant des facteurs de risque cardiovasculaire : hérédité, tabagisme, diabète, excès de cholestérol. Un traitement antihypertenseur permanent permet de limiter les altérations du système cardiovasculaire dues à l'hypertension artérielle.

Hyperthermie : Élévation anormale de la température corporelle pouvant être due à une maladie (fièvre), à un effort prolongé ou à certains médicaments.

Hyperthyroïdie : Excès d'hormones thyroïdiennes se traduisant par une accélération du cœur, une mauvaise tolérance à la chaleur et une diarrhée chronique...

Hypoglycémie : Baisse du taux de sucre dans le sang pouvant provoquer des malaises.

Hypokaliémie : Baisse du taux de potassium dans le sang pouvant provoquer des troubles du rythme cardiaque. La prise régulière de laxatifs stimulants ou de certains diurétiques est fréquemment responsable d'hypokaliémie.

Hypolipidémiant : Médicament qui fait baisser le taux des graisses dans le sang : cholestérol et triglycérides, essentiellement.
Synonyme : hypolipémiant.

Hyponatrémie : Diminution du taux de sodium (sel) dans le sang.

Hypotension orthostatique : Baisse de la tension artérielle survenant lors du passage de la position allongée à la position debout. Due le plus souvent à des médicaments, l'hypotension orthostatique se traduit par des étourdissements avec risque de chute, notamment chez les personnes âgées. Ces troubles peuvent être prévenus en évitant les changements de position brutaux : rester assis quelques instants au bord du lit avant de se mettre debout, se lever lentement d'un siège en gardant un appui avant de se déplacer.
Le port de bas de contention, qui empêche le sang de refluer vers les jambes en position debout, est également utilisé pour traiter l'hypotension orthostatique.

IM : Abréviation d'intramusculaire. Voir ce terme.

IMAO : Abréviation d'inhibiteur de la mono-amine-oxydase. Famille de médicaments utilisés en neurologie (dépression, maladie de Parkinson). Ces médicaments sont divisés en deux types : les IMAO non sélectifs, qui donnent lieu à de nombreuses interactions médicamenteuses et alimentaires, et les IMAO sélectifs (A ou B), pour lesquels ces inconvénients sont absents ou limités.

Imidazolé : Famille chimique de médicaments qui regroupe des antifongiques, des antibiotiques et des antiparasitaires.

Immunodépresseur : Voir traitement immunodépresseur.

Immunoglobuline : Anticorps sécrété par certains globules blancs, destiné à neutraliser spécifiquement une substance étrangère ou un agent infectieux. Les immunoglobulines d'origine humaine sont utilisées comme médicament ; elles sont alors purifiées et stérilisées.
Synonyme : gammaglobulines.

Impuissance : Érection impossible ou de qualité insuffisante.

Induration : Léger gonflement et perte de l'élasticité de la peau qui devient localement ferme et peu mobile. Une induration peut se produire après l'injection d'un médicament, une piqûre d'insecte, une infection ou une réaction allergique.

Infarctus du myocarde : Destruction d'une partie du muscle cardiaque (myocarde), privé de sang par obstruction de ses artères.

Inflammation : Réaction naturelle de l'organisme contre un élément reconnu comme étranger. Elle se manifeste localement par une rougeur, une chaleur, une douleur ou un gonflement.

Insuffisance cardiaque : Incapacité du cœur à remplir sa fonction de pompe. Les principaux symptômes de l'insuffisance cardiaque sont une fatigue et un essoufflement lors d'un effort.

Insuffisance coronarienne : Incapacité partielle des artères du cœur (artères coronaires) à irriguer le muscle cardiaque. Des crises d'angine de poitrine peuvent survenir, le plus souvent lors d'un effort.

Insuffisance hépatique : Incapacité du foie à remplir sa fonction, qui est essentiellement l'élimination de certains déchets, mais également la synthèse de nombreuses substances biologiques indispensables à l'organisme : albumine, cholestérol et facteurs de la coagulation (vitamine K...).

Insuffisance rénale : Incapacité des reins à éliminer les déchets ou les substances médicamenteuses. Une insuffisance rénale avancée est compatible avec des urines d'abondance normale. Seuls une prise de sang et le dosage de la créatinine peuvent révéler cette maladie.

Insuffisance respiratoire : Incapacité des poumons à oxygéner correctement le sang et à éliminer le gaz carbonique en excès.

Insuffisance surrénale : Défaut de fonctionnement des glandes surrénales, qui sécrètent essentiellement la cortisone.

Insuline : Hormone sécrétée par le pancréas lors des apports de sucre. Elle diminue le taux de sucre dans le sang et permet son utilisation par les organes. L'insuline sert au traitement de certains types de diabète. La seule insuline actuellement utilisée est obtenue par biotechnologie ; les insulines d'origine animale ne sont plus commercialisées.
Les différentes insulines disponibles diffèrent uniquement par leur délai et leur durée d'action.

Intolérance : Effet indésirable, le plus souvent digestif, lors de la prise d'un médicament. L'irritation de l'estomac due à l'aspirine est une intolérance et non une allergie.

Intramusculaire (voie ou injection) : Injection d'un médicament dans un muscle, généralement au niveau du quart supérieur et externe de la fesse. L'effet du médicament, qui ne passe que progressivement dans le sang, est retardé mais prolongé. Une bonne désinfection préalable de la peau est nécessaire car cette injection profonde expose à un risque d'abcès. La douleur due à la piqûre dépend surtout de la nature du produit utilisé. Cette voie d'administration est contre-indiquée chez les hémophiles et chez les personnes qui suivent un traitement anticoagulant, car elle expose alors à un risque d'hématome de la fesse.

Intraveineuse (voie ou injection) : Injection d'un médicament dans une veine, généralement au pli du coude, après désinfection de la peau. Lorsqu'il s'agit d'une injection intraveineuse directe à l'aide d'une seringue, l'effet du médicament est immédiat, mais bref. A l'inverse, la perfusion permet une administration continue et contrôlée de la substance active, diluée dans un flacon de sérum. L'injection est généralement peu douloureuse.

Laxatif lubrifiant : C'est un corps gras, non absorbé par l'intestin, qui facilite le transit et l'élimination des selles. Il est dénué de toxicité, mais son usage prolongé diminue l'absorption de certaines vitamines essentielles (A, D, E, K).

Leishmaniose : Maladie parasitaire des pays chauds transmise par les moustiques phlébotomes.

Lentille de contact : Dispositif optique souple ou rigide placé sur la cornée, destiné à corriger un défaut de la vision.
Les lentilles utilisées actuellement sont toutes en matière plastique. Il en existe deux types :
- Les lentilles rigides, plus ou moins perméables à l'oxygène. Leur faible diamètre (elles ne couvrent pas la totalité de la cornée) facilite l'oxygénation de la cornée : l'oxygène contenu dans les larmes peut diffuser sous et autour de la lentille.
- Les lentilles souples, plus ou moins hydrophiles. Elles sont plus faciles à supporter au début, mais leur grand diamètre et leur perméabilité à l'oxygène limitée ne facilitent pas l'oxygénation de la cornée. Elles peuvent poser des problèmes de tolérance à long terme.

Leptospirose : Maladie infectieuse due à une bactérie qui sévit dans les eaux chaudes et chez les rongeurs. Elle se transmet au contact de boues ou d'eaux douces souillées. Il existe un vaccin destiné aux personnes particulièrement exposées (égouttier...).

Libération prolongée : Procédé de fabrication d'un médicament, qui permet une libération lente et progressive des substances actives dans l'organisme.

Lichénification : Épaississement de la peau généralement bien délimité, accompagné ou non de démangeaisons.

Lithiase : Concrétion (pierre) qui se forme dans les voies excrétrices de certains organes : voies urinaires, biliaires, salivaires.
Synonyme : calcul.

Loase : Filariose africaine transmise par un taon, le chrysops.

Lucite : Réaction de la peau à une exposition au soleil, due à une prédisposition ou à l'absorption de certains médicaments.
Synonyme : allergie solaire.

Lupus érythémateux : Maladie de peau provoquant une rougeur de la partie centrale du visage. Il en existe deux formes principales : lupus discoïde (uniquement cutané) et lupus disséminé (associé à des lésions des organes profonds).

Lyme (maladie de) : Maladie infectieuse transmise par les morsures de tiques. Elle se traduit généralement par l'apparition d'une tache rouge de taille croissante autour du site de la morsure.

Lymphatique : Qui concerne la lymphe, liquide incolore circulant dans des vaisseaux spécifiques et dont l'accumulation provoque des œdèmes.

Lymphe : Liquide incolore riche en protéines. Il circule dans les vaisseaux lymphatiques.

Lyophilisat : Poudre résultant du dessèchement rapide (à basse température et sous vide) d'une substance dissoute dans de l'eau (par exemple, café soluble). Comme médicaments, les lyophilisats peuvent être dissous dans un solvant pour préparer une solution (injectable, auriculaire, nasale...) ou être présentés sous forme d'un comprimé à dissoudre dans un verre d'eau, à sucer ou à laisser fondre sous la langue.

Macération : Mode de préparation de certaines tisanes ; ce procédé permet d'extraire les substances contenues dans les plantes en les faisant tremper de façon prolongée dans de l'eau froide. Cette technique diffère de l'infusion ou de la décoction.

Macrolide : Famille d'antibiotiques, largement utilisés, actifs sur de nombreux germes. Les macrolides peuvent donner lieu à des interactions médicamenteuses avec les dérivés de l'ergot de seigle.

Mal des montagnes ou mal de l'altitude : Ensemble de symptômes survenant lorsque l'altitude augmente brutalement (randonnée en haute montagne, arrivée en avion dans une ville de montagne).

Maladie auto-immune : Maladie due, au moins en partie, à une action anormale du système immunitaire : les cellules (lymphocytes) ou les substances de défense (anticorps) s'attaquent sans raison à certains organes comme s'il s'agissait de corps étrangers.

Maladie du sommeil : Maladie parasitaire mortelle, également appelée trypanosomase africaine, transmise par les mouches tsé tsé (glossines) dans certaines régions d'Afrique.

Masque de grossesse : Coloration ocre ou brune du visage, en taches plus ou moins étendues (surtout pommettes, lèvre supérieure, front) qui survient après qu'une femme enceinte a été exposée au rayonnement solaire. Il est dû aux modifications hormonales de la grossesse.
Il peut réapparaître pendant des années, indépendamment de toute grossesse.
La prévention repose sur l'utilisation d'un écran total sur le visage pendant toute la grossesse et l'abstention de toute exposition au soleil.

Mélanine : Substance foncée qui assure la pigmentation de la peau, abondante chez les Noirs et plus rare chez les roux et les blonds. Sa sécrétion, stimulée par les rayons ultraviolets (bronzage), forme un écran qui arrête ces rayons nocifs et les empêche de pénétrer dans les couches profondes de la peau.

Mélanome malin : Cancer de la peau dû au rayonnement solaire.

Méningite : Inflammation due le plus souvent à une infection des enveloppes externes du cerveau appelées méninges. Les méningites peuvent être dues à un virus ; leur évolution est le plus souvent favorable. Certaines bactéries, telles que le méningocoque, l'haemophilus..., peuvent être responsables de méningites graves susceptibles de laisser des séquelles. Il faut penser à une méningite en cas de mal de tête permanent avec des nausées, une forte fièvre et un état de prostration inhabituel, chez un enfant : un examen médical urgent est alors nécessaire. Heureusement, dans la majorité des cas, il s'agit d'une grippe banale !

Ménopause : Arrêt progressif des cycles menstruels, qui survient chez la femme vers l'âge de 50 ans. La ménopause est due à une forte diminution de la sécrétion d'hormones par les ovaires. Elle peut également être la conséquence de l'ablation chirurgicale des ovaires ou d'un traitement médicamenteux.

Microbe : Terme général qui désigne tous les organismes microscopiques susceptibles de provoquer une infection : bactéries, virus, parasites, champignons.

Migraine : Mal de tête particulier touchant généralement la moitié droite ou gauche de la tête, associé à une crainte de la lumière et du bruit, et à des troubles digestifs.

Mononucléose infectieuse : Maladie virale provoquant une angine blanche et une fatigue prolongée.

Morphine : Substance extraite du pavot (opium). La morphine a des propriétés sédatives et antalgiques puissantes. Son usage expose à un risque de dépendance.

MST : Maladie sexuellement transmissible.
Aujourd'hui également appelée IST (Infection sexuellement transmissible) pour englober les infections asymptomatiques, au moins au début (VIH, par exemple).

Muqueuse : Tissu (membrane) qui tapisse les cavités et les conduits du corps communiquant avec l'extérieur (tube digestif, appareil respiratoire, voies urinaires...).

Myase sous-cutanée : Lésion, sous la peau, due à la pénétration d'une larve de mouche en Afrique.

Myasthénie : Maladie des muscles se traduisant par une fatigabilité anormale pendant l'effort. Il existe des formes de myasthénie plus ou moins graves.

Mycose : Affection due à des champignons microscopiques, favorisée par la prise d'antibiotiques.

Mycosis fongoïde : Maladie de peau rare et grave, caractérisée par des lésions proches de l'eczéma.

Myosis : Rétrécissement anormal du diamètre de la pupille qui ne se dilate plus dans la pénombre. Cet état provient d'une anomalie de fonctionnement des nerfs de l'œil ou de la prise de certains médicaments (morphiniques).

Nécrose : Terme qui désigne la mort d'un tissu de l'organisme. L'infarctus ou l'escarre sont des nécroses ischémiques (dues à une asphyxie localisée par privation de sang) ; d'autres nécroses surviennent au point d'injection de certains médicaments irritants.

Neuroleptique : Famille de médicaments utilisés dans le traitement de certains troubles nerveux ou de symptômes divers : troubles digestifs, troubles de la ménopause...

Nodule : Terme général désignant une formation sphérique anormalement présente dans l'organisme. Ce terme est purement descriptif et ne présume pas de l'origine de cette petite boule : kyste, ganglion, tumeur bénigne ou maligne.

Nourrisson : Enfant de 1 à 30 mois. Un enfant de moins de 1 mois est un nouveau-né.

Nouveau-né : Enfant de moins de 1 mois.

Numération formule sanguine : La numération mesure le nombre des globules rouges (hématies), des globules blancs (leucocytes) et des plaquettes dans le sang. La formule sanguine précise le pourcentage des différents globules blancs : neutrophiles, éosinophiles, basophiles, lymphocytes, monocytes.

Œdème : Accumulation d'eau ou de lymphe provoquant un gonflement localisé.

OMS (Organisation Mondiale de la Santé) : En anglais WHO (World Health Organisation). Elle dirige et coordonne la promotion et la protection sanitaire de tous les pays. Ses principales actions sont la surveillance des maladies et l'aide aux différents gouvernements pour la lutte contre les maladies transmissibles, la formation des personnels de santé, l'organisation des services de santé publique. Elle peut également intervenir dans les cas d'urgence (épidémie de choléra, par exemple).

Onchocercose : Filariose transmise par une petite mouche : la simulie. Elle est responsable de perte de la vision.

Opiacé : Famille chimique qui englobe l'opium et ses dérivés. Outre les drogues telles que l'opium ou l'héroïne, la famille des opiacés comporte la morphine (antalgique puissant), la codéine (antitussif et antalgique) et de nombreuses autres substances.

Oreille interne : Partie de l'oreille qui comprend les organes de l'audition et de l'équilibre. Elle transmet les sons au cerveau et est sensible aux changements de position.

ORL : Abréviation d'oto-rhino-laryngologie. Cette spécialité médicale concerne les maladies de l'oreille, du nez et de la gorge.

Ostéoporose : Fragilisation des os, qui deviennent poreux et cassants.

Otite : Inflammation ou infection de l'oreille. L'otite externe ne concerne que le conduit auditif. L'otite moyenne aiguë et l'otite séreuse chronique touchent la partie de l'oreille située derrière le tympan (oreille moyenne).

Otite barotraumatique : Lésion du tympan due à une pression trop importante (avion, plongée).

Palpitations : Perception anormale de battements cardiaques irréguliers.

Paludisme : Maladie tropicale due à un parasite (plasmodium) transmis par un moustique (anophèle femelle). Elle se traduit par une fièvre, des frissons et d'autres symptômes très divers. Toute fièvre élevée survenant dans le mois qui suit le retour d'un voyage en pays tropical doit faire suspecter un paludisme.

Pancréatite : Inflammation ou infection du pancréas. Cette glande située derrière l'estomac sécrète des enzymes digestives ainsi que l'insuline, indispensable au métabolisme des sucres.

Une pancréatite aiguë se traduit par des douleurs abdominales ou dorsales extrêmement violentes. Elle est détectée par une prise de sang spécifique.

Pansement digestif : Médicament qui protège le tube digestif en tapissant la muqueuse d'un film protecteur et en diminuant l'acidité de l'estomac. Ce type de médicament peut gêner l'absorption d'autres médicaments.

Parasite : Bactérie, organisme végétal ou animal qui vit aux dépens d'un individu d'une autre espèce. Il existe de très nombreux parasites de l'homme, internes (vers intestinaux, paludisme, gale...) ou externes (poux, mycoses...). L'un des plus présents dans le monde est le plasmodium, agent du paludisme. Il est transmis par un autre parasite de l'homme, un moustique, l'anophèle.

Pénicilline : L'un des premiers antibiotiques découverts, puissant et généralement bien supporté ; il reste très utilisé malgré la possibilité d'allergies.

Perfusion : Administration très lente d'une substance par voie intraveineuse. Le flacon est relié à la veine par un tuyau souple et transparent permettant de contrôler le débit. Synonyme : goutte-à-goutte.

Péril fécal : Risque infectieux lié à la contamination des aliments ou des boissons par des bactéries, virus ou parasites d'origine fécale.

Peste : Maladie bactérienne transmise à l'homme par les puces de rongeurs.
La maladie humaine est devenue très rare, mais des foyers de peste animale chez les rongeurs sauvages existent en Afrique, en Asie, en Amérique du Sud ; dans certaines régions, les contacts entre rongeurs sauvages et rats domestiques sont à l'origine de cas isolés ou d'épidémies limitées chez l'homme.
La forme la plus fréquente est la peste bubonique (une sorte de furoncle apparaît à l'endroit de la piqûre de puce) ;

elle peut évoluer vers une forme septicémique ou une forme pulmonaire, transmissible d'homme à homme.

Phénylcétonurie : Maladie héréditaire qui se caractérise par l'absence d'une enzyme et qui conduit à l'accumulation dans le sang d'un produit toxique. Son dépistage est systématique à la naissance. Le traitement repose sur un régime alimentaire spécifique pendant la petite enfance.

Phéochromocytome : Tumeur très rare des glandes surrénales, se manifestant principalement par des crises d'hypertension artérielle.

Phlébite : Inflammation d'une veine profonde avec formation d'un caillot sanguin, touchant généralement les membres inférieurs. La gravité des phlébites tient à la possibilité d'un déplacement du caillot qui peut migrer jusqu'au cœur et venir ensuite obstruer une artère des poumons (embolie pulmonaire). Une paraphlébite, ou phlébite superficielle, est l'inflammation d'une veine superficielle ; elle est beaucoup moins préoccupante.

Phobie : Peur survenant toujours dans les mêmes conditions, de façon irraisonnée et particulièrement angoissante.

Photosensibilisation : Sensibilité anormale de la peau à la lumière ou aux ultraviolets, due à un médicament ou à une substance naturelle ou chimique.

Pied d'athlète : Mycose du pied favorisée par la macération, dans les chaussures de sport, par exemple.

Pityriasis versicolor : Infection de la peau due à un champignon microscopique. Elle se manifeste par des taches qui paraissent brunes sur une peau blanche et blanches sur une peau bronzée. Après traitement, seule une exposition au soleil permet de faire disparaître les taches.

Plaquettes : Particules présentes dans le sang ; elles luttent contre les hémorragies.

Pneumothorax : Présence d'air entre les deux feuillets de la plèvre (l'enveloppe qui entoure les poumons). Si une brèche se produit dans un des feuillets de la plèvre, de l'air y pénètre et comprime le poumon.
Un pneumothorax peut être dû à une plaie du thorax, ou survenir spontanément lors d'un exercice physique intense (plutôt chez l'homme jeune). Douleur et essoufflement brutal sont les signes habituels du pneumothorax spontané.

Polyarthrite rhumatoïde : Rhumatisme inflammatoire responsable de lésions articulaires, touchant notamment les mains.

Porphyrie : Maladie héréditaire rare due à un trouble du métabolisme d'une substance appelée porphyrine.

Posologie : Quantité et répartition de la dose d'un médicament en fonction de l'âge, du poids et de l'état général du malade.

Potassium : Élément minéral présent en grande quantité dans l'organisme (voir également kaliémie).

Pou : Parasite de l'homme vivant dans les cheveux, dans les poils pubiens ou dans les vêtements.

Prophylaxie : Traitement ayant pour but de prévenir une maladie.

Prurigo : Nom générique donné à des maladies de la peau se traduisant par des boutons et des démangeaisons.

Psoriasis : Maladie de la peau touchant surtout les coudes et les genoux, mais aussi les ongles et le cuir chevelu. Le psoriasis se manifeste par des plaques épaisses, rouges, et recouvertes d'une pellicule blanche adhérente. Le psoriasis peut être plus ou moins inflammatoire. Il se présente parfois sous forme de petits boutons disséminés (psoriasis en gouttes). Le psoriasis peut avoir l'aspect de pustules.

Psychose : Maladie mentale que le malade n'est pas capable de reconnaître en tant que telle. Le psychotique n'est pas conscient de sa maladie, contrairement à la personne atteinte de névrose qui a la capacité de se rendre compte de l'existence d'un trouble.

Purpura : Taches cutanées rouges ou violacées dues à de petites hémorragies sous-cutanées. Le purpura thrombopénique est provoqué par une baisse importante du nombre de plaquettes dans le sang.

Quincke (œdème de) : Réaction allergique touchant généralement le visage. L'œdème de Quincke se traduit par un gonflement parfois spectaculaire. Les paupières sont souvent les premières touchées. Dans les rares cas où l'œdème touche la gorge, des troubles respiratoires peuvent survenir et un traitement urgent est nécessaire.

Rage : Maladie virale mortelle transmise par morsure d'animaux contaminés, domestiques ou sauvages.

Réaction allergique : Réaction due à l'hypersensibilité de l'organisme à un médicament. Elle peut prendre des aspects très variés : urticaire, œdème de Quincke, eczéma, éruption de boutons rappelant la rougeole... Le choc anaphylactique est une réaction allergique généralisée qui provoque un malaise par chute brutale de la tension artérielle.

Rectocolite hémorragique : Maladie inflammatoire du rectum et du côlon, qui évolue par poussées. Chaque poussée s'accompagne de fièvre, de selles glaireuses et sanglantes.

Reflux gastro-œsophagien : Remontée du suc gastrique dans l'œsophage et dans l'arrière-gorge, favorisée par la position allongée après les repas, par le fait de se pencher en avant, par le port de vêtements qui compriment l'abdomen. Ce reflux est généralement dû à une hernie hiatale : glissement de l'estomac au-dessus du diaphragme.

Répulsif : Produit destiné à repousser les insectes.

Résistance (aux antibiotiques) : L'utilisation de plus en plus large des antibiotiques favorise des phénomènes de résistance des bactéries. Les espèces vivantes sont caractérisées par leur capacité d'adaptation et les bactéries sont particulièrement aptes à muter pour résister aux produits destinés à les détruire. Lors de l'utilisation d'un antibiotique à une dose insuffisante, pendant une durée trop courte ou de façon trop répétée, les bactéries mutantes les plus résistantes à cet antibiotique sont sélectionnées puisqu'elles sont les seules à survivre. Ces bactéries peuvent persister dans l'organisme ou contaminer une autre personne. Pire, elles peuvent transmettre à d'autres bactéries leur capacité de résistance à un antibiotique. Contrairement à une idée répandue, quelqu'un ne devient pas « résistant » à un antibiotique. Ce sont les bactéries qui l'entourent ou qui sont présentes dans son organisme qui le deviennent.

Rétine : Tissu nerveux qui tapisse la face postérieure de l'œil et joue le rôle de capteur d'images.

Rétinoïde : Famille de médicaments apparentés à la vitamine A, utilisés en dermatologie.

Rhinite : Inflammation ou infection du nez et des fosses nasales.

Rhinopharyngite : Inflammation de la partie haute du pharynx, située en arrière du nez et au-dessus du voile du palais. Son origine peut être virale ou bactérienne.

Rhumatisme articulaire aigu : Complication des infections dues à un germe (streptocoque). Elle se traduit par des lésions cardiaques et articulaires.

Rosacée : Maladie de peau provoquant une rougeur du visage. Elle est parfois appelée acnérosacée, mais n'a rien a voir avec l'acné vulgaire. Elle contre-indique l'emploi local de dermocorticoïdes.

SC : Abréviation de sous-cutanée. Voir ce terme.

Sclérose en plaques : Maladie grave du système nerveux évoluant par poussées.

Sédatif :
- Qui apaise, qui calme.
- Médicament possédant cette propriété tout en appartenant à différentes familles : anxiolytiques, hypnotiques, antalgiques, antitussifs, antiépileptiques, neuroleptiques ... mais aussi antidépresseurs, antihistaminiques H1, antihypertenseurs. Un sédatif peut être responsable de somnolence et potentialiser les effets de l'alcool.

Sel : Substance chimique dont la plus connue est le chlorure de sodium ou sel de table. Le sel de régime ne contient pas de sodium ; celui-ci est remplacé généralement par du potassium.

Septicémie : Infection générale grave due à l'invasion de germes dans le sang. Les premiers signes sont souvent une fièvre élevée accompagnée de frissons.

Sérum physiologique : Eau salée (chlorure de sodium) à 9 g par litre, dont l'appellation actuelle est soluté physiologique. Cette concentration, qui se rapproche de celle du sang et de la lymphe, est parfaitement compatible avec les tissus biologiques. Le sérum physiologique est utilisé pour les lavages, les irrigations et les injections (dans ce dernier cas, il doit être stérile).

Sida : Initiales de syndrome immuno déficitaire acquis (en anglais AIDS). Déficit immunitaire dû au VIH.

Sinus : Cavités osseuses de la face communiquant avec les fosses nasales.

Sinusite : Inflammation ou infection des sinus.

Sixième maladie : Également appelée roséole ou exanthème subit. Maladie bénigne des nourrissons qui débute par une fièvre élevée pendant 3 jours ; quand la fièvre disparaît, l'éruption apparaît (petites lésions arrondies, roses, non surélevées). Elle n'est pas accompagnée de démangeaisons et dure 48 heures. Elle est due à un virus et son traitement se résume à celui de la fièvre.

Sodium : Substance minérale qui peut former des sels, notamment avec le chlore (chlorure de sodium ou sel de table).

Sous-cutanée (voie ou injection) : Injection pratiquée sous la peau désinfectée, pincée entre le pouce et l'index de la main qui ne tient pas la seringue. Il est préférable de ne pas piquer dans le pli formé par le pincement de la peau, mais juste sous celui-ci, en introduisant l'aiguille latéralement selon un angle de 45°. Cette technique d'injection, simple, peut être apprise par le malade (diabétique, personne sous anticoagulant...) auprès de son médecin. Elle permet une diffusion lente et progressive de la substance active dans le sang.

Sucre : Terme général désignant différentes substances dont la plus répandue est le saccharose ; d'autres sucres peuvent être contenus dans les médicaments : glucose, fructose, lactose... Le glucose est le sucre utilisé par l'organisme ; il est le seul à circuler en quantité notable dans le sang.
Les édulcorants (faux sucre) sont autorisés chez les diabétiques ou les personnes suivant un régime, et sont très peu caloriques.

Sulfamide : Famille chimique représentée dans plusieurs classes de médicaments : antibiotiques, antidiabétiques, diurétiques... Les sulfamides peuvent être à l'origine d'allergies.

Sulfites : Substances contenant du soufre, utilisées comme conservateurs dans certains médicaments. Les sulfites peuvent provoquer des réactions allergiques chez les personnes prédisposées.

Surdosage : La prise en quantité excessive d'un médicament expose à des effets indésirables particuliers ou à une augmentation de l'intensité des effets indésirables observés à posologie normale.
Ce surdosage peut résulter d'une intoxication accidentelle, ou volontaire dans un but de suicide : il convient alors de consulter le centre antipoison de votre région. Mais le plus souvent, le surdosage est la conséquence d'une erreur dans la compréhension de l'ordonnance, ou de la recherche d'une augmentation de l'effet thérapeutique par un dépassement de la posologie préconisée. Enfin, une automédication intempestive peut conduire à l'absorption en quantité excessive d'une substance contenue dans des médicaments différents. Certains médicaments exposent plus particulièrement à ce risque, car ils sont considérés (à tort) comme anodins : vitamines A et D, aspirine... L'arrêt ou la diminution des prises médicamenteuses permettent de faire disparaître les troubles liés à un surdosage.

Surrénale : Petite glande située au-dessus du rein, qui sécrète de nombreuses hormones, dont la cortisone et l'adrénaline.

Symptôme : Trouble ressenti par une personne atteinte d'une maladie. Un même symptôme peut traduire des maladies différentes et une même maladie ne donne pas forcément les mêmes symptômes chez tous les malades.

Syncope : Perte de connaissance brève et complète.

Syndrome d'apnée du sommeil : Terme général qui désigne certains troubles de la respiration survenant pendant le sommeil. Ces troubles peuvent être dus à une lésion des centres nerveux qui commandent la respiration, mais le plus souvent, ils sont d'origine obstructive : la base de la langue chute en arrière pendant le sommeil et vient obstruer le pharynx provoquant une apnée et une asphyxie qui réveillent le malade, lui permettant de reprendre sa respiration. La multiplication des apnées au cours de la nuit perturbe le sommeil et est à l'origine d'une somnolence pendant la journée. Ces apnées obstructives sont souvent associées au ronflement.

Syndrome de sevrage : Réaction due à la privation brutale d'une substance (médicament, toxique, alcool...) à laquelle l'organisme a été habitué. Certains médicaments pris pendant la grossesse peuvent provoquer cette réaction chez le nouveau-né. Une forme particulière de syndrome de sevrage est le «manque» ressenti par les héroïnomanes lorsqu'ils sont privés de drogue.

Syphilis : Maladie sexuellement transmissible due au tréponème.

Tænias : Vers plats formés de plusieurs segments qui parasitent l'homme soit à l'état de vers adultes dans l'intestin (vers solitaires désagréables, mais pas dangereux), soit à l'état larvaire dans d'autres organes (cerveau, foie) dont l'atteinte est beaucoup plus grave. La prévention repose sur la cuisson suffisante de la viande et du poisson, sur le lavage soigneux des aliments et des mains.

Télangiectasies : Petits vaisseaux dilatés apparaissant en transparence sous la peau.

Tendinite : Inflammation des tendons, qui provoque une douleur lors de certains mouvements. Les tendinites les plus courantes affectent les tendons du coude (tennis-elbow) et le tendon d'Achille (tendinite d'Achille).

Tension intraoculaire : Tension (pression) des liquides contenus dans l'œil. Elle peut augmenter dans certaines maladies comme le glaucome.

Tétracycline : Voir cycline.

Thrombose : Formation d'un caillot dans une veine, une artère ou dans l'une des cavités du cœur.

Thyroïde : Glande située à la base du cou, qui sécrète des hormones riches en iode.

Torsades de pointes : Trouble du rythme cardiaque grave, favorisé par :
- une hypokaliémie ou des situations la favorisant : diarrhées importantes et prolongées, usage répété de laxatif stimulant...,
- un cœur trop lent,
- une prédisposition visible sur l'électrocardiogramme (QT long),
- la prise de certains médicaments.
Les médicaments susceptibles de provoquer des torsades de pointes sont les suivants : quinidine, hydroquinidine, disopyramide, amiodarone, sotalol, ibutilide, certains neuroleptiques, bépridil, cisapride, diphémanil, halofantrine, mizolastine, pentamidine, moxifloxacine, érythromycine (voie IV).

Trachome : Maladie de l'œil particulière, fréquente dans les pays tropicaux, due à un germe (Chlamydia trachomatis).

Traitement curatif : Traitement destiné à soigner une maladie déclarée, et qui vise la guérison. Dans la majorité des cas, le traitement curatif s'attaque à la cause de la maladie.

Traitement d'appoint : Traitement qui complète l'action d'un traitement spécifique, mais ne permet généralement pas d'obtenir la guérison à lui seul.

Traitement d'attaque : Traitement destiné à obtenir un effet rapide grâce à des doses élevées.

Traitement d'entretien : Traitement destiné à conserver le bénéfice d'un traitement d'attaque. La dose la plus faible permettant de maintenir l'efficacité est recherchée pour limiter les effets indésirables.

Traitement immunodépresseur : Traitement qui diminue les réactions immunitaires (réactions de défense de l'organisme contre les corps étrangers). La baisse de l'immunité est généralement l'objectif du traitement : prévention des rejets de greffe d'organe, traitement des maladies auto-immunes. Cependant, dans certains cas, l'effet immunodépresseur est une conséquence non souhaitée d'un traitement : la chimiothérapie anticancéreuse, destinée à détruire les cellules cancéreuses, affecte également les cellules normales du sang et fragilise les malades face aux infections. Cette fragilité justifie une surveillance médicale renforcée : prise de sang régulière, nécessité de signaler l'apparition de toute fièvre.
Synonyme : traitement immunosuppresseur.

Traitement minute : Médicament utilisé en une seule prise, le plus souvent à forte dose, pour une action brève et immédiate permettant la guérison. Tous les traitements en prise unique ne sont pas des traitements minute : certains médicaments pris en une seule fois sont éliminés très lentement par l'organisme et restent actifs pendant plusieurs jours, voire plusieurs semaines.

Traitement présomptif : Traitement destiné à soigner une maladie dont le diagnostic est probable mais qui doit être confirmé par des examens.

Traitement préventif : Traitement destiné à prévenir une maladie (synonyme : traitement prophylacti-que), ou à limiter la fréquence des crises ou des poussées dans une maladie chronique (synonyme : traitement de fond).

Traitement symptomatique : Traitement qui supprime ou atténue les symptômes d'une maladie sans s'attaquer à sa cause.

Tranquillisant : Médicament luttant contre l'anxiété et le stress (synonyme : anxiolytique). La majorité des tranquillisants appartiennent à la famille chimique des benzodiazépines.

Transaminases : Enzymes dosées dans le sang, dont le taux s'élève lors de certaines hépatites. Elles figurent dans les analyses de sang sous le nom de SGOT et SGPT ou ASAT et ALAT.

Transit intestinal : Parcours des aliments depuis l'estomac jusqu'à leur élimination sous forme de selles.

Trichinose : Maladie parasitaire grave due à de petits vers infestant les muscles de nombreux mammifères omnivores ou carnivores : porc surtout, mais aussi phacochère, sanglier, ours, phoque, chacal, renard, blaireau ; L'homme se contamine en mangeant de la viande insuffisamment cuite (ou parfois de la charcuterie) ; les contaminations massives sont mortelles.

Trompe d'Eustache : Conduit qui fait communiquer l'arrière des fosses nasales à l'oreille moyenne, cavité située derrière le tympan. Ce conduit permet une bonne ventilation de cette cavité, et son obstruction peut gêner l'audition ou favoriser les otites (catarrhe tubaire).

Trouble du rythme cardiaque : Anomalie grave ou bénigne de la fréquence des contractions du cœur. L'extrasystole est une contraction survenant juste avant ou après une contraction normale, souvent perçue comme un léger choc dans la poitrine. La fibrillation est une contraction irrégulière et désordonnée. D'autres troubles existent : torsades de pointes, syndrome de Wolf-Parkinson-White, maladie de Bouveret, tachysystolie, flutter et bloc auriculo-ventriculaire...

Troubles digestifs : Ensemble de symptômes traduisant une irritation ou un mauvais fonctionnement du tube digestif. Un ou plusieurs troubles peuvent être présents : nausées, vomissements, aérophagie, douleurs abdominales, brûlures d'estomac, ballonnements, flatulences, diarrhée ou constipation, etc. Les antibiotiques peuvent favoriser les candidoses, souvent responsables des troubles digestifs.

Tuberculose : Maladie infectieuse due au bacille de Koch. Elle peut toucher tous les organes, notamment le poumon, l'os (mal de Pott), l'appareil urinaire ou génital, l'œil...

Turista : Voir diarrhée du voyageur.

Typhoïde : Maladie bactérienne digestive transmise par l'eau et l'alimentation. La vaccination est recommandée pour certaines destinations lorsque le voyage sera long ou les conditions d'hygiène sur place précaires.

Typhus : Maladie infectieuse transmise par les poux du corps.

UI : Abréviation d'unité internationale. Unité de mesure normalisée qui indique l'activité d'une substance.

Ulcère : Lésion creusante de la peau, des muqueuses ou de la cornée.
● Ulcère de jambe : plaie chronique due à une mauvaise circulation du sang.
● Ulcère gastroduodénal : plaie localisée de la muqueuse de l'estomac ou du duodénum, due à un excès d'acidité et très souvent à la présence d'une bactérie (Helicobacter pylori). L'ulcère est favorisé par le stress, l'alcool, le tabagisme et la prise de certains médicaments (aspirine, AINS...).

Ultraviolet : Abréviation : UV. Les rayons ultraviolets sont des radiations émises naturellement par le soleil ou artificiellement par certaines lampes. On distingue les UV A et les UV B. Les UV B, de courte longueur d'onde, sont arrêtés dans les couches les plus externes de la peau. Ils sont responsables de brûlures (coups de soleil). Les UV A, de longueur d'onde plus importante, pénètrent profondément et atteignent le derme. Ils induisent la pigmentation (bronzage). L'exposition intense et répétée aux UV cause un vieillissement prématuré de la peau et augmente le risque de cancer cutané.

Urétrite : Inflammation de l'urètre (conduit qui permet l'émission d'urines à partir de la vessie). Cette inflammation est généralement due à une infection.

Urticaire : Éruption de boutons sur la peau, dont l'origine est le plus souvent allergique. Les boutons ressemblent à des piqûres d'orties et leur couleur varie du rose pâle au rouge.

UV : Abréviation d'ultraviolet. Voir ce terme.

Vaccin : Solution injectable destinée à immuniser l'organisme contre un virus ou une bactérie.

Il existe plusieurs sortes de vaccins :
● Les vaccins vivants atténués : le germe contenu dans le vaccin est vivant mais incapable de provoquer la maladie (BCG, rougeole, rubéole, oreillons...).
● Les vaccins préparés à partir de fragments de germes tués : les parties les plus immunisantes du virus ou de la bactérie sont utilisées pour préparer le vaccin (vaccins polio, antihépatite...).
● Les vaccins contenant des toxines neutralisées (inactivées) : dans le cas du tétanos, c'est une toxine sécrétée par le germe qui est responsable de la gravité de la maladie ; le vaccin permet l'immunisation contre cette toxine.

Vaccin recombinant : Vaccin obtenu par génie génétique. Au lieu de préparer des vaccins à partir de cultures de germes, les substances immunisantes (antigènes) sont obtenues en cultivant des cellules dont le patrimoine génétique a été modifié : elles sont « programmées » pour fabriquer des protéines identiques à celles qui sont présentes dans le virus ou la bactérie responsables de l'infection. Cette technique est de plus en plus employée. Elle permet d'obtenir des vaccins contenant une forte concentration de protéines immunisantes (antigènes) hautement purifiées. Un autre avantage réside dans la sécurité apportée par ce mode de préparation : aucun germe infectant n'étant utilisé pour la préparation du vaccin, le risque théorique d'une contamination par un vaccin mal stérilisé est nul.

Vasoconstricteur : Médicament qui provoque une contraction des vaisseaux sanguins, par opposition à vasodilatateur.

Vasodilatateur : Médicament capable de dilater les vaisseaux sanguins (artère, veine), par opposition à vasoconstricteur.

Vecteur : Tout organisme qui permet la transmission d'un agent infectieux : l'anophèle est le vecteur du paludisme, la puce celui de la peste.

Veinotonique : Désigne un médicament qui a la propriété d'augmenter le tonus de la paroi veineuse.

Vertige : Symptôme qui peut désigner une instabilité (sens commun) ou, plus strictement, une sensation de rotation sur soi-même ou de l'environnement (sens médical).

VIH : Initiales de virus de l'immuno-déficience humaine (en anglais HIV), responsable du sida.

Virose cérébrale : Maladie cérébrale due à un virus.

Virus : Organisme microscopique qui pénètre dans les cellules de l'hôte, où il se reproduit. Beaucoup plus petits que les bactéries, les virus sont insensibles aux antibiotiques. Ils peuvent parfois être détruits par des substances antivirales.

Vitamine : Substance indispensable à la croissance et au bon fonctionnement de l'organisme. Les besoins en vitamine sont normalement couverts par une alimentation variée. Dans les pays développés, seule la carence en vitamine D, chez le jeune enfant ou le vieillard peu exposés au soleil, justifie une supplémentation systématique. Un apport supérieur aux besoins, par des médicaments notamment, peut être à l'origine d'un surdosage et de troubles divers (vitamines A et D essentiellement).

Voie :

- Chemin (voie d'administration) utilisé pour administrer les médicaments : voie orale, sublinguale, sous-cutanée, intramusculaire, intraveineuse, intradermique, transdermique.
- Ensemble d'organes creux permettant le passage de l'air (voies respiratoires), des aliments (voies digestives), des urines (voies urinaires), de la bile (voies biliaires), etc.

Voies biliaires : Voies excrétrices conduisant la bile du foie au duodénum. Elles comprennent le canal cholédoque et la vésicule biliaire, réservoir qui stocke la bile en excès entre les repas.

Zona : Éruption douloureuse de boutons due à une réactivation du virus de la varicelle qui est resté dans un ganglion nerveux après cette maladie infantile.

Vocabulaire

français **/** *anglais* **/** espagnol

abeille **/** *bee* **/** abeja
accident **/** *accident* **/** accidente
adrénaline **/** *epinephrine* **/** adrenalina
acné **/** *acne* **/** acné
aérateur transtympanique **/** *transtympanic drain* **/** drenaje transtimpánico
aérosol **/** *aerosol* **/** aerosol
alcool **/** *alcohol* **/** alcohol
alimentation **/** *diet* **/** alimentación
allergène **/** *allergen* **/** alergeno
allergie **/** *allergy* **/** alergia
allergie alimentaire **/** *food allergy* **/** alergia alimentaria
allergie solaire **/** *sun allergy* **/** alergia solar
amaigrissement **/** *loss of weight* **/** enflaquecimiento
amibe **/** *ameba* **/** ameba
amibiase **/** *amebiasis* **/** amebiasis
amphétamine **/** *amphetamine* **/** anfetamina
ampoules **/** *blister* **/** ampolla
anémie **/** *anemia* **/** anemia
anémone de mer **/** *sea anemone* **/** anémona
anesthésique **/** *anesthetic* **/** anestésico
angine **/** *sore throat* **/** angina
angine de poitrine **/** *angina pectoris* **/** angina de pecho
angoisse **/** *anguish* **/** angustia
anguillule **/** *strongylid threadworm* **/** estrongiloide
anophèle **/** *anopheles* **/** anofeles
antalgique **/** *analgesic* **/** analgésico

antécédent **/** *case history* **/** historia/antecedentes
antiacide **/** *antacid* **/** antiácido
antibiotique **/** *antibiotic* **/** antibiótico
antidépresseur **/** *antidepressant* **/** antidepresivo
antidiabétique **/** *antidiabetic* **/** antidiabético
antiémétique **/** *antiemetic* **/** antiemético
antifongique **/** *antifungal* **/** antifúngico
antihistaminique **/** *antihistaminic* **/** antihistamínico
anti-inflammatoire **/** *anti-inflammatory* **/** antiinflamatorio
antimycosique **/** *antimycotic* **/** antimicótico
anti-œdémateux **/** *antiedematous* **/** antiedematoso
antipyrétique **/** *antipyretic* **/** antitérmico
antisécrétoire **/** *antisecretory* **/** antisecretor
antisepsie **/** *antiseptic* **/** antiséptico
antiviral **/** *antiviral* **/** antiviral
anxiolytique **/** *tranquilizer anxiolytic* **/** ansiolítico/tranquilizante
aphte **/** *aphta* **/** afta
araignées **/** *spider* **/** araña
articulation **/** *joint* **/** articulación
assistance **/** *assistance* **/** asistencia
assurance **/** *insurance* **/** seguro
asthme **/** *asthma* **/** asma
avion **/** *airplane* **/** avión
bactérie **/** *bacteria* **/** bacteria

bagage à main / *hand luggage* / equipaje de mano

baignade / *swimming* / baño

barracuda / *barracuda* / barracuda

bas de contention / *support stockings* / medias de contención

bateau / *boat* / barco

biberon / *baby's bottle* / biberón

bilharziose / *bilharsiosis* / bilharziasis/esquistosomiasis

blennorragie / *gonorrhea* / blenorragia

bourbouille / *prickly heat* / clavo

bouton de fièvre / *coldsore* / grano de fiebre

bronchite / *bronchitis* / bronquitis

brûlure / *burn* / quemadura

brûlures d'estomac / *heartburn* / quemadura de estómago

cannabis / *cannabis* / cannabis

cardiaque (maladie) / *heart disease* / enfermedad cardíaca

cécité des rivières (ou onchocercose) / *river blindness (onchocercosis)* / oncorcerciasis ocular

certificat médical / *doctor's certificate* / certificado médico

Chagas (maladie de) ou trypanosomose américaine / *Chagas disease (American trypanosomiasis)* / enfermedad de Chagas/tripanosomiasis

chaleur / *heat* / calor

champignon hallucinogène / *magic mushroom* / seta alucinógeno

chancre / *chancre* / chancro

chancre mou / *chancroid* / chancro flácido

chanvre indien / *Indian hemp* / cañamó

cheville / *ankle* / tobillo

chimioprophylaxie / *chemoprophylaxis* / quimioprofilaxis

choléra / *cholera* / cólera

cholestérol / *cholesterol* / colesterol

ciguatera / *ciguatera* / ciguatera

climatisation / *air conditioning* / climatización

cocaïne / *cocaine* / cocaína

codéine / *codeine* / codeína

colique néphrétique / *renal colic* / cólico nefrítico

collyre / *eye drops* / colirio

complexe / *complex* / complejo

concombre de mer / *sea cucumber* / cohombro de mar

conjonctivite / *connective tissue disease* / conectivopatía

constipation / *constipation* / estreñimiento

contention élastique / *elastic bandage* / vendaje elástico

contraceptif / *contraceptive* / anticonceptivo

contrefaçon / *forgery* / falsificación

convulsions / *convulsions* / convulsiones

coqueluche / *whooping cough* / tos ferina

coraux / *corals* / corales

cornée / *cornea* / córnea

corticoïde / *corticosteroid* / corticosteroide

cortisone / *cortisone* / cortisona

coude / *elbow* / codo

coup de chaleur / *heat stroke* / insolación

coup de soleil / *sunstroke* / insolación

crevasses / *crack* / grieta

cystite / *cystitis* / cistitis

date de péremption / *expiry date* / fecha de caducidad/ fecha de perención

décalage horaire / *jet lag* / diferencia horaria

décompression (accident) / *decompression sickness* / descompresión (accidente)

décontamination / *decontamination* / descontaminación

délire / *delusion* / delirio

démangeaison / *itching* / picor

dengue / *dengue* / dengue

dent / *tooth* / diente

dentifrice / *tooth paste* / dentífrico

dentiste / *dentist* / dentista

dépendance / *dependence* / dependencia

dépression / *depression* / depresión

dermatologue / *dermatologist* / dermatólogo

désert / *desert* / desierto

déshydratation / *dehydration* / deshidratación

désinfection de l'eau /water disinfection /desinfeción del agua

deux-roues /two-wheeled vehicle / vehiculo de dos ruedas

diabète /diabetes /diabetes

diabétique /diabetic /diabético

diarrhée /diarrhea /diarrea

diarrhée du voyageur /travellers̀ diarrhea /diarrea del viajero

diphtérie /diphtheria /difteria

dispositif transdermique / transdermal device / parche transdérmico

diurétique /diuretic /diurético

doigt /finger /dedo

douve du foie /liver fluke / trematodo de hídago

eau /water /agua

ébullition /boiling /ebullición

crème solaire /sun cream / crema solar

eczéma /eczema /eccema

effets indésirables /side-effects / efectos secundarios

élongation /traction /elongación

encéphalite à tiques /arbovirus encephalitis /encefalitis por arbovirus

encéphalite japonaise /japanese encephalitis /encefalitis japonesa

enfant /child /niño

engelures /chilblain /sabañón

entorse /sprain /esguince

épaule /shoulder /hombros

épilepsie /epilepsy /epilepsia

éruption cutanée /skin eruption / erupción cutánea

estomac /stomach /estómago

expectorant /expectorant / expectorante

fièvre /fever /fiebre

fièvre jaune /yellow fever / fiebre amarilla

filariose /filariasis /filariasis

filtre à eau /water filter /filtro por aqua

fluor /fluor /flúor

foie /liver /hídago

formalités /formalities /formalidad

fracture de fatigue /fatigue fracture / fractura por fatiga

frelon /hornet /avispón

front /forehead /frente

fumeur /smoker /fumador

gale /scabies /sarna

gargarisme /gargarism /gargarismo

genou /knee /rodilla

glaire /mucus /moco

glaucome /glaucoma /glaucoma

globule blanc /white blood cell / leucocito

globule rouge /red blood cell /hematíe

glossine (ou mouche tsé-tsé) / glossina (tsetse fly) /mosca tsetsé

glucide /carbohydrate / hidrato de carbono

gluten /gluten /gluten

glycémie /glycemia /glucemia

gonococcie /gonorrhea /gonorrea

gorge /throat /garganta

grippe /flu /gripe

grossesse /pregnancy /embarazo

guêpe /wasp /avispa

hallucination /hallucination / alucinación

hémorragie /hemorrhage /hemorragia

hémorroïdes /hemorrhoid / hemorroide

hémostatique /hemostatic / hemostático

hépatite /hepatitis /hepatitis

herpès /herpes /herpes

homéopathie /homeopathy / homeopatía

hormone /hormone /hormona

humeur /mood /humor

hydrocution /immersion syncope / hidrocución

hypertension artérielle / hypertension /hipertensión

hyperthermie /hyperthermia / hipertermia

hypoglycémie /hypoglycemia / hipoglucemia

hypothermie /hypothermia / hipotermia

indice de protection /protection index /indicio de protección

inflammation /inflammation / inflamación

insecte /insect /insecto

insecticide /insecticide /insecticida

insolation /sunstroke /insolación

insomnie /insomnia /insomnio

insuline / *insulin* / insulina

intestin / *intestine* / intestino

intoxication alimentaire / *food poisoning* / intoxicación alimenticia

intradermique / *intradermic* / intradérmico

intramusculaire / *intramuscular* / intramuscular

intraveineuse / *intravenous* / intravenoso

jambe / *leg* / pierna

jaunisse / *jaundice* / ictericia

« joint » / *« joint »* / « petardo »

lambliase / *lambliasis* / lambliasis/giardiasis

langue / *tongue* / lengua

laxatif de lest / *bulking laxative* / laxante formador de volumen

laxatif lubrifiant / *lubricant laxative* / laxante lubricante

laxatif osmotique / *osmotic laxative* / laxante osmótico

laxatif stimulant / *stimulant laxative* / laxante estimulante

leishmaniose / *leishmaniasis* / lesihmaniasis

leptospirose / *leptospirosis* / leptospirosis

loase / *loaiasis* / loaiasis/filariasis

location / *renting* / alquiler

lombalgie / *lumbodynia* / lumbodinia

lucite estivale / *polymorphous sunlight eruption* / lucitis

lunettes / *glasses* / gafas

main / *hand* / mano

maladie de Lyme / *Lyme disease* / enfermedad de Lyme

maladie du sommeil (ou trypanosomose africaine) / *sleeping sickness* / enfermedad del sueño

maladie sexuellement transmissible / *sexually transmitted disease* / enfermedad de transmisión sexual

mal des transports / *travel sickness* / mal de los transportes/ enfermedad motora

mal des montagnes/mal de l'altitude / *height sickness* / mal de altura/mal de montaña

manque / *lack* / falta

masque de grossesse / *mask of pregnancy* / cloasma

maux de gorge / *sore throat* / dolores de garganta

médicament / *drug* / fármaco

méduse / *jellyfish* / medusa

mélanine / *melanin* / melanina

méningite / *meningitis* / meningitis

méningocoque / *meningococcus* / meningococo

ménopause / *menopause* / menopausia

microbe / *microbe* / microbio/microorganismo

microfiltration / *microfiltration* / microfiltración

migraine / *migraine* / migraña

mononucléose infectieuse / *infectious mononucleosis* / mononucleosis infecciosa

morpion / *crab* / titis

morsure / *bite* / mordedura

mouche / *fly (flies)* / mosca

mouche tsé-tsé (ou glossine) / *tsetse fly (glossina)* / mosca tsetsé

moustiquaire / *mosquito net* / mosquitero

moustique / *mosquito (mosquitoes)* / mosquito

MST / *STD* / ETS

muqueuse / *mucosa* / mucosa

murène / *murena* / murena

mutuelle / *mutual insurance company* / mutualidad

mycose / *mycosis* / micosis

mycose vaginale / *vaginal mycosis (mycoses)* / micosis vaginal

mygale / *mygale (trap-door spider)* / migala

neuroleptique / *neuroleptic* / neuroléptico

névralgie / *neuralgia* / neuritis

nez / *nose* / nariz

nourrisson / *infant* / lactante

noyade / *drowning* / ahogamiento

œdème / *edema* / edema

œdème de Quincke / *angioedema* / angioedema/edema de Quincke

œil / *eye* / ojo

OMS (Organisation Mondiale de la Santé) / *WHO (World Health Organization)* / OMS (Organización Mundial de la Salud)

onchocercose (ou cécité des rivières) / *onchocercose* / oncocercosis

ophtalmie des neiges / *snow blindness* / oftalmía de las nieves

opiacé / *opiate* / opiáceo

opium / *opium* / opio

oreille / *ear* / oído

oreillons / *mumps* / paperas

orteil / *toe* / dedo del pie

otite barotraumatique / *barotraumatic otitis* / otitis barotraumática

otite / *otitis* / otitis

oursin / *sea urchin* / erizo de mar

palpitations / *palpitations* / palpitaciones

paludisme / *malaria* / paludismo/malaria

pansement / *dressing* / apósito

pansement digestif / *stomach protector* / protector gástrico

paragonimose (douve pulmonaire) / *paragonimiasis (lung fluke disease)* / duela

parasite / *parasite* / parásito

parasitose / *parasitosis* / parasitosis

parasol / *parasol* / quitasol

peau / *skin* / piel

pénicilline / *penicillin* / penicilina

perfusion / *perfusion* / perfusión

personne âgée / *elderly person* / persona de edad

peur / *fear* / miedo

phlébite / *phlebitis* / flebitis

phlébotome / *sandfly* / flebótomo

phobie / *phobia* / fobia

photosensibilisation / *photosensitization* / fotosensibilización

physalie / *physalia* / fisalia

phytothérapie / *phytotherapy* / fitoterapia

pied / *foot* / pie

pied d'athlète / *athletes foot* / pie de atleta

pityriasis versicolor / *tinea versicolor* / tiña versicolor

plaie / *wound* / herida

plaquette insecticide / *insecticide strip* / placa insecticida

plongée sous-marine / *diving* / submarinismo

poignet / *wrist* / muñeca

poissons venimeux / *venomous fish* / pez venenoso

poliomyélite / *poliomyelitis* / poliomielitis

pommade / *ointment* / pomada

position latérale de sécurité / *lateral recovery position* / posicion lateral de seguridad

posologie / *posology* / posología

potassium / *potassium* / potasio

poulpe / *octopus* / pulpo

pou / *louse* / piojo

préservatif / *condom* / preservativo

prévention / *prevention* / prevención

psoriasis / *psoriasis* / psoriasis

psychose / *psychosis* / psicosis

puce / *flea* / pulga

punaises / *bug* / chinche

rage / *rabies* / rabia

raie / *skate* / raya

rapatriement sanitaire / *repatriation on medical grounds* / repatriación sanitaria

rascasse / *scorpion fish* / rescaza

rat / *rat* / rata

réaction allergique / *allergic reaction* / reacción alérgica

régime / *diet* / dieta

réhydratation / *rehydration* / rehidratación

répulsif / *repellent* / repelente

requin / *shark* / tiburón

rétine / *retina* / retina

rhinite / *rhinitis* / rinitis

rhinopharyngite / *rhinopharyngitis* / rinofaringitis

rhume / *cold* / resfriado

roséole / *roseola* / roséola infantil

rougeole / *measles* / sarampión

rubéole / *rubella* / rubéola

salicylé / *salicylate* / salicilato

sang / *blood* / sangre

sangsue / *leech (leeches)* / sanguijuela

sciatique / *sciatica* / ciática

scolopendre / *scolopendra* / escolopendra

scorpion / *scorpion* / escorpión

Sécurité sociale / *Social Security* / Seguridad Social

sédatif / *sedative* / sedante

sel / *salt* / sal

selles / *stools* / heces

seringue / *syringe* / jeringuilla

séropositivité / *seropositivity* / seropositividad

serpentin répulsif / *repellent coil* / serpentina repulsiva

serpents / *snake* / serpiente

sérum physiologique / *isotonic solution* / solución isotónica

shampoings anti-poux / *lice shampoo* / champú antipiojos

sida / *AIDS* / SIDA

simulie / *black fly* / simúlido

sinus / *sinus* / seno

sinusite / *sinusitis* / sinusitis

sirop / *syrup* / sirope

soleil / *sun* / sol

sommeil / *sleep* / sueño

sous-cutanée / *subcutaneous* / subcutáneo

staphylocoque / *staphylococcus* / estafilococo

stimulant / *stimulant* / estimulante

stupéfiant / *narcotic* / narcótico

sucre / *sugar* / azúcar

surdosage / *surdose* / sobredosis

symptôme / *symptom* / síntoma

syncope / *syncope* / síncope

syndrome de sevrage / *withdrawal syndrome* / síndrome de abstinencia

syphilis / *syphilis* / sífilis

tabac / *tobacco* / tabaco

tachycardie / *tachycardia* / taquicardia

taon / *horsefly (horseflies)* / tábano

teigne / *tinea* / tiña

tendinite / *tendinitis* / tendinitis

terpène / *terpene* / terpeno

tétanos / *tetanus* / tetanos

thyroïde / *thyroid gland* / glándula tiroides

tique / *tick* / garrapata

tortillon répulsif / *mosquito coils* / monorepulsivo

trachome / *trachoma* / tracoma

traitement / *treatment* / tratamiento

trajet / *route* / trajecto

tranquillisant / *tranquilizer* / tranquilizante

transit intestinal / *intestinal transit* / tránsito intestinal

troubles de conscience / *disorders of consciousness* / desordenes de conciencia

troubles digestifs / *digestive disorders* / alteraciones digestivas

troubles du comportement / *behavioral disorders* / trastorno de la personalidad

trousse médicale / *instrument case* / estuche medico

trypanosomose africaine (ou maladie du sommeil) / *African trypanosomiasis (sleeping sickness)* / tripanosomiasis africana

trypanosomose américaine (ou maladie de Chagas) / *American trypanosomiasis (Chagas disease)* / tripanosomiasis americana

tuberculose / *tuberculosis* / tuberculosis

tularémie / *tularemia* / tularemia

typhoïde / *typhoid* / fiebre tifoidea

typhus / *typhus* / tifus

ulcère / *ulcer* / úlcera

urines / *urine* / orinas

urticaire / *urticaria* / urticaria

vaccination / *vaccination* / vacunación

vaccin / *vaccine* / vacuna

Valsalva (manœuvre de) / *Valsalva's maneuver* / maniobra de Valsava

vecteur / *vector* / vector

veinotonique / *veinotonic* / venotónico

vertige / *vertigo* / vértigo

vêtement / *piece of clothing* / prenda de vestir

veuve noire / *black widow* / viuda negra

VIH / *HIV* / VIH

virus / *virus* / virus

vive / *weever* / araña

voiture / *car* / coche

vomissement / *vomiting* / vómito

zona / *herpes zoster* / herpes zoster

Centres spécialisés
de vaccinations internationales

01 – AIN
Centre hospitalier Fleyriat
Service des consultations externes
900, route de Paris
01012 Bourg-en-Bresse Cedex
Tél. : 04 74 45 43 58

02 – AISNE
• Centre hospitalier général
Avenue de Michel-de-l'Hôpital
02100 Saint-Quentin Cedex
Tél. : 03 23 06 71 71

• Centre hospitalier général
02000 Laon Cedex
Tél. : 03 23 24 33 33

03 – ALLIER
Centre médico-social
4, rue Réfembre - 03000 Moulins
Tél. : 04 70 46 25 40

06 – ALPES-MARITIMES
Centre de vaccinations internationales
Aéroport de Nice-Côte-d'Azur - 06000 Nice
Tél. : 04 93 21 38 81

08 – ARDENNES
Centre hospitalier général
Hôpital Corvisart - Service de médecine interne
28, rue d'Aubilly
08011 Charleville-Mézières Cedex
Tél. : 03 24 56 78 14

10 – AUBE
Centre hospitalier général
101, avenue Anatole-France
10003 Troyes Cedex
Tél. : 03 25 49 48 04

12 – AVEYRON
Direction de la solidarité départementale
Centre départemental des vaccinations
4, rue de Paraire - 12031 Rodez Cedex 9
Tél. : 05 65 73 68 14

13 – BOUCHES-DU-RHÔNE
• Service communal d'hygiène et de santé
50, rue Gillibert - 13005 Marseille
Tél. : 04 91 55 32 81 ou 82

• Hôpital d'instruction des armées
Alphonse-Laveran
Boulevard
Alphonse-Laveran - 13013 Marseille
Tél. : 04 91 61 71 13

• Hôpital Félix-Houphouët-Boigny
416, chemin de la Madrague-Ville
13015 Marseille
Tél. : 04 91 96 89 11 (Service vaccination)

14 – CALVADOS
Centre hospitalier régional et universitaire
Avenue de la Côte-de-Nacre - Niveau 16
14036 Caen Cedex
Tél. : 02 31 06 31 06 – poste 69 00

16 – CHARENTE
Service départemental de vaccination
8, rue Léonard-Jarraud - 16000 Angoulême
Tél. : 05 45 90 76 05

17 – CHARENTE-MARITIME
Centre de vaccination
25, quai Maubec - 17000 La Rochelle
Tél. : 05 46 51 51 43

18 – CHER
Hôpital Baudens
1, rue Ranchot - 18000 Bourges
Tél. : 02 48 23 71 00

19 – CORRÈZE
Service communal d'hygiène et de santé
13, rue du Docteur-Massenat
19100 Brive-la-Gaillarde
Tél. : 05 55 24 03 72

2A – CORSE DU SUD
Centre départemental de vaccination
18, boulevard Lantivy - 20000 Ajaccio
Tél. : 04 95 31 68 14

2B – HAUTE-CORSE
Service communal d'hygiène et de santé
3, boulevard Général-Giraud - 20200 Bastia
Tél. : 04 95 31 68 14

21 – CÔTE-D'OR
Centre hospitalier régional et universitaire
Hôpital d'enfants
10, boulevard de Lattre-de-Tassigny
21034 Dijon Cedex
Tél. : 03 80 29 34 36

24 – DORDOGNE
Centre de vaccination départemental
17, rue Louis-Blanc - 24000 Périgueux
Tél. : 05 53 53 22 65

25 – DOUBS
Centre hospitalier régional
2, place Saint-Jacques - 25030 Besançon Cedex
Tél. : 03 81 21 82 09

26 – DRÔME
Service communal d'hygiène et de santé
1, place Louis-le-Cardonnel - 26000 Valence
Tél. : 04 75 79 22 11

27 – EURE
Centre hospitalier régional
17, rue Saint-Louis - 27000 Évreux
Tél. : 02 32 33 80 00 (Standard)
Tél. : 02 32 33 80 52 (Rendez-vous)

29 – FINISTÈRE
Hôpital d'instruction des armées
Clermont-Tonnerre
Service de biologie médicale
Rue du Colonel-Fonferrier - 29249 Brest Naval
Tél. : 02 98 43 70 00 (Standard)
Tél. : 02 98 43 73 76 (Rendez-vous)

30 – GARD
Service communal d'hygiène et de santé
6, rue des Chassaintes - 30000 Nîmes
Tél. : 04 66 21 98 14

31 – HAUTE-GARONNE
- Centre hospitalier des armées Larrey
  24, chemin de Pourvourville
  31400 Toulouse
  Tél. : 05 62 25 60 21

- Centre hospitalier régional Purpan
  Place du Docteur-Baylac
  31050 Toulouse Cedex
  Tél. : 05 61 77 74 74

33 – GIRONDE
- Contrôle sanitaire aux frontières
  Santé-Voyage
  Hôpital Saint-André
  86, cours d'Albret - 33000 Bordeaux
  Tél. : 05 56 79 58 17

- Hôpital d'instruction des armées
  Robert-Picqué
  Route de Toulouse - 33998 Bordeaux Armées
  Tél. : 05 56 84 70 00

- Espace Santé-Voyages
  9, rue de Condé - 33000 Bordeaux
  Tél. : 05 56 01 12 36

34 – HÉRAULT
- Service communal d'hygiène et de santé
  Caserne Saint-Jacques
  Avenue de la Marne - 34500 Béziers
  Tél. : 04 67 36 71 28

- Institut Bouisson-Bertrand
  Rue de la Croix-Verte
  Parc Euromédecine - 34090 Montpellier
  Tél. : 04 67 36 72 21

35 – ILLE-ET-VILAINE
Centre hospitalier universitaire Pontchaillou
Service des maladies infectieuses et tropicales
1, rue Le Guilloux - 35033 Rennes Cedex 9
Tél. : 02 99 28 43 23 (Rendez-vous)

36 – INDRE
Hôtel de ville
Service communal d'hygiène et de santé
Place de la République - 36000 Châteauroux
Tél. : 02 54 08 33 00

37 – INDRE-ET-LOIRE
Centre hospitalier régional Bretonneau
Clinique médicale
2, boulevard Tonnelle - 37044 Tours Cedex
Tél. : 02 47 47 38 49 (Rendez-vous)

38 – ISÈRE
- Centre hospitalier universitaire de Grenoble
  Boulevard de la Chantourne
  38700 La Tronche
  Tél. : 04 76 76 75 75

- Service communal d'hygiène et de santé
  33, rue Joseph-Chanrion - 38000 Grenoble
  Tél. : 04 76 42 77 58

42 – LOIRE
Centre hospitalier régional
Hopital de Bellevue
25, boulevard Pasteur
42055 Saint-Étienne Cedex 2
Tél. : 04 77 42 77 22 ou 89

44 – LOIRE-ATLANTIQUE
• Centre hospitalier régional et universitaire
  Centre de vaccination internationale
  et de conseils aux voyageurs
  30, boulevard Jean-Monet - BP 1005
  44035 Nantes Cedex 01
  Tél. : 02 40 08 30 75

• Centre Hospitalier - Service des urgences
  Boulevard de l'Hôpital
  44606 Saint-Nazaire Cedex
  Tél. : 02 40 90 62 44

45 – LOIRET
Centre hospitalier régional
Avenue de l'Hôpital - 45100 Orléans-La Source
Tél. : 02 38 51 43 61

49 – MAINE-ET-LOIRE
Centre hospitalier régional
Vaccinations internationales
4, rue Larrey - 49033 Angers Cedex 01
Tél. : 02 41 35 36 57

50 – MANCHE
Centre hospitalier des armées Lebas
61, rue de l'Abbaye - 50115 Cherbourg Naval
Tél. : 02 33 92 78 12 (Standard)

51 – MARNE
Centre hospitalier régional et universitaire
Hôpital R. Debré
Avenue du Général-Kœnig
51100 Reims Cedex
Tél. : 03 26 78 71 85

53 – MAYENNE
Centre hospitalier général
Service des consultations de médecine
33, rue du Haut-Rocher - 53015 Laval Cedex
Tél. : 02 43 66 50 00

54 – MEURTHE-ET-MOSELLE
Centre hospitalier universitaire
Hôpitaux de Brabois - Tour PL Drouet
545111 Vandœuvre-lès-Nancy
Tél. : 03 83 15 35 36

56 – MORBIHAN
Centre hospitalier de Bretagne Sud
Rampe de l'Hôpital-Calmette - BP 2233
56322 Lorient Cedex
Tél. : 02 97 12 00 12

57 – MOSELLE
Centre hospitalier des armées Legouest
27, avenue des Plantières - 57998 Metz Armées
Tél. : 03 87 56 47 43

58 – NIÈVRE
Centre hospitalier de Nevers
1, avenue Colbert - 58000 Nevers
Tél. : 03 86 68 30 61

59 – NORD
• Institut Pasteur
  1, rue du Professeur-Calmette
  59019 Lille Cedex
  Tél. : 03 20 87 79 80

• Hôpital régional des armées Scrive
  43, rue de l'Hôpital-Militaire
  59998 Lille Armées
  Tél. : 03 20 42 38 29 ou 36 36

• Centre hospitalier de Tourcoing
  Pavillon Trousseau
  156, rue du Président-Coty
  59208 Tourcoing
  Tél. : 03 20 69 46 14 ou 64

63 – PUY-DE-DÔME
Centre hospitalier régional et universitaire
Service Villemin-Pasteur - Hôtel Dieu
63000 Clermont-Ferrand
Tél. : 04 73 31 60 62

64 – PYRÉNÉES-ATLANTIQUES
Centre hospitalier de la Côte Basque
13, avenue Jacques-Loeb
64109 Bayonne Cedex
Tél. : 05 59 44 35 35

65 – HAUTES-PYRÉNÉES
Direction de la solidarité départementale
Place Ferré - 65000 Tarbes
Tél. : 05 62 51 26 26

66 – PYRÉNÉES-ORIENTALES
Service communal d'hygiène et de santé
11, rue Emile-Zola - 66000 Perpignan
Tél. : 04 68 66 31 32

67 – BAS-RHIN
Institut d'hygiène hospitalière
Hôpital Civil – Bâtiment 7
67085 Strasbourg Cedex
Tél. : 03 88 21 27 30

68 – HAUT-RHIN
Centre hospitalier général
87, rue d'Altkirch - 68051 Mulhouse Cedex
Tél. : 03 89 64 70 38

69 – RHÔNE
• Service d'hygiène et de santé
  60, rue de Sèze - 69006 Lyon
  Tél. : 04 72 83 14 00

- Centre de vaccinations ISBA
  Avenue Tony-Garnier
  69007 Lyon Cedex 07
  Tél. : 04 72 72 25 20

- Hôpital d'instruction des armées
  Desgenettes
  108, boulevard Pinel - 69275 Lyon Cedex 03
  Tél. : 04 72 36 61 24

- Hôpital de la Croix-Rousse
  94, Grande-Rue-de-la-Croix-Rousse
  69004 Lyon Cedex 04
  Tél. : 04 72 07 18 69

- Clinique du Tonkin
  26 à 36, rue du Tonkin
  69626 Villeurbanne Cedex
  Tél. : 72 44 67 12

70 – HAUTE-SAÔNE
Centre hospitalier Paul-Morel
41, avenue Aristide-Briand
70014 Vesoul Cedex
Tél. : 03 84 96 60 35

71 – SAÔNE-ET-LOIRE
Centre hospitalier Les Chanaux
Rue Ambroise-Paré - 71018 Mâcon Cedex
Tél. : 03 85 20 30 77

72 – SARTHE
Centre communal d'hygiène et de santé
10, rue Barbier - 72000 Le Mans
Tél. : 02 43 47 38 87 ou 88

73 – SAVOIE
Service communal d'hygiène et de santé
28, place du Forum - 73000 Chambéry-le-Haut
Tél. : 04 79 72 36 40

74 – HAUTE SAVOIE
Centre hospitalier
1, avenue du Tresum - 74011 Annecy Cedex
Tél. : 04 50 88 33 71

75 – PARIS
- A.P.A.S.
  52, avenue du Général-Michel-Bizot
  75012 Paris
  Tél. : 01 53 33 22 22

- Centre de vaccination Air France
  Aérogare des Invalides
  2, rue Esnault-Pelterie - 75007 Paris
  Tél. : 01 43 17 22 04

- Centre de vaccination Edison
  44, rue Charles-Moureu - BP 119
  75013 Paris
  Tél. : 01 44 97 86 80

- Hôpital de l'Institut Pasteur
  209, rue de Vaugirard - 75015 Paris
  Tél. : 01 45 68 81 99

- Centre médical des entreprises travaillant
  à l'extérieur
  10, rue du Colonel-Driant - 75001 Paris
  Tél. : 01 42 60 07 32

- Institut Alfred-Fournier
  25, boulevard Saint-Jacques
  75634 Paris Cedex 14
  Tél. : 01 40 78 26 71

- Groupe hospitalier Pitié-Salpêtrière
  Pavillon Laveran
  47, boulevard de l'Hôpital
  75634 Paris Cedex 13
  Tél. : 01 42 16 00 00

- Hôpital Claude-Bernard-Bichat
  170, boulevard Ney - 75018 Paris
  Tél. : 01 40 25 88 86

- UNESCO
  Place de Fontenoy - 75007 Paris
  Tél. : 01 45 68 08 58

- Hôpital d'enfants Armand-Trousseau
  Centre municipal de vaccination
  8 à 28, avenue du Docteur-Netter
  75571 Paris Cedex 12
  Tél. : 01 44 73 60 10

- Groupe hospitalier Cochin
  27, rue du Faubourg-Saint-Jacques
  75014 Paris
  Tél. : 01 42 34 14 98

- Mutuelle nationale des étudiants de France
  22, boulevard Saint-Michel - 75006 Paris
  Tél. : 01 43 54 14 14

- Voyageurs du Monde
  55, rue Sainte-Anne - 75002 Paris
  Tél. : 01 42 86 16 48

76 – SEINE-MARITIME
- Centre hospitalier général
  Pavillon René-Vincent
  55 bis, rue Gustave-Flaubert
  76600 Le Havre
  Tél. : 02 32 73 37 80

- Clinique François Ier
  Centre médical international des marins
  1, rue Voltaire - 76600 Le Havre
  Tél. : 02 35 22 42 75

- Centre hospitalier universitaire
  Charles-Nicolle
  1, rue de Germont - 76031 Rouen Cedex
  Tél. : 02 35 08 82 36

77 – SEINE-ET-MARNE
Centre hospitalier Marc-Jacquet
Rue Freteau-de-Peny - 77011 Melun Cedex
Tél. : 01 64 71 60 02

78 – YVELINES
Centre hospitalier de Saint-Germain-en-Laye
20, rue Armagis
78100 Saint-Germain-en-Laye
Tél. : 01 39 21 41 25

79 – DEUX-SÈVRES
Centre hospitalier général de Niort
40, avenue Charles-de-Gaulle - 79021 Niort
Tél. : 05 49 32 79 79

80 – SOMME
Centre hospitalier groupe Sud
Centre de médecine des voyages
80054 Amiens Cedex 01
Tél. : 03 22 45 59 75

81 – TARN
Centre hospitalier général - Dispensaire
1, avenue Camille-Boussac - 81000 Albi
Tél. : 05 63 47 44 57 ou 58

83 – VAR
Hôpital d'instruction des armées Sainte-Anne
2, boulevard Saint-Anne - BP 600
83800 Toulon Naval
Tél. : 04 94 09 92 52 ou 91 46 ou 97 60

84 – VAUCLUSE
Service communal d'hygiène et de santé
1, rue Bourguet - 84000 Avignon Cedex
Tél. : 04 90 27 94 38

86 – VIENNE
Centre hospitalier régional
Service des maladies infectieuses et tropicales
Tour Jean-Bernard
350, avenue Jacques-Cœur
86021 Poitiers Cedex
Tél. : 05 49 44 44 22

87 – HAUTE-VIENNE
Centre de vaccinations
Direction environnement-santé
4, rue Jean-Pierre-Timbaud - 87000 Limoges
Tél. : 05 55 45 62 04 ou 63 02

90 – TERRITOIRE DE BELFORT
Centre hospitalier de Belfort
14, rue de Mulhouse - 90016 Belfort
Tél. : 03 84 57 46 46

92 – HAUTS-DE-SEINE
• Espace santé-voyages
  CNIT 2, place de la Défense
  92053 Paris-La Défense
  Tél. : 01 42 89 31 10

• Hôpital Ambroise-Paré
  9, rue Charles-de-Gaulle - 92104 Boulogne
  Tél. : 01 49 09 54 62

• Hôpital Raymond-Poincaré
  104, boulevard Raymond-Poincaré
  92380 Garches
  Tél. : 01 47 41 79 00

93 – SEINE-SAINT-DENIS
• Centre hospitalier Général-Delafontaine
  2, rue Pierre-Delafontaine - BP 279
  93205 Saint-Denis Cedex 1
  Tél. : 01 42 35 62 10 ou 23 – poste 60 75

• Service médical d'urgence
  Aéroport Roissy-Charles-de-Gaulle
  Tél. : 01 34 29 02 37

• Air France
  Centre de vaccinations
  Aéroport Roissy-Charles-de-Gaulle
  Tél. : 01 48 64 11 99

94 – VAL-DE-MARNE
• Centre hospitalier de Bicêtre
  78, rue du Général-Leclerc
  94270 Le Kremlin-Bicêtre Cedex
  Tél. : 01 45 21 33 39

• Centre hospitalier intercommunal
  40, allée de la Source
  94190 Villeneuve-Saint-Georges
  Tél. : 01 43 86 20 84

• Hôpital des armées Bégin
  69, avenue de Paris - 94160 Saint-Mandé
  Tél. : 01 43 98 50 00

• Aéroport de Paris
  Service médical – Orly-Sud 103
  94386 Orly Aérogare
  Tél. : 01 49 75 45 14

971 – GUADELOUPE
Institut Pasteur
Morne Jolivière - BP 484
97165 Pointe-à-Pitre Cedex
Tél. : 0590 89 69 40

972 – MARTINIQUE
Laboratoire départemental d'hygiène
35, boulevard Pasteur
97261 Fort-de-France Cedex
Tél. : 0596 71 34 52

973 – GUYANE
• Centre de prévention de vaccination de Mirza
  Allée de l'Église - Rue Pomme-de-Rosa
  93000 Cayenne
  Tél. : 0594 30 25 85

• Centre de prévention et de vaccination
  Rue Léonce-Porré - 97354 Remire-Montjoly
  Tél. : 0594 35 40 40

• Centre de prévention et de vaccination
  Bourg de Matoury - 97351 Matoury
  Tél. : 0594 35 60 84

- Centre de santé - 97340 Grand-Santi
  Tél. : 0594 37 41 02

- Centre de santé - 97317 Apatou
  Tél. : 0594 37 42 02

- Centre de santé - 97330 Camopi
  Tél. : 0594 37 44 02

- Centre de santé - 97316 Papaichton
  Tél. : 0594 37 40 02

- Centre de santé
  Lotissement communal - 97350 Iracoubo
  Tél. : 0594 37 41 02

- Centre de santé
  Boulevard Banque-Vernet - 97315 Sinnamary
  Tél. : 0594 34 52 78

- Centre de santé - 97370 Maripasoula
  Tél. : 0594 37 20 50

- Centre de santé
  97313 Saint-Georges-de-l'Oyapock
  Tél. : 0594 37 02 00

- Centre hospitalier André-Bouron
  Centre de prévention et de vaccination
  97320 Saint-Laurent-du-Maroni
  Tél. : 0594 34 23 36

- Centre de prévention et de vaccination
  Allée du Bac - 97310 Kourou
  Tél. : 0594 32 18 81

974 – LA RÉUNION
Centre hospitalier départemental Félix-Guyon
Bellepierre - 97405 Saint-Denis Cedex
Tél. : 0262 90 58 65

975 – ST-PIERRE-ET-MIQUELON
Centre hospitalier Dunan
20, rue Maître-Georges-Lefèvre
97500 Saint-Pierre
Tél. : (19 508) 41 21 11

Source : ministère des Affaires étrangères.

Sites internet

Pour en savoir plus...

... sur le pays où vous allez

Situation politique

La rubrique « conseils aux voyageurs » du site du ministère des Affaires étrangères (www.france.diplomatie.fr) renseigne, pour chaque pays, sur les conditions de sécurité, les formalités administratives, les législations particulières, l'état des routes, les moyens de transport. Outre les adresses des consulats et ambassades, vous trouverez également, pour les villes principales, les coordonnées d'hôpitaux ou de cliniques fiables et de médecins éventuellement francophones.

Situation sanitaire

Plusieurs sites détaillent les risques sanitaires selon les pays :

- www.sante-voyages.com est francophone, très complet et convivial. On y trouve toutes les informations nécessaires et plein de liens pour préparer son voyage astucieusement.
- www.who.int, le site de l'OMS est en anglais mais propose des cartes de la distribution mondiale des principales maladies infectieuses.

Équipement sanitaire

Le site du CIMED (www.cimed.org) renseigne sur la situation et surtout les ressources sanitaires de 220 villes du monde entier : niveau d'hygiène, maladies, équipement médical (existence ou non de centres de brûlés, de caissons hyperbares etc.). Un service payant permet aux médecins d'obtenir des renseignements plus complets et confidentiels (4,5 euros par fiche-pays).

... sur la santé en pratique

- Les recommandations officielles françaises s'adressant aux voyageurs sont consultables sur le site de l'Institut national de Veille sanitaire (www.invs.sante.fr/beh), dans le n° 24 / 2002 du *Bulletin épidémiologique hebdomadaire*.
- De nombreux sites donnent les adresses des centres de vaccinations internationales.
- www.edisan.fr fournit également des fiches d'information sur les principaux médicaments utilisables en voyage.
- www.chu-rouen.fr propose un service Questions/Réponses par e-mail qui peut être très utile.

... pour préparer votre voyage

Les sites généraux sur le voyage (www.routard.com, www.lonelyplanet.fr) ont un dossier « santé », et certains sites médicaux ont un dossier « voyages » (www.doctissimo.fr). Les informations, conseils et astuces ne manquent pas !

Références bibliographiques :

Recommandations officielles pour les voyageurs publiées par l'Institut national de Veille sanitaire en 2002.

Traités de Médecine tropicale, de Parasitologie, d'Entomologie, etc.

La Santé des voyageurs, Pr E. Caumes, Éditions Flammarion, 2001.

Plusieurs sites internet ont également été visités pour compléter certaines informations, notamment celui de l'Organisation Mondiale de la Santé. D'autres sites remarquables, s'adressant aussi bien au public qu'aux médecins, existent grâce au dynamisme de grandes équipes françaises de Médecine tropicale.

Index

Un autre mode de consultation de l'ouvrage avec de nombreuses entrées possibles :
par mots-clefs, noms de médicaments, de pays, de maladies, etc.
Pour les médicaments, le folio en **gras** renvoi à la page de la fiche.

Achevé d'imprimer Février 2003
sur les presses de LEGOPRINT s.p.A.
38015 LAVIS (TN) - ITALIE

Réseau International Air France. Plus de 500 destinations dans 114 pays.

airfrance.com

Au Vieux Campeur

www.auvieuxcampeur.fr

CATALOGUES TERRE ET EAU
PARUTION PRINTEMPS 2003

BOUTIQUES
débordantes
CATALOGUE
gros comme ça
INTERNET
un site à n'en plus finir

à PARIS Quartier Latin 48, rue des Ecoles
à LYON 43, cours de la Liberté - IIIe
en HAUTE SAVOIE à THONON 48, avenue de Genève
et à SALLANCHES 925, route du Fayet
à TOULOUSE LABEGE Innopole, rue de Sienne

Au Vieux Campeur
Optique de Sport

www.auvieuxcampeur.fr

Vos yeux sont fragiles, un «vrai» opticien vous aide à les protéger que vous ayez ou non besoin de verres correcteurs.

Un opticien diplômé c'est l'assurance d'un bon service et, dans l'esprit **Au Vieux Campeur**, d'un «énorme» choix.

à PARIS Quartier Latin 42, rue des Ecoles
à LYON 70, cours de la Liberté - IIIe

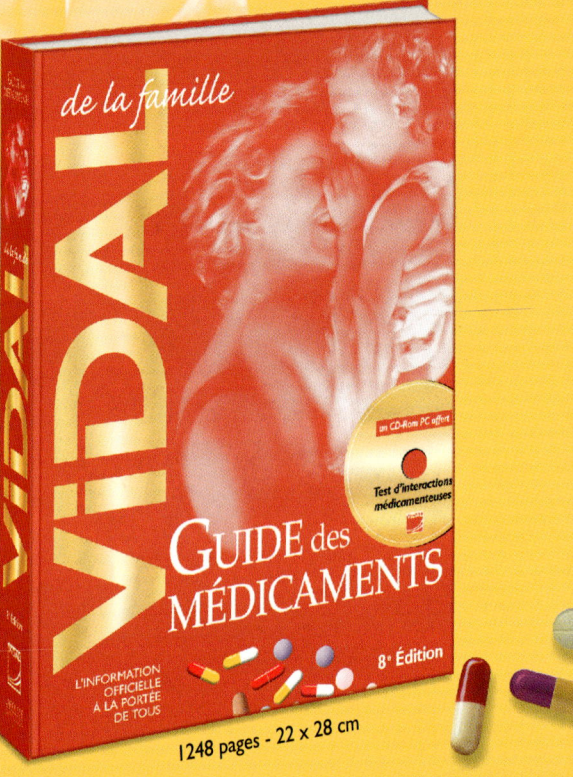